Margaret Mitchell

Autant en emporte le vent

Tome II

TRADUIT DE L'ANGLAIS
PAR PIERRE-FRANÇOIS CAILLÉ

Gallimard

XXI

Après avoir fait monter son plateau à Mélanie, Scarlett envoya Prissy chercher Mme Meade et s'assit
avec Wade pour prendre son petit déjeuner. Pour
une fois, elle n'avait pas faim. Entre les affres qu'elle
éprouvait en songeant que l'accouchement de Mélanie
approchait et les efforts inconscients qu'elle faisait
pour distinguer le bruit de la canonnade, elle pouvait
à peine manger. Son cœur se comportait d'une manière
bizarre. Pendant quelques minutes, il battait avec la
plus grande régularité, puis, soudain, il se mettait
à sauter si fort et si vite que Scarlett en avait presque
la nausée. L'épaisse bouillie de maïs lui collait au
palais et jamais elle n'avait trouvé plus répugnante
la mixture de maïs séché et d'igname moulue qui
tenait lieu de café. Sans sucre ni lait, c'était amer
comme chicotin, car le sorgho dont on se servait
pour « adoucir » le goût ne donnait guère de résultats.
Après en avoir avalé une gorgée, elle repoussa la
tasse. Si elle n'avait pas eu d'autres motifs de haine,
elle aurait détesté les Yankees pour la seule raison
qu'ils l'empêchaient d'avoir du vrai café au 'ait bien
sucré.

Wade était plus tranquille que d'ordinaire et ne
se mettait pas, comme tous les matins, à récriminer
contre la bouillie dont il avait, lui aussi, horreur. Il

ingurgitait en silence les cuillerées que Scarlett portait à sa bouche et les aidait à passer à grand renfort d'eau qu'il avalait bruyamment. Larges et ronds comme des pièces d'un dollar, ses yeux bruns et doux suivaient tous les mouvements de sa mère et reflétaient une angoisse enfantine comme si les craintes secrètes de Scarlett s'étaient communiquées à son fils. Lorsqu'il eut fini, Scarlett l'envoya jouer au jardin et le vit avec soulagement s'engager en trébuchant sur la pelouse mal entretenue.

Elle se leva et resta au pied de l'escalier sans savoir que faire. Elle aurait dû remonter s'asseoir auprès de Mélanie et détourner son esprit des épreuves prochaines, mais elle ne s'en sentait pas le courage. Pourquoi, parmi tant de journées, Mélanie avait-elle juste choisi celle-ci pour accoucher ? Pourquoi aussi avait-elle choisi celle-là pour parler de sa mort ?

Scarlett s'assit sur la dernière marche et essaya de mettre de l'ordre dans ses idées. Elle se demanda comment avait bien pu se passer la bataille de la veille et comment pouvait bien se passer celle de ce jour-là. Comme c'était étrange qu'une grande bataille se déroulât à quelques milles de soi et d'ignorer complètement la tournure que prenaient les événements! Comme il était étrange le calme de cette extrémité déserte de la ville par rapport au jour du combat de la Rivière du Pêcher! La maison de tante Pitty était l'une des dernières construites au nord d'Atlanta et comme on livrait bataille là-bas, quelque part vers le sud, on ne voyait passer ni renforts marchant au pas gymnastique, ni voitures d'ambulance, ni longues files de blessés titubants. Scarlett se demanda si l'on assistait à de pareilles scènes au sud de la ville et se réjouit de ne pas habiter de ce côté-là. Si seulement, à l'exception des Meade et des Merriwether, tous les habitants du quartier ne s'étaient pas enfuis! Scarlett se sentait tellement seule, tellement abandonnée. Elle aurait tant aimé que l'oncle Peter fût là. Au moins, elle aurait pu l'envoyer aux nouvelles. Sans Mélanie elle serait allée en ville sur-le-champ pour essayer de savoir quelque chose, mais elle ne pouvait pas partir avant l'arrivée de Mme Meade. Mme Meade? Pourquoi ne venait-elle pas? Et où était donc Prissy?

Scarlett se leva, passa sous la véranda et regarda du côté de chez les Meade. Au bout d'un long moment, Prissy apparut seule. Elle ne se pressait pas, prenait son temps comme si la journée entière lui avait appartenu, faisait danser ses jupes et regardait par-dessus son épaule pour mieux en observer l'effet.

— Je t'enverrai chercher la mort! éclata Scarlett lorsque Prissy ouvrit la grille. Qu'est-ce qu'a dit Mme Meade? Dans combien de temps viendra-t-elle?

— Elle était pas là, fit Prissy.

— Où est-elle? Quand rentrera-t-elle?

— Vous savez, ma'ame, répondit Prissy en prenant plaisir à étirer chaque mot pour donner plus de poids à son message, la Cookie elle a dit que ma'ame Meade elle était so'tie de bonne heu'e ce matin à cause que le jeune missié Phil il a été blessé et ma'ame Meade elle a p'is la voitu' et le vieux Talbot et Betsy et ils sont allés le che'cher pou' le 'amener à la maison. Cookie elle dit comme ça qu'il est bien blessé et que ma'ame Meade elle a pas l'intention de veni' ici.

Scarlett lança un regard foudroyant à Prissy et eut une bonne envie de la rosser. Les nègres étaient toujours si fiers de jouer les messagers du malheur.

— Allons, ne reste pas plantée là comme une gourde. Va chez Mme Merriwether... Tu lui demanderas de venir ou d'envoyer sa mama. Allons, ouste!

— Elles sont pas là, ma'ame Sca'lett. J'ai passé un moment avec leu' mama en 'evenant. Elles sont pas là. Tout est fe'mé chez elles. Je suppose qu'elles sont à l'hôpital.

— Ah! c'est pour ça que tu as été si longue! Quand je t'enverrai faire une commission, tu tâcheras d'aller là où je te dis et de ne pas « passer un moment » avec quelqu'un. Va chez...

Scarlett s'arrêta net et se mit à réfléchir. Parmi les gens qu'elle connaissait et qui étaient restés à Atlanta, qui pourrait bien lui rendre service? Il y avait Mme Elsing. Naturellement, Mme Elsing ne la portait pas dans son cœur, mais elle avait toujours eu tant d'amitié pour Mélanie.

— Va chez Mme Elsing. Tu lui expliqueras tout en détail et tu lui demanderas d'être assez bonne pour venir. Et puis, Prissy, écoute-moi bien. Mme Melly est sur le point d'accoucher et elle peut avoir besoin de toi d'une minute à l'autre. Tu vas me faire le plaisir de te dépêcher et de revenir le plus tôt possible.

— Oui, ma'ame, répondit Prissy qui fit demi-tour et redescendit l'allée d'un train de sénateur.

— Presse-toi donc, espèce de lanterne !

— Oui, ma'ame.

Prissy modifia à peine son allure et Scarlett rentra dans la maison. Elle hésita de nouveau à monter auprès de Mélanie. Il lui faudrait expliquer à sa belle-sœur pourquoi Mme Meade ne pouvait pas venir et cela risquait de lui porter un mauvais coup. Tant pis, elle lui raconterait un mensonge.

Scarlett entra dans la chambre de Mélanie et vit que celle-ci n'avait pas touché à son plateau. Le visage blafard, elle était étendue sur le côté.

— Mme Meade est retenue à l'hôpital, annonça Scarlett, mais Mme Elsing va venir. Ça ne va pas ?

— Pas très bien, répondit Mélanie, en dissimulant la vérité. Scarlett, combien de temps ça a-t-il duré pour Wade ?

— Ça n'a pas traîné, fit Scarlett avec une gaieté qu'elle était loin d'éprouver. J'étais au jardin et j'ai eu à peine le temps de rentrer. Mama a dit que c'était un scandale, que je m'étais conduite en négresse.

— J'espère que, moi aussi, je me conduirai comme une négresse, dit Mélanie avec un sourire forcé qu'une grimace de douleur effaça aussitôt.

Scarlett examina sans grand optimisme les hanches étroites de Mélanie, mais n'en déclara pas moins d'un ton rassurant :

— Allons, ça ne se passera pas si mal.

— Non, je le sais. Je crains d'être un peu lâche. Est-ce que... Est-ce que Mme Elsing va venir bientôt ?

— Mais oui, fit Scarlett. Tiens, je vais descendre chercher de l'eau fraîche pour te faire un brin de toilette. Il fait si chaud aujourd'hui.

Scarlett resta absente aussi longtemps qu'elle put. A chaque instant elle interrompait sa besogne et se précipitait à la porte pour voir si Prissy ne revenait pas. Puis, comme il n'y avait nulle trace de Prissy, elle remonta, épongea le corps moite de Mélanie et peigna la longue chevelure brune.

Une heure plus tard, elle reconnut dans la rue le pas traînant d'une négresse. Elle se pencha à la fenêtre et vit Prissy qui s'en revenait lentement. Sa jupe oscillait de droite et de gauche et elle en suivait le balancement avec de petits airs distingués comme si un nombreux public s'intéressait à ses simagrées...

« Un de ces jours, j'administrerai une fameuse correction à cette petite vaurienne », se dit Scarlett tout en dégringolant l'escalier pour aller à sa rencontre.

— Ma'ame Elsing elle est à l'hôpital. La Cookie elle a vu des tas de blessés veni' pa' le t'ain du matin. Elle fait de la soupe pou' tout ce monde-là. Elle a dit...

— Je me fiche pas mal de ce qu'elle a dit, coupa Scarlett, le cœur serré. Mets-moi un tablier propre. Je veux que tu ailles à l'hôpital. Je vais te donner un mot pour le docteur Meade. S'il n'est pas là, tu le remettras au docteur Jones ou à n'importe quel autre médecin. Et si tu traînasses en revenant, je t'écorche vive.

— Oui, ma'ame.

— Et tu n'oublieras pas de demander à l'un de ces messieurs si l'on a des nouvelles de la bataille. S'ils ne savent rien, tu iras du côté de la gare et tu te renseigneras auprès des mécaniciens qui ont amené les blessés. Tu demanderas si l'on se bat à Jonesboro ou aux environs.

— Seigneu' Dieu, ma'ame Sca'lett! (Une frayeur soudaine se peignit sur le visage noir de Prissy.) Les Yankees y sont pas à Ta'a, hein ?

— Je n'en sais rien. Je te dis de demander des renseignements.

— Seigneu' Dieu, ma'ame Sca'lett, qu'est-ce qu'ils vont fai' à maman ?

Prissy se mit brusquement à se lamenter si fort que le son de sa voix augmenta le trouble de Scarlett.

— Finis de brailler ! Mᵐᵉ Mélanie va t'entendre. Allons, va changer de tablier en vitesse.

Ainsi aiguillonnée, Prissy galopa vers l'office tandis que Scarlett griffonnait un mot hâtif dans la marge de la dernière lettre qu'elle avait reçue de Gérald... le seul morceau de papier qui restât dans la maison. En pliant son message, elle surprit les mots tracés par Gérald : « Ta mère... typhoïde... sous aucun prétexte... venir à la maison. » Elle faillit sangloter. Sans Mélanie elle fût partie chez elle, séance tenante, même s'il lui avait fallu faire tout le chemin à pied.

Prissy s'en alla au grand trot, la lettre à la main, et Scarlett remonta tout en s'efforçant de découvrir un mensonge plausible, pour expliquer la non-venue de Mᵐᵉ Elsing. Mais Mélanie ne demanda rien. Elle reposait sur le dos, le visage détendu et charmant, et ce spectacle apaisa Scarlett pour un moment.

Elle s'assit et essaya de parler de choses sans importance, mais ses pensées la ramenaient cruellement à Tara et à une défaite possible des Confédérés. Elle voyait Ellen à l'agonie et elle se représentait les Yankees entrant à Atlanta, incendiant tout, massacrant tout le monde. Et le bruit sourd de la canonnade lointaine continuait, battait à ses oreilles comme un ressac, roulait jusqu'à elle ses vagues angoissantes. A la fin il lui devint impossible de parler et elle alla à la fenêtre regarder la rue brûlante et calme, les feuilles poussiéreuses qui pendaient immobiles aux branches des arbres. Mélanie se taisait, elle aussi, mais par moments son visage se crispait sous l'effet de la douleur. Chaque fois elle disait : « Oh ! ça n'a vraiment pas été terrible », et Scarlett savait qu'elle mentait.

Une heure passa ainsi, puis une autre. Midi vint. Le soleil plus haut dans le ciel se fit plus chaud encore. Aucun souffle n'agitait les feuilles poussiéreuses.

Mélanie souffrait davantage. Ses longs cheveux étaient trempés de sueur, sa chemise collait par plaques à son corps. Scarlett lui épongeait le front en silence, mais la crainte lui rongeait le cœur. Dieu du Ciel! et si l'enfant arrivait avant la venue du docteur! Que ferait-elle ? Elle ignorait tout de l'obstétrique. C'était précisément cela qu'elle redoutait depuis des semaines. Elle avait compté sur Prissy pour arranger les choses au cas où elle serait obligée de se passer de docteur. Prissy était très au courant de ces choses-là. Elle l'avait dit et redit tant de fois. Mais où était Prissy ? Pourquoi ne revenait-elle pas ? Pourquoi le docteur ne venait-il pas ? Elle se pencha pour la centième fois à la fenêtre. Elle écouta de toutes ses oreilles et soudain elle se demanda si c'était un effet de son imagination ou si le bruit de la canonnade s'était éloigné. Si le bruit s'était éloigné, cela voulait dire que le combat s'était rapproché de Jonesboro et que...

Enfin, Scarlett aperçut Prissy qui descendait la rue en courant. Prissy releva la tête, vit sa maîtresse et ouvrit la bouche pour crier. Remarquant l'émoi peint sur le petit visage noir et craignant que Mélanie ne s'alarmât en entendant lancer de mauvaises nouvelles, Scarlett s'empressa de porter un doigt à ses lèvres et quitta la fenêtre.

— Je m'en vais chercher un peu d'eau fraîche, dit-elle en plongeant son regard dans les yeux cerclés de noir de Mélanie et en s'efforçant de sourire. Puis elle s'en alla et referma soigneusement la porte sur elle.

Assise sur la dernière marche de l'escalier, Prissy haletait.

— On se bat à Jonesbo'o, ma'ame Sca'lett. Ils disent que nos missiés ils sont battus. Oh! mon Dieu, ma'ame Sca'lett! Qu'est-ce qui va a'iver à ma maman et à Po'k ? Oh! mon Dieu, ma'ame Sca'lett! Qu'est-ce qui va nous a'iver quand les Yankees ils se'ont là ? Oh! mon Dieu...

— Au nom du Ciel, tais-toi!

Oui, qu'arriverait-il quand les Yankees seraient

11

là ? Qu'arriverait-il à Tara ? De toute son énergie elle repoussa cette pensée. Pour peu qu'elle réfléchît à ces choses-là, elle se mettrait à gémir et à se lamenter comme Prissy. Il fallait d'abord faire face au plus pressé.

— Où est le docteur Meade ? Quand vient-il ?

— J'ai pas pu le voi', m'ame Sca'lett.

— Quoi ?

— Non, il est pas à l'hôpital, ma'ame Me'iwethe et ma'ame Elsing elles y sont pas non plus. Un homme il m'a dit que le docteu' il était à la ga'e avec les soldats qui sont venus de Jonesbo'o, mais, ma'ame Sca'lett, j'avais t'op peu' d'y aller... tout le monde meu' là-bas...

— Et les autres médecins ?

— Ma'ame Sca'lett, pou' l'amou' de Dieu, j'suis pas a'ivée à en t'ouver un pou' li' la' lett'. Ils tou'nent dans l'hôpital comme s'ils étaient devenus fous. Il y a un docteu' qui m'a dit : « Fous le camp ! T'amuse pas à m'ennuyer avec des enfants quand il y a un tas d'hommes qui c'èvent ici. T'ouve une femme pou' t'aider. » Alo' j' suis allée pa'tout pou' avoi' des nouvelles comme vous aviez dit, et ils m'ont dit qu'on se bat à Jonesbo'o, et je...

— Tu dis que le docteur Meade est à la gare ?

— Oui, ma'ame, il...

— Allons, écoute-moi bien. Je vais chercher le docteur Meade. Toi, tu resteras auprès de Mme Mélanie et tu feras tout ce qu'elle te dira. Et si jamais tu lui racontes où on se bat, je te vends à des marchands du Sud, aussi sûr que deux et deux font quatre. Et puis, ne t'amuse pas à lui dire que les autres docteurs ne veulent pas venir. M'entends-tu ?

— Oui, ma'ame.

— Essuie-toi les yeux, remplis le broc avec de l'eau fraîche et monte. Rafraîchis Mme Mélanie avec l'éponge. Dis-lui que je suis partie chercher le docteur Meade.

— Est-ce qu'elle est su' le point d'accoucher, ma'ame Sca'lett ?

— Je n'en sais rien. Je le crains, mais je ne sais pas. Toi, tu devrais le savoir. Allons grimpe.

Scarlett attrapa sa grande capeline de paille sur une console et l'enfonça sur sa tête. Elle se regarda dans la glace et, d'un geste machinal, rentra quelques mèches de cheveux à l'intérieur du chapeau. Pareille à une risée, de petits frissons de peur lui partaient du creux de l'estomac, s'irradiaient, lui gagnaient le bout des doigts qui étaient glacés bien que le reste de son corps ruisselât de sueur. Elle sortit précipitamment de la maison et se trouva en pleine chaleur. La réverbération était aveuglante. Scarlett descendit la rue du Pêcher en courant, les tempes serrées. Elle étouffait. Au bas de la rue, elle entendait monter une rumeur faite de centaines de voix. Arrivée en vue de chez les Leyden, elle fut sur le point de chanceler tant son corset la serrait, mais elle ne ralentit pas son allure. Le grondement des voix se faisait plus distinct.

De chez les Leyden jusqu'aux Cinq Fourches, la rue avait une activité de fourmilière qu'on vient de détruire. Des nègres couraient de tous les côtés, le visage crispé par l'effroi. Sous les vérandas, des enfants blafards criaient sans qu'on se souciât d'eux. La chaussée était encombrée de fourgons de l'armée, d'ambulances remplies de blessés, de voitures où s'entassaient les valises et les meubles. Des hommes à cheval débouchaient des rues latérales et descendaient pêle-mêle vers le quartier général de Hood. Devant chez les Bonnel, le vieil Amos retenait son cheval par la bride. En voyant Scarlett il se mit à rouler de gros yeux.

— Vous pa'tez pas enco', ma'ame Sca'lett. Nous on s'en va tout de suite. La vieille ma'ame elle fait sa valise.

— Partir? Où?

— Dieu seul le sait, ma'ame. Quèque pa'. Les Yankees y' a'ivent.

Scarlett reprit sa course sans même dire au revoir au vieux nègre. Les Yankees arrivaient! Devant la chapelle wesleyenne elle s'arrêta pour reprendre son souffle et permettre à son cœur affolé de se calmer. Si elle ne prenait pas sur elle, elle allait sûrement s'évanouir. Tandis qu'elle restait là, cramponnée à un réverbère, elle vit un officier à cheval qui, venant des Cinq Fourches, remontait la rue du Pêcher ventre à terre. Sans réfléchir, elle s'élança au milieu de la chaussée et fit signe au cavalier.

— Oh! arrêtez! Je vous en prie, arrêtez!

L'homme tira si brusquement sur ses rênes que le cheval se cabra et battit l'air de ses pattes de devant. La fatigue burinait ses traits, mais d'un geste prompt il enleva son chapeau gris tout abîmé.

— Madame?

— Dites-moi, est-ce vrai? Est-ce que les Yankees arrivent?

— Je le crains.

— Vous en êtes certain?

— Oui, madame. Il y a une demi-heure, au quartier général, nous avons reçu une dépêche de Jonesboro où se déroule la bataille.

— Jonesboro? Vous êtes sûr?

— J'en suis sûr. L'heure n'est plus aux aimables mensonges, madame. Le message émanait du général Hardee. Il disait : « Ai perdu la bataille, suis en pleine retraite. »

— Oh! mon Dieu!

L'homme au visage bronzé et las congédia Scarlett sans la moindre émotion. Il remit son chapeau.

— Oh! monsieur, juste une minute. Qu'allons-nous faire?

— Madame, je ne saurais vous le dire. L'armée va bientôt évacuer Atlanta.

— Elle s'en va? elle nous laisse avec les Yankees?

— Je le crains.

Le cheval éperonné bondit comme s'il avait été mû par un ressort, et Scarlett demeura au milieu de la chaussée, les pieds enfoncés jusqu'aux chevilles dans la poussière rouge.

Les Yankees arrivaient! L'armée s'en allait. Les Yankees arrivaient! Qu'allait-elle faire? De quel

14

côté allait-elle s'enfuir ? Mais non, elle ne pouvait pas s'enfuir. Elle ne pouvait pas laisser derrière elle Mélanie, qui attendait son enfant d'une minute à l'autre. Oh ! pourquoi les femmes avaient-elles des enfants ? Sans Mélanie, elle pourrait emmener Wade et Prissy. Elle irait se cacher dans les bois où les Yankees ne les trouveraient jamais. Mais elle ne pouvait pas emmener Mélanie dans les bois. Non, pas maintenant. Oh ! si seulement Mélanie avait eu son enfant plus tôt. même hier, elles auraient peut-être pu obtenir une ambulance. Elle l'aurait emmenée se cacher quelque part. Mais maintenant... il fallait trouver le docteur Meade... et le ramener avec elle. Peut-être serait-il en mesure de hâter la naissance de l'enfant.

Elle retroussa ses jupes et continua de descendre la rue en courant. Ses pieds semblaient scander : « Les Yankees arrivent ! Les Yankees arrivent ! » Les Cinq Fourches étaient noires de gens qui couraient à l'aveuglette dans tous les sens. La chaussée était emboutaillée par des fourgons, des ambulances, des chariots à bœufs, des voitures chargées de blessés. De la foule montait un grondement continu pareil à celui des vagues brisant sur des roches.

Alors un spectacle invraisemblable s'offrit aux yeux de Scarlett. Une multitude de femmes portant des jambons sur les épaules remontaient la rue et semblaient venir des abords de la gare. Des petits enfants se pressaient à leurs côtés et ployaient sous des seaux de mélasse. De jeunes garçons traînaient des sacs de maïs et de pommes de terre. Un vieux poussait péniblement une brouette sur laquelle était posé un petit baril de farine. Hommes, femmes, blancs, noirs, tous avaient le visage tiré et se pressaient, se pressaient, chargés de paquets, de sacs, de caisses contenant des vivres... plus de vivres que Scarlett n'en avait vu en un an. Soudain la foule s'écarta pour livrer passage à une voiture qui donnait dangereusement de la bande et par ce chemin improvisé se faufila la frêle et élégante Mᵐᵉ Elsing, debout sur le siège de sa victoria, les rênes d'une main, le fouet de l'autre. Elle n'avait pas de chapeau. Son visage était blafard et, tandis qu'elle 'ouettait son cheval comme une furie, ses longs cheveux gris lui tombaient en cascade dans le dos. Ballottée sur la banquette, sa mama, la noire Melissey, serrait contre elle un morceau de lard graisseux, tandis que de sa main libre et de ses deux pieds elle essayait de retenir les caisses et les sacs entassés autour d'elle. Un sac de pois séchés avait crevé et son contenu s'éparpillait dans la rue. Scarlett appela Mme Elsing de toutes ses forces, mais le vacarme de la foule couvrit sa voix et l'attelage poursuivit en bringuebalant sa course effrénée.

Pendant un moment Scarlett fut incapable de comprendre ce que tout cela signifiait, puis, se rappelant que les entrepôts militaires s'élevaient du côté de la voie ferrée, elle devina que les autorités les avaient ouverts afin que la population sauvât ce qu'elle pouvait avant l'arrivée des Yankees.

Scarlett joua des coudes, se fraya un chemin dans la foule énervée qui inondait le vaste terre-plein des Cinq Fourches et se dirigea le plus vite possible vers la gare. A travers l'enchevêtrement des voitures d'ambulance et les nuages de poussière, elle arriva à distinguer les médecins et les brancardiers qui n'arrêtaient pas de se baisser, de soulever des civières, de s'éloigner en hâte avec leur fardeau. Dieu soit loué! elle n'allait pas tarder à trouver le docteur Meade. Après avoir tourné la rue, au coin de l'hôtel d'Atlanta, elle vit la gare et les voies sur toute leur longueur. Alors elle s'arrêta, épouvantée.

Gisant épaule contre épaule, tête contre pieds sous le soleil implacable, des centaines de blessés étaient alignés à même les voies, les quais et les trottoirs. Certains demeuraient immobiles, mais un grand nombre se tordaient en gémissant. Partout des nuées de mouches harcelaient les hommes, recouvraient leurs visages d'essaims bourdonnants. Partout on voyait du sang et des pansements souillés. Partout

16

on entendait hurler et jurer les hommes qu'emportaient les brancardiers. L'odeur du sang, de la sueur, des corps sales et des excréments montait en vagues fétides. Les infirmiers couraient çà et là au milieu des hommes prostrés et marchaient souvent sur des blessés tant les rangs étaient serrés. Ceux qu'on piétinait ainsi levaient passivement les yeux et attendaient que vînt leur tour d'être emmenés.

La main collée à la bouche, Scarlett recula. Il lui semblait qu'elle allait vomir. Elle ne pouvait aller plus loin. Elle avait vu quantité de blessés à l'hôpital, quantité de blessés sur la pelouse de tante Pitty après la bataille de la Rivière, mais elle n'avait jamais rien vu de pire. Elle n'avait jamais rien vu de comparable à ces corps puants et sanglants qui brûlaient sous un soleil féroce. C'était un enfer de souffrances, d'odeurs nauséabondes, de cris... et vite, vite, vite. Les Yankees arrivent! les Yankees sont là!

Creusant les épaules, les yeux écarquillés pour reconnaître le docteur Meade parmi les hommes qui se tenaient debout, elle s'engagea au milieu des blessés. Mais elle s'aperçut qu'elle ne pouvait continuer à regarder devant elle, car, si elle n'y prêtait pas attention, elle risquait de marcher sur quelque pauvre soldat. Elle retroussa ses jupes et s'efforça de s'approcher d'un groupe de personnages qui dirigeaient les mouvements des brancardiers.

Tandis qu'elle avançait, des mains fiévreuses la tiraient par le bas de sa robe, des voix marmonnaient : « Madame, de l'eau!... S'il vous plaît, madame, de l'eau! Pour l'amour du Christ, de l'eau! »

Elle se dégageait comme elle pouvait. La sueur ruisselait sur son visage. Si par malheur elle mettait le pied sur l'un de ces hommes, elle pousserait un hurlement et s'évanouirait. Elle enjamba des morts, des hommes qui gisaient les yeux vides, les mains crispées sur des ventres où le sang séché avait collé les uniformes aux lèvres des plaies, des hommes dont les poils de barbe étaient raidis par le sang, dont les

17

mâchoires fracassées laissaient échapper un son qui devait signifier : « De l'eau ! de l'eau ! »

Si elle ne trouvait pas le docteur Meade, elle allait se mettre à crier, elle allait devenir folle. Elle fixa le groupe qu'elle avait remarqué et lança du plus fort qu'elle put :

— Docteur Meade ! Est-ce que le docteur Meade est là ?

Un homme se détacha du groupe et regarda de son côté. C'était le docteur. Il était en bras de chemise et avait relevé ses manches jusqu'aux épaules. Sa chemise et son pantalon étaient aussi rouges que des vêtements de boucher et même le bout de sa barbe gris fer était maculé de sang. Son visage était celui d'un homme ivre de fatigue, de rage impuissante et de pitié. Ses joues couvertes de poussière avaient pris une teinte grise et la sueur y avait tracé de longues rigoles. Pourtant, lorsqu'il appela Scarlett, celle-ci fut frappée de son ton calme et résolu.

— Dieu merci, vous voilà. J'ai de quoi employer tous les bras disponibles.

Pendant un moment, Scarlett le regarda, éberluée ; puis, d'un geste pudique, elle rabaissa ses jupes. Elles tombèrent sur le visage sale d'un blessé qui essaya de détourner la tête afin de ne pas être étouffé sous leurs plis. Que voulait bien dire le docteur ? La poussière sèche soulevée par les ambulances collait au visage de Scarlett, les odeurs ignobles lui emplissaient le nez comme un liquide infect.

— Pressez-vous, mon enfant ! Par ici !

Retroussant de nouveau ses jupes, elle s'élança vers le docteur parmi les rangées de corps. Elle lui posa la main sur le bras et sentit qu'il tremblait de fatigue bien que son visage ne révélât aucun signe de faiblesse.

— Oh ! docteur ! s'écria-t-elle. Il faut que vous veniez. Mélanie est en train d'accoucher.

Il la regarda comme si ces mots n'éveillaient rien en lui. Aux pieds de Scarlett un homme étendu à même le sol, la tête sur sa cantine, eut un sourire plein de compassion.

— Ils vont arranger ça, fit-il d'un ton encourageant.

Scarlett ne fit même pas attention à lui et secoua le bras du docteur.

— C'est Mélanie. L'enfant. Docteur, il faut que vous veniez. Elle... le...

L'heure n'était pas aux formules délicates, mais il était pénible de prononcer ces mots devant des centaines d'hommes qui écoutaient.

— Les douleurs sont plus fortes. Je vous en prie, docteur !

— Un enfant ! Bonté divine ! rugit le docteur, et son visage se tordit soudain sous l'empire de la haine et de la colère, d'une colère qui n'était point dirigée contre Scarlett ou quelqu'un d'autre, mais contre un monde où de telles choses pouvaient se produire.

« Vous n'êtes pas folle ? Je ne peux pas quitter ces hommes. Ils se meurent, ils se meurent par centaines... Je ne peux tout de même pas les laisser pour un maudit bébé. Tâchez de trouver une femme pour vous aider. Ma femme, par exemple. »

Scarlett ouvrit la bouche pour lui dire pourquoi Mᵐᵉ Meade ne pouvait pas venir, mais elle la referma brusquement. Le docteur ne savait pas que son propre fils était blessé ! Elle se demanda ce qu'il ferait s'il savait et quelque chose lui dit que même si Phil était à l'agonie le docteur ne s'en irait pas et resterait à prodiguer ses soins à tous ces blessés au lieu d'un seul.

— Non, il faut que vous veniez, docteur. Vous savez bien, vous avez dit vous-même que ça n'irait pas tout seul...

Était-ce bien elle, Scarlett, qui prononçait tout haut ces paroles terriblement choquantes au milieu de cet enfer brûlant et gémissant ?

— Elle va mourir si vous ne venez pas.

Le docteur se dégagea sans ménagement et répondit comme s'il n'avait pas entendu Scarlett, comme s'il savait à peine de quoi il s'agissait.

— Mourir ? Oui, ils mourront tous... tous ces

19

hommes. Pas de pansements, par de remèdes, pas de quinine, pas de chloroforme. Oh! mon Dieu, si l'on pouvait avoir un peu de morphine, juste un tout petit peu de morphine pour ceux qui souffrent le plus. Un tout petit peu de chloroforme. Que Dieu maudisse les Yankees! Que Dieu maudisse les Yankees!

— Qu'ils soient voués à tous les diables, docteur! fit l'homme étendu sur le sol en découvrant ses dents au milieu de sa barbe.

Scarlett se mit à trembler. Des larmes d'effroi lui brûlaient les yeux. Le docteur n'allait pas revenir avec elle. Mélanie allait mourir.

— Au nom du Ciel, docteur, je vous en supplie!

Le docteur Meade se mordit la lèvre et avança le menton tandis que son visage s'apaisait.

— Mon petit, je vais essayer. Je ne peux rien vous promettre, mais je vais essayer. Quand ces hommes seront pansés. Les Yankees arrivent et les troupes quittent la ville. Je ne sais pas ce qu'on va faire des blessés. Il n'y a pas de train. La ligne de Macon a été prise... mais je vais essayer. Allez-vous-en, maintenant. Ne me gênez pas. Il n'y a pas grand-chose à faire quand un bébé vient au monde. Il n'y a qu'à nouer le cord...

Un planton venait de toucher le bras du docteur qui se retourna et commença à donner ses instructions d'une voix tonnante et à désigner du doigt un blessé, puis un autre. L'homme à terre adressa à Scarlett un regard plein de pitié. Alors la jeune femme fit demi-tour, car le docteur l'avait oubliée.

Elle se faufila rapidement le long des rangées de blessés et regagna la rue du Pêcher. Le docteur ne venait pas. Elle allait être obligée de tout faire par elle-même. Dieu merci, Prissy s'y connaissait en accouchements. La chaleur lui donnait la migraine et son corsage, trempé de sueur, lui collait au corps. Pareilles à son cerveau, ses jambes s'engourdissaient, s'engourdissaient comme dans ces cauchemars où l'on essaie de s'enfuir sans pouvoir bouger. Elle songea à la traite qu'elle avait à accomplir avant de rentrer chez elle et cela lui parut au-dessus de ses forces.

Alors elle entendit de nouveau le terrible refrain « les Yankees arrivent ». Son cœur reprit sa course et un sang nouveau circula dans ses veines. Parvenue aux Cinq Fourches, elle se plongea au cœur de la foule si dense maintenant qu'il n'y avait plus de place sur les trottoirs et qu'elle fut obligée de marcher sur la chaussée. Couverts de poussière, recrus de fatigue, des soldats passaient en files interminables. On eût dit qu'il y en avait des milliers et des milliers. Barbus, crasseux, le fusil en bandoulière, ils allaient vite et marchaient au pas de route. Des canons passaient aussi, emmenés par des servants qui fouettaient les mules étiques avec de longues cravaches. Des fourgons de l'intendance aux bâches déchirées cahotaient dans les ornières. Des cavaliers défilaient sans arrêt en soulevant d'étouffants nuages de poussière. Jamais auparavant Scarlett n'avait vu tant de soldats réunis. La retraite! La retraite! L'armée quittait la ville.

Les bataillons pressés l'obligèrent à remonter sur le trottoir plein de gens et elle put sentir l'odeur du whisky bon marché. Du côté de la rue de Decatur, elle distingua dans la populace des femmes trop parées et trop fardées qui jetaient une note discordante de jour de fête. La plupart étaient ivres et les soldats au bras desquels elles se cramponnaient l'étaient encore plus. Elle entrevit un monceau de boucles rousses et aperçut cette créature, Belle Watling. Elle entendit son rire aigu de femme soûle et remarqua qu'elle s'appuyait à un soldat manchot qui faisait des entrechats et titubait.

Lorsque, après avoir suffisamment joué des coudes, elle eut réussi à s'éloigner un peu des Cinq Fourches, la foule s'éclaircit et, prenant ses jupes à pleines mains, elle se remit à courir. Lorsqu'elle arriva devant la chapelle wesleyenne elle était hors d'haleine, la tête lui tournait et elle avait mal au cœur. Elle s'effondra sur les marches du temple et resta ainsi, la tête enfouie dans les mains, jusqu'à ce qu'elle eût en partie repris son souffle. Si seulement elle pouvait respirer à fond. Si seulement son cœur voulait bien ne plus faire des bonds désordonnés. Si seulement il y avait encore quelqu'un, en cette ville prise de folie, à qui elle pût demander assistance.

Voyons, elle n'avait jamais rien fait par elle-même. Il s'était toujours trouvé quelqu'un pour agir à sa place, pour prendre soin d'elle, pour lui fournir un gîte, pour la protéger, pour la gâter. C'était invraisemblable qu'elle fût dans une telle impasse! Pas un ami, pas un voisin pour l'aider. Elle avait toujours eu des amis, des voisins, des esclaves habiles et pleins de zèle. Et maintenant, alors qu'elle n'avait jamais eu tant besoin d'aide, il n'y avait personne. C'était invraisemblable qu'elle pût rester si complètement seule, elle qui avait si peur, qui était si loin de chez elle.

Chez elle! Si seulement elle était chez elle, avec ou sans les Yankees. Chez elle, même si Ellen était malade. Elle aurait tant voulu contempler le doux visage d'Ellen, tant voulu sentir les bras robustes de Mama autour d'elle.

Elle se releva. Elle avait le vertige, mais elle se remit en route. Lorsqu'elle arriva en vue de la maison, elle aperçut Wade qui se balançait sur la grille. Quand l'enfant la vit à son tour, son visage grimaça et il commença à pleurer en tendant un petit doigt tout sale et meurtri.

— Me suis fait mal! dit-il en sanglotant. Me suis fait mal!

— Tais-toi! Tais-toi! Tais-toi, sans quoi je te donne le fouet. Retourne au jardin faire des pâtés et n'en bouge plus.

— Wade a faim, continua-t-il sur le même ton, et il se mit à sucer son doigt blessé.

— Ça m'est égal. Va au jardin et...

Elle releva la tête et vit Prissy penchée à une fenêtre du premier, l'inquiétude peinte sur le visage. Mais en un instant, soulagée de savoir sa maîtresse revenue, elle changea d'expression. Scarlett lui fit signe de descendre et entra dans la maison. Comme

il faisait bon dans le vestibule! Elle dénoua sa capeline, la lança sur une table et s'épongea le front de
son bras. Elle entendit s'ouvrir une porte et perçut
un gémissement étouffé, arraché aux profondeurs
de l'agonie. Prissy descendit l'escalier quatre à quatre.

— Le docteu' il vient ?

— Non, il ne peut pas.

— Mon Dieu, ma'ame Sca'lett. Ma'ame Melly elle
va pas bien du tout.

— Le docteur ne peut pas venir. Personne ne peut
venir. Il va falloir que tu mettes le bébé au monde
Moi, je t'aiderai.

Prissy demeura bouche bée tandis que sa langue
se trémoussait, incapable d'articuler un mot. Elle
se mit à regarder Scarlett à la dérobée, tout en frot-
tant le sol de son pied et en tortillant son corps fluet.

— Ne prends donc pas un air aussi niais, s'écria
Scarlett rendue furieuse par son expression stupide.
Qu'est-ce qui se passe ?

Prissy recula vers l'escalier.

— Pou' l'amou' de Dieu, ma'ame Sca...

Elle roulait de gros yeux qui exprimaient en même
temps la honte et l'effroi.

— Eh bien ?

— Pou' l'amou de Dieu, ma'ame Sca'lett! Va
falloi' qu'on ait un docteu'. Je... je... ma'ame Sca'lett,
je sais pas du tout met' au monde les bébés. Ma maman elle a jamais voulu que je voie les gens qui
allaient en avoi'.

Avant que la rage s'emparât d'elle, Scarlett poussa
un soupir épouvanté qui chassa tout l'air hors de ses
poumons. Bossant du dos, Prissy voulut s'enfuir,
mais Scarlett l'empoigna par sa robe.

— Espèce de petite négresse menteuse... que veux-
tu dire ? Tu m'as dit que tu savais tout ce qu'il fallait
faire pour mettre au monde les enfants. Où est la
vérité ? Dis-le moi.

Elle secoua Prissy jusqu'à ce que la petite tête en
forme d'œuf roulât de droite et de gauche comme
celle d'un ivrogne.

— J' mentais, ma'ame Sca'lett! J' sais pas comment j'ai pu fai' pa'eil mensonge. J'ai juste assisté à une seule naissance et ma maman elle a voulu me batt' pou' avoi' 'ega'dé.

Scarlett foudroya du regard la petite, qui se recroquevilla tout en cherchant à se dégager. Pendant un instant, elle se refusa à accepter la vérité. Mais quand elle eut fini par se rendre compte qu'en fait d'accouchements Prissy n'en savait pas plus qu'elle-même, la colère brûla en elle comme un incendie. Elle n'avait jamais frappé un esclave, mais cette fois elle gifla la joue noire de toute la force dont était capable son bras fatigué. Prissy hurla, bien plus de terreur que de mal, et commença à sautiller sur place et à se démener dans tous les sens pour échapper à Scarlett.

Alors, tandis qu'elle criait, Mélanie cessa de gémir et, un moment plus tard, d'une voix faible et tremblante, appela : « Scarlett ? c'est toi ? Viens, je t'en prie ! je t'en prie ! »

Scarlett lâcha le bras de Prissy et la petite vaurienne s'effondra sur les marches en pleurnichant. Scarlett resta un instant immobile à écouter les gémissements qui avaient repris. Il lui semblait qu'on venait de poser un joug sur sa nuque, qu'on y attachait par des harnais un pesant fardeau, une charge dont elle sentirait tout le poids dès qu'elle ferait un pas.

Elle essaya de se remémorer tout ce que Mama et Ellen avaient fait pour elle lors de la naissance de Wade, mais les douleurs de l'enfantement sont clémentes, elles s'oublient et recouvrent presque tout d'un voile obscur. Scarlett se rappela quelques détails et, aussitôt, elle s'adressa à Prissy d'un ton autoritaire :

— Allume le fourneau et veille à ce qu'il y ait toujours de l'eau bouillante dans le chaudron. Réunis toutes les serviettes que tu pourras. Trouve-moi cette pelote de ficelle, ainsi que les ciseaux. Ne t'avise pas de venir me dire que tu ne sais pas où ils sont. Apporte-les-moi et vite. Maintenant, dépêche-toi.

Elle releva Prissy d'une secousse et l'expédia vers la cuisine. Puis elle bomba la poitrine et commença à gravir l'escalier. Ça n'allait pas être facile d'annoncer à Mélanie qu'elle et Prissy en étaient réduites à l'accoucher elles-mêmes.

XXII

Jamais il ne devait y avoir d'après-midi plus long, plus chaud, plus bourdonnant de mouches insolentes. Malgré l'éventail que Scarlett ne cessait d'agiter, elles harcelaient Mélanie de leur troupe compacte. Scarlett avait le bras tout endolori à force de secouer la large feuille de palmier et cependant tous ses efforts paraissaient vains, car, à mesure qu'elle réussissait à chasser les mouches du visage ruisselant de Mélanie, celles-ci prenaient possession des pieds et des jambes moites de la jeune femme et lui arrachaient de faibles cris accompagnés de légers soubresauts : « Oh! s'il te plaît, évente-moi les pieds. »

La pièce était plongée dans une demi-obscurité. Scarlett avait baissé les stores pour empêcher la chaleur et la réverbération de passer. Quelques points lumineux gros comme des têtes d'épingles révélaient d'imperceptibles trous dans l'étoffe et une frange ensoleillée encadrait les stores. A l'intérieur de la pièce il régnait une température d'étuve et, au lieu de sécher, les vêtements de Scarlett, déjà trempés de sueur, devenaient d'heure en heure plus collants. Prissy, pelotonnée dans un coin, suait elle aussi à grosses gouttes et dégageait une odeur si nauséabonde que Scarlett l'eût mise dehors si elle n'avait pas craint que la petite ne déguerpît une fois que sa maîtresse l'aurait perdue de vue. Mélanie gisait sur son lit à même le drap qu'elle avait noirci à force de transpirer et qui était couvert de taches humides là où Scarlett avait laissé tomber de l'eau. Mélanie n'arrêtait pas de se tourner sur un côté, puis sur un autre, à gauche, à droite, pour recommencer de nouveau.

Parfois elle essayait de s'asseoir, retombait et reprenait son manège. Elle s'était d'abord efforcée de lutter contre ses larmes en se mordant les lèvres jusqu'au sang et Scarlett, dont les nerfs étaient aussi à vif que les lèvres de sa belle-sœur, lui avait dit d'un ton sec : « Melly, pour l'amour de Dieu, ne fais pas la brave! Hurle si tu en as envie. Il n'y a que nous pour t'entendre. »

Vers la fin de l'après-midi, Mélanie ne se piquait plus d'héroïsme et gémissait et poussait même parfois un cri déchirant. Lorsque cela lui arrivait, Scarlett se prenait la tête à deux mains, se bouchait les oreilles, se trémoussait dans tous les sens et souhaitait la mort. N'importe quoi valait mieux que de rester là, pieds et poings liés, à attendre un bébé qui mettait si longtemps à venir. Attendre, quand, d'après ce qu'elle savait, les Yankees étaient déjà aux Cinq Fourches!

Elle se repentit de tout son cœur de ne pas avoir suivi d'une oreille plus attentive les conversations que les femmes mariées échangeaient à voix basse sur le chapitre de la maternité. Si seulement elle avait écouté! Si seulement ces choses-là l'avaient intéressée davantage, elle saurait si Mélanie en avait encore pour longtemps. Elle se rappelait vaguement avoir entendu tante Pitty parler d'une de ses amies qui, après avoir souffert pendant deux jours les douleurs de l'enfantement, était morte sans même avoir accouché! Et si Mélanie restait dans cet état pendant deux jours! Mais Mélanie était si fragile! Elle serait incapable de supporter deux journées de souffrances. Si le bébé ne se pressait pas, elle n'allait pas tarder à mourir. Et comment elle, Scarlett, pourrait-elle se retrouver en présence d'Ashley, à condition qu'il fût encore en vie, et lui apprendre que Mélanie était morte... Après lui avoir promis de veiller sur elle?

Lorsque la douleur s'était faite trop aiguë, Mélanie avait d'abord voulu tenir la main de Scarlett, mais elle l'avait si bien pétrie dans la sienne qu'elle en avait presque broyé les os. Au bout d'une heure de ce supplice, Scarlett avait eu les mains si enflées et si meurtries qu'elle pouvait à peine remuer les doigts. Alors l'idée lui était venue de nouer deux longues serviettes l'une à l'autre, de les attacher toutes deux au pied du lit et de donner à Mélanie la partie qui formait un nœud. Mélanie se cramponnait aux serviettes comme à une ligne de sauvetage, y usait sa force, tirait dessus à les faire craquer, relâchait son étreinte, essayait de les déchirer. Tout au long de l'après-midi, sa voix s'éleva comme celle d'un animal mourant au fond d'une trappe. De temps en temps, elle abandonnait les serviettes, se frottait les mains l'une contre l'autre d'un geste las, et fixait sur Scarlett des yeux dilatés par la douleur.

— Parle-moi, je t'en prie, murmurait-elle, et Scarlett parlait à tort et à travers jusqu'à ce que Mélanie agrippât les serviettes et reprît ses contorsions.

La chambre obscure n'était plus que moiteur, souffrances et mouches bourdonnantes. Le temps s'avançait à pas si lents que Scarlett en arrivait à perdre le souvenir de la matinée. Elle avait l'impression de n'avoir jamais quitté cette sombre étuve où l'on ruisselait de sueur. Chaque fois que Mélanie poussait un hurlement, elle avait grande envie de l'imiter, et ce n'était qu'en se mordant les lèvres jusqu'au sang qu'elle parvenait à se dominer et à ne pas sombrer dans un accès de folie.

Wade monta l'escalier sur la pointe des pieds, et blotti de l'autre côté de la porte, se mit à gémir.

— Wade a faim!

Scarlett se leva, mais Mélanie lui dit d'une voix étouffée :

— Ne me quitte pas, je t'en supplie. Quand tu n'es pas là, je n'y tiens plus.

Alors Scarlett envoya Prissy à la cuisine préparer la bouillie de maïs de Wade et faire manger l'enfant. Quant à elle, il lui sembla qu'à la suite de cet après-midi elle n'aurait plus jamais d'appétit.

27

La pendule placée sur la cheminée ne marchait plus et Scarlett avait perdu la notion de l'heure. Cependant, comme il faisait moins chaud dans la chambre et que les petits points lumineux brillaient d'un éclat moins vif elle souleva le coin du store. Elle fut surprise de constater que la journée tirait à sa fin et que le soleil, pareil à un ballon cramoisi, était déjà fort bas sur l'horizon. Elle n'aurait pas su dire pourquoi, mais elle s'était imaginé que désormais il ferait toujours une température aussi accablante qu'en plein midi.

Elle se demanda désespérément ce qui pouvait bien se passer en ville. Les troupes avaient-elles déjà toutes quitté la place ? Les Yankees étaient-ils arrivés ? Les Confédérés se retiraient-ils sans même livrer combat ? Alors elle se rappela avec une crispation douloureuse combien il y avait peu de Confédérés à opposer aux hommes de Sherman par ailleurs si bien nourris. Sherman ! Le nom même de Satan lui faisait moitié moins peur. Mais elle n'avait guère le loisir de réfléchir. Mélanie avait soif, elle voulait une serviette froide sur le front, elle voulait qu'on l'éventât, qu'on chassât les mouches qui lui couvraient le visage.

Après que le crépuscule fut venu et que Prissy, surgissant comme un noir fantôme, eut allumé une lampe, Mélanie se sentit plus faible. Sans relâche elle appelait Ashley. Elle semblait en proie au délire, et Scarlett finit par éprouver un désir féroce d'étouffer son horrible et morne appel sous un oreiller. Tout de même, le docteur allait peut-être venir. Si seulement il pouvait se presser. L'espérance refleurissait en elle et Scarlett se tournant vers Prissy lui ordonna de courir chez Mme Meade voir si le docteur ou sa femme étaient là.

— Et si le docteur n'est pas là, demande à Mme Meade ou à Cookie ce qu'il faut faire. Supplie-les de venir.

Prissy sortit bruyamment et Scarlett la regarda descendre la rue en courant. Au bout d'un long moment, elle revint seule.

— Le docteu' il n'a pas été chez lui de toute la jou'née. Il a dû s'en aller avec les soldats. Ma'ame Sca'lett, missié Phil il est mo'.

— Mort ?

— Oui, ma'ame, fit Prissy, toute gonflée d'importance. Talbot, leu' cocher, il me l'a dit à moi. Il a 'eçu une balle...

— Ça m'est égal.

— J'ai pas vu ma'ame Meade. Cookie elle dit comme ça que ma'ame Meade elle est en t'ain de le laver et de l'a'anger pou' l'ente'er avant que les Yankees ils soyent ici. Cookie elle m'a dit que si le mal il est t'op fo' il faut met' un couteau sous le lit de ma'ame Melly pou' couper le mal en deux.

Scarlett eut bonne envie de gifler Prissy pour ce précieux renseignement, mais Mélanie à ce moment ouvrit les yeux, de grands yeux tout écarquillés, et murmura :

— Chérie... est-ce que les Yankees arrivent ?

— Non, fit énergiquement Scarlett. Prissy est une menteuse.

— Oui, ma'ame, j'en suis une, pou' sû'! acquiesça Prissy avec ferveur.

— Ils arrivent, chuchota Mélanie et elle s'enfouit le visage dans son oreiller d'où sa voix continua de monter étouffée : Mon pauvre petit! mon pauvre petit! — et, après un long silence : Oh! Scarlett, il ne faut pas que tu restes ici. Va-t'en, emporte Wade.

Les paroles de Mélanie ne faisaient que traduire les pensées de Scarlett, mais elles eurent le don d'exaspérer la jeune femme qui, de plus, avait honte comme si sa lâcheté était peinte sur son visage.

— Ne sois donc pas stupide. Je n'ai pas peur. Tu sais pertinemment que je ne t'abandonnerai pas.

— Tu ferais aussi bien. Je vais mourir.

Et Mélanie se remit à gémir.

Tâtonnant comme une vieille femme, cramponnée à la rampe de peur de tomber, Scarlett descendit à pas lents l'escalier enténébré. Les jambes lourdes, tremblante de fatigue, le corps trempé de sueur froide, elle frissonnait. Elle s'avança sans forces jusque sous la véranda et s'assit sur la première marche. Elle s'adossa contre un pilier et d'une main tremblante dégrafa à demi son corsage. La nuit était moite et Scarlett, hébétée, laissa son regard errer dans l'obscurité.

Tout était terminé, Mélanie n'était pas morte et le petit garçon qui miaulait comme un jeune chat recevait son premier bain des mains de Prissy. Mélanie dormait. Comment pouvait-elle dormir après ce cauchemar, ces tortures, ces hurlements, ces soins ignorants qui augmentaient plus la douleur qu'ils n'étaient utiles ? Pourquoi n'était-elle pas morte ? Scarlett savait qu'à sa place elle aurait succombé. Mais, lorsque tout avait été fini, Mélanie avait chuchoté quelque chose à voix basse, si basse que Scarlett avait dû se pencher pour l'entendre dire : « Merci. » Et alors elle s'était assoupie. Comment pouvait-elle s'être endormie ? Scarlett oubliait qu'elle aussi s'était endormie après la naissance de Wade. Elle oubliait tout. Elle avait l'esprit absolument vide. Le monde lui même n'était que vide. La vie n'avait pas existé avant cette interminable journée et n'existerait plus après... il n'y avait plus que la nuit lourde et chaude, que son souffle rauque et épuisé, que la sueur froide ruisselant de ses aisselles jusqu'à sa ceinture, de ses hanches à ses genoux, que la sueur visqueuse, collante et froide.

Elle entendit son souffle passer d'un rythme pesant et uniforme à un rythme haché, scandé par les sanglots, mais ses yeux restaient secs et brûlants comme s'ils ne devaient plus jamais s'emplir de larmes. Lentement, péniblement, elle se redressa et retroussa sa lourde jupe jusqu'aux cuisses. Tour à tour elle éprouvait une impression de chaleur et de froid, il lui semblait que tout son corps collait. L'air de la nuit sur ses membres la rafraîchit. Elle songea obscurément à ce que tante Pitty dirait, si elle pouvait la voir ainsi les jupes relevées sous la véranda, mais ça lui était bien égal. Tout lui était égal. Le temps avait suspendu sa marche. Le crépuscule venait peut-être de s'achever, il était peut-être minuit passé. Scarlett n'en savait rien et ne s'en souciait point.

Elle entendit marcher au premier étage, et se dit : « Maudite soit Prissy ». Alors ses yeux se fermèrent et quelque chose qui ressemblait au sommeil s'appesantit sur elle. Puis, au bout d'un long moment d'obscurité complète, Prissy vint la rejoindre, pleine d'exubérance.

— Nous avons fait du beau travail, ma'ame Sca'lett. Je suis sû' que ma maman elle s'y se'ait pas mieux p'ise!...

Scarlett la regarda dans l'ombre, trop lasse pour l'abreuver d'injures, trop lasse pour lui adresser des reproches, trop lasse pour énumérer les griefs qu'elle avait contre elle... sa façon d'afficher un savoir qu'elle ne possédait pas, son effroi, sa maladresse, son manque total d'utilité dans les moments critiques ; les ciseaux qu'elle avait placés au mauvais endroit, la cuvette d'eau qu'elle avait renversée sur le lit, le nouveau-né qu'elle avait laissé tomber. Et maintenant elle venait chanter ses propres louanges! Et dire que les Yankees voulaient affranchir les nègres! Grand bien leur fasse!

Sans mot dire elle reprit sa position contre le pilier et Prissy, devinant son humeur, disparut sur la pointe des pieds. Après un long intervalle au cours duquel son souffle et son esprit finirent par s'apaiser, Scarlett entendit monter de la rue un bruit de voix assourdies, le piétinement d'une troupe nombreuse venant du nord. Des soldats! Scarlett se releva lentement et abaissa ses jupes bien qu'elle sût que personne ne pouvait la voir dans l'obscurité. Tandis que, trop nombreux pour être comptés, ils passaient devant la maison, défilaient comme des ombres, Scarlett les interpella.

— Oh! s'il vous plaît!

Une ombre se détacha de la masse et s'approcha de la grille.

— Vous vous en allez ? Vous nous quittez ?

L'ombre parut soulever son chapeau et une voix calme s'éleva.

— Oui, m'dame. C'est bien ça. Nous sommes le restant des défenseurs du bastion à un mille environ au nord.

— Oui, m'dame. Vous comprenez, les Yankees arrivent.

— Vous... l'armée bat vraiment en retraite ?

Les Yankees arrivent! Scarlett l'avait oublié. Sa gorge se serra brusquement et elle fut incapable d'en dire davantage. L'ombre s'éloigna, se fondit avec les autres ombres et le piétinement s'atténua peu à peu dans la nuit. « Les Yankees arrivent! Les Yankees arrivent! » Voilà ce que scandaient les soldats sur la route, ce qu'à chaque pulsation répétait sourdement son cœur affolé. Les Yankees arrivent!

— Les Yankees ils a'ivent! brailla Prissy qui accourut se blottir contre Scarlett. Oh! ma'ame Sca'lett, ils vont tous nous tuer. Ils vont planter leu' baïonnettes dans nos vent'. Ils vont...

— Tais-toi!

C'était déjà bien assez terrifiant de se représenter ces choses-là sans se les entendre exposer d'une voix chevrotante. Elle fut prise d'un nouvel accès de terreur. Que pourrait-elle faire ? Comment pourrait-elle s'enfuir ? De quel côté chercher du secours ? Tous ses amis l'avaient abandonnée.

Soudain elle songea à Rhett Butler, et ses frayeurs se dissipèrent. Pourquoi n'avait-elle pas pensé à lui le matin au lieu de courir dans tous les sens comme une poule à laquelle on a coupé le cou ? Elle le détestait, mais il était fort, il était intelligent, et il n'avait pas peur des Yankees. Et puis il était encore en ville. Naturellement, elle lui en voulait à mort. Lors de leur dernière rencontre il lui avait dit des choses qu'on ne pardonne pas. Mais en un pareil moment elle pouvait bien passer là-dessus. Et puis, il avait aussi un cheval et une voiture. Oh! pourquoi n'avait-elle pas pensé à lui plus tôt ? Il pourrait les emmener

32

tous loin de cet endroit maudit, les emmener loin des Yankees, quelque part, n'importe où.

Elle se tourna vers Prissy et lui parla d'un ton fiévreux.

— Tu sais où habite le capitaine Butler... à l'hôtel d'Atlanta ?

— Oui, ma'ame, mais...

— Il n'y a pas de mais, vas-y tout de suite. Cours aussi vite que tu pourras et dis-lui que j'ai besoin de lui. Je veux qu'il vienne immédiatement avec son cheval et sa voiture ou une ambulance s'il peut en trouver une. Parle-lui du bébé. Dis-lui que je veux qu'il nous fasse sortir d'ici. Allez, va. Presse-toi.

Elle se redressa de toute sa taille et donna une bourrade à Prissy pour lui imprimer plus d'élan.

— Seigneu' tout-puissant, ma'ame Sca'lett ! J'ai la f'ousse d'aller me p'omener dans le noi'. Et si les Yankees ils m'att'apent !

— Si tu cours assez vite tu pourras rejoindre les soldats qui viennent de passer et ils ne laisseront pas les Yankees t'attraper. Dépêche-toi.

— J'ai la f'ousse. Et si le capitaine Butle' il est pas à l'hôtel ?

— Tu demanderas où il est. Tu ne sais donc pas te débrouiller. S'il n'est pas à l'hôtel, va le chercher dans les bars de la rue de Decatur. Va chez Belle Watling. Cherche-le partout. Imbécile, tu ne comprends donc pas que si tu ne te presses pas et ne le trouves pas les Yankees vont sûrement tous nous attraper.

— Ma'ame Sca'lett, ma maman elle me tue'a à g'ands coups de tige de cotonnier si je vais dans un café ou dans une vilaine maison.

— Si tu n'y vas pas, c'est moi qui te tuerai. Tu n'as qu'à rester dans la rue et à l'appeler. Ou tu n'as qu'à demander à quelqu'un s'il est là. Allez, va, va vite.

Comme Prissy continuait à se montrer récalcitrante et paraissait clouée au sol, Scarlett lui donna une seconde bourrade qui faillit lui faire dégringoler les marches de l'escalier la tête la première.

— Tu vas tâcher d'y aller sans quoi je te vends à des marchands de Louisiane. Tu ne reverras plus jamais ta mère, plus jamais ceux que tu connais et je m'arrangerai pour qu'on te fasse travailler aux champs. Allons, file!

— Seigneu' tout-puissant, ma'ame Sca'lett...

Mais, sous la vigoureuse poussée de sa maîtresse, elle fut bien forcée de descendre l'escalier. La porte cliqueta et Scarlett cria : « Cours donc, imbécile! »

Elle entendit Prissy prendre son galop et le bruit de ses pas mourut sur la terre molle.

XXIII

Après le départ de Prissy, Scarlett rentra dans le vestibule et alluma une lampe. A l'intérieur de la maison régnait une atmosphère d'étuve, comme si les murs avaient gardé toute la chaleur de midi. Scarlett était un peu sortie de son hébétude et son estomac criait sa faim. Elle se rappela qu'elle n'avait rien mangé depuis la veille au soir en dehors d'une cuillerée de bouillie de maïs et, s'emparant de la lampe, elle alla à la cuisine. Le fourneau était éteint, mais la pièce était étouffante. Scarlett découvrit un morceau de pain de maïs rassis et y mordit à belles dents tout en cherchant des yeux autre chose à manger. Dans un bol il restait un peu de bouillie et, à l'aide d'une grosse cuiller de cuisine, Scarlett se jeta dessus sans prendre la peine de la verser dans une assiette. La bouillie avait grand besoin de sel, mais Scarlett était trop affamée pour en chercher. Au bout de quatre cuillerées, la chaleur de la pièce devint insupportable et Scarlett, prenant la lampe d'une main et le quignon de pain de l'autre, sortit dans le vestibule.

Elle savait qu'elle aurait dû monter s'asseoir au chevet de Mélanie. Au cas où elle aurait besoin d'aide.

Mélanie serait trop faible pour appeler. Mais elle répugnait à l'idée de retourner dans cette chambre où elle avait passé tant d'heures de cauchemar. Même si Mélanie se mourait, elle n'aurait pas le courage de remonter. Elle souhaitait ne plus jamais revoir cette chambre. Elle posa la lampe sur une planchette fixée à cet effet auprès de la fenêtre et retourna sous la véranda. Il y faisait tellement plus frais malgré les moiteurs amollissantes de la nuit. Elle s'assit sur les marches à l'intérieur du cercle de lumière diffuse projetée par la lampe et continua de mastiquer son pain.

Lorsqu'elle l'eut achevé, ses forces revinrent dans une certaine mesure et, en même temps, renaquirent ses terreurs. A l'autre extrémité de la rue elle pouvait distinguer un bruit confus, mais elle ignorait ce que cela présageait. Elle ne distinguait rien d'autre qu'un murmure dont l'ampleur croissait et décroissait tour à tour. Elle se pencha en avant pour mieux entendre et ne tarda pas à s'apercevoir que ses muscles étaient tout endoloris par l'effort. Ce qu'elle désirait par-dessus tout, c'était entendre un bruit de sabots de chevaux et voir Rhett, nonchalant, plein d'assurance, avec ses yeux qui riraient de ses terreurs. Rhett emmènerait toute la maisonnée au loin. Elle ne savait pas où, ça lui était égal.

Tandis qu'elle restait là, l'oreille tendue, une faible lueur apparut au-dessus des arbres. Intriguée, Scarlett se mit à l'observer et la vit devenir plus brillante. Le ciel sombre tourna au rose, puis au rouge, et brusquement, dépassant la cime des arbres, Scarlett vit une énorme langue de feu darder vers le firmament. Elle se releva d'un bond. Son cœur s'était repris à battre dans sa poitrine à grands coups assourdissants.

Les Yankees étaient arrivés! Elle savait qu'ils étaient là et qu'ils mettaient le feu à la ville. Les flammes semblaient provenir du quartier situé à l'est de la ville. Elles bondissaient, de plus en plus haut et, devant ses yeux horrifiés, le foyer de l'incendie s'élargissait rapidement en un immense scintillement rouge. Tout un pâté de maisons devait brûler. Une brise légère et tiède s'était levée et apportait à Scarlett l'odeur de la fumée.

Elle grimpa l'escalier d'une traite, gagna sa chambre et se pencha à la fenêtre pour mieux voir. Le ciel avait revêtu une teinte tragique. De grosses volutes de fumée noire s'élevaient pour flotter ensuite comme des nuages au-dessus des flammes. L'odeur de la fumée devenait plus forte.

Frappé d'incohérence, l'esprit de Scarlett menait une course folle. Scarlett se demandait combien de temps il faudrait aux flammes pour atteindre la maison, aux Yankees pour se jeter sur elle. Elle s'interrogeait pour savoir où aller, pour savoir que faire. Tous les démons de l'enfer semblaient lui hurler aux oreilles et, sous l'empire de l'égarement et de la panique, la tête lui tourna tellement qu'elle dut se retenir à l'appui de la fenêtre.

« Il faut que je réfléchisse, ne cessait-elle de répéter. Il faut que je réfléchisse. »

Mais les pensées lui échappaient, lui traversaient l'esprit comme des oiseaux-mouches effrayés. Tandis qu'elle demeurait cramponnée à l'appui de la fenêtre, elle entendit le fracas assourdissant d'une explosion, plus forte que tous les coups de canon qu'elle avait entendus. Une flamme gigantesque balaya le ciel. Puis d'autres explosions retentirent... Le sol trembla, les carreaux tombèrent tout autour de Scarlett.

Les explosions succédaient aux explosions, déchiraient l'air, dans un enfer de feu et de bruit. Des torrents d'étincelles jaillissaient vers le ciel pour redescendre lentement, paresseusement, à travers des nuages de fumée couleur de sang. Scarlett pensa entendre un faible appel venant de la chambre voisine, mais elle n'y prit pas garde. Elle n'avait pas le temps de s'occuper de Mélanie. Elle était accaparée tout entière par cette peur qui se glissait le long de ses veines aussi vite que les flammes. C'était une enfant, une enfant folle de terreur qui aurait

36

voulu enfouir sa tête dans les jupes de sa mère et ne plus rien voir. Si seulement elle était chez elle! chez elle avec sa mère!

Malgré les explosions continuelles qui lui mettaient les nerfs à vif, elle distingua un autre bruit, le bruit de quelqu'un montant l'escalier quatre à quatre, elle entendit une voix, comme celle d'un chien hurlant à la mort. Prissy fit irruption dans la chambre et, se précipitant sur Scarlett, lui agrippa si fort le bras que la jeune femme pensa qu'on lui arrachait des lambeaux de chair.

— Les Yankees... cria Scarlett.

— Non, ma'ame, c'est nos missiés! lança Prissy à bout de souffle tout en enfonçant ses ongles dans le bras de Scarlett. Ils font sauter la fonde'ie, les dépôts de munitions, les ent'epôts, et, ma'ame Sca'lett, ils font sauter soixante-dix camions d'obus et de poud' et, seigneu' Jésus, nous allons tous sauter avec!

Elle recommença à crier de sa voix pointue et pinça si fort Scarlett que celle-ci, hurlant de douleur et de rage, se dégagea d'une secousse.

Les Yankees n'étaient pas encore arrivés! Il était encore temps de s'enfuir! Surmontant sa terreur, Scarlett rallia ses forces.

« Si je ne prends pas sur moi, se dit-elle, je vais me mettre à hurler comme un chat échaudé. » Et le spectacle de l'abjecte terreur de Prissy l'aida à se ressaisir. Elle empoigna la négresse par les épaules et la secoua tant qu'elle put.

— Assez de cette comédie. Tâche de dire des choses sensées. Les Yankees ne sont pas encore là, imbécile! As-tu vu le capitaine Butler? Qu'a-t-il dit? Est-ce qu'il vient?

Prissy cessa de hurler, mais ses dents s'entrechoquaient.

— Oui, ma'ame. J'ai fini pa' le t'ouver. Dans un café, comme vous l'aviez dit. Il...

— Je me fiche pas mal de l'endroit où tu l'as trouvé. Est-ce qu'il vient? Lui as-tu demandé d'amener son cheval?

— Seigneu' Dieu, ma'ame Sca'lett, il m'a dit comme ça que nos missiés ils lui avaient p'is son cheval et sa voitu' pou' une ambulance.

— Oh! mon Dieu!

— Mais il vient...

— Qu'est-ce qu'il a dit?

Prissy avait repris son souffle et s'était un peu calmée, mais elle roulait toujours des yeux effarés.

— Eh bien! ma'ame, comme vous l'aviez dit, je l'ai t'ouvé dans un café. Je suis 'estée deho' et j'ai c'ié ap'ès lui et il est so'ti. Et puis il m'a vue tout de suite et j'ai commencé à lui 'aconter, mais les soldats ils ont mis le feu à un ent'epôt du côté de la 'ue de Decatu' et ça a flambé, et il m'a dit de veni' et il m'a p'ise pa' le b'as et on a cou'u jusqu'aux Cinq Fou'ches, et alo' il m'a dit : « Qu'est-ce qu'il y a? Pa'le vite. » Et je lui ai dit que vous aviez dit, capitaine Butle', venez vite et amenez vot' cheval et vot' voitu'. Ma'ame Melly a eu un enfant et il faut que vous l'emmeniez. Et il a dit : « C'est elle qu'a eu cette idée de pa'ti'? » Alo' j'y ai dit : « J' sais pas, pou' sû', mais il faut que vous pa'tiez avant que les Yankees ils a'ivent et elle veut pa'ti' avec vous. » Alo' il a 'i et il a dit qu'on avait emmené son cheval.

Le cœur de Scarlett se serra tandis que son dernier espoir l'abandonnait. Insensée qu'elle était, comment n'avait-elle donc pas songé que l'armée en retraite réquisitionnerait tous les animaux et tous les véhicules qui restaient? Pendant un moment elle fut trop accablée pour écouter ce que disait Prissy, mais elle se domina et voulut entendre la fin de l'histoire.

— Et il a dit : « Dites à ma'ame Sca'lett de ne pas s'inquiéter. Je vais voler un cheval pou' elle, même s'il en 'este plus », et il a dit : « Jusqu'à ce soi' j'avais jamais volé de chevaux. Dites-lui que je lui amène'ai un cheval même si on m' ti'e dessus. » Alo' il a 'i enco' et il a dit : « Rent' chez toi pa' le plus cou' chemin. » Alo' au moment où je pa'tais il y a eu un boum, un b'uit épouvantable. Moi je voulais plus m'en aller, mais il m'a dit que c'était 'ien que le dépôt de munitions que nos missiés ils faisaient sauter, pou' que les Yankees le p'ennent pas et...

— Est-ce qu'il vient ? Est-ce qu'il amène un cheval ?

— Il me l'a dit.

Scarlett poussa un long soupir de soulagement. S'il existait un moyen quelconque de se procurer un cheval, Rhett Butler y aurait recours. Quel homme intelligent, ce Rhett! Elle lui pardonnerait tout s'il arrivait à les sortir de ce mauvais pas. S'enfuir! et avec Rhett elle n'aurait pas peur. Rhett les protégerait. Dieu soit loué, Rhett était là. La perspective d'échapper enfin au danger rendit à Scarlett son sens pratique.

— Va réveiller Wade. Habille-le et prépare des vêtements pour nous tous. Mets-les dans une petite malle. Surtout ne dis pas à Mme Mélanie que nous partons. Non, pas encore. Pourtant, tu emmailloteras le bébé dans deux grosses serviettes et n'oublie pas de préparer aussi ses affaires.

Prissy ne lâchait toujours pas la robe de sa maîtresse et de ses yeux on ne voyait guère que le blanc. Scarlett lui donna une bourrade et se dégagea.

— File! s'écria-t-elle, et Prissy détala comme un lapin.

Scarlett se disait qu'elle devrait bien monter apaiser les craintes de Mélanie. Elle savait que sa belle-sœur devait être folle de terreur d'entendre les détonations, qui se succédaient sans arrêt avec un bruit de tonnerre et de voir cette lueur qui illuminait le ciel. On eût dit en effet que la fin du monde était arrivée. Néanmoins, elle ne pouvait se résoudre encore à retourner dans cette chambre. Elle eut d'abord l'idée d'aller emballer la vaisselle de Mlle Pittypat et le peu d'argenterie qu'elle avait laissé en s'enfuyant à Macon, mais une fois dans la salle à manger ses mains tremblaient à un point tel qu'elle laissa échapper trois assiettes qui se brisèrent. Elle sortit sous la véranda pour écouter le bruit des explosions et revint en courant dans la salle à manger où elle laissa tomber l'argenterie sur le plancher. Elle faisait

39

tomber tout ce qu'elle touchait. Dans sa précipitation elle glissa sur la carpette, tomba lourdement,
mais se releva si vite qu'elle ne prit même pas garde
à la douleur. Au-dessus de sa tête elle pouvait entendre
Prissy qui galopait dans tous les sens comme un animal affolé et ce bruit l'exaspérait, car elle aussi
galopait de la même manière.

Pour la douzième fois elle sortit sous la véranda,
mais cette fois-là elle ne rentra pas pour vaquer à
ses vaines occupations. Elle s'assit. Il était tout simplement impossible de continuer à faire des paquets.
Impossible de faire quoi que ce fût. Il n'y avait qu'à
rester là, le cœur battant à grands coups et à attendre
Rhett. A l'autre bout de la rue, elle distingua la
plainte désagréable d'une paire d'essieux mal huilés
et le pas lent et inégal d'un cheval. Pourquoi ne se
pressait-il pas? Pourquoi ne faisait-il pas prendre le
trot à son cheval?

Le bruit se rapprocha. Scarlett se leva et lança le
nom de Rhett. Alors elle le vit confusément descendre
d'une petite charrette et elle entendit cliqueter la
grille. Enfin, à la lueur de la lampe, elle put le voir
très distinctement. Il était habillé avec autant de
recherche que s'il était allé à un bal. Sa veste et son
pantalon bien coupés étaient en fine toile blanche.
Il portait un gilet de soie gris perle. Un jabot discret
bouffait sur son plastron. Son large panama était
crânement incliné sur le côté et, à sa ceinture, étaient
passés deux longs pistolets de duel à poignée d'ivoire.
Les poches de sa veste étaient déformées par le poids
des balles qu'elles contenaient.

Il remonta l'allée d'une démarche élastique de sauvage et avec sa belle tête rejetée en arrière il avait
une grâce de prince païen. Les dangers de la nuit
qui avaient terrorisé Scarlett avaient produit sur lui
l'effet d'un breuvage grisant. Son visage sombre
exprimait une férocité soigneusement contenue, une
cruauté qui eût épouvanté Scarlett si elle avait été
à même de la remarquer.

Ses yeux noirs pétillaient comme si tout ce drame

l'eût amusé, comme si les bruits qui déchiraient l'air et l'horrible reflet du ciel n'eussent été que plaisanteries pour faire peur aux enfants. Il gravit le perron et Scarlett se tourna vers lui, le visage blême, une flamme ardente au fond de ses yeux verts.

— Bonsoir, dit-il de sa voix traînante tout en enlevant son chapeau d'un geste large. Il fait beau, cette nuit. J'ai entendu dire que vous alliez partir en voyage.

— Si vous vous mettez à faire de l'esprit, je ne vous parlerai plus jamais de ma vie, répondit Scarlett d'un ton haché.

— Ne venez pas me raconter que vous avez peur.

Il feignit la surprise et esquissa un sourire qui donna à Scarlett une envie folle de le pousser au bas de l'escalier.

— Si, j'ai peur. Je suis morte de peur, et si vous aviez seulement autant de jugeote que Dieu en donne à une chèvre, vous auriez peur, vous aussi. Mais nous n'avons pas le temps de discuter. Il faut sortir d'ici.

— A votre service, madame. Mais où avez-vous l'intention de porter vos pas ? Je suis venu jusqu'ici par simple curiosité et uniquement pour savoir où vous comptiez vous rendre. Vous ne pouvez aller ni au nord, ni à l'est, ni au sud, ni à l'ouest. Les Yankees sont partout. Il n'y a qu'une route pour sortir de la ville que les Yankees ne tiennent pas encore et dont l'armée se sert pour battre en retraite. Et cette route ne restera pas libre bien longtemps. La cavalerie du général Steve Lee livre combat à Rough and Ready pour conserver le passage libre jusqu'à ce que l'armée ait passé. Si vous suivez l'armée sur la route McDonough, les soldats vous prendront votre cheval qui, quoique ne valant pas cher, m'a donné bien du mal à voler. Voyons, où voulez-vous aller ?

Scarlett demeurait là, toute tremblante, écoutant ce que disait Rhett et l'entendant à peine. Mais, devant cette question précise, elle sut tout d'un coup où elle voulait aller, elle se rendit compte qu'au cours de toute cette sinistre journée elle avait su où elle voulait aller.

— Je veux aller chez moi, fit-elle.

— Chez vous? Vous voulez dire à Tara?

— Oui, oui! à Tara! Oh! Rhett, il faut nous presser.

Il la regarda comme si elle avait perdu la raison.

— Tara! Dieu tout-puissant, Scarlett! Vous ne savez donc pas qu'on s'est battu toute la journée à Jonesboro? On s'est battu sur un front de dix milles, on s'est même battu dans les rues de Jonesboro. Les Yankees doivent occuper Tara à l'heure qu'il est, ils doivent occuper tout le comté. Personne ne sait où ils sont, mais ils se trouvent de ce côté-là. Vous ne pouvez pas retourner chez vous! Vous ne pouvez tout de même pas passer au travers de l'armée yankee.

— J'irai chez moi! s'écria Scarlett. J'irai! J'irai.

— Petite folle, et la voix de Rhett se fit impérieuse et dure. Vous ne pouvez pas aller de ce côté-là. Même si vous ne tombez pas sur les Yankees, les bois sont pleins de traînards et de déserteurs des deux armées, et il y a encore des quantités de soldats qui battent en retraite de Jonesboro. Ils auront aussi vite fait de vous prendre votre cheval que les Yankees. La seule chance qui s'offre à vous est de suivre les troupes sur la route de McDonough et de prier Dieu qu'on ne vous voie pas dans le noir. Vous ne pouvez pas aller à Tara. Même si vous y parvenez, vous trouverez probablement tout en cendres. Je ne veux pas vous laisser repartir chez vous! C'est de la folie furieuse.

— J'irai chez moi! s'exclama Scarlett dont la voix se brisa et monta comme un cri déchirant. J'irai chez moi! Vous ne pouvez pas m'en empêcher! J'irai chez moi! Je veux voir ma mère! Je vous tuerai si vous essayez de m'en empêcher. J'irai chez moi!

A bout de nerfs, possédée par la terreur et la colère, elle se mit à pleurer. Elle se martela la poitrine de ses poings et cria de nouveau d'une voix perçante:

— J'irai! même si je dois faire la route à pied!

Tout d'un coup, elle se retrouva dans les bras de

Rhett. Cramponnées à lui, ses mains ne battaient plus, sa joue mouillée de pleurs s'écrasait contre le plastron empesé. Rhett caressa d'une main douce et apaisante ses cheveux ébouriffés ; et il lui parla d'une voix douce aussi. Si douce, si tranquille, si dénuée de raillerie, qu'on n'eût pas dit la voix de Rhett Butler, mais celle de quelque inconnu charitable et fort, qui fleurait le cognac, le tabac et les chevaux, odeurs réconfortantes, car elles faisaient songer à Gérald.

— Allons, allons, ma chérie. Ne pleurez pas. Vous irez chez vous, ma courageuse petite fille. Vous irez chez vous. Ne pleurez pas.

Scarlett sentit une nouvelle caresse sur ses cheveux et se demanda vaguement à travers son trouble si ce n'étaient pas les lèvres de Rhett. Il était si tendre, il savait si bien consoler, qu'elle aurait voulu toujours rester dans ses bras. Entre des bras si robustes, il ne pouvait sûrement rien lui arriver de mal.

Rhett fouilla dans sa poche, en tira un mouchoir et tamponna les yeux de Scarlett.

— Maintenant, mouchez-vous comme un enfant sage, ordonna-t-il, une lueur souriante dans les yeux, et puis dites-moi ce qu'il faut faire. Il faut nous presser.

Obéissante, Scarlett se moucha, mais elle fut incapable de donner un conseil. Voyant que ses lèvres tremblaient et qu'elle levait sur lui un regard désespéré, Rhett prit l'initiative des opérations.

— Mme Wilkes a eu son enfant ? Ce serait dangereux pour elle de bouger... dangereux de faire vingt-cinq milles dans cette voiture disloquée. Nous ferions mieux de la laisser chez Mme Meade.

— Les Meade ne sont pas chez eux. Je ne peux pas l'abandonner.

— Parfait. Alors, nous l'emmenons. Où est cette petite péronnelle sans cervelle ?

— Elle est là-haut à faire la malle.

— La malle ? Vous ne pouvez pas prendre une malle dans cette guimbarde. Elle est presque trop

43

petite pour vous toutes et elle ne demande qu'à perdre ses roues. Appelez la négrillonne et dites-lui de trouver le plus petit lit de plumes de la maison et de le mettre dans la voiture.

Scarlett était toujours hors d'état de faire un mouvement. Rhett lui saisit le bras d'une main ferme et il sembla qu'une partie de son énergie se transmettait à elle. Si seulement elle avait pu avoir son sang-froid! Il la poussa dans le vestibule, mais elle continua de lui jeter les mêmes regards suppliants. Sa lèvre s'abaissa en un pli moqueur : « Se peut-il que ce soit là l'héroïque jeune femme qui m'assurait qu'elle ne craignait ni Dieu, ni les hommes? »

Il éclata soudain de rire et lui lâcha les bras. Piquée au vif, Scarlett lui décocha un coup d'œil chargé de haine.

— Je n'ai pas peur, dit-elle.

— Si, vous avez peur. Dans quelques instants, vous allez tourner de l'œil et je n'ai pas de sels sur moi.

Faute de mieux, Scarlett tapa rageusement du pied et, sans un mot, elle saisit la lampe et s'engouffra dans l'escalier. Rhett la suivit de près et elle pouvait l'entendre rire doucement sous cape. Elle se raidit, entra dans la chambre de Wade et le trouva à demi habillé, dans les bras de Prissy. Il avait le hoquet, Prissy pleurnichait. Le matelas de plume du lit de Wade était petit et Scarlett ordonna à Prissy de le porter dans la voiture. Prissy déposa l'enfant par terre et obéit. Wade l'accompagna jusqu'au bas de l'escalier. Son hoquet avait presque cessé tant il était intéressé par tout ce remue-ménage.

— Venez! fit Scarlett en se dirigeant vers la porte de Mélanie, et Rhett la suivit, le chapeau à la main.

Mélanie reposait calmement, son drap ramené jusqu'au menton. Elle était d'une pâleur de mort, mais ses yeux creusés et cerclés de noir avaient une expression de sérénité. Elle ne manifesta aucune surprise en voyant Rhett entrer dans sa chambre. Elle ébaucha un faible sourire qui expira sur ses lèvres.

— Nous partons pour Tara, expliqua Scarlett d'une seule traite. Les Yankees arrivent. Rhett nous emmène. C'est notre seule ressource, Melly.

Mélanie essaya de faire oui de la tête et désigna l'enfant. Scarlett prit le petit bébé dans ses bras, l'enveloppa rapidement dans une serviette épaisse, Rhett s'approcha du lit.

— Je vais tâcher de ne pas vous faire de mal, dit-il tranquillement, en enroulant le drap autour de Mélanie. Regardez si vous pouvez me prendre par le cou.

Mélanie fit un effort, mais retomba inerte. Rhett se pencha, glissa un bras sous ses épaules, un autre sous ses genoux, et la souleva doucement. Mélanie ne dit rien, mais Scarlett vit qu'elle se mordait la lèvre et pâlissait davantage. Scarlett leva la lampe pour éclairer Rhett. Elle allait se diriger vers la porte quand Mélanie indiqua le mur d'un geste faible.

— Qu'y a-t-il? demanda Rhett.

— Je vous en prie, murmura Mélanie en essayant d'indiquer du doigt un objet. Charles.

Rhett la regarda comme s'il la croyait en proie au délire, mais Scarlett comprit et faillit se fâcher. Elle savait que Mélanie voulait emporter le daguerréotype de Charles pendu au mur au-dessous du sabre et du revolver de son frère.

— Je vous en prie, murmura de nouveau Mélanie, le sabre.

— Oh! c'est entendu, dit Scarlett et, après avoir éclairé Rhett pendant qu'il descendait l'escalier avec précaution, elle revint dans la chambre et décrocha le sabre, le pistolet et le ceinturon.

Ça allait être gai d'avoir à les porter en même temps que le bébé et la lampe. C'était bien de Mélanie! ça lui était bien égal d'être presque à l'article de la mort et d'avoir les Yankees à ses trousses, mais il fallait qu'elle se fît du mauvais sang pour les affaires de Charles!

En décrochant le daguerréotype, Scarlett aperçut le visage de Charles. Les grands yeux marron du jeune homme rencontrèrent les siens et elle resta un moment à observer le tableau avec curiosité. Cet homme avait été son mari, il avait passé quelques nuits à côté d'elle, il lui avait donné un fils qui avait les yeux aussi doux et aussi bruns que les siens ; et elle arrivait à peine à se souvenir de lui.

Calé dans ses bras, le bébé miaulait et brandissait ses petits poings. Scarlett le regarda à son tour. Pour la première fois, elle se rendit compte que c'était l'enfant d'Ashley et soudain, avec tout ce qui lui restait de forces, elle souhaita que ce fût son enfant, le sien et celui d'Ashley.

Prissy grimpa l'escalier en quelques bonds et Scarlett lui tendit l'enfant. Toutes deux descendirent à la lueur de la lampe qui projetait contre le mur des ombres incertaines. Dans le vestibule, Scarlett vit une capote, s'en coiffa et en noua hâtivement les brides sous son menton. C'était le bonnet de deuil de Mélanie et il n'allait pas à Scarlett, mais la jeune femme était incapable de se rappeler où elle avait mis son chapeau.

Elle sortit et descendit les marches du perron, la lampe à la main, tout en s'efforçant d'empêcher le sabre de lui battre les jambes. Mélanie était étendue de tout son long à l'arrière de la charrette et, à côté d'elle, on avait placé Wade et le bébé langé dans une serviette. Prissy monta et prit le bébé dans ses bras.

La voiture était très petite et les planches qui la garnissaient étaient fort basses. Les roues s'inclinaient vers l'intérieur comme si, au premier tour, elles allaient se détacher. Scarlett jeta un coup d'œil au cheval, et son cœur se serra. C'était une bête squelettique et de taille dérisoire. Elle baissait la tête d'un air découragé, presque jusqu'à toucher ses jambes de devant. L'échine à vif et couverte de plaies là où les harnais avaient frotté, elle respirait d'une manière qu'un cheval bien portant ne se fût point permise.

— La carne ne vaut pas cher, fit Rhett avec un sourire moqueur. On dirait qu'elle va expirer entre les brancards. Mais je n'ai pas pu faire mieux. Un

de ces jours, je vous raconterai avec des fioritures
où et comment je l'ai volée et combien il s'en est
fallu de peu qu'on ne me tuât d'un coup de feu. A
ce stade de ma carrière, il a fallu rien de moins que
mon dévouement à votre cause pour faire de moi
un voleur de cheval... et de quel cheval! Laissez-moi
vous aider à monter.

Il prit la lampe des mains de Scarlett et la posa
sur le sol. Le siège de devant était uniquement constitué par une planche étroite qui reliait les deux
côtés de la charrette. Rhett saisit hardiment Scarlett
à bras-le-corps et la jucha sur le siège. Que c'était
beau un homme, et un homme doué de la force de
Rhett, se dit-elle en ramenant contre elle sa jupe
évasée. Avec Rhett à côté d'elle, elle ne craignait
rien, ni le feu, ni le bruit, ni les Yankees.

Rhett s'installa sur le siège à son côté et prit les
guides.

— Oh! attendez, s'écria Scarlett. J'ai oublié de
fermer la porte d'entrée à clef.

Il fut pris d'un accès de rire tonitruant et fouetta
le dos du cheval avec les guides.

— De quoi riez-vous?

— A l'idée que... que vous allez fermer la porte à
clef pour empêcher les Yankees d'entrer, dit-il, et le
cheval se mit en marche lentement, et comme à contrecœur.

Sur le trottoir, la lampe continuait de brûler, tra-
çant un petit cercle de lumière jaune qui se rétrécit
de plus en plus à mesure que la voiture s'éloigna.

Rhett tourna le dos à la rue du Pêcher et fit prendre au cheval la direction de l'ouest. L'attelage se
mit à cahoter sur le chemin défoncé avec une violence
qui arracha à Mélanie un gémissement vite étouffé.
Des arbres sombres emmêlaient leurs rameaux au-
dessus de la tête des fugitifs. Des maisons se profi-
laient de chaque côté de la voiture et les pieux bleus
des palissades, semblables à une rangée de stèles

47

funéraires, renvoyaient une faible lumière. On se serait cru sous un tunnel, mais à travers la voûte feuillue pénétrait l'horrible clarté rouge du ciel et, au bout de la rue, des ombres se pourchassaient comme des fantômes en délire. L'odeur de la fumée devenait de plus en plus forte et, du centre de la ville, montaient, portés par la brise tiède, un bruit infernal, des hurlements, le roulement sourd des fourgons militaires, le piétinement incessant d'une foule en marche. Au moment où Rhett faisait obliquer le cheval dans une autre rue, une nouvelle explosion assourdissante déchira l'air et une monstrueuse gerbe de flammes jaillit vers l'ouest.

— Ça doit être le dernier train de munitions, dit Rhett avec calme. Pourquoi ne les ont-ils pas fait partir ce matin, les imbéciles ? Ils avaient bien le temps. Allons, tant pis pour nous. Je pensais qu'en tournant autour du centre de la ville nous aurions pu éviter l'incendie et cette foule d'ivrognes qui encombre la rue de Decatur et gagner sans encombre les quartiers sud-ouest. Mais nous allons être forcés de traverser la rue Marietta quelque part, et si cette explosion n'était pas du côté de la rue Marietta, je veux bien être pendu.

— Forcés... forcés de passer à travers l'incendie ? balbutia Scarlett.

— Pas si nous nous pressons, répondit Rhett et, sautant à bas de la charrette, il disparut dans l'obscurité d'un jardin.

Lorsqu'il revint il tenait à la main une petite badine arrachée à un arbre et il en fouetta sans pitié le dos pelé du cheval. L'animal se mit au trot. Ses pattes avaient peine à le porter, il haletait et la voiture faisait de telles embardées que les voyageurs étaient secoués comme graines dans un tamis. Le bébé geignait, Wade et Prissy pleuraient, tout le monde se meurtrissait contre les parois de la voiture. Cependant Mélanie demeurait silencieuse.

Comme l'attelage approchait de la rue Marietta, les arbres se clairsemèrent et les hautes flammes qui

couronnaient en ronflant le toit des édifices écla-
boussèrent la rue et les maisons d'une clarté plus
brillante que celle du jour, jetèrent des ombres mons-
trueuses qui se tordaient frénétiquement comme des
voiles arrachées par un ouragan à un navire naufragé.

Scarlett claquait des dents, mais sa terreur était
telle qu'elle ne s'en apercevait même pas. Elle avait
froid et elle grelottait, bien qu'on pût déjà sentir la
chaleur des flammes. C'était l'enfer, elle s'y trouvait
pour de bon maintenant. Si seulement elle avait pu
empêcher ses genoux de s'entrechoquer, elle aurait
sauté à bas de la charrette, elle aurait pris ses jambes
à son cou et aurait remonté en hurlant la rue sombre
pour aller se réfugier chez tante Pitty. Elle se blottit
contre Rhett. Elle lui serra le bras de ses doigts tremblants et leva son regard vers lui. Elle aurait voulu
qu'il lui parlât, qu'il lui dît n'importe quoi pour la
rassurer. Sur ce fond cramoisi, dans cette lueur malé-
fique qui les inondait, son beau profil cruel se décou-
pait avec une netteté de médaille antique de la déca-
dence. Il se tourna vers Scarlett et ses yeux avaient
un reflet aussi effrayant que celui de l'incendie. Scarlett eut l'impression qu'il tirait un vif plaisir de la
situation où ils se trouvaient, qu'il était ravi à la
perspective d'entrer dans cet enfer dont ils
approchaient.

— Tenez, fit-il en caressant l'un des deux longs
pistolets passés à sa ceinture, si quelqu'un, blanc ou
noir, se glisse du côté où vous êtes et s'avise de mettre
la main sur le cheval, tirez dessus et nous lui deman-
derons plus tard quelles étaient ses intentions. Seulement, pour l'amour de Dieu, n'allez pas tuer la haridelle dans votre émoi...

— J'ai... j'ai un pistolet, fit-elle en serrant l'arme
posée dans le creux de sa robe.

Mais, en même temps, elle était absolument sûre
que si la mort la regardait dans le blanc des yeux
elle aurait trop peur pour presser la détente.

— Vous en avez un? Où l'avez-vous trouvé?

— C'est celui de Charles.

49

— De Charles?

— Oui, de Charles... mon mari.

— Avez-vous jamais eu un mari pour de bon, ma chère? murmura Rhett, puis il se mit à rire doucement.

— Comment pensez-vous donc que j'aie eu mon fils? s'écria Scarlett d'un ton farouche.

— Oh! il n'y a pas que les maris pour...

— Allez-vous vous taire? Pressez-vous, voyons! Vite! Vite!

Vite! Scarlett n'avait que ce seul mot en tête. Vite! Vite!

Mais au moment où la voiture allait déboucher dans la rue Marietta, Rhett tira brutalement sur les guides et s'arrêta dans l'ombre d'un entrepôt encore épargné par les flammes.

— Des soldats, fit Rhett.

Le détachement descendait la rue Marietta entre deux rangées de bâtiments en flammes. Exténués, la tête basse, tenant leur fusil n'importe comment, les soldats marchaient au pas de route, trop las pour aller plus vite, trop las pour faire attention aux poutres qui s'effondraient à droite et à gauche, à la fumée qui tourbillonnait autour d'eux. Ils étaient tous en haillons et si déguenillés qu'on ne pouvait distinguer les officiers de leurs hommes. De temps en temps, cependant, on voyait un chapeau déchiré auquel étaient épinglées les trois lettres entrelacées «C. S. A. »[1] Bon nombre marchaient pieds nus et, de-ci, de-là, un pansement sale enveloppait une tête ou un bras. Ils passaient, ne regardant ni à droite, ni à gauche, tellement silencieux que, sans le martèlement de leurs pieds sur le sol, on aurait pu les prendre pour des fantômes.

— Regardez-les bien, dit Rhett d'un ton railleur, regardez-les afin de pouvoir dire à vos petits-enfants que vous avez vu battre en retraite l'arrière-garde de la Cause Glorieuse.

1. *Confederated States Army*, insigne que les officiers de l'Armée du Sud portaient à leur chapeau (*N. d. T.*).

Tout d'un coup Scarlett se prit à détester Rhett avec une violence qui, sur le moment, subjugua sa terreur. Elle savait que son sort et celui de tous ceux qui s'entassaient à l'arrière de la charrette dépendaient de Rhett et de lui seul, mais elle le haïssait de pouvoir se moquer des soldats en loques. Elle pensa à Charles qui était mort, à Ashley qui était peut-être mort lui aussi, à tous ces jeunes gens joyeux et braves qui pourrissaient dans des tombes hâtivement creusées et elle oublia qu'elle aussi les avait un jour considérés comme des fous. Elle était hors d'état de parler, mais les yeux brûlants de haine et de mépris, elle adressa à Rhett un regard féroce.

Comme le reste des soldats défilait, une petite silhouette au dernier rang hésita, s'arrêta et tourna vers ceux qui s'éloignaient un visage sale et si fatigué et si hagard qu'on aurait pu prendre cet homme pour un somnambule. Il était aussi petit que Scarlett, si petit que son fusil était presque aussi grand que lui, et ses joues, barbouillées de crasse, étaient imberbes. « Il a seize ans au plus, se dit Scarlett. Il doit faire partie de la Garde locale, à moins qu'il ne se soit sauvé de l'école. »

Tandis qu'elle l'observait, le garçon s'affaissa lentement et s'allongea dans la poussière. Sans rien dire, deux hommes se détachèrent du dernier rang et rebroussèrent chemin jusqu'à lui. L'un d'eux, un grand diable tout maigre avec une barbe qui lui descendait jusqu'au ceinturon, tendit son fusil et celui du garçon à son compagnon. Puis il se baissa et balança le jeune homme sur ses épaules avec une aisance qui semblait tenir de la prestidigitation. Lentement, l'échine ployée sous son fardeau, il se mit en marche pour rejoindre la colonne tandis que le garçon, faible et furieux, comme un enfant que taquinent ses aînés, se mettait à hurler : « Pose-moi par terre, bon Dieu! Pose-moi par terre! J'peux bien marcher! »

L'homme barbu ne répondit rien et, poursuivant sa course laborieuse, il disparut au coin de la rue.

Rhett demeurait immobile. Dans sa main les guides pendaient, inertes, et son visage basané était empreint d'une curieuse expression de mauvaise humeur. Soudain, non loin de la voiture, des madriers s'effondrèrent avec fracas et Scarlett vit une mince langue de flamme courir sur le toit de l'entrepôt devant lequel les fugitifs s'étaient arrêtés. Alors, pareilles à des étendards et à des bannières, les flammes triomphantes jaillirent vers le ciel au-dessus de leurs têtes. La fumée chaude emplit les narines de Scarlett. Wade et Prissy se mirent à tousser. Le bébé éternua à petits coups.

— Oh! Rhett! au nom du Ciel, êtes-vous fou ? Vite! Vite!

Rhett ne répondit rien, mais cingla le dos du cheval avec tant de force que la bête fit un bond en avant. De toute la vitesse dont le cheval était capable, les voyageurs traversèrent en cahotant la rue Marietta Devant eux s'ouvrait un tunnel de feu. De chaque côté de la rue courte et étroite qui conduisait à la voie ferrée, des maisons étaient la proie des flammes. Ils s'y enfoncèrent. Une lueur plus étincelante que celle d'une douzaine de soleils les aveugla. Une chaleur cuisante leur desséchat la peau. Le ronflement et le crépitement des flammes, les craquements de toutes sortes vinrent battre à leurs oreilles en vagues douloureuses. Ils eurent l'impression de subir ce supplice pendant une éternité, puis, brusquement, ils se retrouvèrent dans une demi-obscurité.

Ils dévalèrent la rue à fond de train, bondirent sur les rails du chemin de fer et Rhett ne cessait de fouetter le cheval d'un geste machinal. Il avait un air renfermé, absent, comme s'il avait oublié où il était. Il penchait en avant son large buste et son menton saillait comme si les pensées qui lui traversaient l'esprit n'étaient pas des plus agréables. La chaleur du brasier avait enduit de sueur son front et ses joues, mais il n'y prenait pas garde.

La voiture s'engagea dans une rue latérale, puis dans une autre, tourna d'une rue étroite dans une seconde et ainsi de suite jusqu'à ce que Scarlett fût complètement perdue et que le ronflement de l'incendie s'apaisât peu à peu. Rhett ne desserrait toujours pas les dents. Il se contentait d'administrer à intervalles réguliers de grands coups de fouet au cheval. Maintenant le reflet rouge du ciel s'estompait et la route devenait si sombre, si terrifiante que Scarlett aurait aimé entendre Rhett prononcer n'importe quels mots, même pour se moquer d'elle, même pour l'insulter ou la blesser. Mais Rhett ne desserrait toujours pas les dents.

Qu'il parlât ou qu'il se tût, Scarlett n'en remerciait pas moins le Ciel du réconfort que lui procurait sa présence. Elle trouvait cela si bon d'avoir un homme à côté d'elle, de s'appuyer contre lui, de sentir la dure saillie de son bras, de savoir qu'il se dressait entre elle et les dangers qu'elle n'aurait pas osé nommer.

— Oh! Rhett, murmura Scarlett en se cramponnant à son bras, que serions-nous devenus sans vous? Je suis si heureuse que vous ne soyez pas à vous battre.

Il détourna la tête et décocha un tel regard à Scarlett que celle-ci lâcha son bras et s'écarta de lui en se recroquevillant. Désormais ses yeux ne conservaient plus rien de leur expression moqueuse. Ils étaient à nu, et l'on pouvait y lire de la colère mêlée d'un certain étonnement. Sa lèvre inférieure se plissa, retomba et il se retourna. Pendant un long moment la voiture poursuivit sa course heurtée au milieu d'un silence que rompaient seuls les faibles vagissements du bébé et les reniflements de Prissy. Lorsque Scarlett en eut assez d'entendre la petite négresse, elle se retourna et la pinça méchamment, lui fournissant ainsi l'occasion de crier pour une raison valable avant de retomber dans un silence angoissé.

Enfin Rhett fit tourner le cheval à angle droit et, au bout d'un certain temps, la voiture s'engagea sur une route plus large et plus lisse. Les maisons aux formes confuses s'espacèrent et de chaque côté

53

les bois profilèrent comme des murs contre le ciel sombre.

— Nous voilà sortis de la ville, fit Rhett laconiquement tout en tirant sur les guides. Nous sommes sur la grand-route de Rough and Ready.

— Vite! Ne vous arrêtez pas!

— Laissez donc un peu souffler le cheval. (Puis. se tournant vers Scarlett, il lui demanda d'une voix lente :) Scarlett, êtes-vous toujours décidée à faire cette folie ?

— Faire quoi ?

— Vous tenez toujours à essayer de gagner Tara ? C'est du suicide. La cavalerie de Steve Lee et l'armée yankee vous barrent la route.

Oh! mon Dieu! Allait-il lui refuser de la conduire chez elle après toutes les épreuves qu'elle avait endurées au cours de cette terrible journée ?

— Oh! si, si! Je vous en prie, Rhett, pressons-nous. Le cheval n'est pas fatigué.

— Une minute. Par ici vous ne pouvez pas aller à Jonesboro. Vous ne pouvez pas non plus suivre la voie ferrée. On s'y est battu toute la journée entre Rough and Ready et Jonesboro. Connaissez-vous d'autres routes, pistes ou sentiers qui ne passent pas par Rough and Ready ou Jonesboro ?

— Oh! oui, s'écria Scarlett, soulagée. Si nous pouvons arriver tout près de Rough and Ready, je connais une piste qui se détache de la grand-route de Jonesboro et serpente pendant des milles à travers le pays. Papa et moi nous y passions quand nous montions à cheval. Elle débouche tout près de chez les Mac Intosh, et de là on n'est guère qu'à un mille de Tara.

— Parfait. Vous pourrez peut-être atteindre Rough and Ready. Le général Steve Lee y était cet après-midi pour couvrir la retraite. Les Yankees y sont peut-être encore. Vous réussirez peut-être à passer si les hommes de Lee ne font pas main basse sur votre cheval.

— Moi... moi, je pourrai peut-être passer ?

— Oui, « vous ». La voix de Rhett se fit dure.

— Mais, Rhett. Vous... vous n'allez donc pas nous conduire ?

— Non, je vous laisse ici.

Scarlett jeta autour d'elle un regard éperdu. Elle regarda le ciel livide derrière elle, les arbres noirs qui, de chaque côté, cernaient les fugitifs comme les murs d'une prison, les silhouettes effrayées entassées à l'arrière de la charrette, enfin elle regarda Rhett. Avait-il donc perdu la tête ? N'entendait-elle donc pas bien ?

Maintenant il souriait. Elle voyait luire ses dents, et ses yeux avaient repris leur ancienne expression railleuse.

— Nous quitter ? Où... où allez-vous ?

— Mais ma chère petite, je m'en vais me battre.

Moitié soulagée, moitié en colère, Scarlett poussa un soupir. Pourquoi fallait-il qu'il trouvât encore le moyen de plaisanter en un pareil moment ? Rhett, se battre ! Après tout ce qu'il avait dit sur les insensés qu'un roulement de tambour ou les belles paroles des orateurs poussaient à faire le sacrifice de leur vie... sur les imbéciles qui s'entre-tuaient pour que les gens raisonnables emplissent leurs poches !

— Oh ! je vous étranglerais volontiers de m'avoir fait si peur ! Allons, repartons !

— Je ne plaisante pas, ma chère. Et je suis froissé, Scarlett, que vous preniez mon héroïque sacrifice sur ce ton. Où donc est votre patriotisme, votre amour de la Glorieuse Cause ? Voilà le moment ou jamais de me dire si vous voulez que je revienne avec mon bouclier ou allongé dessus. Mais parlez vite, car je veux avoir le temps de faire un beau discours avant d'aller me battre.

Sa voix traînante l'exaspérait. Il était en train de se payer sa tête et, pourtant, quelque chose en elle lui disait qu'il se moquait également de lui-même. De quoi parlait-il ? De patriotisme, de bouclier, de beau discours ? Ce n'était pas possible qu'il parlât pour de bon. Non, ce n'était pas concevable. Il ne pouvait tout de même pas parler de gaieté de cœur de l'abandonner au milieu de cette route sombre avec une femme qui se mourait peut-être, un nouveau-né, une petite moricaude sans cervelle et un enfant épouvanté. Il ne pouvait songer à la laisser piloter, seule tout ce monde à travers les champs de bataille, au milieu des traînards, des Yankees, des incendies, et de Dieu sait quoi.

Un jour, alors qu'elle avait six ans, elle était tombée d'un arbre à plat sur le ventre. Elle se rappelait encore ce moment qui s'était écoulé avant qu'elle ait pu reprendre son souffle. Hébétée, la respiration coupée, le cœur chaviré, elle éprouvait en regardant Rhett les mêmes impressions que celles qu'elle avait éprouvées alors.

— Rhett, vous vous amusez ?

Elle lui saisit le bras et sentit que ses larmes s'écrasaient sur le poignet de son compagnon. Il lui prit la main et la baisa d'un geste frivole.

— Égoïste jusqu'au bout, n'est-ce pas, ma chère ? Vous ne pensez qu'à mettre en sûreté votre précieuse personne et vous oubliez complètement l'héroïque Confédération. Songez combien nos troupes vont être réconfortées par mon apparition de la onzième heure.

Sa voix était empreinte d'une malicieuse tendresse.

— Oh! Rhett, gémit Scarlett, comment pouvez-vous me faire ça, à moi ? Pourquoi me quittez-vous ?

— Pourquoi ? C'est peut-être à cause de cette sentimentalité traîtresse qui se cache en chacun de nous autres Sudistes. Peut-être parce que j'ai honte. Qui sait ?

— Honte ? Vous devriez mourir de honte. Nous abandonner ici, toutes seules, sans défense...

— Chère Scarlett! Vous n'êtes pas sans défense. Quiconque possède votre égoïsme et votre esprit de décision n'est jamais sans défense. Que Dieu protège les Yankees si jamais ils ont affaire à vous.

Il descendit brusquement de la charrette et en fit le tour pour passer du côté de Scarlett qui, pétrifiée, le regardait faire.

— Descendez, ordonna-t-il.

Elle ne bougea pas. D'un geste brutal, il la saisit sous les bras et la déposa sur le sol à côté de lui, puis, sans la lâcher, il l'attira à quelques pas de la voiture. Scarlett sentit la poussière et le gravier entrer dans ses mules et lui meurtrir les pieds. Les ténèbres encore chaudes l'enveloppaient comme dans un rêve.

— Je ne vous demande pas de me comprendre ou de me pardonner. Je me moque complètement de ce que vous ferez, car moi-même je n'arriverai jamais à comprendre cette imbécillité ni à me la pardonner. Je suis ennuyé de découvrir que tant de don-quichottisme demeure encore en moi. Mais notre beau pays du Sud a besoin de tous ses hommes. Notre héroïque gouverneur Brown ne l'a-t-il pas déclaré ? Peu importe. Je m'en vais à la guerre.

Tout d'un coup il se mit à rire d'un rire claironnant qui éveilla les échos des bois.

— « Je ne saurais autant t'aimer, chérie, si je n'aimais autant l'honneur. » Voilà une citation qui s'impose, n'est-ce pas ? Ça vaut sûrement mieux que ce que je pourrais trouver moi-même pour le moment. Car je vous aime, Scarlett, malgré ce que je vous ai dit le mois dernier, un soir, sous la véranda.

Sa voix traînante se faisait caressante et ses mains, des mains fortes et chaudes, remontaient le long des bras nus de la jeune femme.

— Je vous aime, Scarlett, parce que nous nous ressemblons tant. Nous sommes tous deux des renégats, ma chérie, et d'égoïstes canailles. Vous et moi, nous nous soucions fort peu que le monde s'écroule pourvu que nous soyons à l'abri et que nous ayons nos aises.

Sa voix montait dans l'obscurité et Scarlett entendait des mots, mais ils n'avaient aucun sens pour elle. Son esprit épuisé essayait de se représenter l'âpre vérité, de comprendre que Rhett allait la laisser seule affronter les Yankees. Son esprit avait beau lui répéter : « Il m'abandonne, il m'abandonne », cette pensée n'arrivait pas à faire naître en elle la moindre émotion.

Alors Rhett lui entoura la taille et les épaules de ses bras. Elle sentit contre son corps les muscles durs de ses cuisses, contre sa poitrine les boutons de sa veste. Une vague chaude la souleva, malgré son étonnement et sa frayeur, chassa de son esprit la notion du temps, de l'espace et des circonstances. Elle se sentait aussi molle qu'une poupée de chiffons. Elle avait chaud, ses forces la trahissaient, elle était sans défense, et c'était si bon de s'abandonner dans ses bras.

— Vous ne voulez pas changer d'avis sur ce que j'ai dit le mois dernier? Il n'y a rien de tel que le danger et la mort pour donner ou ajouter du piment aux choses. Soyez patriote, Scarlett. Songez que vous enverriez un soldat à la mort avec de bien beaux souvenirs.

Maintenant il l'embrassait et sa moustache lui chatouillait la bouche. Il l'embrassait lentement de ses lèvres chaudes qui prenaient tout leur temps comme si la nuit entière lui eût appartenu. Charles ne l'avait jamais embrassée ainsi. Jamais les baisers des fils Tarleton ou des Calvert ne l'avaient fait trembler de la sorte. Il ploya en arrière son corps, et ses lèvres se mirent à errer sur sa gorge, descendirent jusqu'à l'endroit où un camée fermait son corsage.

— Douce, murmura-t-il, ma douce.

Elle distingua vaguement dans le noir les contours de la charrette et elle entendit la petite voix aiguë de Wade :

— Maman! Wade a peur!

Bien que tout s'obscurcît et tournât en elle, elle recouvra d'un seul coup sa présence d'esprit, son sang-froid, et elle se rappela ce qu'elle avait un instant oublié. Oui, elle aussi avait peur et Rhett la laissait, l'abandonnait, le sale mufle. Et par-dessus le marché il avait le toupet de rester là au milieu de la route à l'insulter avec ses propositions infâmes. La rage et la colère l'envahirent. Elle se ressaisit et d'une seule détente s'arracha aux bras de Rhett.

— Oh! espèce de mufle! s'écria-t-elle, et elle se mit à fouiller sa mémoire pour découvrir d'autres jurons à lui lancer, des injures beaucoup plus fortes, du genre de celles dont se servait Gérald quand il s'emportait contre M. Lincoln, les Mac Intosh ou des mules rétives. Mais les mots ne lui venaient pas. « Espèce d'être lâche, ignoble et puant! » Et, comme elle n'arrivait pas à trouver quelque chose d'assez cinglant, de toute la force qui lui restait, elle le frappa en plein sur la bouche. Il recula d'un pas en portant la main à son visage.

— Ah! fit-il tranquillement, et pendant un instant ils restèrent face à face dans l'obscurité.

Scarlett pouvait l'entendre respirer péniblement, tandis qu'elle-même respirait d'une manière saccadée comme si elle avait couru très vite.

— Ils avaient bien raison, tout le monde avait raison. Vous n'êtes pas un homme du monde.

— Ma chère petite, fit-il, ce n'est vraiment pas le moment.

Elle savait qu'il riait et cette pensée la poussa à bout.

— Allez-vous-en! Allez-vous-en maintenant! Et puis tâchez de vous presser. Je ne veux plus jamais vous revoir. J'espère qu'un boulet de canon s'écrasera en plein sur vous. J'espère que vous serez réduit en mille morceaux. Je...

— Je vous fais grâce du reste. Je suis très bien votre idée générale. Lorsque je serai mort sur l'autel de ma patrie, j'espère que votre conscience vous tourmentera.

Elle l'entendit rire et devina qu'il retournait vers la charrette. Elle l'entendit parler, et comme toujours quand il s'adressait à Mélanie, il s'exprimait sur un ton différent et plein de respect.

— Madame Wilkes?

La voix effrayée de Prissy lui répondit de l'intérieur de la voiture.

— Dieu tout-puissant, capitaine Butle', Ma'ame Melly elle s'est évanouie il y a déjà longtemps.

— Elle n'est pas morte, au moins? Respire-t-elle?

— Oui, missié, elle 'espi'!

— Dans ce cas, il vaut probablement mieux qu'elle reste ainsi. Si elle était consciente, je doute qu'elle

puisse supporter la douleur. Veille bien sur elle, Prissy.
Tiens, voici quelque chose pour toi. Tâche de ne pas
te rendre plus bête que tu n'es.

— Oui, missié. Me'ci. missié.

— Au revoir, Scarlett.

Elle savait qu'il s'était tourné et qu'il regardait de
son côté, mais elle ne dit rien. La haine lui ôtait
l'usage de la parole. Le gravier de la route se mit à
crisser sous les pieds de Rhett et pendant un moment
Scarlett vit ses épaules massives se découper dans
l'obscurité. Alors, il disparut. Elle entendit un instant encore le bruit de ses pas, puis ce bruit s'éteignit
à son tour. Elle revint lentement vers la charrette.
Ses genoux tremblaient.

Pourquoi était-il parti, s'était-il enfoncé dans le
noir, lancé dans la guerre, dans une cause perdue
d'avance, dans un monde devenu fou ? Pourquoi
était-il parti, lui, Rhett, qui aimait les plaisirs que
procurent les femmes et les liqueurs, la bonne chère
et les lits moelleux, le linge fin et le beau cuir, lui qui
détestait le Sud et tournait en dérision les fous qui se
battaient pour lui ? Désormais il allait fouler de ses
bottes vernies une route pleine d'amertume que la
faim parcourait sans relâche, où les blessures, la
fatigue et le chagrin s'en donnaient à cœur joie
comme des loups glapissants. Et, au bout de cette
route, il y avait la mort. Il n'avait pas besoin de partir.
Il l'avait laissée seule dans une nuit noire comme la
nuit des aveugles, seule avec l'armée yankee qui lui
barrait le chemin de chez elle.

Maintenant elle se rappelait toutes les injures dont
elle avait voulu l'abreuver, mais il était trop tard.
Elle appuya la tête contre l'encolure du cheval et se
mit à pleurer.

XXIV

La lumière éclatante du soleil matinal ruisselant à travers les arbres réveilla Scarlett. Pendant un moment, encore tout engourdie par la position fatigante dans laquelle elle avait dormi, elle ne put se rappeler où elle était. Le soleil l'aveuglait. Le plancher rugueux de la charrette lui meurtrissait le corps et une lourde masse pesait en travers de ses jambes. Elle essaya de s'asseoir et découvrit que cette masse n'était autre que Wade qui sommeillait la tête posée sur ses genoux. Les pieds nus de Mélanie lui effleuraient le visage et, sous la banquette, Prissy était pelotonnée comme un chat noir avec le bébé entre elle et Wade.

Alors Scarlett se rappela tout. D'un effort, elle réussit à se redresser et regarda hâtivement autour d'elle. Dieu merci, il n'y avait pas de Yankees en vue ! On n'avait pas découvert leur cachette pendant la nuit. Désormais elle se souvenait de tout : la randonnée infernale après que les pas de Rhett se furent évanouis, la nuit qui n'en finissait pas, la route toute noire et pleine d'ornières et de grosses pierres contre lesquelles la voiture avait buté, les fossés dans lesquels elle avait glissé, l'énergie, cette énergie du désespoir qu'elle et Prissy avaient dû déployer pour sortir les roues de l'attelage de ces mêmes fossés. Elle se rappelait en frissonnant toutes les fois qu'elle avait entraîné le cheval récalcitrant à travers champs ou à travers bois lorsque, entendant des soldats approcher, elle ne savait pas si c'étaient des amis ou des ennemis... Oui, elle se souvenait combien elle avait eu peur qu'une toux, un éternuement ou le hoquet de Wade ne vînt les trahir.

Oh ! cette route sombre où les hommes marchaient dans un silence que rompaient seulement le bruit des pas étouffés dans la poussière molle, le faible cliquetis des gourmettes et le grincement des harnais de cuir. Et ce moment terrible où le cheval épuisé avait refusé d'avancer tandis que, dans l'ombre, passaient la cavalerie et l'artillerie légère, passaient si près de l'endroit où les fugitifs immobiles retenaient leur souffle que Scarlett aurait presque pu toucher les hommes, si près qu'elle pouvait sentir l'odeur de sueur de tous ces corps mal lavés ?

Enfin, lorsqu'elles étaient arrivées à proximité de Rough and Ready, quelques feux de camp brillaient encore çà et là où le reste de l'arrière-garde du général Steve Lee attendait l'ordre de se replier. Scarlett avait décrit un cercle d'un mille environ à travers un champ labouré, jusqu'à ce que le reflet des feux de bivouac se fût éteint derrière elle. Et alors elle s'était perdue au milieu de l'obscurité et avait pleuré à chaudes larmes en ne retrouvant pas le sentier qu'elle connaissait si bien. Tout de même, elle avait fini par le retrouver, mais, à ce moment, le cheval s'était affaissé entre les brancards et avait refusé de bouger et de se relever, même quand Prissy était venue le tirer par la bride.

Scarlett avait dételé et, abrutie par la fatigue, elle s'était glissée à l'arrière de la charrette et avait enfin allongé ses jambes qui lui faisaient mal. Elle se rappelait vaguement que, au moment même où le sommeil était venu lui fermer les paupières, Mélanie lui avait demandé d'une voix qui s'excusait et implorait tout à la fois : « Scarlett, puis-je avoir un peu d'eau ; s'il te plaît ? »

Elle avait répondu : « Il n'y en a pas », et s'était endormie avant même que les mots fussent sortis de sa bouche.

Maintenant, c'était le matin et le monde entier, calme et serein, endossait sa parure verte sous la moucheture dorée du soleil. Nulle part on ne voyait de soldats. Scarlett avait faim, et la soif lui desséchait le gosier. Elle avait mal partout et était toute courbatue. Remplie de stupeur, elle se demandait comment elle, Scarlett O'Hara, qui ne reposait jamais bien qu'entre deux draps de toile fine et sur le plus moelleux des lits de plume, avait bien pu dormir sur des planches comme une esclave employée aux champs.

Éblouis par le soleil, ses yeux se posèrent sur Mélanie et, horrifiée, elle sentit le souffle lui manquer. Mélanie était si rigide et si pâle que Scarlett la crut morte. Avec son visage ravagé et ses cheveux épars qui y traçaient de noires arabesques, on l'eût prise pour une vieille femme morte. Alors Scarlett vit avec soulagement se soulever sa poitrine creuse et elle comprit que Mélanie avait survécu à la nuit.

Scarlett mit sa main en écran devant ses yeux et promena son regard autour d'elle. Les fugitifs avaient sans aucun doute passé la nuit sous les arbres d'un jardin, car une allée sablée décrivait une courbe avant d'aller se perdre sous une rangée de cèdres.

« Mais voyons, nous sommes chez les Mallory! » pensa Scarlett le cœur battant de joie à la pensée qu'elle allait trouver des amis et de l'aide.

Cependant, un silence de mort pesait sur la plantation. Les massifs et le gazon de la pelouse avaient été arrachés, anéantis par les roues, les chevaux et les hommes qui s'étaient livrés là à des mouvements si furieux que le sol en était retourné. Scarlett regarda du côté de la maison et, à la place de la vieille bâtisse en bois blanc qu'elle connaissait si bien, elle ne vit plus qu'un long rectangle de soubassements en granit et deux hautes cheminées de briques noircies par la fumée qui se dressaient au milieu des feuilles calcinées des arbres calcinés.

Elle poussa un long soupir et fut parcourue d'un frisson. Allait-elle retrouver Tara dans cet état, rasée jusqu'au sol, silencieuse comme une morte?

« Non, il ne faut pas que je pense à cela maintenant, se dit-elle en hâte. Il ne faut pas que je me laisse entraîner sur cette pente. Si j'y pense, toutes mes terreurs vont renaître. » Mais malgré elle, son cœur se mit à battre sur un rythme précipité et, à chaque battement, il lui sembla entendre, comme dans un roulement de tonnerre : « Vite, reviens chez toi! Vite, reviens chez toi! »

Il fallait se remettre en route, mais il fallait d'abord trouver de quoi manger et de quoi boire, de l'eau, surtout de l'eau. Elle secoua Prissy pour la réveiller. La négrillonne la regarda avec de grands yeux égarés.

— Mon Dieu, ma'ame Sca'lett, je comptais pas me 'éveiller sinon dans la te' p'omise.

— Tu en es loin, lui dit Scarlett en essayant de remettre un peu d'ordre dans sa coiffure.

Elle avait la figure moite et son corps était déjà trempé de sueur. Elle se sentait sale, visqueuse. Elle avait l'impression de sentir mauvais. Comme elle ne s'était pas déshabillée pour dormir, ses vêtements étaient tout froissés. Jamais elle n'avait éprouvé pareille fatigue, pareille sensation de malaise. Des muscles dont elle ne soupçonnait pas l'existence lui rappelaient douloureusement les efforts qu'elle avait fournis la nuit précédente et chaque mouvement lui causait une souffrance aiguë.

Elle regarda Mélanie et vit qu'elle avait ouvert les yeux. Elle avait des yeux de malade, brillants de fièvre et cernés de noir. Elle entrouvrit des lèvres gercées et murmura d'une voix implorante : « De l'eau. »

— Lève-toi, Prissy, ordonna Scarlett. Nous irons au puits et nous tirerons un peu d'eau.

— Mais, ma'ame Sca'lett, il doit y avoi' des fantômes pa' là. Et si quelqu'un est mo' pa' là ?

— Je m'en vais te changer en fantôme si tu ne sors pas de cette charrette, fit Scarlett qui n'était point en veine de discuter.

Elle-même descendit gauchement de la voiture et alors elle pensa au cheval. Grand Dieu! Et s'il était mort pendant la nuit! Lorsqu'elle l'avait dételé, il semblait sur le point de trépasser. Elle fit en courant le tour de la voiture et vit la bête étendue sur le flanc. Si jamais elle était morte, elle maudirait Dieu et mourrait elle aussi. Quelqu'un dans la Bible avait fait cela. Maudire Dieu et mourir. Elle savait exactement ce que cette personne avait dû ressentir. Mais le cheval était en vie. Il respirait avec peine, ses yeux malades à demi fermés, mais quoi! il vivait encore. Allons, à lui aussi un peu d'eau ferait du bien.

Prissy sortit à contrecœur de la charrette tout en s'accompagnant de force gémissements et, pas trop rassurée, remonta l'allée à la suite de Scarlett. Derrière les ruines, les cases des esclaves, passées au lait de chaux, s'alignaient désertes et silencieuses sous les arbres. Entre les cases et les soubassements de la maison noircis par la fumée, elles trouvèrent le puits dont le treuil et son support étaient intacts. Le seau était descendu presque jusqu'au fond. A elles deux elles le remontèrent et lorsque, tout rempli d'une eau fraîche et scintillante, il émergea du trou sombre, Scarlett l'inclina sur ses lèvres et but à longs traits bruyants tout en s'éclaboussant.

Elle but jusqu'à ce qu'un impétueux : « Eh ben! moi aussi j'ai soif » de Prissy lui rappelât l'existence des autres.

— Défais le nœud, porte le seau à la charrette et donne-leur un peu d'eau. Tu donneras le reste au cheval. Tu ne penses pas que Mᵐᵉ Mélanie devrait donner à téter au bébé? Il doit mourir de faim.

— Seigneu'! Ma'ame Melly elle a pas de lait, ma'ame Sca'lett, et... elle en au'a pas.

— Comment le sais-tu?

— J'en ai t'op vu comme elle.

— Allons, ne fais donc pas d'embarras avec moi. Hier, tu n'étais pas tellement calée en fait de bébés. Presse-toi maintenant. Moi, je vais essayer de trouver quelque chose à manger.

A force de recherches, Scarlett finit par découvrir quelques pommes dans le verger. Les soldats étaient passés par là avant elle et il n'en restait plus sur les arbres. Celles qu'elle ramassa sur le sol étaient en partie pourries. Elle choisit les meilleures, en remplit un pan de sa jupe et fit demi-tour. La terre était molle et de petits cailloux pénétraient à l'intérieur de ses mules. Pourquoi diable n'avait-elle pas pensé à mettre des chaussures plus résistantes, la veille au soir? Pourquoi n'avait-elle pas pris son chapeau de paille pour se protéger du soleil ? Pourquoi n'avait-elle pas emporté à manger ? Elle s'était comportée comme une insensée. Mais, bien entendu. elle avait cru que Rhett se serait occupé de tout.

Rhett ! Elle cracha sur le sol, tant ce seul nom lui faisait horreur. Comme elle le détestait ! Quelle conduite méprisable il avait eue ! Et dire qu'elle était restée là au milieu de la route, à se laisser embrasser par lui et qu'elle avait failli trouver cela agréable. Elle avait dû avoir un accès de folie la nuit dernière. Quel être abject !

Lorsqu'elle revint, elle partagea les pommes en trois et jeta le reste dans la charrette. Le cheval s'était relevé, mais l'eau ne semblait guère l'avoir rafraîchi. En plein jour il offrait un spectacle plus affligeant encore que pendant la nuit. Ses hanches saillaient comme celles d'une vache usée par l'âge, ses côtes faisaient penser à une planche à laver, son dos n'était plus qu'une plaie. En l'attelant, Scarlett ne put s'empêcher de reculer de dégoût chaque fois qu'elle le toucha. Lorsqu'elle lui passa le mors, elle s'aperçut qu'il n'avait pratiquement plus de dents. Il était aussi vieux que les montagnes ! Tant qu'à voler un cheval, Rhett aurait bien pu en voler un bon !

Elle grimpa sur le siège et frappa le dos de la bête de sa badine de noyer. Le cheval souffla et se mit en marche, mais une fois sur la route il avança si lentement que Scarlett pensa qu'elle n'aurait aucune peine à aller plus vite à pied ! Oh ! si seulement elle n'avait pas à s'occuper de Mélanie, de Wade, du bébé et de Prissy ! Elle prendrait ses jambes à son cou et ne serait pas longue à rentrer chez elle ! Mais oui, elle courrait tout le long du chemin et chaque pas la rapprocherait de Tara et de sa mère.

Tara ne devait pas être à plus d'une quinzaine de milles, mais au train où allait cette vieille haridelle, le voyage durerait bien toute la journée, car il faudrait s'arrêter fréquemment pour permettre au cheval de se reposer. Toute la journée ! Elle parcourut du regard la route rouge qui scintillait entre les profondes ornières que les canons et les voitures d'ambulance avaient creusées. Il lui faudrait attendre des heures avant de savoir si Tara était encore debout et si Ellen y était toujours. Des heures avant de terminer sa randonnée sous le soleil de septembre.

Elle se retourna pour regarder Mélanie qui, allongée sur le dos, fermait ses yeux meurtris pour ne pas être aveuglée par le soleil. Alors Scarlett dénoua les brides de sa capeline et la lança à Prissy.

— Mets-lui ça sur la figure. Ça lui protégera les yeux, puis comme elle commençait déjà à sentir sur elle la morsure du soleil elle se dit : « Avant la fin de la journée j'aurai tellement de taches de rousseur que je ressemblerai à un œuf de pintade. »

Jamais auparavant elle ne s'était exposée au soleil sans chapeau ou sans voile, jamais elle n'avait manié les rênes ou les guides d'un cheval sans avoir enfilé une paire de gants pour protéger la peau blanche de ses mains creusées de petites fossettes. Et pourtant, elle était là en plein soleil, dans une charrette délabrée tirée par un cheval étique. Elle était sale, elle ruisselait de sueur, elle avait faim, elle était condamnée sans appel à cheminer péniblement comme une tortue à travers une campagne déserte. Il y avait à peine quelques semaines, elle menait une existence paisible, à l'abri de tout danger. Si peu de temps s'était écoulé depuis qu'elle-même, à l'exemple de chacun, avait pensé qu'Atlanta ne tomberait jamais, que la Georgie ne serait jamais envahie. Mais le petit nuage qui, quelques mois plus tôt, s'était formé au nord-ouest, avait engendré une violente tempête, puis déchaîné un ouragan qui avait balayé tout ce qui constituait son univers, qui l'avait arrachée elle-même à sa vie douillette et l'avait laissée retomber au milieu de ce pays figé, désolé, hanté par des spectres.

Tara était-elle toujours debout ? ou bien avait-elle été emportée, elle aussi, par le vent qui avait soufflé sur la Georgie ?

Elle fouetta le cheval épuisé et essaya de le faire aller plus vite. Les roues avaient du jeu et renvoyaient les fugitifs d'un côté à l'autre de la charrette comme des gens ivres.

La mort rôdait par là. En cette fin d'après-midi, sous les rayons du soleil déclinant, tous les champs, tous les bosquets dont Scarlett se souvenait si bien verdoyaient dans une immobilité, dans un calme sinistre qui remplissait de terreur le cœur de la jeune femme. Chaque maison vide, chaque demeure criblée d'obus devant lesquelles les fugitifs étaient passés ce jour-là, chaque cheminée lugubre dressée comme une sentinelle au-dessus de ruines noircies avaient augmenté ses terreurs. Depuis la nuit précédente, elle n'avait vu ni un être humain, ni un animal en vie. Des hommes et des chevaux morts, tous gisant au bord de la route, enflés, couverts de mouches, mais elle n'avait rien vu de vivant. Point de bestiaux couchés au loin dans les prés. Les oiseaux eux-mêmes ne chantaient pas, le vent n'agitait pas les arbres. Seuls le clic-clac épuisé du cheval et les faibles vagissements du bébé de Mélanie venaient rompre le silence.

La campagne semblait être sous l'empire d'un redoutable enchantement. Ou pire encore, pensa Scarlett en frissonnant. Elle évoquait le visage familier et chéri d'une mère qui, après les affres de l'agonie, a enfin retrouvé dans la mort sa beauté et sa sérénité. Elle eut l'impression que les bois jadis si amis étaient peuplés de fantômes. Des milliers d'hommes étaient tombés au cours de la bataille de Jonesboro. Ils étaient là dans ces bois hantés, où le soleil oblique de l'après-midi luisait d'un éclat surnaturel à travers les feuilles immobiles, amis et ennemis pêle-mêle, ils l'observaient dans sa charrette disloquée, ils la regardaient de leurs yeux aveuglés par le sang et la poussière rouge... de leurs yeux vitreux, de leurs yeux horribles.

« Maman! maman! » murmura-t-elle. Si seulement elle pouvait parvenir jusqu'à Ellen! Si seulement, par un miracle de Dieu, Tara était encore debout! Elle remonterait la longue avenue plantée d'arbres, elle entrerait dans la maison, elle verrait le tendre visage de sa mère, elle sentirait de nouveau la caresse de ses mains douces et capables qui chassaient les frayeurs, elle se cramponnerait aux jupes d'Ellen, y enfouirait son visage. Sa mère saurait bien ce qu'il fallait faire. Elle empêcherait de mourir Mélanie et son bébé. Elle éloignerait tous les fantômes et les terreurs, rien qu'en faisant : « Chut! chut! » de sa voix tranquille. Mais sa mère était malade, elle se mourait peut-être.

Scarlett cingla la croupe du cheval. Il fallait aller plus vite! Toute la journée la voiture s'était traînée le long de cette route qui n'en finissait pas. La nuit n'allait pas tarder à venir. Les fugitifs allaient rester seuls au milieu de cette désolation pareille à la mort. Scarlett serra les guides de ses mains pleines d'ampoules et en fouetta sauvagement le dos de la bête jusqu'à s'en faire mal au bras.

Si seulement elle pouvait atteindre Tara, se réfugier dans les bras d'Ellen, déposer son fardeau bien trop pesant pour ses jeunes épaules — cette femme qui agonisait, le bébé qui s'éteignait lentement, son garçon à elle presque mort de faim, la négresse apeurée, qui tous attendaient d'elle la force, le salut, tous lisaient sur son dos raidi un courage qu'elle ne possédait pas, une vigueur qui l'avait abandonnée depuis long-temps.

Le cheval harassé ne réagissait plus ni au fouet, ni aux guides, mais il se traînait, butait contre de gros cailloux et oscillait comme s'il allait tomber sur les genoux. Pourtant, à l'heure du crépuscule, les voyageurs entamèrent la dernière étape du voyage. Quittant le chemin qu'ils avaient emprunté jusqu'alors, ils tournèrent et s'engagèrent sur la grand-route. Tara n'était plus qu'à un mille!

On pouvait déjà voir se profiler la masse sombre de la haie de seringas qui indiquait le commencement de la propriété des Mac Intosh. Un petit peu plus loin, Scarlett arrêta l'attelage en face de la longue avenue de chênes qui menait de la route à la demeure du vieil Angus Mac Intosh. L'ombre s'épaississait et Scarlett eut beau fouiller du regard la double rangée d'arbres, elle ne distingua rien. Tout était noir. Pas une seule lumière ne brillait dans la maison ou dans les communs. A force d'écarquiller les yeux, elle finit cependant par entrevoir un spectacle qui lui était familier au cours de cette terrible journée. Pareilles à de gigantesques stèles funéraires, deux hautes cheminées dominaient le second étage en ruine et, au premier, des fenêtres qu'aucune lampe n'éclairait, trouaient les murs comme des yeux vides.

— Eh là! lança-t-elle de toutes ses forces. Eh là!

Folle de terreur, Prissy se cramponna à elle, et Scarlett, en se retournant, vit que ses yeux roulaient dans leurs orbites.

— N'appelez plus, ma'ame Sca'lett! S'il vous plaît. n'appelez plus, murmura-t-elle d'une voix brisée. On sait pas ce qui va nous répond'.

« Mon Dieu, pensa Scarlett qu'un frisson parcourut. Mon Dieu, elle a raison. On ne sait pas ce qui peut sortir de cette maison. »

Elle secoua les guides, et l'attelage s'ébranla de nouveau. La vue de la demeure des Mac Intosh avait anéanti le dernier espoir qui lui restait. La maison incendiée, en ruine, était aussi abandonnée que toutes les plantations devant lesquelles elle était passée ce jour-là. Tara ne s'élevait qu'à un demi-mille de là, sur la même route, en plein sur le chemin des armées. Tara devait être rasée jusqu'au sol, elle aussi! Scarlett n'allait plus trouver que des briques noircies. Elle allait voir briller les étoiles à travers les décombres des murs. Ellen, Gérald, les petites, Mama, les nègres, tout le monde serait parti, parti Dieu seul savait où, et ce calme effrayant planerait sur ce qui restait de la plantation.

Pourquoi s'était-elle lancée dans cette expédition insensée? C'était un défi à la raison, surtout avec Mélanie et son enfant. Il eût mieux valu mourir à Atlanta plutôt que de venir mourir au milieu des ruines muettes de Tara après avoir subi les tortures du soleil et d'un voyage dans une voiture démantibulée.

Mais Ashley lui avait confié Mélanie : « Veillez sur

elle. » Oh! ce jour merveilleux et déchirant où il l'avait embrassée avant de s'en aller à jamais. « Vous veillerez sur elle, n'est-ce pas ? C'est promis ? » Et elle avait promis. Pourquoi s'était-elle engagée ainsi, doublement liée maintenant qu'Ashley était parti ? Malgré son épuisement elle trouvait encore la force de haïr Mélanie, de détester le petit miaulement de son enfant, qui, de plus en plus faible, perçait encore le silence. Mais elle avait promis et désormais Mélanie et son fils dépendaient d'elle, au même titre que Wade et Prissy, et il fallait qu'elle luttât et se défendît pour eux jusqu'à ses dernières forces, jusqu'à son dernier souffle. Elle aurait pu les laisser à Atlanta, mettre Mélanie à l'hôpital et l'abandonner. Mais, si elle avait fait cela, elle n'aurait jamais pu se retrouver en présence d'Ashley, soit dans ce monde, soit dans l'autre, et lui dire qu'elle avait laissé sa femme et son fils mourir parmi des inconnus.

Oh! Ashley! Où était-il à cette heure-là, pendant qu'elle suivait avec tant de mal cette route hantée en compagnie de sa femme et de son enfant ? Était-il en vie ? Pensait-il à elle derrière les barreaux de sa prison de Rock Island ? Était-il mort de la variole depuis plusieurs mois ? Était-il en train de pourrir dans une longue fosse parmi des centaines de Confédérés ?

Les nerfs trop tendus de Scarlett faillirent céder lorsqu'elle perçut un bruit dans les broussailles non loin d'elle. Prissy poussa un hurlement et s'aplatit sur le plancher de la charrette sans égards pour le bébé. Mélanie s'agita faiblement et chercha son enfant de la main. Quant à Wade, trop épouvanté pour crier, il se mit à trembler de tous ses membres. Alors les buissons s'écartèrent en craquant sous le poids d'un animal massif et l'on entendit un sourd gémissement plaintif.

— Ce n'est qu'une vache, dit Scarlett d'une voix blanche. Trêve de sottises, Prissy. Tu as écrasé le bébé et tu as fait peur à Mme Melly et à Wade.

— C'est un fantôme, larmoya Prissy en se tortillant.

Pivotant sur son siège, Scarlett brandit le rameau dont elle s'était servie en guise de fouet et en donna un coup sur le dos de Prissy. Elle était trop lasse, trop abattue par la peur pour tolérer la moindre faiblesse chez les autres.

— Relève-toi donc, imbécile, avant que je brise cette badine sur tes épaules, fit-elle.

Éperdue, Prissy releva la tête et, regardant par-dessus le rebord de la charrette, vit que c'était une vache, une bête blanche et rousse qui contemplait les voyageurs d'un air effrayé et suppliant. La vache poussa un nouveau gémissement comme si elle souffrait.

— Serait-elle blessée ? fit Scarlett. Elle ne beugle pas comme les autres vaches.

— Moi, j' c'ois qu'elle a t'op de lait et qu'elle voud'ait qu'on la t'aie, annonça Prissy, en recouvrant peu à peu son sang-froid. J' c'ois que c'en est une du t'oupeau des Mac Intosh que les nèg' ils ont emmenée dans les bois et que les Yankees ils ont pas p'ise.

— Nous allons l'emmener avec nous, décida Scarlett sur-le-champ. Comme ça, nous aurons un peu de lait pour le bébé.

— Comment est-ce qu'on va emmener une vache avec nous aut', ma'ame Sca'lett ? Nous pouvons pas emmener de vache avec nous. Et puis, les vaches, quand on a t'op attendu pou' les t'ai'e, leu' mamelles elles enflent et elles éclatent. C'est pou' ça que celle-ci elle beugle.

— Puisque tu t'y connais si bien, tu vas retirer ton jupon. Tu le déchireras en deux et tu t'en serviras pour attacher la vache à l'arrière de la voiture.

— Ma'ame Sca'lett, vous savez bien que j'ai plus de jupon depuis un mois, et puis, si j'en avais un je voud'ais pou' 'ien au monde le donner à la vache. J'ai jamais aimé les vaches. J'ai une peu' bleue de ces bêtes-là.

Scarlett lâcha les guides et retroussa sa jupe. Son jupon garni de dentelles était la dernière parure élégante et intacte qu'elle possédât. Elle dénoua le cordon qui le serrait à la taille et fit glisser le jupon sur ses chevilles en tirant à pleine mains l'étoffe douce au toucher. Rhett lui avait apporté cette toile et ces dentelles de Nassau à bord du dernier bateau avec lequel il avait forcé le blocus, et il avait fallu à Scarlett une semaine entière pour confectionner ce vêtement de dessous. Elle l'empoigna résolument par l'ourlet, tira, secoua, mordit, jusqu'à ce que le tissu cédât et se déchirât sur toute la longueur. Elle poursuivit son œuvre avec acharnement et, après avoir transformé le jupon en plusieurs bandes, les noua bout à bout de ses doigts qui saignaient et tremblaient de fatigue.

— Passe-lui cela autour des cornes, ordonna-t-elle. Mais Prissy se rebiffa.

— J'ai peu' des vaches, ma'ame Sca'lett. Je me suis jamais occupée des vaches. Moi je suis pas une nég'esse de fe'me. Moi je suis pou' se'vi' dans la maison.

— Tu n'es qu'une abrutie de négresse, voilà! et papa n'a jamais fait plus mauvais travail que le jour où il t'a achetée, déclara Scarlett d'un ton calme, trop épuisée pour se mettre en colère. Si jamais je peux encore me servir de mon bras, je te casserai mon fouet sur le dos.

Roulant de grands yeux, Prissy regarda d'abord sa maîtresse, puis la vache qui beuglait plaintivement. Scarlett lui paraissait la moins dangereuse des deux, elle se cramponna au rebord de la charrette et ne bougea pas.

Scarlett descendit maladroitement de son siège. A chacun de ses mouvements, ses muscles endoloris lui causaient une véritable torture. Prissy n'était pas la seule à avoir une «peu' bleue» des vaches. Les vaches, même les plus douces, lui avaient toujours paru redoutables, mais ce n'était pas le moment de se laisser aller à de petites frayeurs lorsque tant de dangers s'amoncelaient au-dessus de sa tête. Par bonheur, la vache était sociable. La douleur l'avait incitée à rechercher la compagnie des hommes et elle n'eut aucun geste menaçant quand Scarlett noua autour d'une de ses cornes l'extrémité du jupon déchiré. Elle fixa l'autre bout à l'arrière de la voiture du mieux que le lui permirent ses doigts meurtris. Alors, tandis qu'elle s'apprêtait à reprendre place sur le siège, une immense dépression l'assaillit et elle fut prise d'un étourdissement. Elle dut se retenir à un montant de la charrette pour ne pas tomber.

Mélanie ouvrit les yeux et, voyant Scarlett tout près d'elle, elle murmura : « Chérie... sommes-nous chez toi ? »

Chez toi! Ce mot arracha à Scarlett des larmes brûlantes. Chez elle! Mélanie ne savait pas qu'elles n'avaient plus de toit, qu'elles étaient toutes deux seules et abandonnées, au milieu d'un monde désolé, et frappé de folie.

— Pas encore, fit-elle d'une voix aussi douce que le lui permit sa gorge serrée à étouffer. Mais nous arriverons bientôt. Je viens de trouver une vache et nous n'allons pas tarder à avoir du lait pour toi et le bébé.

— Pauvre petit, fit Mélanie en essayant d'atteindre l'enfant.

Il fallut que Scarlett fît appel à toute son énergie pour remonter dans la voiture, mais enfin elle y parvint et reprit ses guides. Le cheval, la tête lamentablement baissée, refusa d'avancer. Scarlett le frappa sans aucune pitié. Elle se dit que Dieu lui pardonnerait de rosser un animal épuisé, et puis, s'Il ne lui pardonnait pas, ce serait le même prix! Après tout, Tara n'était plus guère qu'à un quart de mille et, une fois arrivé, le cheval pourrait s'effondrer entre les brancards si le cœur lui en disait.

Finalement, la bête se remit lentement en route en traînant la voiture qui grinçait et la vache qui, à chaque pas, mugissait à fendre l'âme. Ses beuglements répétés crispèrent Scarlett au point qu'elle eut envie de s'arrêter et de rendre sa liberté à la malheureuse. Après tout, à quoi lui servirait une vache s'il n'y avait personne à Tara ? Elle était incapable de la traire et, même si elle y réussissait, l'animal enverrait sans doute des coups de pied à quiconque s'aviserait de toucher à ses pis douloureux. Mais elle avait la vache et elle pouvait aussi bien la garder. Désormais sa compagnie se réduisait à si peu de chose.

Lorsque les voyageurs atteignirent enfin le bas d'une petite côte, les yeux de Scarlett s'embuèrent de larmes. Là-haut, au sommet de la pente, c'était Tara. Alors son cœur se serra. Le cheval décrépit n'aurait jamais la force de remonter le coteau. Et dire qu'au temps où elle galopait sur sa jument légère elle s'était toujours ri de cette côte. Il lui semblait impossible qu'elle fût devenue si raide depuis la dernière fois qu'elle l'avait vue. Chargée comme était la voiture, le cheval ne parviendrait jamais jusqu'en haut.

Brisée de fatigue, elle mit pied à terre et tira la bête par la bride.

— Descends, Prissy, ordonna-t-elle. Prends Wade. Porte-le ou fais-le marcher. Laisse le bébé auprès de Mme Mélanie.

Wade éclata en sanglots et, au milieu de ses gémissements, Scarlett ne distingua seulement que quelques mots hachés : « Noir... noir... Wade a peur! »

— Ma'ame Sca'lett, je peux pas ma'cher. Mes pieds ils ont des ampoules et ils passent à t'ave' mes souliers, et puis Wade il pèse t'o lou', et...

— Descends avant que je te fasse sortir de la charrette par la peau du cou. Et si c'est moi qui te sors, je te laisse ici toute seule dans le noir. Allons, vite.

Prissy n'arrêtait pas de se lamenter. Les yeux fixes, elle regardait les arbres sombres qui encadraient la route de chaque côté, les arbres qui risquaient de l'atteindre et de s'emparer d'elle pour peu qu'elle quittât le refuge de la charrette. Néanmoins elle allongea le bébé tout contre Mélanie, descendit à son tour et sortit Wade de la voiture. Le petit garçon sanglotait, cramponné à sa bonne.

— Fais-le taire. Je ne peux pas supporter ses cris, dit Scarlett en tirant le cheval par la bride et en le forçant à avancer malgré lui. Allons, Wade, sois un petit homme. Cesse de pleurer sans quoi je te donne une claque.

« Pourquoi Dieu a-t-il donc inventé les enfants? pensa Scarlett qui, au même moment, faillit se tordre la cheville. Ils ne servent à rien, pleurent sans arrêt, ennuient tout le monde. Il faut sans cesse s'occuper d'eux. On les a tout le temps dans les jambes. » Elle était si épuisée qu'elle était incapable d'éprouver la moindre compassion pour l'enfant terrorisé qui trottinait à côté de Prissy tout en la tirant par la main et en reniflant.

— Ma'ame Sca'lett, chuchota Prissy après s'être agrippée au bras de sa maîtresse. Faut pas aller à Ta'a. Ils sont pas là. Ils sont tous pa'tis. Peut-êt' ils sont mo'... ma maman et tout le monde.

Furieuse d'entendre là l'écho de ses propres pensées, Scarlett se dégagea.

— Alors, donne-moi la main de Wade. Tu peux t'asseoir ici et y rester.

— Non, ma'ame! Non, ma'ame!

— Alors, tais-toi!

Que le cheval avançait donc lentement! L'écume de sa bouche coulait sur la main de Scarlett. Du fond de sa mémoire montèrent quelques bribes d'une chanson qu'elle avait jadis chantée avec Rhett... elle ne pouvait se rappeler la suite :

Quelques jours encore à ployer sous la lourde charge.

« Quelques pas encore, ne put-elle s'empêcher de fredonner, quelques pas encore à faire sous la lourde charge. »

Alors les voyageurs arrivèrent au sommet de la pente et, devant eux, se dressa la masse sombre des chênes de Tara. Scarlett chercha avidement une lumière des yeux. Il n'y en avait pas!

« Ils sont partis, se dit-elle, le cœur glacé. Partis. »

Tirant le cheval par la bride elle s'engagea dans l'avenue, et les cèdres, joignant leurs branches au-dessus des fugitifs, les aidèrent à se fondre dans les ténèbres de la mi-nuit. Fouillant le long tunnel obscur, les yeux brûlants à force de scruter l'ombre, Scarlett vit devant elle... mais voyait-elle réellement ? Ses yeux fatigués ne la trompaient-ils pas ?... elle vit, ternes et indistinctes, les briques blanches de Tara. Sa maison! Sa maison! Les chers murs blancs, les fenêtres aux rideaux palpitants, les larges vérandas... était-ce bien tout cela qu'elle distinguait devant elle, là-bas dans l'obscurité ? Ou bien la nuit charitable lui cachait-elle l'horrible spectacle que lui avait offert la plantation des Mac Intosh ?

L'avenue de cèdres semblait n'en plus finir, et le cheval avançait de moins en moins vite. Scarlett fouillait éperdument les ténèbres. Le toit avait l'air intact. Etait-ce possible... était-ce possible... ? Non, ce n'était pas possible. La guerre ne respectait rien, pas même Tara, construite pour durer cinq cents ans. Elle ne pouvait pas avoir épargné Tara.

Alors les contours noyés d'ombres se précisèrent. Scarlett tira plus fort sur la bride du cheval. On voyait maintenant les murs blancs. La fumée ne les avait pas noircis. Tara était épargnée! Sa maison. Scarlett lâcha la bride et franchit en courant les derniers mètres qui la séparaient de chez elle. Elle bondit. Elle aurait voulu serrer les murs blancs entre ses bras. Tout d'un coup, elle vit une forme confuse émerger de l'obscurité et s'approcher des marches de la véranda. Tara n'était pas déserte. Il y avait quelqu'un chez elle!

Un cri de joie allait lui échapper, mais il s'étrangla dans sa gorge. La maison était si sombre, si calme et la silhouette sous la véranda demeurait immobile. Que se passait-il donc ? Tara était intacte, pourtant elle semblait elle aussi être drapée dans ce linceul qui recouvrait de son calme sinistre la campagne frappée de mort. Alors la sihouette bougea. Lentement, péniblement, un homme descendit les marches de la véranda.

— Papa ? interrogea Scarlett d'une voix enrouée par l'émotion, car elle ne savait même plus si c'était bien son père. C'est moi... Katie Scarlett. Me voilà revenue.

Traînant avec difficulté sa jambe raide, Gérald, muet, comme un somnambule, se dirigea vers Scarlett. Il arriva tout près d'elle, la regarda d'un air hébété comme s'il la voyait en rêve. Puis il lui posa la main sur l'épaule. Scarlett sentit trembler ses doigts comme si l'on venait d'arracher Gérald à un cauchemar et qu'il n'eût pas tout à fait conscience de la réalité.

— Ma fille, dit-il avec un effort. Ma fille.

Alors il se tut.

« Mais... Mais, c'est un vieillard! » pensa Scarlett. Sur son visage qu'elle distinguait confusément, il n'y avait plus rien de cette virilité, de cette vitalité débordante qui, jadis, faisaient Gérald, et ses yeux avaient presque la même expression d'épouvante que ceux de Wade. Gérald n'était plus qu'un petit vieux cassé, aux épaules tombantes.

Et maintenant, la crainte de l'inconnu s'emparait de Scarlett, se jetait sur elle comme si elle s'était tapie dans l'obscurité et l'avait guettée. Incapable de faire un geste, Scarlett se contentait de regarder fixement son père. Ses lèvres retenaient prisonnier le flot de questions qu'elle aurait voulu poser.

De la charrette monta de nouveau le faible vagissement du bébé et Gérald parut sortir de sa torpeur au prix d'un grand effort.

— C'est Mélanie et son petit, murmura Scarlett. Mélanie est très malade... je l'ai ramenée à la maison.

Gérald retira la main de l'épaule de sa fille et se redressa un peu. Tandis qu'il s'approchait à pas lents de la voiture, on aurait pu le prendre pour le fantôme de l'ancien maître de maison de Tara se portant au-devant de ses invités. Et, quand il parla, on eût dit qu'il empruntait ses mots à des souvenirs obscurcis par le temps.

— Cousine Mélanie!

Mélanie bredouilla quelque chose qu'on n'entendit pas.

— Cousine Mélanie, vous êtes ici chez vous. Les Douze Chênes sont en cendre. Vous allez être obligée d'habiter avec nous.

A la pensée du long martyre qu'endurait Mélanie, Scarlett retrouva toute son activité. Elle était de nouveau aux prises avec le présent, avec la nécessité de coucher Mélanie et son enfant dans un bon lit, de faire pour eux deux ces mille choses qui étaient nécessaires.

— Il faut la porter. Elle ne peut pas marcher.

On entendit un bruit de pas précipités et une forme sombre se profila sous la véranda enténébrée. Pork descendit l'escalier en courant.

— Ma'ame Sca'lett! Ma'ame Sca'lett! s'écria-t-il.

Scarlett le prit par les deux bras. Pork, ce Pork qui faisait partie intégrante de Tara, qui était aussi cher à Scarlett que les briques des murs et les couloirs frais. Elle sentit ses larmes couler sur ses mains et il n'arrêtait pas de lui donner de petites tapes maladroites dans le dos et de s'écrier : « Pou' sû, j' suis heu'eux que vous soyez 'evenue! Pou' sû'... »

Prissy éclata en sanglots et se mit à marmonner des phrases incohérentes. « Po'ke! Po'ke! mon ché'i.» Alors, le petit Wade, encouragé par la faiblesse de ses aînés, commença à dire en reniflant : « Wade a soif! »

Enfin Scarlett prit tout son monde en main.

— Mme Mélanie est dans la charrette avec son bébé. Pork, tu vas la monter au premier avec beaucoup de précautions et tu la coucheras dans la chambre d'amis qui donne sur le jardin derrière. Prissy, prends le bébé, fais rentrer Wade et donne-lui un verre d'eau. Est-ce que Mama est là, Pork ? Dis-lui que j'ai besoin d'elle.

Galvanisé par le ton autoritaire de Scarlett, Pork s'approcha de la charrette et, après avoir tâtonné quelques instants, rabattit le dossier. Mélanie laissa échapper un gémissement au moment où Pork l'assit à demi pour la soulever du matelas sur lequel elle avait passé tant d'heures. Alors elle se retrouva dans les bras solides du nègre, la tête posée sur son épaule comme un enfant. Prissy portant le bébé et tirant Wade par la main monta avec eux l'escalier et disparut dans le vestibule obscur.

De ses doigts en sang, Scarlett chercha fiévreusement la main de son père.

— Vont-elles bien, papa ?

— Les petites se remettent.

Le silence retomba et une idée trop monstrueuse
pour se traduire par des mots commença à s'ébaucher
dans l'esprit de Scarlett. Non, elle ne pouvait pas
exprimer cette pensée, les paroles n'auraient pas
franchi ses lèvres. Elle essaya quand même, mais on
eût dit que les parois de sa gorge s'étaient subitement
desséchées et collées l'une contre l'autre. Était-ce donc
là l'explication de l'effrayante énigme du silence de
Tara ? Comme s'il avait voulu répondre à la question
qui la hantait, Gérald se mit à parler.

— Ta mère... fit-il, et il s'arrêta.

— Et... maman ?

— Ta mère est morte hier.

Le bras de son père étroitement serré sous le sien,
Scarlett traversa le large vestibule qui, malgré l'obscurité, lui était aussi familier que ses propres pensées.
Elle évita les chaises au dossier élevé, le râtelier vide
de fusils, le vieux buffet dont les pieds en forme de
pattes griffues saillaient dangereusement et, d'instinct,
elle se sentit attirée vers le petit bureau où Ellen
passait son temps à faire des comptes. Lorsqu'elle
entrerait, sa mère serait sûrement assise devant son
secrétaire. Elle relèverait la tête, poserait sa grosse
plume d'oie et quitterait sa chaise pour aller au-devant
de sa fille épuisée dans un frou-frou de jupes discrè-
tement parfumées. Ellen ne pouvait pas être morte
malgré ce que papa n'avait cessé de répéter comme un
perroquet qui ne sait qu'une seule phrase :

« Ellen est morte hier... elle est morte hier. »

Elle était surprise de n'éprouver aucune émotion,
de ne rien ressentir en dehors d'une fatigue qui lui
paralysait les membres comme de lourdes chaînes de
fer et d'une fringale qui lui faisait trembler les genoux.
Elle penserait à sa mère plus tard. Pour le moment, il

fallait coûte que coûte qu'elle bannit Ellen de son esprit sans quoi elle allait se mettre à bredouiller stupidement comme Gérald ou à sangloter sans arrêt comme Wade.

Pork descendit l'escalier dans le noir et rejoignit le père et la fille. Pareil à un animal transi qui recherche un bon feu, il avait hâte de se retrouver tout près de Scarlett.

— On ne peut donc pas avoir de lumière ? interrogea celle-ci. Pourquoi fait-il aussi sombre dans la maison. Pork ? Apportez les bougies.

— Ils ont p'is toutes les bougies, ma'ame Sca'lett, toutes sauf une dont on s'est se'vi pou' s'éclai'er un peu et elle est p'esque finie. Mama elle s'est se'vie d'un bout de chiffon t'empé dans de la g'aisse de cochon pou' soigner mam'zelle Ca'een et mam'zelle Suellen.

— Apporte ce qui reste de la bougie, ordonna Scarlett. Apporte-la dans le bureau de maman... oui, dans le bureau.

Pork passa dans la salle à manger et Scarlett, avançant à tâtons, pénétra dans la petite pièce toute noire où elle alla se jeter sur le sofa. Son père ne lui avait pas lâché le bras. A la pression de sa main implorante et confiante, comme seules savent l'être les mains des êtres très jeunes ou très vieux, elle devinait sa détresse.

« C'est un vieillard, un vieillard fatigué », se dit-elle de nouveau tout en s'étonnant de prendre la chose avec tant d'indifférence.

Pork entra avec une bougie à demi consumée, fichée sur une soucoupe, et une clarté vacillante emplit la pièce. Tout parut renaître à la vie. Le vieux sofa affaissé sur lequel Gérald et Scarlett étaient assis, le grand secrétaire, le fauteuil d'Ellen, finement travaillé, les rangées de casiers encore remplis de papiers portant trace de sa belle écriture, le tapis usé... tout était bien là, sauf Ellen, Ellen avec son léger parfum de citronnelle et le doux regard de ses yeux un peu bridés. Scarlett ressentit une douleur sourde au cœur, comme si ses nerfs, engourdis sous le coup d'une blessure trop

81

vive, s'efforçaient peu à peu de reprendre leur rôle. Il ne fallait pour rien au monde qu'elle les laissât faire, elle avait toute la vie devant elle pour souffrir. Mais pas maintenant ! « Mon Dieu, je vous en prie, pas maintenant ! »

Elle regarda Gérald dont le visage, jadis vermeil, avait pris une teinte mastic et, pour la première fois, elle vit les joues de son père couvertes de poils argentés qu'il n'avait pas pris soin de raser. Pork plaça la bougie dans un chandelier et s'approcha de Scarlett. La jeune femme eut l'impression que s'il avait été un chien il serait venu poser son museau sur ses genoux et aurait jappé jusqu'à ce qu'elle lui caressât la tête.

— Pork, combien y a-t-il de noirs ici ?

— Ma'ame Sca'lett, mes maudits nèg' ils se sont sauvés et quelques-uns ils sont pa'tis avec les Yankees et...

— Combien en reste-t-il ?

— Y a moi, ma'ame Sca'lett, et puis Mama. Elle a soigné les jeunes demoiselles toute la jou'née. Y a Dilcey aussi. Maintenant, elle est aup'ès de ces demoiselles. Y a nous t'ois, ma'ame Sca'lett.

« Nous trois », alors qu'autrefois il y en avait une centaine. Scarlett eut du mal à relever la tête tant son cœur lui faisait mal. Il ne fallait pas que sa voix trahît son émotion. Elle prit sur elle, mais à sa grande surprise, elle parla d'un ton aussi détaché, aussi naturel que s'il n'y avait pas eu de guerre, qu'elle n'eût à faire qu'un simple geste de la main pour voir accourir auprès d'elle une dizaine de serviteurs.

— Pork, je meurs de faim. Y a-t-il quelque chose à manger ?

— Non, ma'ame. Ils ont tout empo'té.

— Mais le jardin ?

— Ils ont lâché leu' chevaux dedans.

— Il n'y a même plus d'ignames ?

Une sorte de sourire amusé se dessina sur les lèvres charnues du noir.

— Ma'ame Sca'lett. J'oublie pas les ignames, j'espè' qu'il y en a toujou'. Ces Yankees de maleu' ils en ont jamais vu et ils s' figu' que ce sont juste des 'acines et...

— La lune va bientôt se lever. Tu iras nous en chercher et tu les feras rôtir. Il n'y a pas de maïs ? Pas de pois secs ? pas de poulets ?

— Non, ma'ame. Non. Les poulets qu'ils ont pas mangés ils les ont empo'tés su' leu' selle.

« Ils... ils... ils... », il n'y avait donc pas de terme à leurs méfaits ? Ça ne leur suffisait donc pas d'incendier et de tuer ? Leur fallait-il donc laisser périr de faim des femmes, des enfants et des nègres sans défense dans un pays qu'ils avaient dévasté ?

— Ma'ame Sca'lett, j'ai aussi des pommes que Mama a ente'ées sous la maison. C'est de ça qu'on a vécu aujou'd'hui.

— Apporte-les avant d'aller chercher les ignames. Et puis, Pork... je... je me sens si faible, est-ce qu'il y a encore du vin dans la cave ?

— Oh! ma'ame Sca'lett, la cave, c'est le premier end'oit où ils sont allés.

La faim, le manque de sommeil, l'épuisement, tous les chocs qu'elle avait reçus contribuèrent soudain à donner à Scarlett une violente nausée. Instinctivement, elle se cramponna à l'accoudoir du sofa qui représentait des roses sculptées à même le bois.

— Pas de vin, dit-elle d'une voix sourde en se rappelant les interminables rangées de bouteilles dans la cave.

Alors un autre souvenir lui revint.

— Pork, et ce whisky de maïs que papa a enterré dans un fût de chêne sous l'orme ?

De nouveau l'ombre d'un sourire éclaira le visage noir qui prit une expression d'admiration respectueuse.

— Ma'ame Sca'lett, vous en avez une mémoi'! Moi non plus j'oublie pas le fût. Mais ma'ame Sca'lett, ce whisky il est pas bon. Il est là que depuis un an et puis d'ailleu' le whisky c'est pas bon pou' les dames.

Que les nègres étaient donc stupides! Ils ne pensaient à rien par eux-mêmes. Il fallait toujours leur

83

mettre les points sur les i. Et dire que les Yankees voulaient les affranchir!

— Je m'en contenterai et papa aussi. Allons vite, Pork. Déterre cette barrique, apporte-nous deux verres, de la menthe et du sucre et je vais préparer un julep [1].

— Mais, ma'ame Sca'lett, fit Pork sur un ton de reproche, vous savez y a plus de suc' à Ta'a depuis longtemps. Et puis, leu' chevaux ils ont mangé toute la menthe et eux ils ont cassé tous les ve'.

« Si Pork dit encore une fois " Ils " je me mets à crier, ce sera plus fort que moi », se dit Scarlett ; puis, à haute voix, elle poursuivit : « Allons vite, va nous chercher ce whisky. Nous le boirons tel quel. » Enfin, comme le domestique tournait les talons, elle ajouta : « Attends, Pork. J'ai beau ne pas avoir l'air d'y penser, il y a tant de choses à faire... Oh! si. J'ai ramené un cheval et une vache. La vache a grand besoin qu'on la traie. Tu dételleras aussi le cheval et tu lui donneras à boire. Va dire à Mama de s'occuper de la vache. Dis-lui qu'il faut absolument qu'elle la traie. Le petit de Mme Mélanie va mourir si on ne lui donne rien à manger et...

— Ma'ame Melly elle... elle a pas de...?

Pork s'arrêta par délicatesse.

— Non, Mme Mélanie n'a pas de lait.

Quelle conversation, mon Dieu! Si sa mère l'avait entendue, elle se serait sûrement évanouie!

— Eh bien! ma'ame Sca'lett, Dilcey elle va pouvoi' allaiter l'enfant de ma'ame Melly. Dilcey elle vient d'avoi' un aut' enfant et elle au'a bien assez de lait pou' deux.

— Tu as un autre enfant, Pork?

Des enfants, des enfants, toujours des enfants. Pourquoi le bon Dieu en faisait-il tant? Mais non, ce n'était pas le bon Dieu qui en faisait, c'étaient les imbéciles.

— Oui, ma'ame, un g'os ga'çon tout noi'. Il...

1. Breuvage très populaire au sud des États-Unis (*N. d. T.*)

— Va dire à Dilcey de laisser les petites. Je m'en chargerai. Dis-lui de s'occuper du bébé de Mme Mélanie et de faire tout ce qu'elle pourra pour Mme Melly. Va dire à Mama de s'occuper de la vache et de conduire ce pauvre cheval à l'écurie.

— Y a plus d'écu'ie, ma'ame Sca'lett. Ils l'ont démolie pou' fai' du feu.

— Cesse de me raconter ce qu' « ils » ont fait. Tu m'entends ? Allons, Pork, va nous chercher ce whisky et des ignames.

— Mais ma'ame Sca'lett, j'ai pas de lumiè' pou' c'euser la tè'.

— Tu peux te servir d'une torche, voyons ?

— Y a plus de to'ches, ils...

— Fais quelque chose... n'importe quoi, je m'en moque. Mais arrache-moi ces ignames et en vitesse. Allez, ouste...

Pork s'esquiva. La fille et le père restèrent seuls. Scarlett posa doucement la main sur la jambe de Gérald. Elle remarqua combien ses cuisses jadis si musclées par le cheval avaient maigri. Il fallait absolument qu'elle trouvât un moyen de le sortir de son apathie... en tout cas, elle ne pouvait pas l'interroger sur sa mère. Cela viendrait plus tard, quand elle en aurait la force.

— Pourquoi n'ont-ils pas brûlé Tara ?

Gérald regarda fixement, comme s'il n'entendait pas et elle dut répéter sa question.

— Pourquoi...? (Il chercha ses mots.) Ils avaient établi leur quartier général ici.

— Des Yankees... dans cette maison ?

Elle eut l'impression qu'on avait profané ces murs qu'elle aimait tant. Cette maison, devenue sacrée, parce qu'Ellen y avait vécu, et ces gens-là... ces gens-là y habitant.

— C'est bien ça, ma fille, ils sont venus s'installer ici. Avant leur arrivée, nous avons vu brûler les Douze Chênes, par-delà la rivière, mais comme Mlle Honey et Mlle India s'étaient réfugiées à Macon avec quelques nègres, nous ne nous sommes pas fait trop de mauvais sang. Malheureusement, nous, nous ne pouvions pas aller à Macon... Les petites étaient si malades... ta mère... nous ne pouvions pas partir. Les nègres ont pris la clé des champs... Je ne sais pas où ils sont allés. Ils ont volé les charrettes et les mules. Mama, Dilcey et Pork... eux, ne se sont pas sauvés. Les petites... ta mère... ils ne voulaient pas.

« Non, non. » Il ne fallait pas qu'il lui parlât de sa mère. N'importe quoi, mais pas ça. Il pouvait même lui raconter que le général Sherman s'était servi du petit bureau d'Ellen, mais il ne fallait pas qu'il se mît à parler d'elle.

— Les Yankees se rendaient à Jonesboro pour couper la ligne du chemin de fer. Ils sont venus de la vallée, ils ont monté la route... des milliers et des milliers... et des canons et des chevaux... des milliers. Je les ai attendus sous la véranda.

« Oh! l'héroïque petit Gérald! » se dit Scarlett le cœur gonflé par l'émotion. Gérald se portant au-devant de l'ennemi, l'attendant au haut du perron de Tara comme s'il avait toute une armée derrière lui.

— Ils m'ont donné l'ordre de m'en aller, parce qu'ils allaient incendier la maison. Alors je leur ai dit qu'il faudrait me brûler avec. Nous ne pouvions pas partir..., les petites... ta mère étaient...

— Et alors ?

Fallait-il donc qu'il revînt toujours à Ellen ?

— Je leur ai dit que nous avions des malades... la fièvre typhoïde... que ce serait leur mort si on les levait. Qu'ils mettent le feu à la maison avec nous dedans, mais rien ne me ferait partir, quitter Tara.

La dernière syllabe traîna, sa voix s'éteignit. Il parcourut les murs d'un air absent et Scarlett comprit. Trop d'ancêtres irlandais se pressaient derrière Gérald, trop d'hommes qui étaient morts sur quelques arpents de terre, qui s'étaient battus jusqu'à leur dernier souffle plutôt que de quitter la maison où ils avaient vécu, où ils avaient aimé, où ils avaient vu naître leurs fils.

— Je leur ai dit que, s'ils brûlaient la maison, ils

brûleraient en même temps trois femmes qui se mouraient. Mais nous ne partirions pas. Le jeune officier était... oui, c'était un gentleman.

— Un gentleman, un Yankee ? Voyons, papa !

— Un gentleman. Il a fait faire demi-tour à son cheval, il est parti au galop et il n'a pas tardé à revenir avec un capitaine, un chirurgien, qui a examiné les petites... et ta mère.

— Vous avez laissé un sale Yankee entrer dans leur chambre ?

— Il avait de l'opium. Nous, nous n'en avions pas. Il a sauvé tes sœurs. Suellen avait une hémorragie. Il a fait tout ce qui était en son pouvoir. Quand il a dit à ses chefs qu'il y avait des... des malades... ils n'ont pas brûlé la maison. Un général est venu s'installer ici avec ses officiers... beaucoup de monde. Ils ont rempli toutes les chambres, sauf celles des malades. Et les soldats...

Il s'arrêta de nouveau comme s'il était trop fatigué pour continuer. Son menton couvert d'une barbe de plusieurs jours retomba lourdement sur sa poitrine. Puis il se remit à parler avec effort.

— Ils ont campé tout autour de la maison, partout, dans les champs de coton, dans les champs de maïs. Les prés étaient bleuis par leurs uniformes. Cette nuit-là on vit briller un millier de feux de bivouac. Ils ont abattu les clôtures, ils les ont brûlées pour faire la cuisine, ils ont brûlé aussi les étables et les écuries. Ils ont tué les vaches, les cochons, les poulets... même les pintades. (Les précieuses pintades de Gérald.) Ils ont emporté des tas de choses, même les tableaux... quelques meubles... la vaisselle...

— L'argenterie ?

— Pork et Mama avaient dû s'occuper de l'argenterie... la mettre dans le puits... mais je ne me rappelle plus. Alors, c'est d'ici qu'ils sont partis se battre... de Tara... ça faisait tant de bruit... les galopades de chevaux, les hommes qui allaient et venaient. Et plus tard le canon à Jonesboro... on aurait dit le tonnerre... même les petites pouvaient l'entendre, malades comme elles étaient, et elles n'arrêtaient pas de me demander : « Papa, faites donc cesser le tonnerre. »

— Et... et maman ? Savait-elle qu'il y avait des Yankees dans la maison ?

— Elle... elle n'a rien su.

« Dieu soit loué, pensa Scarlett. Cette épreuve a été épargnée à maman. Maman n'a jamais su, n'a jamais entendu les ennemis dans les chambres du bas, elle n'a jamais entendu tonner le canon à Jonesboro, elle n'a jamais appris que la terre qui lui tenait tant au cœur était sous la botte des Yankees. »

— Je n'en ai pas vu beaucoup, car je restais tout le temps en haut avec les petites et avec ta mère. J'ai vu surtout le jeune chirurgien. Il a été gentil, si gentil, Scarlett. Après avoir travaillé toute la journée auprès des blessés, il venait s'asseoir au chevet de nos malades. Il nous a même laissé quelques médicaments. Au moment du départ, il m'a dit, que les petites se rétabliraient, mais que ta mère... il m'a dit qu'elle était si fragile... trop fragile pour résister au mal. Il m'a dit qu'elle avait miné ses forces...

Au milieu du silence qui suivit, Scarlett évoqua sa mère telle qu'elle avait dû être au cours des dernières semaines de sa vie... s'épuisant à la tâche, soignant, travaillant, se privant de sommeil et de nourriture afin que les autres pussent manger et dormir.

— Et alors ils sont partis. Oui, ils sont partis.

Il se tut pendant un long moment et chercha la main de sa fille.

— C'est moi qui suis heureux que tu sois revenue, fit-il simplement.

On entendit une sorte de grattement à l'arrière de la maison. Entraîné depuis quarante ans à essuyer ses pieds avant d'entrer, Pork n'oubliait pas ses bonnes habitudes. Il entra, précédé d'une forte odeur d'alcool. A la main, il tenait deux gourdes.

— J'en ai 'enve'sé beaucoup, ma'ame Sca'lett. C'est 'udement du' de 'empli' une gou'de au t'ou d'un tonneau.

— Ça n'a aucune importance, Pork, merci.

Elle prit l'une des gourdes toute mouillée et, les narines frémissantes, elle renifla l'odeur qui l'écœurait.

— Buvez cela, père, dit-elle.

Gérald obéit comme un enfant et se mit à boire à longs traits bruyants. Scarlett demanda à Pork la seconde gourde qui contenait de l'eau et la tendit à Gérald, mais celui-ci secoua la tête.

A son tour elle porta la gourde de whisky à ses lèvres. Gérald suivit son geste. Scarlett comprit qu'il était un peu choqué.

— Je sais bien que les dames ne boivent pas d'alcool, fit-elle, mais ce soir je ne suis pas une femme comme il faut, papa, et j'ai encore beaucoup à faire.

Elle poussa un soupir et but une rapide gorgée. Elle sentit une brûlure à la gorge, puis à l'estomac. Elle étouffa, des larmes lui montèrent aux yeux. Elle poussa un nouveau soupir et recommença à boire.

— Katie Scarlett, fit Gérald, en voilà assez.

C'était la première fois depuis son retour que Scarlett l'entendait parler d'un ton autoritaire.

— Tu n'es pas habituée à l'alcool, ça va te griser.

— Griser ? (Elle rit d'un rire qui lui parut horrible.) Griser ? J'espère que ça va m'enivrer. Je voudrais m'enivrer et oublier tout.

Elle continua de boire. Une douce chaleur se répandit bientôt dans ses veines, dans tout son corps, allant même jusqu'à lui faire éprouver un léger picotement au bout des doigts. Qu'il était bon ce feu qui s'allumait en elle, quelle sensation exquise il procurait. Il semblait pénétrer son cœur enfermé pourtant dans une carapace glacée. Ses forces revenaient au galop. Devant l'expression intriguée et gênée de Gérald, Scarlett caressa de nouveau le genou de son père et s'efforça de retrouver le sourire mutin qu'il aimait jadis.

— Comment est-ce que ça me rendrait grise, papa ? Je suis votre fille. N'ai-je pas hérité la tête la plus solide du comté de Clayton ?

Un semblant de sourire éclaira le visage las. Le

89

whisky agissait également sur Gérald. Scarlett lui rendit la gourde.

— Buvez encore un peu, puis nous monterons et j'irai vous mettre au lit.

Elle s'arrêta net. Voyons, c'était exactement de cette façon qu'elle parlait à Wade... elle n'avait pas le droit de s'adresser ainsi à son père. C'était un manque de respect. Mais Gérald était suspendu à ses lèvres.

— Oui, j'irai vous mettre au lit, reprit Scarlett d'un ton badin. Je vous donnerai encore à boire... peut-être le reste de la gourde, et vous vous endormirez. Vous avez besoin de sommeil et Katie Scarlett est là. Ne vous occupez pas de moi. Buvez.

Il obéit. Alors, passant son bras sous le sien, Scarlett l'aida à se relever.

— Pork...

Pork prit la gourde d'une main et le bras de Gérald de l'autre. Scarlett s'empara de la chandelle dont la flamme vacillait et tous trois, après avoir traversé le vestibule obscur, s'engagèrent dans l'escalier.

La chambre où Suellen et Carreen se tournaient et se retournaient sur le même lit était empuantie par l'odeur du chiffon tortillé en forme de mèche qui baignait dans une soucoupe de graisse de porc et constituait la seule lumière de la pièce. Lorsqu'elle ouvrit la porte, Scarlett faillit s'évanouir tant l'atmosphère lourde de la chambre, dont toutes les fenêtres se trouvaient fermées, était viciée non seulement par les énormes relents de graisse, mais par toutes les senteurs et les odeurs de médicaments qui flottent autour des malades. Les docteurs avaient beau déclarer qu'il ne fallait jamais renouveler l'air dans une chambre de malade sous peine de s'exposer aux plus graves dangers, Scarlett se dit que s'il lui fallait rester là elle aurait de l'air frais ou bien elle rendrait l'âme. Elle ouvrit les trois fenêtres et aussitôt elle sentit le parfum du sol et des feuilles de chêne, mais un peu d'air frais ne pouvait guère dissiper les odeurs nauséabondes qui s'étaient accumulées pendant des semaines dans la chambre calfeutrée.

Émaciées et blafardes, Carreen et Suellen dormaient d'un sommeil agité. Elles se réveillèrent soudain, ouvrirent de grands yeux effarés et se mirent à marmonner des phrases incohérentes. Elles étaient toutes deux allongées dans le grand lit à baldaquin où elles s'étaient jadis raconté tant de choses en des jours plus heureux. Dans un coin de la pièce se dressait un lit vide, un lit de style Empire qu'Ellen avait apporté de Savannah. C'était là qu'on avait couché Ellen.

Scarlett s'assit au chevet des deux petites qu'elle contempla d'un œil stupide. Le whisky tombant sur son estomac trop longtemps à jeun se mettait à lui jouer des tours. Parfois ses sœurs semblaient se reculer très loin, devenir minuscules et leurs propos incohérents montaient jusqu'à elle comme un bourdonnement d'insectes. Parfois elles grandissaient à vue d'œil et se précipitaient sur elle à une vitesse de bolide. Elle était fatiguée, fatiguée à en mourir. Elle se sentait capable de se poser n'importe où et de dormir pendant des jours.

Si seulement elle pouvait s'étendre et dormir, puis s'éveiller tandis qu'Ellen lui secouerait gentiment le bras et dirait : « Il est tard, Scarlett. Il ne faut pas être aussi paresseuse. » Mais cela n'arriverait plus jamais. Si seulement Ellen était là, ou même quelqu'un de plus âgé qu'elle, une personne plus raisonnable et moins lasse, avec qui elle pourrait s'abandonner. Quelqu'un... des genoux pour poser sa tête, des épaules pour se décharger de son fardeau.

La porte s'ouvrit doucement et Dilcey entra, serrant le bébé de Mélanie sur sa poitrine, la gourde de whisky à la main. A la lueur fumeuse et incertaine de la lampe improvisée, elle parut à Scarlett plus mince que lorsqu'elle l'avait vue pour la dernière fois et sur son visage se lisait plus distinctement l'ascendance indienne. Les pommettes saillaient davantage, le nez en bec d'aigle était plus busqué et la peau couleur de cuivre

avait un reflet plus vif. Le corsage de sa robe de calicot déteint était ouvert et l'on voyait nue sa grosse
poitrine bronzée. Tout contre elle l'enfant de Mélanie
pressait goulûment ses lèvres pâles comme un bouton
de rose contre le mamelon noir, et, pareil à un jeune
chat blotti dans la fourrure tiède du ventre de sa mère,
il tétait en grattant de ses petits doigts la peau douce
du sein.

Scarlett se releva d'un geste mal assuré et posa la
main sur le bras de Dilcey.

— C'est bien de nous être restée, Dilcey.

— Comment j'aurais pu m'en aller avec ces sales
nèg', ma'ame Sca'lett, ap'ès que vot' papa il a eu
la bonté de nous acheter, ma P'issy et moi, et que vot'
maman elle a été si gentille ?

— Assieds-toi, Dilcey. Le bébé peut bien téter
comme ça, n'est-ce pas ? Comment va Mme Mélanie ?

— Pou' l'enfant, y a 'ien de g'ave, sauf qu'il a faim
et moi j'ai ce qui faut pou' un enfant affamé. Non,
ma'ame, ma'ame Mélanie elle va t'ès bien. Elle va pas
mou'i', ma'ame Sca'lett. Faut pas vous fai' de tou'-
ment. J'en ai t'op vu comme ça des blanches et des
noi'! Elle est bien fatiguée, et ne'veuse et elle a peu'
pou' son bébé. Moi je l'ai calmée et je lui ai donné un
peu de ce qui 'estait dans la gou'de, alo' elle s'est
endo'mie.

Ainsi le whisky de maïs avait servi à toute la famille.
Scarlett se demanda si elle n'aurait pas dû en donner
un peu à Wade pour voir si ça arrêterait son hoquet...
et Mélanie ne mourrait pas. Ses pensées continuaient
de mener une danse effrénée. Et quand Ashley reviendrait... si jamais il revenait... Non, elle réfléchirait à
tout cela plus tard. Elle aurait à penser à tant de
choses... plus tard ! Elle aurait à débrouiller tant
d'affaires... à prendre tant de décisions. Soudain, elle
sursauta. Un craquement auquel succéda un bruit
régulier de poulie venait de rompre le silence de la
nuit.

— C'est Mama qui ti' de l'eau pou' les jeunes
demoiselles. Elles p'ennent des tas de bains, expliqua

Dilcey en posant la gourde sur la table entre un verre et des bouteilles de médicaments.

Scarlett éclata brusquement de rire. Il fallait vraiment que ses nerfs fussent bien mal en point pour qu'elle eût peur du grincement du puits, d'un bruit auquel elle était accoutumée depuis sa plus tendre enfance. Dilcey la regarda rire, le visage impassible et digne, mais Scarlett eut l'impression que la négresse la comprenait. Elle se renversa sur sa chaise. Si seulement elle pouvait ôter son corset, desserrer ce col qui l'étouffait, retirer ses mules remplies de sable et d'un menu gravier qui lui blessait les pieds.

A chaque nouveau grincement du treuil, la corde s'enroulait d'un tour et amenait le seau plus près de l'orifice. Mama n'allait pas tarder à être là... la mama d'Ellen, sa mama. Scarlett se taisait, l'esprit vide. Le bébé, déjà gorgé de lait, pleurnichait parce qu'il avait perdu le bout du sein qu'il aimait. Dilcey guida silencieusement la bouche de l'enfant vers le mamelon qu'il reprit, apaisé, tandis que Scarlett écoutait dans la cour le pas lent et traînant de Mama. Comme la nuit était calme, le moindre son lui faisait l'effet d'un grondement.

Mama s'approcha de la porte, et le couloir sombre sembla trembler sous son poids. Alors Mama entra. Mama, les épaules tirées par deux lourds seaux d'eau, son visage bienveillant assombri par l'incompréhensible tristesse dont sont empreints les visages des singes.

A la vue de Scarlett ses yeux s'éclairèrent et ses dents étincelèrent. Elle se débarrassa de ses seaux. Scarlett se précipita vers elle et blottit sa tête contre la lourde poitrine tombante sur laquelle tant de têtes blanches et noires s'étaient posées. « Enfin, pensa Scarlett, voilà quelqu'un sur qui je vais pouvoir compter, un être qui me rappellera la vie d'autrefois. » Mais les premières paroles de Mama dissipèrent ses illusions.

— Le petit enfant de Mama est 'evenu ! Oh ! ma'ame Sca'lett, maintenant que ma'ame Ellen elle est dans la tombe, qu'est-ce qu'on va deveni' ? Oh ! ma'ame Sca'lett, il vaud'ait mieux que je soye à côté de

93

ma'ame Ellen! Je peux 'ien fai' sans ma'ame Ellen.
Il nous 'este plus 'ien que la misè'. Plus que de
lou'des cha'ges, ma ché'ie, que de lou'des cha'ges!

Tandis que Scarlett demeurait immobile, la tête
contre la poitrine de Mama, deux mots frappèrent
son attention : « lou'des cha'ges ». C'étaient les mots
qu'elle avait eus constamment en tête au cours de
l'après-midi, qui étaient revenus avec une telle assi-
duité qu'elle avait cru en devenir folle. Maintenant
elle se rappelait le reste de la chanson et son cœur se
fendait :

Quelques jours encore à porter la lourde charge
Qu'importe, jamais elle ne sera légère!
Quelques jours encore avant de trébucher sur la route...

« Qu'importe, jamais elle ne sera légère... » Elle
appliqua les paroles à son propre cas. Il lui faudrait
donc toujours ployer sous le faix. En revenant à Tara
elle ne jouirait donc pas d'un répit bienfaisant ? Il
lui faudrait donc prendre sur ses épaules un fardeau
encore plus lourd ? Elle échappa à l'étreinte de Mama
et, des deux mains, se mit à caresser le visage noir.

— Ché'ie, vos mains!

Mama prit dans les siennes les petites mains couvertes d'ampoules et les regarda d'un air horrifié.

— Ma'ame Sca'lett, je vous ai donc pas 'edit cent fois
qu'on pouvait di' qu'une femme était une dame 'ien
qu'en 'ega'dant ses mains... et puis v'la que vot' figu'
a des coups de soleil aussi!

La pauvre Mama, la guerre et la mort avaient beau
l'avoir frôlée, elle n'en continuait pas moins de monter
sur ses grands chevaux pour de pareilles peccadilles.
Un instant encore et elle allait dire qu'en général les
jeunes personnes qui avaient des ampoules aux mains
et des taches de rousseur sur le visage n'arrivaient pas
à se marier, mais Scarlett prévint sa remarque.

— Mama, je voudrais que tu me parles de maman.
C'est plus fort que moi, mais je ne peux pas entendre
papa parler d'elle.

Les yeux soudain remplis de larmes, Mama se baissa pour prendre les deux seaux. Sans mot dire, elle les porta jusqu'au pied du lit, puis, après avoir soulevé le drap, elle se remit à remonter les chemises de nuit de Suellen et de Carreen. Scarlett, qui observait ses sœurs à la demi-clarté de la lampe de fortune, remarqua que Carreen portait une chemise propre mais en loques et que Suellen était enveloppée dans un vieux peignoir marron alourdi par des motifs de dentelles au point d'Irlande. Mama pleurait silencieusement tout en promenant son éponge sur les deux corps décharnés et en se servant d'un tablier usé en guise de serviette.

— Ma'ame Sca'lett, ce sont les Slatte'y, ces gueux, ces p'op'es à 'ien, ces pauv' blancs de Slatte'y qui ont tué ma'ame Ellen. Je lui avait dit des centaines de fois que ça se'vait à 'ien de se donner du mal pou' des gueux, mais ma'ame Ellen elle était si têtue dans son gen' et elle avait si bon cœu' qu'elle voulait jamais admet' qu'y avait des gens qui pouvaient se passer d'elle.

— Les Slattery ? interrogea Scarlett, intriguée. Qu'ont-ils donc fait ?

— Ils avaient att'apé la maladie, fit Mama, tout en essuyant de son chiffon les deux jeunes filles nues qui ruisselaient d'eau et trempaient leur drap. Emmie, la fille de la vieille ma'ame Slatte'y, elle est montée ici à toute vitesse che'cher ma'ame Ellen comme elle faisait toujou' quand què'que chose ça allait pas. Elle pouvait donc pas soigner sa fille toute seule ? D'autant que ma'ame Ellen elle en avait plus qu'elle pouvait en fai'. Mais, ma'ame Ellen, elle est descendue quand même et elle a soigné Emmie. Et ma'ame Ellen elle-même n'était pas bien vaillante, ma'ame Sca'lett. Vot' maman elle allait pas bien depuis longtemps. On avait pas g'and-chose à manger pa' ici, avec tous ces hommes de l'intendance qui nous volaient tout ce qui poussait. D'ailleu' ma'ame Ellen elle mangeait comme un oiseau. Je lui avais dit cent fois de laisser les gueux t'anquilles, mais elle se moquait de ce que j'y disais. Eh bien !

ma'ame Sca'lett, quand Emmie elle a eu l'ai' d'aller mieux, v'la mam'zelle Ca'een qui tombe malade aussi. Oui, ma'ame, la mouche à typhoï' qu'avait 'emonté la 'oute jusqu'ici et qu'avait piqué mam'zelle Ca'een. Et puis, ça a été le tou' de mam'zelle Suellen. Alo' ma'ame Ellen, elle s'est mise à les soigner toutes les deux.

« Avec toute cette bataille et les Yankees de l'aut' côté de l'eau, et nous qui savions pas ce qui allait se passer et les cultivateu' qui se sauvaient tous les soi', moi j'ai pensé que j'allais deveni' folle. Mais ma'ame Ellen elle se faisait pas plus de mauvais sang qu'un concomb'. Sauf évidemment qu'elle se faisait bien du tou'ment pa'ce que les petites demoiselles elles avaient ni médicaments ni 'ien. Un soi', elle m'a dit ap'ès qu'on avait passé plus de dix fois l'éponge su' les jeunes demoiselles, elle m'a dit : "Mama, si je pouvais vend' mon âme, je la vend'ais pou' met' un peu de glace su' la tête de mes petites."

« Elle voulait pas laisser ent'er ici missié Gé'ald, ni 'osa, ni Teena, pe'sonne sauf moi, pa'ce que j'avais déjà eu la typhoï'. Et puis ça l'a p'ise elle aussi, ma'ame Sca'lett, et j'ai vu tout de suite qu'y avait 'ien à fai'. »

Mama se redressa et, prenant son tablier, elle essuya ses yeux en larmes.

— Ça a été vite, ma'ame Sca'lett, et même ce gentil docteu' yankee il a 'ien pu pou' elle. Elle 'econnaissait 'ien du tout. Je l'appelais et je lui pa'lais, mais elle 'econnaissait pas sa Mama.

— A-t-elle... a-t-elle prononcé mon nom... m'a-t-elle appelée ?

— Non, ché'ie. Elle c'oyait qu'elle était enco' petite fille à Savannah. Elle a appelé pe'sonne pa' son nom.

Dilcey remua et posa le bébé sur ses genoux.

— Si, ma'ame, elle a appelé quelqu'un.

— Tu vas la fe'mer, toi, espèce de nég'esse indienne ! s'exclama Mama avec violence en se tournant vers Dilcey d'un air menaçant.

— Tais-toi, Mama ! Qui a-t-elle appelé, Dilcey ? Papa ?

96

— Non, ma'ame. Pas vot' papa. C'était le soi' que le coton y b'ûlait ..

— Il n'y a plus de coton!... allons, dis-moi vite!

— Non, ma'ame. Il a tout b'ûlé. Les soldats, ils ont so'ti les balles du hanga' et ils les ont fait 'ouler dans la cou' et ils ont dit : « Allons-y, ce se'a le plus g'and feu de joie de Geo'gie. »

Trois récoltes de coton... cent cinquante mille dollars en flammes!

— Et le feu il éclai'ait comme si on avait été en plein jou'... nous on avait une peu' bleue que la maison elle b'ûle aussi et il faisait si clai' ici dans la chamb' qu'on au'ait p'esque pu 'amasser une épingle su' le plancher. Et quand la lumiè' elle a illuminé la fenêt' on au'ait pu c'oi' que ça avait 'éveillé ma'ame Ellen. Et elle s'est assise su' son lit et elle a c'ié plusieu' fois tout haut : « Philippe! Philippe! » Moi j'avais jamais entendu un nom comme ça, mais c'était quand même le nom de quelqu'un qu'elle appelait.

Mama semblait pétrifiée et ne quittait pas Dilcey des yeux. Scarlett enfouit la tête dans ses mains. Philippe... qui était-ce ? Qu'est-ce que cet homme avait donc été pour sa mère pour qu'elle mourût en l'appelant ?

La longue route d'Atlanta à Tara était terminée, terminée au fond d'une impasse, elle qui devait s'achever dans les bras d'Ellen. Jamais plus Scarlett ne pourrait s'endormir comme une enfant en sûreté sous le toit de son père, enveloppée douillettement dans l'amour tutélaire de sa mère comme dans un édredon de plumes. Pour elle, plus de sécurité, plus de havre où se réfugier. Elle aurait beau se démener, se retourner dans tous les sens, rien ne l'aiderait à sortir de cette impasse où elle avait abouti. Il n'y avait personne à qui elle pût confier son fardeau. Son père était vieux et diminué, ses sœurs malades, Mélanie faible et fragile, les enfants ne comptaient pas, les nègres levaient vers elle des yeux animés d'une joie enfantine et se

97

Autant en emporte le vent, T II   7

cramponnaient à ses basques en se disant que, de la fille d'Ellen, viendrait le salut comme il était toujours venu d'Ellen.

Par la fenêtre, elle voyait Tara qu'éclairait le pâle reflet de la lune naissante. Les nègres étaient partis, les champs s'étendaient, ravagés, les granges étaient incendiées. Tara gisait sous ses yeux comme un corps ensanglanté, comme son propre corps qui saignait goutte à goutte. C'était cela qui l'attendait à la fin de la route; la vieillesse chevrotante, la maladie, des bouches affamées, des mains impuissantes cramponnées à sa jupe. A la fin de cette route, il n'y avait rien, rien que Scarlett O'Hara Hamilton, une femme de dix-neuf ans, veuve avec un enfant?

Qu'allait-elle faire? Tante Pitty et les Burr pourraient prendre Mélanie et son bébé à Macon. Si les petites guérissaient, il faudrait bien que la famille d'Ellen les hébergeât, bon gré mal gré. Quant à elle et à Gérald, ils pourraient demander assistance à l'oncle Jones et à l'oncle Andrews. Elle considéra les formes menues qui s'agitaient sous le drap mouillé par l'eau qui avait giclé. Elle n'aimait point Suellen. Elle s'en rendit compte avec une soudaine netteté. Elle ne l'avait jamais aimée. Elle n'avait pas une affection particulière pour Carreen... il lui était impossible d'aimer les êtres faibles. Mais les deux petites étaient du même sang qu'elle, elles faisaient partie de Tara. Non, elle ne pouvait pas les laisser mener une vie de parentes pauvres sous le toit de leurs tantes. Une O'Hara vivant d'humiliations et du pain qu'on voudrait bien lui donner par charité! Oh! non, jamais!

N'y avait-il donc aucun moyen de sortir de cette impasse? Son esprit fatigué avait des réactions si lentes. Elle porta les mains à sa tête d'un geste aussi las que si ses bras avaient eu à fendre un liquide et non pas de l'air. Elle prit la gourde et regarda à l'intérieur. Il restait un peu de whisky au fond, elle n'aurait su dire quelle quantité exacte, car il faisait trop sombre. Elle constata avec surprise que maintenant l'odeur violente ne lui causait aucune répulsion. Elle but lentement, mais cette fois elle n'éprouva aucune sensation de brûlure, seulement une impression de chaleur engourdissante.

Elle reposa la gourde vide entre le verre et la bouteille de médicament, puis elle promena son regard autour d'elle. Elle rêvait, c'était bien dans un rêve qu'elle voyait cette chambre obscure et remplie de fumée, les petites étendues sur le lit, Mama énorme, informe, Dilcey, bronze immobile avec ce petit bout de chair rose pressé contre sa poitrine noire... un rêve au réveil duquel elle respirerait l'odeur du bacon en train de frire à la cuisine, elle entendrait rire les nègres et grincer les charrettes en route vers les champs, elle sentirait Ellen la secouer gentiment pour la réveiller.

Alors elle s'aperçut qu'elle était dans sa propre chambre, couchée sur son lit. Le clair de lune luttait sans vigueur contre l'obscurité, Mama et Dilcey la déshabillaient. Les baleines de son corset ne la torturaient plus et elle pouvait maintenant se dilater les poumons à sa guise et respirer à fond. Elle sentit qu'on lui retirait ses bas avec précaution et entendit Mama lui murmurer des paroles consolantes tout en lui baignant ses pieds couverts de cloques. Que l'eau était fraîche, que c'était bon de rester allongée là comme un enfant, sur un matelas moelleux. Elle poussa un soupir, son corps s'abandonna et, après un moment dont elle fut incapable d'apprécier la durée, elle se retrouva seule dans la chambre qui lui parut mieux éclairée, car les rayons de la lune filtraient maintenant jusqu'à son lit.

Elle ne savait pas qu'elle était ivre, ivre de fatigue et de whisky. Elle savait seulement qu'elle avait quitté son corps et qu'elle flottait quelque part dans un monde où l'on ignorait la douleur et la lassitude. Son esprit voyait tout avec une clarté surhumaine.

Elle considérait les choses d'un œil nouveau, car elle avait laissé derrière elle, sur la longue route de Tara, ce qui faisait encore d'elle une enfant. Elle n'était plus une argile plastique sur laquelle chaque événement nouveau laissait son empreinte. L'argile avait durci au cours de cette journée, qui avait bien duré un millier d'années. C'était la dernière fois ce soir-là qu'elle se laisserait dorloter comme une petite fille. Désormais elle était une femme, sa jeunesse s'était enfuie.

Non, elle ne devait pas, elle ne voulait pas demander assistance à la famille de Gérald ou à celle d'Ellen. Les O'Hara ne demandaient pas la charité. Les O'Hara se tiraient eux-mêmes d'affaire. Il lui était échu un lourd fardeau, mais les fardeaux étaient destinés aux épaules assez fortes pour les porter. Elle ne manifesta pas la moindre surprise en constatant que ses épaules seraient bien assez fortes pour supporter n'importe quelle charge, maintenant qu'elle avait reçu le coup le plus rude qu'elle pourrait jamais recevoir. Elle ne devait pas abandonner Tara. Elle appartenait aux rouges arpents bien plus qu'ils ne pourraient jamais lui appartenir ; tout comme un pied de coton elle était profondément enracinée dans cette terre couleur de sang, elle y puisait la vie. Elle resterait à Tara, elle la ferait vivre comme elle pourrait et il faudrait bien aussi qu'elle fasse vivre son père et ses sœurs, Mélanie et l'enfant d'Ashley, les nègres. Demain... oh! demain! Demain elle ajusterait le joug à son cou. Demain il y aurait tant de choses à faire. Aller aux Douze Chênes et chez les Mac Intosh pour voir s'il ne restait rien dans les jardins déserts, aller du côté de la rivière, dans les marécages, pour voir si l'on n'y retrouverait pas des porcs et des poules égarés, aller à Jonesboro et à Lovejoy avec les bijoux d'Ellen... il devait bien rester quelqu'un qui lui vendrait de quoi manger. Demain... demain... son esprit battait de plus en plus lentement, comme une pendule qui va s'arrêter, mais la clarté de la vision persistait.

Tout d'un coup les histoires de famille qu'elle avait si souvent entendu raconter depuis sa plus tendre enfance, ces histoires qui l'agaçaient et qu'elle avait écoutées sans guère les comprendre, devenaient limpides comme le cristal. Gérald, sans un sou, avait relevé Tara. Ellen avait triomphé d'un chagrin mystérieux. Le grand-père Robillard, survivant au naufrage

100

du trône de Napoléon, avait rétabli sa fortune sur la côte fertile de Georgie. L'arrière-grand-père Prud-homme s'était taillé un petit royame en pleine jungle d'Haïti et, après l'avoir perdu, il avait assez vécu pour voir son nom honoré à Savannah. Il y avait aussi les Scarlett qui avaient combattu pour une Irlande libre dans les rangs des volontaires irlandais et pour leur peine avaient été pendus ; et puis les O'Hara qui étaient morts à la bataille de la Boyne en luttant jusqu'au bout pour défendre leur bien.

Tous avaient subi des épreuves qui eussent abattu la plupart des gens, et ils ne s'étaient pas laissés abattre. Ils n'avaient pas sombré dans l'écroulement des empires ; ni les révoltes d'esclaves, ni les guerres, ni les révolutions ne leur avaient fait mordre la poussière. La destinée maligne leur avait peut-être tordu le cou, mais n'avait jamais pu entamer leur cœur. Ils n'avaient pas pleurniché, ils avaient lutté. Les fantômes de tous ces gens dont le sang coulait dans ses veines semblaient se mouvoir tranquillement au milieu de la pièce inondée par le clair de lune. Et Scarlett n'éprouvait aucun étonnement à voir ainsi ceux de sa race qui, à force d'énergie, avaient dompté la fortune la plus rebelle. Tara était sa destinée, le combat de sa vie, la lutte qu'elle devait remporter.

A moitié endormie, elle se tourna sur le côté. Peu à peu son esprit s'enveloppa de ténèbres. Étaient-ils bien là, ces fantômes ? lui glissaient-ils bien à l'oreille des paroles d'encouragement, ou n'était-ce qu'un simple rêve ?

« Peu importe que vous soyez vraiment là ou non, murmura-t-elle en s'endormant, bonne nuit... et merci. »

101

XXV

Le lendemain matin, Scarlett était si courbatue et
si meurtrie par le long voyage dans la charrette caho-
tante que chacun de ses gestes lui infligeait une véritable torture. Son visage était rougi par les coups de
soleil, et la paume de ses mains était à vif. Elle avait
la langue pâteuse et le gosier desséché et, plus elle
buvait d'eau, moins elle arrivait à étancher sa soif.
Il lui semblait que sa tête enflait et le seul fait de
remuer les yeux la faisait aussitôt tressaillir de douleur.
L'estomac chaviré comme au temps de sa grossesse,
elle ne pouvait même pas supporter l'odeur du plat
d'ignames posé sur la table du petit déjeuner. Géràld
aurait pu lui dire qu'elle subissait le contrecoup normal
d'un premier excès de whisky, mais Géràld ne remarquait rien du tout. Ce n'était plus qu'un vieillard
grisonnant qui occupait le haut bout de la table.
Fixant la porte de ses yeux éteints, il tendait légèrement le cou comme s'il avait voulu surprendre le frou-
frou de la jupe d'Ellen ou deviner l'odeur du sachet de
citronnelle.

Lorsque Scarlett s'assit, il marmotta : « Nous
allons attendre Mme O'Hara. Elle est en retard. »
Malgré la souffrance que ce geste lui causait, Scarlett
releva la tête. Elle n'en pouvait croire ses oreilles,
mais elle croisa le regard suppliant de Mama qui se
tenait debout, derrière la chaise de Géràld. Elle se leva
gauchement et, la main à la gorge, elle examina son
père qu'éclairait la lumière du matin. Il lui jeta un
bref coup d'œil et Scarlett vit que ses mains tremblaient,
que sa tête branlait un peu.

Jusqu'alors elle n'avait pas compris jusqu'à quel
point elle avait compté sur Géràld pour tout diriger,
pour lui dire ce qu'il fallait faire, et maintenant...
mais voyons, la veille au soir il lui avait paru presque
lui-même. Évidemment on ne trouvait plus trace chez

lui de sa jactance et de sa vitalité d'autrefois; en tout cas il avait été en mesure de raconter une histoire qui se tenait; cependant, maintenant... maintenant il ne se rappelait même plus qu'Ellen était morte. L'arrivée des Yankees et la mort de sa femme lui avaient porté un coup dont il ne s'était pas remis. Scarlett allait parler quand Mama secoua violemment la tête et prit son tablier pour en tamponner ses yeux rougis.

« Oh! papa aurait-il donc perdu la raison ? » se dit Scarlett, et elle eut l'impression que sa tête allait éclater sous l'effet de ce nouveau chagrin. « Non, non, il est déprimé. C'est tout. C'est comme s'il était malade. Il va prendre le dessus. Il le faut. Que ferais-je sans ça ?... J'aime mieux ne pas y songer. Pour le moment, je ne veux penser ni à lui, ni à maman, ni à toutes ces horribles choses. Non, je veux attendre d'en avoir la force. Et puis il faut absolument que je réfléchisse à beaucoup d'autres choses, à des questions qu'on ne peut résoudre sans moi. »

Elle quitta la salle à manger sans rien prendre et passa sous la véranda de derrière où elle trouva Pork. Pieds nus, vêtu de sa plus belle livrée en loques, il était assis sur les marches et décortiquait des cacahuètes. Scarlett avait des bourdonnements d'oreilles et des élancements dans la tête. Le soleil l'aveuglait, lui meurtrissait les yeux. Rien que pour tenir sa tête droite, il lui fallait déployer un grand effort de volonté. Elle se mit à parler aussi laconiquement que possible, évitant de recourir aux formules ordinaires de politesse dont sa mère lui avait toujours recommandé l'emploi avec les nègres.

Elle posa des questions d'un ton si brusque, donna des ordres d'une voix si impérieuse, que Pork releva les sourcils et la regarda comme s'il s'agissait d'une plaisanterie. Jamais Mme Ellen ne parlait si sèchement aux gens, même pas quand elle les surprenait en train de voler des poulets ou des pastèques. Elle continua de demander une foule de renseignements sur l'état des champs, des jardins, des bêtes, et ses

yeux verts avaient un éclat dur et brillant que Pork
ne leur avait jamais vu auparavant.

— Oui, ma'ame, ce cheval il est mo't, là où je
l'avais attaché. Il est mo't le nez dans le seau d'eau
qu'il a 'enve'sé. Non, ma'ame, la vache elle est pas
mo'te, elle. Vous saviez pas ? Elle a eu un veau cette
nuit. C'est pou' ça qu'elle beuglait si fo'.

— Ça fera une jolie sage-femme, votre Prissy,
remarqua Scarlett d'un ton caustique. Elle prétendait
que la vache beuglait parce qu'elle avait trop de lait.

— Vous savez, ma'ame, P'issy elle a pas l'intention
d'êt' une sage-femme pou' les vaches, déclara Pork
avec tact. Et puis, c'est pas la peine de se fai' de la
bile pou' ça, ce veau ça veut di' que la vache elle au'a
plein de lait pou' les jeunes demoiselles tout comme ce
docteu' yankee il a dit qu'il leu' en fallait.

— Allons, tant mieux. Continue. Est-ce qu'il reste
des bêtes ?

— Non, ma'ame, il 'este 'ien, sauf une vieille t'uie
et ses petits. Quand les Yankees ils sont venus, j'ai
conduit les cochons dans le ma'écage, mais le Seigneu'
seul il sait comment on va les 'et'ouver. Elle est mauvaise cette t'uie.

— Bon, on finira bien par mettre la main dessus.
Prissy et toi vous pouvez vous en aller tout de suite
à sa recherche.

Pork était à la fois stupéfait et indigné.

— Mais, ma'ame, Sca'lett, c'est un t'avail de
paysans. Moi j'ai toujou' se'vi dans la maison.

Les yeux de Scarlett étincelèrent.

— Vous allez m'attraper cette truie tous les deux...
sans quoi vous filerez d'ici, comme l'ont fait les nègres
qui travaillaient aux champs.

Les yeux de Pork se mouillèrent de larmes. Oh!
si seulement Mme Ellen était là! Elle comprenait si
bien tous ces petits raffinements et elle se rendait
parfaitement compte du gouffre qui existait entre les
attributions d'un cultivateur et d'un domestique noir.

— Filer, ma'ame Sca'lett! Mais où voulez-vous que
je m'en aille, ma'ame Sca'lett ?

— Je n'en sais rien, et ça m'est égal. Seulement, tous ceux qui ne voudront pas travailler ici à Tara pourront aller rejoindre les Yankees. Tu pourras dire ça aux autres.

— Oui, ma'ame.

Maintenant, Pork, parle-moi du coton et du maïs.

— Le maïs! Seigneu' Dieu, ma'ame Sca'lett, ils ont lâché leu' chevaux dans le maïs et ils ont empo'té ce que les chevaux ils avaient pas mangé ou abîmé. Et puis ils ont fait passer leu' canons et leu' fou'gons dans les champs de coton jusqu'à ce qu'il'este plus 'ien, sauf que'ques a'pents du côté de la 'iviè'. Ils avaient pas dû les 'ema'quer, Mais vous savez, on au'a pas de quoi s'amuser avec le coton qui pousse là-bas pa'ce que ces champs-là ils doivent pas donner plus de t'ois balles.

Trois balles! Scarlett pensa aux innombrables balles que Tara produisait chaque année et son mal de tête augmenta d'intensité. Trois balles! Ce n'était guère plus que ce que récoltaient les misérables Slattery. Enfin, pour comble de malheur, il y avait la question des impôts. Le gouvernement confédéré prenait du coton au lieu de demander de l'argent, mais trois balles ne suffiraient jamais à payer les impôts. D'ailleurs, ça n'avait plus grande importance puisque tous les cultivateurs étaient partis et qu'il ne restait plus personne pour faire la cueillette.

« Allons, je penserai à cela plus tard, se dit-elle en elle-même. Les impôts, après tout, ça ne regarde pas les femmes. Papa devrait bien s'occuper de ces affaires-là, mais papa... non, je ne veux pas penser à lui en ce moment. La Confédération peut toujours courir après ses impôts. Ce qu'il nous faut maintenant, c'est trouver de quoi manger. »

— Pork, l'un d'entre vous est-il allé aux Douze Chênes ou chez les Mac Intosh pour voir s'il ne restait rien dans les jardins ?

— Non, ma'ame! Nous on n'a pas quitté Ta'a. Les Yankees ils au'aient pu nous att'aper.

— J'enverrai Dilcey chez les Mac Intosh. Elle y

trouvera peut-être quelque chose. Moi, j'irai aux Douze Chênes.

— Avec qui, mon enfant ?

— Toute seule. Mama ne peut pas quitter les petites et M. Gérald ne peut pas...

Pork poussa un cri de réprobation qui eut pour effet d'exaspérer Scarlett. Il risquait d'y avoir des Yankees ou des rôdeurs nègres aux Douze Chênes. Elle ne devait pas y aller seule.

— En voilà assez, Pork. Dis à Dilcey de partir immédiatement. Toi et Prissy vous tâcherez de me ramener la truie et ses petits, conclut-elle en pivotant sur ses talons.

La vieille capeline déteinte mais propre dont Mama se servait pour se protéger du soleil était accrochée à une patère sous la véranda. Scarlett s'en coiffa et se rappela, comme si ce souvenir appartenait à un autre monde, le chapeau à plumes vertes que Rhett lui avait apporté de Paris. Elle se munit d'un large panier à provisions et se mit à descendre les marches de la véranda. A chacun de ses pas elle éprouvait une sorte d'ébranlement dans la tête et elle finit pas avoir l'impression que sa colonne vertébrale allait lui défoncer le crâne et sortir par là.

La route qui menait à la rivière ressemblait à une balafre rouge coupant en deux les champs de coton ravagés. Il n'y avait pas un arbre pour projeter son ombre, et le soleil traversait la capeline de Mama comme si elle avait été en tarlatane et non pas en gros calicot rembourré. La poussière lui emplissait le nez et lui desséchait la gorge. De véritables sillons, des ornières profondes coupaient la route là où des chevaux étaient passés, traînant derrière eux de lourdes pièces d'artillerie et, de chaque côté de la chaussée, les roues des canons avaient profondément labouré les rigoles rouges. Les cavaliers et les fantassins, chassés par l'artillerie de la route étroite, avaient brisé et écrasé les pieds de coton, s'étaient frayé un chemin à travers les touffes vertes qu'ils avaient déchiquetées ou enfoncées dans le sol. De-ci, de-là, sur la route, dans les champs, on apercevait des bouts de harnais, des bidons aplatis par les sabots des chevaux et les roues des caissons, des boutons, des képis bleus, des chaussettes percées, des haillons ensanglantés, tous les déchets qu'une armée en marche laisse derrière elle.

Scarlett passa devant le bouquet de cèdres et le mur de brique qui marquait l'emplacement du cimetière familial. Elle s'efforça de ne pas penser à la tombe qu'on venait de creuser auprès des trois modestes tertres sous lesquels reposaient ses trois petits frères. Oh! Ellen...

Traînant la jambe, elle descendit la colline poussiéreuse, passa devant le tas de cendres et la cheminée trapue, seuls vestiges de la demeure des Slattery, et elle regretta férocement que toute la tribu n'ait pas péri au milieu des flammes. Sans les Slattery... sans cette sale petite Emmie à qui le régisseur de Tara avait fait un bâtard... Ellen ne serait pas morte.

Un caillou entailla son pied déjà couvert d'ampoules et elle poussa un gémissement. Comment se faisait-il donc qu'elle, Scarlett O'Hara, la reine du comté, la fierté de Tara, fût en train de peiner, les pieds presque nus, sur cette route raboteuse ? Ses pieds menus étaient faits pour la danse, et la voilà qui boitait! Ses petites mules étaient faites pour dépasser effrontément le bas d'une jupe chatoyante, et les voilà qui ramassaient la poussière et des cailloux pointus! Née pour être choyée et servie, elle était là, malade, en guenilles, poussée par la faim, à aller fouiller les jardins de ses voisins pour trouver de quoi manger.

Au bas du coteau coulait la rivière. Comme ils prodiguaient une ombre bienfaisante, les arbres tranquilles qui mêlaient leurs ramures au-dessus de l'eau! Elle s'assit sur la berge basse et, retirant ses mules et ses bas en lambeaux, elle trempa ses pieds brûlants dans l'eau fraîche. Ce serait si bon d'échapper à la surveillance de Tara, de rester assise toute la journée, dans cet endroit où seuls le bruissement des feuilles et le murmure de l'eau calme rompaient le silence. Pourtant il lui fallut à contrecœur remettre bas et souliers et suivre la berge moussue à l'ombre des arbres. Les Yankees avaient incendié le pont, mais, une centaine de mètres plus bas, là où le cours de la rivière se rétrécissait, elle connaissait un tronc d'arbre qui reliait les deux rives. Elle s'y engagea avec toutes sortes de précautions et se mit en devoir de gravir sous le soleil la route qui menait aux Douze Chênes.

Les Douze Chênes, qui avaient donné leur nom à la plantation, se dressaient là comme au temps des Indiens, mais le feu avait roussi leurs feuilles et attaqué leurs branches. Ils formaient un cercle au milieu duquel s'amoncelaient les ruines de la maison de John Wilkes, de cette demeure altière qui jadis couronnait le coteau de ses colonnes blanches. Une profonde excavation sur l'emplacement de la cave, des fondations noircies et deux cheminées imposantes témoignaient seules de l'existence de la maison. Une longue colonne à demi consumée s'était abattue en travers de la pelouse, écrasant sous son poids les buissons de jasmin [1].

Scarlett s'assit sur la colonne, trop affligée par ce spectacle pour aller plus loin. La vue de ces ruines lui broyait le cœur. Tout ce qui faisait la fierté des Wilkes gisait à ses pieds dans la poussière. C'était la fin de cette demeure aimable et distinguée où elle avait chimériquement espéré régner un jour en maîtresse. Là elle avait dansé, soupé, flirté, elle avait observé d'un œil jaloux la façon dont Mélanie souriait à Ashley ; là aussi, à l'ombre fraîche d'une charmille, Charles Hamilton, enivré d'amour, s'était emparé de sa main lorsqu'elle lui avait dit qu'elle voulait bien l'épouser.

« Oh! Ashley, pensa-t-elle. J'espère que tu es mort. Je n'aurai jamais la force de te laisser voir tout cela! »

C'était là qu'Ashley avait épousé sa femme, mais son fils et le fils de son fils n'y conduiraient jamais

1. Il ne faut pas oublier que la plupart de ces demeures de campagne aux États-Unis étaient et sont encore construites en bois (*N. d. T.*).

leurs épouses. On ne célébrerait plus jamais d'unions, il n'y aurait plus jamais de naissances sous ce toit qu'elle avait tant aimé. La maison était morte et, pour Scarlett, c'était absolument comme si tous les Wilkes avaient eux aussi trouvé la mort au milieu de ces cendres.

« Je ne veux pas penser à cela pour le moment. Je n'y résisterais pas. J'y penserai plus tard », dit-elle tout haut en détournant les yeux.

Elle contourna laborieusement les ruines, passa devant les massifs de roses auxquels les petits Wilkes avaient prodigué tant de soins, traversa la cour et se fraya un chemin parmi les décombres des étables et des poulaillers. La clôture qui entourait le jardin potager n'existait plus et les plants de légumes bien verts, autrefois si bien alignés, avaient subi le même traitement que ceux de Tara. Les sabots des chevaux, les lourdes roues avaient labouré la terre molle, et les légumes avaient été écrasés et enfoncés dans le sol. Il n'y avait rien pour Scarlett dans le potager.

Elle regarda la cour et prit le chemin qui conduisait aux cases blanches des nègres. De temps en temps elle criait : « Eh là! » mais aucune voix ne lui répondait. Elle n'entendit même pas aboyer un chien. Évidemment les nègres des Wilkes s'étaient enfuis ou avaient suivi les Yankees. Elle savait que chaque esclave possédait un petit bout de jardin et, en arrivant aux cases, elle espéra que ces jardinets avaient été épargnés.

Ses recherches furent récompensées, mais elle était trop fatiguée pour se réjouir à la vue des navets et des choux qui, bien que tout flétris par suite du manque d'eau, n'en étaient pas moins aussi bons à cueillir que les chevriers et les pois chiches dont les gousses jaunissaient. Elle s'assit par terre et, d'une main tremblante, se mit à arracher les plants de légumes et à remplir lentement son panier. On ferait un bon repas ce soir à Tara malgré l'absence de viande ; d'ailleurs on pourrait peut-être relever le goût des légumes avec un peu de cette graisse de porc dont Dilcey se servait pour l'éclairage. Il ne fallait pas oublier de dire à

Dilcey d'employer des torches de résine et de garder la graisse pour la cuisine.

Derrière une case, elle découvrit un petit rang de radis, et une fringale l'assaillit brusquement. Un radis bien épicé, bien amer, voilà exactement ce que son estomac réclamait. Prenant à peine le temps de frotter le radis contre sa jupe pour en enlever la terre, elle en croqua la moitié d'un seul coup et l'engloutit. C'était un vieux radis, très dur et si poivré que les larmes lui montèrent aux yeux. A peine eut-elle avalé le morceau que son estomac vide se révolta et qu'il lui fallut s'allonger dans la poussière où elle fut prise d'un vomissement.

L'odeur de nègre qui s'échappait de la case augmenta son mal de cœur, et, sans force pour réagir, elle eut plusieurs nausées coup sur coup tandis que les cases et les arbres semblaient tourner rapidement autour d'elle.

Au bout d'un long moment, elle se retrouva allongée face contre terre. Sous elle, le sol était doux et moelleux comme un oreiller de plume et son esprit vagabondait de-ci, de-là.

Comme elle restait prostrée, trop épuisée pour réagir, ses souvenirs et ses tourments se précipitèrent sur elle, se mirent à danser autour d'elle une ronde frénétique comme des busards attirés par la mort. Elle n'avait plus la force de dire : « Je penserai plus tard à maman, à papa, à Ashley, à toutes ces ruines... oui, plus tard, quand j'en aurai le courage. » Elle n'en avait plus le courage mais, bon gré mal gré, elle y était ramenée. Les pensées traçaient des cercles autour d'elle, se rapprochaient, fonçaient, lui plantaient dans le cerveau des ongles et des becs cruels. Pendant un temps impossible à évaluer, elle demeura inerte, la face dans la poussière, exposée en plein soleil, à évoquer des choses et des gens qui avaient disparu, à se rappeler un genre de vie auquel il fallait renoncer à jamais, à envisager le sombre avenir qui déroulait devant elle de tristes perspectives.

Lorsqu'elle se releva enfin et contempla de nouveau

les ruines noircies des Douze Chênes, elle portait haut la tête, et son visage avait perdu à jamais un peu de sa jeunesse, de sa beauté, de cette réserve de tendresse qu'on y lisait jadis. Le passé n'était que le passé. Les morts étaient bien morts. Le luxe indolent des jours d'antan était parti pour ne plus revenir. Et, d'un geste qui traduisait bien la façon dont elle entendait se conduire désormais, elle affermit l'anse du lourd panier sur son bras.

Comme il était impossible de revenir en arrière, elle se portait résolument en avant.

Dans tout le Sud, il allait y avoir pendant cinquante ans des femmes qui jetteraient un œil amer sur le passé mort, sur les hommes morts, qui évoqueraient en vain des souvenirs douloureux, qui draperaient leur pauvreté dans un manteau d'orgueil blessé. Mais Scarlett ne devait jamais regarder derrière elle.

Elle demeura longtemps les yeux fixés sur les pierres noircies et revit pour la dernière fois les Douze Chênes tels qu'ils étaient autrefois, opulents et fiers, symbole d'une race et d'un genre de vie. Puis elle redescendit la route de Tara. Le panier pesant lui meurtrissait la chair.

La faim la tenailla de nouveau et elle dit tout haut : « J'en prends Dieu à témoin, j'en prends Dieu à témoin, les Yankees ne m'auront pas. Je tiendrai bon, et, quand j'aurai surmonté tout cela, je n'aurai plus jamais le ventre creux. Non, ni moi ni les miens. Même si je dois voler ou tuer, tant pis, j'en prends Dieu à témoin, je n'aurai plus jamais le ventre creux. »

Pendant les jours qui suivirent, Tara aurait fort bien pu passer pour l'île déserte de Robinson Crusoé, tant elle était calme, tant elle était isolée du reste du monde. Le monde en fait n'était qu'à quelques milles plus loin, mais des millions de rouleaux de vagues eussent séparé Tara de Jonesboro, de Fayetteville, de Lovejoy, ou même des plantations voisines que ça n'eût rien changé. Le vieux cheval étant mort, le seul

111

mode de transport des habitants de Tara avait disparu, et ils n'avaient ni le temps, ni la force de se traîner pendant des milles et des milles le long des chemins rouges.

Parfois, lorsqu'elle accomplissait une besogne écrasante ou s'ingéniait à trouver de quoi manger ou prodiguait encore des soins incessants aux trois malades, Scarlett se surprenait, l'oreille aux aguets, cherchant à distinguer des bruits familiers, le rire pointu des petits nègres jouant devant les cases, le grincement des charrettes revenant des champs, le galop sourd du cheval de Gérald traversant le pré, le crissement des roues sur le gravier de l'allée, la voix grave des voisins venus papoter au milieu de l'après-midi. Mais elle écoutait en vain. La route demeurait silencieuse et déserte, aucun nuage de poussière rouge ne signalait jamais l'approche de visiteurs. Tara était une île au milieu d'une mer de collines vertes et de champs rouges.

Quelque part existait un monde, où des familles mangeaient et dormaient en toute quiétude sous leur propre toit. Quelque part, des jeunes filles vêtues de robes à triple tournure flirtaient et chantaient : *Lorsque cette guerre cruelle aura pris fin*, tout comme elle l'avait fait quelques semaines auparavant. Quelque part se déroulait une guerre, le canon tonnait, des villes brûlaient, des hommes se décomposaient dans des hôpitaux au milieu d'odeurs nauséabondes. Quelque part une armée, pieds nus, marchait, se battait, dormait, se mourait de faim, ressentait cet épuisement que l'on éprouve après avoir perdu tout espoir. Quelque part enfin, les monts de Georgie étaient bleus de Yankees, de Yankees bien nourris, montés sur des chevaux gavés de maïs.

Au-delà de Tara, c'était la guerre, c'était le monde. Mais sur la plantation, la guerre et le monde n'existaient plus qu'à titre de souvenirs qu'il fallait chasser bien vite lorsqu'ils profitaient d'un moment de dépression pour se lancer à l'assaut. Le monde était bien peu de chose à côté des exigences de tant d'estomacs vides ou à moitié vides, et la vie elle même se ramenait à deux propositions étroitement liées, manger et trouver de quoi manger.

Manger! Manger! Pourquoi donc les estomacs avaient-ils meilleure mémoire que l'esprit Scarlett arrivait fort bien à faire taire sa douleur, mais sa faim, c'était impossible, et chaque matin, dans un demi-sommeil, avant que sa mémoire vint lui rappeler la guerre et la famine, elle se pelotonnait dans son lit et savourait à l'avance l'odeur délicieuse du jambon frit et des petits pains chauds. Et chaque matin elle y mettait tant d'ardeur qu'elle finissait par se réveiller tout à fait.

Il y avait des pommes, des ignames, des cacahuètes et du lait sur la table de Tara, mais même ces aliments primitifs n'étaient jamais en quantité suffisante. Trois fois par jour on en servait se, à leur vue, Scarlett se reportait par la pensée au bon vieux temps, aux repas d'autrefois, à la table qu'éclairaient les bougies, au parfum que répandaient les plats.

On faisait si peu attention à la nourriture à cette époque-là, on était si prodigue, on gâchait tout. Des petits pains, des galettes de maïs, des gâteaux secs, des gaufres, tout cela ruisselant de beurre, tout cela au même repas! Du jambon à un bout de la table, du poulet froid à l'autre, des monceaux de légumes verts, dans des plats de porcelaine décorés de fleurs vives, des courges frites, des carottes accompagnées d'une sauce à la crème épaisse à couper au couteau. Et trois desserts, de façon que chacun pût choisir, du gâteau au chocolat, de la meringue à la vanille, du quatre-quarts recouvert de crème fouettée. Le souvenir de ces repas exquis avait le don de faire pleurer Scarlett, alors que la mort et la guerre n'y avaient pas réussi, chavirait son estomac jamais satisfait. Car cet appétit que Mama avait toujours déploré, ce robuste appétit d'une femme de dix-neuf ans était décuplé par les rudes et multiples besognes auxquelles Scarlett était désormais obligée de se livrer

113

D'ailleurs, a Tara, son appétit n'était pas le seul à faire des siennes, car, de quelque côté qu'elle se tournât, ses yeux ne rencontraient que des visages affamés, blancs ou noirs. Bientôt Carreen et Suellen allaient ressentir cette faim insatiable des gens qui relèvent d'une typhoïde. Déjà le petit Wade ne cessait de dire en pleurnichant : « Wade aime pas les ignames. Wade a faim. »

Les autres grommelaient aussi.

— Ma'ame Sca'lett, si j'ai pas assez à manger, je pou'ai plus donner à téter aux enfants. — Ma'ame Sca'lett, si j'en ai pas plus dans le vent', je pou'ai plus fend' du bois! — Mon agneau, j'ai une envie folle de manger què'que chose de solide! — Ma fille, nous en serons donc toujours réduits à manger des ignames.

Seule Mélanie ne se plaignait pas, Mélanie dont le visage s'amenuisait, pâlissait, se contractait de douleur même pendant le sommeil.

— Je n'ai pas faim, Scarlett. Donne ma part de lait à Dilcey. Elle en a besoin pour nourrir les petits. Les malades n'ont jamais faim.

Son courage, plein de gentillesse, irritait encore plus Scarlett que les criailleries et les gémissements des autres qu'elle arrivait toujours à mater à force de sarcasmes, mais devant le désintéressement de Mélanie elle se trouvait désarmée et en éprouvait de la rancune. Gérald, les nègres et Wade s'attachaient de plus en plus à Mélanie, car, en dépit de sa faiblesse, elle restait affable et compatissante, qualités qui faisaient totalement défaut à Scarlett en ces jours-ci.

Wade surtout ne quittait guère la chambre de Mélanie. Wade avait certainement quelque chose qui n'allait pas, mais Scarlett n'avait pas le temps de chercher à savoir ce que c'était. Elle se rangea à l'avis de Mama, qui déclara que l'enfant devait avoir des vers et elle lui administra une mixture d'herbes séchées et d'écorce dont Ellen se servait toujours pour purger les petits négrillons. Mais le vermifuge eut seulement pour effet d'augmenter la pâleur de Wade. Scarlett avait peine à considérer son fils comme un être vivant. Pour elle, Wade n'était qu'un souci de plus, une autre bouche à nourrir. Un jour, quand elle aurait plus de loisirs, elle s'amuserait avec lui, elle lui raconterait des histoires et lui apprendrait ses lettres, mais maintenant elle n'en avait ni le temps ni le goût. Et, comme elle l'avait toujours dans les jambes lorsqu'elle était le plus fatiguée et le plus préoccupée, elle lui parlait souvent d'un ton sec.

Elle était agacée de voir la frayeur extrême qui se lisait dans les yeux de Wade lorsqu'elle le réprimandait, car la peur lui donnait l'air d'un enfant inintelligent. Elle ne se rendait pas compte que le petit garçon vivait dans une atmosphère de terreur qui échappait à la compréhension d'un adulte. La peur habitait en Wade, une peur qui ébranlait son âme et qui, la nuit, lui faisait pousser de faibles cris. Au moindre bruit inattendu, au moindre mot dur, il se mettait à trembler, car, dans son esprit, les bruits et les paroles brutales étaient inextricablement associés à l'idée des Yankees et il avait encore plus peur de ceux-ci que des fantômes de Prissy.

Jusqu'à ce que le siège eût commencé dans un fracas de tonnerre, il n'avait rien connu d'autre qu'une vie heureuse, placide, douillette, il n'avait entendu que des paroles affectueuses et puis, une nuit, brusquement arraché au sommeil, il avait trouvé un ciel embrasé et l'air tout rempli du vacarme d'explosions assourdissantes. Cette nuit-là, sa mère l'avait giflé pour la première fois et lui avait parlé d'un ton dur. La vie qu'il menait dans l'agréable demeure de la rue du Pêcher, la seule existence qu'il connût, avait pris fin au cours de cette même nuit et il ne devait jamais se remettre de cette perte. En fuyant Atlanta, il n'avait rien compris sinon que les Yankees le poursuivaient et maintenant encore il vivait dans la crainte d'être pris et mis en pièces par les Yankees. Chaque fois que Scarlett prenait sa grosse voix pour lui adresser un reproche, la crainte lui ôtait toute force et sa mémoire incertaine d'enfant lui rappelait les horreurs de cette nuit où, pour la première fois, sa mère lui avait parlé si durement. Désormais les Yankees et un ton courroucé étaient pour toujours associés dans son esprit, et il avait peur de sa mère.

Scarlett ne pouvait pas s'empêcher de remarquer que l'enfant commençait à l'éviter et, dans les rares moments où ses devoirs incessants lui laissaient le loisir d'y réfléchir, elle en éprouvait une profonde contrariété. C'était même pire que d'avoir tout le temps Wade dans ses jupes et elle était fâchée de voir que l'enfant se réfugiait sur le lit de Mélanie où il s'amusait tranquillement à des jeux que sa tante lui suggérait, où il écoutait les histoires que celle-ci lui racontait. Wade adorait « Tantie », qui avait une voix si douce, qui souriait toujours et ne disait jamais : « Tais-toi, Wade! Tu me donnes la migraine » ou : « Pour l'amour de Dieu, Wade, ne remue pas comme ça. »

Scarlett n'avait ni le temps ni le désir de le cajoler, mais elle était jalouse que Mélanie prît sa place. Un jour qu'elle trouva Wade en train de faire de l'équilibre sur le lit de Mélanie et qu'elle le vit retomber sur sa tante, elle lui donna une gifle.

— Tu ne peux donc pas faire attention à ne pas secouer comme ça Tantie qui est malade! Allez, ouste, file jouer dans le jardin et ne reviens pas ici.

Cependant Mélanie étendit son bras maigre et attira l'enfant auprès d'elle.

— Allons, allons, Wade. Tu ne voulais pas me faire de mal, n'est-ce pas? Il ne me gêne pas, Scarlett. Laisse-le-moi. Laisse-moi m'occuper de lui. C'est tout ce que je puis faire en attendant d'être rétablie, et tu as assez d'ouvrage comme ça sans avoir à le surveiller par-dessus le marché.

— Ne fais pas la sotte, Melly, dit Scarlett sèchement. Tu ne te remets pas comme tu devrais et ce n'est pas de laisser Wade te sauter sur le ventre qui te fera du bien Quant à toi, Wade, si jamais je te

116

reprends sur le lit de ta tante, je te flanquerai une bonne raclée. Allons, cesse de renifler comme ça. Tu renifles tout le temps. Tâche d'être un petit homme.

Wade s'enfuit en sanglotant se cacher dans un coin de la maison. Mélanie se mordit la lèvre, et des larmes lui montèrent aux yeux. Mama, qui assitait à la scène, du couloir, fronça les sourcils et poussa un profond soupir. Mais ce jour-là et les jours qui suivirent, personne ne s'avisa de tenir tête à Scarlett. Tout le monde avait peur de sa langue acérée, tout le monde redoutait le nouveau personnage qu'elle était en passe de devenir.

Désormais Scarlett régnait en maîtresse absolue sur Tara et, comme chez tous ceux qui sont brusquement investis de l'autorité, tous ses instincts tyranniques reprenaient le dessus. Ce n'était pas qu'elle fût foncièrement méchante. Cela tenait à ce qu'ayant peur et n'étant pas sûre d'elle-même elle se montrait dure afin qu'on ne découvrît point son manque d'aptitudes et qu'on ne refusât pas de lui obéir. En outre, elle éprouvait un certain plaisir à crier fort et à savoir qu'on la redoutait. Enfin, elle s'aperçut que cela soulageait ses nerfs trop tendus. Elle n'était pas sans se rendre compte qu'elle changeait de personnalité. Parfois, lorsqu'elle donnait un ordre d'un ton si sec que Pork faisait la moue et que Mama murmurait entre ses dents : « Y a des gens qui se donnent de bien g'ands ai' aujou'd'hui », elle se demandait où ses bonnes manières avaient bien pu s'en aller. Toute la courtoisie, toute l'aménité qu'Ellen s'était donné tant de mal à lui inculquer s'étaient détachées d'elle aussi vite que les feuilles se détachent des arbres au premier souffle froid de l'automne.

Ellen n'avait cessé de lui répéter : « Sois ferme mais gentille avec les inférieurs, surtout avec les noirs », seulement si elle se montrait gentille, les nègres ne manqueraient pas de passer toute la journée assis dans la cuisine à parler sans fin du bon vieux temps où les noirs attachés au service des maîtres n'en étaient pas réduits à faire une besogne de culti-vateur.

« Aime et soigne tes sœurs. Sois bonne pour les affligés, disait Ellen. Prodigue ta tendresse à ceux qui sont dans le chagrin et dans la peine. »

En ce moment il lui était impossible d'aimer ses sœurs. Elles n'étaient ni plus ni moins qu'un poids mort sur ses épaules. Quant à bien les soigner, ne leur donnait-elle pas leur bain, ne les peignait-elle pas, ne les nourrissait-elle pas, quitte même à marcher pendant des milles et des milles chaque jour pour trouver des légumes ? N'apprenait-elle pas à traire la vache bien qu'elle eût toujours la gorge serrée quand l'animal redoutable semblait la menacer de ses cornes ? Enfin la bonté que sa mère lui préconi-sait, c'était tout simplement une perte de temps. Si elle exagérait sa bonté envers ses sœurs, celles-ci ne feraient sans doute que prolonger leur séjour au lit, et elle avait besoin qu'elles fussent sur pied le plus tôt possible.

Leur convalescence traînait en longueur, elles ne reprenaient pas de forces et restaient plongées dans une sorte de prostration. Le monde avait changé pendant qu'elles gisaient inconscientes dans leur lit. Les Yankees étaient venus, les nègres s'étaient enfuis, leur mère était morte. Trois événements incroyables que leur esprit se refusait à admettre. Il leur arrivait parfois de penser qu'elles déliraient encore et que rien de tout cela ne s'était produit. Scarlett avait tellement changé qu'il était impossible que ce fût elle. Lorsqu'elle s'approchait d'elles et leur esquissait à grands traits le genre de travail qu'elle comptait leur demander, elles la regardaient comme si elles avaient eu un lutin devant elles. Le fait qu'elles n'avaient plus une centaine d'esclaves pour accomplir toute la besogne dépassait leur enten-dement. Elles ne pouvaient imaginer qu'une dame O'Hara en fût réduite à se servir de ses dix doigts.

— Mais, petite sœur, disait Carreen, son doux visage enfantin tout assombri par la consternation, je ne pourrai jamais fendre du bois pour le feu ! Je m'abîmerai les mains !

— Regarde donc les miennes, répondait Scarlett avec un sourire inquiétant en approchant d'elle ses paumes calleuses et couvertes d'ampoules.

— C'est odieux de nous parler comme ça à bébé et à moi, s'écriait Suellen. Je suis sûre que tu mens et que tu essaies de nous faire peur. Si seulement maman était là, elle ne te laisserait pas nous parler sur ce ton ! Fendre du bois ! Ah ! oui, parlons-en !

Persuadée que Scarlett n'agissait ainsi que par méchanceté, Suellen, dans sa faiblesse, trouvait encore la force de détester sa sœur aînée. Suellen avait failli mourir. Elle avait perdu sa mère, elle se sentait seule, elle avait peur, elle avait besoin de tendresse et elle aurait voulu qu'on fût aux petits soins pour elle. Au lieu de cela, Scarlett s'arrêtait chaque jour au pied du lit de ses sœurs, et une lueur haineuse dans ses yeux verts, elle cherchait à voir si elles allaient mieux et se mettait à parler de lits à faire, de plats à préparer, de seaux d'eau à porter, de bois à fendre. Et l'on eût dit qu'elle prenait un malin plaisir à détailler ces horribles besognes.

En fait, Scarlett y prenait un malin plaisir. Elle tyrannisait les nègres et mettait ses sœurs au supplice non seulement parce qu'elle était trop préoccupée et trop épuisée pour faire autrement, mais parce que ça l'aidait à oublier l'amertume qu'elle ressentait, en constatant que tout ce que sa mère lui avait dit de la vie était faux.

Rien de ce que sa mère lui avait enseigné n'avait plus la moindre valeur et Scarlett en souffrait autant qu'elle en était indignée. Il ne lui venait pas à l'idée qu'Ellen avait été incapable de prévoir l'effondrement de la civilisation au milieu de laquelle elle avait élevé ses filles, qu'elle n'avait pu se douter de la disparition des rangs sociaux qu'elle leur avait si bien appris à tenir. Il ne lui venait même pas à l'idée qu'en lui apprenant à être aimable et gracieuse, honnête et bonne, modeste et franche, Ellen avait envisagé une longue perspective d'années paisibles, toutes pareilles aux années sans heurts de sa propre existence. Lorsque les femmes avaient bien retenu ces choses, la vie se montrait clémente envers elles, prétendait Ellen!

Désespérée, Scarlett se disait : « Non, rien, rien de ce qu'elle m'a appris ne me sert à quoi que ce soit! A quoi me servirait d'être bonne, maintenant? Quelle valeur a la gentillesse? J'aurais mieux fait d'apprendre à labourer ou à cueillir le coton comme une négresse! Oh! maman, vous vous trompiez! »

Elle ne prenait pas le temps de penser que le monde bien ordonné d'Ellen n'existait plus et qu'un monde brutal avait pris sa place, un monde où toute forme, toute valeur étaient changées. Elle comprenait seulement, ou croyait comprendre, que sa mère s'était trompée, et elle se transformait rapidement pour s'adapter à une vie nouvelle à laquelle elle n'avait pas été préparée.

Seuls ses sentiments envers Tara ne s'étaient pas modifiés! Jamais, alors que, harassée, elle rentrait à travers champs, elle n'avait vu la blanche demeure sans sentir son cœur se gonfler de joie et d'amour à la pensée qu'elle arrivait chez elle. Jamais, penchée à sa fenêtre, elle ne contemplait les pâturages verts, les champs rouges et les arbres touffus poussant au nord des marécages sans se sentir pénétrée par un sentiment de beauté. Son amour pour cette terre qui déroulait doucement ses collines rouges et brillantes, pour ce beau sol couleur de sang, de grenat, de brique ou de vermillon, qui si miraculeusement donnait naissance à des buissons verts étoilés de touffes blanches, son amour ne changeait pas alors que tout changeait en elle. Nulle part ailleurs il n'y avait terre semblable à celle-là.

Lorsqu'elle regardait Tara, elle comprenait en partie pourquoi on se faisait la guerre. Rhett avait tort quand il prétendait que les hommes se battaient pour l'argent. Non, ils se battaient pour des arpents de terrain tout bosselés de sillons, pour des pâturages verdis par l'herbe que la faux a couchée, pour des rivières jaunes et indolentes, pour des maisons blanches bien fraîches parmi les magnolias. C'étaient là les seules choses qui valussent la peine de se battre pour elles, la terre rouge qui appartenait aux hommes, qui appartiendrait à leurs fils, la terre rouge qui donnerait du coton à leurs fils et aux fils de leurs fils.

Maintenant que sa mère et Ashley n'étaient plus, maintenant que le malheur avait fait retomber Gérald en enfance, que l'argent, les nègres, sa tranquillité, son rang avaient disparu en une nuit, les champs ravagés de Tara étaient tout ce qui lui restait. Comme si elle l'avait entendue dans un autre monde, elle se rappela une conversation qu'elle avait eue avec son père au sujet de la terre. Elle s'étonna que sa jeunesse et son ignorance l'eussent empêchée de le comprendre lorsqu'il avait dit que la terre était la seule chose qui valût la peine qu'on se batte pour elle.

« Car c'est la seule chose au monde qui dure... et pour tous ceux qui ont une goutte de sang irlandais dans les veines, la terre sur laquelle ils vivent est comme leur mère... c'est la seule chose pour laquelle cela vaille la peine de travailler, de lutter et de mourir. »

Oui, Tara valait la peine qu'on luttât pour elle et Scarlett acceptait la lutte sans discuter. Personne ne lui arracherait Tara! Personne ne réussirait à la faire vivre, elle et les siens, aux crochets des parents qui lui restaient. Elle garderait Tara, dût-elle pour cela briser les reins à tous ceux qui y demeuraient.

XXVI

Il y avait déjà deux semaines que Scarlett était revenue d'Atlanta à Tara quand la plus grosse des écorchures qu'elle s'était faites au pied s'envenima et enfla si bien qu'il lui fut impossible de mettre sa chaussure et qu'elle en fut réduite à clopiner en marchant sur le talon. A la vue de son gros orteil enflammé, elle fut prise d'un immense désespoir. Et si la plaie allait se gangrener comme les blessures des soldats ? Et si elle allait mourir loin de tout docteur ? Malgré son amertume, elle n'avait nulle envie de quitter la vie. Et puis, qui s'occuperait de Tara si elle venait à disparaître ?

Lors de son retour chez elle, elle avait caressé l'espoir que Gérald redeviendrait ce qu'il était autrefois, et qu'il assumerait toutes les responsabilités, mais, durant ces deux semaines, cet espoir s'était évanoui. Elle savait désormais que, bon gré mal gré, c'était entre ses mains inexpérimentées que reposait le sort de la plantation et de ses habitants, car Gérald, si gentil, si terriblement absent de Tara, passait ses journées immobile comme un homme perdu dans un rêve. Lorsque Scarlett le suppliait de lui donner un conseil, il se contentait de répondre : « Fais ce que tu estimes le meilleur, ma fille », ou encore, ce qui était pire : « Demande l'avis de ta mère, ma chatte. »

Il ne changerait plus jamais, et maintenant Scarlett voyait la vérité en face et l'acceptait telle quelle. Elle savait que, jusqu'à sa mort, Gérald continuerait d'attendre le retour d'Ellen et guetterait sans cesse le bruit de ses pas. Il vivait dans quelque pays aux frontières incertaines où le temps était aboli et il lui semblait qu'Ellen se trouvait toujours dans la pièce voisine. Le ressort de toute son existence s'était brisé à la mort de sa femme et avec lui avaient disparu son assurance, son audace et sa vitalité débordante. Ellen avait été l'assistance devant laquelle s'était joué le drame ronflant de Gérald O'Hara. Maintenant on avait tiré le rideau pour toujours, on avait soufflé les quinquets de la rampe, et l'assistance s'était brusquement évanouie tandis que le vieux comédien, frappé de stupeur, restait sur la scène à attendre ses répliques.

Ce matin-là, la maison était silencieuse, car tout

le monde, à l'exception de Scarlett, de Wade et des trois malades, était en train de traquer la truie dans les marécages. Gérald lui-même était un peu sorti de sa torpeur et, traînant la jambe de sillon en sillon, se promenait dans les champs en tenant Pork par l'épaule et en balançant un rouleau de corde de sa main libre. A force de pleurer, Suellen et Carreen s'étaient endormies. Cela leur arrivait au moins deux fois par semaine lorsqu'elles pensaient à Ellen et que les larmes de chagrin et de faiblesse inondaient leurs joues creuses. Mélanie, pour la première fois depuis son accouchement, avait été autorisée à s'asseoir dans son lit. Les jambes recouvertes d'un drap reprisé, elle tenait un bébé au creux de chaque bras, le sien dont la tête blonde dodelinait, celui de Dilcey dont les cheveux noirs semblaient frisés au petit fer.

Pour Scarlett, le silence de Tara était intolérable, car il lui rappelait trop vivement le silence de mort de la campagne désolée qu'elle avait traversée en revenant d'Atlanta. Il y avait des heures que la vache et son veau n'avaient fait le moindre bruit. Nul oiseau ne chantait et la bruyante famille de moqueurs qui, depuis des générations, vivait au milieu des feuilles bruissantes du magnolia s'était tue. Scarlett avait attiré une chaise basse tout contre la fenêtre ouverte de sa chambre à coucher et laissait son regard errer sur l'allée en face de la maison, sur la pelouse et sur les pâturages déserts de l'autre côté de la route. Elle avait relevé ses jupes bien au-dessus du genou et elle demeurait ainsi, le menton posé sur ses bras eux-mêmes appuyés au rebord de la fenêtre. Auprès d'elle, sur le plancher, était posé un seau d'eau tirée du puits et, de temps en temps, elle y trempait son pied meurtri en faisant une grimace de douleur.

Agacée, elle enfonça le menton au creux de son bras. C'était précisément au moment où elle avait le plus besoin de ses forces que son orteil s'était infecté.

Ces imbéciles-là n'arriveraient jamais à attraper la truie. Il leur avait fallu une semaine pour capturer les porcelets un à un et maintenant, au bout de deux semaines, la truie était toujours en liberté. Scarlett savait que s'il lui était possible de rejoindre les chasseurs dans les marais, elle retrousserait ses jupes, s'emparerait de la corde et prendrait la truie au lasso avant qu'on eût le temps de dire ouf!

Mais en admettant qu'on arrivât à attraper la truie ? Que se passerait-il une fois qu'on l'aurait mangée, elle et ses petits ? La vie suivrait son cours et les appétits en feraient autant. L'hiver approchait et l'on n'aurait rien à se mettre sous la dent, pas même les misérables restes des jardins potagers du voisinage. On ne pouvait pourtant pas se passer de pois secs, de sorgho, de farine de maïs, de riz et... et... de tant d'autres choses. Il fallait des graines de maïs et de coton pour les semailles de printemps, sans parler des vêtements ? D'où tirer tout cela et comment le payer ?

En secret, Scarlett avait fait l'inventaire des poches de Gérald et du coffret où il mettait son argent. Au cours de ses investigations elle n'avait trouvé que des piles de bons de la Confédération et trois mille dollars en billets confédérés. « A peu près de quoi nous offrir un bon repas, maintenant que l'argent confédéré vaut presque moins que rien », se dit Scarlett ironiquement. Mais, à supposer qu'elle eût de l'argent et qu'elle trouvât de quoi manger, comment rapporter ces provisions à Tara ? Pourquoi le bon Dieu avait-il laissé mourir le vieux cheval ? Même la misérable bête que Rhett avait volée changerait le problème du tout au tout. Oh! ces jolies mules pleines de vie qui lançaient des ruades dans les prés, de l'autre côté de la route, les beaux chevaux qu'on attelait à la voiture, sa petite jument, les poneys des petites, le gros étalon de Gérald qui traversait la pelouse comme une flèche en arrachant le gazon... Oh! posséder l'un d'entre eux, même la mule la plus ombrageuse!

Mais, tant pis... lorsque sa blessure serait guérie, elle irait à pied à Jonesboro. Ce serait la plus longue marche de sa vie, mais elle irait. Même si les Yankees avaient brûlé la ville de fond en comble, elle trouverait certainement quelqu'un pour lui dire où l'on pouvait découvrir de quoi manger. Elle vit devant elle le petit visage renfrogné de Wade. Elle savait bien que son fils n'aimait pas les ignames. Il ne cessait de le répéter et de dire : « Je veux une cuisse de poulet, du riz et de la sauce. »

Le soleil qui éclairait brillamment le jardin s'assombrit soudain, ses larmes lui brouillèrent l'image des arbres. Scarlett laissa retomber la tête sur son bras replié et s'efforça de ne pas pleurer. Les larmes servaient à si peu de chose désormais. D'ailleurs, elles n'étaient vraiment utiles que quand on voulait obtenir une faveur d'un homme. Tandis qu'elle essayait de refouler ses larmes en serrant fortement ses paupières l'une contre l'autre, elle distingua le bruit d'un cheval au trot. Pourtant elle ne releva pas la tête. Nuit et jour, au cours des deux dernières semaines, il lui avait semblé entendre trotter un cheval tout comme il lui avait semblé entendre le frou-frou de la robe d'Ellen. Avant qu'elle eût le temps de se dire : « Allons, ne sois pas stupide ! » son cœur se mit à battre à coups précipités ainsi qu'il le faisait toujours en pareils moments.

Mais, à sa grande surprise, le cheval passa fort naturellement du trot au pas et elle entendit le crissement régulier des sabots enfonçant dans le sable de l'allée. C'était bien un cheval... Les Tarleton, les Fontaine ! Elle releva vivement la tête. C'était un cavalier yankee !

Machinalement elle se blottit derrière le rideau et, fascinée, regarda l'homme à travers l'étoffe transparente. La stupeur lui coupait le souffle, vidait l'air de ses poumons.

C'était un individu massif, à mine patibulaire. On eût dit qu'il écrasait sa selle sous son poids, et sa barbe noire, mal soignée, s'éparpillait dans tous les sens sur sa veste bleue déboutonnée. Il avait de petits yeux rapprochés qui étudiaient calmement la maison sous la visière de la casquette bleue très ajustée. Il descendit de cheval sans se presser et l'attacha à un montant de bois aménagé à cet effet. Alors Scarlett reprit son souffle, mais brutalement, douloureusement, comme après un coup à l'estomac. Un Yankee, un Yankee avec un long pistolet sur la hanche! Et elle était seule dans la maison, seule avec trois femmes malades et deux bébés!

Tandis que l'homme remontait l'allée sans se presser, la main sur l'étui de son pistolet, ses petits yeux ronds furetant à droite et à gauche, une foule d'images confuses se formèrent dans le cerveau de Scarlett comme elles se forment dans un kaléidoscope. Elle se rappela tout ce que tante Pittypat lui avait raconté à voix basse, ces histoires de femmes attaquées, de gorges tranchées, de maisons incendiées, d'enfants transpercés à coups de baïonnette parce qu'ils pleuraient, toutes ces horreurs inexprimables contenues dans le seul mot de « Yankee »!

Sous l'empire de la terreur son premier mouvement fut d'aller se cacher dans un placard. Puis elle pensa à se glisser sous son lit; enfin elle eut une envie folle de se précipiter dans l'escalier de service et de s'enfuir en hurlant vers les marais. N'importe quoi, mais échapper à cet homme. Alors elle l'entendit gravir d'un pas prudent les marches du perron, puis pénétrer dans le vestibule et, à ce moment, elle comprit que la retraite lui était coupée. Trop terrorisée pour faire un seul geste, elle entendit l'homme passer d'une pièce dans l'autre. A mesure qu'il avançait, il se rendait mieux compte que la maison était vide et son pas se faisait plus lourd, plus hardi. Maintenant il était dans la salle à manger, dans un moment il serait dans la cuisine.

A l'idée qu'il allait entrer dans la cuisine, une rage soudaine gonfla la poitrine de Scarlett, une rage si brutale qu'elle en ressentit comme un coup de poignard au cœur et que son épouvante céda aussitôt le pas à sa fureur. La cuisine! Sur le fourneau il y avait deux marmites, l'une était remplie de pommes qui cuisaient, l'autre de différents légumes ramenés à grand-peine des Douze Chênes et de chez les Mac Intosh. Dîner à peine suffisant pour deux personnes, c'était là tout ce qui attendait neuf ventres affamés. Depuis des heures

Scarlett prenait sur elle pour ne pas descendre à la cuisine avant le retour des autres et, à l'idée que le Yankee allait manger le maigre repas, elle se mit à trembler de colère.

Que le diable les emporte tous! Ils s'abattaient comme des sauterelles et s'en allaient laissant la famine derrière eux, et les voilà qui revenaient voler le peu qui restait. L'estomac vide de Scarlett se contracta. Bon Dieu, ce Yankee-là au moins n'aurait plus l'occasion de voler!

Elle retira sa chaussure éculée et, pieds nus, elle se glissa rapidement jusqu'à son secrétaire sans même sentir sa blessure. Elle ouvrit sans bruit le tiroir du dessus, en tira le lourd pistolet qu'elle avait rapporté d'Atlanta, ce même pistolet dont Charles ne s'était jamais servi. Elle fouilla dans l'étui de cuir pendu au mur à côté du sabre et en sortit une amorce qu'elle mit en place d'une main qui ne tremblait pas. Silencieuse et rapide, elle traversa le couloir et descendit l'escalier, en s'appuyant d'une main à la rampe et en tenant de l'autre le pistolet bien serré contre sa cuisse afin de le dissimuler dans les plis de sa jupe.

— Qui est là? cria le Yankee d'une voix nasillarde.

Et Scarlett s'arrêta au beau milieu de l'escalier, le sang battant si fort à ses oreilles qu'elle l'entendit à peine : « Halte ou je tire! » fit la voix.

L'homme se tenait sur le seuil de la salle à manger, ramassé sur lui-même, comme prêt à bondir. D'une main il tenait son pistolet, de l'autre la petite boîte de couture en palissandre qui contenait un dé en or, des ciseaux à manche d'or et un minuscule porte-aiguilles en or. Scarlett sentit ses jambes se glacer jusqu'aux genoux, mais la rage lui brûla le visage. La boîte à ouvrage d'Ellen dans la main de cet individu. Elle voulut crier : « Lâchez ça! Lâchez ça, espèce de sale... », mais les mots refusèrent de sortir. Elle ne put que regarder fixement l'homme par-dessus la rampe de l'escalier et observer le changement qui s'opéra sur son visage dont l'expression tendue, la dureté firent place à un sourire moitié méprisant, moitié engageant.

127

— Alors, comme ça, y a du monde, fit-il en remettant son pistolet dans son étui et en s'approchant jusqu'à se trouver au-dessous de Scarlett. Toute seule, ma petite dame ?

Prompte comme l'éclair, Scarlett brandit son revolver par-dessus la rampe et le braqua en plein sur le visage barbu et stupéfait. Avant que l'homme ait pu porter la main à son ceinturon, elle pressa la détente. Le recul la fit chanceler, en même temps que le fracas de l'explosion emplissait ses oreilles et que l'odeur âcre de la poudre lui piquait les narines. L'homme tomba à la renverse et s'étala dans la salle à manger avec une violence qui fit trembler le mobilier. La boîte lui échappa des mains, éparpillant son contenu autour de lui. Sans guère se rendre compte de ce qu'elle faisait, Scarlett descendit l'escalier, se pencha sur l'homme et se mit à considérer ce qui restait du visage au-dessus de la barbe : un trou sanglant à l'endroit du nez, deux yeux vitreux brûlés par la poudre.

Tandis qu'elle le regardait ainsi, deux filets de sang se mirent à couler sur le plancher brillant. L'un venait du visage, l'autre de derrière sa tête !

Oui, il était mort. Ça ne faisait aucun doute Elle avait tué un homme !

La fumée monta en volutes jusqu'au plafond et les petits ruisseaux rouges grossirent à ses pieds. Pendant un temps qu'il lui fut impossible d'évaluer, elle resta là sans bouger, et dans le silence chaud et paisible de ce matin d'été tous les sons, tous les parfums semblaient prendre une importance exagérée, les battements déréglés de son cœur, le léger bruissement des feuilles du magnolia, le son lointain d'un oiseau des marais, l'odeur exquise des fleurs qui arrivait par la fenêtre.

Elle avait tué un homme, elle qui évitait toujours d'assister à l'hallali lorsqu'elle chassait à courre, elle qui ne pouvait supporter le hurlement des gorets qu'on égorge ou le cri d'un lapin pris au piège. « Un meurtre ! pensa-t-elle confusément. J'ai commis un meurtre ! Oh ! il est impossible que ça me soit arrivé à moi ! » Ses yeux se posèrent par terre sur la main poilue qui se trouvait si près de la boîte de couture et soudain elle reprit conscience de la vie, elle fut envahie d'une joie féroce de tigresse. Pour un peu elle eût enfoncé le talon dans la blessure béante et eût éprouvé un plaisir exquis à sentir le sang tiède contre son pied nu. Elle avait commencé à venger Tara... et à venger Ellen.

Au premier on entendit un bruit de pas précipités et incertains. Puis il y eut une pause, et le bruit de pas reprit, mais cette fois affaibli, moins rapide et ponctué par le cliquetis d'un objet métallique. Scarlett releva la tête et vit Mélanie en haut de l'escalier. Pour tout vêtement elle portait la chemise de jour en loques qui lui tenait lieu de chemise de nuit et, de son bras faible, elle avait bien du mal à porter le sabre de Charles. D'un seul coup d'œil Mélanie embrassa toute la scène dans ses moindres détails, aperçut le cadavre vêtu de bleu allongé dans une mare rouge, la boîte de couture, Scarlett pieds nus, le visage terreux, le long pistolet à la main.

Elle ne dit pas un mot, mais ses yeux rencontrèrent ceux de Scarlett. Son visage d'ordinaire si doux était empreint d'un orgueil farouche, son sourire exprimait une approbation et une joie féroce qui s'apparentaient étroitement aux sentiments tumultueux allumés dans le cœur de Scarlett.

« Mais... mais... elle me ressemble! Elle comprend ce que j'éprouve! se dit Scarlett. Elle aurait fait la même chose. »

Bouleversée, elle regarda la jeune femme frêle et vacillante pour laquelle elle n'avait jamais eu qu'aversion et mépris. Maintenant naissait en elle un sentiment d'admiration et de camaraderie qui luttait contre sa haine pour la femme d'Ashley. Dans un instant de clairvoyance que n'altéra nulle émotion mesquine, elle vit que sous le ton aimable et le regard de tourterelle de Mélanie il y avait autre chose, une mince lame d'acier que rien ne pouvait briser et elle comprit également que, dans les veines de Mélanie, pouvait aussi bien couler un sang héroïque.

129

Autant en emporte le vent. T II   9

« Scarlett! Scarlett! » hurlèrent Suellen et Carreen d'une voix faible qu'étouffait davantage la porte de leur chambre, et Wade hurla à son tour : « Tantie! Tantie! » Mélanie mit aussitôt un doigt sur sa bouche, puis, posant le sabre sur la dernière marche, elle traversa péniblement le couloir du premier et ouvrit la porte de la chambre des malades. « N'ayez pas peur, mes mignonnes! dit-elle d'un ton taquin et assez haut pour qu'on l'entendît d'en bas. Votre grande sœur a essayé d'enlever la rouille du pistolet de Charles et le coup est parti. Elle a failli en mourir de peur... Voyons, Wade Hampton, ta maman vient seulement de faire partir le pistolet de ton cher papa! Quand tu seras grand, elle te laissera tirer avec. »

« Quelle fière menteuse! pensa Scarlett avec admiration. Je n'aurais jamais trouvé cela aussi vite. Mais à quoi bon mentir! Il faudra bien que tout le monde sache ce que j'ai fait. »

Elle examina de nouveau le cadavre et, comme sa rage et sa fureur se dissipaient, elle fut saisie d'horreur et ses genoux se mirent à trembler. Mélanie reparut en haut de l'escalier qu'elle se mit en devoir de descendre en se retenant à la rampe.

— Va te recoucher, petite sotte, tu vas te tuer! lança Scarlett, mais la jeune femme, à demi nue, mordant à pleines dents ses lèvres décolorées, trébucha de marche en marche et finit par atteindre le vestibule.

— Scarlett, murmura-t-elle, il faut l'emmener. Il faut l'enterrer. Il n'est peut-être pas seul et, si on le trouve ici...

Elle s'appuya au bras de Scarlett.

— Il doit être seul, fit cette dernière. Je n'ai vu personne d'autre par la fenêtre. Ça doit être un déserteur.

— Même s'il est seul, il faut que personne ne sache ce qui s'est passé. Les nègres pourraient jaser et alors on viendrait t'arrêter. Scarlett, il faut que nous le cachions quelque part avant que nos gens reviennent des marais.

Stimulée par le ton angoissé de Mélanie, Scarlett se prit à réfléchir.

— Je pourrais l'enterrer dans un coin du jardin, sous l'ormeau... là où Pork a enfoui le tonneau de whisky ; la terre est molle à cet endroit. Mais comment ferais-je pour le porter jusque-là ?

— Nous le tirerons chacune par une jambe, déclara Mélanie avec énergie.

Malgré elle, Scarlett ne put s'empêcher d'admirer encore plus sa belle-sœur.

— Tu n'aurais même pas la force de porter un chat. C'est moi qui le tirerai jusque-là, fit-elle d'un ton bourru. Retourne te coucher. Tu vas te tuer. Ne t'avise pas de me donner un coup de main, sans ça j'irai te porter moi-même au lit.

Le visage blême de Mélanie s'éclaira d'un sourire charmant.

— Tu es très gentille, Scarlett, dit-elle, et ses lèvres effleurèrent doucement la joue de la jeune femme. — Avant que celle-ci fût revenue de sa surprise, Mélanie poursuivit : Si tu peux l'emmener, moi je vais essuyer... je vais remettre tout en ordre avant le retour de nos gens, et puis, Scarlett...

— Oui ?

— Penses-tu que ce serait malhonnête de fouiller dans sa musette ? Il a peut-être quelque chose à manger ?

— Je ne crois pas, répliqua Scarlett, vexée de n'avoir pas songé à cela elle-même. Prends-lui sa musette, moi je fouille ses poches.

Penchée avec dégoût sur le cadavre, elle défit les boutons de sa veste et se livra à un inventaire en règle de ses poches.

— Mon Dieu, soupira-t-elle en exhibant un portefeuille volumineux enveloppé dans un chiffon. Mélanie... Melly, je crois que c'est plein d'argent.

Mélanie ne répondit rien, mais s'assit brusquement par terre, le dos appuyé au mur.

— Regarde, Melly... mais regarde donc !

Mélanie obéit et ses yeux parurent s'agrandir. On

distinguait une masse de billets de banque, des billets des États-Unis à dos vert, pêle-mêle avec des billets confédérés et au milieu d'eux, jetant un faible reflet, une pièce d'or de dix dollars et deux pièces de cinq dollars en or également.

— Ne t'amuse pas à les compter maintenant, conseilla Mélanie à Scarlett, qui commençait à faire glisser les coupures sous son doigt. Nous n'avons pas le temps...

— Te rends-tu compte, Mélanie, que tout cet argent signifie que nous allons manger?

— Mais oui, ma chérie, je le sais, mais nous n'avons pas le temps maintenant. Examine ses autres poches. Moi, je m'occupe de sa musette.

Scarlett répugnait à abandonner le portefeuille. De brillantes perspectives s'ouvraient devant elle... du vrai argent, le cheval du Yankee, de quoi manger! En somme il y avait un Dieu, un Dieu qui pourvoyait aux besoins des humains quand bien même il avait recours à d'étranges moyens pour cela. Elle s'assit et regarda le portefeuille en souriant. De quoi manger! Mélanie le lui arracha des mains.

— Presse-toi! dit-elle.

Les poches du pantalon ne contenaient rien en dehors d'un bout de chandelle, d'un mauvais couteau, d'une carotte de tabac et d'un morceau de ficelle. Mélanie sortit de la musette un petit paquet de café qu'elle huma comme s'il s'agissait du parfum le plus exquis. Le visage altéré, elle extirpa du sac une miniature de fillette sertie de petites perles, une broche en grenats, deux gros bracelets d'or garnis de chaînettes d'or, un dé en or, une timbale d'enfant, des ciseaux à broder en or, un solitaire en diamant et une paire de boucles d'oreilles terminées chacune par un diamant en forme de poire que les deux jeunes femmes, malgré leur manque d'expérience, estimèrent devoir dépasser un carat chacun.

— Un voleur! s'exclama Mélanie d'une voix étouffée tout en s'écartant du corps immobile. Scarlett, il a sûrement volé tout cela!

— Bien sûr! Et en venant ici, il espérait bien nous voler encore quelque chose.

— Je suis heureuse que tu l'aies tué, déclara Mélanie, les yeux durs. Maintenant, presse-toi, ma chérie, emporte-le.

Scarlett se pencha, saisit le mort par ses bottes et tira de toutes ses forces. Comme il était lourd et comme elle se sentit faible tout d'un coup! Et si elle était incapable de le déplacer? Tournant le dos au cadavre, elle prit une lourde botte sous chaque bras et se pencha en avant. Le mort remua et Scarlett s'arc-bouta. Dans la fièvre de l'action, elle avait oublié son pied malade, mais un cruel élancement la ramena à la réalité. Elle grinça des dents et s'appuya de tout son poids sur son talon. Tirant, peinant, la sueur lui inondant le front, elle fit traverser tout le vestibule au cadavre qui laissait derrière lui une traînée sanglante.

— S'il saigne dans la cour, nous ne pourrons pas faire partir les taches, dit-elle le souffle court. Donne-moi ta chemise, Melly, je vais lui en envelopper la tête.

Mélanie devint cramoisie.

— Ne fais pas la sotte. Je ne te regarderai pas, annonça Scarlett. Si j'avais un jupon ou un pantalon, je m'en servirais.

Recroquevillée contre le mur, Mélanie fit passer ses haillons par-dessus sa tête et, après les avoir lancés sans mot dire à Scarlett, elle masqua du mieux qu'elle put sa nudité.

« Dieu merci, je n'ai pas de ces pudeurs », pensa Scarlett qui sentit plutôt qu'elle ne vit la gêne de Mélanie tandis qu'elle entourait le visage mutilé avec la chemise en guenille.

Procédant par bonds successifs, autant que le lui permettait son pied, elle finit par atteindre la véranda qui donnait sur la cour et là, tout en s'arrêtant pour s'éponger le front du revers de la main, elle se retourna et vit Mélanie qui, assise le dos au mur, ramenait désespérément ses genoux frêles contre ses seins nus. « Que Mélanie est donc bête de faire tant d'histoires en un moment pareil », se dit Scarlett, agacée. C'était bien ce côté sainte-nitouche qu'elle avait toujours méprisé chez elle. Alors elle eut honte. Après tout... après tout Mélanie s'était levée si tôt après son accouchement, et elle avait même trouvé le moyen de venir à son secours avec une arme trop lourde pour elle. Il avait fallu du courage pour cela, cette sorte de courage que Scarlett savait bien ne pas avoir, ce courage de bonne trempe que Mélanie avait déployé lors de la nuit terrible où Atlanta était tombée, lors du long voyage de retour. C'était ce même courage inébranlable, sans éclat, dont tous les Wilkes étaient dotés, qualité que Scarlett ne comprenait pas, mais à laquelle elle rendait hommage à contrecœur.

— Monte te recoucher! lança-t-elle par-dessus son épaule. Tu vas mourir si tu ne remontes pas. Je nettoierai tout quand je l'aurai enterré.

— Je vais nettoyer avec l'une des carpettes, répondit Mélanie d'une voix éteinte en considérant la masse de sang avec répulsion.

— Eh bien, attrape la mort, moi je m'en fiche! Si nos gens reviennent avant que j'aie fini, retiens-les dans la maison et raconte-leur que le cheval est venu comme ça, on ne sait pas d'où.

Le soleil matinal éclairait Mélanie qui grelottait, et lorsque la tête du mort se mit à heurter une par une les marches de la véranda, la jeune femme se boucha les oreilles pour ne pas entendre l'horrible bruit qu'elle faisait.

Personne ne demanda d'où était venu le cheval. Il sautait aux yeux qu'il s'était perdu après la dernière bataille et tout le monde fut trop heureux de l'avoir. Le Yankee fut couché dans le trou que Scarlett avait creusé au-dessous de l'ormeau. Les supports qui retenaient les branches épaisses étaient pourris et, cette nuit-là, Scarlett les entailla si bien avec un couteau de cuisine que les rameaux s'effondrèrent en désordre au-dessus de la tombe. Scarlett n'exigea point qu'on les relevât et si jamais les nègres surent pourquoi, ils n'en soufflèrent mot.

Nul fantôme ne sortit de cette tombe sommaire pour venir hanter les longues nuits de Scarlett qui restait éveillée, trop lasse pour trouver le sommeil. Nul sentiment d'horreur, nul remords ne vint l'assaillir au souvenir du cadavre. Elle s'en étonna, car elle savait que, même un mois auparavant, elle eût été incapable d'une telle action. La toute jeune Mme Hamilton, avec ses fossettes, ses boucles d'oreilles qu'elle faisait tinter et ses petits airs effarouchés, réduire en bouillie le visage d'un homme et enterrer celui-ci dans un trou hâtivement creusé par elle. Scarlett ne pouvait se défendre d'un sourire un peu sinistre en pensant à la consternation que pareille idée provoquerait chez ceux qui la connaissaient.

« Je n'y penserai plus, déclara-t-elle un jour. C'est fini et bien fini et j'aurais été ridicule de ne pas le tuer. Tout de même... j'ai dû un peu changer depuis mon retour, sans ça, je ne l'aurais pas fait. »

Elle ne chercha pas à approfondir, mais, au fond de sa conscience, chaque fois qu'elle avait à résoudre un problème ennuyeux et difficile, elle se disait, pour se donner du courage : « Ma foi, j'ai commis un meurtre, aussi je peux faire ça. »

Elle avait beaucoup plus changé qu'elle ne le pensait et cette petite croûte dure qui avait commencé à se former en elle le jour où elle était restée face contre terre dans le jardin des esclaves aux Douze Chênes commençait lentement à s'épaissir.

Maintenant qu'elle possédait un cheval, Scarlett allait pouvoir découvrir ce qu'étaient devenus ses voisins. Depuis son retour, elle s'était demandé plus de mille fois, la mort dans l'âme : « Sommes-nous les seules personnes qui restent dans le comté ? Tous les autres ont-ils péri dans l'incendie de leur maison ? Se sont-ils tous réfugiés à Macon ? » Elle redoutait presque de savoir la vérité, tant était encore présent à son esprit le souvenir des ruines accumulées aux Douze Chênes, chez les Mac Intosh ou même chez les

Slattery. Pourtant il valait encore mieux apprendre le pire que de passer son temps à se poser des questions. Elle décida de se rendre d'abord chez les Fontaine, non pas qu'ils fussent ses voisins les plus proches, mais parce qu'elle y trouverait peut-être le vieux docteur. Mélanie avait besoin d'un docteur. Elle ne se remettait pas comme elle l'aurait dû et sa faiblesse et sa pâleur inquiétaient Scarlett.

Aussi, dès que son pied fut en assez bon état pour supporter une pantoufle, elle monta sur le cheval du Yankee. Un pied passé dans l'étrier qu'elle avait raccourci, son autre jambe ramenée sur la selle, un peu comme si elle montait en amazone, elle s'en alla à travers champs vers la plantation de Mimosas, persuadée qu'elle la trouverait en cendre.

A sa grande surprise et à son grand plaisir, elle vit la vieille maison en stuc jaunâtre apparaître, comme elle avait toujours apparu, au milieu d'un bosquet de mimosas. Une tiède bouffée de bonheur, qui faillit la faire pleurer, l'envahit quand les trois dames Fontaine sortirent de la maison pour l'accueillir avec force baisers et cris de joie.

Cependant, lorsqu'on eut fini de s'exclamer et d'échanger des paroles affectueuses et que tout le monde se fut assis dans la salle à manger, Scarlett sentit un frisson la parcourir. Les Yankees n'avaient pas poussé jusqu'à Mimosas parce que la plantation était trop éloignée de la grand-route, aussi les Fontaine avaient-ils conservé leurs bêtes et leurs provisions, mais Mimosas était enveloppée par ce même silence étrange qui pesait sur Tara et sur toute la campagne environnante. A l'exception de quatre femmes employées aux travaux domestiques, tous les esclaves s'étaient sauvés, effrayés par l'approche des Yankees. On n'y rencontrait pas un homme, à moins que Joe, le petit garçon de Sally, à peine sorti du maillot, ne pût passer pour tel. Seules dans la grande maison habitaient la grand-mère Fontaine, qui avait dépassé ses soixante-dix ans, sa bru, qui toute sa vie se ferait appeler « Mme Jeune », bien qu'elle eût dépassé la cinquantaine, et Sally, qui avait tout juste dépassé ses vingt ans. Toutes ces femmes vivaient fort éloignées de leurs voisins et personne ne les protégeait, mais si elles avaient peur, elles ne le montraient pas. « C'est sans doute parce que Sally et Mme Jeune ont trop peur de la vieille grand-mère pour oser se laisser aller », pensa Scarlett. Scarlett elle-même craignait la vieille dame, car celle-ci avait l'œil vif et la langue encore plus pointue, et jadis Scarlett en avait su quelque chose.

Quoiqu'elles ne fussent point unies par les liens du sang et qu'une grande différence d'âge les séparât, une communauté d'esprit et d'épreuves rapprochait ces femmes l'une de l'autre. Toutes trois portaient des vêtements de deuil teints à la maison, toutes trois étaient usées, tristes, préoccupées, toutes trois recelaient une amertume qui ne leur faisait ni montrer un visage trop morose, ni se plaindre, mais qui néanmoins perçait sous leurs sourires et leurs paroles de bienvenue. Ceci s'expliquait d'ailleurs. Leurs esclaves s'étaient enfuis, leur argent ne valait plus rien, Joe, le mari de Sally, était mort à Gettysburg, et Mme Jeune, elle aussi, était veuve, car le second docteur Fontaine était mort de la dysenterie à Vicksburg. Les deux autres garçons, Alex et Tony, étaient quelque part en Virginie et nul ne savait s'ils étaient morts ou vivants. Quant au vieux docteur Fontaine, il s'en était allé avec la cavalerie de Wheeler.

— Et le vieux fou a soixante-treize ans, bien qu'il s'escrime à faire le jeune homme. Et puis, il est aussi couvert de rhumatismes qu'un verrat est couvert de mouches, dit la grand-mère, la lueur de ses yeux trahissant sa fierté malgré ses paroles acerbes.

— Savez-vous un peu ce qui se passe à Atlanta ? demanda Scarlett lorsque tout le monde se fut confortablement installé. A Tara, nous sommes complètement enterrés.

— C'est la loi commune, mon enfant, déclara la vieille dame en prenant en main la conversation selon son habitude. Nous sommes logés à la même enseigne

137

que vous. Nous ne savons rien si ce n'est que Sherman a fini par s'emparer de la ville.

— Alors il y est arrivé ? Que fait-il maintenant ? Où se bat-on ?

— Comment trois femmes seules au fin fond de la campagne sauraient-elles à quoi s'en tenir sur la guerre quand nous n'avons eu ici ni journaux, ni lettres depuis des semaines ? fit la vieille dame d'un ton revêche. Une de nos négresses a parlé à un nègre qui avait vu un autre nègre qui était allé à Jonesboro et, en dehors de cela, nous n'avons rien entendu raconter. On prétend que les Yankees ne sont restés à Atlanta que pour permettre à leurs hommes et à leurs chevaux de se reposer, mais est-ce vrai, n'est-ce pas vrai, vous êtes aussi bien placée que moi pour le savoir. Oh ! ce n'est pas qu'ils n'aient pas eu besoin de repos après le combat que nous leur avons livré.

— Dire que vous avez été à Tara tout ce temps-là, et que nous ne le savions pas ! interrompit Mme Jeune. Oh ! je m'en veux de ne pas être allée vous voir à cheval ! Mais il y a eu tant à faire ici, avec presque tous nos nègres qui sont partis, que je n'ai pas pu m'absenter. J'aurais pourtant dû trouver le temps d'aller vous voir. Je ne me suis pas conduite en bonne voisine. Mais aussi nous pensions que les Yankees avaient brûlé Tara comme ils l'avaient fait des Douze Chênes et de la maison des Mac Intosh et que vos parents étaient partis pour Macon. Nous n'aurions jamais pu penser non plus que vous étiez revenue chez vous, Scarlett.

— Voyons, il était bien difficile de penser autrement quand les nègres de M. O'Hara sont venus ici, les yeux hagards, nous dire que les Yankees allaient incendier Tara ! trancha la grand-mère.

— Et nous pouvions croire que..., commença Sally.

— Laisse-moi parler, s'il te plaît, coupa la vieille dame. Oui, ils nous ont dit que les Yankees avaient établi leur campement tout autour de Tara et que vos parents s'apprêtaient à partir pour Macon. Et puis, ce soir-là, nous avons vu une lueur du côté de Tara. Ça a duré pendant des heures et nos imbéciles de nègres ont eu une telle frousse qu'ils ont tous pris la clé des champs. Qu'est-ce qui a brûlé ?

— Tout notre coton... il y en avait pour cent cinquante mille dollars, fit Scarlett d'un ton amer.

— Réjouissez-vous que ça n'ait pas été votre maison, déclara la grand-mère, le menton appuyé sur sa canne. Vous pouvez toujours faire pousser d'autre coton, mais, votre maison, vous n'auriez pas pu la rebâtir. A propos, avez-vous commencé la cueillette du coton ?

— Non, d'ailleurs la plupart de nos champs sont ravagés. Je ne pense pas qu'il nous reste assez de coton pour faire plus de trois balles et même s'il y en avait davantage, à quoi cela nous servirait-il ? Tous nos esclaves sont partis et il n'y a plus personne pour la cueillette.

— Juste Ciel, tous vos esclaves sont partis et il n'y a personne pour la cueillette! répéta la grand-mère en imitant Scarlett tout en glissant à celle-ci un regard moqueur. Et que faites-vous donc de vos jolies petites pattes, ma mignonne, et de celles de vos sœurs ?

— Moi ? Cueillir le coton ? s'exclama Scarlett horrifiée comme si la vieille dame lui avait suggéré un crime monstrueux. Comme une esclave des champs ? Comme l'un de ces gueux blancs ? comme les femmes Slattery ?

— Des gueux! Vous en parlez bien! Décidément, cette génération est trop molle, les femmes y jouent trop aux grandes dames! Laissez-moi vous dire, ma petite, que quand j'étais jeune fille mon père a perdu tout son argent. Je n'ai pas rougi de me servir honnêtement de mes mains, de travailler aux champs jusqu'à ce que père ait mis assez de côté pour racheter des esclaves. J'ai manié la houe, j'ai fait la cueillette du coton et je recommencerais si c'était nécessaire. Du reste, j'ai bien l'impression que ce sera encore nécessaire. Des gueux ! voyez-vous ça!

— Oh! maman Fontaine! intervint sa belle-fille en jetant un regard implorant aux deux jeunes femmes pour qu'elles l'aidassent à apaiser la vieille dame.

Il y a si longtemps de cela. Les conditions d'existence n'étaient pas du tout les mêmes. Les temps ont changé.

— Les temps ne changent jamais quand il s'agit d'abattre honnêtement sa besogne, déclara d'un ton péremptoire la vieille dame, qui ne désarmait point. J'en ai honte pour votre mère, Scarlett, de vous entendre dire que le travail honnête rabaisse les gens comme il faut. Lorsque Adam bêchait la terre et qu'Ève filait...

Afin de détourner le cours de la conversation, Scarlett s'empressa de demander : »

— Et les Tarleton et les Calvert ? A-t-on brûlé leur maison ? Se sont-ils réfugiés à Macon ?

— Les Yankees n'ont pas poussé jusque chez les Tarleton. Comme nous, ils sont trop éloignés de la grand-route, mais ils sont allés chez les Calvert. Ils ont volé tout leur bétail, toutes leurs volailles et ont fait ¡partir tous les nègres avec eux..., commença Sally.

La grand-mère l'interrompit.

— Bast! Ils ont promis à toutes ces canailles de négresses des robes de soie et des boucles d'oreilles en or. Cathleen Calvert m'a raconté que certains soldats étaient partis avec ces folles en croupe. Enfin, tout ce qu'elles en tireront, ce seront des bébés jaunes et je n'irai pas jusqu'à dire que le sang yankee améliorera la race.

— Oh! maman Fontaine!

— Ne fais pas cette tête-là, Jane! Nous sommes toutes des femmes mariées, n'est-ce pas, et Dieu sait si nous en avons vu des petits mulâtres avant cela.

— Pourquoi n'ont-ils pas brûlé la maison des Calvert ?

— Leur maison a été épargnée grâce aux supplications combinées de la seconde Mme Calvert et de Hilton, son espèce de régisseur yankee, fit la vieille dame qui continuait d'appeler l'ex-gouvernante « la seconde Mme Calvert » bien que la première fût morte depuis vingt ans.

— Nous sommes de fermes partisans de l'Union,

railla la vieille dame. Cathleen prétend que tous deux ont juré leurs grands dieux que toute la nichée des Calvert était yankee. Et M. Calvert qui est mort pour la Cause! et Raiford qui a été tué à Gettysburg, et Cade qui est en Virginie avec l'armée! Cathleen prétend qu'elle était si mortifiée qu'elle aurait préféré qu'on brûlât la maison. Elle a dit que Cade ferait un éclat quand il rentrerait chez lui et qu'il apprendrait la chose. Mais, que voulez-vous, voilà ce qui arrive quand un homme épouse une Yankee... pas de fierté, pas de décence... elles pensent toujours à sauver leur peau... Comment se fait-il qu'on n'ait pas brûlé Tara, Scarlett ?

Scarlett se recueillit un instant avant de répondre. Elle savait que la prochaine question serait : « Comment vont vos parents ? Comment va votre chère maman ? » Elle savait qu'elle ne pourrait pas dire à ces femmes qu'Ellen était morte. Elle savait que, si elle leur apprenait la nouvelle, elles compatiraient à sa douleur, et elle aurait une crise de larmes, elle pleurerait jusqu'à s'en rendre malade. Et elle ne pouvait pas se permettre de pleurer. Elle n'avait pas vraiment pleuré depuis son retour chez elle et elle savait qu'une fois les écluses ouvertes son courage, soigneusement entretenu, l'abandonnerait d'un seul coup. Mais, en jetant un regard éperdu aux visages amis qui l'entouraient, elle savait aussi que, si elle taisait la mort d'Ellen, les Fontaine ne le lui pardonneraient jamais. La grand-mère en particulier avait une adoration pour Ellen, et il y avait fort peu de gens dans le comté pour qui la vieille se fût donné la peine de lever son petit doigt décharné.

— Allons, parlez, fit la grand-mère qui ne la quittait pas des yeux. Vous n'avez donc rien à nous dire, ma petite ?

— Eh bien! vous comprenez, je ne suis rentrée à la maison que le lendemain de la bataille. Les Yankees étaient tous partis. Papa... papa m'a dit que... qu'il avait obtenu d'eux qu'ils ne brûlent pas la maison parce que Suellen et Carreen étaient si malades de la typhoïde qu'on ne pouvait pas les transporter.

— C'est la première fois que j'entends dire des Yankees qu'ils ont fait quelque chose de convenable, déclara la grand-mère comme si elle regrettait d'entendre parler en bons termes des envahisseurs. Et comment vont les petites maintenant ?

— Oh ! elles vont mieux. Elles sont presque rétablies, mais elles sont encore très faibles, répondit Scarlett, puis, voyant les lèvres de la vieille dame ébaucher la question qu'elle redoutait, elle aborda résolument un autre sujet de conversation... Je... je me demande si vous ne pourriez pas nous prêter quelque chose à manger ? Les Yankees ont tout détruit comme une nuée de sauterelles. Mais si vous en êtes réduites à la portion congrue, dites-le-moi franchement et...

— Envoyez-nous Pork avec une charrette et vous aurez la moitié de ce que nous possédons en fait de riz, de farine et de lard. Nous y ajouterons aussi quelques poulets, dit la vieille dame en décochant à Scarlett un coup d'œil perçant.

— Oh ! c'est trop ! Vraiment je...

— Pas un mot ! Je ne veux rien entendre. Alors à quoi servirait d'être voisins ?

— Vous êtes si bonne que je ne peux... mais il faut que je m'en aille maintenant. On va s'inquiéter de mon absence.

La grand-mère se leva brusquement et prit Scarlett par le bras.

— Restez ici, vous deux, ordonna-t-elle en poussant Scarlett vers la véranda qui s'ouvrait sur le derrière de la maison. J'ai deux mots à dire à cette enfant. Aidez-moi à descendre les marches, Scarlett.

Mme Jeune et Sally dirent au revoir à la visiteuse et promirent d'aller la voir bientôt. Elles brûlaient de savoir ce que la grand-mère avait à dire à Scarlett, mais elles ne le sauraient jamais à moins qu'il ne prît fantaisie à la vieille dame de le leur apprendre elle-même. « Les vieilles dames sont si difficiles à vivre », chuchota Mme Jeune à Sally lorsqu'elles eurent repris leurs travaux de couture.

Scarlett tenait déjà son cheval par la bride et se sentait vaguement angoissée.

— Voyons, fit la grand-mère plantant ses yeux droit dans les siens, qu'est-ce qui ne va pas à Tara ? Que cachez-vous derrière votre tête ?

Scarlett croisa le regard perçant de la vieille dame et comprit qu'elle pourrait dire la vérité sans verser une seule larme. Personne ne pouvait pleurer en présence de la grand-mère Fontaine sans sa permission expresse.

— Maman est morte, fit-elle simplement.

La vieille dame lui serra le bras jusqu'à lui en faire mal et ses paupières ridées battirent sur ses yeux aux reflets jaunes.

— Ce sont les Yankees qui l'ont tuée ?

— Elle est morte de la typhoïde. Morte... la veille de mon retour à la maison.

— N'y pensez plus, dit la grand-mère d'un ton autoritaire, et Scarlett vit sa gorge se contracter :

— Et votre papa ?

— Papa est... papa n'est plus le même.

— Que voulez-vous dire ? Allons parlez. Est-il malade ?

— La commotion... il est si bizarre... il n'est pas...

— Ne venez pas me raconter qu'il n'est plus le même. Vous voulez dire qu'il a le cerveau détraqué ?

C'était un soulagement que d'entendre exposer la vérité en termes aussi crus. Comme la vieille dame était bonne de ne pas lui prodiguer une sympathie qui lui eût arraché des larmes.

— Oui, fit-elle brusquement, il a perdu l'esprit. Il se conduit comme un homme halluciné et parfois il semble ne plus se rappeler du tout que maman est morte. Oh ! madame, c'en est trop pour moi de le voir attendre si patiemment le retour de maman, lui qui jadis n'avait pas plus de patience qu'un enfant. De temps en temps, après être resté aux écoutes, il se dresse d'un bond, sort de la maison, et s'en va au cimetière. Alors, il en revient en se traînant, le visage inondé de larmes, et il ne cesse de me répéter jusqu'à ce que j'aie envie de hurler : « Katie Scarlett, Mme O'Hara est morte. Ta mère est morte », et c'est

143

absolument comme si je l'entendais me dire cela pour la première fois. Parfois aussi, tard dans la soirée, je l'entends appeler maman. Je me lève, je vais le trouver et je lui dis qu'elle est au chevet d'un nègre malade. Et il se met en colère parce qu'elle s'épuise à toujours vouloir soigner les autres. C'est si dur de le faire se recoucher. Il est comme un enfant. Oh! je voudrais tant que le docteur Fontaine fût là! Je sais qu'il pourrait faire quelque chose pour papa! Et puis, Mélanie aussi a besoin d'un docteur. Elle ne se remet pas de ses couches comme elle devrait...

— Melly, un bébé? Et elle est chez vous?

— Oui.

— Qu'est-ce que Melly peut bien faire chez vous? Comment, elle n'est pas à Macon avec sa tante et ses autres parents? Je n'aurais pas pu penser que vous l'aimiez à ce point, ma petite, bien qu'elle soit la sœur de Charles. Allons, racontez-moi tout cela.

— C'est une longue histoire, madame. Vous ne voulez pas rentrer vous asseoir?

— Je peux très bien rester debout. D'ailleurs, si vous vous mettez à raconter votre histoire devant les autres, elles vont se lamenter et vous faire du chagrin. Allez-y, je vous écoute.

D'une voix haletante, Scarlett commença son récit par le siège et la grossesse de Mélanie, mais à mesure qu'elle poursuivait sous le regard pénétrant de la vieille dame, qui ne la quittait pas des yeux, elle trouva des mots, les mots dont elle avait besoin pour rendre l'intensité et l'horreur des événements auxquels elle avait été mêlée. Tout lui revenait à l'esprit, la chaleur mortelle du jour où l'enfant était né, son angoisse torturante, la fuite, la désertion de Rhett. Elle parla de l'obscurité affolante de la nuit, des feux de bivouac, qui pouvaient indiquer aussi bien la présence d'amis que d'ennemis, des cheminées lugubres qu'elle avait aperçues au soleil levant, des hommes et des chevaux morts en bordure de la route, de la faim, de la désolation, de sa crainte que Tara ne fût incendiée.

— Je croyais que si je réussissais à rentrer à la maison auprès de maman, maman veillerait à tout et que je pourrais me décharger de mon fardeau. En chemin, je pensais que j'avais connu le pire de ce qui pouvait m'arriver, mais, en apprenant sa mort, j'ai su pour de bon ce qui s'appelait le pire.

Elle baissa les yeux et attendit que la grand-mère parlât à son tour. Le silence dura si longtemps qu'elle se demanda si Mme Fontaine avait bien compris dans quel état de détresse elle se trouvait. Enfin la voix de la vieille femme s'éleva, pleine de douceur, plus douce que Scarlett ne l'avait jamais entendue.

— Mon enfant, c'est très mauvais pour une femme de connaître le pire de ce qui peut lui arriver, car, après cela, elle n'a plus grand-chose à redouter. Et c'est très mauvais pour une femme de ne plus rien craindre. Vous vous figurez que je ne comprends pas ce que vous m'avez raconté... les épreuves par lesquelles vous êtes passée ? Mais si, je les comprends parfaitement. Lorsque j'avais à peu près votre âge, j'ai été prise dans la révolte des Creek, juste après le massacre du fort Mims... oui, fit-elle d'une voix lointaine. Je devais avoir à peu près votre âge, car il y a environ une cinquantaine d'années de cela. Oui, j'ai réussi à me cacher dans des fourrés et là, sans bouger, j'ai vu incendier notre maison, j'ai vu les Indiens scalper mes frères et mes sœurs. Je n'avais qu'une ressource, me tenir tranquille et prier pour que la lueur du brasier n'éclaire pas l'endroit où je m'étais réfugiée. Alors, ils se sont emparés de ma mère et ils l'ont tuée à une quinzaine de mètres de moi. Ils l'ont scalpée aussi. Et pour être bien sûr qu'elle était morte, un Indien est retourné auprès d'elle, et lui a enfoncé de nouveau son tomahawk dans le crâne. Je... j'étais l'enfant préféré de ma mère et il m'a fallu assister à tout cela. Au matin, je me suis mise en route vers l'établissement le plus proche. Il y avait une trentaine de milles à faire. Ça m'a pris trois jours pour y aller, à travers des marécages et des bandes d'Indiens. Après on a cru que j'allais devenir folle... C'est là que j'ai rencontré le docteur Fontaine. Il m'a soignée... eh bien ! voyez-vous, il y a cinquante ans de cela comme je l'ai dit et depuis ce temps je n'ai jamais eu peur de rien ni de personne, car j'avais connu tout ce qui pouvait m'arriver de pire. Cette absence de peur m'a attiré pas mal d'ennuis et m'a coûté une bonne part de bonheur. Dieu veut que les femmes soient des créatures timides et apeurées, et il y a quelque chose de pas naturel chez une femme qui n'a pas peur... Scarlett, gardez toujours quelque chose à craindre, exactement comme vous gardez quelque chose à aimer...

Sa voix tomba et elle se tut, le regard revenu à un demi-siècle en arrière, au jour où elle avait eu peur. Scarlett donna des signes d'impatience. Elle avait cru que la grand-mère allait lui montrer qu'elle comprenait et peut-être lui indiquer un moyen de résoudre les problèmes avec lesquels elle était aux prises. Mais, à l'exemple de toutes les vieilles gens, elle s'était mise à parler de choses qui s'étaient passées bien avant la naissance de ceux qui l'écoutaient, de choses qui n'intéressaient personne. Scarlett s'en voulait de lui avoir fait des confidences.

— Allons, rentrez chez vous, mon enfant, on va s'inquiéter, dit-elle soudain. Envoyez-moi Pork avec une charrette, cet après-midi... Et n'allez pas vous imaginer que vous pourrez jamais vous débarrasser de votre fardeau. Ce sera impossible, je le sais.

L'été de la Saint-Martin se prolongea jusqu'à fin novembre cette année-là et ce furent de belles journées pour ceux de Tara. Le plus dur était passé. Désormais ils possédaient un cheval et ils pouvaient s'en servir au lieu de marcher. Ils avaient des œufs frits au petit déjeuner et du lard frit au dîner pour rompre la monotonie des ignames, des cacahuètes et des pommes séchées, et même, en une grande occasion, ils allèrent jusqu'à manger du poulet rôti. On finit par rattraper la vieille truie qui, en compagnie de sa nichée, prit de joyeux ébats dans l'enclos qu'on lui avait ménagé contre la maison. Il arrivait parfois aux petits cochons de pousser des grognements si aigus qu'on ne s'entendait plus, mais en somme c'était là un bruit agréable. Lorsque viendrait l'hiver, il y aurait du porc frais pour les blancs et des tripes pour les nègres. Durant toute la saison froide, il y aurait de la viande à manger.

Sa visite aux Fontaine avait remonté le moral de Scarlett plus qu'elle ne pensait. Le seul fait de savoir qu'elle avait des voisins, qu'un certain nombre d'amis de la famille avaient survécu à la tourmente suffit à effacer cette terrible sensation d'abandon et de solitude qui l'avait oppressée pendant les premières semaines de son retour à Tara. Et puis les Fontaine et les Tarleton dont les plantations s'étaient trouvées en dehors du chemin des armées s'étaient montrés on ne pouvait plus généreux en partageant le peu qu'ils avaient. La tradition du comté voulait qu'on s'entraidât entre voisins et ils ne voulurent jamais accepter un sou de Scarlett. Ils lui dirent qu'elle en eût certainement fait de même pour eux et qu'elle les rembourserait en nature l'an prochain lorsque Tara se mettrait à produire de nouveau.

Désormais Scarlett avait donc de quoi nourrir la maisonnée. Elle possédait un cheval, elle avait l'argent et les bijoux pris au déserteur yankee, mais ce dont elle avait un besoin extrême, c'était de vêtements. Elle savait que ce serait très risqué d'envoyer Pork au sud acheter des vêtements, car le cheval avait de fortes chances d'être la proie soit des Yankees, soit des Confédérés. Mais en tout cas elle avait l'argent nécessaire pour acheter de quoi se vêtir, un cheval et une charrette pour faire le voyage, et Pork ne serait peut-être pas forcément arrêté en route. Oui, le plus dur était passé.

Tous les matins en se levant, Scarlett remerciait Dieu du ciel bleu pâle et du soleil tiède, car chaque journée de beau temps retardait le moment inévitable où il faudrait se vêtir chaudement. Et chaque journée de chaleur voyait s'entasser un peu plus de coton dans les cases vides d'esclaves, le seul endroit qui restât pour rentrer la récolte. Les champs produisaient plus que Scarlett ou Pork n'avaient estimé. On ferait probablement quatre balles et les cases n'allaient pas tarder à être pleines.

Même après la remarque cinglante de la grand-mère Fontaine, Scarlett n'avait nullement songé à se livrer elle-même à la cueillette du coton. C'était inimaginable qu'elle, une dame O'Hara, désormais la maîtresse de Tara, s'en allât travailler aux champs. Cela la ravalait au rang de cette Mme Slattery si mal peignée et de sa fille Emmie. Elle s'était mis en tête d'employer les nègres à la cueillette tandis qu'elle-même et les convalescents vaqueraient aux soins du ménage, mais elle se heurta à un sentiment de caste encore plus fort que le sien. Pork, Mama et Prissy poussèrent les hauts cris à la seule idée de travailler aux champs. Ils répétèrent sur tous les tons qu'ils étaient des domestiques et non point des cultivateurs. Mama en particulier déclara avec véhémence qu'elle avait reçu son éducation dans la grande maison des Robillard, dans la chambre de la vieille Madame, et qu'elle dormait sur une paillasse au pied du lit de celle-ci. Seule Dilcey ne souffla mot, mais elle fixa sa Prissy avec une telle intensité que la petite en fut gênée.

Scarlett fit la sourde oreille à leurs jérémiades et les envoya tous aux champs de coton. Mais Mama et Pork travaillèrent si lentement et se plaignirent à tel point que Scarlett renvoya Mama à ses fourneaux et expédia Pork dans les bois et au bord de la rivière avec des pièges pour les lapins et les opossums et des lignes pour les poissons. Cueillir le coton n'était pas digne de Pork, mais chasser et pêcher lui allaient à merveille.

A la suite de cela, Scarlett avait essayé d'employer ses sœurs et Mélanie, mais ça n'avait pas mieux marché. Pendant une heure en plein soleil Mélanie, pleine de zèle, avait travaillé avec beaucoup de rapidité et de précision, mais au bout de ce temps, elle s'était évanouie tranquillement et avait dû rester huit jours au lit. Suellen, hargneuse et pleurnichante, avait fait semblant de s'évanouir elle aussi, mais avait vite repris ses esprits et s'était mise à cracher comme un chat en colère lorsque Scarlett lui avait lancé une gourde d'eau fraîche à la figure. En fin de compte, elle avait catégoriquement refusé de continuer.

— Je ne veux pas travailler dans les champs comme une négresse! Tu ne peux pas m'y obliger! Songe donc, si nos amis savaient cela et si... si M. Kennedy venait à l'apprendre. Oh! si maman voyait tout cela...

— Prononce encore une fois le nom de maman, Suellen O'Hara, et je t'aplatis comme une galette, s'écria Scarlett. Maman travaillait plus dur que n'importe quel nègre de la plantation et tu le sais très bien, mademoiselle qui prends de grands airs.

— Ce n'est pas vrai. En tout cas, elle ne travaillait pas dans les champs et tu ne m'y obligeras pas, moi. Je dirai à papa ce que tu fais et il m'empêchera de travailler.

— Ne t'avise pas d'aller ennuyer papa avec tes petites histoires, s'écria Scarlett, partagée entre l'indignation et la crainte d'un éclat de Gérald.

— Moi, je vais t'aider, petite sœur, intervint Carreen gentiment. Je travaillerai pour deux. Tu comcomprends, Sue n'est pas bien encore et elle ne peut pas s'exposer au soleil.

— Merci, mon petit bout de sucre, lui dit Scarlett reconnaissante, mais en même temps elle enveloppa sa cadette d'un regard inquiet.

Carreen dont le teint avait toujours eu la fraîcheur rose et blanche des fleurs d'arbres fruitiers qu'emporte sur son aile le vent du printemps, n'avait plus une seule trace de rose aux joues, mais son visage réfléchi conservait encore une grâce de bourgeon épanoui. Elle était restée fort silencieuse et un peu éberluée depuis que, revenue à la conscience des choses d'ici-bas, elle s'était rendu compte qu'Ellen n'était plus là, que Scarlett s'était transformée en mégère, que le monde avait changé et que seul un travail acharné était à l'ordre du jour. La nature délicate de Carreen n'était pas faite pour s'adapter aux changements. Elle n'arrivait pas à comprendre ce qui était arrivé;

elle marchait comme une somnambule et faisait exactement tout ce qu'on lui demandait. Elle paraissait très frêle et l'était réellement, mais elle déployait beaucoup de bonne volonté et se montrait à la fois obéissante et serviable. Lorsque Scarlett lui laissait un peu de répit, elle passait son temps à égrener son chapelet et à prier pour sa mère et pour Brent Tarleton. Scarlett ne se doutait pas que Carreen avait pris aussi sérieusement la mort de Brent et que son chagrin était loin d'être apaisé. Pour elle, Carreen était toujours la « petite sœur », beaucoup trop jeune pour avoir une affaire de cœur digne de ce nom.

Le dos brisé à force de se baisser, les mains durcies par les graines séchées, Scarlett aurait bien voulu avoir une sœur qui eût allié l'énergie de Suellen au bon caractère de Carreen. Carreen en effet prenait son ouvrage au sérieux et travaillait d'arrache-pied, mais au bout d'une heure d'efforts il sautait aux yeux que c'était elle et non pas Suellen qui n'était pas taillée pour pareille besogne. Scarlett en fut réduite à renvoyer également Carreen à la maison.

Entre les longues rangées d'arbustes, il ne restait plus maintenant avec elle que Dilcey et Prissy. Prissy travaillait par à-coups. Elle lambinait et se plaignait toujours de ses pieds, de son dos, de ses misères internes, de son épuisement total, jusqu'à ce que sa mère s'emparât d'une tige de cotonnier et la rossât à l'en faire hurler. Après quoi elle travaillait un peu mieux, tout en prenant bien garde de ne pas rester à portée de sa mère.

Dilcey, elle, travaillait sans arrêt, silencieusement, comme une machine, et Scarlett, le dos douloureux, les épaules à vif à force de porter le sac où elle jetait le coton, se disait que Dilcey valait son pesant d'or.

— Dilcey, fit-elle un jour, quand le bon temps reviendra, je n'oublierai pas ce que tu as fait. Tu as été rudement à la hauteur.

La géante ne se mit pas à sourire ou à se tortiller comme le faisaient les autres nègres quand on leur adressait des compliments. Elle tourna vers Scarlett un visage immobile et elle lui dit d'un ton digne :

— Me'ci, ma'ame. Mais missié Géa'ld et ma'ame Ellen ils ont été bons pou' moi. Missié Gé'ald il a acheté ma petite P'issy pou' que j'aie pas de chag'in et, ça, je l'oublie pas... Je suis à moitié Indienne et les Indiens ils oublient pas ceux qui sont bons pou' eux. Je reg'ette pou' ma P'issy. Elle vaut pas g'and-chose. Elle a l'aï' d'êt' une v'aie nég'esse comme son papa. Son papa il était 'udement pa'esseux.

Malgré tout le mal qu'elle avait à se faire aider par les autres et bien qu'elle s'épuisât à travailler elle-même, le courage revenait à Scarlett à mesure que le coton lentement ramené des champs emplissait les cases. Du coton se dégageait quelque chose qui rassurait, qui rendait plus fort. C'était le coton qui avait fait la prospérité de Tara aussi bien que celle du Sud tout entier, et Scarlett, en vraie Sudiste, pensait que des champs rouges sortirait le salut de Tara et du Sud.

Bien entendu, le peu de coton qu'elle avait récolté ne représentait pas grand-chose, mais ça comptait tout de même. Ça rapporterait un peu d'argent confédéré et cette petite somme l'aiderait à garder en réserve les billets verts et l'or enfouis dans le portefeuille du Yankee jusqu'à ce qu'on fût obligé d'y faire appel. Au printemps prochain, elle essaierait d'obtenir du gouvernement confédéré qu'on lui rendît le grand Sam et les autres nègres réquisitionnés et, au cas où le gouvernement refuserait de les laisser partir, elle se servirait de l'argent des Yankees pour louer des esclaves à ses voisins. Au printemps prochain, elle planterait ceci et puis cela... Elle redressa son dos fatigué et, regardant les champs que brunissait l'automne, elle vit pousser dru et verdir la récolte de l'an prochain.

Le printemps prochain ! A cette époque-là la guerre serait peut-être terminée et le bon temps reviendrait. Que la Confédération eût remporté ou non la victoire, les temps seraient certainement meilleurs. Tout valait mieux que d'être constamment exposé à subir un raid de l'une ou l'autre armée. Lorsque la guerre serait terminée, une plantation permettrait de gagner honnêtement sa vie. Oh! si seulement la guerre était finie, on pourrait alors semer avec la certitude de faire la récolte.

Désormais on était en droit d'avoir de l'espoir. La guerre ne durerait pas éternellement. Scarlett avait un peu de coton, elle avait de quoi manger, elle possédait un cheval et un petit trésor. Oui, le plus dur était passé.

XXVII

A midi, vers la mi-novembre, ils étaient tous réunis autour de la table et achevaient de manger le dessert que Mama avait préparé en mélangeant des airelles séchées avec de la farine de maïs et du sorgho pour en adoucir le goût Un souffle froid passait dans l'air, le premier de l'année, et Pork, debout derrière la chaise de Scarlett, se frotta les mains de plaisir et demanda :

— Il va pas bientôt êt' temps de tuer le cochon, ma'ame Sca'lett ?

— Tu en as déjà l'eau à la bouche, hein ? fit Scarlett avec un sourire. Eh bien! j'avoue que ça me dit quelque chose à moi aussi. Si le temps se maintient encore quelques jours, nous...

Mélanie l'interrompit, la cuiller à mi-chemin entre ses lèvres et son assiette.

— Écoute, ma chérie! Voilà quelqu'un qui vient!

— C'est quelqu'un qui nous appelle, renchérit Pork très mal à l'aise.

L'atmosphère très pure permettait d'entendre distinctement le bruit sourd d'un cheval qui martelait le sol à coups précipités comme les battements d'un cœur effrayé et une voix de femme qui hurlait : « Scarlett! Scarlett! »

Tous se regardèrent avant de repousser leur chaise et de se dresser d'un bond. Malgré son timbre altéré par l'angoisse, tous avaient reconnu la voix de Sally Fontaine qui, une heure plus tôt, s'était arrêtée à Tara pour faire un brin de causette avant de se rendre à Jonesboro. Tandis qu'ils se précipitaient en désordre vers la porte d'entrée, ils virent la jeune femme remonter l'allée comme une trombe sur un cheval couvert d'écume. Ses cheveux flottaient derrière elle, sa capote ne tenait plus que par les brides. Elle ne retint pas les rênes mais fonça comme une folle sur le petit groupe, le bras tendu en arrière dans la direction d'où elle venait.

— Les Yankees arrivent! Je les ai vus! Ils sont au bas de la route! Les Yankees...

Elle tira sauvagement sur la bouche du cheval juste à temps pour l'empêcher de gravir les marches du perron. Il tourna court, franchit une plate-bande en trois bonds et Sally l'enleva par-dessus une haie comme si elle avait été à la chasse. On entendit la bête traverser pesamment la cour, puis descendre le chemin étroit qui séparait les cases et couper aussitôt à travers champs pour rejoindre Mimosas.

Pendant un moment, ils restèrent tous paralysés, puis Suellen et Carreen se mirent à sangloter et à se serrer l'une contre l'autre. Tremblant, incapable de parler, le petit Wade ne bougeait pas. Ce qu'il redoutait depuis la nuit où il avait quitté Atlanta allait se produire. Les Yankees arrivaient pour le prendre.

— Les Yankees? fit Gérald d'un ton incertain. Mais les Yankees sont déjà venus ici?

— Sainte Vierge! s'exclama Scarlett qui venait de croiser le regard effrayé de Mélanie.

Pendant un court instant elle revécut les horreurs de sa dernière nuit à Atlanta, elle revit les maisons en ruine dont la campagne était parsemée, elle se rappela toutes sortes d'histoires de viols, de tortures et de meurtres. Elle évoqua l'image du soldat yankee se tenant dans le vestibule, la boîte à ouvrage d'Ellen à la main. « J'en mourrai, se dit-elle. J'en mourrai. Moi qui pensais que nous en avions fini avec tout cela.

J'en mourrai, je n'aurai pas la force de supporter une nouvelle épreuve de ce genre. »

Alors ses yeux se posèrent sur le cheval sellé qui attendait que Pork s'en allât faire une course chez les Tarleton. Son cheval! Son unique cheval! Les Yankees allaient le prendre ainsi que la vache et son veau. Et la truie et ses petits... oh! combien d'heures pénibles n'avait-il pas fallu pour capturer la truie et sa leste nichée! Et ils prendraient aussi le coq, les poules pondeuses et les canards que les Fontaine avaient donnés à ceux de Tara. Et les pommes et les ignames dans la resserre. Et la farine et le riz et les pois secs. Et l'argent du Yankee. Ils allaient faire main basse sur tout et laisser la famine derrière eux.

— Ils ne les auront pas! s'écria-t-elle, et tous la regardèrent, stupéfaits, et craignirent un moment que son cerveau n'eût pas résisté à ce nouveau choc. Je ne veux plus mourir de faim. Ils ne les auront pas!

— Qu'y a-t-il, Scarlett? Qu'est-ce qui se passe?

— Le cheval! La vache! Les cochons! Ils ne les auront pas! Je ne veux pas qu'ils les prennent!

Elle se tourna vivement vers les quatre nègres serrés les uns contre les autres dans l'entrée et dont les visages noirs étaient devenus couleur de cendres.

— Les marais, fit-elle.

— Quels marais?

— Les marais au bord de la rivière, imbéciles! Emmenez les cochons dans les marais. Allez-y tous, et vite. Pork, toi et Prissy vous vous glisserez dans l'enclos et vous en ferez sortir les cochons. Suellen, toi et Carreen vous mettrez tout ce que vous pourrez dans des paniers à provisions et vous irez vous cacher dans les bois. Mama, va remettre l'argenterie dans le puits. Et toi, Pork, écoute donc, ne reste pas figé comme ça. Emmène papa avec toi. Ne me demande pas pourquoi! N'importe où. Allez avec Pork, papa. Oui, vous êtes un bon petit papa!

Au milieu de son affolement, elle trouvait le moyen

de penser à ce que risquait d'être la vue des uniformes bleus pour l'esprit chancelant de Gérald. Elle s'arrêta et se tordit les mains, et les sanglots angoissés du petit Wade qui se cramponnait aux jupes de Mélanie vinrent ajouter à sa panique.

— Que dois-je faire, Scarlett ?

Au milieu des gémissements, des sanglots et des galopades éperdues, Mélanie conservait son calme. Bien qu'elle fût blanche comme un linge et que tout son corps tremblât, la tranquillité même de sa voix apaisa Scarlett et lui montra que tous attendaient d'elle des ordres et la prenaient pour guide.

— La vache et le veau, répondit-elle aussitôt. Ils sont dans l'ancien pré. Prends le cheval et emmène-les dans les marais et...

Avant qu'elle eût achevé sa phrase, Mélanie se débarrassa de Wade et descendit le perron. Puis elle se mit à courir vers le cheval en retroussant sa robe. A peine Scarlett eut-elle le temps d'apercevoir une paire de jambes grêles, un flot de jupes et de jupons que Mélanie était déjà à califourchon sur la selle dont les étriers étaient placés beaucoup trop bas pour elle. Elle secoua les rênes et battit de ses talons le flanc de l'animal, puis brusquement elle l'arrêta, le visage convulsé par l'épouvante.

— Mon enfant ! s'écria-t-elle. Oh ! mon petit bébé. Les Yankees vont le tuer. Donne-le-moi !

La main sur le pommeau de la selle, elle se disposait à se laisser glisser par terre quand Scarlett lança à pleins poumons ; « Va-t'en ! Va-t'en ! Emmène la vache ! Moi je m'occupe du bébé. Va-t'en, je te dis ! Tu te figures que je vais leur permettre de toucher à l'enfant d'Ashley ! Va-t'en. »

Melly jeta un regard désespéré derrière elle, mais elle n'en laboura pas moins sa monture de coups de pied, et, dans une volée de graviers, elle dévala l'allée qui conduisait au pré.

— Je ne me serais jamais attendue à voir Melly Hamilton monter en homme, se dit Scarlett, qui aussitôt s'engouffra dans la maison.

Wade courait sur ses talons en sanglotant et s'efforçait d'attraper un pan de sa jupe. Tout en grimpant l'escalier quatre à quatre, elle vit Suellen et Carreen qui, un panier à provisions sous chaque bras, se précipitaient vers la resserre. Elle aperçut également Pork qui tirait Gérald par le bras sans trop de ménagements et cherchait à l'entraîner. Gérald ne cessait de maugréer et résistait comme un enfant. De la cour elle entendit s'élever la voix stridente de Mama : « Allons, P'issy, faufile-toi dans cet enclos et déloge-moi ces cochons! Tu sais t'ès bien que je suis t'op g'osse pou' me glisser ent' ces lattes. Dilcey, viens ici me fai' ma'cher cette maudite gamine de 'ien du tout... »

« Et moi qui étais si fière d'avoir enfermé les cochons là-dedans afin que personne ne pût les voler, se dit Scarlett en se précipitant dans sa chambre. Mais enfin, pourquoi ne leur ai-je pas fait construire un enclos dans les marais ? »

Elle ouvrit brutalement le premier tiroir de sa commode et fouilla à même son linge jusqu'à ce qu'elle eût trouvé le portefeuille du Yankee. Dans sa boîte à ouvrage où elle les avait cachés elle prit le solitaire et les boucles d'oreilles qu'elle fit entrer dans le portefeuille. Mais où cacher celui-ci ? Dans le matelas ? Dans la cheminée ? Fallait-il le jeter dans le puits ? L'enfouir dans son corsage ? Non, surtout pas là. Le portefeuille risquait de faire une bosse et si les Yankees s'en apercevaient, ils n'hésiteraient pas à la déshabiller pour la fouiller.

« Et j'en mourrais! » se dit-elle farouchement.

En bas, c'était un concert infernal de galopades et de gémissements. Scarlett aurait bien voulu avoir Mélanie auprès d'elle, Melly avec sa voix tranquille, Melly qui s'était montrée si brave le jour où elle avait tué le Yankee. Melly en valait trois des autres. Melly... mais qu'est-ce que Melly avait donc dit ? Ah! oui, le bébé!

Le portefeuille serré contre elle, Scarlett traversa le couloir en courant et entra dans la chambre où le petit Beau sommeillait dans son berceau improvisé. Elle le souleva sans douceur et le prit dans ses bras, tandis que, réveillé en sursaut, il brandissait ses petits poings et inondait son bavoir.

Elle entendit Suellen crier : « Viens, Carreen! Viens! Viens! Nous en avons assez pris comme ça! Oh! viens, ma petite, presse-toi! » De la cour montèrent des glapissements et des grognements farouches accompagnés de protestations indignées ; alors Scarlett courut à la fenêtre et vit Mama traverser lourdement un champ de coton, un jeune pourceau gigotant sous chaque bras. Derrière elle venait Pork, qui portait également deux cochons et poussait Gérald devant lui. Gérald avait bien du mal à franchir les sillons et battait l'air de sa canne.

Penchée dans le vide, Scarlett cria de toutes ses forces : « Emmène la truie, Dilcey. Oblige Prissy à la faire sortir. Tu n'auras qu'à la chasser dans les champs. »

Dilcey leva vers Scarlett un visage fatigué. Dans son tablier s'entassait une pile d'argenterie. Elle désigna l'enclos.

— La t'uie elle a mo'du P'issy et elle veut plus la laisser so'ti'.

« Bravo pour la truie! » pensa Scarlett et elle retourna à la commode où elle tira de leur cachette les bracelets, la broche, la miniature et la timbale qu'elle avait trouvés sur le Yankee. Mais où diable cacher tout cela ? Elle ne pouvait tout de même pas tenir Beau d'une main et le portefeuille et les colifichets de l'autre. Elle s'apprêta à poser le bébé sur le lit, mais, sentant qu'on le lâchait, Beau poussa un vagissement et Scarlett eut une idée merveilleuse. Quelle meilleure cachette pouvait-il y avoir que le lange d'un bébé ? Elle retourna aussitôt le petit sur le ventre, remonta sa robe et enfonça le portefeuille dans son lange. Ce traitement valut à Scarlett une recrudescence de cris, mais elle n'en tint pas compte et resserra la couche triangulaire entre les jambes de Beau qui se débattait.

« Maintenant, se dit-elle en poussant un profond soupir, allons vers les marais! »

Prenant sous son bras le bébé hurlant, serrant contre elle les bijoux de sa main libre, elle traversa le couloir du premier. Soudain, elle s'arrêta en pleine course, la peur lui glaça les jambes. Comme la maison était silencieuse! Comme elle était terriblement calme! Ils étaient donc tous partis? Ils l'avaient donc tous abandonnée! Par les temps qui couraient, n'importe quoi pouvait arriver à une femme seule et avec les Yankees...

Un léger bruit la fit sursauter. Elle se retourna et vit, pelotonné contre la rampe de l'escalier, son fils qu'elle avait oublié. Les yeux dilatés par la peur, il essaya de parler, mais seule sa gorge convulsée remua silencieusement.

— Lève-toi, Wade Hampton, lui enjoignit Scarlett. Lève-toi et marche. Maman ne peut pas te porter en ce moment.

L'enfant s'élança vers Scarlett comme un animal épouvanté et empoignant sa large jupe y enfouit son visage. A travers les plis de l'étoffe, Scarlett sentit ses petites mains chercher ses jambes. Elle se mit en devoir de descendre l'escalier. Chacun de ses pas était alourdi par Wade qui se cramponnait à elle : « Lâche-moi, Wade! lui dit-elle d'un ton féroce. Lâche-moi et marche! » mais l'enfant ne faisait que resserrer son étreinte.

Arrivée au rez-de-chaussée, il lui sembla que tout ce qui composait cette partie de la maison venait à sa rencontre. Les meubles qu'elle aimait tant semblaient lui murmurer : « Adieu! Adieu! » Un sanglot lui monta à la gorge. La porte du petit bureau où Ellen avait passé tant d'heures à travailler était ouverte et Scarlett pouvait apercevoir un coin du vieux secrétaire. Il y avait la salle à manger avec ses chaises en désordre et ses assiettes encore pleines. Sur le plancher s'étalaient les carpettes qu'Ellen avait tissées et teintes elle-même. Au mur était accroché le portrait de la grand-mère Robillard, la gorge à demi nue, les cheveux ramenés très haut sur le dessus de la tête, le nez pincé comme si l'artiste avait voulu conférer pour toujours à son visage un petit air moqueur et de bon ton. Tout ce qui se rattachait aux premiers souvenirs de Scarlett, tout ce qui correspondait à ce qu'il y avait de plus profond en elle semblait lui dire : « Adieu! Adieu! Scarlett O'Hara. »

Les Yankees allaient brûler tout cela... tout!

C'était la dernière vision qu'elle emportait de chez elle, la dernière en dehors de celle qui lui serait offerte lorsque, à couvert dans les bois ou dans les marécages, elle verrait les hautes cheminées s'envelopper de fumée et le toit s'effondrer au milieu du brasier.

« Je ne peux pas vous quitter, pensa-t-elle, et ses dents s'entrechoquèrent sous l'effet de la peur. Je ne peux pas vous quitter. Père, lui, ne vous abandonnerait pas. Il a dit aux Yankees qu'il faudrait le brûler avec la maison. Alors, vous serez brûlés en même temps que moi, car, moi non plus, je ne peux pas vous quitter. Vous êtes tout ce qui me reste. »

Cette décision dissipa en partie ses terreurs et elle n'éprouva plus qu'un grand froid au milieu de la poitrine comme si toutes ses espérances et toutes ses craintes s'étaient brusquement gelées. Alors, tandis qu'elle demeurait là sans bouger, elle entendit monter de l'avenue le bruit d'un grand nombre de chevaux qu'accompagnaient le cliquetis des gourmettes et celui des sabres dans les fourreaux. Une voix dure commanda : « Pied à terre! »

Scarlett se baissa rapidement vers l'enfant cramponné à ses côtés et d'une voix terne, mais étrangement douce, lui dit :

— Lâche-moi, Wade, mon tout petit. Descends vite le perron, traverse la cour et va jusqu'au marais. Tu y trouveras Mama et tante Melly. Va vite, mon chéri, et n'aie pas peur.

Surpris par le changement de ton de sa mère, l'enfant releva la tête, et Scarlett fut épouvantée de l'expression de ses yeux qui faisaient penser à ceux d'un lapin se débattant dans un collet. « Oh! Sainte Vierge! pria Scarlett. Faites qu'il ne soit pas pris de convulsions. Non... pas devant les Yankees. Il ne faut pas qu'ils sachent que nous avons peur. » Et comme l'enfant se blottissait davantage contre elle, elle ajouta distinctement : « Sois un vrai petit homme, Wade. Ce n'est qu'une bande de sales Yankees! »

Et elle descendit le perron pour aller au-devant d'eux.

Sherman effectuait alors sa marche à travers la Georgie [1], d'Atlanta à la mer. Derrière lui, les ruines fumantes de la ville qui avait flambé en même temps que les troupes bleues en sortaient. Devant lui, trois cents milles de territoires pratiquement sans défenseurs, à l'exception de quelques miliciens, des vieillards et des jeunes gens de la Garde locale.

L'État fertile était tout émaillé de plantations qui abritaient des femmes et des enfants, des gens très vieux et des nègres. Sur quatre-vingts milles de large, les Yankees pillaient et incendiaient. Des centaines de demeures étaient la proie des flammes, des centaines de foyers résonnaient du bruit de leurs pas. Cependant, pour Scarlett qui regardait les uniformes bleus envahir le vestibule, il ne s'agissait point d'une affaire qui intéressait le pays tout entier. Non, c'était une affaire strictement personnelle, une action malfaisante dirigée contre elle et contre les siens.

Elle restait là au pied de l'escalier, le bébé sur les bras, Wade blotti contre elle et la tête enfouie dans ses jupes, tandis que les Yankees se répandaient dans toute la maison, la bousculaient pour monter, tiraient les meubles sur la véranda, cre-

---

1. Cette marche de Sherman est restée célèbre aux États-Unis, tant par l'exploit militaire qu'elle sembla constituer sur le moment que par les cruautés inouïes dont elle fut marquée (*N. d. T.*).

vaient les sièges à coups de couteaux ou de baïonnettes pour voir si l'on n'y avait rien dissimulé de
précieux. En haut ils éventraient matelas et édredons, si bien que la cage de l'escalier s'emplissait
de plumes qui se posaient lentement sur la tête de
Scarlett. Une rage impuissante étouffait ses dernières frayeurs, mais elle ne pouvait rien faire d'autre
que regarder les Yankees piller, voler et saccager.

Le sergent qui commandait le détachement avait
les jambes arquées. C'était un petit bonhomme grisonnant dont la joue était déformée par une grosse
chique de tabac. Il fut le premier à s'approcher de
Scarlett et, crachant abondamment sur le plancher,
et sur la robe de la jeune femme, il déclara sans
ambages :

— Passez-moi c' que vous avez dans la main, ma
p'tite dame.

Scarlett avait oublié les colifichets qu'elle se proposait de cacher et, avec un sourire méprisant qui,
espéra-t-elle, en disait aussi long que celui de la grand-
mère Robillard, elle les jeta par terre et s'amusa
presque de la bousculade cupide qui s'ensuivit.

— Va falloir que j' vous ennuie avec c'te bague
et ces boucles d'oreilles que vous avez.

Scarlett cala le bébé sous son bras et, tandis que
l'enfant, la tête en bas, s'empourprait et hurlait, elle
se débarrassa des boucles d'oreilles en grenat que
Gérald avait offertes à Ellen en cadeau de noces.
Puis elle ôta de son doigt le solitaire en saphir, la
bague de fiançailles de Charles.

— Les j'tez pas par terre. Passez-les-moi, dit le
sergent en tendant les mains. Les salauds en ont
assez comme ça. Qu'est-ce que vous avez encore
d'autre ?

Ses yeux se posèrent sur le corsage de Scarlett.

Pendant un moment celle-ci crut qu'elle allait
s'évanouir. Elle sentait déjà les mains brutales se
poser sur sa poitrine ou remonter vers sa jarretelle.

— C'est tout, mais je suppose que vous avez l'habitude de déshabiller vos victimes.

161

— Oh! j' vous crois sur parole, fit le sergent avec bonne humeur.

Puis il cracha de nouveau par terre et fit demi-tour. La main posée sur l'endroit du lange où elle avait caché le portefeuille, Scarlett remit le bebe d'aplomb et essaya de le calmer tout en remerciant Dieu que Mélanie eût un enfant et que cet enfant eût un lange.

En haut elle entendait le lourd piétinement des bottes, le grincement des meubles qu'on traînait sur le plancher, le fracas des vases et des glaces qui se brisaient, les jurons lancés par les soldats quand ils ne trouvaient rien de précieux. De la cour montaient de grands cris : « Coupez-leur le cou! Les laissez pas se sauver! » et le cot-cot éperdu des poules accompagné du couac-couac des canards et des oies. Un hurlement d'agonie brusquement interrompu par un coup de pistolet lui glaça les os et elle comprit que la truie était morte. Maudite Prissy! Elle s'était sauvée et ne s'en était pas occupée! Pourvu que les cochonnets fussent en sûreté! Pourvu que la famille eût atteint les marécages sans encombre! Mais il n'y avait aucun moyen de le savoir.

Elle se tenait tranquillement au bas de l'escalier tandis que les soldats, vociférant et jurant, s'agitaient autour d'elle. Le petit Wade, terrorisé, ne lâchait pas sa robe. Elle le sentait trembler de la tête aux pieds, mais elle n'avait pas la force de lui dire quelque chose pour le rassurer. Elle n'avait pas la force non plus de dire un seul mot aux Yankees, soit pour les supplier, soit pour protester, soit pour leur exprimer sa colère. Il lui restait seulement la force de remercier Dieu que ses jambes pussent encore la soutenir, que son cou lui permît de garder la tête droite. Mais lorsqu'elle vit un groupe d'hommes barbus descendre gauchement l'escalier sous le poids des objets volés et qu'elle reconnut le sabre de Charles, elle poussa un grand cri.

Ce sabre appartenait à Wade. Il avait appartenu à son père et à son grand-père, et Scarlett en avait fait cadeau au petit garçon pour son dernier anniversaire. A cette occasion, il y avait eu toute une cérémonie. Mélanie avait versé des larmes d'orgueil et de chagrin, elle avait embrassé Wade et lui avait dit qu'il fallait grandir pour devenir un soldat comme son père et son grand-père. Wade était très fier de son sabre et montait souvent sur la table au-dessus de laquelle il était accroché pour le caresser. Scarlett à la rigueur pouvait encore supporter de voir ses propres affaires emmenées par des mains étrangères et détestées, mais pas cela... pas la fierté de son petit garçon. Wade ayant entendu le cri de sa mère risqua un œil hors de sa cachette et, avec un gros sanglot, retrouva sa langue et son courage. Il tendit une main et s'écria :

— C'est à moi!

— Vous ne pouvez pas emporter cela! dit Scarlett aussitôt en tendant la main à son tour.

— J' peux pas, hein? répliqua le petit soldat qui tenait le sabre, et il éclata d'un rire impudent. Eh ben, j' me gênerai pas! C'est un sabre de rebelle.

— Non... non, ce n'est pas vrai! C'est un sabre qui date de la guerre du Mexique. Vous ne pouvez pas l'emporter. Il appartient à mon petit garçon. C'était le sabre de son père. Oh! capitaine, s'exclama-t-elle en se tournant vers le sergent, je vous en prie, dites-lui de me le rendre.

Le sergent, ravi de cet avancement, s'approcha de quelques pas.

— Fais voir ce sabre, Bub, dit-il.

Le petit troupier le lui remit de mauvaise grâce. « Il a une poignée en or massif », remarqua-t-il.

Le sergent le retourna entre ses mains et présenta la poignée à la lumière pour lire l'inscription qui y était gravée.

« Au colonel William R. Hamilton, déchiffra-t-il, de la part des officiers. Pour sa bravoure, Buena Vista. 1847. »

— Oh! ça, ma p'tite dame, s'exlama-t-il, moi aussi j'y étais à Buena Vista.

— Vraiment ? fit Scarlett d'un ton glacial.

— Si j'y étais ? Ça chauffait dur, j'aime mieux vous l' dire. J'ai pas encore vu s' battre dans c'te guerre comme on s'est battu dans l'autre. Alors le sabre il appartient au grand-père du gosse ?

— Oui.

— Eh ben, gardez-le, dit le sergent qui n'était point mécontent des bijoux et des colifichets serrés dans son mouchoir.

— Moi, j' te dis qu'il a une poignée en or massif, insista le petit troupier.

— On va lui laisser ça pour qu'elle s' souvienne de nous, fit le sergent en souriant.

Scarlett prit le sabre sans même remercier. Pourquoi remercierait-elle ses voleurs de lui rendre ce qui lui appartenait ? Elle serra le sabre contre elle tandis que le cavalier discutait et se disputait avec son sergent.

— Bon Dieu, j' m'en vais donner à ces sales rebelles quelque chose dont ils se souviendront, finit par crier le soldat après que le sergent se fut échauffé et l'eut envoyé au diable.

Le petit homme s'éloigna en courant vers le fond de la maison et Scarlett se sentit plus à l'aise. Les Yankees n'avaient pas parlé de brûler la maison. Ils ne lui avaient pas dit de s'en aller pour pouvoir y mettre le feu. Peut-être... peut-être... Les hommes descendus du premier, ou sortis des autres pièces du rez-de-chaussée, se regroupèrent un à un dans le vestibule.

— Alors on a trouvé quelque chose ? interrogea le sergent.

— Un cochon, des poules et des canards.

— Un peu de maïs, quelques ignames et des haricots. Cette espèce de sorcière qu'on a vue à cheval a dû donner l'alarme.

— Alors, on s'en va ?

— Y a pas grand-chose ici, sergent. Vous avez les bijoux ? Filons avant que tout le comté soit sur ses gardes.

— Vous avez fouillé dans le fumoir ? C'est en

général là-d'dans qu'ils enterrent leurs affaires ?

— Y a pas d' fumoir.

— T'as creusé dans les cases des nègres ?

— Y avait qu' du coton. On y a mis le feu.

Pendant un bref instant, Scarlett évoqua les longues journées de chaleur passées dans les champs de coton, elle sentit de nouveau la terrible douleur dans le dos, la brûlure de ses épaules à vif. Tout cela en pure perte. Il ne restait plus de coton.

— En fait, vous n'avez pas grand-chose, ma p'tite dame !

— Votre armée est déjà passée par ici, répondit sèchement Scarlett.

— Ça, c'est vrai. Nous sommes venus de ce côté en septembre, dit l'un des hommes en retournant un objet entre ses doigts. J'avais oublié.

Scarlett reconnut le dé à coudre en or d'Ellen. Combien de fois n'en avait-elle pas surpris l'éclat alors que sa mère se livrait à quelque ouvrage de dame ? Cette vue lui rappela quantité de souvenirs cruels. Elle évoqua la main fine de celle qui avait porté ce dé, et maintenant celui-ci se trouvait dans la paume sale et calleuse d'un étranger. Il n'allait pas tarder à gagner le Nord, à orner le doigt de quelque femme yankee qui serait fière d'exhiber un objet volé. Le dé d'Ellen !

Scarlett baissa la tête afin que l'ennemi ne pût la voir pleurer et ses larmes coulèrent une à une sur la tête du bébé. A travers ses pleurs, elle vit les hommes se diriger vers la porte. Elle entendit le sergent lancer des ordres d'une voix dure et forte. Ils partaient et Tara était sauvée, mais elle pouvait à peine s'en réjouir tant était douloureux le souvenir d'Ellen. Le cliquetis des sabres, le pas des chevaux ne lui procurèrent qu'une maigre satisfaction et, prise d'une faiblesse soudaine, les nerfs brisés, elle demeura inerte tandis que les Yankees descendaient l'allée chargés de rapines, de vêtements, de couvertures, de tableaux, et emmenant dans leur butin les poules, les canards et la truie.

Alors une odeur âcre parvint jusqu'à elle. Trop

épuisée par l'effort pour se soucier du coton qui brûlait, elle se retourna et, par les fenêtres ouvertes de la salle à manger, elle vit des flots de fumée sortir nonchalamment des cases jadis occupées par les nègres. Ainsi s'en allait le coton, l'argent pour payer les impôts et une partie de l'argent qui eût aidé ceux de Tara à passer l'hiver. Il n'y avait rien à faire qu'à regarder. Scarlett avait déjà vu brûler du coton et elle savait combien il était difficile de l'éteindre, même quand on disposait de beaucoup d'hommes. Dieu merci, les cases étaient loin de la maison! Dieu merci, le vent ne soufflait pas ce jour-là pour faire retomber des flammèches sur le toit de Tara.

Soudain, Scarlett fit volte-face, se raidit comme un chien en arrêt, et ses yeux horrifiés se portèrent à l'extrémité du vestibule, au fond du passage couvert qui menait à la cuisine. Il s'en échappait un nuage de fumée!

Scarlett posa le bébé par terre, dans un coin du passage. Elle plaqua Wade contre le mur, se débarrassa de lui, puis fit irruption dans la cuisine remplie de fumée, mais, toussant, pleurant, elle fut forcée de battre en retraite. Elle releva un pan de sa jupe pour se protéger le nez et revint à la charge.

La pièce, éclairée seulement par une fenêtre étroite, était sombre et si pleine de fumée que Scarlett en était aveuglée, mais elle pouvait entendre siffler et pétiller les flammes. La main en écran devant les yeux, elle finit par apercevoir de fines languettes de feu qui couraient par terre et allaient, se rapprochant des murs. Quelqu'un avait répandu dans toute la pièce les bûches qui flambaient dans le fourneau, et le plancher de sapin, sec comme de l'amadou, buvait les flammes, s'en laissait imprégner comme si ça avait été de l'eau.

Scarlett rebroussa chemin, se rua dans la salle à manger et s'empara d'une carpette non sans renverser deux chaises.

« Je n'arriverai jamais à éteindre le feu... jamais! Oh! mon Dieu, si seulement j'avais quelqu'un pour m'aider! Tara est perdue... perdue. Oh! mon Dieu! C'est ce petit misérable. Il avait bien dit qu'il allait me laisser quelque chose dont je me souviendrais. Oh! j'aurais bien dû lui abandonner le sabre! »

Dans le couloir elle passa devant son fils qui gisait dans un coin à côté de son sabre. Il avait les yeux fermés et son visage avait une expression apaisée qui n'appartenait point à ce monde.

« Mon Dieu, il est mort! Ils lui ont fait tellement peur qu'il en est mort! » pensa Scarlett au comble de l'angoisse. Mais elle poursuivit son chemin et se précipita sur le seau d'eau potable qu'on laissait toujours dans le couloir auprès de la porte de la cuisine.

Elle trempa un bout de la carpette dans le seau, et, aspirant une profonde bouffée d'air, elle s'élança de nouveau dans la pièce remplie de fumée dont elle referma violemment la porte sur elle. Pendant une éternité elle tituba de droite et de gauche. Elle n'arrêtait pas de tousser et de donner des coups de carpette sur les languettes de feu qui lui échappaient. A deux reprises, sa longue jupe prit feu et elle fut obligée de s'administrer des tapes vigoureuses pour l'éteindre. Elle perdait ses épingles, ses cheveux lui retombaient sur les épaules et elle en sentait l'écœurante odeur de roussi. Les flammes lui échappaient toujours, gagnaient les murs, se tordaient, relevaient la tête comme des serpents. Scarlett s'épuisait et se rendait compte de l'inanité de ses efforts.

Alors la porte s'ouvrit et le courant d'air activa les flammes. Puis, une main la referma brutalement et, au milieu des volutes de fumée, Scarlett, à demi aveuglée, aperçut Mélanie qui piétinait les flammes et brandissait un objet sombre et lourd. Elle la vit chanceler, elle l'entendit tousser, elle aperçut dans un éclair son visage blême et son corps menu, courbé en deux tandis qu'elle faisait aller et venir le tapis dont elle s'était munie. Pendant une autre éternité, les deux jeunes femmes luttèrent côte à côte et Scarlett finit par se rendre compte que les flammes diminuaient. Tout d'un coup, Mélanie se tourna vers elle et, poussant un cri, elle lui assena de toutes ses forces un coup en travers des épaules. Tout s'assombrit autour de Scarlett qui s'affaissa dans un tourbillon de fumée.

Lorsqu'elle rouvrit les yeux, elle était étendue sous la véranda qui dominait la cour. Sa tête reposait confortablement sur les genoux de Mélanie et le soleil de l'après-midi l'éclairait en plein visage. Les brûlures de ses mains, de sa figure et de ses épaules lui causaient des souffrances intolérables. La fumée continuait à sortir des cases en nuages épais, et l'odeur du coton brûlé était encore très forte. Scarlett vit de minces filets de fumée s'échapper de la cuisine et elle se débattit frénétiquement pour se relever.

Mais Mélanie la retint et lui dit d'une voix calme :

— Reste tranquille, ma chérie. Le feu est éteint.

Elle demeura immobile pendant un moment, ferma les yeux et poussa un soupir de soulagement. A côté d'elle le bébé bavait bruyamment et, rassurée, elle reconnut le hoquet de Wade. Il n'était donc pas mort, Dieu merci ! Elle rouvrit les yeux et regarda Mélanie. Ses boucles étaient un peu roussies, son visage était noir de suie, mais ses yeux brillaient et elle souriait.

— Tu as l'air d'une négresse, murmura Scarlett en appuyant davantage la tête contre son mol oreiller.

— Et toi, tu as l'air d'une saltimbanque déguisée en nègre, répliqua Mélanie.

— Pourquoi as-tu été obligée de me frapper ?

— Parce que tu avais le dos en feu, ma chérie. Je n'aurais pas cru que tu allais t'évanouir. Pourtant, Dieu sait si tu en as eu assez pour te tuer aujourd'hui... Je suis revenue aussitôt après avoir caché les bêtes dans les bois. J'ai failli mourir d'inquiétude en pensant que tu étais seule avec le bébé. Est-ce que... Les Yankees ne t'ont rien fait ?

— Si tu veux dire par là qu'ils m'ont violée, eh bien ! non, dit Scarlett.

Elle voulut s'asseoir et retint un gémissement. Bien que les genoux de Mélanie fussent très doux, le sol de la véranda l'était infiniment moins. « Mais ils ont tout volé, tout, reprit-elle. Nous avons tout perdu..

mais, voyons, il n'y a pas de quoi avoir l'air ravi.

— Nous n'avons pas été séparées l'une de l'autre, il nous reste nos enfants et nous avons encore un toit au-dessus de la tête, fit Mélanie avec quelque chose de radieux dans la voix. C'est tout ce que nous pouvons souhaiter de mieux en ce moment... Grand Dieu ! Beau est trempé ! Je suppose que les Yankees ont volé également ses langes de rechange. Il... Scarlett, que diable y a-t-il dans son lange ? »

Mélanie glissa une main inquiète le long du dos de l'enfant et sortit le portefeuille. Pendant un instant il sembla qu'elle ne l'avait jamais vu auparavant, et puis, elle éclata de rire, d'un rire franc qui n'avait rien de nerveux.

— Il n'y a que toi pour penser à des choses pareilles, s'exclama-t-elle, et, jetant les bras autour du cou de Scarlett, elle l'embrassa. Tu es la crème des sœurs.

Scarlett toléra ses baisers parce qu'elle était trop faible pour se défendre, parce que les louanges de Mélanie lui mettaient du baume sur le cœur, parce qu'enfin, dans la cuisine remplie de fumée, était né en elle un plus grand respect, un sentiment plus étroit de camaraderie pour sa belle-sœur.

« C'est une justice à lui rendre, se dit-elle sans enthousiasme, elle est toujours là quand on a besoin d'elle. »

XXVIII

Accompagné d'une gelée meurtrière, le froid se mit brutalement à sévir. Un vent glacial passait sous les portes et secouait les fenêtres disjointes avec un bruit monotone. Les dernières feuilles tombaient des arbres dépouillés et seuls les pins, sombres et transis contre le ciel pâle, conservèrent leur parure. Les routes, aux rouges ornières, étaient gelées et dures comme du ciment. La bise semait la famine en Georgie.

Scarlett se rappelait avec amertume sa conversation avec la grand-mère Fontaine. Cet après-midi-là. Il y avait de cela deux mois, deux mois qui lui semblaient remonter à des années, elle avait dit à la vieille dame que le plus dur était passé, et elle avait ainsi exprimé sa conviction profonde. Maintenant cette remarque sonnait comme une vantardise d'écolière. Avant le second passage des hommes de Sherman à Tara, elle possédait un petit trésor en argent et en provisions, elle avait des voisins mieux partagés qu'elle et assez de coton pour lui permettre d'attendre le printemps. Désormais, elle n'avait plus ni coton ni provisions. Son argent ne lui servait à rien, car il n'y avait rien à acheter, et ses voisins étaient dans une situation encore pire que la sienne. Elle au moins, elle avait une vache et un veau, quelques cochons et un cheval, tandis qu'il ne restait plus à ses voisins que le peu qu'ils avaient réussi à cacher dans les bois ou à enfouir dans le sol.

Joli Coteau, la résidence des Tarleton, était brûlée jusqu'aux fondations et Mme Tarleton et ses quatre filles se logeaient dans la maison du régisseur. La demeure des Munroe, près de Lovejoy, elle aussi, était rasée jusqu'au sol. A Mimosas, l'aile construite en bois avait été incendiée, et seuls le stuc résistant du corps de logis principal et les efforts acharnés des dames Fontaine et de leurs esclaves armés de couvertures mouillées avaient préservé l'habitation entière. Grâce à l'intervention de Hilton, le régisseur yankee, la plantation de Calvert avait été de nouveau épargnée, mais on n'y trouvait plus ni une tête de bétail, ni une volaille, ni un épi de maïs.

A Tara et dans tout le comté, la question de la nourriture primait toutes les autres. La plupart des familles ne possédaient plus rien en dehors de ce qui leur restait de leur récolte d'ignames et de cacahuètes et du gibier qui voulait bien se laisser prendre dans le bois. Ainsi qu'on le faisait jadis en des temps plus prospères, chacun partageait ce qu'il avait avec des voisins moins heureux, mais l'époque ne tarda pas à venir où il n'y eut plus rien à partager.

A Tara, on mangeait du lapin, de l'opossum et du poisson quand la chance souriait à Pork. Les autres jours, il fallait se contenter d'un peu de lait, de noix d'hickory, de glands rôtis et d'ignames. Les appétits n'étaient jamais satisfaits. A chaque fois qu'elle se retournait, Scarlett avait l'impression de voir des mains se tendre vers elle, des regards l'implorer. Elle avait peur d'en devenir folle, car elle avait aussi faim que les autres.

Elle donna l'ordre d'abattre le veau parce qu'il buvait trop du précieux lait et, ce soir-là, chacun mangea tant de veau frais que tout le monde fut malade. Scarlett savait qu'elle devait faire tuer l'un des cochons, mais elle remettait l'exécution de jour en jour dans l'espoir que les cochons atteindraient leur plein développement. Ils étaient si petits. Ils donneraient si peu de viande si on les tuait maintenant ; ils en donneraient tellement plus si l'on pouvait patienter un peu. Le soir, elle discutait avec Mélanie l'opportunité d'expédier Pork à cheval avec quelques billets verts pour essayer d'acheter de quoi manger. Cependant, la crainte qu'on ne s'emparât du cheval et qu'on ne soulageât Pork de son argent les retenait. Elles ignoraient où se trouvaient les Yankees. Ils pouvaient aussi bien être à un millier de milles plus loin ou simplement de l'autre côté de la rivière. Un jour Scarlett, n'en pouvant plus, se disposa à aller elle-même chercher de la nourriture, mais les jérémiades de toute la famille terrorisée à l'idée des Yankees l'obligèrent à renoncer à son projet.

Pork s'en allait marauder fort loin. Il lui arrivait de passer toute la nuit dehors et, à son retour, Scarlett évitait de l'interroger. Parfois il rapportait du gibier, parfois quelques épis de maïs ou un sac de pois secs. Un jour il revint même avec un coq, qu'il prétendit avoir découvert dans les bois. La famille entière s'en régala, mais n'en éprouva pas moins un sentiment de culpabilité parce que tous savaient pertinemment que Pork l'avait volé comme il avait volé le maïs et les pois. Peu de temps après cet exploit, une nuit que la maison dormait depuis de longues heures, il vint frapper à la porte de Scarlett et exhiba timidement une jambe criblée de petits plombs. Tandis que sa maîtresse le pansait, il expliqua d'un ton embarrassé qu'on l'avait découvert au moment où il essayait de s'introduire dans un poulailler à Fayetteville. Scarlett ne lui demanda point à qui appartenait ce poulailler, mais, les larmes aux yeux, elle lui donna une petite tape affectueuse sur l'épaule. Les nègres étaient quelquefois exaspérants, stupides et paresseux, mais ils portaient en eux une loyauté qu'aucune somme ne pouvait corrompre, un sentiment de ne faire qu'un avec leurs maîtres blancs qui les poussait à risquer leur vie pour qu'il y eût toujours de quoi manger sur la table.

En d'autres temps, les larcins de Pork eussent été chose très grave et sa conduite lui eût sans doute valu le fouet. En d'autres temps, Scarlett se serait vue au moins dans l'obligation de le réprimander sévèrement : « Rappelle-toi toujours, ma chérie, avait dit Ellen, que tu es responsable aussi bien de la santé morale que de la santé physique des noirs que Dieu a confiés à tes soins. Il faut que tu comprennes bien qu'ils sont comme des enfants et, comme des enfants, il faut les garder d'eux-mêmes. Aussi, pour cela, dois-tu toujours donner le bon exemple. »

Mais, pour le moment, Scarlett relégua ces sages préceptes au fin fond de sa mémoire. Elle ne considérait plus du tout comme un problème de conscience le fait d'encourager le vol et de l'encourager peut-être au détriment de gens dans une situation encore pire que la sienne. L'aspect moral de la question ne la préoccupait guère. Au lieu de songer à punir ou à faire des reproches, elle regrettait seulement qu'on eût tiré sur Pork.

— Il faudra être plus prudent, Pork. Nous ne tenons pas à te perdre. Que deviendrions-nous sans toi ? Tu as été rudement gentil et fidèle. Quand nous aurons de nouveau de l'argent, je t'achèterai une grosse montre en or et j'y ferai graver quelque chose de la Bible. « C'est bien, brave et loyal serviteur. »

Pork exulta et frotta sa jambe bandée avec précaution.

— Ça se'a magnifique, ma'ame Sca'lett. Quand pensez-vous l'avoi', cet a'gent ?

— Je n'en sais rien, Pork, mais je m'arrangerai pour l'avoir. (Elle abaissa sur lui un regard si rempli d'amertume qu'il en fut gêné.) Un de ces jours, quand cette guerre sera finie, j'aurai des tas d'argent et je n'aurai plus jamais ni froid ni faim. Aucun de nous n'aura plus jamais ni froid ni faim. Nous porterons de beaux habits, nous mangerons tous les jours du poulet rôti... et

Elle s'arrêta. La règle la plus stricte en vigueur à Tara, règle qu'elle-même avait établie et qu'elle appliquait rigoureusement, exigeait que personne ne parlât jamais des bons repas qu'on faisait autrefois, ou qu'on ferait volontiers maintenant si l'on en avait l'occasion.

Pork profita de ce que Scarlett avait les yeux perdus dans le vague pour se glisser hors de la chambre. Dans le bon vieux temps, désormais bien mort, la vie avait été si complexe, si riche en problèmes embrouillés. Il y avait eu le problème qui consistait à gagner l'amour d'Ashley tout en essayant de tenir en haleine une douzaine d'autres soupirants morfondus. Il y avait eu de petits écarts de conduite à cacher aux aînés, des jeunes filles jalouses à bafouer ou à se concilier, des robes et des étoffes à choisir, des coiffures différentes à essayer et tant d'autres questions à résoudre! Maintenant l'existence était d'une simplicité surprenante. Maintenant la seule chose qui importât c'était d'avoir assez à manger pour ne pas mourir de faim, assez de vêtements pour ne pas être gelé, d'avoir au-dessus de sa tête un toit qui ne laissât pas trop passer la pluie.

Ce fut au cours des nuits qui suivirent que Scarlett eut à maintes reprises le cauchemar qui devait la hanter pendant des années. C'était toujours le même rêve. Les détails n'en variaient pas, mais la terreur qu'il lui inspirait grandissait chaque fois, et la crainte de le refaire la poursuivait même lorsqu'elle était réveillée. Elle se rappelait si bien les incidents qui avaient marqué le jour où elle avait eu ce cauchemar pour la première fois!

Pendant des jours et des jours, une pluie froide était tombée et l'on gelait à l'intérieur de la maison humide parcourue par des courants d'air. Dans la cheminée, les bûches mouillées fumaient beaucoup, mais ne donnaient pas grande chaleur. Depuis le petit déjeuner il n'y avait rien eu à prendre que du lait, et Pork avait tendu en vain ses pièges et ses lignes. Si l'on voulait avoir quelque chose à se mettre sous la dent le lendemain il faudrait égorger l'un des petits cochons. Scarlett voyait autour d'elle des visages blancs et noirs tirés par la faim qui lui demandaient silencieusement de trouver de la nourriture. Il allait falloir risquer de perdre le cheval et envoyer Pork acheter de quoi manger. Enfin, pour comble de malheur, Wade était au lit avec une angine et une forte fièvre et il n'y avait ni docteur ni médicaments pour lui.

Affamée, épuisée à force de veiller son enfant, Scarlett le confia à Mélanie et s'en alla faire un somme dans sa chambre. Les pieds glacés, incapable de s'endormir, écrasée par la peur et le désespoir, elle se retournait dans tous les sens. Elle n'arrêtait pas de se dire : « Que vais-je faire ? De quel côté m'adresser ? Il n'y a donc personne au monde pour m'aider ? » Où était donc tout ce qui constituait un élément de sécurité dans la vie ? Pourquoi n'y avait-il pas quelqu'un de fort et de raisonnable pour la décharger de son fardeau ? Elle n'était pas faite pour lui. Elle ne savait pas comment le porter. Alors elle s'enfonça peu à peu dans un sommeil agité.

Elle se trouvait dans une contrée étrange où le brouillard formait des tourbillons si épais qu'elle ne pouvait voir sa main devant elle. Sous ses pieds, le sol se dérobait. C'était un pays hanté, il y régnait un calme terrible et elle était perdue, perdue et terrorisée comme un enfant dans la nuit. Elle souffrait cruellement du froid et de la faim et elle avait si peur de ce qui se dissimulait derrière le rideau de brume qu'elle essaya de crier, mais elle en fut incapable. Quelque chose se mouvait dans le brouillard, des doigts se tendaient pour agripper sa robe, pour l'attirer dans une crevasse de la terre qui tremblait, des mains silencieuses, impitoyables, des mains de spectre. Alors, elle devina qu'au-delà des ténèbres opaques il y avait un abri, du secours, un havre où elle serait en sûreté, où elle aurait chaud. Mais où était-ce ? Pourrait-elle l'atteindre avant que les mains se refermassent sur elle et qu'elles l'eussent entraînée vers des sables mouvants ?

Soudain elle se mit à courir, à courir comme une folle dans le brouillard. Elle pleurait, elle hurlait, elle tendait les bras en avant pour ne saisir que du vent et le brouillard humide. Où était ce refuge ? Elle n'arrivait pas à le découvrir, mais il était là, il existait, il était caché quelque part. Si seulement elle parvenait à l'atteindre, elle serait sauvée! Mais la peur lui paralysait les jambes, la faim la faisait défaillir. Elle poussa un cri de désespoir et se réveilla tandis que Mélanie, penchée sur elle, le visage inquiet, la secouait tant qu'elle pouvait.

Chaque fois qu'elle se coucha l'estomac vide elle refit ce rêve. Et cela lui arriva assez souvent. Il l'effrayait à tel point qu'elle avait peur de dormir, bien qu'elle ne cessât de se répéter qu'il n'y avait vraiment rien d'effrayant dans un rêve pareil. Non, rien... pourtant elle était si épouvantée à l'idée de se retrouver dans cette contrée remplie de brouillard qu'elle commença à prendre l'habitude de coucher avec Mélanie, qui avait pour mission de la réveiller lorsque ses gémissements et ses soubresauts indiqueraient qu'elle était de nouveau en proie à son cauchemar.

La tension nerveuse la fit pâlir et maigrir. Les rondeurs charmantes de ses joues disparurent et ses pommettes saillirent, accentuant la forme bridée de ses yeux verts, lui donnant l'air d'un chat affamé en quête de quelque chose à voler.

« La journée ressemble déjà assez à un cauchemar comme cela sans que j'aille me mettre à rêver la nuit », se dit-elle avec désespoir, et elle se mit à manger juste avant de se coucher ce à quoi elle avait droit chaque jour.

Au moment de Noël, Frank Kennedy et un petit détachement de soldats de l'intendance poussèrent une pointe jusqu'à Tara dans l'espoir bien vain d'y réquisitionner du grain et des bêtes pour l'armée. Ils étaient en loques et on aurait pu les prendre pour des voleurs de grand chemin. Ils avaient des chevaux boiteux et poussifs qui manifestement étaient en trop mauvais état pour un service actif. Comme leurs montures, les hommes avaient été renvoyés à l'arrière pour cause de blessures et tous, à l'exception de Frank, avaient un bras ou un œil en moins ou une articulation bloquée. La plupart d'entre eux portaient des capotes bleues prises aux Yankees et, pendant un court instant, les habitants de Tara épouvantés s'imaginèrent que les hommes de Sherman revenaient.

Ils passèrent la nuit à la plantation, couchés par terre dans le salon et ravis de s'allonger sur le tapis de velours, car il y avait des semaines qu'ils n'avaient pas dormi sous un toit et ne s'étaient pas couchés ailleurs que sur des aiguilles de pin ou sur le sol dur. Malgré leurs barbes luisantes et leurs haillons, ils étaient tous bien élevés, n'arrêtaient pas de raconter des anecdotes amusantes, faisaient force plaisanteries, distribuaient des compliments et manifestaient hautement la joie de passer le réveillon dans une grande maison, au milieu de jolies femmes tout comme ils y étaient habitués jadis, il y avait bien longtemps de cela. Ils se refusèrent à prendre la guerre au tragique, mentirent outrageusement pour faire rire les dames et jetèrent dans la maison nue et saccagée une note de gaieté et de fête qui n'y avait pas résonné depuis de nombreux jours.

« C'est presque comme autrefois quand nous don-

nions des réceptions, n'est-ce pas ? » murmura Suellen
à Scarlett d'une voix joyeuse. Suellen était transportée d'aise d'avoir enfin un soupirant et elle ne
quittait pour ainsi dire pas Frank Kennedy des yeux.
Scarlett s'étonnait de constater que Suellen était
presque jolie malgré la maigreur dont elle n'avait pu
triompher depuis sa maladie. Elle avait les joues
rouges et dans ses yeux il y avait quelque chose de
doux et de lumineux.

« Elle doit l'aimer pour de bon, se dit Scarlett avec
mépris. Je parie qu'elle sera presque sortable si jamais elle décroche un mari, même si c'est ce vieux
maniaque de Frank. »

Carreen avait, elle aussi, meilleure mine et n'avait
pas trop l'air d'une somnambule. Elle avait découvert
que l'un des hommes était un camarade de Brent Tarleton et s'était trouvé à ses côtés le jour où il avait
été tué. Elle se promettait bien d'avoir un long entretien avec lui après le dîner.

Au dîner, Mélanie surprit tous les siens en se forçant à sortir de sa timidité et en se montrant presque
gaie. Elle rit et plaisanta et faillit même flirter avec
un soldat borgne qui la paya joyeusement de retour
en lui débitant d'ahurissantes galanteries. Scarlett
savait quel effort physique et moral cela impliquait
de la part de Mélanie que la présence des hommes
mettait toujours au supplice. Par ailleurs, elle était
loin d'aller bien. Elle avait beau prétendre qu'elle
était solide et travailler encore plus que Dilcey, Scarlett se rendait compte qu'elle était malade. Lorsqu'elle
soulevait quelque chose, son visage blêmissait et,
après un effort quelconque, elle s'asseyait brusquement comme si ses jambes n'avaient plus la force de
la supporter. Mais, ce soir-là, à l'exemple de Suellen
et de Carreen, elle faisait tout son possible pour que
les soldats eussent un réveillon agréable. Seule Scarlett
n'éprouvait aucun plaisir à recevoir des invités.

Les soldats avaient ajouté leurs rations de maïs
séché et de déchets de viande aux pois secs, aux
pommes séchées cuites au four et aux cacahuètes

177

Autant en emporte le vent. T II   12

que Mama avait posées devant eux et, d'un commun accord, ils déclarèrent que c'était leur meilleur repas depuis des mois. Scarlett les regardait manger et se sentait mal à l'aise. Non seulement elle leur reprochait chaque bouchée qu'ils avalaient, mais encore elle était sur des charbons ardents dans la crainte qu'ils ne découvrissent que Pork avait égorgé un des cochons la veille. La bête était maintenant pendue dans la resserre et Scarlett avait promis d'un ton farouche à tous les siens qu'elle arracherait les yeux de celui ou de celle qui parlerait aux invités du cochon mort ou de ses frères et sœurs en sûreté dans un enclos qu'on leur avait fait construire au milieu des marais. Ces hommes affamés étaient fort capables de dévorer le cochon tout entier à un seul repas, et, s'ils apprenaient l'existence des autres, ils risquaient de les réquisitionner pour l'armée. Scarlett était également dans les transes pour la vache et le cheval et elle aurait bien voulu qu'on les eût cachés dans les marais au lieu de les attacher dans le bois au bas du pré. Si jamais l'intendance prenait le reste du bétail, il serait impossible à ceux de Tara de passer l'hiver, car il n'y aurait pas moyen de remplacer les bêtes emmenées. Quant à la façon dont l'armée se nourrissait, Scarlett ne s'en souciait pas du tout. Que l'armée nourrisse l'armée... à elle de se débrouiller. Scarlett avait déjà bien assez de mal comme ça à nourrir son monde.

Au dessert, les hommes sortirent de leur musette quelques « petits pains de baguette » et pour la première fois Scarlett vit ce produit alimentaire confédéré sur lequel il existait autant de plaisanteries que sur les poux. Selon toute apparence, c'étaient des morceaux de bois calcinés et roulés en spirales. Les hommes la mirent au défi d'en manger, et lorsqu'elle s'exécuta elle s'aperçut que sous une croûte noircie par la fumée se cachait un pain de maïs sans sel. Les soldats délayaient leur ration de farine de maïs avec de l'eau, y ajoutaient du sel quand ils en trouvaient, enduisaient la baguette de leur fusil de cette pâte épaisse et fai-

saient cuire le tout à la flamme des feux de camp.
C'était dur comme du caillou et ça n'avait pas plus
de goût que la sciure de bois. Après en avoir mangé
un morceau, Scarlett s'empressa de rendre son « petit
pain » au soldat au milieu d'une tempête de rires.
Ses yeux croisèrent ceux de Mélanie et la même pensée
put se lire sur le visage des deux jeunes femmes :
« Comment peuvent-ils bien continuer à se battre
s'ils n'ont que cela à manger ? »

Le repas fut assez gai et Gérald lui-même, qui pré-
sidait d'un air absent au haut de la table, s'arrangea
pour extraire de sa mémoire obscurcie quelques-unes
de ses anciennes manières de maître de maison et
un sourire incertain. Les hommes bavardaient, les
femmes souriaient... Mais Scarlett s'étant brusquement
tournée vers Frank Kennedy pour lui demander des
nouvelles de Miss Pittypat, surprit sur son visage
une expression qui lui fit oublier ce qu'elle voulait
dire.

Les yeux de Frank ne regardaient plus Suellen.
Ils erraient dans la pièce, se posaient tour à tour sur
Gérald qui avait l'air d'un enfant étonné, sur le plancher sans tapis, sur le dessus de la cheminée dépouillé
de ses ornements, sur les sièges éventrés par les Yankees à coups de baïonnette, sur les murs où des rectangles de couleur plus vive indiquaient l'ancien
emplacement d'un tableau. Ses yeux se posaient sur
la table chichement servie, sur les robes propres mais
vieilles et rapiécées des femmes, sur le sac de farine
dont on avait fait une sorte de jupe pour Wade.

Frank se rappela le Tara qu'il avait connu avant
la guerre et son visage exprimait à la fois le chagrin
et une rage impuissante. Il aimait Suellen, il avait
de la sympathie pour ses sœurs, du respect pour
Gérald et une véritable adoration pour la plantation.
Depuis que Sherman avait balayé la Georgie, Frank
avait vu bien des spectacles effroyables en parcou-
rant l'État à cheval pour essayer de rassembler des
vivres, mais rien ne l'avait bouleversé comme le
bouleversait Tara en ce moment. Il aurait voulu

faire quelque chose pour les O'Hara, surtout pour Suellen, mais il ne pouvait rien. Lorsque Scarlett surprit son regard, il était en train de hocher inconsciemment sa tête encadrée de favoris et de claquer doucement la langue contre ses dents. Il vit luire dans les yeux de Scarlett une flamme de fierté indignée et, gêné, piqua aussitôt du nez dans son assiette.

Le dames brûlaient d'avoir des nouvelles. Depuis la chute d'Atlanta, c'est-à-dire depuis déjà quatre mois passés, le service postal n'avait pas fonctionné et elles ignoraient complètement où se trouvaient les Yankees, comment se comportait l'armée confédérée, ce qu'étaient devenus Atlanta et leurs anciens amis. Frank, que ses fonctions obligeaient à parcourir l'État en tous sens, valait encore mieux que n'importe quel journal, car, étant apparenté à quantité de gens et connaissant presque tout le monde entre Macon et Atlanta, il était en mesure de fournir d'intéressants détails personnels que la presse passait toujours sous silence. Pour dissimuler son embarras d'avoir été surpris par Scarlett, il se lança aussitôt dans la conversation.

— Les Confédérés, déclara-t-il, avaient repris Atlanta, après le départ de Sherman, mais c'était une conquête sans valeur parce que le général yankee avait incendié la ville de fond en comble.

— Mais je croyais qu'Atlanta avait brûlé la nuit de notre départ, s'écria Scarlett, stupéfaite. Je croyais que c'étaient les nôtres qui y avaient mis le feu!

— Oh! non, madame Scarlett, protesta Frank choqué. Nous n'avons jamais brûlé une seule de nos villes quand nos compatriotes y étaient encore! Ce que vous avez vu brûler, c'étaient les entrepôts que nous ne voulions pas laisser prendre par les Yankees ainsi que les fonderies et les dépôts de munitions. Mais ça s'est borné là. Lorsque Sherman s'est emparé de la ville, les magasins et les maisons étaient encore intacts et il y a cantonné ses hommes.

— Mais que sont devenus les habitants? Est-ce... est-ce qu'il les a tués?

180

— Il en a tué quelques-uns... mais pas à coups de fusil, déclara le soldat borgne d'un air confus. Dès son arrivée à Atlanta il a déclaré au maire que tous les habitants devaient évacuer la place. Et il y avait des tas de gens âgés incapables de supporter le voyage, des femmes qui... enfin des dames qui n'étaient pas en état de se déplacer non plus. Il les a quand même forcés à s'en aller par centaines et par centaines, sous la plus forte pluie qu'on ait jamais vue. Il les a tous abandonnés dans les bois près de Rough and Ready et a demandé par écrit au général Hood de venir les recueillir. Quantité d'entre eux sont morts de pneumonie ou faute de pouvoir résister à pareil traitement.

— Oh! mais pourquoi a-t-il fait cela ? Ils n'auraient certainement rien pu lui faire de mal, s'exclama Mélanie.

— Il a dit qu'il avait besoin de la ville pour permettre à ses hommes et à ses chevaux de se reposer, répondit Frank. Et en effet il les y a laissés se reposer jusqu'à la mi-novembre, date à laquelle il a repris son avance. En partant il a allumé des foyers d'incendie dans tous les coins et a brûlé tout ce qui pouvait brûler.

— Oh! sûrement pas tout! s'écrièrent les jeunes femmes, consternées.

Elles n'arrivaient pas à s'imaginer que la ville animée qu'elles avaient connue si peuplée, si remplie de soldats, n'existait plus. Toutes ces jolies maisons ombragées par les arbres, tous ces grands magasins, tous ces beaux hôtels... tout cela ne pouvait certainement pas être détruit! Mélanie semblait prête à fondre en larmes, car c'était là qu'elle avait été élevée et elle n'avait pas d'autre foyer. Le cœur de Scarlett se serra parce qu'après Tara c'était l'endroit qu'elle préférait.

— Enfin, presque tout a brûlé, se hâta de corriger Frank, ému par l'expression des deux belles-sœurs.

Il s'efforça d'adopter un ton enjoué, car il n'aimait pas faire de peine aux dames. Devant une femme

bouleversée, il perdait tous ses moyens, aussi n'éprou-
vait-il aucune envie de raconter à ses hôtesses les
choses horribles auxquelles il avait assisté. A elles
de trouver quelqu'un d'autre si elles voulaient savoir
à quoi s'en tenir.

Il ne pouvait pas leur décrire ce que l'armée avait
vu en reprenant possession d'Atlanta ; les centaines
de cheminées noircies dressées au-dessus des cendres,
l'amas de décombres à demi calcinés, les monceaux
de briques croulants qui encombraient les rues, les
vieux arbres auxquels l'incendie avait porté le coup
de grâce et dont le vent froid détachait les rameaux
carbonisés. Il se rappelait l'impression effroyable que
lui avait causée ce spectacle, il entendait encore les
jurons prononcés par les Confédérés lorsqu'ils avaient
vu ce qui restait de la ville. Il souhaitait que les
dames n'entendissent jamais parler des horreurs qui
avaient marqué le sac du cimetière, car c'en serait
trop pour elles. Charlie Hamilton et la mère et le
père de Mélanie y étaient enterrés. Le souvenir de ce
cimetière pillé continuait de donner des cauchemars
à Frank. Dans l'espoir de trouver des bijoux sur les
morts, les soldats yankees avaient forcé les caveaux
et ouvert les tombes. Ils avaient dépouillé les cadavres
arraché aux cercueils leurs plaques d'or et d'argent,
leurs ornements et leurs poignées d'argent. Les sque-
lettes et les corps lancés pêle-mêle parmi les débris
de cercueils restaient misérablement exposés à tous
les vents.

Et Frank ne pouvait parler non plus ni des chiens
ni des chats. Les dames attachaient tant de prix à
ces petites bêtes. Mais la vue des milliers d'animaux
faméliques restés sans abri après l'évacuation si brutale de leurs maîtres l'avait affecté presque autant
que celle du cimetière, car Frank aimait les chats et
les chiens. Les bêtes erraient, craintives, transies,
affamées, presque aussi sauvages que les bêtes des
forêts. Les forts attaquaient les faibles, les faibles
guettaient la mort des plus faibles encore pour pouvoir les manger. Et, au-dessus de la ville en ruine,

les busards sinistres sillonnaient le ciel hivernal de leur vol gracieux.

Frank fouilla les recoins de sa mémoire pour y découvrir des détails qui atténueraient l'effet produit et tranquilliseraient les dames.

— Il y a encore quelques maisons debout, annonça-t-il, des maisons construites très à l'écart des autres et que le feu n'a pu gagner. Les églises et la loge maçonnique sont également intactes. Il y a aussi un petit nombre de magasins. Mais tout le quartier des affaires, tout le quartier en bordure de la voie ferrée... eh bien! mesdames, cette partie de la ville est rasée jusqu'au sol.

— Mais alors, s'écria Scarlett avec amertume, cet entrepôt que Charlie m'a laissé du côté de la voie ferrée, il est détruit lui aussi ?

— S'il se trouvait là, il ne doit plus exister mais... (Tout d'un coup Frank sourit. Pourquoi n'y avait-il pas songé plus tôt ?) Allons, mesdames, reprenez courage! La maison de votre tante Pitty est toujours debout. Elle est un peu endommagée, mais elle a résisté.

— Oh! comment a-t-elle pu échapper à l'incendie ?

— Eh bien! elle est en brique, et comme elle était à peu près la seule d'Atlanta à être couverte d'ardoises, ça a empêché les flammèches d'y mettre le feu. Du moins, c'est mon avis. Et puis, elle est l'une des dernières construites du côté du nord et l'incendie n'a pas fait autant de ravages dans ce quartier-là. Bien entendu, les Yankees qui y avaient leur cantonnement se sont livrés à toutes sortes de dégradations. Ils sont même allés jusqu'à brûler les plinthes et la rampe d'escalier en acajou pour faire du feu, mais qu'importe! La maison est encore en parfait état. Lorsque j'ai vu Mlle Pitty, la semaine dernière à Macon...

— Vous l'avez vue ? Comment va-t-elle ?

— A merveille. A merveille. Lorsque je lui ai dit que sa maison était intacte, elle s'est mis en tête d'y retourner sur-le-champ. C'est-à-dire... si ce vieux nègre, Peter, veut bien la laisser partir. Quantité de gens d'Atlanta sont déjà revenus chez eux parce qu'ils commençaient à en avoir assez de Macon. Sherman n'a pas pris Macon, mais tout le monde craint que Wilson ne vienne y faire une descente et il est encore pire que Sherman.

— Mais qu'ils sont donc stupides d'être revenus, puisqu'il ne reste plus de maisons! Où logent-ils ?

— Madame Scarlett, ils s'abritent sous des tentes, dans des huttes, dans des cabanes en planches. Ils s'entassent à six ou sept familles dans les quelques habitations qui restent. Et ils essaient de reconstruire. Allons, madame, ne les traitez pas d'imbéciles. Vous connaissez les gens d'Atlanta aussi bien que moi. Ils sont entichés de cette ville autant que les habitants de Charleston de la leur et il leur faudra autre chose que des Yankees et un incendie pour les en chasser définitivement. Les gens d'Atlanta... sauf votre respect, madame Melly, sont têtus comme des mules quand il s'agit de leur ville. Je ne vois d'ailleurs pas pourquoi j'ai toujours considéré qu'on y jouait rudement des coudes et qu'on y allait un peu trop de l'avant. Mais, moi, je suis de la campagne et je n'aime pas les villes. En tout cas, je vous prie de croire, les premiers à revenir sont les plus malins. Ceux qui arriveront après ne trouveront plus ni un morceau de bois, ni une pierre, ni une brique, de leur maison, parce que l'on récupère les matériaux dans toute la ville pour reconstruire. Tenez, rien qu'avant-hier, j'ai vu Mme Merriwether, Mlle Maybelle et leur vieille négresse entasser des briques dans une brouette. Et Mme Meade m'a dit qu'elle pensait construire une cabane en planches quand le docteur serait de retour pour l'aider. Elle m'a raconté qu'elle vivait déjà dans une cabane en planches lorsqu'Atlanta s'appelait encore Marthasville et que ça ne la gênerait pas le moins du monde de recommencer. Bien entendu, c'était pour plaisanter, mais enfin ça vous montre la mentalité des gens.

— Je trouve qu'ils ne manquent pas de courage,

déclara Mélanie avec fierté. Ne trouves-tu pas, Scarlett ?

Scarlett approuva de la tête. Elle était contente
et fière de sa ville d'adoption. Comme l'avait dit
Frank, c'était un endroit où l'on jouait des coudes,
où l'on allait de l'avant, et c'était pour cela qu'elle
l'aimait. On n'y sentait pas le renfermé, on n'y menait
pas une vie casanière comme dans les villes plus
anciennes, et les gens y faisaient montre d'une exubérance qui correspondait à la sienne. « Je suis comme
Atlanta, pensa-t-elle, et il me faut autre chose que
des Yankees et un incendie pour m'abattre. »

— Si tante Pitty revient à Atlanta nous ferions
mieux de retourner chez elle, Scarlett, fit Mélanie
interrompant le cours des pensées de sa belle-sœur.
Toute seule, elle va mourir de peur.

— Voyons, comment puis-je quitter Tara, Melly ?
demanda Scarlett, une pointe de colère dans la voix.
Si tu as tellement envie d'y aller, vas-y. Je ne te
retiendrai pas.

— Oh! ce n'est pas cela que j'ai voulu dire, ma
chérie, s'écria Mélanie en rougissant. Comme je suis
étourdie! Naturellement, tu ne peux pas quitter Tara
et... et je crois que l'oncle Peter et Cookie pourront
s'occuper de Tantine.

— Rien ne t'empêche d'y aller, déclara sèchement
Scarlett.

— Tu sais bien que je ne voudrais pas te laisser,
répondit Mélanie, et je... sans toi, je mourrais de
peur.

— A ton gré! D'ailleurs, tu ne me feras pas retourner à Atlanta. Dès qu'on y aura rebâti quelques
maisons, Sherman reviendra et brûlera tout de nouveau.

— Il ne reviendra pas, déclara Frank et, malgré
ses efforts, il baissa la tête. Il a traversé tout l'État
jusqu'à la côte. Savannah est tombée cette semaine
et l'on dit que les Yankees sont entrés en Caroline
du Sud.

— Savannah prise!

— Oui... mais voyons, mesdames, il ne pouvait pas en être autrement. La ville n'avait pas assez d'hommes pour la défendre... et pourtant on avait appelé tous ceux qui étaient encore capables de mettre un pied devant l'autre. Savez-vous que, lorsque les Yankees marchaient sur Milledgeville, on a armé tous les cadets des académies militaires sans se soucier de leur âge et que l'on a même ouvert le pénitencier d'État pour avoir des troupes fraîches ? Parfaitement, on a libéré tous les bagnards qui voulaient bien se battre et on leur a promis leur grâce s'ils s'en tiraient. Ça m'en a donné le frisson de voir ces petits cadets dans les rangs avec des voleurs et des assassins.

— On a libéré les bagnards ? Mais ils vont venir nous attaquer !

— Allons, madame, ne vous alarmez pas. Ça se passe très loin d'ici et d'ailleurs ces hommes-là font d'excellents soldats. A mon avis, rien n'empêche qu'un voleur fasse un bon soldat, n'est-ce pas vrai ?

— Je trouve cela magnifique, dit Mélanie d'une voix douce.

— Eh bien ! pas moi, riposta Scarlett. Il y a assez de voleurs comme ça à rôder dans le pays entre les Yankees et... elle s'arrêta à temps, mais les hommes se mirent à rire.

— Entre les Yankees et les soldats de l'Intendance ? Ils achevèrent sa phrase pour elle et elle rougit jusqu'aux oreilles.

— Mais où est l'armée du général Hood ? s'empressa d'intervenir Mélanie. Il aurait sûrement pu défendre Savannah.

— Voyons, madame Mélanie ! protesta Frank sur un ton de reproche. Le général n'est jamais descendu de ce côté-là. Il se battait là-haut dans le Tennessee pour essayer de faire sortir les Yankees de Georgie.

— Et son joli petit plan a bien réussi ! s'écria Scarlett. Parlons-en. Il a laissé ces sacrés Yankees traverser notre pays et, pour nous protéger, il ne leur a opposé que des collégiens, des bagnards et des gardes locaux.

— Ma fille, tu blasphèmes, fit soudain Gérald en s'arrachant à sa torpeur. Ta mère sera peinée de l'apprendre.

— Sacrés, oui, sacrés Yankees, je le répète. Je ne les appellerai jamais autrement.

Scarlett était déchaînée.

En entendant prononcer le nom d'Ellen, chacun éprouva une sensation étrange et la conversation tomba d'un seul coup. De nouveau Mélanie s'interposa.

— Lorsque vous étiez à Macon, avez-vous vu India et Honey Wilkes ? Ont-elles... ont-elles des nouvelles d'Ashley ?

— Voyons, madame Mélanie, vous savez très bien que si j'avais eu des nouvelles d'Ashley je serais venu tout de suite de Macon vous les apporter. Non, elles n'ont pas eu de nouvelles... Allons, ne vous mettez pas martel en tête pour Ashley. Je sais bien, il y a longtemps que vous n'avez pas entendu parler de lui, mais il ne faut guère compter entendre parler d'un homme quand il est en prison. Vous êtes bien de mon avis, hein ? Et dans les prisons yankees, la vie n'est pas aussi dure que dans les nôtres. En somme les Yankees ont des vivres en abondance et ils ne manquent ni de couvertures, ni de médicaments. Ce n'est pas comme nous... qui ne mangeons pas à notre faim ; alors, vous comprenez, nos prisonniers...

— Oui, les Yankees ont tout ce qu'il leur faut, s'écria Mélanie d'un ton pathétique, mais ils ne donnent rien à leurs prisonniers. Vous le savez très bien, monsieur Kennedy. Vous dites cela pour me rassurer. Vous savez très bien que nos hommes meurent de faim et de froid là-bas, qu'ils meurent sans médecin et sans médicaments, uniquement parce que les Yankees nous exècrent. Oh! si seulement on pouvait débarrasser la surface du globe de tous les Yankees. Oh! je sais qu'Ashley est...

— Tais-toi! fit Scarlett, la gorge serrée.

Tant que personne ne dirait qu'Ashley était mort, elle conserverait au fond du cœur le faible espoir qu'il vivait, mais elle s'imaginait que si elle entendait prononcer le mot fatal, Ashley mourrait au même moment.

— Voyons, madame Wilkes, ne vous tracassez pas pour votre mari, intervint le borgne. Moi, j'ai été fait prisonnier après la première bataille de Manassas et l'on m'a échangé plus tard. Quand j'étais en prison, on me donnait tout ce qu'il y avait de mieux dans le pays : du poulet rôti, des gâteaux...

— J'ai l'impression que vous mentez, dit Mélanie avec un faible sourire. Qu'en pensez-vous ?

— Moi aussi j'ai cette impression, reconnut le borgne qui éclata de rire et se donna une tape sur la cuisse.

— Si vous voulez bien tous passer au salon, je m'en vais vous chanter des chansons de Noël, dit Mélanie trop heureuse de changer de sujet. Les Yankees n'ont pas pu emporter le piano. Il est terriblement désaccordé, n'est-ce pas, Suellen ?

— Horriblement, répondit Suellen qui regardait Frank en souriant.

Cependant, tandis que les convives quittaient la salle à manger, Frank resta en arrière et retint Scarlett par la manche.

— Puis-je avoir un entretien avec vous ?

Scarlett trembla que Frank ne voulût lui parler de ses bêtes et elle s'apprêta à forger un beau mensonge.

Lorsqu'il ne resta plus personne dans la pièce, Frank et Scarlett s'approchèrent du feu. La fausse gaieté qui avait animé le visage de Frank en présence des autres disparut et Scarlett s'aperçut qu'il faisait vieux. Sa peau était sèche et brune comme les feuilles qui tourbillonnaient au vent sur la pelouse de Tara. Ses favoris d'un blond roux étaient semés de poils gris. Sans y penser, il se mit à mâchonner l'un d'eux et, avant de prendre la parole, il se racla la gorge d'une manière désagréable.

— J'ai beaucoup de chagrin pour votre maman, madame Scarlett.

— Je vous en prie, ne parlez pas de ça.

— Et votre papa... il est comme ça depuis...

— Oui... il... il n'est pas lui-même, comme vous pouvez le constater.

— Il était sûrement très attaché à votre mère...

— Oh! je vous en supplie, monsieur Kennedy, ne parlons pas de...

— Je m'excuse, madame Scarlett. (Et Frank se dandina nerveusement d'un pied sur l'autre.) A vrai dire, je voulais soumettre un projet à votre papa, mais maintenant je vois que ce serait peine perdue.

— Je puis peut-être vous aider, monsieur Kennedy. Vous comprenez... c'est moi qui dirige la maison désormais.

— Et bien! je... commença Frank, et, sous l'empire de l'émotion, il se remit à mâchonner l'un de ses favoris. A vrai dire, je... eh bien, madame Scarlett, j'avais l'intention de demander à votre père la main de Mlle Suellen.

— Comment! Vous voulez dire que vous n'avez pas encore demandé la main de Suellen à papa ? s'écria Scarlett à la fois étonnée et amusée. Et vous lui faites la cour depuis des années!

Il rougit, sourit gauchement et eut l'air d'un homme très timide et très lourdaud.

— Eh bien! je... je ne savais pas si elle voudrait de moi. Je suis tellement plus âgé qu'elle et... et il y avait tant de beaux jeunes gens à tourner autour de Tara...

« Hum! se dit Scarlett. C'était autour de moi qu'ils tournaient, ce n'était pas autour de Suellen. »

— Et je ne sais pas encore si elle voudra de moi. Je ne le lui ai jamais demandé, mais elle doit connaître mes sentiments. Je... je crois que je devrais demander la permission à M. O'Hara et lui dire la vérité. Madame Scarlett, je n'ai pas un sou vaillant en ce moment. Autrefois, j'avais beaucoup d'argent, vous m'excuserez d'en parler, mais aujourd'hui je ne possède plus que mon cheval et les vêtements que j'ai sur le dos. Vous comprenez, quand je me suis engagé, j'ai vendu la plupart de mes terres et j'ai placé mon argent en fonds confédérés. Vous savez ce que ça vaut maintenant. Moins encore que le papier sur lequel les bons sont imprimés. Et puis je ne les ai même plus, car ils ont brûlé avec la maison de ma sœur. Je sais que j'ai de l'audace, de demander la main de Mlle Suellen maintenant que je n'ai plus un sou, mais... c'est comme ça. Moi, du reste, j'ai bien l'impression que nous ne pouvons pas prévoir ce qui va sortir de cette guerre. Ça me fait l'effet d'être la fin du monde. On ne peut tabler sur rien... et j'ai pensé que ce serait un fameux réconfort pour moi, et peut-être pour Mlle Suellen si nous étions fiancés. Ce serait au moins quelque chose de sûr. Je ne demanderai pas à l'épouser tant que je n'aurai pas de quoi la faire vivre, madame Scarlett, et j'ignore quand cela arrivera, mais enfin, si vous attachez quelque prix à un amour sincère, eh bien! vous pouvez être certaine que Mlle Suellen sera riche de ce côté-là si elle ne l'est pas par ailleurs.

Il prononça ces derniers mots avec une dignité simple qui émut Scarlett bien qu'elle se divertît fort. Cela la dépassait que quelqu'un pût avoir de l'amour pour Suellen. Sa sœur lui apparaissait comme un monstre d'égoïsme qui ne savait qu'ennuyer les autres et passait son temps à récriminer.

— Allons, monsieur Kennedy, fit-elle d'un ton aimable. Tout est pour le mieux. Je suis sûre d'avoir le droit de parler au nom de papa. Il a toujours fait si grand cas de vous et il a toujours compté que Suellen vous épouserait un jour.

— Vraiment! s'exclama Frank, radieux.

— Oui, je vous assure, répondit Scarlett tout en réprimant son envie de rire, car elle se rappelait la façon cavalière dont Gérald interpellait jadis Suellen d'un bout de la table à l'autre : « Alors, petite dame ? Ton amoureux fringant n'a pas encore lâché le mot ? Va-t-il falloir que je lui demande ses intentions ? »

— Je vais lui faire ma déclaration ce soir même,

dit Frank, un tremblement aux joues. (Il s'empara de la main de Scarlett et la serra à la briser.) Vous êtes si bonne, madame Scarlett.

— Je vais vous envoyer Suellen, déclara Scarlett en se dirigeant vers le salon, un sourire aux lèvres.

Mélanie s'était mise à jouer. Le piano était lamentablement faux, mais quelques notes avaient encore une belle sonorité et Mélanie élevait la voix pour entraîner les autres à chanter *Écoutez chanter l'Ange de l'Annonciation.*

En entendant ce vieux et charmant cantique de Noël, Scarlett s'arrêta net. Il lui semblait impossible que la guerre fût passée deux fois par là, qu'elle vécût avec les siens dans un pays dévasté, à la limite de la famine. Elle se retourna brusquement vers Frank.

— Que vouliez-vous dire quand vous m'avez déclaré que ça vous faisait l'effet d'être la fin du monde ?

— Je vais vous parler à cœur ouvert, fit-il lentement. Mais je ne voudrais pas que vous alarmiez les autres dames en leur rapportant mes propos. La guerre ne peut plus durer longtemps. Il n'y a plus d'hommes pour combler les vides dans les rangs et le nombre des déserteurs s'élève sans cesse. Vous comprenez, les hommes ne supportent pas d'être éloignés de leurs familles quand ils savent que celles-ci meurent de faim. Alors ils rentrent chez eux pour tâcher de les nourrir. Je ne peux pas les blâmer, mais ça affaiblit l'armée. Et puis les soldats ne peuvent pas se battre sans manger, et il n'y a plus rien à manger. Je suis bien placé pour le savoir, puisque mon métier c'est de ramasser les vivres. Depuis que nous avons repris Atlanta, j'ai parcouru cette région du haut en bas et je n'y ai même pas trouvé de quoi nourrir un geai. C'est la même chose jusqu'à Savannah, à trois cents milles au sud. Les gens meurent de faim, les voies ferrées n'existent plus, il n'y a plus de fusils de rechange, les munitions s'épuisent, il n'y a plus de cuir pour les chaussures... Dans ces conditions, vous comprenez, c'est presque la fin.

Mais les espoirs chancelants de la Confédération pesaient beaucoup moins lourd aux yeux de Scarlett que les remarques de Frank sur le manque de nourriture. Elle avait eu l'intention de confier ses pièces d'or et ses billets verts à Pork et d'envoyer celui-ci avec la voiture et le cheval faire des provisions dans le pays et chercher de quoi confectionner des vêtements. Mais, si ce que Frank disait était vrai...

Pourtant Macon n'était pas tombé. Il devait bien y avoir des provisions à Macon. Dès que les hommes de l'intendance seraient assez loin, elle enverrait Pork à Macon au risque de faire réquisitionner son précieux cheval par l'armée.

— Allons, ne parlons plus de ces tristes choses, ce soir, monsieur Kennedy, fit Scarlett. Allez vous asseoir dans le petit bureau de maman. Je vous y enverrai Suellen. Comme ça vous pourrez... enfin, vous serez un peu plus tranquilles tous les deux.

Souriant, rougissant, Frank se glissa hors de la pièce et Scarlett le regarda s'éloigner.

« Quel dommage qu'il ne puisse pas l'épouser tout de suite, se dit-elle. Ça ferait une bouche de moins à nourrir. »

XXIX

Au mois d'avril de l'année suivante, le général Johnston, auquel on avait rendu les misérables restes de son ancienne armée, se rendit à l'ennemi, en Caroline du Nord, et la guerre prit fin. Cependant, la nouvelle n'en parvint à Tara que deux semaines plus tard. Il y avait bien trop à faire à Tara pour qu'on perdît son temps en déplacements et en palabres et, comme les voisins eux aussi étaient fort occupés, on n'échangeait guère de visites et les nouvelles se répandaient lentement.

On était en pleins labours de printemps et l'on semait le coton et les graines potagères que Pork avait rapportés de Macon. Pork était si fier d'être revenu sans encombre avec sa charrette remplie de vêtements, de graines, de volailles, de jambons, de quartiers de viande et de farine, qu'il ne faisait pratiquement plus rien. Il n'arrêtait pas de raconter les multiples péripéties de son voyage et les dangers auxquels il avait échappé de justesse. Il se complaisait à décrire les chemins de traverse et les sentiers qu'il avait empruntés pour rentrer à Tara, les routes sur lesquelles personne d'autre que lui n'était passé, les anciennes pistes, les sentes cavalières. Pendant les cinq semaines qu'avait duré son absence, Scarlett avait été au supplice, mais à son retour elle ne lui adressa aucun reproche. Elle était trop heureuse qu'il eût réussi et qu'il eût rapporté tant d'argent sur la somme qu'elle lui avait confiée. D'ailleurs, elle le soupçonnait fort de n'avoir acheté ni les volailles ni les quartiers de viande, ce qui expliquait à merveille qu'il eût réalisé de telles économies. En fait, Pork s'en serait voulu de dépenser l'argent de sa maîtresse alors qu'il y avait le long de la route tant de poules en liberté et tant de fumoirs qui n'attendaient qu'une visite.

Maintenant qu'ils n'étaient plus à court de provisions, les habitants de Tara s'efforçaient de redonner à la vie un aspect normal. Il y avait du travail pour chacun, trop de travail, un travail de tous les instants. Il fallait arracher les tiges desséchées des cotonniers de l'année précédente pour faire place à la prochaine récolte, et le cheval, qui n'était pas habitué à tirer la charrue, se laissait conduire de mauvaise grâce. Il fallait débarrasser le jardin potager des herbes qui l'encombraient, semer des graines, couper du bois pour le feu, commencer à relever les enclos et à remplacer les milles de clôture que les Yankees avaient brûlés avec tant de désinvolture

Deux fois par jour il fallait visiter les pièges à lapins de Pork et amorcer les lignes. Il fallait faire les lits, balayer, faire la cuisine et la vaisselle, donner à manger aux cochons et aux poulets, ramasser les œufs. Il fallait traire la vache, l'emmener paître près des marais et, dans la crainte que les Yankees ou les hommes de Frank Kennedy ne revinssent, il fallait que quelqu'un la surveillât toute la journée. Le petit Wade lui-même avait du travail. Chaque matin, un panier sous le bras, il s'en allait d'un air important ramasser du petit bois ou des brindilles pour allumer le feu

Ce furent les fils Fontaine, les premiers hommes du comté rentrés dans leurs foyers, qui apportèrent la nouvelle de la reddition de Johnston. Alex, qui avait encore les bottes, allait à pied, tandis que Tony, pieds nus, cheminait sans selle sur le dos d'une mule. Tony s'était toujours arrangé pour être le mieux servi de la famille. Après avoir passé quatre ans exposés au soleil et à la tempête, ils étaient plus basanés que jamais, plus minces aussi, plus secs et, avec les grandes barbes noires qu'ils rapportaient de la guerre, on avait peine à les reconnaître.

Pressés de rentrer chez eux à Mimosas, ils passèrent par Tara, mais ne firent que s'y arrêter un instant pour embrasser les jeunes femmes et leur annoncer la reddition de l'armée. Tout était fini, terminé, dirent-ils, mais ils n'avaient pas l'air d'y attacher beaucoup d'importance. La seule chose qui les préoccupât, c'était de savoir si Mimosas avait brûlé. Sur le chemin du retour, ils n'avaient vu que des cheminées noircies là où autrefois s'élevaient des maisons amies, et ils n'osaient plus espérer que la leur eût été épargnée. Ils poussèrent un soupir de soulagement en apprenant que Mimosas était encore debout et ils se donnèrent des tapes sur les cuisses en entendant Scarlett leur raconter la folle chevauchée de Sally et la façon impeccable dont elle avait sauté la haie.

— C'est une fille qui a du cran, déclara Tony. Quelle déveine pour elle que Joe ait été tué. Auriez-vous par hasard du tabac à chiquer, Scarlett ?

— Non, nous n'avons plus que du tabac à lapins. Papa en fume dans un épi de maïs.

— Je ne suis pas encore tombé aussi bas, fit Tony, mais ça viendra probablement.

— Dimity Munroe va bien ? demanda Alex un peu gêné, et Scarlett se rappela qu'il ne déplaisait pas à la sœur cadette de Sally.

— Oh! oui. Elle vit maintenant chez sa tante à Fayetteville. Vous savez que leur maison de Lovejoy a brûlé. Le reste de la famille est à Macon.

— Ce n'est pas ça qui l'intéresse. Il voudrait savoir si Dimity a épousé un de ces héroïques colonels de la Garde locale, railla Tony à qui Alex décocha un regard furibond.

— Mais non, elle n'est pas mariée, répondit Scarlett mise en gaieté.

— Ça vaudrait peut-être mieux pour elle, déclara Alex d'un air sombre. Nom de..., pardon, Scarlett, mais comment voulez-vous qu'un homme demande une jeune fille en mariage quand tous ses esclaves ont été affranchis, que tout son bétail a disparu et qu'il n'a plus un sou en poche ?

— Vous savez bien que ça sera égal à Dimity, fit Scarlett.

Elle pouvait se permettre d'être magnanime envers Dimity et de dire du bien d'elle, car Alex Fontaine n'avait jamais été l'un de ses soupirants.

— Sacré nom de..., allons, je vous demande encore pardon. Il va tout de même falloir que je perde l'habitude de jurer, sans quoi grand-mère va sûrement me tanner le cuir. Je ne peux pas demander à une jeune fille d'épouser un gueux. Ça lui serait peut-être égal, mais pas à moi.

Tandis que Scarlett bavardait avec les jeunes gens sous la véranda, Mélanie, Suellen et Carreen étaient rentrées silencieusement dans la maison après avoir appris la nouvelle de la reddition. Quand les Fontaine furent partis, Scarlett rentra à son tour et entendit les jeunes femmes sangloter sur le sofa du petit bureau d'Ellen. Tout était terminé. C'était la fin du beau rêve pour lequel elles avaient vécu, la fin de cette Cause qui leur avait pris leurs amis, leurs amoureux, leur mari, qui avait ruiné leur famille. Cette Cause dont elles n'avaient jamais mis en doute l'invincibilité était à jamais perdue.

Scarlett cependant trouvait qu'il n'y avait pas de quoi se morfondre. En apprenant la nouvelle, elle s'était dit : « Dieu soit loué! Plus de danger qu'on vole la vache. Le cheval aussi est sauvé. On va pouvoir sortir l'argenterie du puits et tout le monde aura un couteau et une fourchette. Je n'aurai plus peur de parcourir le pays pour chercher de quoi manger. »

Quel soulagement! Jamais plus elle ne sursauterait en reconnaissant le pas d'un cheval. Jamais plus elle ne se réveillerait la nuit, retenant son souffle pour mieux écouter, se demandant si elle rêvait ou si c'était bien un bruit de gourmettes, le piaffement de chevaux, des voix dures de Yankees qu'on entendait dans la cour. Enfin, Tara était sauvée! C'était surtout cela qui comptait. Désormais elle ne redoutait plus de se trouver un jour au milieu de la pelouse à regarder des volutes de fumée s'échapper de la maison adorée, à écouter gronder les flammes qui dévoreraient le toit.

Oui, la Cause était perdue, mais la guerre lui avait toujours paru une chose insensée et la paix valait mieux. Elle ne s'était jamais extasiée quand on avait hissé sous ses yeux le drapeau confédéré et ne s'était jamais senti froid dans le dos en écoutant jouer *Dixie*. Cet attachement désespéré au triomphe de la Cause, ce fanatisme qui avait soutenu les autres femmes ne l'avaient pas aidée à supporter les privations, ses répugnants devoirs d'infirmière, ses terreurs pendant le siège, la faim dont elle avait souffert au cours des derniers mois. Tout était fini, bien fini, et ce n'était pas elle qui allait se mettre à pleurer pour cela.

Tout était terminé. Terminée cette guerre qui paraissait ne devoir jamais finir, cette guerre qu'elle n'avait pas souhaitée, qui avait tranché sa vie en

deux d'une coupure si nette qu'elle avait peine a
se souvenir des jours faciles d'autrefois. Elle pouvait
se pencher sur le passé et regarder sans émotion
la jolie Scarlett avec ses mules fragiles de maroquin
vert et ses volants tout imprégnés d'un parfum de
lavande, mais elle se demandait si c'était bien elle
qu'elle revoyait ainsi. Oui, elle, Scarlett O'Hara,
elle qui avait tout le comté à ses pieds, qui possédait
une centaine d'esclaves prêts à répondre à son moindre geste, elle qui s'appuyait aux richesses de Tara
comme à un rempart, elle dont les parents affectueux
ne rêvaient que de lui faire plaisir. Elle, la jolie Scarlett, gâtée, adulée, insouciante, dont tous les désirs
s'étaient réalisés, sauf en ce qui concernait Ashley.

Quelque part, sur le long ruban de route qui ser-
pentait à travers quatre années, la jeune fille parfumée, chaussée de mules légères, s'était effacée,
avait cédé la place à une femme aux yeux verts et
durs qui comptait son argent et s'abaissait à des
travaux serviles, une femme à laquelle le naufrage
n'avait rien laissé en dehors de l'indestructible sol
rouge sur lequel elle vivait.

Tout en restant dans le vestibule à écouter sangloter les jeunes femmes, elle ne cessait d'échafauder
des plans. « Nous sèmerons beaucoup plus de coton.
Demain, j'enverrai Pork à Macon acheter d'autres
graines. Désormais les Yankees ne brûleront plus
mon coton et nos troupes n'en auront plus besoin.
Bonté divine! Mais le coton va valoir des prix fous,
cet automne! »

Elle entra dans le petit bureau et, sans un regard
pour les jeunes femmes en larmes sur le sofa, elle
s'assit devant le secrétaire et prit une longue plume
d'oie pour calculer ce qui lui resterait quand elle
aurait acheté d'autres graines de coton.

« La guerre est finie? » se dit-elle. Et soudain,
envahie par un flot de bonheur, elle posa sa plume.
La guerre était finie et Ashley... si toutefois il était
encore en vie... Ashley allait revenir! Elle se demanda
si Mélanie avait seulement pensé à cela tant elle éprou-

vait de chagrin pour la Cause perdue. « Bientôt, nous aurons une lettre... non, pas de lettre. Il n'y a pas de courrier. Mais bientôt... d'une façon ou d'une autre, il nous donnera signe de vie! »

Pourtant, les jours et les semaines passèrent sans nouvelles d'Ashley. Dans le Sud, le service postal fonctionnait d'une manière précaire et à la campagne il n'y avait ni levées ni distributions de lettres. Parfois un voyageur d'Atlanta apportait un mot éploré de tante Pitty qui suppliait les jeunes femmes de revenir chez elle, mais il n'y avait aucune nouvelle d'Ashley.

Après la reddition de l'armée, un conflit latent opposa Scarlett à Suellen au sujet du cheval. Maintenant que les Yankees n'étaient plus à craindre, Suellen voulait aller rendre des visites aux voisins. Elle se sentait seule et regrettait l'agréable vie mondaine du bon vieux temps. Elle avait envie de voir des amies et désirait également s'assurer que, dans le reste du comté, on vivait aussi mal qu'à Tara. Mais Scarlett demeurait inflexible. Le cheval servait à aller chercher des bûches dans les bois, à tirer la charrue, à emmener Pork faire des provisions et, le dimanche, il avait bien gagné le droit de paître à son aise et de se reposer. Si Suellen voulait rendre visite à ses amies, elle n'avait qu'à aller à pied.

Jusqu'à l'année précédente, Suellen n'avait jamais fait plus de cent mètres à pied dans sa vie, et la perspective d'entreprendre de longues marches était moins que séduisante. Elle resta donc chez elle à se morfondre et à pleurer et répéta un peu trop souvent « Oh! si seulement Maman était là! » A la fin, Scarlett lui donna la gifle qu'elle lui avait promise depuis longtemps et la frappa même si fort qu'elle s'effondra sur son lit en hurlant, ce qui causa une grande consternation dans toute la maison. A la suite de cela, Suellen mit une sourdine à ses lamentations, tout au moins en présence de Scarlett.

Scarlett ne mentait point en disant qu'elle voulait laisser le cheval se reposer le dimanche, mais en fait ce n'était qu'à moitié vrai. Au cours du mois qui avait suivi la reddition de l'armée, elle avait fait une tournée de visites dans le comté, et la vue de ses anciens amis et des anciennes plantations avait ébranlé son courage plus qu'elle ne se plaisait à le reconnaître.

C'était encore les Fontaine qui, grâce à l'endurance de Sally, se trouvaient les mieux partagés, mais leur situation ne semblait surtout florissante que par comparaison avec la situation tragique des autres voisins. La grand-mère Fontaine ne s'était jamais bien remise de la crise cardiaque qu'elle avait eue le jour où elle avait aidé à éteindre l'incendie et à sauver la maison. Le vieux docteur Fontaine se rétablissait lentement après avoir subi l'amputation d'un bras. Alex et Tony maniaient sans aucune habileté la houe et la charrue. Lorsque Scarlett vint leur rendre visite, ils se penchèrent par-dessus une clôture pour lui serrer la main et, l'œil amer, ils se moquèrent de sa charrette délabrée. Elle leur demanda de lui céder des graines de maïs qu'ils lui promirent et tous trois commencèrent à discuter des problèmes de ferme. Les Fontaine possédaient douze poulets, deux vaches, cinq cochons et la mule qu'ils avaient ramenée de la guerre. Un des cochons venait de mourir et ils craignaient que les autres ne suivissent son exemple. En entendant parler ainsi ces ex-dandies dont jadis l'unique préoccupation était de savoir ce qui se faisait de mieux en fait de cravate, Scarlett elle aussi fut prise d'un rire amer. A Mimosas, tous l'avaient accueillie à bras ouverts et avaient insisté pour lui donner et non pas lui vendre les graines de maïs. Lorsqu'elle avait posé un billet vert sur la table, le caractère emporté des Fontaine s'était donné libre cours et ses amis avaient refusé net son argent. Scarlett prit les graines et glissa en secret un billet d'un dollar dans la main de Sally. Depuis la première visite de Scarlett, huit mois auparavant, Sally avait beaucoup changé. A cette époque-là, bien qu'elle fût pâle et triste, on sentait en elle une grande énergie, mais maintenant cette énergie avait disparu comme si la reddition de l'armée eût anéanti ses dernières espérances.

— Scarlett, murmura-t-elle en refermant la main sur le billet, à quoi a servi tout cela ? Pourquoi nous sommes-nous battus ? Oh! mon pauvre Joe. Oh! mon pauvre petit garçon!

— J'ignore pourquoi nous nous sommes battus, et je ne veux pas le savoir, fit Scarlett. Cela ne m'intéresse pas. Cela ne m'a jamais intéressée. La guerre, c'est l'affaire des hommes, ce n'est pas celle des femmes. Maintenant, tout ce qui m'intéresse, c'est de faire une bonne récolte de coton. Allons, Sally, prenez ce dollar et achetez une robe au petit Joe. Dieu sait s'il en a besoin. Je ne veux pas profiter de la politesse d'Alex et de Tony pour vous dépouiller de votre maïs.

Les jeunes gens la raccompagnèrent jusqu'à sa charrette et l'aidèrent à y monter. Hommes du monde malgré leurs loques, ils trouvaient encore le moyen de déployer cette gaieté légère propre aux Fontaine, mais en s'éloignant de Mimosas Scarlett ne put réprimer un frisson à la pensée de leur déchéance. Elle en avait tellement assez de la pauvreté et des privations. Que ce serait donc agréable de connaître des gens riches pour lesquels la question des repas ne serait point un problème!

Cade Calvert était chez lui, à Pin Fleuri, et tout en gravissant le perron de la vieille demeure où elle avait dansé tant de fois en des jours plus heureux, Scarlett vit la mort peinte sur les traits du jeune homme. Il avait les joues creuses et, allongé au soleil sur une chaise longue, un châle sur les genoux, il ne cessait de tousser. Cependant, lorsqu'il vit Scarlett, son visage s'illumina. Rien qu'un petit rhume qui lui était tombé sur la poitrine, expliqua-t-il en essayant de se lever pour dire bonjour à sa visiteuse. Il avait attrapé cela en dormant trop souvent sous la pluie. Mais ça ne durerait pas, et quand il serait sur pied il pourrait se remettre au travail.

Cathleen Calvert sortit de la maison et Scarlett, croisant son regard par-dessus la tête de son frère, put lire dans ses yeux un profond chagrin. Cade ne savait peut-être pas à quoi s'en tenir, mais Cathleen ne se faisait pas d'illusions. Encombrée par ses mauvaises herbes, la plantation paraissait à l'abandon. De jeunes pousses de pin commençaient à grandir au milieu des champs et, dans la maison mal entretenue, régnait le plus grand désordre. Cathleen était hâve et décharnée.

Cathleen et son frère vivaient dans la demeure silencieuse en compagnie de leur belle-mère yankee, de leurs quatre demi-sœurs et de Hilton, le régisseur yankee. Scarlett n'avait jamais beaucoup plus aimé Hilton que Jonas Wilkerson, l'ancien régisseur de Tara, et elle éprouva encore moins de sympathie pour lui lorsqu'il s'approcha d'elle d'un air détaché et la traita d'égal à égal. Jadis il possédait le même mélange de servilité et d'impertinence que Wilkerson, mais maintenant que M. Calvert et Raiford étaient morts à la guerre et que Cade était malade, toute son humilité avait disparu. La seconde Mme Calvert n'avait jamais su en imposer à ses domestiques noirs et il ne fallait pas s'attendre à ce qu'elle se fît respecter d'un homme blanc.

— M. Hilton a été si bon de ne pas nous quitter pendant ces temps difficiles, dit Mme Calvert d'un ton emprunté tout en jetant de furtifs coups d'œil du côté de sa belle-fille. Oui, si bon. J'espère que vous avez appris la façon dont il a sauvé à deux reprises notre maison quand Sherman est venu par ici ? Je me demande comment nous aurions fait sans lui alors que nous n'avions pas un sou et que Cade...

Une rougeur subite couvrit le visage blafard de Cade, et Cathleen ferma ses yeux frangés de longs cils. Scarlett devinait que le frère et la sœur étaient au supplice d'avoir des obligations envers leur régisseur yankee. Mme Calvert semblait être sur le point de pleurer. Sans s'en rendre compte, elle venait de commettre un impair. Elle passait son temps à faire des gaffes. Bien qu'elle eût vécu pendant une vingtaine d'années en Georgie, elle n'arrivait pas à comprendre les Sudistes. Elle ne savait jamais sur quel ton s'adresser aux enfants de son mari qui, pourtant, lui témoignaient toujours une exquise politesse. Au fond de son âme, elle souhaitait ardemment de retourner vivre dans le Nord, d'y emmener ses enfants et de quitter ces étrangers bizarrement guindés.

Après ces quelques visites, Scarlett n'éprouva plus aucun désir d'aller voir les Tarleton. Maintenant que les quatre fils n'étaient plus, que la plantation avait brûlé et que le reste de la famille s'entassait dans la petite maison du régisseur, elle ne pouvait se résoudre à pousser jusqu'à Joli Coteau. Mais Suellen et Carreen supplièrent leur sœur, et Mélanie déclara que ça ne serait pas bien de ne pas aller rendre visite à M. Tarleton, qui revenait de la guerre ; bref, un beau dimanche, elles se mirent toutes les quatre en route.

Ce fut l'épreuve la plus pénible.

Tandis que la charrette remontait l'allée et passait devant les ruines de la maison, les jeunes femmes aperçurent Béatrice Tarleton. Vêtue d'un vieux costume d'amazone, une cravache sous le bras, elle était juchée sur une barrière de l'enclos réservé aux chevaux et, la mine renfrognée, regardait dans le vide. A côté d'elle, l'air aussi lugubre que sa maîtresse, était assis le petit nègre aux jambes arquées qui avait dressé tous ses chevaux. L'enclos, jadis rempli de poulains gambadants et de juments placides, ne contenait plus qu'une mule, celle sur laquelle M. Tarleton était revenu de la guerre.

— Je vous jure que je ne sais plus que faire de ma personne, maintenant que mes petits chéris sont partis, déclara Mme Tarleton en se laissant glisser à terre.

A l'entendre on aurait pu croire qu'elle faisait allusion à ses quatre fils morts, mais les jeunes femmes savaient très bien qu'elle ne pensait qu'à ses chevaux.

— Tous mes beaux chevaux qui sont morts. Et ma pauvre Nellie! Si encore il me restait Nellie! Eh! non, il ne me reste plus qu'une satanée mule. Oui, une satanée bourrique, répéta-t-elle en lançant un regard indigné à l'animal pelé. C'est une insulte à la mémoire de mes petits chéris si racés que de voir une mule dans leur enclos. Les mules ne sont jamais que des produits bâtards, ça devrait être interdit de les élever.

Méconnaissable sous sa barbe en broussaille, Jim Tarleton sortit de la maison du régisseur pour venir embrasser les jeunes femmes, et ses quatre filles aux cheveux rouges, toutes vêtues de robes rapiécées, sortirent à leur tour en bousculant une douzaine de gros chiens noir et feu qui s'étaient mis à aboyer en entendant des voix qu'ils ne connaissaient pas. La famille respirait un air de gaieté factice qui glaça encore plus Scarlett que l'amertume des Fontaine à Mimosas et l'angoisse de Cathleen à Pin Fleuri.

Les Tarleton insistèrent pour garder les jeunes personnes à dîner. Ils recevaient si peu de visites qu'ils voulaient profiter de la leur et leur faire raconter tout ce qu'elles savaient. Scarlett avait hâte de s'en aller tant l'atmosphère de la maison l'oppressait, mais Mélanie et ses deux sœurs voulaient rester davantage et Scarlett, quoi qu'elle en eût, fut bien obligée de faire honneur aux déchets de viande et aux pois séchés qu'on servit à table. D'ailleurs la maigre chère fut prétexte à moqueries, et la bonne humeur augmenta quand les petites Tarleton décrivirent, comme s'il se fût agi d'excellentes plaisanteries, les expédients auxquels elles avaient recours pour s'habiller. Mélanie renchérit et surprit Scarlett en racontant avec une vivacité inattendue les dures journées de Tara et en se riant des privations qu'on y devait subir. Scarlett avait à peine le courage de parler. La pièce lui semblait si vide sans les quatre fils Tarleton, avec leurs airs nonchalants, leurs cigares et leurs taquineries. Et si la pièce paraissait vide à elle, quelle impression ne devaient pas ressentir les Tarleton qui offraient à leurs invités un visage souriant ?

Carreen n'avait pas dit grand-chose au cours du dîner, mais quand il fut fini, elle se glissa auprès de Mme Tarleton et lui chuchota quelques mots à l'oreille. Le visage de Mme Tarleton s'altéra, son sourire s'effaça et de son bras elle entoura la taille menue de Carreen. Toutes deux sortirent et Scarlett, qui n'y tenait plus, leur emboîta le pas. Elles traversèrent le jardin et Scarlett se rendit compte qu'elles se dirigeaient vers le cimetière familial. Allons, elle ne pouvait plus les quitter maintenant! Ce serait trop grossier d'aller retrouver les autres. Mais pourquoi diable Carreen voulait-elle à toutes forces emmener Mme Tarleton sur la tombe de ses fils alors que Béatrice se donnait tant de mal pour rester brave ?

Sous les cèdres funéraires, entre les quatre murs de brique de l'enclos, on apercevait deux stèles de marbre toutes neuves, si neuves que la pluie n'avait pas eu le temps de les éclabousser de poussière rouge.

— Nous les avons depuis la semaine dernière, annonça Mme Tarleton avec fierté. M. Tarleton est allé à Macon et les a ramenées dans la charrette.

Des stèles! Que n'avaient-elles pas dû coûter! Tout à coup la situation des Tarleton n'inspira plus le même chagrin à Scarlett qu'au début. Des gens capables de dépenser leur bon argent en stèles funéraires alors que la nourriture coûtait des prix fous ne valaient pas qu'on s'intéressât à leurs malheurs. Et, par-dessus le marché, sur chacune d'elles étaient gravées plusieurs lignes d'inscriptions. Plus il y avait d'inscriptions, plus ça coûtait cher! Ils devaient tous avoir perdu la tête. Et ça avait dû coûter cher également de ramener les corps des trois garçons... oui, des trois seulement, car on n'avait jamais retrouvé la moindre trace de Boyd.

Entre les tombes de Brent et de Stuart se dressait une stèle sur laquelle on lisait : « Beaux et charmants dans la vie, ils ne furent pas séparés dans la mort. »

Sur l'autre stèle étaient inscrits les noms de Boyd

et de Tom, ainsi que quelque chose en latin qui commençait par *Dulce et...* mais Scarlett n'y comprit rien pour avoir résolument tourné le dos aux études latines quand elle était à l'Académie de Fayetteville.

Tout cet argent-là pour des stèles! Mais les Tarleton devaient être maboules! Scarlett était aussi indignée que si c'était son propre argent que l'on avait gaspillé.

Les yeux de Carreen brillaient d'un feu étrange.

— Je trouve cela très joli, murmura-t-elle en désignant la première stèle.

Évidemment, Carreen trouvait ça joli, tout ce qui avait un caractère sentimental l'émouvait.

— Oui, fit Mme Tarleton d'une voix douce, nous avons pensé que ça irait très bien... ils sont morts presque en même temps. Stuart a été tué le premier. Brent a ramassé le drapeau que son frère avait laissé tomber et il a été tué à son tour.

Tandis que les jeunes femmes regagnaient Tara en voiture, Scarlett se mit à réfléchir à ce qu'elle avait vu chez ses différents voisins et ne put s'empêcher d'évoquer les anciens fastes du comté alors que les demeures spacieuses regorgeaient d'invités et que l'argent coulait à flots, que les nègres se pressaient dans les cases et que les champs bien entretenus étalaient somptueusement leur récolte de coton.

« Encore un an et tous ces champs seront envahis par les jeunes pousses de pins, se dit-elle, et, promenant son regard sur la forêt toute proche, elle frissonna. Sans nègres, nous pourrons tout juste subsister. Sans nègres, personne ne peut faire marcher une grande plantation. D'innombrables champs vont rester en friche et les bois vont regagner du terrain. Personne ne pourra cultiver beaucoup de coton et alors que deviendrons-nous ? Que deviendront les gens qui habitent la campagne ? En ville, on se débrouille toujours. On s'y est toujours débrouillé. Mais nous autres, gens de la campagne, nous allons revenir de cent ans en arrière, au temps où les pionniers crevaient dans des cabanes, grattaient quel ques arpents de terre et vivaient misérablement. »

« Non, se dit farouchement Scarlett. Ça ne se passera pas comme ça à Tara, même si je dois moi-même pousser la charrue. Que ce comté, que l'État tout entier se laissent envahir par les bois si ça leur plaît, mais moi je ne lâcherai pas Tara. Je n'ai nulle envie de gaspiller mon argent en dalles funéraires ou de passer mon temps à gémir sur les malheurs de la guerre. Nous trouverons bien un moyen de nous en sortir. Je sais bien que nous nous en sortirions si tous les hommes n'étaient pas morts à la guerre. La perte des nègres, ce n'est pas ce qu'il y a de pire, c'est la perte de tous ces hommes, de tous ces hommes jeunes. » Scarlett songea de nouveau aux quatre Tarleton, à Joe Fontaine, à Raiford Calvert, aux frères Munroe, à tous les jeunes gens de Fayetteville et de Jonesboro dont elle avait lu les noms sur les listes des morts. « Si seulement il en restait assez, nous pourrions encore nous en sortir, mais... »

Une nouvelle pensée lui traversa l'esprit... et si jamais elle avait envie de se remarier. Bien entendu, elle n'y tenait pas. Une fois, ça suffisait. D'ailleurs le seul homme qu'elle eût aimé épouser, c'était Ashley, et il était marié, en admettant qu'il fût encore en vie. Mais enfin, si la fantaisie la prenait de se remarier ? Qui trouverait-elle pour l'épouser ? Mieux valait ne pas y penser, c'était épouvantable.

— Melly, fit-elle, que vont devenir les jeunes filles du Sud ?

— Que veux-tu dire ?

— Rien d'autre. Que vont-elles devenir ? Il n'y a plus personne pour les épouser. Voyons, Melly, avec ces milliers de morts, il y aura des milliers de femmes dans tout le Sud qui vont mourir vieilles filles.

— Et qui n'auront jamais d'enfants, ajouta Mélanie pour qui c'était la chose la plus importante.

Évidemment, Suellen qui était assise à l'arrière de la voiture n'avait pas été sans réfléchir à cela, car elle se mit soudain à pleurer. Depuis Noël, elle était sans nouvelles de Frank Kennedy. Elle ignorait si cela tenait à l'absence de service postal ou simplement au fait que Frank s'était joué de ses sentiments et l'avait oubliée. Ou alors, il avait peut-être été tué dans les derniers jours de la guerre! Cela eût infiniment mieux valu que d'être abandonnée par lui. Il y avait au moins quelque chose de digne dans un amour brisé par la mort comme celui de Carreen ou celui d'India Wilkes, mais dans la désertion d'un fiancé...

— Oh! pour l'amour de Dieu, tais-toi, fit Scarlett.

— Oh! tu as beau jeu, sanglota Suellen. Au moins tu as été mariée et tu as un bébé, et puis tout le monde sait que d'autres hommes ont tourné autour de toi. Mais moi! Et il faut encore que tu sois rosse avec moi, que tu me reproches de ne pas me marier alors que ce n'est pas ma faute. Tu es odieuse.

— Oh! tais-toi. Tu sais bien que j'ai horreur des gens qui geignent tout le temps. Tu sais très bien aussi que ton vieux à côtelettes n'est pas mort et qu'il reviendra pour t'épouser. Tout s'arrangera, mais en ce qui me concerne, j'aimerais mieux rester vieille fille que de devenir sa femme.

Suellen se tut et Carreen, prenant sa sœur dans ses bras, la réconforta de son mieux tout en pensant à autre chose. Elle était bien loin de toutes ces préoccupations du moment, elle se revoyait trois ans plus tôt chevauchant dans la campagne aux côtés de Brent Tarleton. Ses yeux brillants trahissaient son exaltation.

— Ah! fit Mélanie tristement, à quoi va ressembler notre Sud sans tous nos beaux jeunes gens? Que serait devenu le Sud s'il avaient vécu? Nous aurions pu mettre à profit leur courage, leur énergie et leur intelligence. Scarlett, nous qui avons des petits garçons, il faudra les élever pour qu'ils remplacent un jour les hommes qui sont partis, pour qu'ils soient braves comme eux.

— Il n'y aura plus jamais d'hommes comme eux, dit Carreen d'une voix douce. Personne ne pourra les remplacer.

Les jeunes femmes accomplirent le reste du trajet en silence.

Peu de temps après la visite aux Tarleton, Cathleen Calvert vint un jour à Tara au moment où le soleil se couchait. Elle avait sanglé sa selle d'amazone sur le dos de la plus triste mule qu'eût jamais vue Scarlett, une malheureuse bête qui boitait et portait bas l'oreille. Cathleen d'ailleurs n'était guère plus fringante que sa monture. Elle était vêtue d'une robe de guingan déteinte du genre de celles dont s'habillaient naguère les servantes nègres, et sa capeline était retenue sous son menton par un bout de ficelle. Elle s'arrêta en face du perron, mais resta sur sa mule. Scarlett et Mélanie qui étaient en train d'admirer le coucher du soleil descendirent les marches et s'avancèrent jusqu'à elle. Cathleen était aussi pâle et aussi défaite que Cade le jour de la visite de Scarlett. Néanmoins elle se tenait droite et ce fut la tête haute qu'elle dit bonjour à ses amies.

— Non, merci, je ne veux pas descendre, fit-elle. Je venais seulement vous dire que je vais me marier.

— Quoi ?

— Avec qui ?

— Mais, Cathy, c'est merveilleux !

— Quand ?

— Demain, répondit Cathleen très calme.

Au son de sa voix, le sourire des deux belles-sœurs se figea sur leurs lèvres.

— Oui, je suis venue vous dire que j'allais me marier demain à Jonesboro... et que je ne tiens pas du tout à ce que vous assistiez à la cérémonie.

Scarlett et Mélanie, intriguées, accueillirent cette déclaration sans mot dire, puis Mélanie demanda :

— C'est quelqu'un que nous connaissons, ma chérie ?

— Oui, dit sèchement Cathleen. C'est M. Hilton.

— M. Hilton ?

— Oui, M. Hilton, notre régisseur.

Scarlett ne fut même pas capable de faire « Oh! », mais Cathleen, braquant les yeux sur Mélanie, déclara d'un ton farouche :

— Si vous pleurez, Melly, ce sera trop pour moi. J'en mourrai!

Mélanie baissa la tête et effleura le pied chaussé d'un sabot grossièrement taillé qui dépassait de l'étrier.

— Et ne me touchez pas! Je ne pourrais pas supporter ça non plus!

Mélanie laissa retomber sa main.

— Allons, il faut que je m'en aille. J'étais venue uniquement pour vous dire cela.

Cathleen reprit son masque douloureux. Elle tira sur les rênes.

— Comment va Cade? demanda Scarlett pour rompre l'horrible silence qui s'était abattu.

— Il se meurt, répondit Cathleen d'une voix blanche, et je ferai tout mon possible pour qu'il meure tranquille, sans avoir à se tourmenter de mon avenir. Vous comprenez, ma belle-mère et les enfants partent demain pour le Nord, où ils resteront définitivement. Allons, il faut que je m'en aille.

Mélanie releva la tête et croisa le regard dur de Cathleen. Les yeux de Mélanie étaient embués de larmes et l'on y pouvait lire qu'elle comprenait. Cathleen ébaucha une sorte de sourire, ou mieux une moue pareille à celle que font les enfants courageux qui ne veulent pas pleurer. Scarlett, stupéfaite, n'arrivait pas à comprendre que Cathleen allait épouser un régisseur... Cathleen, la fille d'un riche planteur, Cathleen qui, elle-même exceptée, avait eu plus de soupirants qu'aucune autre jeune fille du comté.

Cathleen se pencha et Mélanie se haussa sur la pointe des pieds. Elles s'embrassèrent. Alors Cathleen secoua nerveusement les rênes sur le dos de la bête et la mule se mit en route.

Le visage ruisselant de pleurs, Mélanie la regarda s'éloigner. Scarlett, abasourdie, en fit autant.

— Melly, est-ce qu'elle est folle? C'est impossible qu'elle soit éprise de lui, tu sais.

— Éprise? Oh! Scarlett, comment peux-tu insinuer une chose aussi horrible. Oh! pauvre Cathleen! Pauvre Cade!

209

Autant en emporte le vent. T. II   14

— Oh! et puis ça va! s'écria Scarlett, qui commençait à perdre patience.

Ça devenait ennuyeux à la fin de voir Mélanie toujours tout prendre au tragique. Cathleen lui semblait se trouver dans une situation beaucoup plus curieuse que catastrophique. Bien entendu, ça n'avait rien d'agréable d'épouser un Yankee sans le sou, mais après tout une jeune fille ne pouvait pas diriger toute seule une plantation. Il fallait bien qu'elle eût un mari pour l'aider.

— Melly, c'est bien ce que je disais l'autre jour. Il n'y a plus personne pour épouser les jeunes filles, et pourtant elles ont besoin d'un mari.

— Oh! mais non, elles peuvent s'en passer! Il n'y a rien de honteux à être une vieille fille. Regarde tante Pitty. Oh! j'aimerais mieux voir Cathleen morte! Je sais que Cade aimerait mieux ça. C'est la fin des Calvert. Pense donc à ce que seront ses... oui, à ce que seront ses enfants. Oh! Scarlett, dis vite à Pork de seller le cheval. Cours après Cathleen et dis-lui de venir habiter avec nous!

— Bonté divine! s'exclama Scarlett, choquée par la désinvolture avec laquelle Mélanie offrait le refuge de Tara.

Scarlett ne tenait pas du tout à avoir une bouche de plus à nourrir. Elle allait le dire lorsque quelque chose dans le visage bouleversé de Mélanie l'arrêta.

— Elle ne voudra pas venir, Melly, se contenta-t-elle de déclarer. Tu le sais bien. Elle est trop fière et elle se figure que nous lui faisons la charité.

— C'est vrai, c'est vrai, murmura Mélanie d'un air absent tout en regardant le petit nuage de poussière rouge disparaître au bas de la route.

« Te voilà ici depuis des mois, pensa Scarlett les yeux fixés sur sa belle-sœur, et il ne t'est jamais venu à l'idée que tu vivais à nos crochets. Du reste, je parie que ça ne te viendra jamais à l'idée. Tu es une de ces personnes que la guerre n'a pas changées et tu poursuis ton petit bonhomme de chemin comme si de rien n'était... comme si nous étions encore riches comme Crésus, comme si nous avions des provisions à ne savoir qu'en faire et qu'un invité de plus ou de moins, ça ne comptait pas. J'ai bien l'impression que je t'aurai toute ma vie sur les bras, mais je ne veux pas avoir en plus Cathleen à ma charge. »

XXX

Au cours du chaud été qui suivit la paix, Tara fut brusquement tiré de son isolement. Pendant des mois un flot incessant d'épouvantails à moineaux, d'hommes barbus, déguenillés et toujours affamés gravit péniblement le rouge coteau. Ils venaient à Tara reposer leurs pieds meurtris. Ils s'asseyaient sur les marches ombragées du perron et demandaient à manger et à passer la nuit. C'étaient des soldats confédérés qui rentraient dans leurs foyers. Les trains avaient ramené de la Caroline du Nord à Atlanta les débris de l'armée de Johnston et de là les soldats commençaient à pied leur lent pèlerinage. Lorsque la marée des hommes de Johnston eut passé, les vétérans épuisés de l'armée de Virginie arrivèrent, puis les combattants du front occidental. Ils se dirigeaient tous vers le Sud pour retrouver des maisons qui n'existaient peut-être plus, et des familles peut-être mortes ou dispersées. La plupart allaient à pied. Quelques-uns, plus heureux, montaient des chevaux ou des mules squelettiques qu'on leur avait permis de conserver aux termes de la reddition — lugubres animaux dont un profane lui-même eût dit qu'ils n'atteindraient jamais la Floride lointaine ou le Sud de la Georgie.

Rentrer chez soi! Rentrer chez soi! Les soldats n'avaient que cette pensée en tête. Certains étaient tristes et silencieux, d'autres étaient gais et riaient des souffrances endurées, mais la pensée que tout cela était fini et qu'ils rentraient chez eux était la seule chose qui leur permît de poursuivre leur route. Ils

211

n'étaient que peu nombreux à manifester des regrets. Ils laissaient cela à leurs femmes ou à leurs vieux parents. Ils avaient vaillamment lutté, ils avaient eu le dessous, et leur unique désir était qu'on les laissât tranquillement reprendre la charrue sous le drapeau qu'ils avaient combattu.

Rentrer chez soi! Rentrer chez soi! Ils n'avaient pas d'autre sujet de conversation. Ils ne parlaient ni des batailles qu'ils avaient livrées, ni de leurs blessures, ni de leur captivité, ni de leur avenir. Plus tard, ils évoqueraient leurs luttes et raconteraient à leurs enfants et à leurs petits-enfants les bons tours qu'ils avaient joués à l'ennemi, ils parleraient de coups de main, de charges, de disette, de marches forcées, de blessures, mais pas maintenant. A certains il manquait un bras ou une jambe ou un œil. Beaucoup avaient reçu des blessures qui les feraient souffrir quand le temps se mettrait à la pluie, mais toutes ces misères paraissaient bien peu de chose pour le moment.

Jeunes et vieux, bavards et taciturnes, riches planteurs ou pauvres paysans, ils avaient tous en commun les poux et la dysenterie. Le soldat confédéré était si accoutumé à la vermine qu'il n'y pensait plus et se grattait même en présence des dames. Quant à la dysenterie... « l'écoulement sanguin », comme l'appelaient les dames délicates... elle semblait n'avoir épargné personne, du simple troupier au général. Quatre années de sous-alimentation, quatre années passées à se nourrir de produits grossiers trop verts ou à moitié pourris avaient accompli leur œuvre, et tous les soldats qui s'arrêtaient à Tara ou bien venaient à peine de se relever d'une dysenterie ou bien étaient encore en pleine crise.

— Ils ont pas les boyaux en bon état, dans l'a'mée de la Confédé'ation, observa Mama qui, le visage en sueur, était penchée sur son fourneau et préparait une amère tisane de racines de mûrier, remède souverain d'Ellen contre ce genre d'affliction. Pou' moi, c'est pas les Yankees qui ont battu nos missiés, c'est c'qui s'ont dans le vent'. Des missiés ils peuvent pas

212

se batt' quand leu' boyaux ils tou'nent en eau.

A tous sans exception Mama administrait sa tisane sans perdre de temps à les interroger sur l'état de leurs organes et tous sans exception se soumettaient humblement en faisant la grimace et en se rappelant peut-être d'autres visages noirs et sévères, d'autres mains noires et inexorables qui, jadis, leur tendaient une cuiller à potion.

Mama ne transigeait pas non plus sur la question des « habitants ». Aucun soldat couvert de poux n'entrerait à Tara. Elle conduisait les hommes derrière un buisson épais, les débarrassait de leur uniforme, leur donnait une bassine d'eau, un bon morceau de savon à la potasse pour frotter et distribuait en outre des édredons et des couvertures afin de dissimuler leur nudité pendant qu'elle faisait bouillir leurs effets dans sa grande lessiveuse. Les jeunes femmes avaient beau lui remontrer avec force qu' « une telle attitude humiliait les soldats », Mama leur répliquait qu'elles-mêmes seraient encore beaucoup plus humiliées de découvrir des poux sur elles.

Lorsque de nouveaux soldats se mirent à arriver presque chaque jour, Mama s'indigna qu'on leur permît d'occuper les chambres à coucher. Elle tremblait toujours qu'un pou n'eût échappé à sa surveillance. Renonçant à discuter, Scarlett transforma en dortoir le grand salon au tapis de velours rouge. Mama poussa également les hauts cris et déclara que c'était un sacrilège de laisser les soldats dormir sur le tapis de Mme Ellen, mais Scarlett tint bon. Il fallait bien que les hommes couchassent quelque part. Or, quelques mois après la reddition, la peluche épaisse et douce commença à donner des signes de fatigue et, là où les hommes négligents avaient frotté leurs talons et leurs bottes chaussées d'éperons, on finit par apercevoir la chaîne et la trame en grosse corde.

A chaque soldat, Scarlett et Mélanie demandaient des nouvelles d'Ashley ; quant à Suellen, elle prenait un petit air pincé et s'enquérait du sort de M. Kennedy. Mais aucun des soldats n'avait entendu parler d'eux ;

de plus les hommes ne semblaient guère disposés à parler des absents. C'était déjà bien beau qu'eux-mêmes fussent encore de ce monde, et ils ne tenaient pas à songer aux milliers de leurs camarades enterrés dans des tombes anonymes.

A chaque nouvelle désillusion, la famille tout entière s'ingéniait à remonter le moral de Mélanie. Bien entendu, Ashley n'était pas mort en prison. Dans ce cas, on aurait forcément reçu une lettre de quelque prêtre yankee. Il allait revenir, mais l'endroit où on l'avait emprisonné était si loin de Tara ! Voyons, rien qu'en chemin de fer il fallait des jours pour accomplir le voyage, et si Ashley allait à pied comme ces hommes... Pourquoi il n'avait pas écrit ? Eh bien ! ma chérie, tu sais comment fonctionne la poste en ce moment... Mais supposez... supposez qu'il soit mort sur le chemin du retour ! Voyons, Mélanie, nous aurions sûrement été prévenus par une femme yankee... Les femmes yankees ! Bah !... Melly, il y en a de gentilles. Oh ! mais si. Dieu n'aurait pas pu créer une nation sans y mettre aussi de bonnes âmes ! Scarlett, tu te rappelles, nous avons fait la connaissance d'une femme yankee très bien à Saratoga la dernière fois que... Scarlett, raconte cela à Melly

— Très bien, parlons-en, répliqua Scarlett. Elle m'a demandé combien de chiens de chasse nous avions pour courir après nos nègres ? Je suis de l'avis de Melly. Pas plus chez les hommes que chez les femmes il n'y a personne de bien chez les Yankees. Mais ne pleure pas, Melly. Ashley va revenir. Il a beaucoup de chemin à faire et peut-être... peut-être il n'a pas de bottes.

Alors, à la pensée qu'Ashley marchait peut-être pieds nus, Scarlett faillit pleurer. Que les autres soldats se traînent en haillons, les pieds ficelés dans des sacs ou des bouts de tapis, mais pas Ashley. Il allait revenir caracolant sur un cheval, portant de beaux habits, des bottes vernies et la plume au chapeau. Pour elle, c'était le comble de la dégradation de penser qu'Ashley à son retour serait dans le même état que ces misérables soldats.

Un après-midi de juin, alors que tous ceux de Tara étaient réunis sous la véranda qui dominait la cour et regardaient attentivement Pork découper la première pastèque, on entendit le pas d'un cheval dans l'allée semée de gravier. Prissy s'en alla sans se presser ouvrir la porte d'entrée, laissant les autres discuter âprement pour savoir s'il fallait cacher la pastèque ou la garder pour le dîner au cas où le visiteur serait un soldat.

Mélanie et Carreen déclarèrent timidement que le soldat devrait avoir sa part, mais Scarlett, soutenue par Suellen et Mama, intima à Pork l'ordre de cacher sur-le-champ l'objet du litige.

— Ne soyez donc pas aussi bêtes, mes petites! Il n'y en a déjà pas assez pour nous et, si ce sont deux ou trois soldats affamés, nous n'en aurons même pas une bouchée chacun, dit Scarlett.

Tandis que Pork, ne sachant quel parti prendre, serrait la petite pastèque contre lui, Prissy lança de toutes ses forces :

— Seigneu' Dieu, ma'ame Sca'lett. Ma'ame Melly. Venez vite.

— Que se passe-t-il? s'exclama Scarlett, qui se leva d'un bond et traversa le vestibule au pas de course suivie de Melly et du reste de la maisonnée.

« Ashley! pensa-t-elle. Oh! peut-être... »

— C'est l'oncle Peter! L'oncle Peter de Mlle Pittypat!

Ils se précipitèrent tous sous la véranda et virent le vieux despote grisonnant descendre d'un bidet à queue de rat sur lequel on avait sanglé un morceau d'édredon. Sur son large et noir visage sa dignité habituelle et la joie de revoir de vieux amis se livraient un rude combat, si bien que tout en fronçant les sourcils et en plissant le front il ouvrait une grande bouche édentée comme un vieux chien heureux.

Tout le monde dégringola le perron pour aller au-devant de lui. Noirs et blancs pêle-mêle lui serrèrent la main et l'assaillirent de questions, mais la voix de Mélanie finit par dominer le brouhaha.

— Tantine n'est pas malade, j'espère ?

215

— Non, ma'ame. Elle se po'te comme un cha'me,
Dieu me'ci, répondit Peter en décochant un regard
si sévère à Mélanie, puis à Scarlett, que les deux jeunes
femmes se sentirent brusquement coupables sans savoir
pourquoi. Elle va comme un ch'ame, mais sans vous
mes jeunes dames, elle se 'onge les sangs et si vous
voulez tout savoi', eh bien, moi aussi!

— Voyons, oncle Peter. Comment diable...

— C'est pas la peine de vous excuser, mam'zelle
Pitty elle vous a pas éc'it de 'eveni'? Je l'ai vue éc'i'
sa lett' et je l'ai vue pleu'er quand vous avez 'épondu
que vous aviez t'op d'ouv'age dans cet' vieille fe'me
pou' 'eveni'.

— Mais, oncle Peter...

— Comment vous pouvez-t-il laisser mam'zelle
Pitty toute seule comme ça quand elle a si peu'?
Vous savez aussi bien que moi que mam'zelle elle a
jamais vécu toute seule et qu'elle passe son temps à
t'embler, dans ses petits souliers depuis son 'etou'
de Macon. Elle m'a dit de vous di' comme ça bien
en face qu'elle pouvait pas comp'end' que vous l'aban-
donniez comme ça quand elle avait besoin de vous.

— Allons, tais-toi, dit Mama d'un ton acerbe, car
elle avait été vexée d'entendre traiter Tara de « vieille
ferme ».

Ces nègres bornés qui habitaient les villes n'étaient
même pas capables de faire la différence entre une
ferme et une plantation.

— Et nous alo' on a pas besoin de ma'ame Sca'lett
et de ma'ame Melly? On en a ficht'ement besoin!
Comment ça se fait que mam'zelle Pitty elle se fasse
pas aider pa' son f'è'e, elle a donc pas besoin de lui? »

L'oncle Peter parut gêné.

— Elle a 'ien à voi' avec missié Hen'y depuis des
années, et maintenant ils sont t'op vieux tous les deux
pou' commencer. (Il se retourna vers les jeunes femmes
qui avaient bien du mal à ne pas rire.) Vous, mes
jeunes dames, vous dev'iez avoi' honte de laisser la
pauv' mam'zelle Pitty toute seule avec la moitié de
ses amis mo'ts, l'aut' moitié à Macon, et Atlanta

pleine de soldats yankees et de sales nèg' aff'anchis.

Les deux belles-sœurs avaient écouté sans broncher la mercuriale de Peter, mais à l'idée que tante Pitty leur avait envoyé le vieux tyran pour leur prêcher la morale et les ramener dare-dare à Atlanta, elles furent incapables de garder plus longtemps leur sérieux. Elles éclatèrent de rire et se retinrent l'une à l'autre pour ne pas perdre l'équilibre. Comme de juste, Pork, Dilcey et Mama furent secoués d'un gros rire en voyant ridiculiser le détracteur de leur Tara bien-aimée. Suellen et Carreen pouffèrent et Gérald lui-même esquissa un vague sourire. Tout le monde se tordait, à l'exception de Peter qui se dandinait sur ses gros pieds tandis que montait son indignation.

— Qu'est-ce qui va pas, mon nèg'? s'enquit Mama en grimaçant. C'est-y que tu deviens t'op vieux pou' p'otéger ta maît'esse?

Peter était outré.

— T'op vieux! Moi, t'op vieux! Non, ma'ame moi je peux enco' p'otéger mam'zelle Pitty comme je l'ai toujou' fait. Je l'ai pas p'otégée peut-êt' quand on s'est 'éfugié à Macon? Je l'ai pas p'otégée non plus quand les Yankees ils sont venus à Macon et qu'elle avait si peu' qu'elle tou'nait tout le temps de l'œil? Et c'est pas moi qu'ai déniché ce bidet pou' la 'amener à Atlanta et qui l'ai p'otégée tout le long de la 'oute avec l'a'gente'ie de son papa?

Tout en assouvissant sa rancune, Peter prenait bien soin de se montrer sous le jour le plus favorable.

— Et pis, je pa'le pas de p'otéger, je pa'le de quoi ça à l'ai'?

— De quoi ça a l'air?

— Oui, je pa'le de quoi ça a l'ai' pou' les gens de voi' mam'zelle Pitty habiter toute seule. Les gens y disent des choses scandaleuses su' les vieilles filles qui vivent toutes seules, poursuivit Peter, et il ne faisait aucun doute pour ses auditeurs qu'à ses yeux Pittypat était encore une accorte et grassouillette personne de seize ans qu'il fallait défendre contre les mauvaises langues. Et moi je peux pas suppo'ter qu'on dise du mal d'elle

Non, ma'ame... et je peux pas la laisser p'end'e n'im-po'te qui pou' lui teni' compagnie. Je lui ai dit comme ça : « Vous p'end'ez pe'sonne d'aut' tant que vous au'ez la chai' de vot' chai' et le sang de vot' sang pou' veni' chez vous. » Oui, je lui ai dit ça. Et voilà-t-y pas la chai' de sa chai' et le sang de son sang qui la 'enient ! Mam'zelle Pitty est qu'une enfant et...

Scarlett et Mélanie n'en pouvaient plus et durent s'asseoir sur les marches du perron. Enfin Melly reprit un peu de son sérieux et s'essuya les yeux.

— Pauvre oncle Peter ! Je suis navrée de rire. Vrai de vrai. Allons. Pardonne-moi ! Mᵐᵉ Scarlett et moi ne pouvons pas retourner à la maison en ce moment. Je viendrai peut-être en septembre après la cueillette du coton. Est-ce que tante Pitty t'a fait faire tout ce chemin uniquement pour nous ramener chez elle sur ce sac d'os ?

A cette question, Peter demeura bouche bée, le remords et la consternation peints sur son visage ridé.

— Ma'ame Melly, finit-il par bredouiller, je c'ois que je me fais vieux. J'avais complètement oublié pou'quoi mam'zelle elle m'a envoyé, et c'est impo'tant. J'ai une lett' pou' vous. Mam'zelle Pitty elle a pas voulu la confier à la poste, ni à pe'sonne d'aut' qu'à moi et...

— Une lettre ? Pour moi ? De qui ?

— Eh bien ! voilà ma'ame, c'est... mam'zelle Pitty elle m'a dit comme ça : « Toi, Pete', tu donne'as ça avec ménagements à ma'ame Melly, et j'ai dit... »

Melly se leva de la marche sur laquelle elle était assise et porta la main à son cœur.

— Ashley ! Ashley ! Il est mort !

— Non, ma'ame. Non, ma'ame ! s'écria Peter d'une voix stridente tout en fouillant dans la poche intérieure de sa veste délabrée. Il est vivant ! C'est une lett' de lui. Il rent'. Il... Dieu tout-puissant, 'etiens-la, Mama. Laisse-moi...

— La touche pas, espèce de vieil imbécile ! gronda Mama qui avait recueilli Mélanie évanouie dans ses bras. Espèce de vieux singe, tu donne'as ça avec ménagements! Ah oui! Toi, Po'k, p'ends-la pa' les pieds. Mam'zelle Ca'een, tenez-lui la tête, Allons l'étend' su' le sofa du salon.

A l'exception de Scarlett, tout le monde s'empressa autour de Mélanie. On se bousculait, on se lamentait, on se précipitait à l'intérieur pour chercher de l'eau et des oreillers, et un instant plus tard Scarlett et l'oncle Peter restèrent seuls dans l'allée. Clouée sur place, incapable de bouger, Scarlett regardait fixement le vieillard agiter une lettre. Il avait perdu toute sa dignité, et son visage usé faisait penser à celui d'un enfant grondé par sa mère.

Bien qu'en elle une voix claironnante ne cessât de lui répéter « Il n'est pas mort! Il va revenir », Scarlett n'éprouvait ni joie, ni émotion. Elle était anéantie, pétrifiée! Il lui sembla dans le lointain entendre parler l'oncle Peter d'un ton plaintif et humble.

— Missié Willie Bu' de Macon, qui est pa'ent à vous, il a appo'té la lett' à mam'zelle Pitty. Missié Willie il était dans le même camp de p'isonniers que missié Ashley. Missié Willie il a un cheval et il se'a là bientôt, mais missié Ashley il a que ses jambes et...

Scarlett arracha la lettre à l'oncle Peter. Elle portait le nom de Melly écrit de la main de Mlle Pitty, mais Scarlett n'hésita pas un instant. Elle déchira l'enveloppe et le petit mot de tante Pitty tomba par terre. A l'intérieur de l'enveloppe, il y avait un morceau de papier plié en quatre, tout sali par le contact de la poche dans laquelle il avait séjourné, tout froissé et déchiré aux angles. Ashley lui-même avait tracé le nom de la destinataire : « Mme George Ashley Wilkes. — Aux bons soins de Mlle Sarah Jane Hamilton. — Atlanta ou aux Douze Chênes. — Jonesboro. — Georgie. »

Les doigts tremblants, Scarlett déplia le papier et lut : « Mon aimée, je reviens près de vous... »

Des larmes commencèrent à inonder son visage. Il lui fut impossible de poursuivre sa lecture. Son cœur se dilata et elle crut qu'elle ne pourrait pas supporter cet excès de bonheur. Serrant la lettre contre elle, elle monta le perron comme une flèche, traversa le vestibule, passa devant le salon où tous les habitants de Tara s'affairaient autour de Mélanie évanouie et pénétra dans le petit bureau d'Ellen. Elle repoussa la porte sur elle, donna un tour de clé, et, pleurant, riant, embrassant la lettre, elle se jeta à plat ventre sur le vieux sofa.

« Mon aimée, murmura-t-elle, je reviens près de vous... »

A moins que des ailes n'eussent poussé à Ashley, le bon sens voulait qu'il mît des semaines, voire des mois, à faire le voyage d'Illinois en Georgie, mais à Tara, chaque fois qu'un soldat débouchait de l'allée de cèdres, les cœurs bondissaient et battaient à se rompre. L'un ou l'autre de ces épouvantails barbus pouvait fort bien être Ashley. Et si ce n'était pas lui, le soldat qui arrivait avait peut-être de ses nouvelles ou apportait une lettre de tante Pitty à son sujet. Blancs et noirs, ils se précipitaient tous sous la véranda chaque fois qu'ils entendaient un bruit de pas. La vue d'un uniforme suffisait pour que tout le monde abandonnât le tas de bois, le pré ou le champ de coton. Pendant un mois, le travail resta à peu près au point mort. Personne ne voulait manquer l'arrivée d'Ashley. Scarlett moins qu'une autre, et il lui était bien difficile de demander à ses compagnons d'accomplir leur besogne alors qu'elle-même négligeait tant la sienne.

Mais lorsque les semaines eurent lentement passé sans nouvelles d'Ashley, la vie reprit son train ordinaire. Les cœurs impatients avaient tout juste la force de supporter une attente aussi longue. Une terreur insidieuse se glissait en Scarlett. Elle redoutait que quelque chose ne fût arrivé à Ashley en route. Rock Island était si loin et Ashley était peut-être très affaibli, sinon malade, en sortant de prison. Et puis, il n'avait pas d'argent, et il avait à traverser un pays où l'on détestait les Confédérés. Si seulement elle savait où il était, elle lui enverrait de l'argent afin qu'il prît le train et revînt plus vite, elle lui enverrait jusqu'à son dernier sou, quitte à laisser la maisonnée mourir de faim.

« Mon aimée, je reviens près de vous. »

Sur le moment, sa joie avait été si grande qu'en lisant ces mots elle s'était imaginé qu'Ashley revenait près d'elle. Maintenant que son esprit était moins échauffé, elle se rendait trop bien compte que c'était auprès de Mélanie qu'il revenait, auprès de Mélanie dont les chants emplissaient la maison. Parfois Scarlett se demandait avec amertume pourquoi Mélanie n'était pas morte en couches. Ça aurait si bien arrangé les choses. Après avoir sacrifié à la décence pendant un certain temps, elle aurait épousé Ashley et serait devenue une excellente belle-mère pour le petit Beau. Lorsqu'il lui arrivait de nourrir de telles pensées, elle ne s'empressait plus de prier Dieu et de Lui dire que c'était involontaire. Dieu ne lui faisait plus peur du tout.

Les soldats continuaient d'arriver un à un, deux par deux ou par douzaines, et ils avaient toujours faim. Scarlett était au désespoir et eût encore mieux aimé voir une nuée de sauterelles s'abattre sur Tara. Elle tempêtait contre les vieilles lois de l'hospitalité qui avaient fleuri à une époque d'abondance, coutumes qui n'eussent pas permis qu'un voyageur, humble ou puissant poursuivit son chemin sans qu'on lui eût offert avec la plus extrême courtoisie le gîte pour la nuit et de quoi manger pour lui et son cheval. Scarlett savait que cette époque était à jamais passée, mais les autres habitants de Tara ainsi que les soldats l'ignoraient encore et chaque visiteur était accueilli à bras ouverts comme un invité que l'on attend depuis longtemps.

A mesure que défilait l'interminable cortège, le cœur de Scarlett se faisait plus sec. Ces hommes mangeaient les provisions destinées à nourrir ceux de Tara et les légumes qu'elle avait soignés elle-même au prix de tant de courbatures. On avait si grand mal à trouver de quoi manger, et l'argent du Yankee ne durerait pas éternellement. Il ne lui restait plus que quelques billets verts et les deux pièces d'or. Pourquoi était-elle obligée de nourrir cette horde d'hommes affamés? La guerre était terminée. Plus jamais ils ne lui feraient un rempart de leur corps. Elle finit par ordonner à Pork de réduire le menu chaque fois qu'il y avait des soldats à table. La consigne fut appliquée jusqu'à ce que Scarlett s'aperçût que Mélanie qui, depuis la naissance de Beau, n'avait jamais été bien résistante, incitait Pork à ne lui servir que des morceaux minuscules et à donner sa part aux soldats.

— Tu vas me faire le plaisir de ne plus jouer à ce petit jeu, Mélanie, lui déclara Scarlett. Tu es à moitié malade, et si tu ne manges pas davantage tu vas être obligée de te coucher et il faudra que nous te soignions. Laisse donc ces hommes repartir sans avoir mangé à leur faim. Ils sont assez forts pour ça. Ils sont à ce régime depuis quatre ans et ça ne leur fera pas de mal d'y rester un petit peu plus longtemps.

Mélanie se tourna vers elle et, pour la première fois, Scarlett surprit dans ses yeux sereins une émotion qu'elle ne cherchait pas à cacher.

— Oh! Scarlett! ne me gronde pas! Laisse-moi faire. Tu ne sais pas combien ça me réconforte. Chaque fois que je donne ma part à l'un de ces pauvres hommes, il me semble que peut-être, quelque part dans le Nord, une femme est en train de donner à mon Ashley une part de son dîner et que ça l'aide à se remettre en route pour me rejoindre!

« Mon Ashley! »

« Mon aimée, je reviens près de vous. »

Scarlett s'éloigna, incapable d'articuler un son. A la suite de cela, Mélanie remarqua que la table était mieux servie quand il y avait des invités.

Lorsque des soldats étaient trop malades pour repartir, et cela se produisait fréquemment, Scarlett les mettait au lit de fort mauvaise grâce. Chaque malade représentait une bouche de plus à nourrir. Il fallait que quelqu'un lui prodiguât ses soins et cela faisait un travailleur de moins à relever les clôtures, à manier la houe, à semer, à pousser la charrue.

Un soldat à cheval qui se rendait à Fayetteville

déposa un jour sous la véranda un jeune garçon au visage couvert d'un fin duvet blond. Le cavalier l'avait trouvé évanoui sur le bord de la route, l'avait chargé en travers de sa selle et l'avait conduit à Tara, la maison la plus proche. Les jeunes femmes pensèrent qu'il devait faire partie des cadets qu'on avait recrutés dans les écoles militaires lorsque Sherman s'était approché de Milledgeville, mais elles ne le surent jamais. Il mourut sans avoir repris connaissance et l'examen de ses poches ne fournit aucun renseignement. C'était un joli garçon, à coup sûr de bonne famille, et quelque part dans le Sud une femme devait scruter la route et se demander où il était et quand il reviendrait. On enterra le cadet dans le cimetière de famille à côté des trois petits O'Hara et, tandis que Pork refermait la tombe, Mélanie fondit en larmes tout en se demandant au fond de son cœur si des inconnus n'étaient pas en train, eux aussi, de recouvrir de terre le long corps d'Ashley.

Tout comme le jeune cadet, Will Benteen arriva évanoui sur la selle d'un camarade. Will était très malade. Il avait une pneumonie, et quand les jeunes femmes le mirent au lit elles craignirent qu'il ne tardât pas à rejoindre le cadet au cimetière.

Il avait le visage osseux des paysans de la Georgie du Sud que ronge la malaria, des cheveux d'un roux très pâle et des yeux bleus presque décolorés, qui, même lorsqu'il délirait, conservaient une expression résignée et douce. L'une de ses jambes était coupée au-dessus du genou et à son moignon était fixé un pilon de bois grossièrement taillé. Il n'y avait pas à s'y tromper, c'était un paysan, tout comme le cadet devait être un fils de planteur. Les jeunes femmes eussent d'ailleurs été bien en peine d'expliquer leur conviction. Will n'était certainement ni plus sale, ni plus poilu, ni moins couvert de poux que bien des beaux messieurs qui avaient fait halte à Tara. Les expressions dont il se servait dans son délire n'étaient certainement pas moins grammaticales que celles des deux jumeaux Tarleton. Mais leur instinct disait aux jeunes femmes que Will n'appartenait pas à leur classe, tout comme il leur permettait de distinguer un pur-sang d'un autre cheval. Néanmoins cette certitude ne les empêcha pas de déployer tous leurs efforts pour le sauver.

Amaigri par une année de captivité chez les Yankees, épuisé par une longue marche sur son pilon de bois mal ajusté, il ne lui restait plus beaucoup de forces pour combattre la pneumonie et, pendant des jours, gémissant, essayant de se lever, revivant les batailles auxquelles il avait pris part, il demeura couché sur son lit. Pas une seule fois il n'appela une mère, une femme, une sœur ou une fiancée, et cela préoccupa Carreen.

— N'importe qui a bien quelques parents, fit-elle, mais lui on dirait qu'il ne connaît pas une âme au monde.

Malgré sa maigreur il était robuste et les bons soins l'aidèrent à prendre le dessus. Le jour arriva où, parfaitement conscient de ce qui l'entourait, il posa ses yeux bleus sur Carreen. La jeune fille était assise à son chevet et, tandis qu'elle égrenait son chapelet, le soleil matinal se jouait dans ses cheveux dorés.

— Alors, en somme, vous n'étiez pas un rêve, dit-il d'une voix dont nul accent ne venait rehausser le timbre. J'espère que je ne vous ai pas donné trop de mal, m'dame.

Sa convalescence dura longtemps et il resta tranquillement allongé à regarder les magnolias par la fenêtre. Il se faisait le moins gênant possible. Carreen avait de la sympathie pour lui à cause de ses silences qu'il ne cherchait point à rompre. Durant les longs et chauds après-midi, elle demeurait près de lui et l'éventait sans rien dire.

Fragile et délicate, Carreen allait et venait, pareille à une ombre. Elle n'avait pas grand-chose à dire aux autres et vaquait silencieusement aux travaux que ses forces lui permettaient. Elle priait beaucoup. Quand Scarlett entrait dans sa chambre sans frapper, elle la trouvait toujours à genoux devant son lit. Ce spectacle ne manquait jamais de l'agacer, car elle estimait que le temps des prières était passé.

Si Dieu avait jugé bon de punir ainsi les hommes, il n'avait que faire des prières. Chez Scarlett la religion avait toujours revêtu la forme d'un marchandage. En échange de ses faveurs, Scarlett promettait à Dieu de bien se conduire. Or, à son avis, le bon Dieu avait à maintes reprises renié ses engagements, et Scarlett trouvait que, désormais, elle ne lui devait plus rien du tout. Aussi, chaque fois qu'elle surprenait Carreen à genoux alors qu'elle aurait dû faire la sieste ou repriser du linge, elle avait l'impression que sa sœur se dérobait à une partie de sa tâche.

Un après-midi que Will Benteen avait enfin pu quitter son lit pour un fauteuil, Scarlett lui fit part de ses réflexions et fut bien étonnée quand Will lui répondit de son ton monotone :

— Laissez-la, madame Scarlett. C'est son réconfort.

— Son réconfort ?

— Oui, elle prie pour votre maman et pour lui.

— Qui cela, lui ?

Will la regarda sans surprise de ses yeux bleus fanés que frangeaient des cils couleur de sable. Rien ne semblait le surprendre ni l'émouvoir. Peut-être avait-il vu trop de ces choses qui confondent les hommes pour être capable de s'étonner encore. Que Scarlett ignorât ce qui se passait dans le cœur de sa sœur ne lui paraissait pas extraordinaire. Il trouvait cela aussi naturel que d'entendre Carreen se confier à lui, un étranger.

— Eh bien, son galant, ce Brent qui a été tué à Gettysburg.

— Son galant ? fit Scarlett sèchement. Allons donc ! Son frère et lui me faisaient la cour.

— Oui, elle m'a dit ça. On dirait que presque tous les garçons du comté avaient un faible pour vous. Mais ça n'empêche pas qu'il s'est épris d'elle quand vous l'avez laissé tomber. Lorsqu'il est revenu chez lui à sa dernière permission, ils se sont fiancés. Elle m'a dit que c'était le seul homme qu'elle aimerait jamais. Et, dame, ça la console un peu de prier pour lui.

225

Autant en emporte le vent. T. II.   15

— Grand bien lui fasse! murmura Scarlett, une pointe de jalousie au cœur.

Elle lança un regard intrigué à cet homme décharné, aux maigres épaules voûtées, aux cheveux roussâtres, aux yeux tranquilles. Ainsi il était au courant d'événements familiaux qu'elle ne s'était pas même donné la peine de connaître. C'était donc pour cela que Carreen était toujours dans la lune et priait tout le temps. Allons, ça lui passerait. Des tas d'autres femmes avaient fini par oublier leur fiancé mort, oui, et même leur mari. Elle-même avait bien oublié Charles. Elle connaissait également une femme d'Atlanta que la guerre avait rendue trois fois veuve et qui trouvait encore le moyen de faire attention aux hommes. Elle raconta cela à Will, mais il secoua la tête.

— Pas Mlle Carreen! déclara-t-il d'un ton définitif.

C'était très agréable de bavarder avec Will. Il n'avait pas grand-chose à dire, et comprenait tout. Scarlett l'entretint de questions qui intéressaient les semis, le binage, le plantage, l'engraissement des porcs, l'élevage des vaches, et il se montrait toujours de bon conseil, car il avait jadis possédé une petite ferme et deux nègres dans le sud de la Georgie. Il savait que ses nègres étaient affranchis et que désormais sur sa terre ne poussaient plus que des mauvaises herbes et de jeunes pins. Sa sœur, son unique parente, avait suivi son mari au Texas bien des années auparavant et il était seul au monde. Néanmoins, rien de tout cela ne paraissait le préoccuper beaucoup plus que la jambe qu'il avait laissée en Virginie.

Oui, lorsque les nègres avaient un peu trop grommelé, que Suellen avait un peu trop criaillé et pleurniché, que Gérald avait trop souvent demandé où était Ellen, Scarlett aimait à venir se retremper auprès de Will. Elle pouvait tout lui dire. Elle alla même jusqu'à lui raconter qu'elle avait tué le Yankee et ses yeux brillèrent de fierté quand Will eut commenté l'événement d'un bref : « Ça, c'est du beau travail! »

A la longue, toute la famille finit par connaître le chemin de la chambre de Will, à qui chacun venait exposer ses petites misères... même Mama, qui d'abord lui avait manifesté une certaine froideur parce que ce n'était pas un monsieur et qu'il n'avait possédé que deux esclaves.

Lorsqu'il fut en état de clopiner dans la maison, il se mit à fabriquer des paniers à provisions et à raccommoder les meubles détériorés par les Yankees. Il était très adroit de ses mains et Wade ne le quittait jamais, car il lui taillait des jouets au couteau, les seuls jouets dont disposât l'enfant. Avec Will dans la maison on pouvait laisser Wade et les deux bébés sans arrière-pensée et s'en aller travailler aux champs. Will savait aussi bien s'y prendre que Mama avec les enfants et seule Melly réussissait mieux que lui à calmer le bébé blanc et le bébé noir lorsqu'ils hurlaient.

— Vous avez été rudement bonne pour moi, madame Scarlett, dit-il, et moi je ne suis qu'un étranger, qui ne suis rien du tout pour vous. Je vous ai causé des tas de soucis et d'ennuis, mais si vous n'y voyez pas d'inconvénients, je resterai ici à vous aider et à travailler jusqu'à ce que je vous aie dédommagée de toutes vos peines. Je ne pourrai d'ailleurs jamais m'acquitter complètement envers vous, car un homme n'est jamais quitte envers ceux qui lui ont sauvé la vie.

Ainsi Will resta et, peu à peu, sans en avoir l'air, une grosse partie du fardeau de Tara passa des épaules de Scarlett sur les épaules décharnées de Will Benteen.

On était au mois de septembre et le moment de faire la cueillette du coton était venu. Le soleil de l'après-midi chauffait agréablement les marches du perron sur lesquelles Will Benteen s'était assis juste aux pieds de Scarlett. De sa voix lente et monotone, il parlait des prix exorbitants que l'on exigeait pour traiter le coton au nouvel égrenoir construit près de Fayetteville. Néanmoins il avait appris le jour même à Fayetteville qu'il pourrait réduire ces dépenses d'un quart en prêtant le cheval et la charrette pendant deux semaines au propriétaire de l'égreneuse à coton. En tout cas, il n'avait pas voulu conclure le marché sans en avoir référé à Scarlett.

La jeune femme examina son compagnon efflanqué qui mâchonnait une paille. Sans aucun doute, ainsi que l'avait souvent déclaré Mama, Will était un don de la Providence, et Scarlett s'était demandé à plusieurs reprises ce que serait devenue Tara sans lui au cours des derniers mois. Will n'avait jamais grand-chose à dire, ne semblait jamais déployer la moindre énergie, ne paraissait jamais s'intéresser à ce qui se passait autour de lui et pourtant il était au courant de tout ce qui touchait aux gens de Tara. Et puis il agissait. Silencieusement, patiemment, en homme qui s'y connaît, il abattait sa besogne. Bien qu'il n'eût qu'une jambe, il travaillait plus vite que Pork. Il en arrivait même à faire travailler Pork, et Scarlett considérait cela comme un miracle. Lorsque la vache fut prise de coliques, et que le cheval fut atteint d'un mal mystérieux qui menaça de l'emporter, Will passa ses nuits à les soigner et leur sauva la vie. Son sens des affaires lui valut le respect de Scarlett. Il partait le matin avec un ou deux boisseaux de pommes, d'ignames ou d'autres légumes et s'en revenait avec des graines, du drap, de la farine ou d'autres articles indispensables. Scarlett avait beau s'y entendre elle-même très bien en affaires, elle savait qu'elle n'aurait jamais acquis les mêmes résultats que lui.

Il s'était peu à peu haussé au rang de membre de la famille et on lui avait ménagé un lit dans le cabinet de toilette attenant à la chambre de Gérald. Il ne parlait pas de quitter Tara, et Scarlett évitait soigneusement d'aborder cette question de peur qu'il ne s'en allât. Parfois elle se disait que, s'il avait eu un peu de cœur au ventre, il serait rentré dans son pays, mais ça ne l'empêchait pas de souhaiter de toutes ses forces qu'il se fixât à Tara. C'était si commode d'avoir un homme dans la maison.

Scarlett se disait également que si Carreen avait pour deux sous d'intelligence, elle se rendrait compte que Will avait un faible pour elle. Scarlett eût été éternellement reconnaissante à Will de lui demander la main de Carreen. Bien entendu, avant la guerre, Will n'aurait jamais pu constituer un parti présentable. Il n'avait rien de commun avec la classe des planteurs, bien qu'il n'appartînt pas à la catégorie des « pauvres blancs ». Ce n'était qu'un simple paysan, un petit fermier à demi éduqué, enclin à commettre de lourdes erreurs grammaticales et dépourvu de toutes les belles manières que les O'Hara étaient habitués à rencontrer chez les messieurs de leur connaissance. En fait, Scarlett se demanda si l'on pouvait le considérer comme un monsieur et elle finit par décider que c'était impossible. Mélanie prenait chaudement son parti et déclarait que quiconque avait aussi bon cœur que Will et pensait autant aux autres était de bonne naissance. Scarlett savait qu'Ellen se fût évanouie à l'idée que l'une de ses filles pourrait épouser un tel homme, mais la nécessité avait entraîné Scarlett trop loin des préceptes d'Ellen pour qu'elle s'arrêtât à cela. Les hommes étaient rares, les filles devaient se marier, et Tara avait besoin d'un homme. Cependant, de plus en plus plongée dans ses livres de prières, Carreen perdait de plus en plus contact avec le monde des réalités et traitait Will aussi gentiment qu'un frère.

« Si Carreen m'était un tant soit peu reconnaissante de ce que j'ai fait pour elle, elle l'épouserait et ne le laisserait pas partir d'ici », se disait Scarlett avec indignation. « Mais non, il faut qu'elle passe son temps à rêvasser, à se faire des illusions sur un pauvre sot qui n'a sans doute jamais pensé sérieusement à elle. »

Will resta donc à Tara. Pourquoi ne s'en allait-il pas ? Scarlett n'en savait rien mais ça lui était égal.

Elle aimait et appréciait la façon dont il la traitait. Il semblait la considérer comme un homme et se plaisait à discuter affaires avec elle. Il se montrait grave et déférent envers l'inconsistant Gérald, pourtant c'était toujours à Scarlett qu'il s'adressait comme au véritable chef de la maison.

Scarlett approuva son projet de louer le cheval, bien que cela condamnât la famille à être privée pendant un temps de moyen de transport. Suellen surtout ne serait pas contente. Son plus grand plaisir était d'accompagner Will à Jonesboro ou à Fayetteville quand il s'y rendait pour affaires. Parée des plus beaux atours de la famille, elle rendait visite à des amis, prêtait une oreille attentive aux potins du comté et se sentait de nouveau une demoiselle O'Hara de Tara. Suellen ne manquait jamais une occasion de quitter la plantation et d'aller faire la roue chez des gens qui ne savaient pas qu'elle cultivait le jardin et faisait les lits.

« Mademoiselle Regardez-moi-donc va être obligée d'interrompre ses balades pendant deux semaines, se dit Scarlett, et nous, nous allons être obligés de supporter ses criailleries et ses lamentations. »

Mélanie vint s'installer sous la véranda avec son bébé. Elle étala par terre une vieille couverture et laissa le petit Beau se traîner dessus à loisir. Depuis la lettre d'Ashley, Mélanie passait son temps à chanter pour manifester le bonheur dont elle débordait ou à se ronger d'anxiété. Mais, heureuse ou abattue, elle était encore beaucoup trop maigre et beaucoup trop pâle. Elle accomplissait son ouvrage sans se plaindre, mais elle n'allait pas bien. Le vieux docteur Fontaine diagnostiqua une maladie de femme et se trouva d'accord avec le docteur Meade pour déclarer qu'elle n'aurait jamais dû avoir Beau. Enfin, il ne se fit pas faute de dire qu'une seconde grossesse la tuerait.

— Quand j'étais à Fayetteville, aujourd'hui, fit Will, j'ai trouvé quelque chose de très joli. J'ai pensé que ça vous intéresserait, mesdames, et je vous l'ai rapporté.

Il fouilla dans les poches de son pantalon et en tira le portefeuille de calicot et d'écorce que Carreen lui avait confectionné. Il l'ouvrit et sortit un billet de banque confédéré.

— Si vous trouvez ça joli, l'argent confédéré, Will, eh bien! pas moi, déclara Scarlett, qui écumait de rage chaque fois qu'elle en voyait. Il y en a pour trois mille dollars dans le coffre de papa, et Mama me tarabuste tout le temps pour que je lui donne les billets. Elle voudrait s'en servir pour boucher les trous dans le mur des mansardes afin que les courants d'air ne passent plus. Je crois que je vais les lui donner. Ça servira au moins à quelque chose.

— Orgueilleux César, par la mort en argile transformé [1], dit Mélanie avec un sourire triste. Ne fais pas cela, Scarlett, garde les billets pour Wade, un jour il en sera fier.

— Allons, je ne sais pas ce que vous voulez dire avec votre orgueilleux César, déclara Will, mais ce que j'ai là, c'est dans le genre de ce que vous venez de dire, madame Melly. On a collé un poème au dos de ce billet. Je sais que Mme Scarlett n'est pas très portée sur la poésie, mais j'ai pensé que ça l'intéresserait peut-être.

Il retourna le billet. Au dos était collé un morceau de papier d'emballage couvert de caractères tracés d'une encre pâle. Will s'éclaircit la gorge et se mit à lire péniblement.

— Ça s'appelle *Vers au dos d'un billet confédéré*, dit-il, puis il continua :

> *Ça ne représente plus rien que la terre du bon Dieu,*
> *Plus rien dans les eaux qui la baignent...*
> *En gage d'une nation trépassée*
> *Garde-le, ami cher, et montre-le quand même.*
> *Montre-le à ceux qui voudront écouter*
> *Ce brimborion raconter l'histoire*
> *De la liberté, issue du rêve des patriotes,*
> *D'une nation qui mourut, arrachée à son berceau.*

1. Citation du « Jules César » de Shakespeare (N. d. T.).

— Oh! comme c'est beau, comme c'est touchant!
s'exclama Mélanie. Tu ne vas pas donner tes dollars
à Mama pour boucher les trous des mansardes. C'est
autre chose que du papier... C'est, comme le dit le
poème, le gage d'une nation trépassée.

— Oh! Melly, ne sois pas sentimentale! Le papier,
ce n'est jamais que du papier, et nous n'en avons
pas tellement. Et puis, j'en ai par-dessus la tête d'entendre Mama se plaindre des lézardes qu'il y a dans
les murs des soupentes. J'espère que, quand Wade
sera grand, j'aurai des tas de billets verts à lui donner au lieu de cette camelote confédérée.

Will, qui au cours de la discussion s'était amusé
avec le petit Beau, releva la tête, et, la main en écran,
regarda vers l'allée.

— Voilà de la compagnie, fit-il. C'est un soldat.

Scarlett suivit son regard et aperçut un spectacle
familier. Un homme barbu, vêtu de lambeaux d'uniforme gris et bleus, remontait lentement l'allée de
cèdres. Il baissait la tête d'un air las et traînait les
pieds.

— Moi qui croyais que nous n'aurions plus guère
de soldats, dit Scarlett. J'espère que celui-ci n'aura
pas trop d'appétit.

— Si, il aura faim, déclara Will laconiquement.

Mélanie se leva.

— Je m'en vais dire à Dilcey de mettre un couvert
de plus, fit-elle. Je dirai aussi à Mama de ne pas
débarrasser trop brusquement le pauvre diable de
ses habits et...

Elle s'arrêta si court que Scarlett se retourna vers
elle. Mélanie porta sa main fine à sa gorge comme
si elle avait mal. Sous sa peau blanche on voyait
battre ses veines à coups précipités. Son visage devint
encore plus pâle qu'il n'était, ses yeux s'agrandirent
démesurément.

« Elle va s'évanouir », pensa Scarlett en se dressant d'un bond et en l'attrapant par le bras.

Mais, en un clin d'œil, Mélanie se dégagea, s'élança
au bas du perron. Les bras tendus, sa jupe déteinte

flottant derrière elle, elle descendit en courant l'allée semée de graviers avec la légèreté d'un oiseau. Alors Scarlett eut l'impression de recevoir un coup violent, et aussitôt elle comprit ce qui se passait. Elle recula et s'appuya à un montant de la véranda. L'homme montrait son visage envahi par une barbe blonde et sale. Il s'arrêta et regarda du côté de la maison comme s'il était trop épuisé pour faire un pas de plus. Le cœur de Scarlett bondit, se crispa, reprit sa course. Poussant des cris inarticulés, Melly se jeta dans les bras du soldat dont la tête se pencha vers celle de la jeune femme. Transportée de joie, Scarlett prit son élan, mais Will l'empoigna par la jupe et la retint.

— Ne leur gâchez pas cet instant, dit-il de son ton tranquille.

— Lâchez-moi, imbécile! Lâchez-moi donc! C'est Ashley!

Will ne desserra pas son étreinte.

— Après tout, c'est son mari, pas vrai? fit-il calmement, et Scarlett, enivrée de bonheur et furieuse à la fois, abaissa son regard sur Will et lut dans les profondeurs paisibles de ses yeux de la compréhension et de la pitié.

QUATRIÈME PARTIE

XXXI

Par un froid après-midi de janvier 1866, Scarlett était assise dans le petit bureau et écrivait à tante Pitty une lettre dans laquelle elle expliquait pour la dixième fois par le menu pourquoi ni elle, ni Mélanie, ni Ashley ne pouvaient revenir chez elle, à Atlanta. Elle était de mauvaise humeur parce qu'elle savait que tante Pitty n'irait pas plus loin que les premières lignes et lui répondrait aussitôt d'un ton larmoyant : « Mais j'ai peur de vivre toute seule! »

Elle avait les mains glacées. Elle s'arrêta un instant pour les frotter l'une contre l'autre et enfoncer ses pieds plus avant dans le vieux bout d'édredon dont elle les avait entourés. Les semelles de ses mules n'existaient pratiquement plus et ce qui en restait était consolidé par des morceaux de tapis. Or si le tapis empêchait tout contact direct avec le sol, il ne tenait guère chaud. Ce matin-là, Will était allé à Jonesboro faire mettre des fers au cheval. Scarlett songea avec amertume qu'elle vivait à une époque bien décevante où les chevaux portaient des fers tandis que les gens marchaient pieds nus.

Elle reprit sa plume pour continuer sa lettre, mais elle la posa de nouveau lorsqu'elle entendit Will entrer par la porte de derrière. Elle reconnut le clac-clac de son pilon de bois contre le plancher du vestibule. Il s'arrêta devant la porte du bureau. Scarlett attendit, et comprenant qu'il n'osait pas la déranger, elle l'appela. Il entra, les oreilles rougies par le froid, les cheveux en désordre et, un petit sourire amusé aux lèvres, demanda :

— Madame Scarlett, combien vous reste-t-il exactement en caisse ?

— Auriez-vous l'intention de m'épouser pour mon argent ? fit Scarlett un peu fâchée.

— Non, m'dame, mais je voulais savoir.

Scarlett le regarda, intriguée. Will n'avait pas l'air sérieux, mais il était toujours comme ça, et Scarlett devinait que quelque chose n'allait pas.

— J'ai dix dollars en or, fit-elle. C'est tout ce qui reste de l'argent du Yankee.

— Eh bien ! m'dame, ça ne suffira pas.

— Ça ne suffira pas à quoi ?

— À payer les impôts, répondit-il, et, clopinant jusqu'à la cheminée, il se baissa et tendit ses mains rougies à la flamme.

— Les impôts ! répéta Scarlett. Mais sapristi, Will, nous les avons déjà payés, nos impôts.

— C'est exact, m'dame, mais on prétend que vous n'avez pas versé assez. J'ai entendu parler de ça aujourd'hui à Jonesboro.

— Mais Will, je ne comprends pas. Que voulez-vous dire ?

— Madame Scarlett, ça m'est bien pénible de vous causer de nouveaux soucis alors que vous en avez assez eu comme ça, mais il faut que je vous parle. On dit que vous auriez dû payer infiniment plus d'impôts que vous ne l'avez fait. On est en train de fixer la cote immobilière de Tara à des hauteurs vertigineuses... je parie que c'est vous qui serez la plus imposée du comté.

— Mais on ne peut pas encore me faire payer des impôts puisque je l'ai déjà fait.

— Madame Scarlett, vous n'allez pas souvent à Jonesboro et je m'en réjouis pour vous. Par les temps qui courent, ce n'est plus un endroit pour une dame comme il faut. Mais, si vous y alliez autant que moi, vous sauriez que depuis peu il y a une rudement sale bande de Scallawags, de Républicains et de Carpetbaggers qui ont mis la haute main sur les affaires de la ville [1]. C'est à en devenir fou. On y voit aussi des nègres bousculer des blancs et les obliger à leur céder le trottoir et...

— Voyons, quel rapport tout cela a-t-il avec nos impôts.

— J'y arrive, madame Scarlett. Ce n'est pas pour rien que ces crapules-là ont imposé Tara comme si c'était une plantation capable de donner mille balles de coton par an. Dès que j'ai eu vent de cela, je suis allé faire un tour dans les cafés pour écouter ce qu'on disait et j'ai découvert qu'au cas où vous ne pourriez pas payer vos impôts, quelqu'un était tout prêt à racheter Tara pour une bouchée de pain quand le sherif la vendrait aux enchères. Or tout le monde sait très bien que vous ne pourrez pas vous libérer. Je n'ai pas encore trouvé qui avait l'intention d'acquérir la propriété, mais j'ai l'impression que ce type louche, cet Hilton qui a épousé Mlle Cathleen doit savoir à quoi s'en tenir, car il a eu un sale rire quand j'ai essayé de lui tirer les vers du nez.

Will s'assit sur le sofa et se mit à frotter son moignon. Lorsque le temps était froid, sa jambe amputée lui faisait mal et son pilon de bois, mal rembourré, n'était guère doux. Scarlett lui décocha un regard furibond. Ça n'avait vraiment pas l'air de beaucoup l'émouvoir de sonner lui-même le glas de Tara! Vendre Tara aux enchères ! mais où iraient-ils tous se réfugier? Tara aux mains de quelqu'un d'autre! Non, ça dépassait l'entendement!

Scarlett s'était mise à exploiter Tara avec un tel acharnement qu'elle n'avait guère prêté attention à ce qui se passait au-dehors. Maintenant qu'elle avait Will et Ashley pour traiter ses affaires à Jonesboro ou à Fayetteville, elle quittait rarement la plantation. Et de même qu'elle s'était toujours refusée à écouter

1. Ces mots : *Scallawags* et *Carpetbaggers* paraîtront étranges au lecteur. S'ils signifient le premier « renégat du Sud », le second « politicien, étranger à la circonscription », leur pittoresque est intraduisible et nous les garderons tels que les Américains les ont forgés (*N. d. T.*).

parler son père dans les jours qui avaient précédé la guerre, de même elle faisait la sourde oreille quand, le soir, autour de la table, Will et Ashley s'entretenaient de la façon dont était menée la Reconstruction.

Oh! bien entendu, elle était au courant des agissements des Scallawags, ces Sudistes passés aux Républicains pour leur plus grand profit, et des Carpetbaggers, ces Yankees qui, après la reddition, avaient fondu sur le Sud comme des busards avec, pour unique bagage, un sac de voyage en tapisserie [1]. Elle avait eu également maille à partir avec le Bureau des Affranchis et elle avait entendu dire qu'un certain nombre de nègres émancipés étaient devenus fort insolents ; ce qu'elle avait d'ailleurs eu bien du mal à croire, car jamais de sa vie elle n'avait rencontré un seul nègre arrogant.

Mais il y avait bon nombre de choses que Will et Ashley s'étaient arrangés pour lui taire. Au fléau de la guerre avait succédé un fléau pire encore, celui de la Reconstruction. Seulement les deux hommes étaient tombés d'accord pour passer sous silence les détails les plus alarmants chaque fois qu'ils avaient abordé ce sujet à la maison. Et, lorsque Scarlett voulait bien se donner la peine de les écouter, la majeure partie de ce qu'ils disaient lui entrait par une oreille et sortait par l'autre.

Elle avait entendu dire à Ashley qu'on était en train de traiter le Sud en pays conquis, et que la politique des vainqueurs était surtout inspirée par la haine. Mais ce genre de remarques laissait Scarlett complètement froide. La politique était l'affaire des hommes. Will avait déclaré devant elle que, pour lui, le Nord ne donnait pas du tout l'impresssion de vouloir laisser le Sud se relever. « Allons, avait pensé Scarlett, il faut toujours que les hommes se fassent de la bile pour des insanités! » En ce qui la concernait, les Yankees ne l'avaient pas eue et ce n'était pas maintenant qu'ils allaient l'avoir. La seule chose à faire, c'était de

1. Ce fut de leur sac de voyage en tapisserie que ces politiciens véreux tirèrent leur nom *(N. d. T.)*.

travailler d'arrache-pied et de ne pas s'occuper du gouvernement yankee. Après tout, la guerre était finie.

Scarlett ne se rendait pas compte qu'on avait modifié les règles du jeu et qu'un labeur honnête ne pouvait plus recevoir sa juste récompense. Désormais, la Georgie était pratiquement sous la loi martiale. Les soldats yankees tenaient garnison dans tout le pays et le Bureau des Affranchis régissait absolument tout et n'en faisait qu'à sa tête.

Créé par le gouvernement fédéral pour veiller sur les anciens esclaves désœuvrés et excités, ce bureau arrachait par milliers les nègres aux plantations et les rassemblait dans les villages et dans les villes. Il les entretenait à ne rien faire et les dressait contre leurs anciens maîtres. Jonas Wilkerson, l'ex-régisseur de Gérald, dirigeait le bureau local et avait pour assistant Hilton, le mari de Cathleen Calvert. Les deux compères faisaient astucieusement courir le bruit que les Sudistes et les Démocrates guettaient l'instant propice pour rétablir l'esclavage et laissaient entendre que, pour les nègres, le seul espoir d'échapper à ce destin était de se mettre sous la protection du Bureau et du parti républicain.

Wilkerson et Hilton allaient même jusqu'à déclarer aux nègres qu'ils étaient les égaux des blancs sur tous les points et qu'en conséquence non seulement on autoriserait les mariages entre blancs et noirs, mais on partagerait les domaines des anciens maîtres, et chaque nègre recevrait quarante arpents et une mule en pleine propriété. Ils tenaient les nègres en haleine en leur faisant le récit des cruautés perpétrées par les blancs et, dans une région réputée depuis longtemps pour les relations affectueuses qui existaient entre les esclaves et leurs maîtres, la haine et la suspicion commençaient à se développer.

Le Bureau était soutenu par les soldats et ceux-ci avaient fait édicter de multiples règlements contradictoires relatifs à la conduite des vaincus. Il était facile de se faire arrêter, même pour avoir remis à sa place un fonctionnaire du Bureau. On avait promulgué des instructions militaires sur l'enseignement dans les écoles, l'hygiène, le genre de boutons qu'on avait le droit de porter, la vente des articles de nécessité courante, bref, sur presque tout. Wilkerson et Hilton avaient le pouvoir d'intervenir dans toutes les opérations commerciales auxquelles Scarlett était à même de se livrer et de fixer un prix à tout ce qu'elle vendait ou échangeait.

Par bonheur, Scarlett n'avait guère été en rapport avec les deux compères, car Will l'avait persuadée de le laisser traiter les affaires à sa place tandis qu'elle se consacrait à la plantation. Grâce à son bon caractère, Will avait aplani un certain nombre de difficultés, mais n'en avait pas parlé. Le cas échéant, Will arrivait à s'entendre avec les Carpetbaggers et les Yankees. Cependant, le problème qui venait de se poser était au-dessus de ses forces. Il fallait mettre sans plus tarder Scarlett au courant du supplément d'impôts à payer et du danger qu'elle courait de perdre Tara.

Elle regarda Will, les yeux flamboyants.

— Oh! les damnés Yankees! s'écria-t-elle. Ça ne leur suffit donc pas de nous avoir écrasés et de nous avoir ruinés? Ils veulent maintenant lancer des crapules contre nous!

La guerre était finie. On avait conclu la paix, mais les Yankees pourraient encore la dépouiller, la réduire à la famine, la chasser hors de chez elle. Et, sotte qu'elle était, elle avait cru pendant des mois et des mois que, si elle réussissait à tenir jusqu'au printemps, tout serait sauvé! Cette nouvelle écrasante venant par-dessus une année de labeurs épuisants et d'espoirs sans cesse remis, c'était la goutte d'eau qui faisait déborder le vase.

— Oh! Will, et dire que j'ai pensé que nos ennuis allaient prendre fin avec la guerre.

— Non, m'dame, nos ennuis ne font que commencer, fit Will en relevant sa tête paysanne aux joues creuses et en posant sur Scarlett un long regard soutenu.

— Quel supplément d'impôts veut-on nous faire payer?

— Trois cents dollars.

Pendant un instant, Scarlett resta muette de stupeur. Trois cents dollars! Pourquoi pas trois mille?

— Allons, bredouilla-t-elle, allons... allons, il va falloir trouver ces trois cents dollars.

— Oui, m'dame... et puis faudra aussi décrocher la lune.

— Oh! mais, Will! Ils ne peuvent tout de même pas faire vendre Tara. Voyons...

Les yeux doux et pâles de Will exprimèrent plus de haine et d'amertume que Scarlett n'en croyait son compagnon capable

— Ah! non? Eh bien! si, ils le peuvent et ils le feront. Ils en ont fameusement envie. Madame Scarlett, ce pays est foutu, si vous me passez l'expression. Ces Carpetbaggers et ces Scallawags ont le droit de vote qui nous est refusé à presque tous, nous autres les démocrates. Dans cet État aucun démocrate ne peut voter si, en 1865, il était inscrit au registre des impôts pour un revenu supérieur à deux mille dollars. Ça évince des gens comme votre papa et M. Tarleton, comme les McRaes et les fils Fontaine. Personne ne peut voter s'il a eu le grade de colonel ou un grade supérieur pendant la guerre et, madame Scarlett, je parie que cet État a fourni plus de colonels que n'importe quel autre État de la Confédération. Aucune des personnes qui ont exercé une fonction publique sous le gouvernement confédéré ne peut voter et ça évince tout le monde, depuis les notaires jusqu'aux magistrats, d'ailleurs les bois sont remplis de gens comme ça. En fait, étant donné la façon dont les Yankees ont arrangé le serment d'amnistie, tous ceux qui étaient quelqu'un avant la guerre ont perdu le droit de vote. Ni les gens intelligents, ni les gens honnêtes. ni les gens riches ne votent.

« Ouais! moi je pourrais voter si j'avais voulu prêter leur sale serment. J'avais pas un sou en 65 et pour sûr j'étais pas colonel pendant la guerre ni rien de bien extraordinaire. Mais je n'ai pas envie de prêter serment! Ah! non, alors! Si les Yankees avaient fait ce qu'ils devaient, je leur aurais prêté serment d'allégeance, mais maintenant ils peuvent se fouiller. Je ne leur prêterai pas serment, même si je ne dois plus jamais voter... mais des raclures comme cet Hilton, ça vote. Des fripouilles comme **Jonas Wilkerson**, des pauvres blancs comme les Slattery, des rien du tout comme les Mac Intosh, ça vote aussi. Et c'est eux qui mènent la danse maintenant. Et si jamais il leur prend fantaisie de vous faire payer un supplément d'impôts, ils peuvent y aller, douze fois si ça leur plaît. C'est comme les nègres. Ils peuvent bien tuer un blanc, on ne les pendra pas. Ils peuvent... »

Il s'arrêta, gêné, et Scarlett et lui se rappelèrent en même temps ce qui était arrivé à une femme blanche qui vivait seule dans une ferme isolée du côté de Lovejoy.

— Ces nègres peuvent nous faire tout ce qu'ils veulent, ils auront toujours derrière eux le Bureau des Affranchis, des soldats et des canons, nous on n'aura même pas le droit de voter pour se défendre.

— Voter! s'écria Scarlett. Que diable le vote vient-il faire dans tout cela, Will ? Nous sommes en train de parler d'impôts... Will, tout le monde sait que Tara est une bonne plantation. Nous pourrions l'hypothéquer et payer nos impôts.

— Madame Scarlett, vous n'êtes pas folle, mais quelquefois vous parlez comme si vous l'étiez. Qui est-ce qui a de l'argent pour vous en prêter sur cette propriété ? Qui en a en dehors des Carpetbaggers qui voudraient justement vous dépouiller de Tara ?

— Will, j'ai ces pendants d'oreilles en diamant que j'ai pris au Yankee. Nous pourrions les vendre.

— Madame Scarlett, voyons! Connaissez-vous quelqu'un par ici qui ait assez d'argent pour acheter des boucles d'oreilles en diamant ? Les gens n'ont même pas de quoi acheter de la viande. Laissez donc toutes ces babioles tranquilles. Du reste, si vous en tiriez dix dollars en or, j'vous jure que ça représenterait plus que la fortune de la plupart des gens.

Ils se turent et Scarlett eut l'impression de se heurter la tête à un mur de pierre. Elle s'était heurtée à tant de murs de pierre au cours de l'année précédente.

— Qu'allons-nous faire, madame Scarlett ?

— Je n'en sais rien, répondit Scarlett d'un ton morne.

Elle se sentit soudain si abattue qu'elle en eut mal. A quoi bon travailler, se débattre, s'user ? Il semblait que la défaite l'attendait à l'issue de chaque combat pour la narguer.

— Je n'en sais rien, répéta-t-elle, mais n'en parlez pas à papa. Ça risquerait de lui faire quelque chose.

— Je ne lui en parlerai pas.

— En avez-vous parlé à quelqu'un ?

— Non, je suis venu vous avertir directement.

« Oui, se dit-elle, tout le monde vient m'annoncer directement les mauvaises nouvelles », et elle commençait à en avoir assez.

— Où est M. Wilkes ? Il nous donnera peut-être une idée ?

Will la regarda et, ainsi que le jour du retour d'Ashley, Scarlett lut dans ses yeux qu'il savait tout.

— Il est dans le jardin potager en train de tailler des pieux. J'ai entendu le bruit de sa hache quand j'ai remisé le cheval. Mais il n'a pas plus d'argent que vous et moi.

— Si j'ai envie de lui en parler, j'en ai le droit, je suppose ? fit Scarlett d'un ton cassant tout en se levant et en se débarrassant de son morceau d'édredon.

Will ne se vexa pas et continua tranquillement à se frotter les mains devant le feu.

— Vous devriez prendre votre châle, madame Scarlett. Ça pique, dehors.

Pourtant Scarlett sortit sans son châle, car il était au premier et elle avait trop grande hâte d'aller confier ses soucis à Ashley.

Quelle chance ce serait de le trouver seul ! Depuis son retour elle n'avait jamais pu avoir le moindre tête-à-tête avec lui. Il y avait toujours quelqu'un autour de lui. Mélanie ne le quittait pas d'une semelle et le prenait de temps en temps par la manche pour s'assurer qu'il était bien là. La vue de ce geste de possession heureuse avait réveillé en Scarlett toute la jalousie et l'animosité qui s'étaient assoupies pendant les mois où elle avait cru qu'Ashley était mort. Maintenant elle était bien décidée à le voir seul et cette fois elle ne laisserait personne s'interposer entre elle et lui.

Scarlett traversa le verger aux branches dépouillées. L'herbe était humide et la jeune femme avait les pieds trempés. Elle entendait Ashley débiter à grands coups de hache les billes de bois qu'on avait remontées des marais. Remplacer les clôtures dont les Yankees avaient si joyeusement fait du feu était un long et rude travail.

« Tout n'est que long et rude travail », se dit Scarlett avec lassitude, et elle en eut assez de cette existence qui l'écœurait, qui la dégoûtait. Si seulement Ashley était son mari, comme ce serait bon d'aller poser la tête sur son épaule, de pleurer, de se décharger sur lui de toutes ses responsabilités et de le laisser se tirer d'affaire tout seul.

Elle contourna un massif de grenadiers dont le vent froid secouait les rameaux dénudés et elle aperçut enfin Ashley. Appuyé sur sa hache il s'essuyait le front d'un revers de la main. Il portait une vieille culotte militaire en loques et une chemise de Gérald trop courte pour lui ; une belle chemise à jabot qu'en des temps meilleurs son ancien possesseur revêtait les jours de gala. Il avait accroché sa veste à une branche, car il avait chaud et, tandis que Scarlett approchait, il demeura immobile à se reposer.

A la vue d'Ashley en haillons, Scarlett sentit monter en elle une bouffée d'amour et de rage contre la destinée. Ashley en guenilles, travaillant comme un homme de peine, son bel Ashley, toujours impeccable, c'en était trop pour elle. Ses mains n'étaient pas faites pour le travail, son corps n'était pas fait pour supporter autre chose que du drap ou du linge fins. Dieu l'avait créé pour la vie luxueuse d'une riche demeure, pour s'entretenir avec des gens agréables, pour jouer du piano et écrire des choses aux belles sonorités et qui ne voulaient rien dire du tout. Ça ne lui faisait rien de voir son propre fils affublé de jupes taillées dans des sacs ou ses sœurs se promener avec de vieilles robes de guingan ; ça ne lui faisait rien non plus de voir Will peiner plus dur que n'importe quel cultivateur, mais Ashley, ce n'était pas pareil. Il était trop exceptionnel pour être exposé à toutes ces misères, et Scarlett le chérissait infiniment trop pour cela. Elle aurait encore mieux aimé manier elle-même la hache que de le voir faire cette besogne.

— On prétend qu'Abe Lincoln a commencé par tailler des pieux, dit-il, tandis que Scarlett arrivait à sa hauteur. Quels sommets ne vais-je pas atteindre, pensez donc ?

Scarlett fronça les sourcils. Il adoptait toujours ce ton badin quand il parlait des souffrances qu'on endurait à Tara. Pour elle, au contraire, c'était des questions de vie ou de mort et parfois les remarques d'Ashley avaient le don de l'exaspérer.

Sans préambule, elle rapporta à Ashley la nouvelle que Will lui avait apprise. Elle s'exprimait sèchement, laconiquement, et à mesure qu'elle parlait elle se sentait plus à l'aise. Ashley allait à coup sûr lui donner un conseil utile. Il ne dit rien, mais, remarquant qu'elle frissonnait, il prit sa veste et la lui jeta sur les épaules.

— Allons, fit-elle enfin, vous n'avez pas l'impression qu'il va falloir trouver cet argent-là quelque part ?

— Oui, mais où ?

— C'est ce que je voudrais savoir, répondit-elle, agacée.

Même si Ashley ne pouvait rien faire, pourquoi ne lui disait-il pas quelque chose de réconfortant ?

Il sourit.

— Depuis des mois que je suis revenu, fit-il, je n'ai entendu parler que d'une seule personne qui eût de l'argent, c'est Rhett Butler.

Tante Pittypat avait écrit à Mélanie la semaine précédente que Rhett Butler avait fait sa réapparition à Atlanta avec une voiture, deux beaux chevaux et les poches remplies de billets verts. Elle avait cependant laissé entendre qu'il n'avait point acquis cet argent par des voies honnêtes. Tante Pitty avait une théorie que partageait une bonne partie d'Atlanta. D'après elle, Rhett s'était arrangé pour prendre le large avec les millions mythiques du trésor de la Confédération.

— Ne parlons pas de lui, déclara catégoriquement

Scarlett. C'est une crapule comme il n'y en a jamais eu. Qu'allons-nous devenir tous ?

Ashley posa sa hache par terre, regarda au loin et ses yeux semblèrent se perdre dans une région inaccessible où Scarlett ne pouvait pas le suivre.

— Je me le demande, dit-il. Oui, je me demande non seulement ce que nous allons devenir nous autres à Tara, mais encore ce que vont devenir tous les gens du Sud ?

Scarlett eut bonne envie de lancer : « Au diable tous les gens du Sud ! C'est de nous qu'il s'agit. » Mais elle se tut parce qu'elle se sentait plus découragée que jamais. Elle ne trouverait pas le moindre secours auprès d'Ashley.

— En fin de compte il arrivera ce qui est arrivé chaque fois qu'une civilisation s'est effondrée. Les gens intelligents et courageux prendront le dessus et les autres seront éliminés. En tout cas, ç'aura été intéressant d'assister à un Götterdämmerung.

— A un quoi ?

— A un crépuscule des dieux. Par malheur, nous autres, Sudistes, nous nous sommes pris pour des dieux.

— Pour l'amour du Ciel, Ashley Wilkes ! Ne restez pas comme ça à me débiter des âneries quand c'est nous qui sommes en passe d'être éliminés !

L'abattement, l'exaspération de Scarlett semblèrent soudain trouver un écho en lui, arracher son esprit à ses vagabondages. D'un geste plein de tendresse il prit les mains de Scarlett, les retourna et en examina les paumes calleuses.

— Ce sont les plus belles mains que je connaisse, dit-il avant d'y déposer un baiser furtif. Elles sont belles parce qu'elles sont fortes. Chaque callosité est une médaille, Scarlett, chaque écorchure un brevet de courage et de désintéressement. C'est pour nous tous qu'elles se sont durcies, pour votre père, pour les petites, pour Mélanie, pour le bébé, pour les nègres et pour moi. Chère, je sais ce que vous pensez. Vous êtes en train de vous dire : « Écoutez-moi donc cet incapable, ce rêveur, ce fou raconter

245

des sornettes sur les dieux morts quand des êtres vivants sont en danger. » n'est-ce pas vrai ?

Scarlett fit non de la tête. Elle aurait voulu qu'Ashley gardât pour toujours ses mains dans les siennes, mais il les laissa retomber.

— Et vous êtes venue me trouver dans l'espoir que je pourrais vous aider. Eh bien! Je ne le peux pas.

Il jeta un coup d'œil à sa hache et au tas de bois, et l'expression de ses yeux devint plus amère.

— Je n'ai plus de foyer et toute ma fortune a été engloutie. Je ne suis plus bon à rien ici-bas, car le monde auquel j'appartenais a disparu. La seule façon que j'aie de vous venir en aide, Scarlett, c'est d'apprendre avec la meilleure volonté possible à devenir un fermier malhabile. Et ce n'est pas cela qui vous permettra de faire marcher Tara. Croyez-vous donc que je ne comprends pas ce qu'il y a de pénible dans notre situation. Je sais, nous vivons à vos crochets... si, Scarlett, à vos crochets. Malgré toute ma tendresse pour vous je serai incapable de vous rendre ce que vous avez fait pour moi et pour les miens. Chaque jour, je m'en aperçois avec plus de netteté. Chaque jour, je mesure davantage mon incapacité à me mettre à la hauteur des événements qui se sont abattus sur nous tous... Chaque jour, ce don funeste que j'ai de me soustraire à la réalité m'empêche un peu plus d'affronter la vie telle qu'elle est. Comprenez-vous ce que je veux dire ?

Elle inclina la tête en signe d'approbation. Elle n'avait pas une idée bien précise de ce qu'il voulait dire, mais, le souffle court, elle buvait ses paroles. Alors qu'il semblait si loin d'elle, il lui confiait ses pensées pour la première fois. Elle était émue comme si elle allait faire une découverte.

— C'est une malédiction, cette inaptitude à regarder en face la vérité toute nue. Jusqu'à la guerre, la vie n'avait jamais été pour moi beaucoup plus réelle que des ombres chinoises projetées sur un rideau. Et je la préférais ainsi. Je n'aime pas les contours accusés. Je les aime agréablement estompés, un peu flous.

Il s'arrêta, sourit faiblement et frissonna sous le vent froid qui traversait sa chemise légère.

— En d'autres termes, Scarlett, je suis un lâche.

Scarlett ne comprenait rien du tout à cette dissertation sur les ombres chinoises et les contours estompés mais la dernière phrase d'Ashley était à sa portée. Il en avait menti! Ce n'était pas un lâche. Tout en lui rappelait l'héritier de générations d'hommes braves et courageux, et Scarlett connaissait par cœur ses états de service pendant la guerre.

— Voyons! ça, ce n'est pas vrai! Un lâche serait-il monté sur un canon à Gettysburg pour rallier ses hommes? Le général aurait-il écrit lui-même à Mélanie pour lui parler d'un lâche? et...

— Ça, ce n'est pas du courage, dit Ashley d'un ton las. La lutte, c'est comme le champagne. Ça grise les lâches aussi vite que les héros. N'importe quel imbécile peut faire acte de bravoure sur un champ de bataille où l'on n'a pas le choix entre le courage et la mort. Je parle de quelque chose d'autre. Mon genre de lâcheté est infiniment plus grave que si je m'étais enfui en entendant le canon pour la première fois.

Ashley s'exprimait lentement et avec difficulté, comme si chaque mot lui causait une souffrance. Il donnait l'impression d'avoir reculé de quelques pas et de contempler d'un œil douloureux ce qu'il venait de dire.

Qu'un autre homme lui eût parlé ainsi, Scarlett l'aurait traité par le mépris et aurait pris ses déclarations pour de la fausse modestie et un moyen détourné de s'attirer des compliments. Mais Ashley paraissait sincère et son regard exprimait un sentiment qu'elle n'arrivait pas à comprendre. Ce n'était ni de la crainte ni du remords, mais le reflet des efforts qu'il faisait pour résister à un courant qui l'entraînait irrésistiblement. Le vent hivernal glaçait les chevilles mouillées de Scarlett et la jeune femme frissonna de nouveau, mais son frisson provenait moins du vent froid que de la crainte qu'éveillaient en son cœur les paroles d'Ashley.

— Mais voyons, Ashley, de quoi avez-vous peur?

— Oh! de choses qui ne s'expriment pas, de choses qui paraissent très sottes quand on cherche à les définir par des mots. J'ai surtout peur que la vie ne prenne soudain un aspect trop réel, peur de me trouver personnellement, trop personnellement, aux prises avec l'un de ces faits si simples de l'existence. Ça m'est égal d'être ici à tailler du bois dans la boue, mais je ne veux pas rester indifférent à ce que ça représente. Je regrette énormément la beauté enfuie de cette vie d'autrefois que j'aimais. Scarlett, avant la guerre, la vie était magnifique. Elle avait un charme, une perfection, une plénitude et une symétrie qui l'apparentaient à l'art grec. Peut-être tout le monde ne pensait-il pas comme moi, je m'en rends compte maintenant, mais, pour moi qui vivais aux Douze Chênes, la vie était douée d'une véritable beauté. J'étais fait pour cette vie, j'y étais intégré. Et maintenant que cette vie n'est plus, je ne suis plus à ma place dans celle que nous menons aujourd'hui et j'ai peur. Je sais qu'autrefois j'assistais à une représentation d'ombres chinoises, j'évitais tout ce qui n'était pas jeu d'ombres, je m'écartais des gens et des situations trop réels, trop près de la vie. Je n'aimais pas que l'on s'introduisît dans mon domaine. J'ai essayé également de m'écarter de vous, Scarlett. Il y avait trop de vitalité, trop de réalité en vous et je me suis montré assez lâche pour préférer les ombres et mes rêves.

— Mais... Melly?

— Mélanie est le plus aimable des rêves et fait partie de ma rêverie. Et si la guerre n'avait pas surgi, j'aurais coulé des jours heureux, enseveli aux Douze Chênes, et j'aurais pris mon plaisir à regarder la vie s'enfuir sans jamais m'y mêler. Mais, lorsque la guerre a éclaté, la vie telle qu'elle est réellement m'a sauté à la gorge. Lorsque j'ai reçu le baptême du feu, c'était à Bull Run, vous vous en souvenez. J'ai vu réduire en miettes des camarades de mon âge, j'ai entendu les cris d'agonie des chevaux, j'ai éprouvé une sensation horrible et répugnante en voyant se tordre de douleur et cracher le sang les hommes sur qui je venais de tirer. Mais ce n'est pas là ce qu'il y a de pire dans la guerre. Le pire, Scarlett, ça a été les gens avec lesquels j'étais obligé de vivre.

« Toute ma vie je m'étais défendu contre les autres. J'avais choisi mes amis avec soin, mais la guerre m'a enseigné que je m'étais créé un monde à part, peuplé de créatures idéales. Elle m'a appris ce que les gens étaient pour de bon, mais elle ne m'a pas appris comment il fallait me comporter avec eux. Et je crains bien de ne jamais l'apprendre. Aujourd'hui, je sais que pour faire vivre ma femme et mon enfant je vais être forcé de me tailler un chemin au milieu de gens avec lesquels je n'ai rien de commun. Vous, Scarlett, vous empoignez la vie par les cornes et vous la soumettez à votre volonté. Mais moi, par quel moyen puis-je m'attaquer à la vie ? Quand je vous dis que j'ai peur ! »

Il s'exprimait d'une voix basse et bien timbrée, tout imprégnée d'un sentiment que Scarlett n'arrivait pas à comprendre. Par-ci, par-là, elle saisissait un mot et s'efforçait d'en pénétrer le sens. Mais les mots lui échappaient comme des oiseaux effarouchés. Ashley était entraîné, fouaillé par un cruel aiguillon, mais Scarlett ignorait quelle était la force qui le poussait ainsi.

— Scarlett, je ne sais pas exactement quand la triste réalité m'est apparue, quand j'ai compris pour la première fois que je ne me donnerais plus jamais de représentations sur mon théâtre d'ombres. Ça a peut-être été pendant les cinq premières minutes de la bataille de Bull Run, lorsque j'ai vu s'écrouler le premier homme que j'avais tué. Pourtant, je savais que c'était fini, que je ne pourrais plus être un spectateur. Non, brusquement, je me suis retrouvé sur la scène. C'était moi qui jouais, qui prenais des attitudes et gesticulais sans but. Mon petit monde intérieur n'existait plus. Il était envahi par une foule de gens dont les pensées n'étaient pas les miennes, dont les actes étaient aussi étrangers aux miens que ceux d'un hottentot. De leurs chaussures couvertes de boue, ils saccageaient mon domaine ; il ne me restait plus un endroit où me réfugier. En prison, je me disais : « Lorsque la guerre sera finie, je retrouverai ma bonne vie d'antan et mes rêveries d'alors, je verrai de nouveau jouer les ombres. » Mais, Scarlett, on ne revient pas en arrière. Et ce qui nous attend tous désormais est pire que la guerre, pire que la prison, et, pour moi, pire que la mort... Vous voyez bien, Scarlett, que mes frayeurs vont m'attirer une punition.

— Mais, Ashley, commença Scarlett, qui pataugeait, si vous avez peur que nous mourions tous de faim, voyons, voyons... Oh! Ashley, nous trouverons bien le moyen de nous en sortir. J'en suis sûre.

Pendant un moment ses grands yeux de cristal gris revinrent se poser sur elle et l'on y lisait un sentiment d'admiration. Puis brusquement ils reprirent leur expression lointaine et Scarlett, le cœur serré, comprit qu'Ashley pensait à autre chose. Elle et Ashley étaient toujours comme deux personnes qui s'efforcent de soutenir une conversation tout en ne parlant pas la même langue. Cependant, elle l'aimait à tel point que, quand il lui échappait comme il venait de le faire, elle ressentait la même impression que si le soleil s'était couché et que la chaleur du jour eût fait place à la froide rosée du crépuscule. Elle avait envie de le prendre par les épaules, de l'attirer à elle, de l'obliger à comprendre qu'elle était un être de chair et de sang et non point un personnage détaché d'un de ses romans ou de ses rêves.

— Mourir de faim n'a rien d'agréable, dit-il. Je le sais par expérience, mais ce n'est pas cela qui me fait peur. Je redoute d'affronter une existence dépouillée de la lente beauté de notre monde d'autrefois.

Scarlett était au désespoir et se disait que Mélanie saurait sûrement ce qu'Ashley entendait par là. Melly et lui n'arrêtaient pas de raconter des âneries de ce genre, parlaient sans cesse de poésie, de livres, de rêves, de rayons de lune et de poussière d'étoiles. Ashley ne partageait pas du tout les mêmes craintes qu'elle. Il ne craignait ni la révolte d'un estomac torturé par la faim, ni la morsure de la bise, ni la perte de Tara. Il avait peur de quelque chose qu'elle ignorait et qu'elle ne pouvait pas se représenter. Enfin, grands dieux! qu'y avait-il donc à redouter dans ce naufrage d'un monde en dehors de la faim, du froid et de la perte de sa maison?

— Oh! fit-elle d'un ton déçu, comme une enfant qui après avoir défait un paquet superbement emballé l'ouvre et s'aperçoit qu'il est vide.

Ashley eut un petit sourire triste.

— Pardonnez-moi, Scarlett, de parler à tort et à travers. Je ne parviendrai jamais à vous faire comprendre ce que je ressens parce que vous ne savez pas ce que c'est que la peur. Vous avez un cœur de lion et vous manquez totalement d'imagination. J'avoue que je vous envie l'une et l'autre de ces qualités. Vous, ça vous sera toujours bien égal d'être aux prises avec la réalité et vous n'aurez jamais envie de vous dérober comme moi, de fuir.

« Fuir! » On eût dit que c'était le seul mot intelligible qu'il eût prononcé. Comme elle, Ashley était fatigué de lutter et il voulait fuir. Elle respira plus vite.

— Oh! Ashley, s'écria-t-elle, vous vous trompez. Moi aussi, je voudrais fuir. J'en ai tellement assez de tout cela.

Ashley releva les sourcils en signe d'incrédulité. Scarlett lui posa la main sur le bras, une main fiévreuse, insistante.

— Écoutez-moi, commença-t-elle avec volubilité. Je vous dis que j'en ai assez. J'en ai par-dessus la tête, je suis à bout. J'ai lutté pour me procurer de la nourriture et de l'argent. J'ai semé, j'ai manié la houe, j'ai fait la cueillette du coton. J'ai même poussé la charrue jusqu'à ce que je n'en puisse plus. Je vous le dis, Ashley, le Sud est mort! Il est mort! Il est entre les mains des Yankees, des nègres affranchis et des Carpetbaggers et il ne reste plus rien pour nous. Ashley, enfuyons-nous!

Après avoir baissé la tête pour mieux voir son visage qui s'était coloré sous l'empire de l'émotion, il enveloppa Scarlett d'un regard pénétrant.

— Oui, enfuyons-nous... abandonnons-les tous! J'en ai assez de travailler pour les autres. Quelqu'un s'occupera d'eux. Il y a toujours quelqu'un pour s'occuper des gens qui ne peuvent pas se tirer d'affaire tout seuls. Oh! Ashley enfuyons-nous, vous et moi. Nous pouvons aller au Mexique... l'armée mexicaine a besoin d'officiers. Nous pourrions être si heureux, là-bas. Je travaillerai pour vous, Ashley. Je ferai n'importe quoi pour vous. Vous savez bien que vous n'aimez pas Mélanie...

Il voulut parler, mais Scarlett avait trop à dire pour le laisser faire.

— Ce jour-là, vous m'avez dit que vous m'aimiez mieux qu'elle... Oh! vous souvenez-vous de ce jour-là? Et je sais que vous n'avez pas changé. Je peux le dire, vous n'avez pas changé. Et vous venez de déclarer qu'elle n'était qu'un rêve... Oh! Ashley, partons loin d'ici! Je saurai vous rendre si heureux. De toutes manières, ajouta-t-elle avec fiel, Mélanie ne peut pas vous rendre heureux... Le docteur Fontaine a dit qu'elle ne pourrait plus avoir d'enfants, tandis que moi je pourrai vous en donner...

Ashley l'avait empoignée par les épaules et la serrait si fort qu'il lui faisait mal. Elle s'arrêta à bout de souffle.

— Nous devions oublier ce qui s'est passé ce jour-là aux Douze Chênes.

— Pensez-vous que je pourrai jamais l'oublier? L'avez-vous oublié, vous? En toute franchise, pouvez-vous dire que vous ne m'aimez pas?

Il poussa un profond soupir et répondit précipitamment : «

— Non, je ne vous aime pas!

— C'est un mensonge.

— Même si c'est un mensonge, fit Ashley d'une voix étrangement calme, la question ne se pose pas.

— Vous voulez dire que...

— Croyez-vous que je pourrais m'en aller ainsi et abandonner Mélanie et le bébé même si je les avais tous les deux en horreur? Croyez-vous que je pourrais briser le cœur de Mélanie? laisser ma femme et

252

mon fils à la charge d'amıs de notre famille ? Êtesvous folle, Scarlett ? Auriez-vous donc perdu tout sens moral ? D'ailleurs, vous ne pourriez pas abandonner votre père et vos sœurs. Vous avez un devoir envers eux tout comme j'en ai un envers Mélanie et Beau. Que vous en ayez assez ou non, ils existent et il faut que vous les aidiez à vivre.

— Si, je pourrais très bien les abandonner... je ne peux plus les voir... j'en ai par-dessus la tête...

Il se pencha vers elle et pendant un instant Scarlett, le cœur palpitant, crut qu'il allait la prendre dans ses bras. Mais au lieu de cela il lui donna une petite tape affectueuse sur le bras et se mit à lui parler comme à un enfant que l'on veut consoler.

— Oui, je sais que vous en avez par-dessus la tête, que vous êtes dégoûtée. C'est pour cela que vous parlez comme vous venez de le faire. Vous avez supporté le fardeau de trois hommes. Mais je m'en vais vous aider... je ne seraı pas toujours aussi maladroit de mes mains...

— Vous n'avez qu'une seule façon de m'aider, dit Scarlett, éperdue, c'est de m'emmener loin d'ici, de m'emmener refaire ma vie avec vous n'importe où, d'essayer d'être heureux ensemble. Rien ne nous retient ici.

— Non, rien, fit tranquillement Ashley, rien... sauf l'honneur.

Trompée dans son attente, elle le regarda et vit comme pour la première fois combien la couleur de ses cils se rapprochait de la teinte chaude et dorée du blé mûr. Elle remarqua la façon altière dont sa tête reposait sur son cou nu, et combien, malgré les guenilles grotesques qui l'affublaient, son corps mince et droit était racé et conservait de noblesse. Ses yeux rencontrèrent les siens, les yeux de Scarlett éloquents, suppliants, les yeux d'Ashley incertains comme des lacs de montagne sous un ciel gris.

Elle lut en eux la condamnation de ses rêves et de ses désirs insensés.

Le chagrin et le découragement l'envahirent. Elle enfouit la tête dans ses mains et se mit à pleurer.

Ashley ne l'avait jamais vue pleurer. Il ne lui était jamais venu à l'idée que des femmes aussi fortement trempées que Scarlett pouvaient se laisser aller aux larmes et il fut pris pour elle d'un grand élan de tendresse auquel se mêlait du remords. Aussitôt il se rapprocha d'elle et, la serrant entre ses bras, il la berça comme un enfant, lui appuya la tête contre son cœur et murmura :

— Chérie! Ma courageuse petite... non, non! Il ne faut pas pleurer!

A peine l'eut-il attirée contre lui qu'il la sentit se transformer sous son étreinte. Dans ses yeux verts, il y avait quelque chose de délirant qui opérait comme un charme magique. Le triste hiver n'existait plus. Pour Ashley, c'était de nouveau le printemps, ce printemps embaumé dont il avait à demi perdu le souvenir, ce printemps accompagné de murmures et du bruissement des feuilles vertes. Il revivait les journées insouciantes d'autrefois, du temps où ses désirs de jeunesse n'avaient point perdu leur chaleur. Il en oublia les années d'amertume qu'il avait connues depuis lors et, voyant palpiter les lèvres rouges qui se tendaient vers lui, il embrassa Scarlett.

Scarlett perçut une étrange et sourde rumeur comme si elle avait porté à son oreille une conque marine et elle distingua confusément les battements étouffés de son cœur affolé. Il lui sembla que son corps se fondait dans celui d'Ashley. Perdant toute notion du temps, ils restèrent ainsi soudés l'un à l'autre, Ashley lui baisait avidement les lèvres comme s'il ne devait jamais en être rassasié.

Lorsqu'il relâcha brusquement son étreinte, Scarlett eut l'impression qu'elle allait perdre l'équilibre et elle se retint à la barrière. Elle leva vers Ashley des yeux brillants d'amour et de triomphe.

— Vous m'aimez! Vous m'aimez! Dites-le-moi... Dites-le!

Il l'avait reprise par les épaules. Elle sentit ses mains trembler et elle aima le frisson qui les parcourait. Elle se rapprocha de lui d'un geste plein de fougue, mais il la repoussa et la regarda de ses yeux angoissés, torturés par le désespoir et la lutte qui se livrait en lui.

— Non! dit-il. Non! Si vous m'approchez, je vous prends ici, tout de suite.

Elle répondit par un sourire radieux, montrant que, pour elle, l'instant, le lieu, tout était aboli, sauf le souvenir des lèvres d'Ashley sur les siennes.

Soudain, il se mit à la secouer jusqu'à ce que la masse brune de ses cheveux se défît et se répandît sur ses épaules, à la secouer comme s'il était en proie à un furieux accès de rage contre elle... et contre lui.

— Nous n'avons pas le droit de faire ça! s'écria-t-il. Je vous dis que nous n'avons pas le droit!

Il lui sembla que son cou se briserait s'il recommençait à la secouer. Ses cheveux l'aveuglaient, l'attitude d'Ashley la stupéfiait. Elle se dégagea d'une secousse, recula et considéra fixement Ashley. De petites gouttes de sueur perlaient à son front. Il serrait les poings comme s'il avait mal.

— C'est ma faute, dit-il... Vous n'avez rien à vous reprocher et ça ne se reproduira pas, parce que je vais m'en aller avec Mélanie et le bébé.

— Vous en aller? s'écria-t-elle, affolée. Non!

— Si! Bon Dieu, je m'en irai! Vous imaginez-vous que je pourrai rester ici après ce qui vient de se passer... alors que ça pourrait nous arriver encore...

— Mais Ashley, vous ne pouvez pas partir. Où irez-vous? Vous m'aimez...

— Vous tenez à ce que je vous le dise? Eh bien je vais le faire. Je vous aime.

Il se pencha vers elle avec une brusquerie farouche qui la fit se pelotonner contre la barrière.

— Je vous aime. J'aime votre courage, votre obstination, le feu qu'il y a en vous, votre absence totale de pitié. A quel point je vous aime? Eh bien! je vous aime tellement qu'il y a un instant j'allais profaner l'hospitalité de cette maison qui nous a recueillis, moi et les miens. J'allais oublier la meilleure des épouses qu'homme ait jamais eue... oui, je vous aime assez pour avoir failli vous prendre ici, dans la boue, comme une...

Scarlett se débattait au milieu d'un chaos de pensées. Son cœur était transi comme si une aiguille de glace l'avait transpercé. Elle dit, le souffle court :

— Si vous en aviez envie... et que vous ne m'avez pas prise... c'est que vous ne m'aimez pas.

— Je n'arriverai jamais à vous faire comprendre.

Ils se turent et se regardèrent. Tout à coup, Scarlett frissonna et, comme au retour d'un long voyage, s'aperçut que c'était l'hiver, que les champs étaient nus sous leur manteau de chaume dru et qu'elle avait très froid. Elle s'aperçut également que le visage d'Ashley avait repris son expression lointaine qu'elle connaissait si bien et que, pour lui aussi, l'hiver était revenu sur les traces du remords.

Si elle n'avait pas été trop épuisée pour remuer, elle serait partie, elle aurait laissé Ashley seul et serait allée cacher sa peine dans la maison, mais il lui en coûtait même de parler.

— Il ne me reste rien, dit-elle enfin. Rien. Rien à aimer, rien à défendre. Je vous ai perdu et je vais perdre Tara.

Il la regarda un long moment en silence, puis il se baissa et détacha du sol une petite motte d'argile rouge.

— Si, il vous reste encore quelque chose, fit-il, et sur ses lèvres erra l'ombre de son sourire d'antan. Quelque chose que vous aimez mieux que moi, quoique vous ne le sachiez peut-être pas. Vous n'avez pas encore perdu Tara.

Il prit sa main molle, y posa le morceau d'argile humide et lui referma les doigts. La fièvre ne lui brûlait plus les mains, celles de Scarlett aussi étaient froides. Scarlett fixa un instant la motte de terre rouge, puis elle regarda Ashley et devina obscurément que son esprit formait un bloc que ses mains amoureuses ne réussiraient pas à désagréger.

Dût-il en périr, il n'abandonnerait jamais Mélanie. Dût-il brûler d'amour pour Scarlett jusqu'à la fin de ses jours, elle ne serait jamais sienne et il lutterait pour la tenir à distance. Jamais plus elle ne trouverait le joint de cette armure. Pour lui, les mots hospitalité, loyauté, honneur avaient plus de sens que pour elle.

La motte d'argile était froide, elle la regarda de nouveau.

— Oui, fit-elle, il me reste encore cela.

Sur le moment, ces paroles n'éveillèrent rien en elle et le morceau d'argile resta une motte de terre rouge. Puis, sans avoir rien fait pour cela, elle revit en pensée le rouge océan de boue qui entourait Tara et elle se dit combien elle y tenait et combien elle avait lutté pour le conserver, combien serait rude le combat qu'elle aurait à livrer si elle ne voulait pas l'abandonner à d'autres mains. Elle regarda de nouveau Ashley et se demanda vers quels rivages s'en était allée déferler la vague brûlante qui l'avait soulevée un moment auparavant. Elle était capable de réfléchir, mais elle ne ressentait plus rien. Elle était vidée de toute émotion.

— Vous n'avez pas besoin de vous en aller, dit-elle d'une voix nette. Je n'ai pas du tout l'intention de vous laisser mourir tous de faim parce que je me suis jetée dans vos bras. Ça n'arrivera plus.

Elle tourna les talons et reprit le chemin de la maison tout en ramenant ses cheveux en chignon sur sa nuque. Ashley la regarda s'éloigner et la vit redresser ses frêles épaules. Ce seul geste trouva plus sûrement le chemin de son cœur que tous les mots qu'elle avait prononcés.

XXXII

Lorsqu'elle monta les marches du perron, Scarlett tenait encore la motte d'argile rouge dans le creux de sa main. Elle avait pris la précaution de faire le tour de la maison, car, si elle était passée devant la cuisine, Mama, de son œil averti, n'aurait pas manqué de s'apercevoir qu'il était arrivé quelque chose de sérieux. D'ailleurs Scarlett ne tenait à voir personne. Elle n'éprouvait plus ni honte, ni déception, ni rancœur, mais elle avait les jambes coupées et la tête vide. Elle serra si fortement la motte d'argile dans son poing fermé que la terre s'échappa entre ses doigts. Alors Scarlett se mit à répéter comme un perroquet : « Oui, il me reste encore ça. Oui, il me reste encore ça. »

Elle ne possédait plus rien, plus rien en dehors de cette terre rouge dont, quelques minutes auparavant, elle se fût volontiers débarrassée comme on se débarrasse d'un mouchoir en lambeaux. Maintenant, elle sentait de nouveau combien elle était attachée à cette terre, et elle se demandait confusément par quel coup de folie elle avait pu en faire si peu de cas. Si Ashley avait cédé, elle serait partie avec lui et aurait abandonné les siens sans même se retourner, et pourtant, malgré le vide de son esprit, elle savait ce qu'il lui en aurait coûté de quitter ces collines rouges qu'elle aimait, ces pins noirs et décharnés. Jusqu'au jour de sa mort, elle y aurait pensé, en aurait ardemment évoqué le souvenir. Ashley lui-même ne serait pas parvenu à combler le vide laissé par Tara dans son cœur. Comme Ashley était sage et comme il la connaissait bien ! Il n'avait eu qu'à lui mettre une poignée de terre humide dans la main pour la ramener à la raison.

Elle était sur le point de refermer la porte d'entrée quand elle entendit le bruit d'une voiture. Poussée par la curiosité, elle regarda du côté de l'allée. Des visites en un pareil moment ! C'en était trop. Elle allait vite monter dans sa chambre et prétexterait une migraine.

Toutefois, lorsque l'attelage se fut rapproché, la stupeur la cloua sur place, l'arrêtant net dans sa fuite. C'était une voiture toute neuve, étincelante sous son vernis. Les harnais, semés de clous de cuivre bien astiqués, étaient tout neufs eux aussi. Des étrangers, à coup sûr. Scarlett ne connaissait personne d'assez riche pour se promener en un tel équipage.

Elle resta sur le seuil à regarder. Le vent froid plaquait ses jupes contre ses jambes. Enfin, la voiture s'arrêta devant la maison et Jonas Wilkerson en descendit. A la vue de l'ancien régisseur de Tara drapé

dans une somptueuse houppelande, Scarlett fut tellement surprise qu'elle n'en put croire ses yeux. Will
lui avait pourtant raconté que Jonas paraissait se
trouver dans une situation florissante depuis qu'il
avait obtenu son poste au Bureau des Affranchis.
Will lui avait expliqué qu'il avait dû gagner beaucoup
d'argent en escroquant tour à tour les nègres et le
gouvernement ou en confisquant des récoltes de coton
sous prétexte qu'elles appartenaient à l'État. Étant
donné la dureté des temps, il n'avait certainement
pas pu gagner tout cet argent par des moyens honnêtes.

Et le voilà qui sortait d'une voiture élégante et
aidait à en descendre une femme habillée avec la plus
grande recherche. Du premier coup d'œil, Scarlett se
rendit compte que la toilette de l'inconnue était trop
voyante et frisait la vulgarité, mais elle n'en étudia
pas moins tous les détails avec avidité. Il y avait si
longtemps qu'elle n'avait vu des vêtements à la mode.
« Tiens, on porte donc les crinolines moins larges,
cette année », se dit-elle en examinant la jupe à carreaux écossais rouges. « Comme les jaquettes sont
courtes », poursuivit-elle en elle-même, les yeux fixés
sur le manteau de velours noir. « Quel drôle de chapeau! Les capotes ne doivent plus se faire! » En effet,
la tête de la femme était surmontée d'une ridicule
coiffure de velours rouge, plate comme une galette
durcie, dont les rubans ne s'attachaient pas sous le
menton comme ceux des capotes, mais étaient noués
par-derrière sous un épais chignon bouclé. Scarlett
ne put s'empêcher de remarquer que les boucles
n'étaient pas de la même couleur que le reste des
cheveux.

Après avoir mis un pied à terre, la femme regarda
du côté de la maison et Scarlett s'aperçut qu'elle
avait déjà vu quelque part ce visage de lapin bar-
bouillé de poudre blanche.

— Mais c'est Emmie Slattery! fit-elle tout haut,
tant elle était surprise.

— Oui, m'dame, c'est moi, répondit Emmie avec
un sourire engageant, et elle se dirigea vers le perron.

Emmie Slattery! Cette sale petite traînée aux cheveux filasse dont Ellen avait baptisé le bâtard, Emmie qui avait tué Ellen, en lui donnant la typhoïde. Cette sale petite gueuse, avec ses vêtements tapageurs, avait le toupet de monter les marches de Tara en se dandinant et en minaudant comme si elle était chez elle. Scarlett pensa à Ellen et une rage meurtrière l'envahit si brusquement qu'elle se mit à trembler comme dans un accès de fièvre.

— Descendez, espèce de gueuse! s'écria-t-elle. Sortez de cette propriété! Sortez!

Emmie resta bouche bée et se tourna vers Jonas qui arrivait, les sourcils froncés. Malgré sa colère, il prit sur lui pour conserver sa dignité.

— Vous ne devriez pas parler comme ça à ma femme, dit-il.

— Votre femme! riposta Scarlett, qui éclata d'un rire méprisant. Il était grand temps d'en faire votre femme. Qui a baptisé vos autres gosses depuis qu'elle a tué ma mère?

— Oh! fit Emmie, et elle descendit précipitamment les marches dans l'intention de rallier la voiture, mais Jonas, lui empoignant le bras, l'arrêta dans sa fuite.

— Nous étions venus vous rendre visite... une visite amicale, dit-il d'un ton hargneux. Oui, nous voulions parler un peu affaires avec de vieux amis...

— Des amis? (La voix de Scarlett était cinglante comme un coup de fouet.) Quand est-ce que nous avons été amis avec des gens comme vous? Les Slattery vivaient à nos crochets et nous ont rendu nos bienfaits en tuant ma mère... et vous... vous... Papa vous a renvoyé parce que vous aviez fait un enfant à Emmie. Vous le savez très bien. Des amis? Fichez-moi le camp avant que j'appelle M. Benteen et M. Wilkes.

En entendant ces mots, Emmie échappa à l'étreinte de son mari et s'enfuit vers la voiture aussi vite que pouvaient la porter ses chaussures vernies à tige et à pompons d'un rouge criard. Quant à Jonas, son visage blême s'empourpra soudain sous l'effet d'une colère au moins égale à celle de Scarlett.

— Vous crânez toujours, hein? Vous avez toujours

vos grands airs. Ce n'est pas la peine. je sais à quoi m'en tenir sur votre compte. Je sais que vous n'avez pas même de chaussures à vous mettre aux pieds. Je sais que votre père est devenu gâteux...

— Fichez-moi le camp!

— Oh! vous n'allez pas me chanter cette chanson-là longtemps. Je sais que vous êtes à la côte. Je sais que vous ne pouvez même pas payer vos impôts. J'étais venu vous proposer d'acheter cette propriété... je voulais vous en offrir un rudement bon prix. Emmie a très envie de venir habiter ici. Mais, bon Dieu, maintenant, je ne vous en donnerai pas un sou. Espèce de mijaurée d'Irlandaise, vous verrez qui fait la loi ici quand le fisc se chargera de vendre vos terres. Et c'est moi qui l'achèterai, cette propriété. J'achèterai tout ce qu'il y a chez vous, y compris le mobilier. et je viendrai m'installer ici.

Ainsi c'était Jonas Wilkerson qui voulait se rendre acquéreur de Tara... Jonas et Emmie qui songeaient à venger par un moyen détourné les affronts reçus dans le passé en venant habiter là où on leur avait fait sentir leur indignité. Les nerfs de Scarlett vibraient de rage, tout comme ils avaient vibré le jour où, braquant son pistolet sur le Yankee barbu, elle avait tiré. Elle regretta de ne pas avoir son arme sur elle.

— Je démolirai cette maison pierre par pierre, j'y mettrai le feu, je jetterai du sel partout sur les champs avant que vous franchissiez ce seuil. Fichez-moi le camp, je vous dis. Fichez-moi le camp.

Les yeux de Jonas lançaient des éclairs. L'ancien régisseur s'apprêta à répondre, puis, changeant d'idée, il se dirigea vers la voiture. Il monta s'asseoir auprès de sa femme qui pleurnichait et fouetta le cheval. Tandis que Jonas et Emmie s'éloignaient, Scarlett cracha dans leur direction. Elle savait que c'était un geste à la fois vulgaire et enfantin, mais ça lui fit du bien.

Ces damnés défenseurs des nègres. venir ici la narguer, se moquer de sa pauvreté! Ce chien n'avait jamais eu l'intention de lui faire une offre pour Tara. Il s'était servi de ce prétexte pour venir se pavaner devant elle avec sa femme Les immondes Scallawags, ces misérables gueux, avoir la prétention de s'installer à Tara!

Alors, une terreur soudain s'empara d'elle et sa colère fondit. Ventredieu! Mais oui, ils allaient venir s'installer ici! Elle ne pouvait rien faire pour les empêcher d'acheter Tara, rien pour les empêcher de se rendre acquéreurs de toutes les glaces, de toutes les tables, des lits, des meubles en acajou et en palissandre qui avaient appartenu à Ellen et auxquels Scarlett tenait tant, malgré les injures que leur avaient fait subir les Yankees. Et l'argenterie des Robillard aussi. « Non, je ne les laisserai pas faire ça, se dit Scarlett avec violence. Non, dussé-je incendier moi-même la maison, Emmie Slattery ne posera jamais le pied sur un seul pouce de parquet où maman a marché! »

Elle referma la porte, s'y adossa et elle eut grand-peur. Elle eut encore plus peur que le jour où les hommes de Sherman avaient envahi la maison. Ce jour-là, le pire qu'elle avait eu à redouter, c'était qu'on ne brûlât Tara et elle avec... mais cela c'était encore plus terrible... Ces êtres vils, habiter cette maison! se vanter auprès d'amis de leur acabit de la façon dont ils avaient flanqué les fiers O'Hara à la porte! Ils iraient même peut-être jusqu'à inviter des nègres à dîner et à passer la nuit. Will lui avait raconté que Jonas se complaisait à traiter les nègres d'égal à égal, qu'il mangeait avec eux, leur rendait visite, les emmenait se promener dans sa voiture, les prenait par l'épaule.

Lorsqu'elle envisagea la possibilité d'infliger cet ultime outrage à Tara, son cœur se mit à battre si fort qu'elle eut du mal à respirer. Elle essaya d'étudier le problème sous toutes ses faces, s'efforça de découvrir un moyen de se tirer d'affaire, mais chaque fois qu'elle essayait d'y voir clair, c'était la même chose, la rage et l'épouvante la faisaient trembler des pieds à la tête. Il devait pourtant bien y avoir un moyen de s'en sortir, quelqu'un qui avait de l'argent et à qui elle pourrait emprunter. L'argent ne s'était tout de même pas volatilisé comme ça. Il fallait bien que quelqu'un en eût encore. Alors elle se rappela les mots qu'Ashley avait prononcés en riant.

« Une seule personne, Rhett Butler... qui a de l'argent. »

Rhett Butler. Scarlett se dirigea aussitôt vers le salon dont elle referma la porte sur elle. Les volets étaient fermés, la nuit hivernale était proche, l'ombre enveloppait la jeune femme. Personne n'aurait l'idée de venir la chercher dans cette pièce et elle voulait prendre son temps pour méditer sans être dérangée. Elle venait d'avoir une idée tellement simple qu'elle se demandait comment elle avait fait pour ne pas avoir songé à cela plus tôt.

« C'est Rhett qui me donnera cet argent. Je lui vendrai les boucles d'oreilles, ou bien je lui emprunterai de l'argent et il gardera les boucles jusqu'à ce que je puisse le rembourser. »

Pendant un moment, elle se sentit délivrée d'un si grand poids qu'elle en eut comme une faiblesse. Oui, elle paierait ses impôts et s'offrirait le plaisir de rire au nez de Jonas Wilkerson. Mais cette pensée agréable fit place à l'implacable vérité.

« Ce n'est pas seulement cette année que j'aurai besoin d'argent pour m'acquitter de mes impôts. Ça recommencera l'année prochaine et ainsi de suite tous les ans, jusqu'à la fin de mes jours. Si j'arrive à me mettre en règle avec le fisc cette année, la prochaine fois on augmentera mes impôts et on arrivera bien à me faire quitter Tara. Si je fais une bonne récolte de coton, on m'imposera tellement qu'il ne me restera plus rien ou bien on me la confisquera sous prétexte que c'est du coton confédéré. Les Yankees et les crapules qui leur donnent la main finiront bien par me faire passer par où ils veulent. Toute ma vie, je vivrai dans la crainte qu'ils n'en arrivent à leurs fins d'une façon ou d'une autre. Toute ma vie, je me débattrai pour avoir de l'argent, je me tuerai de travail, et tout cela pour rien, pour voir voler mon coton... Emprunter trois cents dollars pour payer mes impôts, ça ne sera jamais qu'un palliatif. Ce que je veux, c'est sortir une fois pour toutes de ce pétrin... je veux pouvoir m'endormir le soir sans avoir à m'inquiéter de ce qui m'arrivera le lendemain, le mois suivant ou l'année prochaine. »

Son esprit fonctionnait sans heurt. Froidement, logiquement, une idée grandissait en elle. Elle pensait à Rhett, revoyait une rangée de dents blanches étincelantes, une peau basanée, des yeux noirs et moqueurs qui la caressaient. Elle se rappelait une nuit tiède à Atlanta. Le siège touchait à sa fin. Elle était assise sous la véranda de tante Pitty. Les ténèbres la cachaient à demi. Elle sentait de nouveau la chaleur de sa main quand il lui avait pris le bras et lui avait dit : « Je vous désire plus que je n'ai jamais désiré aucune femme... et j'ai attendu pour vous plus longtemps que je n'ai jamais attendu pour une autre femme. »

« Je vais l'épouser, se dit-elle avec calme. Comme ça, je n'aurai plus jamais de soucis d'argent. »

Oh! pensée bénie, plus douce que l'espérance du Paradis ; ne plus jamais avoir de soucis d'argent, savoir que Tara est sauvée, que la famille a de quoi se nourrir et se vêtir, qu'elle-même ne se heurtera jamais plus la tête contre un mur de pierres.

Elle se sentit très vieille. Les événements de l'après-midi lui avaient ôté toute faculté d'émotion, sans cela quelque chose en elle se fût insurgé contre le plan qui se formait dans son esprit, car elle détestait Rhett plus que toute autre personne au monde. Mais rien ne pouvait plus l'émouvoir. Elle n'avait plus que la force de réfléchir et ses pensées revêtaient un aspect fort pratique.

« Je lui ai dit des choses épouvantables la nuit où il nous a abandonnées au milieu de la route, mais je m'arrangerai pour lui faire oublier ça. Ce n'est pas lui qui me fera perdre mes manchettes. Je lui raconterai que je l'ai toujours aimé et que, si je lui ai parlé comme ça, c'est parce que j'étais folle de peur. Bah! les hommes sont tellement fats qu'ils croient tout ce qui les flatte... Il ne faudra pour rien au monde que je lui laisse soupçonner où nous en sommes réduits, non, pas tant que je n'aurai pas eu gain de cause avec lui. Je me tiendrai à carreau. Si jamais il se doutait à quel point nous sommes dans la misère, il devinerait tout de suite que c'est à son argent et non pas à lui que je tiens. Du reste, il n'y a aucune raison pour qu'il sache à quoi s'en tenir. Tante Pitty elle-même ne sait pas tout. Quand je l'aurai épousé, il faudra bien qu'il nous vienne en aide à tous. Il ne pourra pas laisser mourir de faim la famille de sa femme. »

Sa femme! Mme Rhett Butler! Elle sentit au fond d'elle-même se raviver puis s'éteindre aussitôt un obscur sentiment de répulsion. Elle se rappela les événements gênants et répugnants de sa courte lune de miel avec Charles, les mains fureteuses de son mari, sa gaucherie, ses émois incompréhensibles... et Wade Hampton.

« Ne pensons pas à cela pour le moment. Il sera toujours temps quand je l'aurai épousé... »

Quand elle l'aurait épousé. Un autre souvenir lui revint. Elle en eut froid dans le dos. Elle évoqua de nouveau cette nuit tiède sous la véranda de tante Pitty. Elle se souvint d'avoir demandé à Rhett s'il avait l'intention de l'épouser et elle se rappela également la façon odieuse dont il avait ri et lui avait répondu :

« Ma chère, je ne suis pas fait pour le mariage! »

Et s'il continuait à ne pas vouloir se marier! Et si malgré toutes ses ruses et tous ses artifices il se refusait à l'épouser! Plus terrible encore... s'il avait complètement oublié Scarlett et qu'il courût après une autre femme!

« Je vous désire plus que je n'ai jamais désiré aucune femme... »

Scarlett serra les poings et ses ongles s'enfoncèrent dans sa chair. « S'il m'a oubliée, je l'obligerai à se souvenir de moi. Je m'arrangerai pour qu'il me désire encore. »

Et puis, à supposer qu'il ne voulût point l'épouser, mais qu'il la désirât encore, elle connaissait un moyen d'obtenir de l'argent de lui. En somme, il lui avait demandé une fois de devenir sa maîtresse.

Dans la demi-obscurité du salon elle livra un assaut

rapide et décisif aux trois plus fortes attaches de son âme : le souvenir d'Ellen, les principes de sa religion et son amour pour Ashley. Elle savait que, même du Paradis où elle était sûrement, Ellen ne manquerait pas de trouver ignoble ce qui se tramait dans son esprit. Elle savait que la fornication était un péché mortel, et elle savait aussi qu'aimant Ashley comme elle l'aimait son projet était une double prostitution.

Mais tous ces scrupules s'effondraient devant la rigueur de son raisonnement et le coup d'aiguillon du désespoir. Ellen était morte et la mort permettait peut-être de tout comprendre. La religion interdisait la fornication sous peine du feu éternel, mais si l'Église se figurait qu'elle n'allait pas user de tous les moyens pour sauver Tara et empêcher sa famille de mourir de faim... Eh bien! tant pis pour elle. Et Ashley qui ne voulait pas d'elle. Si, il la désirait. Le souvenir de ses lèvres brûlantes le lui disait assez, mais il ne s'enfuirait jamais avec elle. Comme c'était curieux. S'enfuir avec Ashley n'avait pas l'air d'être un péché, tandis qu'avec Rhett...

Dans la lumière confuse du crépuscule d'hiver, Scarlett arrivait au bout du long chemin qui avait commencé la nuit de la chute d'Atlanta. Lorsqu'elle s'était mise en route, elle n'était qu'une jeune femme gâtée, égoïste, sans expérience, un être plein de jeunesse, aux sentiments tout frais, capable de trouver encore maints sujets d'étonnement dans la vie. Désormais, il ne restait plus rien de cette jeune femme. La faim, les travaux accablants, la peur, ses nerfs perpétuellement tendus, les affres de la guerre et de la Reconstruction lui avaient pris tout ce qu'elle avait de chaleur, de jeunesse et de douceur. Au tréfonds de son être, une dure carapace s'était formée et, peu à peu, couche après couche, s'était épaissie au long des mois interminables.

Cependant, jusqu'à ce jour, un double espoir l'avait soutenue. Elle avait espéré qu'une fois la guerre terminée la vie allait reprendre petit à petit son aspect d'antan. Elle avait espéré également que le retour d'Ashley redonnerait une raison d'être à son existence.

Maintenant ces deux espoirs étaient détruits. La vue de Jonas Wilkerson dans l'allée centrale de Tara lui avait fait comprendre que, pour elle et pour tout le Sud, la guerre ne prendrait jamais fin. La lutte la plus âpre, l'ère des vengeances les plus brutales ne faisait que commencer. Et Ashley était à jamais prisonnier de formules plus résistantes que n'importe quel barreau de cellule.

Le même jour elle avait appris qu'elle ne pourrait compter ni sur la paix, ni sur Ashley. Sa carapace n'avait plus de fissure, la dernière couche avait durci. Scarlett était devenue ce que la grand-mère Fontaine lui avait conseillé de ne jamais devenir, une femme qui avait connu le pire et à laquelle il ne restait plus rien à redouter. Elle n'avait plus à craindre ni la vie, ni sa mère, ni la perte de son amour, ni l'opinion publique. Elle n'avait plus peur que de deux choses : souffrir de la faim et refaire le cauchemar qui l'assaillait chaque fois qu'elle avait le ventre creux.

Maintenant qu'elle avait achevé de barder son cœur contre tout ce qui la rattachait au passé et à la Scarlett d'autrefois, elle se sentait étrangement libre et légère. Elle avait pris une décision et, Dieu merci, ça ne lui faisait pas peur. Elle n'avait rien à perdre et elle était bien résolue à mener l'expérience jusqu'au bout.

Si seulement elle arrivait à enjôler Rhett et à obtenir qu'il l'épousât, tout serait pour le mieux. Dans le cas contraire... eh bien! elle aurait quand même son argent. Pendant un moment elle se demanda avec beaucoup d'objectivité ce qu'on pouvait attendre d'une maîtresse. Rhett exigerait-il qu'elle demeurât à Atlanta où il l'entretiendrait comme on prétendait qu'il entretenait la Watling? Si jamais il l'obligeait à vivre à Atlanta, il saurait ce que ça lui coûterait... il faudrait qu'il se montrât généreux pour compenser ce qu'elle perdrait en n'étant plus à Tara. Scarlett était fort ignorante de l'aspect caché de l'existence des hommes et elle n'avait aucun moyen de savoir ce que comporterait un arrangement entre elle et Rhett. Elle se demanda aussi si elle aurait un enfant. Ça, ce serait effroyable.

« N'y pensons pas pour le moment », et elle relégua la fâcheuse pensée au fin fond de sa conscience, de peur qu'elle n'ébranlât sa résolution. Elle se proposa d'annoncer le même soir aux siens qu'elle irait à Atlanta pour essayer d'emprunter de l'argent ou d'hypothéquer la propriété si c'était nécessaire. C'était tout ce qu'ils avaient besoin de savoir jusqu'au jour néfaste où ils découvriraient qu'il s'agissait d'autre chose.

Bien décidée à agir, elle releva la tête et redressa le buste. Elle savait pourtant qu'elle n'aurait pas la partie facile. Autrefois c'était Rhett qui lui demandait ses faveurs, et elle qui détenait le pouvoir de les accorder. Maintenant, c'était elle qui venait en mendiante et en mendiante qui n'avait point à dicter ses conditions.

« Non, je n'irai pas à lui comme une mendiante. J'irai comme une reine qui accorde ses bonnes grâces. Il ne saura jamais à quoi s'en tenir. »

Elle s'approcha d'un long trumeau scellé dans le mur et se regarda de bas en haut. Le miroir au cadre d'or craquelé lui envoya l'image d'une étrangère. C'était comme si elle ne s'était pas regardée dans une glace depuis un an. Chaque matin, après avoir fait sa toilette, elle s'était regardée pour se rendre compte si elle était bien débarbouillée et si ses cheveux étaient bien peignés. Cependant elle avait toujours eu trop de choses à faire pour réellement se voir. Mais cette étrangère, cette inconnue! Voyons, cette femme aux joues creuses ne pouvait sûrement pas être Scarlett O'Hara! Scarlett O'Hara avait un joli petit minois espiègle et gai. Ce visage qu'elle examinait n'était pas joli du tout et ne possédait plus aucun des attraits qu'elle se rappelait si bien. Il était pâle et défait. Les sourcils noirs épousaient la ligne oblique des yeux et se détachaient étrangement sur la peau blanche comme les ailes d'un oiseau effrayé. Il y avait en lui quelque chose de dur et d'anxieux.

« Je ne suis pas assez jolie pour réussir auprès de lui, se dit Scarlett, reprise de désespoir. Je suis maigre... oh! je suis terriblement maigre. »

Elle se caressa les joues, puis se tâta fiévreusement les os qu'elle sentait saillir à travers son corsage. Et ses seins étaient si petits, presque aussi petits que ceux de Mélanie. Il fallait qu'elle rembourrât son corsage pour faire croire qu'ils étaient plus gros, et dire qu'elle s'était toujours moquée des jeunes filles qui avaient recours à de tels artifices. Rembourrer son corsage! Cela la fit penser à autre chose. Ses vêtements. Elle regarda sa jupe dont elle étala les plis reprisés. Rhett aimait les femmes bien habillées. Fallait-il donc qu'elle soit bête pour s'être imaginé que Rhett la demanderait en mariage avec son cou décharné, ses yeux de chat affamé et ses robes en loques! Si l'histoire de tante Pitty était vraie, Rhett devait être l'homme le plus riche d'Atlanta et il n'avait probablement qu'à faire son choix parmi toutes les jolies femmes, les femmes du monde comme les autres. « Allons, pensa Scarlett, j'ai quelque chose que la plupart des jolies femmes n'ont pas... c'est une idée bien arrêtée. Et si seulement j'avais une jolie robe... »

Il n'y avait pas une seule robe convenable à Tara, pas une seule robe qui n'eût été retournée deux fois et raccommodée.

« C'est comme ça », se dit Scarlett. Elle était inconsolable et gardait les yeux obstinément rivés au sol. Elle voyait le tapis de couleur mousse, le beau tapis d'Ellen, usé, taché, déchiré par les innombrables hommes qui avaient couché dessus et ce spectacle la déprima encore plus, car elle se rendit compte que Tara était dans un état aussi pitoyable qu'elle-même. L'ombre s'épaississait et elle se sentait mal à l'aise. Elle se dirigea vers la fenêtre, releva le store, ouvrit les volets et laissa pénétrer dans la pièce les dernières clartés du crépuscule d'hiver. Elle referma la fenêtre et appuya la tête contre les rideaux de velours. Par-delà le morne pâturage, son regard alla se poser sur les cèdres du cimetière de famille.

Elle sentit sur sa joue le doux picotement des rideaux de velours vert et elle s'y frotta le visage comme un chat. Soudain, elle les examina fixement.

Une minute plus tard, elle traversait la pièce en poussant une lourde table à dessus de marbre dont les roulettes grinçaient en signe de protestation. Elle amena la table jusque sous la fenêtre, retroussa ses jupes, monta et, dressée sur la pointe des pieds, essaya de décrocher la grosse tringle à rideaux. Scarlett n'était pas tout à fait assez grande et, à force de tirer dessus chaque fois qu'elle réussissait à l'atteindre, elle finit par arracher les clous, et les rideaux, la tringle et les supports dégringolèrent par terre avec fracas.

Comme par enchantement, la porte du salon s'ouvrit et la grosse figure noire de Mama apparut. La plus vive curiosité se lisait sur ses traits. Elle lança un coup d'œil désapprobateur à Scarlett qui, les jupes relevées au-dessus du genou, s'apprêtait à sauter par terre. Sur le visage de la jeune femme une expression de triomphe incita Mama à la plus grande méfiance.

— Qu'est-ce que vous faites là avec les tentu' de ma'ame Ellen ? demanda la négresse.

— Qu'est-ce que tu fais là à écouter aux portes, fit Scarlett en sautant avec souplesse et en prenant à pleines mains un des rideaux poussiéreux.

— Moi j'écoute jamais aux po'tes, riposta Mama toute prête à engager la lutte. Et je vous dis que vous avez 'ien à fai' avec les tentu' de ma'ame Ellen. On n'a pas idée d'a'acher les t'ingles et de laisser tomber les tentu' pa' tè' comme ça dans la poussiè'.

Scarlett braqua sur Mama une paire d'yeux verts luisants de plaisir comme dans le bon vieux temps, lorsque, petite fille méchante, elle arrachait de gros soupirs à Mama.

— Grimpe vite au grenier chercher ma boîte de patrons, s'exclama Scarlett en donnant une légère bourrade à Mama. Je vais me faire une robe neuve.

Mama était indignée à la seule idée de monter au grenier avec ses deux cents livres et en même temps un horrible soupçon prenait naissance en elle. D'un geste prompt elle s'empara du rideau que tenait Scarlett et en couvrit sa monumentale et flasque poitrine comme s'il s'agissait de reliques sacrées.

— Vous so'ti'ez pas d'ici les tentu' de ma'ame Ellen pou' vous en fai' une 'obe neuve, si c'est ça que vous avez dans l'idée. Non, vous le fe'ez pas tant que j'au'ai enco' un souffle dans le co'ps.

Mama s'aperçut alors que sa jeune maîtresse prenait ce qu'elle avait coutume d'appeler son « air bison » qui, d'ailleurs, fit bientôt place à un sourire auquel la vieille femme avait bien du mal à résister. Néanmoins Mama ne se laissa pas fléchir. Elle savait que Mme Scarlett souriait uniquement pour l'amadouer et, en l'occurrence, elle n'avait pas l'intention de céder.

— Mama, sois gentille, je vais aller à Atlanta pour emprunter un peu d'argent et j'ai besoin d'une robe neuve.

— Vous n'avez pas besoin du tout d'une 'obe neuve. Les aut' dames elles ont pas de 'obes neuves. Elles po'tent leu' vieilles affai' et elles en sont fiè'. L'enfant de ma'ame Ellen elle peut t'ès bien se p'omener en guenilles si ça lui fait plaisi' et tout le monde la 'espect'a quand même tout comme si elle était habillée en soie.

Petit à petit, Scarlett se renfrogna et l' « air bison » revint :

« Seigneu', pensa Mama, c'est d'ôle comme ma'ame Scarlett en vieillissant elle 'essemble de plus en plus à missié Gé'ald et de moins en moins à ma'ame Ellen. »

— Voyons, Mama, tu sais que tante Pitty nous a écrit que Mlle Fanny Elsing se mariait samedi prochain et, bien entendu, j'irai à son mariage. J'ai besoin d'une robe neuve pour y assister.

— Celle que vous po'tez maintenant elle se'a tout aussi jolie que la 'obe de ma'iée de mam'zelle Fanny. Mam'zelle Pitty a éc'it que les Elsing ils étaient 'udement pauv'.

— Mais il me faut une robe neuve! Mama, tu ne sais pas à quel point nous avons besoin d'argent. Les impôts...

— Si, ma'ame, je sais à quoi m'en teni' pou' les impôts, mais...

— Tu es au courant?

— Eh bien! ma'ame, le bon Dieu il m'a donné des o'eilles et elles sont pas bouchées, su'tout quand missié Will il se donne pas la peine de fe'mer sa po'te.

Y avait-il en fait une seule conversation que Mama ne surprenait pas. Scarlett se demanda comment ce gros corps qui ébranlait les planchers s'y prenait pour se déplacer avec autant de discrétion quand Mama voulait écouter aux portes.

— Eh bien! si tu as tout entendu, tu dois savoir également que Jonas Wilkerson et cette Emmie...

— Oui, ma'ame, fit Mama les yeux étincelants.

— Alors, ne fais pas la mule, Mama. Tu ne comprends donc pas qu'il faut que j'aille à Atlanta trouver de l'argent pour payer les impôts? Il faut absolument que je trouve de l'argent. Il le faut! Au nom du Ciel, Mama! Tu ne comprends donc pas qu'ils vont nous jeter à la porte? Et alors, où irons-nous? Tu veux t'amuser à discuter avec moi pour une petite histoire de rideaux quand cette gueuse d'Emmie Slattery qui a tué maman se prépare à emménager ici et à venir coucher dans le lit de maman?

Maman se dandinait d'un pied sur l'autre comme un gros éléphant rétif. Elle avait vaguement conscience qu'elle finirait par céder.

— Non, ma'ame, je tiens pas à voi' ces gueux dans la maison de ma'ame Ellen et nous aut' su' le pavé, mais... (Elle lança soudain à Scarlett un regard lourd de reproches.) A qui donc avez-vous l'intention d'emp'unter cet a'gent pou' avoi' besoin d'une 'obe neuve?

— Ça, c'est mon affaire, répondit Scarlett prise au dépourvu.

Scarlett baissa les yeux malgré elle comme elle le faisait quand elle était petite et qu'elle essayait de se disculper à l'aide d'un mensonge.

— Alo's vous avez besoin d'une belle 'obe neuve pou' emp'unter de l'a'gent? Ça m'a l'ai' louche, cette histoi'-là. Et vous avez pas dit où vous t'ouve'ez cet a'gent?

— Je n'ai rien à dire, déclara Scarlett, indignée. Ça ne regarde que moi. Vas-tu oui ou non me donner ce rideau et m'aider à en faire une robe?

— Oui, ma'ame, répondit Mama en capitulant avec une soudaineté qui éveilla les soupçons de Scarlett. Je m'en vais vous aider à la fai' cette 'obe et j'espè' que vous allez vous tailler un jupon, dans la doublu' en satin des tentu' et aussi une pai' de pantalons avec les 'ideaux de dentelle.

Elle tendit le rideau à Scarlett et un sourire rusé éclaira son visage.

— Ma'ame Melly, elle va avec vous à Atlanta, ma'ame Sca'lett ?

— Non, fit Scarlett d'un ton sec tout en commençant à deviner ce qui allait se passer. J'y vais toute seule.

— C'est vous qui le dites, déclara Mama avec fermeté. Mais moi je vous accompagne toutes les deux, vous et cette 'obe neuve. Oui, ma'ame, je vous quitte'ai pas d'une semelle.

Scarlett essaya de se représenter son voyage à Atlanta et sa conversation avec Rhett sous l'œil tutélaire de Mama qui se tiendrait à l'arrière-plan comme un gros Cerbère noir. Elle sourit de nouveau et prit Mama par l'épaule.

— Mama chérie, tu es très gentille de vouloir venir avec moi, mais comment s'en tirera-t-on ici sans toi ? Tu sais bien qu'au fond c'est toi qui fais marcher Tara ?

— Oou! fit Mama, vos belles pa'oles vous se'vi-'ont à 'ien, ma'ame Sca'lett. Je vous connais depuis que je vous ai mis vot' p'emier lange. J'ai dit que j'i'ai à Atlanta avec vous et j'i'ai. Ma'ame Ellen elle en f'émi'ait dans sa tombe à l'idée que vous allez toute seule à Atlanta, dans cette ville pleine de Yankees, de nèg' aff'anchis et de f'ipouilles de cet acabit.

— Mais je descendrai chez tante Pittypat, annonça Scarlett à bout d'arguments.

— Mam'zelle Pittypat est une femme t'ès bien, mais elle se figu'e qu'elle voit tout et elle voit 'ien, fit Mama comme pour clore la discussion.

Elle pivota majestueusement sur ses talons et passa dans le vestibule dont le plancher grinça sous son poids. « P'issy, ma petite, lança-t-elle à pleins pou-

273

mons. Monte là-haut, dans le g'nier che'cher la boîte
à pat'ons de ma'ame Sca'lett et tâche aussi de t'ouver
les ciseaux avant demain matin. »

« C'est du joli, pensa Scarlett avec désespoir. Mieux
vaudrait avoir un chien policier à mes trousses. »

Après qu'on eut desservi, Scarlett et Mama étalèrent
des patrons sur la table de la salle à manger tandis
que Suellen et Carreen décousaient la doublure de
satin des rideaux et que Mélanie brossait le velours
avec une brosse à cheveux qu'on avait nettoyée pour
l'occasion. Gérald, Will et Ashley, assis sur des chaises,
fumaient et s'amusaient de cette agitation féminine.
Une agréable excitation, dont personne ne comprenait
la cause, semblait émaner de Scarlett et se communi-
quer à tous. Scarlett avait les joues rouges et les yeux
brillants. Elle riait beaucoup et son rire réjouissait
tout le monde, car il y avait des mois qu'on ne l'avait
entendue rire pour de bon. Son rire faisait surtout
plaisir à Gérald. Il avait le regard moins vague que
de coutume. Il suivait tous les mouvements de sa fille
qu'il gratifiait d'une petite caresse encourageante
chaque fois qu'elle passait à portée de sa main. Les
jeunes femmes étaient aussi énervées que si elles
devaient se rendre à un bal et elles taillaient, prenaient
des mesures comme si elles préparaient leur propre
robe de mariée.

Scarlett partait pour Atlanta emprunter de l'argent
ou même hypothéquer Tara si c'était nécessaire. Mais
en somme en quoi consistait une hypothèque ? Scarlett prétendait qu'on pourrait facilement se libérer
grâce à la prochaine récolte de coton et ajoutait qu'il
resterait encore une certaine somme à mettre de côté.
Elle était si affirmative dans ses déclarations que personne ne s'avisa de lui poser des questions. Lorsqu'on
lui demanda à qui elle se proposait d'emprunter, elle
répondit : « Il y a toujours de bonnes poires à taper »
avec tant d'espièglerie que tous éclatèrent de rire et
la plaisantèrent sur ses belles relations.

« Ça doit être le capitaine Butler », dit Mélanie

non sans finesse, et l'on se mit à rire de plus belle à cette absurdité, car toute la famille savait que Scarlett le haïssait et ne manquait jamais de dire : « Rhett Butler, cette crapule », chaque fois qu'on parlait de lui.

Mais Scarlett ne rit pas avec les autres et Ashley s'arrêta net en surprenant le coup d'œil circonspect que Mama décocha à sa maîtresse.

Dans un élan de générosité dû à l'atmosphère qui régnait, Suellen alla chercher son col d'irlande toujours joli bien qu'un peu défraîchi et Carreen insista pour que Scarlett emportât ses mules, les moins abîmées de la maison. Mélanie supplia Mama de lui laisser assez de velours pour recouvrir sa vieille capote et souleva une tempête de rires en annonçant que si le seul coq de la basse-cour ne prenait pas immédiatement le large, il lui faudrait se séparer de sa superbe queue verte et mordorée.

Scarlett, qui regardait les femmes coudre d'un doigt agile, entendit les rires et promena autour d'elle un regard amer et méprisant.

« Ils n'ont aucune idée de ce qui m'attend vraiment, aucune idée de ce qui les attend eux-mêmes ou de ce qui guette le Sud. En dépit de tout ce qu'ils savent, ils s'imaginent encore qu'il ne leur arrivera rien de véritablement terrible parce qu'ils sont des O'Hara, des Wilkes, des Hamilton. Les nègres eux-mêmes partagent leurs sentiments. Oh! les imbéciles! Ils ne se rendront jamais compte de rien. Ils continueront à penser et à vivre comme ils l'ont toujours fait et rien ne les changera. Melly peut bien porter des haillons, cueillir du coton ou même m'aider à assassiner un homme, elle ne changera pas. Elle restera toujours la parfaite Mme Wilkes, la femme du monde accomplie. Ashley, lui, il peut frôler la mort de près, être blessé, croupir en prison, rentrer chez lui plus pauvre que Job, il restera toujours l'homme du monde qu'il était quand il avait les Douze Chênes derrière lui, Will, c'est différent. Il sait de quoi il en retourne, mais lui il n'a jamais eu grand-chose à perdre. Quant à Suellen et à Carreen, elles se figurent que tout cela ne durera pas. Elles ne veulent pas changer pour s'adapter aux conditions nouvelles parce qu'elles sont persuadées que ça va bientôt finir. Elles s'imaginent que Dieu va accomplir un miracle spécialement pour elles. Mais il ne fera rien du tout. Le seul miracle qui va s'accomplir, c'est celui que je m'en vais réaliser avec Rhett Butler... Non, ils ne changeront pas. Ils ne peuvent peut-être pas changer. Je suis la seule qui aie changé... et je ne l'aurais pas fait si j'avais pu m'arranger autrement. »

Au bout d'un certain temps, Mama mit les hommes dehors afin qu'on pût commencer l'essayage. Pork aida Gérald à monter se coucher. Ashley et Will restèrent seuls dans le salon éclairé par une lampe. Ils demeurèrent un moment sans échanger un mot. Will mastiquait sa chique comme un paisible ruminant.

— Je n'aime pas beaucoup ce voyage à Atlanta, dit-il enfin d'une voix lente. Non, ça ne m' plaît pas du tout.

Ashley regarda Will, puis détourna les yeux. Il ne répondit rien, mais il se demanda si Will nourrissait le même affreux soupçon que celui qui le rongeait. Mais c'était impossible. Will ignorait ce qui s'était passé dans le jardin potager ce même après-midi. Il ne pouvait pas savoir que Scarlett avait fort bien pu être amenée à prendre une résolution désespérée. Will n'avait pas pu remarquer l'expression de Mama quand on avait prononcé le nom de Rhett Butler ; d'ailleurs Will ne savait pas à quoi s'en tenir sur la fortune de Rhett ou sa triste réputation. Tout au moins, Ashley ne pensait pas qu'il fût au courant. Cependant, depuis son retour à Tara, Ashley se rendait compte qu'à l'exemple de Mama, Will semblait être informé d'une foule de choses qu'on ne lui avait pas apprises et qu'il lui arrivait de pressentir les événements avant leur réalisation. Il y avait une menace dans l'air. Laquelle ? Ashley n'aurait pu le dire, mais il se sentait impuissant à y soustraire Scarlett. Pas une seule fois au cours de la soirée ses yeux n'avaient rencontré les siens et la gaieté qu'elle avait manifestée lui faisait peur. Les doutes qui le déchiraient étaient trop effrayants pour être traduits en paroles. Du reste, il ne se reconnaissait pas le droit de demander à Scarlett s'ils étaient fondés. Il serra les poings. Ce même après-midi il avait à jamais perdu le droit de contrôler la conduite de Scarlett. Il ne pouvait pas non plus lui venir en aide. Mais, au souvenir de la mine farouchement décidée que faisait Mama en taillant le rideau, il se sentit un peu rassuré. Que Scarlett le voulût ou non, Mama veillerait sur elle.

« C'est moi qui suis cause de tout cela, se dit-il au comble du désespoir. C'est moi qui ai réduit Scarlett à cela. »

Il se rappela la façon dont elle avait redressé les épaules en le quittant cet après-midi-là. Son cœur se mit à battre pour elle. Il l'admirait et en même temps il était accablé par le sentiment de sa propre impuissance. Il savait que Scarlett n'avait pas de place dans son vocabulaire pour le mot héroïsme. Il savait qu'elle eût ouvert de grands yeux s'il lui avait dit qu'il ne connaissait pas d'âme plus héroïque que la sienne. Il savait qu'elle prenait la vie comme elle se présentait, qu'elle opposait à tous les obstacles une volonté dure comme le cœur du chêne, qu'elle luttait avec une opiniâtreté ignorante de la défaite, qu'elle continuerait de lutter malgré un sort contraire.

Pourtant, pendant quatre années, il avait vu d'autres êtres ignorer la défaite, des hommes qui couraient tête baissée au-devant du désastre uniquement parce qu'ils étaient braves. Et ceux-là avaient quand même connu la défaite.

Tout en regardant Will, il pensa qu'il n'avait jamais vu héroïsme comparable à celui de Scarlett O'Hara s'en allant conquérir le monde avec une robe taillée dans les rideaux de velours de sa mère et les plumes d'un vieux coq.

XXXIII

Le lendemain après-midi, lorsque Scarlett et Mama descendirent du train à Atlanta, la bise soufflait et chassait les nuages couleur d'ardoise. Depuis l'incendie de la ville, on n'avait pas encore rebâti la gare et le convoi s'étant arrêté assez loin des ruines noircies de l'édifice les deux jeunes femmes furent obligées de se frayer un chemin entre les flaques de boue et des tas de mâchefer. Poussée par la force de l'habitude, Scarlett chercha des yeux l'oncle Peter qui était toujours venu au-devant d'elle avec la voiture de tante Pitty quand elle faisait le voyage de Tara à Atlanta pendant la guerre. Puis, reprenant une plus juste notion des choses, elle haussa les épaules. Naturellement, l'oncle Peter ne pouvait pas être là, puisqu'elle n'avait même pas prévenu tante Pitty de son arrivée et, d'autre part, elle se souvint que, dans une de ses lettres, la vieille demoiselle avait décrit sur le mode larmoyant la mort du pauvre bidet que l'oncle Peter s'était « procuré » à Macon pour ramener sa maîtresse à Atlanta.

Son regard erra sur le terre-plein défoncé et coupé d'ornières autour de la gare et elle essaya de découvrir une voiture d'amis pour se faire conduire chez sa tante, mais elle n'en vit aucune. Ses anciennes relations ne possédaient probablement plus de voitures. Les temps étaient si durs, il était si difficile de trouver de quoi manger. La plupart des amis de Pitty devaient faire comme elle, ils allaient à pied.

On voyait quelques camions rangés le long des wagons de marchandises et plusieurs buggies couverts de boue conduits par des inconnus à mine patibulaire, mais il n'y avait en tout et pour tout que deux voitures de maîtres. L'une d'elles était fermée, l'autre était ouverte et occupée par une femme élégante et un officier yankee. Bien que tante Pitty eût écrit que les troupes yankees tenaient garnison à

Atlanta et que les rues grouillaient de soldats. Scarlett ne put réprimer un sursaut de frayeur en reconnaissant l'uniforme bleu. Elle avait peine à se rappeler que la guerre était terminée et que cet homme ne se lancerait pas à sa poursuite pour la voler ou l'insulter.

Tandis qu'elle restait là à regarder devant elle, un vieux nègre couleur de basane approcha avec la voiture fermée et se pencha hors de son siège pour demander :

— Une voitu', ma'ame ? Deux p'tites pièces pour aller où vous voud'ez dans Atlanta.

Mama le foudroya du regard.

— Une voitu' de louage ! grommela-t-elle. Dites donc, le nèg', pou' qui nous p'enez vous ?

Mama était une campagnarde, mais elle n'avait pas toujours vécu à la campagne et elle savait qu'une femme honnête n'empruntait jamais une voiture de louage, encore moins une voiture fermée, sans être accompagnée d'un représentant mâle de sa famille. Même la présence d'une domestique noire n'aurait pas suffi à assurer le respect des convenances.

— Venez, pa' ici, ma'ame Scalett ! Une voitu' de louage et un nèg' aff'anchi ! Ça va bien ensemble.

— J' suis pas un aff'anchi, déclara le nègre avec chaleur. J' suis au se'vice de la vieille ma'ame Talbot, et c'est sa voitu', et c'est moi qui la conduis pou' gagner un peu d'a'gent pou' elle.

— Qui est-ce, cette madame Talbot ?

— Ma'ame Suzannah Talbot, de Milledgeville. On est venu s'installer ici ap'ès que le vieux missié il a été tué.

— Vous la connaissez, ma'ame Sca'lett ?

— Non, dit Scarlett à regret. Je connais si peu de monde à Milledgeville.

— Alo', allons à pied, déclara Mama d'un air sévère. Vous pouvez disposer, le nèg'.

Elle empoigna le sac de voyage en tapisserie qui contenait la nouvelle robe de Scarlett, sa capote et sa chemise de nuit, et passant sous son bras le balluchon dans lequel elle avait mis ses propres affaires elle obligea sa jeune maîtresse à traverser derrière elle le large terre-plein trempé par les pluies. Scarlett

279

ne protesta pas, car elle ne tenait pas du tout à se quereller avec Mama. Depuis le moment où celle-ci l'avait surprise en train de décrocher les rideaux, son regard était resté empreint d'une expression soupçonneuse qui ne plaisait pas à Scarlett. Ça n'allait pas être commode d'échapper à sa surveillance, et Scarlett ne voulait pas réveiller les instincts combatifs de Mama alors que ça ne s'imposait pas.

Tandis que les deux femmes se dirigeaient vers la rue du Pêcher en suivant l'étroit trottoir, Scarlett se sentit triste et découragée. Atlanta paraissait si dévastée, si différente de ce qu'elle avait connu. Elles longèrent les murs noircis de l'hôtel d'Atlanta, seuls vestiges de cette élégante hôtellerie où avaient habité Rhett et l'oncle Henry. Les entrepôts qui s'étendaient jadis en bordure de la voie ferrée sur plus d'un demi-mille et qui contenaient des tonnes de vivres pour l'armée n'avaient pas été reconstruits et leurs fondations rectangulaires offraient un aspect lugubre sous le ciel sombre. Quelque part au milieu des ruines, Scarlett aurait pu retrouver l'emplacement de l'entrepôt que Charles lui avait légué. L'année passée, l'oncle Henry en avait payé les impôts pour elle. C'était une somme qu'il lui faudrait rembourser un jour. Nouveau souci en perspective.

Comme les deux femmes débouchaient dans la rue du Pêcher, Scarlett regarda du côté des Cinq Fourches et ne put retenir une exclamation de stupeur. Malgré tout ce que Frank lui avait raconté, elle ne s'était jamais représenté à quel point Atlanta pouvait être détruite. Or cette rue du Pêcher qui s'offrait à son regard avait tellement souffert, était si changée, qu'elle ne la reconnut pas et eut envie de pleurer.

Quoique depuis le jour où Sherman avait quitté la ville en flammes bon nombre de bâtisses eussent surgi du sol, il y avait encore de grands espaces vides autour des Cinq Fourches où se dressaient des monceaux de briques, où s'entassaient des décombres de toutes sortes. Des murs éventrés que ne surmontait plus aucun toit, des fenêtres béantes, des cheminées solitaires, c'était tout ce qui restait des maisons que

Scarlett avait connues De-ci, de-là, la jeune femme découvrait un magasin qui avait survécu à l'incendie et au bombardement et dont les murs couleur de suie rehaussaient la teinte rouge vif des briques neuves. Sur la devanture des nouvelles boutiques, sur les fenêtres des nouveaux bureaux, la jeune femme lisait avec plaisir des noms familiers, mais la plupart du temps elle n'en reconnaissait aucun, surtout quand il s'agissait de noms de médecins, d'avocats ou de négociants en coton. Jadis elle se piquait de connaître presque tout le monde à Atlanta, et la lecture de tant de noms étrangers la mettait mal à l'aise. Heureusement elle avait pour la réconforter le spectacle des bâtiments qu'on était en train d'édifier de chaque côté de la rue.

Il y en avait des douzaines et plusieurs d'entre eux étaient à trois étages! Partout on construisait. Tandis que Scarlett regardait de droite à gauche et s'efforçait de s'adapter à la nouvelle Atlanta, elle entendait le son joyeux des marteaux et des scies. elle remarquait les échafaudages qui grandissaient, elle voyait les hommes monter aux échelles avec un chargement de briques sur les épaules. Elle parcourut du regard la rue qu'elle aimait tant et ses yeux s'embuèrent.

« Ils t'ont incendiée, pensa-t-elle, ils t'ont rasée jusqu'au sol, mais ils n'ont pas remporté la victoire sur toi. Ils ne le pouvaient pas. Tu vas redevenir telle que tu étais! »

Tout en remontant la rue du Pêcher, suivie maintenant par Mama qui se dandinait, Scarlett s'aperçut que les trottoirs étaient aussi encombrés qu'en pleine guerre. De la cité renaissante se dégageait la même atmosphère d'activité et d'affairement qui l'avait empoignée lorsqu'elle était venue pour la première fois chez tante Pitty. Il y avait autant de véhicules qu'autrefois à brimbaler d'ornière en ornière. autant de chevaux et de mules arrêtés devant les auvents de bois des boutiques. Mais Scarlett remarquait une foule de visages étrangers. de nouveaux venus, d'hommes à l'allure peu recommandable et de femmes au goût criard. Les rues étaient pleines de nègres désœuvrés qui restaient adossés aux murs ou assis sur le rebord du trottoir à regarder passer les voitures avec la curiosité naïve d'enfants qu'on a emmenés au cirque.

— Des paysans nèg' aff'anchis, ricana Mama. Ils ont jamais vu une voitu' convenable de leu' vie. Et 'ga'dez-moi cet ai' a'ogant qu'ils ont!

Scarlett tomba d'accord avec Mama sur ce point, car les nègres la dévisageaient avec insolence, mais elle les oublia vite au spectacle des uniformes bleus. La ville était remplie de soldats yankees, à pied, à cheval, en voitures militaires. Ils flânaient dans les rues et sortaient en titubant des cafés.

« Je ne pourrai jamais m'habituer à les voir, se dit Scarlett en serrant les poings. Jamais! » et, se retournant, elle lança tout haut par-dessus son épaule :

— Presse-toi, Mama, sortons vite de cette cohue.

Elles se risquèrent toutes deux sur les dalles glissantes qui permettaient de traverser le fleuve boueux de la rue de Decatur, puis elles continuèrent de remonter la rue du Pêcher au milieu d'une foule de moins en moins dense. Lorsqu'elles parvinrent à la hauteur de la chapelle wesleyenne sur les marches de laquelle Scarlett s'était assise pour reprendre haleine le jour où elle avait couru chercher le docteur Meade, la jeune femme éclata d'un rire sinistre. Mama lui lança un coup d'œil soupçonneux et interrogateur, mais elle en fut pour ses frais de curiosité. Scarlett riait d'elle-même au souvenir de la terreur qu'elle avait ressentie ce jour-là. La peur avait fait d'elle une chiffe molle, elle était terrorisée par les Yankees, terrorisée par l'approche de la naissance de Beau. Maintenant, elle se demandait comment elle avait bien pu grelotter de peur comme un enfant qui a entendu un grand bruit. Quelle enfant elle avait été de s'imaginer que les Yankees, l'incendie, la défaite étaient le pire de ce qui pouvait lui arriver! Que tout cela était donc mesquin à côté de la mort d'Ellen, de la décrépitude de Gérald, à côté des souffrances de la faim, du froid, du labeur écrasant, du vivant cauchemar de l'insécurité. Comme il lui serait facile maintenant de se montrer brave devant une armée d'envahisseurs, mais comme il lui serait dur de faire face au danger qui menaçait Tara. Non, dorénavant elle n'aurait plus jamais peur de rien que de la pauvreté.

Une voiture fermée remontait la rue et Scarlett s'approcha vivement du bord du trottoir pour voir si elle connaissait la personne qui se trouvait à l'intérieur. La maison de tante Pitty était encore à plusieurs rues de là. Lorsque la voiture arriva à leur hauteur, Mama et sa jeune maîtresse se penchèrent en avant et Scarlett, le sourire aux lèvres, faillit lancer un joyeux appel lorsqu'une tête de femme se détacha dans l'encadrement de la portière, une tête trop rouge sous une toque de fourrure. Scarlett recula d'un pas. Les deux femmes s'étaient reconnues. C'était Belle Watling, et avant que cette dernière se fût renfoncée dans l'encoignure de son coupé Scarlett eut le temps de la voir faire la grimace. Bizarre tout de même que Belle fût le premier visage connu qu'elle rencontrait !

— Qui est-ce ? interrogea Mama toujours aux aguets. Elle vous a 'econnue, mais elle vous a pas saluée. J'ai jamais vu cette couleu' de cheveux, même pas chez les Ta'leton. J'ai l'imp'ession... eh bien ! oui, j'ai l'imp'ession que ces cheveux-là ils ont été teints.

— C'est exact, fit Scarlett tout en pressant le pas.

— Vous connaissez donc une femme qui a les cheveux teints ? Je vous demande qui c'est ?

— C'est le mauvais ange de la ville, répondit laconiquement Scarlett. Je te donne ma parole que je ne la connais pas. Alors tais-toi.

— Seigneu' tout-puissant ! soupira Mama, bouche bée, tout en regardant s'éloigner la voiture avec une intense curiosité.

Depuis qu'elle avait quitté Savannah, plus de vingt ans auparavant, en compagnie d'Ellen, elle n'avait pas vu de femme de mauvaise vie et elle regrettait amèrement de ne pas avoir examiné Belle de plus près.

— Pou' sû' elle a une belle toilette et une belle voitu' et un beau cocher aussi, murmura-t-elle. Je sais pas à quoi pense le Seigneu' pou' laisser de mauvaises

femmes comme ça à s'eng'aisser quand nous aut'
b'aves gens on meu' de faim et on va pieds nus.

— Il y a beau temps que le Seigneur ne pense plus
à nous en tout cas, fit Scarlett d'un ton farouche. Et
ne t'avise pas de me raconter que maman en frémit
dans sa tombe quand elle m'entend dire ça, hein ?

Scarlett aurait bien voulu se sentir supérieure à
Belle et plus vertueuse qu'elle, mais elle ne le pouvait
pas. Si ses plans réussissaient, elle risquait de se trouver sur le même plan que Belle et serait entretenue
par le même homme. Pour ne pas réfléchir à toutes ces
questions-là maintenant, elle se mit à marcher plus
vite.

Les deux femmes passèrent devant l'ancienne demeure des Meade dont il ne restait plus que deux
marches abandonnées au haut d'une allée qui ne menait nulle part. Sur l'emplacement de la maison des
Whiting, il ne restait plus rien que le sol nu. On avait
même enlevé les fondations de pierres et les cheminées
de briques et l'on distinguait des traces de roues là
où l'on avait chargé les tombereaux qui avaient
emporté les décombres. La maison de briques des
Elsing était encore debout. On en avait reconstruit
le second étage et l'on avait refait la toiture. La maison des Bonnell, grossièrement réparée et recouverte
de planches mal équarries en guise de bardeaux,
paraissait encore habitable malgré son aspect délabré.
Mais ni dans l'une ni dans l'autre de ces maisons on
n'apercevait de visages derrière les fenêtres ou de
silhouettes sous les vérandas, et Scarlett s'en réjouissait. Pour le moment, elle n'avait envie de parler à
personne.

Enfin la maison de tante Pitty apparut avec son
toit d'ardoises tout neuf et ses murs de briques rouges.
Le cœur de Scarlett se mit à battre plus fort. Comme
le Seigneur était bon d'avoir permis qu'on pût encore
la réparer! Un panier à provisions sous le bras, l'oncle
Peter sortait juste du jardin et, lorsqu'il reconnut
Scarlett et Mama, un large sourire d'incrédulité fendit
en deux son visage noir.

« Je suis si heureuse de le voir, ce vieux fou, que je

m'en vais l'embrasser », pensa Scarlett et elle lança de toutes ses forces : « Va chercher le flacon de sels de ma tante, Peter! C'est bien moi qui arrive! »

Ce soir-là, on servit sur la table de tante Pitty l'inévitable bouillie de maïs accompagnée des inévitables pois secs et, tout en les avalant, Scarlett se fit le serment que ces deux plats ne figureraient jamais à son menu lorsqu'elle serait redevenue riche. Et, coûte que coûte, elle allait redevenir riche et posséder plus d'argent qu'il ne lui en fallait pour payer les impôts de Tara. Oui, un jour ou l'autre, elle finirait par rouler sur l'or, dût-elle assassiner quelqu'un pour cela.

A la clarté jaunâtre de la lampe de la salle à manger, elle interrogea tante Pitty sur l'état de ses finances. Elle espérait contre toute espérance que la famille de Charles serait peut-être en mesure de lui prêter la somme dont elle avait besoin. Les questions qu'elle posait ne péchaient pas par excès de délicatesse, mais tante Pitty, trop heureuse de pouvoir bavarder avec quelqu'un de sa famille, ne s'apercevait même pas du sans-gêne avec lequel Scarlett menait l'entretien. Les yeux emplis de larmes, elle se lança dans un récit détaillé de ses malheurs. Elle ignorait absolument comment ses fermes, les immeubles qu'elle possédait en ville et son argent avaient disparu, mais tout s'était bel et bien évanoui. Du moins, c'était ce que son frère Henry lui avait déclaré ; lui-même avait été hors d'état de payer au fisc ce que sa sœur devait sur ses propriétés. Tout avait disparu sauf la maison où elle vivait. A ce sujet, il ne venait même pas à l'idée de Pitty que cette maison ne lui appartenait pas, mais qu'elle était la copropriété de Scarlett et de Mélanie. Son frère Henry, qui avait bien du mal à payer les impôts sur cette maison, lui versait tous les mois un petit quelque chose qu'elle était forcée d'accepter quoi qu'il en coûtât à son amour-propre.

— Mon frère Henry prétend qu'il ne sait pas comment il arrivera à joindre les deux bouts avec toutes les charges qu'il a sur le dos et l'augmentation des impôts, mais naturellement il ne doit pas dire la vérité, et je suis sûre qu'il a des tas d'argent bien qu'il ne me donne presque rien.

Scarlett savait que l'oncle Henry ne mentait pas. Les quelques lettres qu'il lui avait écrites au sujet des biens laissés par Charles l'indiquaient assez. Le vieil homme de loi luttait courageusement pour défendre la maison et le terrain où jadis s'élevait l'entrepôt afin que Wade et Scarlett pussent sauver quelque chose de la catastrophe. Scarlett n'ignorait pas les sacrifices qu'il s'imposait pour acquitter les impôts dont étaient frappés et la maison et le terrain.

« Bien entendu, il n'a pas d'argent devant lui, pensa Scarlett. Alors rayons-le de notre liste ainsi que tante Pitty. Il ne reste plus personne en dehors de Rhett. Il va falloir que j'en passe par là. Il le faut. Mais nous y penserons plus tard... Il faut que j'amène la conversation sur Rhett, comme ça, sans avoir l'air d'y toucher ; je pourrais suggérer à Pitty de l'inviter à venir lui rendre visite demain. »

Elle sourit et s'empara des mains grassouillettes de sa tante.

— Ma petite tante chérie, fit-elle, ne parlons plus de choses tristes. Oublions tout cela et abordons un sujet un peu plus gai. Allons, donnez-moi donc des nouvelles de tous nos vieux amis. Comment vont Mme Merriwether et Maybelle ? J'ai entendu dire que le petit créole de Maybelle était rentré chez lui sain et sauf. Et les Elsing ? Et le docteur et Mme Meade ?

Le visage poupin de Pittypat s'illumina et ses larmes se tarirent. Elle s'étendit complaisamment sur ce que faisaient ou disaient ses anciens voisins, sur leur façon de se nourrir et de se vêtir. Elle raconta avec des accents horrifiés qu'avant le retour de René Picard Mme Merriwether et sa fille avaient réussi à se tirer d'affaire en cuisant des pâtés qu'elles vendaient aux soldats yankees. « Pense un peu, Scarlett. » Parfois deux douzaines de Yankees attendaient dans la cour des Merriwether qu'on sortît les pâtés du four! Maintenant que René était là, il se rendait chaque jour au camp yankee avec une vieille guimbarde et il vendait aux soldats des gâteaux, des pâtés et des biscuits. Mme Merriwether déclarait que. lorsqu'elle aurait mis un peu d'argent de côté, elle ouvrirait une pâtisserie en ville. Pitty n'y trouvait rien à redire, mais tout de même... A son point de vue, elle aimerait encore mieux mourir de faim que de faire du commerce avec les Yankees. Elle mettait un point d'honneur à toiser du regard tous les soldats qu'elle rencontrait et à changer de trottoir bien que cela offrît de graves inconvénients par temps de pluie.

Mme Meade et le docteur n'avaient plus de maison depuis que les Yankees avaient incendié la ville, et, sans parler de la gêne dans laquelle ils se trouvaient, ils n'avaient pas le courage de la faire rebâtir maintenant que Phil et Darcy étaient morts. Les Meade vivaient très retirés, bien qu'ils fussent allés habiter chez les Elsing, qui avaient réparé leur demeure. M. et Mme Whiting habitaient également chez eux, dans une seule pièce, et Mme Bonnell parlait d'y trans porter ses pénates si elle avait la chance de louer sa maison à un officier yankee et à sa famille.

— Mais comment font-ils pour s'entasser tous la-dedans ? s'exclama Scarlett. Il y a déjà Mme Elsing et Fanny et Hugh...

— Mme Elsing et Fanny couchent dans le salon et Hugh dans le grenier, expliqua Pittypat, qui était au courant de tous les arrangements domestiques de ses amis. Ma chérie, je suis navrée de te l'apprendre, mais... bref. Mme Elsing les considère comme des « hôtes payants », n'empêche que, et Pitty baissa la voix, ils ne sont ni plus ni moins que ses pensionnaires. En somme, Mme Elsing tient une pension de famille! N'est-ce pas épouvantable ?

— Je trouve cela merveilleux, déclara Scarlett d'un ton sec. Je regrette seulement que nous n'ayons pas eu d' « hôtes payants » à Tara l'année dernière au lieu d'avoir des invités. Nous ne serions peut-être pas aussi pauvres aujourd'hui.

— Scarlett! comment peux-tu dire des choses pareilles ? Ta pauvre mère doit frémir dans sa tombe à l'idée que tu pourrais monnayer l'hospitalité que tu offres à Tara! Bien entendu, Mme Elsing n'a pas pu faire autrement. Elle avait beau se livrer à des travaux de couture pendant que Fanny décorait des assiettes de porcelaine et que Hugh vendait du bois de chauffage, ils n'arrivaient pas à joindre les deux bouts. Imagine-toi ça. Le beau petit Hugh forcé de vendre du bois au détail! Et dire qu'il était en passe de devenir un brillant avocat! Ça me donne envie de pleurer de voir où en sont réduits nos jeunes gens!

Scarlett évoqua les champs de Tara où les cotonniers s'alignaient sous un soleil de feu. Elle se rappela les souffrances qu'elle avait endurées pendant la cueillette. Elle sentait encore contre ses paumes gercées le rude contact de la charrue qu'elle manœuvrait d'une main malhabile et elle estima que Hugh Elsing ne méritait pas qu'on s'apitoyât tellement sur son sort. Malgré les ruines amoncelées autour d'elle, Pitty n'avait pas changé.

— Si ça ne lui plaît pas de vendre du bois, pourquoi n'exerce-t-il pas son métier d'avocat? On ne plaide donc plus à Atlanta?

— Oh! que si, ma chérie! Au contraire, on n'arrête pas. Par les temps qui courent, presque tout le monde est en procès. Tu penses, tout a été brûlé de fond en comble, et personne ne s'y reconnaît plus. Mais on peut toujours poursuivre, on n'obtient jamais d'indemnité, car personne n'a d'argent. C'est pour ça que Hugh continue à vendre son bois... Oh! j'allais oublier! Je ne te l'ai donc pas écrit? Fanny Elsing se marie demain soir et naturellement il faut que tu assistes à son mariage. Mme Elsing se fera un plaisir de t'inviter quand elle saura que tu es ici. J'espère que tu as une autre robe à te mettre. Non pas que celle-ci ne soit pas très jolie, ma chérie, mais... enfin, elle a l'air un peu fatiguée. Oh! tu as une robe neuve! Je suis si contente, parce que ça va être le premier vrai mariage que nous aurons depuis la chute de la ville. Il y aura des gâteaux, du vin et une sauterie. Pourtant, je me demande comment les Elsing s'arrangeront, ils sont si pauvres!

— Avec qui Fanny se marie-t-elle? J'avais cru qu'après la mort de Dallas Mac Lure...

— Chérie, il ne faut pas blâmer Fanny. Tout le monde n'est pas aussi fidèle à la mémoire des morts que toi à celle du pauvre Charlie. Voyons. Comment s'appelle-t-il? Je n'arrive jamais à me rappeler les noms... Tom quelque chose. Je connaissais très bien sa mère. Nous étions ensemble au collège féminin de La Grange. C'était une Tomlinson de La Grange et sa mère une... voyons... Perkins? Parkins. Parkinson! C'est ça! Une Parkinson de Sparta. Excellente famille, mais tout de même... allons, je ne devrais pas le dire, mais je ne comprends pas que Fanny puisse se résoudre à l'épouser.

— Est-ce qu'il boit ou...

— Oh! mon Dieu! Non, il ne boit pas. Il est d'une moralité parfaite, mais, tu comprends, il a été gravement blessé par un éclat d'obus et ça lui a donné quelque chose aux jambes... il a les jambes... eh bien! je n'aime pas ces mots-là, mais il a les jambes écartées et ça lui donne une démarche très vulgaire... enfin, quoi, il n'est pas très beau à voir. Je ne comprends pas qu'elle l'épouse.

— Il faut bien que les jeunes filles finissent par épouser quelqu'un.

— Ça n'est pas forcé du tout, fit Pitty en se dressant sur ses ergots. Moi, je n'ai pas été obligée de faire une fin.

— Voyons, tante chérie, ce n'est pas à vous que je faisais allusion. Tout le monde sait que vous aviez beaucoup de succès et que vous en avez encore! Tenez, le vieux juge Carlton vous a couvée des yeux jusqu'à ce que je...

— Veux-tu bien te taire, Scarlett! Ce vieux fou! pouffa tante Pitty, dont la bonne humeur était revenue. Mais après tout, Fanny avait tellement de succès qu'elle aurait pu faire un bien plus beau mariage et par ailleurs je ne crois pas qu'elle aime ce Tom machin chose. Je ne pense pas qu'elle soit encore consolée de la mort de Dallas Mac Lure, mais elle n'est pas comme toi, ma chérie. Tu es restée si fidèle à ce cher

289

Autant en emporte le vent. T. II.   19

Charles et pourtant tu aurais pu te remarier des douzaines de fois. Melly et moi, nous avons souvent dit combien tu étais fidèle à son souvenir alors que tout le monde prétendait que tu n'étais qu'une coquette sans cœur.

Scarlett glissa sur cette confidence inopportune et entraîna habilement Pitty à passer en revue toutes leurs connaissances. Cependant, bien qu'elle brûlât d'amener la conversation sur Rhett, elle ne voulait pas parler de lui la première, surtout si peu de temps après son arrivée. Cela risquait d'engager l'esprit de la vieille demoiselle sur des sentiers qu'il valait mieux qu'il n'empruntât point. Les soupçons de tante Pitty seraient toujours éveillés assez tôt si Rhett refusait d'épouser Scarlett.

Tante Pitty continua de babiller gaiement, ravie comme un enfant d'avoir quelqu'un pour l'écouter. Elle raconta que les agissements ignobles des Républicains avaient mis Atlanta dans une situation épouvantable. Il n'y avait aucune raison pour que cet état de choses cessât et, d'après elle, le pire, c'était que les politiciens montaient la tête aux nègres.

— Ma chérie, ils veulent laisser voter les noirs! As-tu jamais entendu chose plus sotte? Et pourtant, quand j'y pense, l'oncle Peter a bien plus de bon sens que n'importe quel républicain, et il a de bien meilleures manières, mais naturellement l'oncle Peter est beaucoup trop bien élevé pour avoir envie de voter. N'empêche que c'est avec des idées comme ça qu'on pourrit les nègres. Et puis, ils deviennent d'une insolence. La nuit, les rues ne sont pas sûres et même en plein jour on voit des noirs obliger des dames à descendre du trottoir et à marcher dans la boue. Si jamais un monsieur s'avise de protester, on l'arrête et..., ma chérie, t'ai-je dit que le capitaine Butler était en prison?

— Rhett Butler?

Malgré cette nouvelle alarmante, Scarlett savait gré à tante Pitty de lui avoir évité de prononcer la première le nom de Rhett.

— Oui, c'est vrai. (Le visage de tante Pitty s'anima,

ses joues se colorèrent et la vieille demoiselle se redressa sur son siège.) En ce moment-ci, il est en prison pour avoir tué un nègre et on va peut-être bien le pendre! Te représentes-tu ça? Le capitaine Butler pendu!

Scarlett sentit le souffle lui manquer et elle ne put que regarder avec de grands yeux la grosse demoiselle manifestement enchantée de l'effet produit par sa déclaration.

— On n'a pas encore de preuves contre lui, mais quelqu'un a bel et bien tué ce nègre qui avait insulté une femme blanche. Les Yankees sont affolés parce que ces derniers temps il y en a eu un grand nombre de tués dans ces conditions-là. Comme je viens de le dire, on n'a pas de preuves contre le capitaine Butler, mais, selon l'expression du docteur Meade, les Yankees veulent faire un exemple. Le docteur dit que, s'ils le pendent, ce sera la première chose propre qu'ils aient jamais faite, mais ma foi je n'en sais rien... Et dire que le capitaine Butler était ici il y a juste une semaine! Songe qu'il est venu m'offrir la plus belle caille que j'aie jamais vue et qu'il n'a pas cessé de demander de tes nouvelles. Il m'a dit qu'il avait peur de t'avoir offensée pendant le siège et que tu ne le lui pardonnes jamais.

— Combien de temps restera-t-il en prison?

— Personne ne sait. Il y restera peut-être jusqu'à ce qu'on le pende, mais d'un autre côté on n'arrivera peut-être pas à prouver qu'il est l'auteur du crime. En tout cas, pourvu qu'ils aient quelqu'un à pendre, ça ne paraît pas beaucoup gêner les Yankees qu'on soit coupable ou non. Ils sont sur les dents... Pitty baissa la voix d'un air mystérieux... oui, à cause du Ku-Klux-Klan. Est-ce que vous avez une section du Klan dans votre comté? Moi, j'en suis sûre et je suis bien persuadé qu'Ashley est au courant, mais qu'il ne vous en parle pas parce que vous êtes des femmes. Les membres du Klan ne doivent pas parler. Ils s'habillent comme des revenants et s'en vont la nuit à cheval frapper chez les Carpetbaggers coupables de vol et chez les noirs qui font trop les fiers. Parfois ils se contentent de les effrayer et de leur intimer l'ordre de quitter Atlanta, mais quand la conduite de ces gens-là ne leur plaît pas, ils les fouettent et parfois... Pitty baissa encore la voix... parfois ils les tuent et, après avoir épinglé sur eux la carte du Ku-Klux-Klan, ils les laissent là où on pourra facilement les retrouver... Et les Yankees sont furieux de tout cela. Ils veulent faire un exemple... Mais Hugh Elsing m'a dit que, d'après lui, ils ne pendraient pas le capitaine Butler parce que les Yankees pensent qu'il sait où se trouve l'argent et qu'il se refuse à parler. Ils sont en train d'essayer de le faire avouer.

— Quel argent ?

— Tu ne sais donc pas ? Je ne te l'ai donc pas écrit ? Mais enfin, ma chère, tu étais absolument enterrée à Tara. Toute la ville a été sens dessus dessous quand le capitaine Butler est revenu ici avec un beau cheval, une voiture et les poches pleines d'argent, tandis que nous autres nous en étions réduits à nous demander de quoi serait fait notre prochain repas. Tout le monde a été fou de rage qu'un ancien spéculateur, qui disait toujours des horreurs sur la Confédération, eût tant d'argent alors que nous étions tous si pauvres. Tout le monde se creusait la cervelle pour savoir comment il s'y était pris pour mettre sa fortune à l'abri, mais personne n'a eu le courage de le lui demander... sauf moi, et il s'est contenté de me répondre en riant : « Pas par des moyens honnêtes, vous pouvez en être sûre. » Tu sais combien il est difficile d'obtenir de lui quelque chose de sensé.

— Mais, voyons, il a gagné de l'argent pendant le blocus.

— Oui, c'est entendu, mon chou, mais il n'y a pas que ça. Comparativement à tout ce que cet homme possède, ce n'est qu'une goutte d'eau dans la mer. Y compris les Yankees, tout le monde est persuadé qu'il a fait main basse sur des millions de dollars en or appartenant au gouvernement confédéré et qu'il est allé les cacher quelque part.

— Des millions... en or ?

— Voyons, mon chou, où donc s'en est allé tout

notre or confédéré ? Certaines personnes se le sont sûrement approprié et le capitaine Butler doit être du nombre. Les Yankees s'imaginaient que le président Davis l'avait emmené avec lui en quittant Richmond, mais lorsqu'ils l'ont capturé ils se sont rendu compte que le pauvre homme avait à peine un sou vaillant. Lorsque la guerre a pris fin, le trésor était vide et tout le monde pense que certains forceurs de blocus l'ont escamoté et conservent jalousement leur secret. Des millions... en or! Mais comment...

— Est-ce que le capitaine Butler n'a pas emmené des milliers de balles de coton en Angleterre et à Nassau afin de les vendre pour le compte du gouvernement confédéré ? fit Pitty d'un air triomphant. Et puis, il n'a pas vendu que du coton confédéré, il a vendu également du coton qui lui appartenait. Tu sais les cours qu'atteignait le coton en Angleterre pendant la guerre. On pouvait en demander tout ce qu'on voulait! Le gouvernement lui avait laissé les mains libres à condition qu'il vendît du coton et achetât en échange des canons qu'il avait pour mission de ramener à bon port. Eh bien! quand le blocus s'est resserré, il a dû renoncer à acheter des canons puisqu'on ne pouvait pas les débarquer, et comme d'autre part la vente du coton lui rapportait de telles sommes qu'il n'en a certainement pas dépensé la centième partie, on suppose donc que le capitaine Butler et d'autres forceurs de blocus ont déposé dans les banques anglaises des millions de dollars en attendant le moment favorable pour passer avec leurs cargaisons. Et ne viens pas me dire qu'ils ont déposé cet argent au nom de la Confédération. Ils l'ont bel et bien déposé à leur nom et il y est encore... tout le monde ne parle que de ça depuis la reddition et l'on blâme sévèrement les forceurs de blocus. Lorsque les Yankees ont arrêté le capitaine Butler pour le meurtre de ce nègre, ils avaient dû avoir vent de cette histoire, car, depuis qu'ils ont mis la main sur lui, ils essaient de lui faire dire où se trouve l'argent. Tu comprends, tous nos fonds confédérés appartiennent désormais aux Yankees... du moins, c'est ce que prétendent les Yankees.

Cependant, le capitaine Butler déclare qu'il ne sait rien... Le docteur Meade, lui, est d'avis que de toute façon on devrait le pendre, bien que la pendaison soit encore un genre de mort trop doux pour un voleur et un profiteur... Mon Dieu, tu en fais une tête ? Tu ne te sens pas bien ? Ça t'a impressionnée ce que je viens de raconter ? Je sais bien que le capitaine t'a fait la cour autrefois, mais je pensais que c'était de l'histoire ancienne. Pour ma part, il ne m'a jamais beaucoup plu. Il est si mauvais sujet...

— Moi non plus, je n'ai aucune amitié pour lui, dit Scarlett en prenant sur elle. Nous nous sommes querellés pendant le siège après votre départ pour Macon. Où... où l'a-t-on mis ?

— A la caserne des pompiers, tout près du jardin public.

— A la caserne des pompiers ?

La tante Pitty pouffa de rire.

— Oui, à la caserne des pompiers. Les Yankees l'ont transformée en prison militaire. Les Yankees campent dans des baraquements qu'ils ont établis dans les jardins publics tout autour de la mairie, et la caserne des pompiers est juste de ce côté-là, au bas de la rue. Oh! Scarlett, hier, j'ai entendu raconter une histoire du plus haut comique sur le capitaine Butler. J'avais oublié de te dire ça. Tu sais qu'il était toujours tiré à quatre épingles. Oui, c'est un vrai dandy... eh bien! comme on ne lui laissait pas prendre de bain, il est revenu chaque jour à la charge et, de guerre lasse, on a fini par le sortir de sa cellule pour le conduire au milieu du jardin où il y avait une grande auge dans laquelle s'était ébroué tout le régiment! Comme on lui disait qu'il pouvait s'y baigner, il a répondu non et a déclaré qu'il aimait encore mieux sa crasse de Sudiste que la crasse des Yankees, et...

Tante Pitty continua de babiller sans arrêt. Scarlett l'entendait, mais elle ne prêtait aucune attention à ce qu'elle disait. Dans son esprit, il n'y avait place que pour deux idées : Rhett était plus riche qu'elle n'eût osé l'espérer et il était en prison. Le fait qu'il était en prison et qu'il risquait d'être pendu changeait quelque peu la face des choses et ouvrait [même de brillantes perspectives. Que Rhett fût pendu, ça lui était à peu près égal. Elle avait un besoin trop pressant d'argent pour se soucier du destin qui le guettait. En outre, elle partageait dans une certaine mesure l'opinion du docteur Meade et trouvait que la pendaison était une mort encore trop douce pour lui. Un homme capable d'abandonner en pleine nuit une femme au milieu de deux armées, uniquement pour voler au secours d'une cause déjà perdue, méritait bien d'être pendu... Si elle pouvait s'arranger pour l'épouser pendant qu'il était en prison, tous ces millions lui reviendraient, lui appartiendraient à elle seule, à condition que Rhett fût exécuté. Et si elle ne pouvait pas l'épouser peut-être pourrait-elle obtenir qu'il lui prêtât de l'argent en lui promettant de devenir sa femme quand il serait libéré ou en lui promettant... oh! en lui promettant n'importe quoi! Et si jamais on le pendait, eh bien! elle serait quitte de sa dette.

Pendant un moment son imagination s'enflamma à la pensée qu'elle pourrait devenir veuve grâce à l'obligeante intervention du gouvernement yankee. Des millions en or! Elle réparerait Tara, elle embaucherait des ouvriers agricoles, elle planterait des milles et des milles de coton. Et puis elle aurait de jolies robes et mangerait tout ce qui lui plairait. Elle n'oublierait ni Suellen, ni Carreen ; quant à Wade, il ferait de la suralimentation pour remplumer ses petites joues pâlottes, il aurait des vêtements chauds, elle lui donnerait une gouvernante et plus tard il irait à l'Université... Il aurait enfin des chaussures à se mettre aux pieds et il deviendrait autre chose qu'un petit garçon ignorant comme le dernier des rustres. Elle confierait Gérald à un bon docteur et Ashley... que ne ferait-elle pas pour Ashley ?

Le monologue de tante Pitty s'interrompit brusquement sur un « Oui, Mama ? » interrogatif et Scarlett, arrachée à ses rêves, aperçut Mama immobile sur le seuil de la pièce, les mains sur son tablier, le regard vif et pénétrant. Elle se demanda depuis combien de temps Mama était là à écouter et à observer. A en juger par l'éclat de ses yeux, elle avait probablement tout entendu.

— Ma'ame Sca'lett elle a l'ai' fatigué. Il vaud'ait mieux qu'elle aille se coucher.

— Oui, je me sens fatiguée, dit Scarlett en se levant et en adressant à Mama un regard d'enfant qui a besoin d'aide. J'ai peur aussi d'avoir attrapé un rhume. Ça ne vous ennuiera pas, tante Pitty, si je reste au lit demain et si je ne vais pas faire de visites avec vous. J'ai tout le temps devant moi pour vous accompagner chez nos amis et j'ai tellement envie d'assister demain soir au mariage de Fanny. Vous comprenez, si mon rhume s'aggrave, je ne pourrai pas m'y rendre. Un jour au lit, ce sera la meilleure façon de me soigner.

Mama tâta la main de Scarlett et eut l'air préoccupé. Scarlett n'allait sûrement pas bien. L'excitation de son cerveau était soudain tombée, la laissant pâle et tremblante.

— Vot' main elle est f'oi'de comme un glaçon, mon chou. Venez vous coucher. Je vais vous p'épa'er une infusion de sassaf'as et je fe'ai chauffer une b'ique pou' que vous t'anspi'iez.

— Où ai-je donc la tête ? s'exclama la vieille demoiselle en sautant à bas de sa chaise et en caressant le bras de Scarlett. Je n'arrête pas de jacasser et je ne pense même pas à toi. Ma chérie, tu resteras au lit demain toute la journée et nous pourrons bavarder ensemble. Oh! Grand Dieu, mais non! Ce sera impossible. J'ai promis à Mme Bonnell de passer la journée auprès d'elle. Elle est couchée avec la grippe ainsi que sa cuisinière. Mama, je suis si contente que tu sois ici. Tu pourras venir avec moi demain matin chez Mme Bonnell, il y aura de quoi faire.

Mama poussa Scarlett dans l'escalier enténébré tout en se livrant à de graves considérations sur les mains froides et les chaussures à semelles fines. Scarlett avait adopté un petit air soumis et se félicitait de la tournure des événements. Si seulement elle pouvait continuer à endormir la méfiance de Mama et trouver le moyen de la faire sortir dans la matinée, tout serait pour le mieux. Elle irait voir Rhett à la prison. Tandis qu'elle montait l'escalier, le grondement sourd du tonnerre commença à se faire entendre et Scarlett pensa combien il ressemblait au bruit de la canonnade, pendant le siège. Dans son esprit, le bruit du tonnerre devait à tout jamais être symbole de canonnade et de guerre.

XXXIV

Le lendemain matin, le soleil brillait par intermittence et la bourrasque qui lui soufflait au visage de gros nuages noirs secouait les vitres et remplissait la maison de faibles gémissements. Scarlett adressa de brèves actions de grâces au Seigneur pour le remercier d'avoir fait cesser la pluie de la nuit précédente qu'elle avait écoutée tomber en pensant que ce serait la perte de sa robe de velours et de sa capote neuve. Maintenant qu'elle surprenait de furtives échappées de ciel bleu, son moral se relevait. Elle eut bien du mal à rester au lit, à conserver son air dolent et à tousser à fendre l'âme jusqu'à ce que tante Pitty, Mama et l'oncle Peter fussent partis en procession chez Mᵐᵉ Bonnell. Lorsqu'elle entendit se refermer la grille et qu'elle se trouva seule dans la maison, à l'exception de Cookie, qui chantait dans la cuisine, elle sauta à bas de son lit et sortit ses vêtements neufs de la penderie.

Elle avait puisé dans le sommeil des forces fraîches et, du fin fond de son cœur endurci, elle tira le courage dont elle avait besoin. Dans la perspective de se mesurer avec un homme, avec n'importe quel homme, il y avait quelque chose qui stimulait son énergie, et, après des mois et des mois de lutte contre d'innombrables déboires, elle éprouvait une sensation grisante à l'idée d'affronter enfin un adversaire précis sur lequel elle arriverait peut-être à prendre le dessus grâce à ses seules ressources.

S'habiller toute seule ne fut pas une petite affaire ; néanmoins elle y réussit et, après s'être coiffée de sa capote aux plumes provocantes, elle se précipita dans la chambre de tante Pitty pour vérifier sa toilette dans la haute psyché. Comme elle était jolie! Les plumes de coq lui donnaient un petit air effronté et le velours vert mat de la capote rehaussait singulièrement l'éclat de ses yeux qui en prenaient presque une teinte d'émeraude. Quant à la robe, elle n'avait pas sa pareille pour le luxe, l'élégance et en même temps le bon ton! C'était merveilleux d'avoir de nouveau une belle robe. C'était si agréable de se sentir jolie et désirable. Scarlett se pencha en avant, embrassa son image dans la glace, puis se mit à rire de son enfantillage. Elle ramassa le châle d'Ellen qu'elle avait laissé tomber pour mieux se regarder et voulut s'en envelopper, mais les couleurs en étaient fanées et juraient avec le vert de la robe. Scarlett ouvrit l'armoire de tante Pitty, en sortit une large mante de drap fin que Pitty ne portait que le dimanche et elle s'en couvrit les épaules. Elle passa à ses oreilles les boucles en diamant qu'elle avait apportées de Tara et rejeta la tête en arrière pour juger de l'effet produit. Les boucles cliquetèrent d'une manière fort satisfaisante et Scarlett se dit qu'une fois en présence de Rhett il ne faudrait pas qu'elle oublie de rejeter souvent la tête en arrière. Le mouvement des boucles d'oreilles séduisait toujours les hommes et donnait aux jeunes femmes un air tellement spirituel.

Quel dommage que tante Pitty n'eût pas d'autres gants que ceux qu'elle portait en ce moment! Sans gants, une femme ne pouvait pas se sentir distinguée, mais Scarlett n'en avait plus depuis qu'elle avait quitté Atlanta. Et les rudes besognes auxquelles elle s'était livrée à Tara lui avaient rendu les mains si calleuses qu'elles n'étaient vraiment pas belles à voir. Allons, elle n'y pouvait rien. Elle allait emprunter le petit manchon en phoque de tante Pitty et y cacherait ses mains. Scarlett estima que ce manchon ajoutait la dernière touche élégante à sa tenue. En la voyant, personne ne pourrait se douter qu'elle était pauvre et même réduite aux abois.

Il importait tant que Rhett ne se doutât de rien. Il

fallait absolument lui faire croire que seuls de tendres ɔtifs avaient inspiré sa visite.

Scarlett descendit l'escalier sur la pointe des pieds et sortit de la maison sans éveiller l'attention de Cookie, qui continuait son concert dans la cuisine. Afin d'échapper aux regards des voisins, elle emprunta la rue du Boulanger et, lorsqu'elle eut atteint la rue aux Houx, elle alla s'asseoir sur une borne en face d'une maison en cendres dans l'espoir qu'une voiture ou une charrette complaisante voudrait bien la rapprocher du but de son expédition.

Le soleil jouait à cache-cache avec les nuages échevelés et brillait d'un éclat trompeur. Le vent s'amusait avec les dentelles du pantalon de Scarlett, qui se mit à frissonner et s'emmitoufla d'un geste impatient dans la cape de tante Pitty. Au moment où elle allait se résigner à se rendre à pied au camp yankee, elle vit venir vers elle une carriole délabrée traînée par une mule flegmatique. Sur le siège était assise une vieille à la lèvre barbouillée de tabac à priser, au visage tanné par la vie au grand air. Elle se rendait du côté de la mairie et accepta de mauvaise grâce que Scarlett s'installa auprès d'elle. A coup sûr, la toilette de la jeune femme, sa capote, son manchon, n'avaient point ses faveurs.

« Elle me prend pour une gourgandine, pensa Scarlett, et, ma foi, elle n'a peut-être pas tort. »

Lorsque la carriole atteignit enfin le jardin public, Scarlett remercia, descendit et regarda s'éloigner la vieille paysanne. Puis, après s'être assurée que personne ne pouvait la voir, elle se pinça les joues pour leur redonner de la couleur, et se mordit les lèvres pour les rendre plus rouges. Elle rajusta sa capote, se lissa les cheveux et promena les yeux autour d'elle. La mairie en briques rouges avait échappé à l'incendie de la ville, mais, sous le ciel gris, elle paraissait abandonnée. Tout autour du bâtiment et sur toute l'étendue des jardins dont il était le centre s'alignaient des baraquements militaires sales et couverts de boue. On voyait partout flâner des soldats yankees et Scarlett sentit une partie de son courage l'abandonner. Comment allait-elle s'y prendre pour joindre Rhett au milieu de ce camp d'ennemis ?

Elle regarda du côté de la caserne des pompiers et remarqua que les grands porches voûtés étaient fermés et garnis de lourds panneaux. De chaque côté du bâtiment passaient et repassaient des sentinelles. Rhett était là. Mais qu'allait-elle dire aux soldats yankees ? Et eux, qu'allaient-ils lui dire ? Elle redressa les épaules. Quand on avait eu le courage de tuer un Yankee on n'allait tout de même pas avoir peur pour si peu.

Scarlett traversa tant bien que mal la rue boueuse et marcha droit devant elle jusqu'à ce qu'elle fût arrêtée par une sentinelle sanglée dans une capote bleue.

— Qu'est-ce que vous voulez, m'dame ?

Il avait beau nasiller d'une manière bizarre comme les gens du Middle West, il ne s'en exprimait pas moins d'un ton poli et déférent.

— Je voudrais voir un homme qui est ici... un prisonnier.

— Ça, j'pourrais pas vous dire, fit la sentinelle en se grattant la tête. Ils sont rudement durs pour les visites et... (Il s'arrêta net.) Bon Dieu, m'dame. Faut pas pleurer ! Allez donc au Quartier Général demander la permission aux officiers. J'parie qu'ils vous laisseront passer.

Scarlett, qui n'avait nullement envie de pleurer, gratifia l'homme d'un sourire radieux. Il se tourna vers une autre sentinelle : « Eh ! Bill. Ramène-toi. »

La seconde sentinelle, un gros homme doté d'horribles moustaches noires qui émergeaient du col relevé de sa capote, s'approcha en pataugeant dans la boue.

— Conduis-moi donc cette dame au Quartier Général.

Scarlett remercia et suivit son guide.

— Faites attention à ne pas vous tordre la cheville sur ces dalles, dit le soldat en la prenant par le bras. Et puis, vous feriez mieux de retrousser un peu votre jupe, à cause de la boue.

Il avait lui aussi une voix nasillarde, mais il était très aimable et très respectueux. Allons, les Yankees n'avaient rien de terrible.

— Il fait un temps bougrement froid pour une dame, dit la sentinelle. Vous venez de loin ?

— Oh! oui, de l'autre bout de la ville, répondit Scarlett, tout heureuse de l'amabilité de cet homme.

— C'est pas un temps pour se promener, insista le soldat, avec toute cette grippe qui court dans l'air. Nous voilà arrivés au bureau des officiers, madame... Qu'est-ce qui ne va pas ?

— Cette maison... c'est ça votre Quartier Général ?

Scarlett contempla la ravissante et vieille demeure qui donnait sur le jardin public et elle eut envie de pleurer. Elle y avait assisté à tant de réunions pendant la guerre. On s'y amusait si bien jadis, et maintenant on y voyait flotter un grand drapeau des États-Unis.

— Qu'est-ce qui se passe ?

— Rien... seulement... seulement je connaissais les gens qui habitaient là.

— Allons, c'est dommage. M'est avis qu'ils ne s'y reconnaîtraient plus aujourd'hui. Tout est sens dessus dessous à l'intérieur. Allons, m'dame, vous n'avez plus qu'à entrer. Vous demanderez le capitaine.

Scarlett gravit le perron en caressant la rampe blanche et poussa la porte. Dans le vestibule, il faisait sombre et froid comme dans une cave. Une sentinelle transie était en faction devant la porte de la pièce qui jadis servait de salle à manger.

— Je désirerais voir le capitaine, dit Scarlett.

Le factionnaire ouvrit la porte et Scarlett entra, le cœur battant, le visage empourpré par la gêne et l'émotion. A l'intérieur régnait une forte odeur de renfermé. Cela sentait le feu qui tire mal, le tabac, le cuir, l'uniforme mouillé et la crasse des corps mal lavés. Scarlett distingua confusément des murs nus aux papiers déchirés, des rangées de capotes bleues et de chapeaux de feutre accrochés à des clous, une longue table couverte de paperasses et un groupe d'officiers en vestes bleues ornées de boutons de cuivre.

Elle avala sa salive et s'éclaircit la gorge. Elle ne voulait pas montrer à ces Yankees qu'elle avait peur et tenait en même temps à produire la meilleure impression possible.

— Le capitaine ?

— C'est moi l'un des capitaines, répondit un homme replet dont la veste était déboutonnée.

— Je voudrais voir un prisonnier, le capitaine Rhett Butler.

— Encore ce Butler ? Il en a du succès, cet homme, déclara le capitaine, qui ôta un cigare mâchonné de sa bouche et se mit à rire. Vous êtes une de ses parentes, madame ?

— Oui... sa... sa sœur.

L'officier rit de nouveau.

— Il en a des sœurs. Il en est déjà venu une hier.

Scarlett rougit. Il s'agissait sûrement d'une de ces créatures que Rhett fréquentait, la Watling sans doute. Et ces Yankees allaient s'imaginer un tas de choses sur son compte. Ce n'était pas tenable. Même pour Tara elle ne resterait pas une minute de plus à se laisser insulter. Elle recula vers la porte, en saisit la poignée d'un geste rageur, mais un autre officier s'approcha d'elle. Jeune et rasé de frais, il avait un air gai et aimable.

— Une minute, madame. Vous ne voulez pas vous asseoir près du feu pour vous réchauffer ? Je vais aller voir ce que je peux faire pour vous. Comment vous appelez-vous ? Vous comprenez, le prisonnier a refusé de recevoir la... hum, la dame qui est venue hier.

Scarlett s'assit sur la chaise qu'on lui offrait, lança un coup d'œil au gros capitaine tout penaud et déclina son identité. Le jeune officier enfila sa capote et sortit tandis que ses camarades se retiraient à l'autre extrémité de la pièce où ils se mirent à discuter à voix basse tout en compulsant des papiers.

Au bout d'un certain temps on entendit un murmure de voix derrière la porte et Scarlett reconnut le rire de Rhett. La porte s'ouvrit, un courant d'air froid balaya la pièce et Rhett apparut, tête nue, une longue cape jetée négligemment sur l'épaule. Il était sale et mal rasé. Il ne portait pas de cravate, mais, en dépit de sa tenue négligée, il avait encore son petit air conquérant et ses yeux pétillèrent de joie en apercevant la jeune femme.

— Scarlett!

Il prit ses deux mains dans les siennes, et comme toujours de leur étreinte se dégageait quelque chose de tiède et d'émouvant. Avant même que Scarlett ait eu le temps de se rendre compte de ce qu'il allait faire, il se pencha vers elle et l'embrassa sur la joue. Comme elle se reculait instinctivement, il la prit par les épaules et s'écria en souriant : « Ma petite sœur chérie! » Scarlett ne put s'empêcher de lui rendre son sourire. Quelle canaille! La prison ne l'avait pas changé.

— Tout à fait contre les règlements, bougonna le gros capitaine en s'adressant au jeune officier. Il n'aurait pas dû quitter la caserne. Vous connaissez la consigne.

— Oh! je vous en prie, Henry! La dame va mourir de froid dans cette grange.

— Ça va, ça va. Vous prenez ça sous votre responsabilité?

— Croyez-moi, messieurs, fit Rhett en se tournant vers les officiers sans lâcher les épaules de Scarlett, ma.,. ma sœur ne m'a apporté ni scie à métaux, ni limes pour m'aider à m'évader.

Tous se mirent à rire, Scarlett jeta un regard éperdu autour d'elle. Juste Ciel! allait-être elle obligée de parler à Rhett en présence de six officiers yankees! Était-il donc un prisonnier si dangereux qu'ils ne voulaient pas le perdre de vue un seul instant? Le jeune et aimable officier devina son anxiété. Il ouvrit une porte et murmura quelques mots à deux simples soldats qui se levèrent pour le saluer. Ils prirent leurs fusils et passèrent dans le vestibule après avoir refermé la porte derrière eux.

— Si le cœur vous en dit, vous pouvez aller vous asseoir dans la pièce réservée aux plantons, déclara le jeune capitaine. Seulement n'essayez pas de prendre la poudre d'escampette. Mes deux hommes montent la garde dehors.

— Tu vois, Scarlett, la réputation que j'ai, dit Rhett. Merci, mon capitaine. C'est fort aimable à vous.

Il s'inclina avec beaucoup de grâce et, prenant Scarlett par le bras, il la fit entrer dans la pièce en désordre. Scarlett ne devait jamais se rappeler le moindre détail de cette pièce, si ce n'est qu'elle était petite, qu'il y faisait sombre et pas trop chaud, qu'aux murs étaient épinglés des ordres écrits à la main et qu'on y avait placé des chaises dont le siège en cuir de vache conservait encore ses poils.

Lorsqu'il eut refermé la porte, Rhett s'approcha de Scarlett et se pencha vers elle. Devinant ce qu'il désirait, la jeune femme détourna vivement la tête, mais du coin de l'œil décocha à son compagnon un sourire provocant.

— Je n'ai pas le droit de vous embrasser pour de bon, maintenant ?

— Si, sur le front, en bon frère.

— Fichtre non, grand merci. Je préfère attendre quelque chose de mieux.

Les yeux de Rhett se portèrent sur ses lèvres et s'y arrêtèrent un moment.

— Mais comme vous êtes bonne d'être venue me voir, Scarlett ! Vous êtes la première personne respectable qui m'ait demandé depuis qu'on m'a incarcéré, et je vous assure qu'on apprécie l'amitié lorsqu'on est en prison. Quand êtes-vous arrivée en ville ?

— Hier après-midi.

— Et vous êtes venue dès ce matin ! Mais, ma chère, c'est encore mieux que de la bonté.

Il lui sourit et, pour la première fois, elle lut sur son visage une expression de plaisir sincère. Scarlett s'en réjouit intérieurement et baissa la tête comme si elle était gênée.

— Bien entendu, je suis venue tout de suite. Tante Pitty m'a parlé de vous hier soir et je... je n'ai pas pu fermer l'œil de la nuit tellement je trouve ça affreux. Rhett, je suis malheureuse.

— Voyons, Scarlett !

Rhett s'exprimait d'une voix douce qui avait pourtant d'étranges vibrations. Elle leva les yeux sur lui et s'étonna de ne plus trouver trace de ce scepticisme, de cet humour cinglant qu'elle connaissait si bien. Cette fois, elle se sentit gênée pour de bon. Les choses prenaient encore meilleure tournure qu'elle n'avait espéré.

— Ça vaut la peine d'être en prison rien que pour vous revoir et vous entendre dire des choses comme ça. Quand on m'a transmis votre nom, je ne pouvais pas en croire mes oreilles. Vous comprenez, je n'escomptais pas que vous me pardonneriez la conduite patriotique dont j'avais fait preuve cette nuit-là sur la route de Rough and Ready. Dois-je interpréter cette visite comme un signe de pardon ?

Au souvenir de cet événement pourtant lointain, Scarlett sentit monter sa colère, mais elle se domina et secoua la tête de droite et de gauche jusqu'à ce qu'elle eût entendu tinter ses boucles d'oreilles.

— Non, je ne vous ai pas pardonné, dit-elle en faisant la moue.

— Allons, un autre espoir qui s'effondre. Et dire que je me suis offert en holocauste à ma patrie, que je me suis battu pieds nus dans la neige à Franklin et qu'en échange de mes souffrances j'ai attrapé le plus beau cas de dysenterie dont vous ayez jamais entendu parler.

— Je ne tiens pas à entendre parler de vos... souffrances, dit-elle en continuant de faire la moue, mais en même temps ses yeux bridés souriaient à Rhett. Je pense toujours que vous vous êtes montré odieux cette nuit-là et je ne crois pas que je vous pardonnerai jamais. Me laisser seule, comme cela, alors qu'il pouvait m'arriver n'importe quoi !

— Mais il ne vous est rien arrivé du tout. Vous voyez bien que ma confiance en vous était justifiée. Je savais que vous rentreriez chez vous saine et sauve et que Dieu vous viendrait en aide contre tous les Yankees qui se trouveraient sur votre chemin !

— Rhett, pourquoi diable avez-vous commis pareille sottise... vous engager à la dernière minute quand vous saviez que nous allions être écrasés ? Après tout ce que vous aviez dit sur les imbéciles qui allaient se faire tuer !

— Scarlett, épargnez-moi ! Chaque fois que j'y pense, je me sens accablé de honte.

— Allons, je suis ravie d'apprendre que vous avez honte de la façon dont vous vous êtes conduit avec moi !

305

— Vous ne me comprenez pas. J'ai le regret de dire que ma conscience ne m'a nullement reproché de vous avoir abandonnée. Mais en ce qui concerne le reste... quand je pense que j'ai rejoint l'armée en bottes vernies, en complet de toile blanche, avec pour seules armes une paire de pistolets de duel... quand je pense aux longues marches que j'ai faites dans la neige après que mes bottes furent devenues inutilisables... oui, quand je pense que je n'avais pas de pardessus, que je n'avais rien à me mettre sous la dent... eh bien! je n'arrive pas à comprendre comment je n'ai pas déserté. Tout cela a été de la pure folie. Mais quoi, on a ça dans le sang. Les Sudistes ne peuvent jamais résister à l'appel d'une cause perdue. Enfin, peu importent mes arguments. Il me suffit d'être pardonné.

— Vous ne l'êtes pas. Je trouve toujours que vous vous êtes comporté comme un être ignoble.

Scarlett s'attarda si bien sur ce dernier mot, le prononça d'une voix si caressante qu'il sonna presque comme un mot d'amour.

— N'essayez pas de me donner le change. Vous m'avez pardonné. Les jeunes femmes n'ont pas coutume d'affronter les sentinelles yankees pour aller voir un prisonnier uniquement par bonté d'âme et, dans ces cas-là, elles ne portent ni robes de velours, ni plumes, ni manchon en peau de phoque. Scarlett, comme vous êtes jolie! Dieu merci, vous n'êtes ni en guenilles, ni en deuil! J'en ai assez des femmes mal fagotées avec leurs vieilles robes et leurs éternels voiles de crêpe. Vous me faites penser à la rue de la Paix. Tournez-vous, ma chère, laissez-moi vous regarder.

Il avait donc remarqué sa robe. Naturellement, il ne serait pas Rhett s'il ne remarquait pas ces choses-là. Elle rit, pivota sur les talons, étendit les bras, fit remonter les cerceaux de sa crinoline pour découvrir les jambes de son pantalon garni de dentelles. Aucun détail de sa toilette n'échappa au regard de Rhett, à ce regard impudent qui semblait déshabiller les femmes et donnait toujours la chair de poule à Scarlett.

— Vous me semblez être en pleine prospérité. Vous paraissez très, très à point. Pour un peu, on vous croquerait. S'il n'y avait pas de Yankees de l'autre côté de la porte... mais vous êtes en sûreté, ma chère. Asseyez-vous. Je n'abuserai pas de ma force comme la dernière fois que je vous ai vue. (Il se frotta la joue avec une douleur feinte.) En toute franchise, Scarlett, vous ne trouvez pas que vous avez été un peu égoïste cette nuit-là ? Songez à tout ce que j'avais fait pour vous, songez que j'avais risqué ma vie en volant un cheval, et quel cheval ! Et puis, ne courais-je pas au secours de notre glorieuse Cause ? Qu'ai-je obtenu pour me dédommager de mes peines ? Quelques mots durs et une bonne gifle.

Scarlett s'assit. La conversation ne s'engageait pas tout à fait sur la voie qu'elle avait espérée. Rhett avait paru si gentil sur le moment, si sincèrement heureux de la voir. Il avait presque donné l'impression d'être devenu une créature humaine, de ne plus être l'individu pervers qu'elle connaissait si bien.

— Vous faut-il donc toujours quelque chose en dédommagement de vos peines ?

— Mais bien sûr ! Je suis un monstre d'égoïsme, comme vous devriez le savoir. Quand je donne quelque chose, je caresse toujours l'espoir d'être payé de retour.

Scarlett sentit un petit frisson la parcourir, mais elle réagit et secoua ses boucles d'oreilles.

— Oh ! vous n'êtes pas aussi foncièrement mauvais que cela, Rhett. Vous voulez simplement vous en donner l'air.

— Ma parole, mais vous avez changé, dit-il en souriant. Qui donc a fait de vous une chrétienne ? Grâce à Mlle Pittypat je me suis tenu au courant de vos faits et gestes, mais la brave demoiselle ne m'avait point laissé entendre que vous aviez acquis une douceur toute féminine. Parlez-moi un peu plus de vous, Scarlett. Qu'avez-vous fait depuis la dernière fois que nous nous sommes vus ?

Scarlett sentait se réveiller en elle le vieil antagonisme qu'elle avait toujours éprouvé contre Rhett, et

307

elle aurait bien voulu lui répondre par des paroles méchantes, mais au lieu de cela elle sourit et une fossette lui creusa la joue. Rhett avait attiré une chaise tout contre la sienne. Elle se pencha en avant et, sans avoir l'air d'y penser, elle lui posa affectueusement la main sur le bras.

— Oh! moi, je me porte à merveille, et à Tara maintenant tout marche à souhait. Bien entendu, nous avons connu des heures épouvantables lorsque Sherman est passé par là, mais, après tout, il n'a pas incendié la maison et les noirs ont sauvé presque toutes les bêtes en les lâchant dans les marais. Et puis, nous avons eu une bonne récolte cette année, vingt balles. Oh! bien sûr, ce n'est pratiquement rien pas rapport à ce que Tara peut produire, mais nous manquons de main-d'œuvre. Papa dit que nous ferons mieux l'année prochaine. Mais, Rhett, on s'ennuie tellement à la campagne, désormais. Figurez-vous qu'il n'y a plus ni bals, ni pique-niques et que les garçons ne savent plus parler que de la dureté des temps! Bonté divine, j'en ai par-dessus la tête. La semaine dernière j'ai fini par être tellement excédée que papa m'a conseillé d'aller faire un petit voyage et de m'amuser. Je suis donc venue ici me commander quelques robes et ensuite je me rendrai à Charleston chez ma tante. Ça va être délicieux de retourner au bal.

« Allons, se dit Scarlett avec fierté, je lui ai raconté ma petite histoire tout à fait comme il fallait, sans me faire passer pour trop riche ni pour trop pauvre! »

— Vous êtes ravissante en robe de bal, ma chère, et vous le savez, voilà le malheur! D'après moi, la véritable raison de votre voyage, c'est que les bergers de votre comté n'ont plus d'attraits pour vous et que vous désirez chasser sur d'autres terres.

Scarlett se félicita que Rhett ne fût revenu que depuis peu à Atlanta après une absence de plusieurs mois. Sans cela il n'eût jamais émis une hypothèse aussi ridicule. Elle accorda une brève pensée aux bergers du comté, aux petits Fontaine qui rongeaient leur frein sous leurs haillons, aux fils Munroe qui traînaient une existence misérable, aux jeunes gens de Jonesboro et de Fayetteville si occupés à charruer, à couper du bois, à soigner de vieilles bêtes malades qu'ils en avaient perdu le souvenir des bals et des flirts agréables. Mais Scarlett écarta ce souvenir et ricana d'un petit air satisfait comme si elle reconnaissait le bien-fondé des suppositions de Rhett.

— Vous n'avez pas de cœur, Scarlett, mais c'est peut-être ce qui fait une partie de votre charme.

Rhett sourit comme autrefois, un pli moqueur au coin de la bouche, mais Scarlett n'en comprit pas moins qu'il venait de lui adresser un compliment.

— Naturellement, poursuivit-il, vous n'ignorez pas que vous avez plus de charme qu'il ne devrait être permis. Moi-même, si endurci que je sois, j'en ai subi les effets. Je me suis souvent demandé ce qu'il pouvait bien y avoir en vous pour que je n'arrive pas à vous oublier. Enfin, j'ai connu pas mal de dames plus jolies que vous et, à coup sûr, plus habiles, sans parler de leur incontestable supériorité morale. Mais, quoi que je fasse, mes pensées reviennent toujours vers vous. Tenez, après la reddition, quand j'étais en France et en Angleterre, je ne vous avais pas revue, je n'avais aucune nouvelle de vous et j'entretenais des relations fort agréables avec un grand nombre de jolies femmes, eh bien! je pensais quand même à vous et je me demandais ce que vous deveniez.

Pendant un instant, Scarlett fut indignée. Comment! il osait dire qu'il connaissait des femmes plus jolies, plus habiles ou meilleures qu'elle. Pourtant ce désagrément fut compensé par le plaisir qu'elle éprouvait en constatant que Rhett ne l'avait pas oubliée. Cela allait lui faciliter la tâche. Et son attitude était si gentille, il se conduisait presque comme n'importe quel homme du monde l'aurait fait en pareilles circonstances. Maintenant il ne restait plus à Scarlett qu'à amener la conversation sur lui-même afin de lui faire entendre qu'elle non plus ne l'avait pas oublié et alors...

Elle lui secoua gentiment le bras et une nouvelle fossette lui creusa la joue.

— Oh! Rhett, comme vous y allez! Taquiner une petite paysanne comme moi! Je sais pertinemment que vous n'avez pas pensé un seul instant à moi après m'avoir abandonnée. Ne venez pas me dire que vous avez pensé à moi au milieu de toutes ces jolies Françaises et Anglaises. Cependant, je ne suis pas venue jusqu'ici pour vous entendre me raconter des sornettes. Je suis venue... venue... parce que.

— Parce que quoi?

— Oh! Rhett, je me fais tant de soucis pour vous! J'ai si peur pour vous! Quand vous laissera-t-on sortir de cette terrible prison?

Il immobilisa la main de Scarlett dans la sienne et la maintint serrée contre son bras.

— Votre chagrin vous fait honneur. Il n'est pas question de me laisser sortir. Je ne sais pas pour ma part quand ce sera. Peut-être quand on aura allongé un peu plus la corde.

— La corde?

— Oui, je m'attends à sortir d'ici au bout d'une corde.

— On ne va tout de même pas vous pendre?

— On le fera si on arrive à réunir d'autres preuves contre moi.

— Oh! Rhett! s'écria Scarlett, la main sur le cœur.

— Ça vous ferait de la peine? Si vous avez suffisamment de chagrin, je vous mettrai sur mon testament.

Son testament! Scarlett baissa vite les yeux pour ne pas se trahir, mais pas assez, car, dans le regard de Rhett, s'alluma soudain une lueur de curiosité.

— D'après les Yankees, je devrais en avoir un beau testament! En ce moment, les gens ont l'air de s'intéresser diablement à mes finances. Chaque jour on me traîne de commission d'enquête en commission d'enquête et l'on me harcèle de questions abracadabrantes. Le bruit court que j'ai pris le large avec l'or mythique de la Confédération.

— Eh bien! est-ce vrai?

— Ça, c'est une question directe au moins! Vous savez aussi bien que moi que la Confédération faisait marcher la planche à billets au lieu de fabriquer des pièces d'or.

— Mais d'où tirez-vous tout votre argent ? Vous avez spéculé ? Tante Pitty prétend...

— En voilà des preuves !

Que le diable l'emporte ! Mais bien sûr, c'était lui qui l'avait, l'argent de la Confédération. Elle était si agitée qu'il lui devenait difficile de conserver un ton aimable.

— Rhett, ça me met dans un tel état de vous savoir ici. Pensez-vous avoir une chance de vous tirer d'affaire ?

— *Nihil desperandum*, telle est ma devise.

— Qu'est-ce que ça veut dire ?

— Ça veut dire « peut-être », ma charmante ignorante.

Elle battit des cils, regarda Rhett, puis baissa de nouveau les yeux.

— Oh ! vous êtes trop intelligent pour vous laisser pendre. Vous allez bien trouver le moyen de rouler les Yankees et de sortir d'ici. Quand vous serez libre...

— Quand je serai libre ? demanda-t-il d'une voix douce en se rapprochant de Scarlett.

— Eh bien je... alors, Scarlett prit un joli petit air confus et se mit à rougir. (Rougir ne lui fut pas difficile, car elle avait la respiration coupée et son cœur battait comme un tambour.) Rhett, je regrette tellement ce... ce que j'ai dit cette nuit-là... vous savez... près de Rough and Ready. J'avais... oh ! j'avais si peur, j'étais si bouleversée et vous, vous étiez si... si... (Elle aperçut la main brune de Rhett qui retenait les siennes prisonnières.) Et... je... je croyais que je ne vous pardonnerais jamais, jamais ! Mais hier, quand tante Pitty m'a dit que vous... que vous risquiez d'être pendu... j'ai senti brusquement quelque chose en moi et je... je... (Elle lui adressa un regard implorant dans lequel on aurait pu lire toutes les souffrances d'un cœur torturé.) Oh ! Rhett ! Si l'on vous pend, j'en mourrai. Je ne pourrai pas m'en remettre ! Vous comprenez, je... et comme elle n'avait plus la force de supporter l'éclat brûlant des yeux de Rhett, elle baissa les paupières.

« Dans une minute, je vais pleurer, se dit-elle au comble de l'étonnement et de l'agitation. Faut-il retenir mes larmes ? Est-ce que ça aura l'air plus naturel si je pleure ? »

— Mon Dieu, Scarlett, fit Rhett, vous ne voulez pas entendre par là... — Et il étreignit si fort les mains de la jeune fille qu'il lui fit mal.

Les paupières serrées, elle s'efforçait de faire venir les larmes, mais en même temps elle eut la présence d'esprit de tourner légèrement la tête pour que Rhett pût l'embrasser sans difficulté. Oui, il allait l'embrasser sur la bouche, elle allait sentir contre les siennes ses lèvres fermes et insistantes dont elle se rappela soudain le contact avec une netteté qui la laissa pantelante. Mais il ne l'embrassa pas. Déçue, elle entrouvrit les yeux et regarda Rhett à la dérobée. Sa tête noire était penchée sur ses mains et, tandis qu'elle l'observait il porta l'une d'elles à ses lèvres, puis s'empara de l'autre et l'appuya un instant contre sa joue. Scarlett s'attendait à un geste violent, aussi, devant cette manifestation de tendresse, demeura-t-elle stupide. Elle aurait pourtant toujours bien voulu étudier le visage de Rhett, mais elle dut y renoncer car il tenait toujours la tête baissée.

Elle referma les yeux de peur que Rhett en se redressant brusquement n'y surprît une expression de triomphe trop visible. Il allait la demander en mariage... ou du moins il allait lui dire qu'il l'aimait et puis... Elle continuait de l'observer, les cils mi-clos. Il voulut lui embrasser le creux de la main et soudain il poussa un bref soupir. Alors, pour la première fois depuis un an, Scarlett vit la paume de sa main telle qu'elle était pour de bon, et elle se sentit glacée de terreur. C'était la paume de quelqu'un d'autre, ce n'était pas la paume douce et blanche de Scarlett O'Hara. Le travail avait durci cette main-là, le soleil l'avait tannée, elle était couverte de taches de rousseur. Les ongles en étaient cassés et la paume calleuse. Une coupure à demi cicatrisée balafrait le pouce. La brûlure qu'elle s'était faite le mois précédent avec de la graisse bouillante était hideuse. Elle la regarda horrifiée et, sans y penser, elle serra vivement le poing.

Rhett ne relevait toujours pas la tête Scarlett ne pouvait toujours pas voir son visage. Il lui ouvrit la main d'un geste impitoyable, s'empara de l'autre et les examina toutes les deux en silence.

— Regardez-moi, dit-il enfin d'un ton très calme tout en se redressant. Quittez cet air de sainte nitouche.

Elle se tourna vers lui de mauvaise grâce et lui présenta un visage à la fois provocant et bouleversé Rhett fronçait les sourcils, ses yeux noirs étincelaient

— Alors, tout marche à souhait à Tara, hein ? On y récolte tellement de coton que vous pouvez vous offrir des voyages. Qu'avez-vous donc fait avec vos mains... vous avez poussé la charrue ?

Scarlett essaya de se dégager, mais Rhett la tenait ferme.

— Ce ne sont pas des mains de femme du monde, dit-il en les lâchant tout d'un coup.

— Oh! taisez-vous! s'exclama Scarlett qui, sur le moment, éprouva un soulagement intense à pouvoir exprimer librement ses sentiments. Est-ce que ça vous regarde ce que je fais de mes mains ?

« Quelle imbécile je suis! » se dit-elle dans un accès de rage contre elle-même. « J'aurais dû emprunter ou voler les gants de tante Pitty. Mais quoi, je ne me rendais pas compte que mes mains étaient dans cet état. C'était forcé qu'on les remarque. Et voilà que je me suis mise en colère et que j'ai peut-être tout gâché. Oh! en arriver là au moment où il était sur le point de me faire une déclaration. »

— Évidemment, ça ne me regarde pas, déclara Rhett d'un ton glacial tout en s'appuyant nonchalamment au dossier de son siège.

Ainsi il voulait faire la forte tête. Eh bien! si elle tenait à faire de cette débâcle une victoire, elle n'avait plus qu'à filer doux comme un agneau, quoi qu'il lui en coûtât. Peut-être qu'en lui parlant gentiment...

— Vous n'êtes vraiment pas chic avec mes pauvres mains. Tout cela parce que je suis montée à cheval la semaine dernière sans mes gants et...

— Monter à cheval, elle est bien bonne! Vous avez peiné comme une négresse avec ces mains-là. Qu'avez-vous à répondre ? Pourquoi êtes-vous venue me raconter des mensonges sur Tara ?

— Voyons, Rhett...

— Si nous en venions droit au fait. Quel est le véritable motif de votre visite ? A voir la façon dont vous minaudiez, j'ai failli croire que vous aviez un peu de tendresse pour moi et que vous regrettiez ce qui m'arrivait.

— Oh! mais si, je suis navrée! Je...

— Non, ce n'est pas vrai. On peut bien me pendre plus haut qu'Aman, pour ce que ça vous fera! Ça se voit sur votre visage aussi nettement que sur vos mains les marques d'un travail pénible. Vous vouliez obtenir quelque chose de moi, quelque chose dont vous aviez si grand besoin que vous avez monté toute cette petite comédie. Pourquoi n'êtes-vous pas venue me dire tout de go de quoi il s'agissait ? Vous auriez eu beaucoup plus de chances d'obtenir gain de cause, car s'il y a une qualité que j'apprécie chez les femmes c'est bien la franchise. Mais non, il a fallu que vous veniez ici agiter vos boucles d'oreilles, minauder et vous tortiller comme une prostituée qui veut séduire un homme.

Il prononça ces derniers mots sans même élever la voix et pourtant ils sifflèrent aux oreilles de Scarlett comme un coup de fouet. C'était la ruine de toutes ses espérances. Après cela, il ne pouvait plus la demander en mariage. S'il avait laissé éclater sa colère ou s'il l'avait accablée de reproches, elle aurait encore su comment le prendre. Mais le calme redoutable de sa voix l'effrayait et lui ôtait tous ses moyens. Il avait beau être prisonnier, Scarlett se rendait compte que c'était dangereux de se payer la tête d'un homme de la trempe de Rhett Butler.

— Allons, c'est à ma mémoire qu'il faut que je m'en prenne. J'aurais dû me rappeler que vous me ressemblez et que vous n'entreprenez jamais rien sans y avoir été poussée par un motif quelconque. Voyons un peu, quelle idée pouviez-vous bien avoir derrière la tête, madame Hamilton. Est-il possible que vous vous soyez méprise au point de vous imaginer que j'allais vous demander en mariage?

Scarlett rougit jusqu'aux oreilles et ne répondit pas.

— Je vous ai pourtant répété assez souvent que je n'étais pas fait pour le mariage. Vous ne pouvez pas l'avoir oublié.

Devant son mutisme, il dit avec une violence soudaine :

— Vous n'aviez pas oublié, hein ? Répondez-moi.

— Non, je n'avais pas oublié, bredouilla Scarlett, désemparée.

— Quelle joueuse vous faites, Scarlett! Vous aimez tenter la chance. Vous vous étiez livrée au petit calcul suivant : « Il est prisonnier, il ne voit pas de femmes. Ça a dû le mettre dans un tel état que lorsque je viendrai lui rendre visite il se jettera sur moi comme une truite sur un ver. »

« Et c'est bien ce que vous avez fait, pensa Scarlett avec colère. Sans mes mains... »

— Maintenant nous connaissons à peu près toute la vérité, mais il nous manque encore le motif auquel vous avez obéi. Voyons si vous pouvez me dire exactement pour quelle raison vous vouliez m'enfermer dans les liens du mariage ?

Il y avait quelque chose de doucereux et de taquin dans la voix de Rhett, et Scarlett reprit courage. En somme, tout n'était pas forcément perdu. Bien entendu, il n'était plus question de mariage, mais avec de l'adresse et en faisant appel à leurs souvenirs communs, elle réussirait peut-être à se faire prêter de l'argent.

— Oh! Rhett, fit-elle en prenant une expression enfantine, vous pourriez me rendre un si grand service... si vous vouliez seulement être gentil.

— Rien ne me plaît autant que d'être... gentil.

— Rhett, au nom de notre vieille amitié, je voudrais que vous m'accordiez une grande faveur.

— Allons, la dame aux mains calleuses en arrive enfin au but de sa mission. Je craignais bien aussi que ce rôle de bonne âme qui « rend visite aux malades et aux prisonniers » ne fût point dans vos cordes. Que désirez-vous ? de l'argent ?

La rudesse de la question détruisit en Scarlett tout espoir d'en arriver à ses fins à l'aide de subterfuges ou d'arguments d'ordre sentimental.

— Ne soyez pas méchant, Rhett. dit-elle d'un ton câlin. J'ai besoin d'argent. Je voudrais que vous me prêtiez trois cents dollars.

— Enfin, la vérité. On dit des mots tendres et on pense à son argent. Comme c'est bien femme! Vous avez très grand besoin de cet argent?

— Oh! oui... c'est-à-dire pas tellement, mais ça m'est nécessaire.

— Trois cents dollars! C'est une grosse somme. Pour quoi est-ce faire?

— Pour payer les impôts de Tara.

— Alors vous voulez m'emprunter de l'argent. Eh bien! puisque vous êtes si femme d'affaires, moi aussi je vais me montrer homme d'affaires. Qu'avez-vous à m'offrir en nantissement?

— En quoi?

— En nantissement. Qu'avez-vous à me donner en garantie? Ça tombe sous le sens, je ne tiens pas à perdre tout cet argent.

— Mes boucles d'oreilles.

— Ça ne m'intéresse pas.

— Je vous consentirai une hypothèque sur Tara.

— Que ferais-je d'une ferme?

— Eh bien! vous pourriez... vous pourriez... c'est une bonne plantation. Vous n'y perdriez pas. D'ailleurs je vous rembourserais sur la prochaine récolte.

— Je n'en suis pas sûr. (Il se renversa en arrière et enfonça les mains dans ses poches.) Les cours du coton dégringolent. Les temps sont durs et l'argent est cher.

— Oh! Rhett, vous me taquinez! Vous savez bien que vous avez des millions!

Les yeux de Rhett pétillèrent de malice.

— Ainsi donc, tout marche à souhait pour vous et vous n'avez pas tellement besoin de cet argent. Eh bien! ça me fait plaisir. J'aime à savoir que tout va très bien chez mes vieux amis.

— Oh! Rhett, pour l'amour de Dieu... commença

Scarlett dont le courage et l'assurance faiblissaient.

— Plus bas, s'il vous plaît. Vous ne voulez pas que les Yankees vous entendent, je suppose. On ne vous a jamais dit que vous aviez des yeux de chat... de chat dans l'obscurité?

— Rhett, je vous en prie! Je vous dirai tout. J'ai le plus grand besoin de cet argent. Je... j'ai menti en vous racontant que tout marchait bien. Tout va aussi mal que possible. Père n'est... n'est plus... lui-même. Depuis la mort de ma mère il est devenu bizarre et il ne m'est d'aucune aide. C'est un vrai enfant. Nous n'avons personne pour s'occuper du coton et nous sommes tant de bouches à nourrir, treize à table tous les jours. Et les impôts... ils sont si élevés. Rhett, je vais tout vous dire. Pendant plus d'un an nous avons été sur le point de mourir de faim. Oh! vous ne savez pas, vous ne pouvez pas savoir! Nous n'avons jamais mangé à notre faim et c'est terrible de se réveiller ou d'aller se coucher le ventre creux. Nous n'avons rien de chaud à nous mettre sur le dos. Les enfants ont toujours froid, ils sont toujours malades et...

— Où avez-vous trouvé cette belle robe?

— On l'a taillée dans l'un des rideaux du salon de ma mère, répondit Scarlett trop désemparée pour avoir honte de cet aveu. J'arrivais encore à résister à la faim et au froid, mais maintenant... maintenant les Carpetbaggers ont augmenté nos impôts. Il faut payer, on ne peut pas faire autrement et je ne possède qu'une pièce de cinq dollars en or. Il me faut cet argent! Vous ne comprenez donc pas? Si je ne paie pas mes impôts, je... nous perdrons Tara. Ce n'est pas possible. Non, je ne veux pas laisser vendre Tara.

— Pourquoi ne m'avez-vous pas dit cela sur-le-champ au lieu de vous attaquer à mon pauvre cœur sensible, toujours si faible quand il s'agit de jolies femmes? Non, Scarlett, ne pleurez pas. Vous avez eu recours à toutes les ruses sauf à celle-ci. Ça ne prendrait pas. Je suis trop profondément ulcéré de constater que c'était à mon argent et non à ma charmante personne que vous en aviez.

317

Scarlett se rappela qu'il disait souvent la vérité lorsqu'il avait le plus l'air de se moquer de lui-même ou des autres. L'avait-elle réellement blessé dans ses sentiments ? Avait-il vraiment de l'inclination pour elle ? Avait-il été sur le point de la demander en mariage ? ou bien avait-il eu simplement l'intention de lui renouveler l'ignoble proposition qu'il lui avait déjà faite deux fois auparavant ? S'il tenait à elle, elle trouverait peut-être le moyen de l'amener à composition. Cependant Rhett la fouillait du regard et il se mit à rire doucement.

— Ce genre de nantissement ne me plaît pas. Je ne suis pas un planteur. Qu'avez-vous d'autre à m'offrir ?

Allons, le moment était venu! Scarlett poussa un profond soupir et regarda Rhett bien en face.

— Moi-même.

— Oui ?

Elle serra les dents, ses yeux prirent une teinte d'émeraude.

— Vous vous souvenez de cette nuit sous la véranda de tante Pitty ? C'était pendant le siège. Vous m'avez dit... vous m'aviez dit que vous me désiriez...

Rhett se renversa nonchalamment en arrière et, impassible, étudia le visage tendu de Scarlett. Au fond de ses yeux une petite flamme jaillit, mais il se tut.

— Vous m'avez dit que... que... vous n'aviez jamais désiré une femme autant que moi. Si vous me désirez encore, vous pouvez me prendre, Rhett, je ferai tout ce que vous voudrez, mais pour l'amour de Dieu, signez-moi une traite. Je tiendrai parole. Je vous le jure. Je ne me dédierai pas. Je vous signerai un écrit si vous y tenez.

Il la regardait d'une manière étrange. Son visage demeurait impénétrable et Scarlett, tout en poursuivant, se demanda si elle l'amusait ou si elle l'écœurait. Si seulement il voulait dire quelque chose, n'importe quoi! Elle avait les joues en feu.

— Il me faut cet argent le plus tôt possible, Rhett. Ils vont nous mettre dehors et ce maudit régisseur deviendra propriétaire de...

— Une minute! Qu'est-ce qui vous fait croire que je vous désire encore ? Qu'est-ce qui vous fait croire que vous valez trois cents dollars ? La plupart des femmes n'ont pas de telles exigences.

Scarlett rougit jusqu'à la racine des cheveux. Son humiliation était complète.

— Pourquoi faites-vous cela ? Pourquoi ne renoncez-vous pas à votre ferme et n'allez-vous pas vivre chez Mlle Pittypat ? Vous êtes copropriétaire de la maison.

— Au nom du Ciel, s'exclama Scarlett. Êtes-vous fou ? Je ne peux pas renoncer à Tara. C'est mon foyer. Je ne m'en dessaisirai pas tant qu'il me restera un souffle de vie.

— Les Irlandais, fit Rhett en retirant les mains de ses poches, c'est la pire des races. Ils attachent tant d'importance à des choses qui n'en valent pas la peine. La terre, par exemple. N'importe quel lopin de terre en vaut un autre. Maintenant, mettons les choses au point, Scarlett. Vous êtes venue me proposer une affaire, bon. Je vous donnerai trois cents dollars et vous deviendrez ma maîtresse.

— Oui.

Maintenant que le mot répugnant était prononcé, elle se sentait un peu plus à l'aise et l'espoir lui revenait. Il avait dit : « Je vous donnerai. » Il y avait dans ses yeux une lueur diabolique comme si quelque chose l'amusait beaucoup.

— Et dire que lorsque j'ai eu l'imprudence de vous faire la même proposition, vous m'avez mis à la porte. Vous m'avez également traité d'un tas de noms malsonnants sans oublier de déclarer en passant que vous ne teniez pas à « avoir une nichée de marmots ». Non, ma chère, je ne m'arrête pas à ces considérations. Ce qui m'intéresse, ce sont les bizarreries de votre esprit. Vous ne vouliez pas être ma maîtresse, mais vous allez m'appartenir par nécessité! Cela me renforce dans mon opinion que la vertu est uniquement une question de gros sous.

— Oh! Rhett, comme vous y allez! Si vous voulez m'insulter, ne vous gênez pas, mais donnez-moi l'argent. (Elle releva la tête :) Allez-vous me le donner ? fit-elle.

Il la regarda et d'une voix à la fois douce et brutale :

— Non, je ne vous le donnerai pas.

Pendant un instant, Scarlett eut du mal à comprendre sa réponse.

— Même si j'en avais envie, je ne pourrais pas vous le donner. Je n'ai pas un sou sur moi. Pas un sou à Atlanta. J'ai de l'argent, c'est exact, mais pas ici. Et je ne suis pas plus disposé à dire où il se trouve qu'à dire combien j'en ai. Mais si j'essayais de tirer une traite sur les sommes déposées à mon nom, les Yankees me sauteraient dessus comme un canard sur un hanneton et ni vous ni moi n'en verrions la couleur. Que pensez-vous de cela ?

Scarlett blêmit, verdit, des taches de rousseur apparurent sur son nez et sa bouche se tordit comme celle de Gérald quand il avait un accès de colère meurtrière. Elle se dressa d'un bond en poussant un cri inarticulé qui interrompit brusquement le murmure des voix dans la pièce voisine. Vif comme une panthère, Rhett bondit sur Scarlett, lui plaqua sa lourde main contre la bouche et lui passa les bras autour de la taille. Elle se débattit comme une folle, essaya de le mordre, de lui donner des coups de pied dans les jambes, de hurler de rage, de désespoir, de haine et d'amour-propre blessé à mort. Elle se plia en deux, chercha par tous les moyens à échapper au bras de fer qui la serrait. Son cœur était près d'éclater, son corset lui coupait la respiration. Rhett la tenait si fort, si brutalement qu'il lui faisait mal et sa main qui la bâillonnait lui labourait cruellement le menton. Il avait pâli sous son hâle. Le regard dur et inquiet, il arracha Scarlett du sol, la ramena contre sa poitrine, se rassit et maintint sur ses genoux la jeune femme qui continuait à se démener.

— Chérie, pour l'amour de Dieu ! Arrêtez ! Taisez-vous ! Ne criez pas. Ils vont venir s'ils vous entendent. Calmez-vous. Vous voulez donc que les Yankees vous voient dans cet état-là ?

Scarlett se souciait fort peu qu'on la vît. Elle n'éprouvait plus qu'un féroce désir de tuer Rhett, mais la tête se mettait à lui tourner. Elle ne pouvait plus respirer. La main de Rhett l'étouffait. Son corset la serrait de plus en plus fort. Elle avait beau se démener, le bras de Rhett la paralysait. Alors, tout devint trouble, s'effaça dans un brouillard de plus en plus dense... elle ne vit plus rien.

Lorsqu'elle revint à elle, elle se sentit brisée, morte de fatigue. Elle était nu-tête et Rhett, les yeux anxieusement fixés sur elle, lui tapotait le poignet. Le jeune et aimable capitaine s'efforçait de lui faire avaler un peu de cognac dont il lui avait versé quelques gouttes dans le cou. Les autres officiers tournaient autour d'elle, gesticulant et chuchotant.

— Je... je crois que j'ai dû m'évanouir, dit-elle, et le son de sa voix lui parut venir de si loin qu'elle en eut peur.

— Bois ceci, fit Rhett en prenant le verre et en l'introduisant entre ses lèvres.

Maintenant elle se rappelait confusément ce qui était arrivé et son œil s'alluma lorsqu'elle reconnut Rhett, mais elle était trop faible pour se remettre en colère.

— Je t'en prie, bois pour moi.

Elle avala quelques gouttes, s'étrangla, se mit à tousser, mais Rhett ne se tint pas pour battu et revint à la charge. Elle but une longue gorgée et le liquide brûlant lui incendia brusquement le gosier.

— Je pense qu'elle va aller mieux, messieurs, dit Rhett. Je vous remercie beaucoup. Quand elle a su qu'on allait m'exécuter, c'en a été trop pour elle.

Les officiers parurent fort gênés et finirent par se retirer. Le jeune capitaine s'arrêta sur le seuil de la pièce.

— S'il y a encore quelque chose que je puisse faire...

— Non, merci.

Il referma la porte derrière lui.

— Buvez encore, dit Rhett.

— Non.

— Buvez.

Scarlett avala une autre gorgée qui la réchauffa et redonna lentement des forces à ses jambes tremblantes. Elle repoussa le verre et essaya de se relever, mais Rhett la fit se rasseoir de force.

— Ne me touchez pas. Je m'en vais.

— Pas encore. Attendez un instant. Vous risqueriez de vous évanouir de nouveau.

— J'aime encore mieux tomber au milieu de la route que de rester ici avec vous.

— Je n'ai tout de même pas envie que vous vous évanouissiez au milieu de la route.

— Laissez-moi partir. Je vous hais.

Rhett eut un léger sourire.

— Ça, ça vous ressemble davantage. Vous devez vous sentir mieux.

Scarlett resta tranquille quelques minutes. Elle essaya de réveiller sa colère et de rallier ses forces. Mais elle était trop lasse, trop épuisée pour haïr ou pour se soucier de quoi que ce fût. La défaite l'écrasait comme une chape de plomb. Elle avait joué tout ce qu'elle avait à jouer et elle avait tout perdu. Il ne lui restait plus d'orgueil. C'était la ruine irrémédiable de son dernier espoir. C'était la fin de Tara, la fin pour eux tous. Pendant un long moment elle demeura ainsi appuyée au dossier de sa chaise. Elle avait fermé les yeux. Tout près d'elle elle entendait la respiration saccadée de Rhett. Petit à petit, le cognac lui communiquait une vigueur et une chaleur factices. Lorsqu'elle rouvrit enfin les yeux et vit Rhett en face d'elle, elle sentit de nouveau monter sa colère. Son front se plissa, elle fronça les sourcils et Rhett se mit à sourire comme il le faisait jadis.

— Allons, à en juger par votre mine renfrognée, ça doit aller mieux, maintenant.

— Naturellement, ça va très bien. Rhett Butler, vous êtes odieux, vous êtes un être ignoble, la dernière des crapules. Dès que j'ai ouvert la bouche, vous saviez très bien ce que j'allais dire et vous saviez que vous me refuseriez l'argent. Et vous m'avez laissée parler. Vous auriez pu m'épargner...

— C'est cela, vous arrêter en route et perdre une si belle occasion d'entendre tout ce que vous m'avez raconté ? Jamais de la vie! J'ai si peu de distractions ici. Je ne me rappelle pas avoir jamais vécu une scène plus divertissante!

Il éclata de son rire ironique. Scarlett se leva d'un bond et s'empara de sa capote. Rhett la saisit brusquement par les épaules.

— Ce n'est pas encore fini. Vous sentez-vous assez bien pour me parler raisonnablement ?

— Laissez-moi partir.

— Bon, je vois, ça ira. Alors, répondez-moi. Étais-je la seule corde à votre arc ?

Rhett ne lâchait pas Scarlett des yeux et guettait son moindre changement d'expression.

— Que voulez-vous dire ?

— Étais-je le seul homme auquel vous vous proposiez de jouer cette petite comédie ?

— Ça vous regarde ?

— Plus que vous ne le pensez. Avez-vous d'autres hommes en réserve ? Dites-le-moi.

— Non.

— Ça me dépasse. Non, non, je ne peux pas croire que vous n'en ayez pas cinq ou six sur lesquels vous avez jeté votre dévolu. J'en suis tellement persuadé que je m'en vais vous donner un petit conseil.

— Je n'ai pas besoin de vos conseils.

— Ça m'est égal, je passerai outre. J'ai l'impression qu'en ce moment je ne peux guère vous donner autre chose que des conseils. Écoutez celui-ci, il est bon. Quand vous essayez d'obtenir quelque chose d'un homme, ne découvrez pas vos batteries d'un seul coup comme vous l'avez fait avec moi. Essayez d'être plus subtile, plus enjôleuse. Ça donne de meilleurs résultats. Autrefois, vous étiez parfaite sur ce point. Mais aujourd'hui, lorsque vous m'avez offert votre... hum... votre nantissement, vous paraissiez dure comme la pierre. J'ai déjà vu des yeux comme les vôtres, à vingt pas de moi, dans un duel au pistolet, et ce n'est pas un spectacle bien réjouissant. Ça n'éveille aucune ardeur dans la poitrine d'un mâle. Ce n'est pas une façon de s'y prendre avec les hommes, ma chère, jadis vous sembliez promettre davantage.

— Je n'ai pas de conseils à recevoir de vous sur la façon de me conduire, fit Scarlett en remettant sa capote d'un geste las.

Elle se demandait comment Rhett pouvait avoir le cœur de plaisanter. Ça ne lui faisait donc rien de la voir réduite à une telle extrémité ? Ça lui était donc égal d'être pendu ? Elle ne remarqua même pas qu'il avait enfoncé les mains dans ses poches et qu'il serrait les poings comme pour dompter le sort contraire.

— Du courage, dit-il à Scarlett en nouant les brides de sa capote. Vous pourrez assister à mon supplice. Ça vous fera beaucoup de bien. Vous réglerez du même coup toutes vos vieilles dettes envers moi... même celle-ci. Et je ne vous oublierai pas dans mon testament.

— Merci, mais vous risquez d'être pendu quand il sera trop tard pour payer mes impôts, répondit Scarlett avec une ironie égale à celle de Rhett, et c'était bien le fond de sa pensée qu'elle exprimait ainsi.

XXXV

Lorsque Scarlett sortit de prison, il pleuvait et le ciel avait la couleur terne du mastic. Les soldats qui flânaient dans le jardin s'étaient réfugiés à l'intérieur de leurs baraquements. Les rues étaient désertes. Il n'y avait pas un véhicule en vue et Scarlett savait qu'elle aurait à faire tout le long chemin à pied pour rentrer chez sa tante.

A mesure qu'elle avançait, l'ardeur allumée en elle par le cognac s'éteignait. Elle frissonnait sous la morsure du vent froid. Les gouttes de pluie la cinglaient, la piquaient au visage comme autant de coups d'épingles. Le mince vêtement de tante Pitty fut vite transpercé et se mit à pendre lamentablement autour de la jeune femme. La robe de velours n'allait pas pouvoir résister bien longtemps à pareil traitement. Quant aux plumes de coq de la capote, elles avaient un aspect aussi peu glorieux qu'aux jours où leur ancien possesseur se pavanait dans le poulailler détrempé de Tara. Les briques du trottoir étaient cassées et, sur de longs intervalles, faisaient complètement défaut. Là, on enfonçait jusqu'aux chevilles dans la boue qui adhérait aux chaussures comme de la colle. Par moments, Scarlett laissait l'une de ses mules dans le bourbier et, tandis qu'elle se baissait pour l'en extirper, le bas de sa robe balayait la fange. Elle n'essayait même pas d'éviter les flaques d'eau. Elle s'y engageait machinalement, traînant derrière elle ses jupes alourdies. Son jupon était mouillé, son pantalon trempé lui glaçait les jambes, mais que lui importait la ruine de la toilette sur laquelle elle avait tant misé. Transie, désespérée, elle n'avait plus aucun courage.

Comment pourrait-elle retourner à Tara après avoir fait preuve d'une telle assurance ? Comment pourrait-elle dire à tous ceux de Tara qu'il leur fallait s'en aller ? Comment pourrait-elle abandonner les champs rouges, les grands pins, les basses terres marécageuses, le calme cimetière de famille où Ellen reposait à l'ombre dense des cèdres ?

Sa haine pour Rhett Butler lui brûlait le cœur. Quel être ignoble ! Elle espérait bien qu'on le pendrait et qu'elle ne se trouverait plus jamais en présence de cet homme qui l'avait vue s'humilier et s'avilir. Naturellement, s'il l'avait voulu, il aurait pu lui procurer cet argent. Oh ! la pendaison, c'était encore une mort trop douce pour lui ! Dieu merci, il ne pouvait pas la voir maintenant avec ses vêtements ruisselants, ses cheveux défaits et ses dents qui claquaient. Comme elle devait être laide à regarder ! Comme il se moquerait d'elle.

Les nègres qu'elle croisait se détournaient en riant d'un air insolent et la regardaient trébucher ou glisser dans la boue. Tantôt elle pressait le pas, tantôt elle s'arrêtait pour reprendre haleine ou pour remettre ses mules. Comment osaient-ils rire, ces gorilles noirs ? Comment osaient-ils se moquer d'elle, Scarlett O'Hara de Tara ! Elle aurait aimé donner l'ordre de les fouetter jusqu'à ce que le sang ruisselât de leur dos. Il fallait que les Yankees fussent des suppôts de Satan pour les affranchir et les laisser insulter les blancs.

Arrivée à la rue Washington, le paysage qui s'offrit à elle devint aussi lugubre que ses propres pensées. On n'y retrouvait rien de l'animation et de la vie qui avaient frappé Scarlett dans la rue du Pêcher. De nombreuses maisons particulières s'y élevaient jadis, mais on n'avait reconstruit qu'un fort petit nombre de ces jolies demeures. On y rencontrait avec une fréquence déprimante des fondations noircies par la fumée et des cheminées isolées connues désormais sous le nom de « sentinelles de Sherman ». Des allées encombrées par les mauvaises herbes conduisaient là où il y avait eu des maisons. Rien ne poussait plus dans les jardins. C'était le domaine du vent froid et de la pluie, de la boue et des arbres nus, du silence et de la désolation. Comme la maison de tante Pitty était loin !

Scarlett entendit derrière elle le bruit d'un cheval qui pataugeait et elle recula à l'extrémité de l'étroit trottoir pour épargner de nouvelles éclaboussures à la mante de tante Pitty. Un buggy descendait lentement la rue. Bien décidée à demander assistance au conducteur si c'était un blanc, Scarlett se retourna. La pluie lui brouillait la vue, mais lorsque l'attelage arriva à sa hauteur elle distingua un homme qui la regardait par-dessus une bâche ramenée jusqu'à son menton. Scarlett eut l'impression d'avoir déjà aperçu ce visage quelque part. Elle descendit sur la chaussée pour mieux voir. L'homme toussota d'un petit air gêné et s'écria avec un accent joyeux mêlé de surprise :

— Mais voyons, ce n'est sûrement pas M\ue Scarlett !

— Oh! monsieur Kennedy! s'exclama celle-ci en s'approchant et en s'appuyant à la roue dégoulinante de boue sans se soucier d'abîmer un peu plus sa parure.

Je n'ai jamais été aussi heureuse de rencontrer quelqu'un !...

Frank rougit de plaisir en entendant ces mots dont on ne pouvait manifestement pas mettre en doute la sincérité, puis, après s'être tourné pour lancer un long jet de salive jaunie par le tabac, il sauta légèrement à bas de la voiture. Il secoua les mains de Scarlett avec enthousiasme, souleva la bâche et aida la jeune femme à monter.

— Madame Scarlett, que faites-vous toute seule dans ce quartier ? Vous ne savez donc pas que c'est dangereux ? Et vous êtes trempée de la tête aux pieds. Tenez, enveloppez-vous les jambes dans cette couverture.

Tandis que Frank se mettait en frais et gloussait comme une poule, Scarlett s'abandonna au plaisir de se laisser choyer. C'était si bon d'être grondée et dorlotée par un homme, même quand ce n'était que Frank Kennedy, cette vieille fille en pantalons. Quel contraste bienfaisant avec le traitement brutal de Rhett. Que ça faisait du bien de voir quelqu'un du comté quand on était si loin de chez soi ! Scarlett remarqua que Frank était bien habillé et que son buggy était neuf. Le cheval paraissait jeune et bien soigné, mais Frank portait beaucoup plus que son âge. Le visage ravagé, l'œil humide et enfoncé au fond d'une poche de chair molle, il avait énormément maigri et vieilli depuis cette veille de Noël où il était venu à Tara avec ses hommes. Sa barbe blond roux, maculée de jus de tabac, était de plus en plus rare et déchiquetée comme s'il ne cessait pas de la mordiller. Cependant, par comparaison avec les gens tristes et préoccupés que Scarlett rencontrait partout, il respirait la prospérité et la bonne humeur.

— C'est un plaisir de vous voir, dit-il avec chaleur. Je ne savais pas que vous étiez en ville. J'ai encore vu Mlle Pittypat la semaine dernière et elle ne m'a pas dit que vous veniez. Est-ce que... heu... est-ce que quelqu'un de Tara vous a accompagnée ?

Il pensait à Suellen, ce vieil imbécile !

— Non, répondit Scarlett en s'emmitouflant dans

sa chaude couverture. Je suis venue seule. Je n'ai pas averti tante Pitty de mon arrivée.

Frank sifflota et le cheval repartit à pas prudents.

— Tout le monde va bien, à Tara ?

— Oui, comme ci, comme ça.

Il fallait absolument trouver un sujet de conversation, mais c'était si pénible de parler. L'esprit paralysé par la défaite, Scarlett souhaitait uniquement de rester bien au chaud sous la couverture et de ne pas penser à Tara. Si seulement elle pouvait lancer Frank sur un sujet qui l'occuperait pendant tout le trajet, elle n'aurait plus qu'à murmurer de temps en temps : « Comme c'est bien », et « Vous avez fait preuve de beaucoup d'intelligence. »

— Monsieur Kennedy, je suis tellement surprise de vous voir. Je sais que ça n'a pas été gentil de ma part de ne pas rester en relations avec nos vieux amis, mais je ne croyais pas que vous étiez à Atlanta. Il me semble bien que quelqu'un m'a dit que vous étiez à Marietta.

— Je fais des affaires à Marietta, des tas d'affaires. Mlle Suellen ne vous a donc pas raconté que je m'étais installé à Atlanta ? Elle ne vous a pas parlé de mon magasin ?

Scarlett se rappela vaguement avoir entendu Suellen parler de Frank et d'un magasin, mais elle ne faisait jamais très attention à ce que disait Suellen. Il lui suffisait d'ailleurs de savoir que Frank était en vie et la débarrasserait un jour de sa sœur.

— Non, elle ne m'en a pas dit un mot, fit-elle carrément. Vous avez un magasin ? Faut-il que vous ayez bien su vous y prendre !

Frank parut un peu vexé d'apprendre que Suellen n'avait pas trompeté la nouvelle autour d'elle, mais le compliment lui alla droit au cœur.

— Oui, j'ai un magasin, et un beau magasin, ma foi. Les gens ne cessent de me dire que j'ai la bosse du commerce.

Satisfait de lui-même, il rit de son petit rire étouffé que Scarlett trouvait si désagréable.

« Vieux fou prétentieux », pensa-t-elle.

— Oh! vous n'avez qu'à entreprendre quelque chose pour réussir, monsieur Kennedy. Mais comment diable avez-vous monté un magasin ? Lorsque je vous ai vu à Noël, il y a deux ans, vous m'avez dit que vous n'aviez pas un sou vaillant.

Frank se racla la gorge, mordilla ses favoris et sourit de son petit air timide.

— C'est une longue histoire, madame Scarlett.

« Dieu soit loué! pensa la jeune femme. Ça va peut-être lui donner le temps d'arriver à la maison! » Et, tout haut, elle ajouta : «

— Je vous en prie, racontez-la-moi.

— Vous souvenez-vous de la dernière fois que nous sommes venus à Tara pour réquisitionner des vivres ? Eh bien! peu de temps après j'ai pris du service actif. Je veux dire que j'ai fait la guerre pour de bon. Finie l'intendance! Que voulez-vous, on n'avait plus tellement besoin d'intendants militaires, puisqu'on ne trouvait presque plus rien à prendre pour l'armée, et j'ai pensé qu'un homme bien constitué avait sa place toute trouvée en première ligne. Alors j'ai combattu un certain temps dans les rangs de la cavalerie jusqu'à ce que je reçoive une petite balle de rien dans l'épaule.

Frank parut très fier et Scarlett s'écria :

— C'est terrible.

— Oh! ça n'avait rien de grave, poursuivit-il d'un ton condescendant, une blessure superficielle seulement. On m'a envoyé dans un hôpital du Sud et j'étais sur le point d'en sortir quand les Yankees sont venus faire un raid de ce côté. Saperlipopette, ça a chauffé! Nous avions à peine de temps devant nous. Tous ceux qui étaient en état de marcher ont aidé à déménager les entrepôts militaires et l'hôpital. On a tout transporté à la gare. Nous venions de charger un train quand les Yankees sont entrés par un bout de la ville. Il ne nous est plus resté qu'à nous sauver par l'autre le plus vite possible. Saperlipopette, c'était rudement triste d'être assis sur le toit d'un wagon et de regarder les Yankees brûler ce que nous avions été obligés de laisser à la gare. Songez, madame Scarlett, ils ont brûlé tout ce que nous avions entassé là sur près d'un demi-mille. Quant à nous, nous l'avons échappé belle !

— C'est terrible.

— Oui, terrible, c'est le mot. Comme les nôtres avaient repris Atlanta, on y a expédié notre train. Voyez-vous, madame Scarlett, ça se passait peu de temps avant la fin de la guerre et... voyez-vous, il y avait des tas de vaisselle, de lits, de matelas et de couvertures que personne ne réclamait. Logiquement, je suppose que ça appartenait aux Yankees. C'est bien dans cet esprit-là qu'on a fixé les termes de la reddition, n'est-ce pas ?

— Heu... heu..., répondit Scarlett d'un air absent. Elle se réchauffait et commençait à s'assoupir.

— Je ne sais pas encore si j'ai eu raison, poursuivit Frank avec une certaine aigreur, mais je me suis dit que les Yankees ne feraient rien de toute cette marchandise. Ils y auraient sans doute mis le feu. Or, nous autres, nous l'avions payée en belles espèces sonnantes, et je me suis dit qu'au fond ça revenait de droit à la Confédération ou aux confédérés. Voyez-vous ce que je veux dire ?

— Heu, heu.

— Je suis heureux que vous soyez de mon avis, madame Scarlett. Dans un certain sens, je n'ai pas la conscience tranquille. Des tas de gens m'ont dit : « Oh ! n'y pensez plus, Frank », mais c'est plus fort que moi. Croyez-vous que j'aie eu raison ?

— Bien sûr, répondit Scarlett tout en se demandant ce que le vieux fou avait bien pu lui raconter.

Un conflit avec sa conscience ! Allons, lorsqu'un homme était arrivé à l'âge de Frank, il devait savoir faire la part des choses. Mais lui, il faisait toujours tellement d'histoires, il était si tatillon, si vieille fille.

— Je suis heureux de vous l'entendre dire. Après la reddition, j'avais environ dix dollars en argent. C'est tout ce que je possédais au monde. Vous savez ce que les Yankees ont fait de Jonesboro, de ma maison et de mon magasin. Je ne savais pas de quel côté me retourner. Alors, avec mes dix dollars, j'ai fait recouvrir un vieux magasin du côté des Cinq Fourches, j'y ai fait transporter tout le matériel d'hôpital et je me suis mis à le vendre. Tout le monde avait besoin de vaisselle, de lits et de matelas. Je vendais bon marché parce que j'avais l'impression que toutes ces marchandises appartenaient presque autant aux autres qu'à moi. Pourtant, ça m'a permis de mettre un peu d'argent de côté. J'ai acheté d'autres articles et j'ai fait de bonnes affaires. Si la situation s'améliore, je crois que je vais gagner beaucoup d'argent.

Au mot « argent », Scarlett dressa l'oreille et sortit de sa torpeur.

— Vous dites que vous avez gagné de l'argent ?

Frank était visiblement enchanté de l'intérêt que lui manifestait Scarlett. En dehors de Suellen, fort peu de femmes lui avaient jamais accordé autre chose qu'une attention de commande et il était très flatté de voir l'ancienne reine du comté suspendue à ses lèvres. Il ralentit son cheval afin de terminer son histoire avant d'arriver à destination.

— Je ne suis pas un millionnaire, madame Scarlett, et par rapport à ce que j'avais autrefois, ce que je possède aujourd'hui paraît bien mesquin. Mais, cette année, j'ai tout de même gagné un millier de dollars. Naturellement j'en ai consacré la moitié à réparer mon magasin, à renouveler mon stock et à payer mon loyer. Néanmoins, j'ai réalisé un bénéfice net de cinq cents dollars et, comme la situation est en bonne voie de redressement, l'année prochaine, je devrais faire un bénéfice net de deux mille dollars. J'en trouverai sûrement l'emploi, car, voyez-vous, j'ai une autre corde à mon arc.

La tournure que prenait la conversation éveilla subitement la curiosité de Scarlett. Elle battit des cils et se rapprocha de Frank.

— Qu'entendez-vous par là, monsieur Kennedy ?

Il rit et secoua les guides sur le dos du cheval.

— Je parie que ça vous ennuie de m'entendre parler affaires, madame Scarlett. Une jolie petite femme comme vous n'a rien à voir avec le commerce.

Quel vieux sot !

— Oh ! je sais que je n'y connais rien, mais ça

m'intéresse tant! Racontez-moi tout, je vous en prie, et vous m'expliquerez ce que je ne comprendrai pas.

— Eh bien! l'autre corde que j'ai à mon arc, c'est une scierie.

— Une quoi?

— Une sorte d'usine où l'on débite des planches et où on les équarrit. Je ne l'ai pas encore achetée, mais ça ne va pas tarder. Je connais un dénommé Johnson qui en possède une du côté de la route du Pêcher et qui a grande envie de la vendre. Il a un besoin urgent d'argent liquide. Si nous faisons affaire, il dirigera la scierie pour moi et je le paierai à la semaine. C'est une des seules qui restent debout, madame Scarlett. Les Yankees les ont presque toutes détruites. Une scierie, c'est une mine d'or. On peut vendre les planches à n'importe quel prix. Les Yankees ont brûlé tellement de maisons qu'il n'y en a pas assez pour tout le monde. Par ailleurs, les gens semblent avoir été pris de la rage de reconstruire. Ils n'arrivent pas à se procurer assez de bois et on ne leur en livre jamais assez vite. La population d'Atlanta augmente à vue d'œil. Les gens de la campagne n'arrivent plus à s'en sortir, maintenant qu'ils n'ont plus de nègres et que les Yankees et les Carpetbaggers qui infestent le pays essaient de nous dépouiller davantage. Alors, ils viennent tous ici. D'ici peu, Atlanta deviendra une grande ville. Il va falloir beaucoup de planches pour reconstruire les maisons, aussi, j'achèterai cette scierie dès que... eh bien! dès qu'on m'aura payé quelques-unes des notes qu'on me doit. L'année prochaine, à cette époque-ci, je devrais être plus à l'aise. Je... j'espère que vous savez pourquoi je tiens tant à gagner de l'argent?

Il rougit et se mit à glousser. « Le voilà qui pense à Suellen » se dit Scarlett avec dégoût.

Pendant un moment, elle songea à lui demander de lui prêter trois cents dollars, mais elle repoussa cette idée. Il serait gêné, il bafouillerait, il se confondrait en excuses, mais il ne les lui prêterait pas. Il avait travaillé dur pour mettre cet argent de côté afin de pouvoir épouser Suellen au printemps, et s'il s'en

332

dessaisissait son mariage serait renvoyé aux calendes. Même si elle réussissait à obtenir de lui une promesse après avoir éveillé sa compassion et lui avoir montré qu'il s'agissait d'un devoir envers sa future famille, elle savait que Suellen s'opposerait toujours à ce projet. Suellen craignait de plus en plus de rester vieille fille et elle remuerait ciel et terre pour empêcher que son mariage fût retardé.

Qu'y avait-il donc chez cette jeune fille grincheuse et pleurnicharde pour inciter ce vieux fou à lui donner un nid douillet ? Suellen ne méritait ni d'avoir un mari aimant, ni de partager avec lui les bénéfices d'un magasin et d'une scierie. Dès l'instant où Sue entrerait en possession d'un peu d'argent elle deviendrait insupportable et ne donnerait pas un sou pour participer aux dépenses de Tara. Pourvu qu'elle fût bien habillée et qu'on l'appelât « madame », ça lui serait bien égal que Tara fût vendue par le fisc ou rasée jusqu'au sol.

En comparant la vie tranquille qui attendait Suellen à l'existence précaire qu'il lui faudrait mener, Scarlett sentit monter sa colère contre l'injustice du sort. Elle se hâta de détourner la tête de peur que Frank ne surprît son expression. Elle allait perdre tout ce qu'elle avait, tandis que Sue... Brusquement elle prit une décision.

Suellen n'aurait ni Frank, ni son magasin, ni sa scierie !

Suellen ne les méritait pas. C'était elle qui les aurait. Elle pensa à Tara et revit Jonas Wilkerson, venimeux comme un serpent, au bas du perron. Elle s'accrocha à la dernière épave du naufrage de la vie. Rhett avait été une déception, mais le Seigneur lui avait envoyé Frank.

Mais comment arriver à ses fins ? Les yeux absents, elle regarda tomber la pluie et serra les poings. « Parviendrai-je à lui faire oublier Sue et à obtenir assez tôt de lui une déclaration en règle ? Tout de même, si j'ai failli réussir auprès de Rhett, il n'y a pas de raisons pour que je ne réussisse pas auprès de Frank. » Elle battit des paupières et posa le regard sur son compagnon. « Ce n'est certainement pas une beauté, se dit-elle avec calme. Il a les dents gâtées, son haleine sent mauvais et il est assez vieux pour être mon père. De plus, il est nerveux et timide et il est rempli de bonnes intentions. Je ne connais pas de pires qualités pour un homme. En tout cas, c'est un homme du monde, et je crois que j'arriverai à m'entendre mieux avec lui qu'avec Rhett. Je pourrai sûrement le mener plus facilement. Et puis, quoi, les mendiants n'ont pas le choix. »

Que Frank fût le fiancé de Suellen ne causait aucun remords à Scarlett. Après le complet effondrement moral qui l'avait poussée à se rendre auprès de Rhett, s'approprier l'homme promis à sa sœur ne lui paraissait plus qu'une question de second plan, dont elle aurait eu tort de s'embarrasser.

Cette nouvelle espérance lui redonna confiance et elle en oublia qu'elle avait froid aux pieds. Elle regarda Frank avec tant d'insistance qu'il en manifesta quelque émoi. Scarlett se rappela les paroles de Rhett et baissa rapidement les yeux. « J'ai vu des yeux comme les vôtres dans un duel au pistolet... Ça n'éveille aucune ardeur dans la poitrine d'un mâle. »

— Qu'y a-t-il, madame Scarlett ? Vous avez froid ?

— Oui, répondit-elle au hasard. (Puis elle ajouta :) Ça ne vous ferait rien... (Elle hésita, intimidée.) Ça ne vous ferait rien que je mette la main dans la poche de votre manteau. Il fait si froid et mon manchon est trempé à l'intérieur.

— Mais... mais non... voyons ! Et vous n'avez pas de gants. Saperlipopette. Quelle brute je suis ! Je parle à tort et à travers alors que vous devez geler et que vous avez besoin d'un bon feu. Allez, hue, Sally ! A propos, madame Scarlett, j'avais la tête tellement farcie de mes petites histoires que je ne vous ai pas demandé ce que vous faisiez dans ce quartier par un temps pareil ?

— Je suis allée au Quartier Général yankee, répondit-elle sans réfléchir.

Intrigué, Frank releva ses sourcils couleur de sable.

— Mais, madame Scarlett ! Les soldats... voyons...

« Marie, Mère de Dieu, faites que je trouve un beau

petit mensonge », implora-t-elle en hâte. Il ne fallait pour rien au monde que Frank se doutât qu'elle était allée voir Rhett. Frank considérait Rhett comme la plus sombre des crapules et pensait qu'il était dangereux pour une honnête femme de lui adresser la parole.

— Je suis allée... Je suis allée là pour voir si... si des officiers ne m'achèteraient pas des ouvrages de dames pour envoyer à leurs femmes. Je brode très bien.

Frank se renfonça sur son siège. Il était médusé. La perplexité et l'indignation se livraient en lui un combat acharné.

— Vous êtes allée chez les Yankees.... mais voyons, madame Scarlett, vous n'auriez pas dû. Voyons... voyons... votre père ne le sait sûrement pas. Mlle Pittypat...

— Oh! j'en mourrai si vous le dites à tante! s'écria Scarlett qui, véritablement inquiète, fondit en larmes.

Les larmes lui venaient facilement, car elle avait froid et se sentait malheureuse ; néanmoins l'effet fut surprenant. Frank n'eût été ni plus gêné, ni plus désemparé si Scarlett s'était mise tout à coup à retirer sa robe. A plusieurs reprises il claqua la langue contre ses dents et murmura « saperlipopette » tout en faisant de grands gestes inutiles. Une pensée audacieuse lui traversa l'esprit. Il eut envie d'attirer la tête de Scarlett contre son épaule et de la caresser, mais il n'avait jamais fait cela à aucune femme et il ne savait guère comment s'y prendre. Scarlett O'Hara, si jolie, si gaie, pleurant là, dans sa voiture. Scarlett O'Hara, la plus fière parmi les plus fières, essayant de vendre des ouvrages de dames aux Yankees! Son cœur se fendit.

Scarlett n'arrêtait pas de sangloter. De temps en temps elle laissait échapper quelques mots et Frank commença à se dire que tout n'allait pas pour le mieux à Tara. M. O'Hara continuait à n'être pas « lui-même du tout ». Il n'y avait pas assez à manger pour tant de personnes. Elle avait dû venir à Atlanta pour essayer de gagner un peu d'argent pour elle et son fils. Frank claqua de nouveau la langue et s'aperçut tout à coup que Scarlett appuyait la tête sur son épaule. Il ne savait pas très bien comment cela s'était produit. Ce n'était certainement pas lui qui avait attiré Scarlett, mais la tête était là et la jeune femme sanglotait éperdument contre sa frêle poitrine, nouvelle et troublante sensation pour lui. Il se contenta d'abord d'effleurer l'épaule de Scarlett, puis il s'enhardit et la caressa d'une main ferme. Qu'elle était délicieuse cette pauvre petite femme sans appui! Quelle folie et quel courage d'essayer de gagner un peu d'argent grâce à son aiguille. Mais avoir affaire aux Yankees... cela dépassait les bornes.

— Je ne dirai rien à Mlle Pittypat, mais il faut me promettre, madame Scarlett, que vous ne recommencerez plus. La pensée que la fille de votre père...

Les yeux verts de Scarlett étaient désespérément rivés aux siens.

— Mais, monsieur Kennedy, il faut bien que je fasse quelque chose. Il faut bien que je nourrisse mon petit garçon. Il n'y a plus personne pour s'occuper de nous maintenant.

— Vous êtes une petite femme courageuse, mais je ne veux pas que vous fassiez des choses comme ça. Votre famille en mourrait de honte.

— Alors, que dois-je faire?

Les yeux verts tout embués de larmes cherchèrent de nouveau ceux de Frank comme si Scarlett était persuadée qu'il connaissait le remède à tous ses maux.

— Eh bien! je ne saurais encore vous dire, mais je tâcherai de trouver quelque chose.

— Oh! je sais que vous trouverez! Vous êtes si intelligent.... Frank!

Jamais auparavant Scarlett ne l'avait appelé par son prénom et cela lui causa une agréable surprise. La pauvre petite était sans doute si bouleversée qu'elle n'avait même pas remarqué sa bévue. Frank débordait de bienveillance à son égard et sentait qu'il avait mission de la protéger. Il ferait tout ce qui serait en son pouvoir pour la sœur de Suellen O'Hara. Il tira de sa poche un mouchoir rouge et le tendit à Scarlett, qui se tamponna les yeux et se mit à sourire, les lèvres tremblantes.

— Je suis stupide, fit-elle pour s'excuser. Je vous en prie, pardonnez-moi.

— Vous n'êtes pas stupide du tout. Vous êtes une petite femme très courageuse qui essaie de porter un fardeau trop lourd pour ses épaules. Je crains que Mlle Pittypat ne vous soit pas d'un grand secours. J'ai entendu dire qu'elle avait perdu la majeure partie de ses biens. Quant à M. Henry Hamilton, il n'est pas dans une situation bien brillante. J'aimerais tant avoir un foyer pour vous y offrir l'hospitalité. Mais, madame Scarlett, rappelez-vous bien ceci, quand Mlle Suellen et moi nous serons mariés, il y aura toujours sous notre toit une place pour vous et pour Wade Hampton.

C'était le moment! Les saints et les anges du Paradis devaient certainement la protéger pour lui fournir pareille occasion. Elle joua l'étonnement et la gêne, ouvrit la bouche comme pour dire quelque chose, puis la referma aussitôt.

— Ne venez pas me raconter que vous ne saviez pas que j'allais devenir votre beau-frère au printemps prochain, dit Frank avec une volubilité qui cachait mal sa nervosité.

Voyant alors les yeux de Scarlett s'emplir de larmes, il demanda d'une voix angoissée :

— Que se passe-t-il? Mlle Sue n'est pas malade, n'est-ce pas ?

— Oh! non! Oh! non!

— Qu'est-ce qui ne va pas ? Il faut me le dire.

— Oh! je ne peux pas! Je ne savais pas. J'étais persuadée qu'elle vous avait écrit... oh! comme c'est mal!

— Madame Scarlett, de quoi s'agit-il ?

— Oh! Frank, je n'avais pas l'intention de vous le dire, mais bien entendu je croyais que vous étiez au courant... Je pensais qu'elle vous avait écrit...

— Qu'elle m'avait écrit quoi ?

Frank tremblait.

— Oh! faire cela à un homme comme vous!

— Qu'a-t-elle fait ?

— Elle ne vous l'a pas écrit ? Oh! je vois, elle avait trop honte. Elle peut bien avoir honte. Oh! avoir une sœur aussi vile!

337

Frank la laissait parler. Il n'avait même plus la force de l'interroger. Les traits décomposés, il regardait fixement Scarlett. Les rênes pendaient, inertes, dans ses mains.

— Elle va épouser Tony Fontaine le mois prochain. Oh! je suis désolée, Frank. Je suis si triste de vous avoir appris la nouvelle. Que voulez-vous, elle en avait assez d'attendre et elle a eu peur de rester vieille fille.

Mama se trouvait sous la véranda lorsque Frank aida Scarlett à descendre du buggy. Selon toute apparence, elle s'y tenait depuis un certain temps, car son madras était trempé et son vieux châle était mouillé par endroits. Son visage ridé exprimait à la fois la colère et l'angoisse, et sa lèvre inférieure saillait comme Scarlett ne l'avait jamais vue saillir. Elle décocha un coup d'œil acéré à Frank et, quand elle le reconnut, elle changea aussitôt d'attitude. Elle descendit le perron, se dirigea vers lui en se dandinant et serra avec force sourires la main qu'il lui tendit.

— C'est si bon de voi' des gens du pays, dit-elle. Comment ça va, missié F'ank ? sap'isti, vous avez une mine magnifique! Si j'avais su que ma'ame Sca'lett elle était so'tie avec vous, je me se'ais pas t'acassée comme ça. Quand je suis 'ent'ée et que j'ai vu qu'elle était pas là, j'étais comme une poule à qui on a coupé le cou, je pouvais pas me fai' à l'idée qu'elle se p'omenait toute seule en ville avec tous ces sales nèg' aff'anchis dans les rues. Comment ça se fait que vous m'avez pas dit que vous so'tiez, mon chou ? Quand je pense que vous avez un 'hume!

Scarlett lança un coup d'œil furtif à Frank et celui-ci, malgré son chagrin, sourit et cligna de l'œil en signe de complicité.

— Monte vite me préparer des vêtements secs, et du thé chaud, Mama, fit Scarlett.

— Seigneu', vot' 'obe elle est pe'due, bougonna Mama. Il va falloi' que j'en passe un temps à la sécher et à la b'osser pou' que vous puissiez la met' à la noce de ce soi'.

Elle entra dans la maison, et Scarlett se penchant tout contre Frank, lui murmura :

— Je vous en prie, venez dîner ici ce soir. Nous sommes si seules. Après nous irons au mariage. Je vous en prie, venez-y avec nous. Et puis pas un mot à tante Pitty au sujet de... de Suellen. Ça la mettrait dans un tel état et je ne veux pas qu'elle sache que ma sœur...

— Oh! je ne dirai rien, rien! s'empressa de déclarer Frank en frémissant à la pensée de ce qui lui arrivait.

— Vous avez été gentil pour moi aujourd'hui. Vous m'avez fait tant de bien. Grâce à vous je reprends courage.

Elle lui serra longuement la main et pointa sur lui les batteries de ses yeux.

Mama, qui attendait derrière la porte, enveloppa Scarlett d'un regard impénétrable et monta avec elle dans sa chambre à coucher. Sans mot dire elle l'aida à se dépouiller de ses vêtements trempés qu'elle étendit sur des chaises et la mit au lit. Lorsqu'elle eut apporté une tasse de thé brûlant et une brique chaude enroulée dans un morceau de flanelle, elle se pencha sur Scarlett et lui dit avec une humilité que la jeune femme ne lui connaissait pas :

— Mon agneau, comment ça se fait que vous ayez pas dit à vot' Mama ce que vous aviez dans la tête ? Alo' j'au'ai pas fait tout ce voyage jusqu'à Atlanta. Je suis t'op vieille et t'op g'osse pour me 'emuer comme ça.

— Que veux-tu dire ?

— Mon chou, faut pas essayer de me tromper. Je vous connais et j'ai bien vu aussi la figu' de missié F'ank et la vot' aussi et je peux li' su' la vot' comme un cu'é il peut li' dans la Bible. Et j'ai entendu ce que vous lui disiez tout bas su' mam'zelle Suellen. Si j'avais su que c'était de missié F'ank qu'il s'agissai', je se'ai 'estée à la maison que j'au'ai jamais dû quitter.

— Eh bien! fit Scarlett qui se pelotonna sous les couvertures et se rendit compte qu'il était inutile de donner le change à Mama, de qui pensais-tu qu'il s'agissait ?

— Mon enfant, je savais pas, mais j'aimais pas beau-

339

coup vot' figu' hie'. Et je me souviens que mam'zelle Pittypat elle avait éc'it à ma'ame Melly que ce voyou de Butler il avait des tas d'a'gent et moi j'oublie pas ce que j'entends. Mais missié F'ank, c'est un v'ai missié, même s'il n'est pas bien beau.

Scarlett adressa à Mama un regard pénétrant que la vieille négresse lui retourna avec le calme d'une personne qui sait à quoi s'en tenir.

— Alors, que vas-tu faire ? Tu iras tout raconter à Suellen ?

— Moi, je fe'ai tout ce que je pou'ai pou' vous aider aup'ès de missié F'ank, répondit Mama en bordant la couverture de Scarlett.

Scarlett resta tranquille pendant un bon moment tandis que Mama allait et venait dans la pièce. Elle était ravie que tout se fût passé entre elles deux sans paroles inutiles, sans explications, sans reproches. Mama comprenait et se taisait. Scarlett avait rencontré en elle une réaliste encore plus intransigeante qu'elle-même. Les yeux réfléchis de la vieille négresse voyaient net et clair, comme ceux d'un sauvage ou d'un enfant, et lorsqu'un danger menaçait sa préférée, sa conscience ne lui obscurcissait point la vue. Scarlett était son enfant, et ce que son enfant désirait, même si ça appartenait à quelqu'un d'autre, Mama ne demandait pas mieux que de l'aider à l'obtenir. Pour elle, les droits de Suellen et de Frank Kennedy n'entraient pas un instant en ligne de compte. Scarlett avait des ennuis et s'efforçait d'en sortir et Scarlett était la fille de Mme Ellen. Mama épousait sa cause sans l'ombre d'une hésitation.

Scarlett devina l'approbation tacite de la négresse et, comme la brique qu'elle avait aux pieds lui communiquait sa chaleur, la petite lueur tremblotante qui s'était allumée en elle pendant son retour en voiture se transforma en une belle flamme d'espérance. Ses forces lui revenaient, accompagnées d'une folle exaltation qui lui donnait envie de rire tout haut. « Non, je ne suis pas encore battue », se dit-elle avec allégresse.

— Passe-moi le miroir, Mama.

— Ne vous décou've'z pas les épaules, fit Mama

en tendant la glace à Scarlett avec un sourire sur ses grosses lèvres.

Scarlett se regarda.

— J'ai une figure de papier mâché et mes cheveux font penser à une queue de cheval.

— Vous êtes pas aussi jolie que vous dev'iez.

— Hum... Est-ce qu'il pleut très fort ?

— Vous savez bien que ça tombe à ve'se.

— Tant pis, il faudra quand même que tu ailles faire une course en ville.

— Pas avec cette pluie, j'i'ai pas.

— Si, tu iras, ou bien j'irai moi-même.

— Qu'est-ce que vous avez donc à fai' qui peut pas attend' ? J'ai pou'tant l'imp'ession que vous en avez assez pou' aujourd'hui ?

— Je veux une bouteille d'eau de Cologne, annonça Scarlett sans cesser de se regarder. Tu me laveras la tête et tu me feras une friction à l'eau de Cologne. Tu m'achèteras aussi de la gelée de coing pour faire tenir les cheveux bien à plat.

— Pou' sû' je vous lave'ai pas la tête de ce temps-là et vous vous mett'ez pas non plus de Cologne dans les cheveux comme une gou'gandine. Non, vous le fe'ez pas tant qu'il me 'este un souffle de vie.

— Si, je le ferai. Cherche mon porte-monnaie, prends-y cette pièce de cinq dollars en or et va-t-en en ville. Et puis... Mama... heu... pendant que tu y seras, achète-moi aussi un... un... pot de rouge.

— Qu'est-ce que c'est ? interrogea Mama d'un air méfiant.

— Ça n'a pas d'importance. Tu n'auras qu'à demander un pot de rouge.

— J'achète 'ien quand je sais pas ce que c'est.

— Eh bien! c'est de la peinture, puisque tu es si curieuse. De la peinture qu'on se met sur le visage. Ne reste pas là à t'enfler comme un crapaud. Va-t-en donc.

— De la peintu'! s'indigna Mama. De la peintu' pou' la figu'! Non, mais vous êtes pas enco' assez g'ande pou' que je vous donne pas le fouet! J'ai jamais été aussi scandalisée! Vous pe'dez la tête! Ma'ame Ellen

341

elle doit en f'émi' dans sa tombe! Vous peind' la figu'
comme une...

— Tu sais très bien que grand-mère Robillard se
fardait et...

— Oui, ma'ame, et elle po'tait qu'un jupon et il
était bien collant pou' mont'er la fo'me de ses jambes,
mais ça veut pas di' que vous en fe'ez autant! Quand la
vieille ma'ame elle était jeune, on menait une vie scan-
daleuse mais les temps ils ont changé et...

— Au nom du Ciel! s'exclama Scarlett qui perdit
patience et rejeta ses couvertures. Tu n'as qu'à retourner tout droit à Tara!

— Vous pouvez pas me fai' 'ent'er à Ta'a si j'en ai
pas envie. Je suis lib', déclara Mama avec chaleur. Et
je m'en i'ai pas d'ici. 'emontez dans vot' lit tout de
suite! Vous voulez att'aper une pneumonie, peut-êt' ?
Laissez ce co'set t'anquille. Laissez-le, mon chou!
Voyons, ma'ame Sca'lett, vous allez pas so'ti' pa' ce
temps-là? Seigneu' Dieu! Vous êtes tellement comme
vot' papa, 'emontez dans vot' lit... je peux pas acheter
de la peintu'. J'en mou'ai de honte! Tout le monde
il sau'a que c'est pou' mon enfant. Ma'ame Sca'lett,
vous êtes si mignonne, si jolie comme ça, vous avez pas
besoin de peintu'. Mon chou, il y a que les mauvaises
femmes qui se se'vent de ça.

— Et elles obtiennent des résultats, hein?

— Jésus, écoutez-là! Mon agneau, dites pas des
vilaines choses comme ça! Laissez ces bas mouillés,
mon chou. Je veux pas que vous alliez acheter ça vous-
même. Ma'ame Ellen elle viend'ait me le 'ep'ocher la
nuit. 'etournez au lit. J'y vais. Je t'ouve'ai peut-êt' un
magasin où on ne vous connaît pas

Ce soir-là, chez Mme Elsing, lorsque le mariage de
Fanny eut été dûment célébré et que le vieux Lévi et
les autres musiciens eurent accordé leurs instruments,
Scarlett promena un regard joyeux autour d'elle.
C'était si agréable d'assister de nouveau à une réunion
mondaine. Elle était heureuse également de la chaleur
avec laquelle on l'avait accueillie. En la voyant entrer

au bras de Frank, tout le monde s'était précipité vers elle avec des cris de joie pour l'embrasser, lui serrer la main, lui dire qu'on l'avait terriblement regrettée et qu'elle ne devait plus jamais retourner à Tara. Les hommes semblaient avoir eu la galanterie d'oublier qu'elle avait jadis essayé de leur briser le cœur, et les jeunes filles, paraissaient ne plus se souvenir qu'elle avait tout fait pour détourner d'elles leurs soupirants.

Mme Merriwether, Mme Whiting et Mme Meade, ainsi que les autres douairières qui l'avaient traitée avec tant de froideur vers la fin de la guerre avaient oublié elles aussi sa conduite volage et se rappelaient seulement qu'elle avait eu à souffrir de leur défaite commune et qu'elle était la nièce de Pitty et la veuve de Charles. Elles l'embrassèrent, et les larmes aux yeux, lui parlèrent gentiment de sa chère maman et lui posèrent une foule de questions sur son père et sur ses sœurs. Chacun lui demanda des nouvelles de Mélanie et d'Ashley et voulut savoir pourquoi ils ne l'avaient pas accompagnée à Atlanta.

Malgré le plaisir que lui avait causé cet accueil, Scarlett éprouvait une gêne légère qu'elle s'efforça de dissimuler. Tout le mal venait de sa robe de velours. Elle était encore mouillée aux genoux et l'ourlet conservait un certain nombre de taches qui avaient résisté aux efforts frénétiques de Mama et de Cookie armées d'un chaudron d'eau bouillante et d'une brosse à cheveux bien propre. Scarlett redoutait que quelqu'un ne remarquât le manque de fraîcheur de sa toilette et n'en conclût que c'était sa seule robe élégante. Néanmoins, elle puisait un peu de réconfort dans le fait que la plupart des autres femmes portaient des robes bien plus abîmées que la sienne. Toutes ces robes étaient si vieilles, si minutieusement reprisées et repassées ! La sienne, en somme, était neuve et intacte ; d'ailleurs, à l'exception de la robe de mariée en satin blanc de Fanny, c'était la seule parure neuve de l'assemblée.

Elle se rappela ce que tante Pitty lui avait dit au sujet de la situation financière des Elsing, et elle se demanda où ils avaient pu trouver de quoi payer la robe de satin, les rafraîchissements et la décoration de leur maison, sans parler des musiciens Ils devaient en avoir pour une jolie somme. Ils avaient sans doute emprunté, à moins que toute la tribu des Elsing n'eût contribué à offrir à Fanny cette coûteuse cérémonie. Étant donné la dureté des temps, Scarlett considérait un tel mariage comme une extravagance comparable à celle commise par les Tarleton pour les tombes de leurs fils et elle éprouva une irritation analogue à celle qu'elle avait ressentie lors de sa visite à Joli Coteau. Ce n'était plus le moment de jeter l'argent par les fenêtres. Pourquoi tous ces gens-là persistaient-ils à se conduire comme dans le bon vieux temps alors que le bon vieux temps n'était plus ?

Cependant, Scarlett réagit contre cet ennui passager. Il ne s'agissait pas de son argent et elle ne tenait pas à gâcher sa soirée parce que les autres faisaient des folies.

Elle découvrit qu'elle connaissait fort bien Tommy Wellburn, le mari de Fanny. Il était de Sparta et elle l'avait soigné en 1863, lorsqu'il avait été blessé à l'épaule. C'était autrefois un beau garçon de six pieds qui avait abandonné ses études de médecine pour entrer dans la cavalerie. Maintenant il avait l'air d'un petit vieux, tant sa blessure à la hanche l'avait cassé en deux. Il marchait avec difficulté et, ainsi que tante Pitty l'avait remarqué, il marchait d'une façon très vulgaire. Toutefois, il semblait ne pas se rendre compte du tout de son état, ou tout au moins ne pas s'en soucier, et il se comportait en homme qui n'a rien à envier aux autres. Ayant renoncé à poursuivre ses études de médecine, il était devenu entrepreneur et dirigeait une équipe de maçons irlandais qui construisaient le nouvel hôtel. Scarlett se demanda comment il s'y prenait pour exercer un métier aussi pénible, mais elle ne chercha pas à le savoir, car elle commençait à se rendre compte que presque tout était possible quand la nécessité s'en faisait sentir.

Tommy et Hugh Elsing et le petit René Picard, qui ressemblait à un singe, vinrent bavarder avec elle pendant qu'on repoussait les chaises et les meubles contre le mur pour laisser la place aux danseurs. Hugh n'avait

pas changé depuis que Scarlett l'avait vu pour la dernière fois en 1862. C'était toujours le même garçon
mince et sensible, avec la même boucle de cheveux
châtain clair sur le front. Par contre, René avait
changé depuis qu'il avait épousé Maybelle Merriwether au cours de sa dernière permission. Il avait
toujours cette petite flamme gauloise au fond de ses
yeux noirs et conservait sa bonne humeur créole,
mais son visage avait acquis quelque chose de dur
qui ne s'y trouvait pas au début de la guerre. Enfin,
il n'avait plus rien de cette élégance hautaine qui le
caractérisait sous son brillant uniforme de zouave.

— Joues de rose, yeux d'émeraude, dit-il en baisant
la main de Scarlett. Vous êtes aussi jolie que lorsque je
vous ai vue pour la première fois à la vente de charité.
Vous vous souvenez? Je n'oublierai jamais la façon
dont vous avez lancé votre alliance dans ma corbeille.
Ah! ça, c'était du courage! Mais je n'aurais jamais
cru non plus que vous attendriez si longtemps pour
en porter une autre!

Ses yeux pétillèrent de malice et il donna un coup
de coude à Hugh.

— Et moi, je n'aurais jamais cru que vous vendriez
des pâtés dans une voiture, René Picard! riposta
Scarlett.

Au lieu de rougir de honte devant cette allusion à
son métier peu reluisant, il parut enchanté, rit aux
éclats et administra une grande tape dans le dos de
Hugh.

— Touché! s'écria-t-il. Ma belle-mère, Mme Merriwether, m'a fait travailler pour la première fois de ma
vie, moi, René Picard, qui devais partager mon temps
entre l'élevage des chevaux et les joies du violon!
Maintenant, je conduis ma charrette remplie de pâtés
et ça me plaît. Ma belle-mère peut faire faire n'importe
quoi à un homme. Si on l'avait nommée général, elle
aurait gagné la guerre, n'est-ce pas, Tommy?

« Allons! pensa Scarlett, en arriver à aimer conduire
sa charrette quand ses parents avaient une propriété
de dix milles en bordure du Mississippi et une grande
maison à la Nouvelle-Orléans! »

— Si nous avions eu nos belles-mères avec nous, nous aurions battu les Yankees en huit jours, approuva Tommy en regardant du côté de sa nouvelle belle-mère. La seule raison pour laquelle nous avons tenu comme nous l'avons fait, c'est que les dames que nous avions laissées à l'arrière ne voulaient pas s'avouer vaincues.

— Ne voudront jamais s'avouer vaincues, corrigea Hugh avec un sourire contraint. Il n'y a pas une dame ici qui se soit rendue quoi que nous autres hommes ayons pu faire à Appomatox [1]. C'est pire que ça ne l'a jamais été pour nous. Nous, au moins, nous nous sommes battus.

— Et elles, elles ont couvé leur haine, acheva Tommy. N'est-ce pas, Scarlett ? ça ennuie bien plus les dames que nous de voir où nous en sommes réduits. Hugh devait devenir magistrat, René était destiné à jouer du violon devant les têtes couronnées d'Europe... il se baissa pour éviter le coup que lui destinait René... Moi, je devais être médecin et maintenant...

— Laisse-nous le temps, s'exclama René. Moi, je deviendrai le roi du pâté dans le Sud ! Mon brave Hugh sera le roi du bois de chauffage et toi, mon vieux Tommy, tu auras des esclaves irlandais au lieu d'avoir des esclaves nègres. Quel changement... On va bien s'amuser. Et vous autres, madame Scarlett et madame Melly, que faites-vous ? Vous trayez les vaches ? vous ramassez le coton ?

— Grand Dieu ! non, répondit Scarlett incapable de comprendre la bonne humeur avec laquelle René acceptait son sort. Nos nègres s'en chargent.

— J'ai entendu dire que Mme Melly avait appelé son fils « Beauregard ». Vous lui en ferez mon compliment et vous lui direz de ma part qu'après le nom de « Jésus » il n'y en a pas de plus beau.

1. Ce fut au village d'Appomatox, le 10 avril 1865, que le général R. E. Lee, commandant en chef des troupes sudistes, fit sa reddition au général Grant, commandant les forces du Nord (N. d. T.).

Et ses yeux brillaient de fierté au souvenir du fougueux héros de la Louisiane [1].

— Allons, il y a aussi celui de « Robert Edward Lee », remarqua Tommy, et j'ai beau ne pas vouloir porter atteinte à la réputation de ce brave Beauregard, mon premier fils ne s'en appellera pas moins « Bob Lee Weelburn ».

René rit et haussa les épaules.

— Je m'en vais te raconter une histoire qui a l'air d'une blague, mais qui est arrivée. Tu vas voir ce que les créoles pensent de notre brave Beauregard et de votre général Lee. Dans le train, non loin de la Nouvelle-Orléans, un homme de Virginie, un soldat du général Lee, fait la connaissance d'un créole qui sert sous Beauregard. Le Virginien parle sans arrêt de Lee. « Et le général Lee a fait ceci, et le général Lee a dit cela. » Le créole prend un air poli, plisse le front comme pour se rappeler quelque chose et tout d'un coup il sourit et s'écrie : « Le général Lee! Ah! oui. Maintenant j'y suis. Le général Lee! C'est l'homme dont le général Beauregard parle en bons termes! »

Scarlett essaya poliment de participer à l'hilarité générale, mais elle ne voyait rien de drôle dans cette histoire-là, si ce n'est que les créoles s'y montraient aussi prétentieux que les gens de Charleston et de Savannah. De plus, elle avait toujours pensé qu'on aurait dû donner au fils d'Ashley le nom de son père.

Après avoir achevé d'accorder leurs instruments les musiciens attaquèrent le Vieux Dan Tucker et Tommy se tourna vers Scarlett.

— Voulez-vous danser, Scarlett ? Moi, je ne peux pas vous inviter, mais Hugh ou René...

— Non, je vous remercie, je suis toujours en deuil de ma mère. Mais je ne veux pas les retenir, s'empressa-t-elle d'ajouter.

Tandis que les trois hommes s'éloignaient, elle chercha Frank Kennedy des yeux et, lorsqu'elle l'eut

1. Le général Beauregard, Français d'origine, commanda les « Lignes de Louisiane ». Ses hommes, qui portaient l'uniforme des zouaves, l'adoraient (N. d. T.).

découvert auprès de Mme Elsing, elle lui fit signe de venir la rejoindre. « Si vous voulez bien m'apporter de quoi me rafraîchir, j'irai m'asseoir dans ce coin, lui dit-elle en désignant une sorte d'alcôve. Nous pourrons bavarder à notre guise. »

Lorsque Frank fut parti lui chercher un verre de vin et une mince tranche de cake enveloppée dans du papier, Scarlett alla s'asseoir dans l'alcôve à l'extrémité du salon et arrangea soigneusement sa jupe de façon à dissimuler les plus grosses taches. Elle était trop heureuse de voir du monde et d'entendre de la musique pour penser à l'humiliation que Rhett lui avait infligée dans la matinée. Demain elle penserait à la conduite de Rhett, à la honte dont elle s'était couverte. Demain, elle s'interrogerait pour savoir si elle avait fait impression sur le cœur meurtri et effaré de Frank. Mais pas ce soir. Ce soir, elle se sentait vivre jusqu'au bout des ongles, l'espoir décuplait ses facultés, ses yeux pétillaient.

Elle promena son regard sur le vaste salon et observa les danseurs. Elle se rappelait combien cette pièce était belle lorsqu'elle était venue pour la première fois à Atlanta pendant la guerre. A cette époque-là, le plancher en bois dur brillait comme un miroir. Le lustre aux mille pendeloques de cristal s'irisait sous les innombrables bougies dont il réfléchissait la moindre lueur avec des scintillements de diamant, de flamme et de saphir. Les vieux portraits accrochés au mur avaient un aspect digne et charmant et semblaient sourire aux invités. Les sofas de palissandre aux coussins moelleux invitaient au repos et l'un d'eux, le plus grand, occupait la place d'honneur au fond de cette même alcôve où Scarlett se trouvait. De là, elle pouvait voir en enfilade le salon et la salle à manger, la table ovale en acajou où vingt convives tenaient à l'aise, les vingt chaises graciles rangées avec modestie le long des murs, la console et le buffet massifs surchargés d'argenterie pesante, de chandeliers à sept branches, de timbales, d'huiliers, de carafons et de petits verres brillants. Scarlett s'était si souvent assise sur ce sofa pendant les premières années de la guerre en compagnie d'un bel officier pour écouter jouer du violon, du violoncelle, de l'accordéon et du banjo ou écouter seulement le bruit enivrant que faisaient les danseurs en glissant sur le parquet ciré.

Maintenant, le lustre était éteint. Il pendait de côté et la plupart des pendeloques étaient brisées comme si les Yankees qui avaient couché dans la maison s'étaient amusés à les abattre à coups de bottes. Seules une lampe à huile et quelques bougies éclairaient la pièce dont la principale source de lumière provenait surtout du feu qui ronflait dans la grande cheminée. Le reflet dansant des flammes permettait de mieux voir les balafres et les entailles du vieux parquet terni. Des rectangles plus foncés se détachant sur le papier fané des murs indiquaient l'emplacement des portraits de famille et de longues lézardes rappelaient que, pendant le siège, une bombe avait éclaté sur la maison dont elle avait arraché le toit et détruit le second étage. La lourde table d'acajou sur laquelle était dressé le buffet continuait de trôner au milieu de la salle à manger, mais elle était tout abîmée et ses pieds portaient des traces de réparations maladroites. Le buffet, l'argenterie et les chaises aux pieds fuselés avaient disparu. Les tentures de damas couleur d'or mat qui encadraient les portes-fenêtres à l'extrémité de la pièce n'existaient plus et seuls subsistaient les restes des rideaux de dentelle, fort propres, mais soigneusement raccommodés.

Un banc rien moins que confortable avait remplacé le sofa de prédilection de Scarlett. Elle s'y assit avec la meilleure grâce possible tout en souhaitant que sa robe fût assez bien taillée pour lui permettre de danser. Ce serait si bon de danser. Mais elle avait bien plus de chances d'obtenir un résultat avec Frank dans ce coin retiré, où elle pourrait le manœuvrer à sa guise, qu'en dansant avec lui un quadrille échevelé.

Cependant la musique était bien tentante. Du bout de sa mule, Scarlett battait impatiemment la mesure tout comme le vieux Lévi qui annonçait les figures du quadrille en grattant un banjo criard. Les danseurs sur deux rangs se rapprochaient, reculaient, tourbillonnaient, faisaient des ailes de pigeon ; les pieds glissaient avec un bruit feutré, raclaient en martelant le plancher.

Le vieux Dan Tucker il est iv'
(Faites sauter vos danseuses!)
Il est tombé dans un champ,
Il en fait un boucan!
(Allons, sautez, mesdames!)

Après les mois lugubres et épuisants de Tara, c'était bon d'entendre de la musique, d'écouter le pas des danseurs. C'était bon de voir sourire des visages familiers à la clarté indécise des bougies, de voir des amis se mettre en frais, de les entendre se taquiner ou échanger de vieilles plaisanteries. On eût dit que la vie d'autrefois renaissait. Scarlett avait l'impression que les jours fastueux étaient presque revenus. En fermant les yeux pour ne pas voir les robes usées, les bottes et les chaussures éculées, et en essayant de ne pas se rappeler le visage des jeunes gens qui ne prenaient pas part au quadrille, Scarlett en arrivait presque à s'imaginer que rien n'avait changé. Mais lorsqu'elle regardait du côté des hommes d'âge réunis autour de la table de la salle à manger, ou du côté des dames qui, alignées contre le mur, bavardaient en agitant leurs mains jadis habituées au jeu de l'éventail, lorsqu'elle suivait des yeux les évolutions des jeunes danseurs, elle sentait brusquement un frisson glacé la parcourir, elle avait peur et se disait au contraire que tout avait changé au point de donner à ces silhouettes familières un aspect fantomatique.

Tous ces gens semblaient être les mêmes et pourtant ils étaient différents. A quoi cela tenait-il ? Au seul fait qu'ils avaient cinq années de plus ? Non, cela ne tenait pas uniquement à la marche du temps. Ils avaient perdu quelque chose, leur univers avait perdu l'un de ses éléments. Cinq années auparavant, ils baignaient dans une atmosphère de sécurité qui leur avait permis de s'épanouir en toute quiétude sans même en soupçonner la présence tant elle était subtile. Désormais cette atmosphère n'existait plus et avec elle avaient disparu l'ardeur d'autrefois, la sensation qu'au détour du chemin quelque chose d'exquis et d'enivrant guettait le voyageur, le charme qui s'attachait à la vie de ces gens.

Scarlett savait bien qu'elle aussi avait changé, mais elle n'avait pas changé dans le même sens qu'eux et cela l'intriguait. Elle les observait de sa place et elle se sentait une étrangère parmi eux. Elle se sentait aussi dépaysée, aussi seule que si elle était venue d'un autre continent et qu'elle n'eût point compris leur langue. Alors elle se rendit compte que c'était là un sentiment analogue à celui qu'elle éprouvait auprès d'Ashley. Avec lui et avec ses pareils — et c'étaient eux qui pour la plupart composaient son entourage — il lui semblait être tenue à l'écart de quelque chose qu'elle ne pouvait comprendre.

Le visage de ses anciens amis n'avait guère changé et leurs manières pas du tout, mais Scarlett avait l'impression que c'était tout ce qui leur restait de jadis. Ils avaient de la race et jusqu'à leur mort conserveraient leur élégance et leur dignité, mais en même temps ils emporteraient au tombeau une amertume indélébile, une amertume trop profonde pour être exprimée par des mots. Ces gens affables représentaient un peuple généreux que la défaite avait épuisé, mais ne voulaient pas s'avouer vaincus. On leur avait fait mordre la poussière et pourtant ils relevaient la tête. Citoyens de provinces conquises, ils étaient réduits à l'impuissance. Ils voyaient l'ennemi fouler aux pieds l'État qu'ils chérissaient, la canaille tourner en dérision la loi, leurs anciens esclaves devenir menaçants tandis qu'on dépouillait les hommes de leurs droits et qu'on insultait les femmes. Enfin, ils avaient le souvenir de leurs morts.

Tout ce qui composait leur univers avait changé. Seules les formes avaient subsisté. Ils continuaient de suivre les usages d'autrefois, et il le fallait bien, car il ne leur restait que cela. Ils demeuraient étroitement attachés aux choses qu'ils avaient le mieux connues et le mieux aimées dans le passé ; les manières non-

351

chalantes, la courtoisie, une agréable désinvolture dans leurs rapports avec les êtres humains et surtout l'attitude protectrice des hommes envers les femmes. Fidèles à la tradition dans laquelle ils avaient été élevés, les hommes se montraient galants et affectueux et arrivaient presque à créer autour des femmes une atmosphère qui les mettait à l'abri de tout ce qui n'était pas fait pour leurs yeux. Selon Scarlett, c'était là le comble de l'absurdité car, depuis cinq ans, il n'y avait guère d'épreuves que la femme la plus cloîtrée n'eût subies. Les femmes avaient soigné les blessés, elles avaient fermé les yeux aux morts, enduré la guerre, le feu, la dévastation, elles avaient connu la peur, l'exode et les tortures de la faim.

Cependant, malgré ce que ces gens avaient vu, malgré les travaux serviles qu'ils avaient accomplis ou auraient à accomplir, ils restaient des hommes et des femmes du monde, rois et reines en exil. Ils étaient amers et se tenaient sur la défensive. Ils n'avaient point de curiosité. Généreux les uns envers les autres, ils avaient à la fois la dureté du diamant et la fragilité du lustre de cristal aux pendeloques brisées. Le bon vieux temps n'existait plus, mais ces gens continuaient de vivre comme s'il n'en était rien. Ils étaient charmants, ils prenaient leur temps, bien décidés à ne pas se bousculer comme les Yankees, à ne pas courir comme eux après l'argent, bien décidés aussi à ne pas se départir d'une seule de leurs habitudes.

Scarlett savait qu'elle aussi avait beaucoup changé, sans quoi elle n'aurait pas pu faire ce qu'elle avait fait depuis le jour où elle avait fui Atlanta, et n'aurait pas non plus élaboré le plan dont elle souhaitait si désespérément la réussite. Mais il y avait une différence entre son endurcissement et le leur, bien que, pour le moment, elle fût incapable de dire en quoi elle consistait. Peut-être cela tenait-il au fait qu'elle se sentait capable de tout alors qu'il existait tant de choses que ces gens n'eussent jamais consenti à faire, même sous peine de mort. Peut-être cela tenait-il au fait qu'ils avaient perdu toute illusion, mais qu'ils n'en continuaient pas moins à sourire à la vie, à faire des grâces et à fermer les yeux sur tout. Cela, Scarlett ne l'aurait jamais pu.

Il lui était impossible de ne pas regarder la réalité en face. La vie qu'elle devait mener était trop brutale, trop hostile pour qu'elle essayât même d'en sourire. Scarlett ne comprenait rien à la douceur, au courage et à l'indomptable fierté de ses amis. Elle ne voyait en eux que des gens intransigeants qui se contentaient d'observer les faits en souriant, mais se refusaient à en tirer une leçon.

Tout en suivant de l'œil les danseurs échauffés par le quadrille, elle se demanda si les événements les avaient marqués comme elle-même l'avait été. La mort d'un amant, un mari inutile, des enfants affamés, des domaines morcelés, des foyers profanés par des étrangers, quelle influence cela avait-il eu sur ces hommes et sur ces femmes ? Bien sûr, eux aussi avaient subi la loi commune. Leur vie n'avait guère de secrets pour Scarlett. Leurs pertes avaient été les siennes de même que leurs privations et les problèmes qu'ils avaient eu à résoudre. Cependant ils n'avaient pas réagi comme elle. Les visages qu'elle voyait autour d'elle n'étaient point des visages, mais des masques qu'aucune main ne baisserait jamais.

Mais si ces gens souffraient comme elle de la rigueur des temps — et ils en souffraient à coup sûr — comment faisaient-ils pour conserver leur bonne humeur ? Était-ce bien de leur part une attitude voulue ? Cela dépassait Scarlett et lui causait une sourde irritation. Elle ne pouvait pas suivre leur exemple. Il lui était impossible d'assister à l'effondrement d'un monde avec cet air désinvolte. Elle ressemblait à un renard traqué qui, à bout de souffle, cherche à atteindre un terrier avant d'être rattrapé par la meute.

Brusquement elle se prit à détester tous ces gens parce qu'ils étaient différents d'elle, parce qu'ils adoptaient dans l'adversité une attitude qu'elle ne pourrait jamais imiter, qu'elle ne chercherait jamais à imiter. Comme elle les détestait, ces gens souriants, ces sots vaniteux qui semblaient s'enorgueillir des dommages qu'ils avaient subis ! Ces femmes avaient beau s'abais-

353

ser chaque jour à des besognes serviles, elles avaient beau ne pas savoir si elles pourraient remplacer leur robe défraîchie, elles conservaient leurs allures de grandes dames. Malgré sa robe de velours et sa chevelure parfumée, malgré la fierté qu'elle tirait de son origine et de la fortune qu'elle avait jadis possédée, Scarlett n'arrivait plus à se sentir une grande dame. Au rude contact du sol rouge de Tara, elle avait perdu toutes ses bonnes manières et elle savait qu'elle ne se considérerait de nouveau comme une grande dame, comme une femme du monde que le jour où, sur sa table, brilleraient l'argenterie et les cristaux et fumeraient les plats recherchés, que le jour où, dans ses remises et dans ses écuries, elle aurait des voitures et des chevaux à elle, que le jour où des nègres et non point des blancs cultiveraient les champs de coton de Tara.

« Ah! se dit-elle avec rage, voilà ce qui fait la différence. Elles ont beau être dans la misère, elles se sentent encore femmes du monde, mais pas moi! Les pauvres sottes, elles ne se rendent pas compte que, sans argent, on ne saurait être une grande dame? »

Et pourtant, en dépit de ce jugement hâtif qu'elle venait de porter, Scarlett comprenait que l'attitude de ces femmes était la bonne sous ses apparences ridicules. Elle n'eût été de cet avis. Cela la troubla. Elle savait qu'elle aurait dû partager les sentiments de ces femmes, mais ça lui était impossible. Elle savait qu'à leur exemple elle aurait dû croire dur comme fer qu'une grande dame reste toujours une grande dame, même si elle en est réduite à la pauvreté! Mais pour le moment elle n'arrivait pas à se pénétrer de cette idée.

Toute sa vie, elle avait entendu accabler de sarcasmes les Yankees parce que leurs prétentions à la distinction reposaient sur la fortune et non pas sur la naissance. Néanmoins, si peu orthodoxe que ce fût, elle ne pouvait s'empêcher de penser que les Yankees avaient raison sur ce point, même s'ils avaient tort sur les autres. Il fallait de l'argent pour être une femme du monde. Elle savait qu'Ellen se serait évanouie d'entendre sa fille faire une telle profession de foi. Au plus creux de la misère, Ellen n'aurait jamais éprouvé le moindre sentiment de honte. De la honte! C'était bien cela que Scarlett ressentait. Elle avait honte d'être pauvre, de vivre d'expédients, d'accomplir une besogne réservée à des nègres.

Elle haussa les épaules d'un geste irrité. Ces gens avaient peut-être raison contre elle, mais malgré tout, ces vaniteux imbéciles n'avaient pas comme elle les yeux tournés vers l'avenir. Ce n'étaient pas eux qui, toutes les fibres tendues, s'efforçaient de reconquérir ce qu'ils avaient perdu au risque même d'y sacrifier leur honneur et leur réputation. Bon nombre d'entre eux s'estimaient trop dignes pour participer à cette foire d'empoigne qu'était désormais la vie. Les temps étaient durs, il fallait lutter ferme pour prendre le dessus. Scarlett savait que les traditions familiales empêcheraient beaucoup de ces gens de se lancer dans la mêlée dont le but avoué était de gagner de l'argent. Tous estimaient que gagner ouvertement de l'argent ou même parler d'argent était le comble de la vulgarité. Bien entendu, il y avait des exceptions. Mme Merriwether confectionnait des pâtés que René s'en allait vendre dans sa charrette. Hugh Elsing coupait du bois et en faisait le commerce. Tommy était entrepreneur. Frank avait eu le cran de monter un magasin. Mais les autres, le gros de la troupe? Les planteurs allaient végéter sur quelques arpents de terre. Les avocats et les docteurs allaient se remettre à exercer et attendraient des clients qui ne viendraient jamais. Quant au reste, à ceux qui vivaient autrefois de leurs rentes, qu'allaient-ils devenir?

Mais elle, elle n'avait pas l'intention de rester pauvre toute sa vie. Elle n'avait pas l'intention de rester assise et d'attendre patiemment un miracle. Elle allait se jeter au beau milieu de la mêlée et en retirer ce qu'elle pourrait. Son père avait d'abord été un jeune émigrant sans sou ni maille et avait fini par acquérir le vaste domaine de Tara. Ce qu'il avait fait, sa fille le ferait bien aussi. Elle ne ressemblait pas à ces gens qui avaient tout misé sur une cause et à qui suffisait l'orgueil d'avoir perdu cette cause parce qu'elle était digne de tous les sacrifices. Ils puisaient leur courage dans le passé. Elle, elle puiserait le sien dans l'avenir. Désormais c'était Frank Kennedy son avenir. Si elle réussissait à l'épouser et à mettre la main sur son argent, ce serait une année de gagnée pour Tara. Après cela... Il fallait que Frank achetât cette scierie. Elle pouvait constater par elle-même sur quel rythme on reconstruisait la ville. Quiconque monterait une affaire de bois en ce moment où la concurrence ne jouait pas encore posséderait une mine d'or.

Alors, du fin fond de sa mémoire lui revint une phrase que Rhett lui avait dite au début de la guerre, le jour où il lui avait parlé de l'argent qu'il gagnait grâce au blocus. A cette époque, elle n'avait pas cherché à comprendre, mais maintenant cette phrase lui paraissait parfaitement claire et elle se demandait si c'était simplement sa jeunesse ou sa stupidité qui l'avait empêchée d'en apprécier le sens.

« Ça rapporte, la construction des empires, mais le naufrage des empires rapporte encore plus. »

« Voilà bien le naufrage qu'il avait prévu, songea-t-elle, et il avait raison. Il y a encore beaucoup d'argent à gagner pour qui ne craint pas sa peine... ou sa conscience. »

Elle aperçut Frank qui traversait la pièce, un verre de vin de mûres d'une main, un morceau de cake sur une assiette de l'autre, et elle se composa une expression souriante. Il ne lui vint même pas à l'esprit de s'interroger pour savoir si Tara valait qu'elle épousât Frank. Elle en avait la certitude.

Elle sourit à Frank tout en buvant son vin à petites gorgées. Elle savait que ses joues étaient plus roses et plus attirantes que celles de n'importe quelle danseuse. Elle arrangea sa jupe de façon à faire une place auprès d'elle et agita nonchalamment son mouchoir pour que Frank pût respirer la légère odeur d'eau de Cologne qui s'en dégageait. Elle était fière

de son parfum, car personne d'autre n'en usait et
son compagnon l'avait remarqué. Dans un moment
d'audace, il lui avait murmuré à l'oreille qu'elle
avait la couleur et le parfum d'une rose.

Si seulement il n'était pas aussi timide. Il lui faisait penser à un vieux lapin de garenne effarouché.
Si seulement il avait l'élégance et la fougue des fils
Tarleton, ou même l'impudence grossière de Rhett
Butler. Mais, s'il avait possédé ces qualités, il aurait
eu sans doute assez de finesse pour déceler le sentiment d'angoisse qui se lisait au fond de ses yeux ;
or il ne connaissait pas suffisamment les femmes
pour soupçonner ce que tramait Scarlett. Celle-ci
ne pouvait que s'en féliciter, mais ce n'était pas fait
pour augmenter son respect pour Frank.

XXXVI

Après deux semaines d'une cour menée tambour
battant, Scarlett, toute rougissante, avoua à Frank
Kennedy qu'elle n'avait plus la force de s'opposer
à son ardeur et l'épousa.

Frank ignorait que, pendant ces deux semaines,
Scarlett avait passé les nuits à arpenter sa chambre,
rongeant son frein et priant Dieu qu'une lettre inopportune de Suellen ne vînt pas ruiner ses plans. Elle
remerciait le Ciel de ce que sa sœur fût la pire des
correspondantes, ravie de recevoir des lettres, épouvantée à l'idée d'en écrire. Mais, tout en allant et
venant sur le plancher froid, le châle fané d'Ellen
jeté sur sa chemise de nuit, Scarlett se disait qu'il
suffisait d'un hasard. Frank ne savait pas non plus
que Will lui avait écrit un mot laconique pour lui
apprendre que Jonas Wilkerson était monté une
seconde fois à Tara et que, furieux de l'absence de
Scarlett, il n'avait cessé de tempêter jusqu'à ce que
Will et Ashley l'eussent envoyé promener sans ménagements. La lettre de Will n'avait fait que lui rap-

peler cruellement ce qu'elle connaissait déjà trop bien. Le temps pressait de plus en plus. La date à laquelle il fallait payer les impôts approchait à grands pas. A mesure que les jours s'enfuyaient, son désespoir augmentait. Elle aurait voulu étreindre le sablier dans sa main et empêcher le sable de couler.

Pourtant, elle dissimula si bien ses sentiments, elle joua si bien son rôle, que Frank ne se douta de rien. Il ne vit en elle que la jolie veuve sans défense de Charles Hamilton, la malheureuse jeune femme qui l'accueillait chaque soir dans le salon de M¹¹ᵉ Pittypat et, béate d'admiration, l'écoutait raconter ses projets pour le magasin et se livrer au calcul des bénéfices qu'il tirerait de sa scierie quand il l'aurait achetée. La tendre compréhension de Scarlett, ses yeux qui s'allumaient à ses moindres paroles étaient du baume sur la blessure infligée par le soi-disant abandon de Suellen. Il souffrait et s'étonnait de la conduite de Suellen et son amour-propre timide et pointilleux de vieux garçon qui avait conscience de ne point plaire aux femmes était profondément ulcéré. Il lui était impossible d'écrire à Suellen pour lui reprocher son manque de loyauté. Cette seule pensée le faisait frémir. Mais il éprouvait un véritable soulagement auprès de sa sœur. Scarlett trouvait le moyen de montrer à Frank combien elle était peinée pour lui et combien il méritait d'être entouré par une femme qui saurait vraiment l'apprécier.

La petite Mᵐᵉ Hamilton avait tant de charme avec ses joues roses. Elle passait tour à tour de la mélancolie au rire gai et musical comme une sonnerie de clochettes argentines, selon qu'elle songeait à son triste sort ou s'amusait aux plaisanteries innocentes que faisait Frank pour lui remonter le moral. Sa robe verte, devenue impeccable grâce aux soins de Mama, dégageait à ravir sa silhouette mince et ses seins menus et qu'il était donc ensorcelant le parfum léger de son mouchoir et de sa chevelure. Quelle misère de voir une si gentille petite femme seule et sans défense dans un monde si rude qu'elle n'en comprenait pas la rudesse. Ni mari, ni frère, pas même un père pour la protéger. Frank estimait que la vie était trop pénible pour une femme seule et, sur ce point, Scarlett partageait facilement son avis.

Frank venait tous les soirs, car l'atmosphère qui régnait chez tante Pitty était agréable et réconfortante. Sur le seuil, Mama l'accueillait avec le sourire réservé aux gens de qualité. Pitty lui servait du café additionné de cognac et s'empressait autour de lui. Scarlett était suspendue à ses lèvres. Parfois, dans l'après-midi, il emmenait Scarlett en voiture, lorsqu'il avait à traiter une affaire aux environs. Ces promenades étaient pour lui de vraies parties de plaisir, tant sa compagne lui posait de questions absurdes : « C'est bien d'une femme », ne cessait-il de se répéter. Il ne pouvait s'empêcher de se moquer de son ignorance en affaires et Scarlett en riait de bon cœur, elle aussi, tout en disant : « Voyons, vous ne voudriez tout de même pas qu'une petite sotte comme moi s'y connaisse! »

Il commençait à prendre conscience que Dieu avait fait de lui un homme exceptionnel, l'avait coulé dans un métal plus pur que ses frères, pour protéger les faibles femmes.

Lorsque arriva enfin l'heure du mariage et que Scarlett, les yeux baissés, lui abandonna sa petite main confiante, il ignorait encore comment tout cela s'était produit. Il savait seulement que, pour la première fois au cours de sa vie de vieux garçon, il avait fait quelque chose de romanesque et de passionnant. C'était grisant!

Ni amis, ni parents n'assistaient au mariage. Les témoins étaient des étrangers, rencontrés dans la rue. Scarlett était demeurée inflexible sur ce point et Frank avait cédé, bien qu'il eût aimé avoir à ses côtés sa sœur et son beau-frère de Jonesboro. C'eût été également une joie pour lui d'offrir une réception chez Mlle Pitty et d'entendre porter des toasts à la jeune mariée au milieu d'une foule d'amis. Mais Scarlett n'avait même pas voulu que tante Pitty les accompagnât.

— Rien que nous deux, Frank, implora-t-elle en

lui secouant le bras. Comme dans un enlèvement. J'ai toujours eu envie de m'enfuir et de me marier ensuite! Je vous en prie, mon chéri, faites ça pour moi!

Ce fut ce mot tendre, encore si nouveau à ses oreilles, et les yeux vert pâle de Scarlett tout embués de larmes qui triomphèrent de sa résistance. Après tout, un homme devait bien quelques concessions à sa fiancée, surtout lorsqu'il s'agissait de leur mariage. Les femmes attachaient tant d'importance à ces questions d'ordre sentimental.

Et Frank fut marié avant même de savoir ce qui lui arrivait.

Cédant aux tendres instances de Scarlett, Frank lui donna les 300 dollars. Au début, il s'était fait tirer l'oreille, car il lui en coûtait de renoncer pour le moment à acheter la scierie, mais il ne pouvait pas laisser mettre à la porte la famille de sa femme. D'ailleurs, sa déception ne dura pas longtemps devant le bonheur radieux de Scarlett et les soins amoureux dont elle l'entoura, en remerciement de sa générosité. Frank n'avait jamais été « entouré » par une femme et il en vint à penser qu'en somme son argent n'avait pas été si mal employé.

Scarlett dépêcha aussitôt Mama à Tara, dans le triple but de remettre l'argent à Will, d'annoncer son mariage et de ramener Wade. Deux jours plus tard, elle reçut de Will un court billet, qu'elle lut et relut avec une joie croissante. Will lui écrivait que les impôts étaient payés et qu'en apprenant la nouvelle Jonas Wilkerson « avait fait une drôle de comédie », mais que, jusque-là, il ne s'était pas livré à de nouvelles menaces. Will terminait en souhaitant à Scarlett d'être heureuse, formule laconique qui ne l'engageait à rien. Elle savait pourtant que Will comprenait son geste et les mobiles qui l'avaient inspiré et elle était persuadée que sans l'en féliciter il ne lui en tenait nullement rigueur : « Mais que doit penser Ashley ? se demandait-elle avec angoisse. Que doit-il penser de moi, après ce que je lui ai dit, il y a si peu de temps, dans le jardin potager ? »

Elle reçut également une lettre de Suellen, bourrée de fautes d'orthographe, violente, injurieuse, maculée de larmes, lettre si pleine de venin et d'observations exactes sur le caractère de sa sœur que celle-ci ne devait jamais en oublier les termes, ni pardonner à l'expéditrice. Cependant, la lettre de Suellen ne réussit même pas à altérer le bonheur qu'elle éprouvait à la pensée que Tara était sauvée, tout au moins pour un certain temps.

Scarlett avait peine à s'imaginer que désormais son foyer n'était plus à Tara, mais à Atlanta. Elle n'avait eu qu'une pensée en tête, sauver Tara, et même au moment de son mariage, il ne lui était pas venu à l'idée qu'en sauvant sa propriété elle se condamnait à en être exilée d'une manière permanente. Maintenant, elle s'en rendait parfaitement compte et elle en souffrait. Mais elle se trouvait en présence du fait accompli et, ayant conclu une sorte de marché, elle entendait en respecter les termes. D'autre part, elle était si reconnaissante à Frank d'avoir sauvé Tara, qu'elle en ressentait une vive affection pour lui et était bien décidée à ne jamais lui faire regretter de l'avoir épousée.

Les dames d'Atlanta étaient presque aussi bien informées de ce qui se passait chez leurs voisins que chez elles et cela les intéressait beaucoup plus. Elles savaient toutes que, depuis des années, Frank Kennedy et Suellen O'Hara étaient « d'accord ». Au reste, Frank ne s'était pas privé d'annoncer partout qu'il allait se marier au printemps. Il ne fallut donc point s'étonner du bruit que causa son mariage sans tambour ni trompette avec Scarlett. Les commérages allèrent bon train. Chacun se perdit en conjectures et tout le monde accueillit l'événement avec la plus grande méfiance. Mme Merriwether, qui n'aimait point à en être pour ses frais de curiosité, aborda Frank et lui demanda à brûle-pourpoint ce que cela signifiait d'épouser une sœur, quand on était promis à l'autre. Elle raconta à Mme Elsing que, pour toute réponse, elle n'avait obtenu de lui qu'un regard hébété. Quant à Scarlett. Mme Merriwether elle-même, malgré son intrépidité, n'osa pas l'interroger sur ce chapitre. Elle avait beau arborer un petit air doux et plein de modestie, ses yeux avaient une expression conquérante qui ennuyait les gens et, en outre, elle ne donnait pas du tout l'impression de vouloir se laisser marcher sur les pieds.

Elle savait que la ville jasait, mais ça lui était bien égal. En somme, il n'y avait rien d'immoral dans le fait d'épouser un homme. Tara était sauvée. Que les gens bavardent tout leur soûl. Elle avait bien d'autres préoccupations. Avant tout, il fallait trouver le moyen de faire comprendre à Frank, en y mettant les formes, que son magasin devait lui rapporter davantage. Après l'alerte de Jonas Wilkerson, elle ne serait tranquille que lorsqu'elle et Frank auraient un peu d'argent de côté. Et même, sans parler de nouveaux coups à parer, il était indispensable que Frank augmentât ses bénéfices pour payer les prochains impôts. De plus, Scarlett retournait sans cesse dans sa tête ce que son mari lui avait dit au sujet de la scierie. En achetant une scierie, Frank pouvait faire une fortune. Avec les prix outranciers qu'atteignait le bois de charpente, c'était à la portée de tout le monde. Au fond d'elle-même, Scarlett était furieuse que Frank n'eût pas assez d'argent pour payer les impôts de Tara et acheter la scierie. Elle décida qu'il devait s'arranger d'une manière ou d'une autre pour gagner plus d'argent avec son magasin, et il ne fallait pas que ça traînât, afin de pouvoir acheter la scierie pendant qu'elle était encore à vendre. C'était vraiment un marché que Scarlett avait conclu.

Si elle avait été un homme, elle aurait acheté cette scierie, même si elle avait dû hypothéquer le magasin pour trouver l'argent nécessaire. Mais, lorsqu'elle suggéra cette solution avec beaucoup de tact le lendemain de leur mariage, il sourit et lui dit d'épargner à sa jolie petite tête les soucis d'ordre commercial.

Il avait été fort surpris de constater que sa femme

savait à quoi s'en tenir sur le chapitre des hypothèques et, sur le moment, ça l'avait amusé, mais ce sentiment s'effaça vite et fit place à une sorte de gêne, qui s'installa en lui dès le début de leur union. Une fois, sans y prendre garde, il avait raconté à Scarlett que « certaines gens » (il avait soin de ne jamais citer de nom) lui devaient de l'argent et que, bien entendu, il se refusait à presser de vieux amis ou des gens de qualité. Par la suite, il regretta de lui avoir parlé de cela, car, à plusieurs reprises, elle revint sur cette question. Elle l'interrogeait de l'air le plus adorablement enfantin et prétendait qu'elle voulait seulement savoir qui lui devait de l'argent et combien. Frank demeurait évasif, toussait nerveusement, agitait les bras et renouvelait ses remarques fastidieuses sur la jolie petite tête de sa femme.

Il ne tarda pas à constater que cette jolie petite tête était fort bien douée pour le calcul et même beaucoup mieux douée que la sienne, ce qui n'avait rien de rassurant. Il fut sidéré de découvrir que Scarlett pouvait faire rapidement de tête une longue addition, alors qu'il lui fallait un crayon et du papier dès qu'il avait plus de trois chiffres à ajouter. Quant aux fractions, elles ne présentaient aucune difficulté pour elle. Il estimait qu'il y avait quelque chose d'inconvenant pour une femme à comprendre les fractions et à s'y connaître en affaires. D'après lui, quand une femme avait le malheur de posséder un don si peu distingué, elle faisait mieux de ne pas s'en vanter. Maintenant, il avait horreur de parler affaires devant Scarlett, alors qu'il y avait pris tant de plaisir avant leur mariage. A ce moment-là, il pensait que ces problèmes étaient trop compliqués pour elle et il ne lui était pas désagréable de les mettre à sa portée. Désormais, il s'apercevait au contraire qu'elle comprenait tout beaucoup trop bien et, comme tous les hommes, il s'indignait de la duplicité des femmes. Comme tous les hommes aussi, il était déçu de constater que sa femme était intelligente.

Personne ne sut jamais à quelle époque de sa vie conjugale Frank apprit le tour que Scarlett lui avait joué pour l'épouser. La vérité se fit peut-être jour en lui lorsque Tony Fontaine, apparemment libre de tout lien, vint pour affaires à Atlanta. Peut-être eut-il les yeux ouverts par les lettres que sa sœur, suffoquée par son mariage, lui envoya de Jonesboro. En tout cas, Suellen ne se chargea jamais de lui fournir elle-même des explications. Elle ne lui écrivait jamais et, bien entendu, il ne pouvait pas entrer en correspondance avec elle pour se disculper. D'ailleurs, à quoi bon s'expliquer maintenant qu'il était marié ? Il frémissait intérieurement à la pensée que Suellen ne saurait jamais à quoi s'en tenir et l'accuserait toujours de l'avoir évincée sans motif plausible. Tout le monde devait lui reprocher sa conduite et cela le mettait dans une situation déplorable. Il n'avait aucun moyen de prouver son innocence, car un homme ne pouvait pas aller crier sur les toits qu'une femme lui avait fait perdre la tête... et un galant homme ne pouvait pas non plus raconter que son épouse l'avait pris au piège grâce à un mensonge.

Scarlett était sa femme et une femme était en droit de compter sur la loyauté de son mari. De plus, il lui était impossible de se figurer que Scarlett l'avait épousé de sang-froid sans éprouver pour lui la moindre affection. Sa vanité masculine ne lui aurait pas permis de s'arrêter bien longtemps à cette hypothèse. Il était bien plus agréable de penser que Scarlett s'était éprise de lui si brusquement qu'elle avait délibérément menti, pour en arriver à ses fins. Mais tout cela n'en restait pas moins fort troublant. Il savait qu'il n'était pas une bien belle conquête pour une jolie femme deux fois moins âgée que lui, mais Frank était un homme du monde et il garda son trouble pour lui. Scarlett était sa femme et il ne pouvait pas l'offenser en lui faisant d'odieuses questions qui, d'ailleurs, n'arrangeraient point les choses.

Au demeurant, Frank ne tenait pas tellement à arranger les choses, car son mariage s'annonçait sous d'heureux auspices. Scarlett était la plus charmante, la plus séduisante des épouses et il la trouvait parfaite sous tous les rapports, sauf lorsqu'elle faisait la forte tête. Tant que Scarlett avait la bride sur le cou, la vie était très agréable, mais quand on lui résistait... Le mariage se chargea vite d'apprendre cette vérité à Frank. Quand on la laissait agir à sa guise, Scarlett était gaie comme un enfant, elle riait beaucoup, se livrait à mille petites folies, s'asseyait sur les genoux de son mari et lui tiraillait la barbe, jusqu'à ce qu'il se sentît rajeuni de vingt ans. Elle avait des attentions délicieuses, mettait ses pantoufles à chauffer devant le feu quand il rentrait le soir, s'empressait affectueusement autour de lui, veillait à ce qu'il n'eût pas les pieds mouillés, soignait ses interminables rhumes de cerveau, se rappelait qu'il aimait le gésier de poulet et qu'il lui fallait trois cuillerées de sucre dans son café. Oui, tant qu'on lui laissait la bride sur le cou, la vie était délicieuse aux côtés de Scarlett.

Au bout de deux semaines de mariage, Frank attrapa la grippe et le docteur Meade lui ordonna de s'aliter. Pendant la première année de la guerre, Frank avait passé deux mois à l'hôpital avec une pneumonie et, depuis lors, il vivait dans la crainte d'une rechute. Il fut donc trop heureux de rester à transpirer sous une triple épaisseur de couvertures et de boire les tisanes brûlantes que Mama et tante Pitty lui apportaient toutes les heures.

La maladie s'éternisa et, à mesure que le temps passait, Frank se faisait de plus en plus de soucis pour son magasin. Il en avait confié la direction à son commis qui, chaque soir, venait lui rendre compte des opérations de la journée, mais cela ne le satisfaisait point. Il se mit martel en tête jusqu'à ce que Scarlett, qui guettait l'occasion, lui posât une main fraîche sur le front et dit : « Voyons, mon chéri, je vais me fâcher si vous continuez à vous tracasser comme ça. Je vais aller en ville voir ce qui se passe au magasin. »

Et elle y alla. Pendant les trois semaines de son nouveau mariage, elle avait brûlé du désir de se plonger dans les livres de comptes de son mari, afin de découvrir où il en était au point de vue financier. Quelle chance que Frank dût garder le lit !

Le magasin était situé non loin des Cinq Fourches.

Son toit tout neuf scintillait au faîte des vieux murs noircis par la fumée. Des auvents de bois protégeaient le trottoir et s'avançaient jusqu'à la chaussée. Ils étaient supportés par des piliers reliés entre eux par des barres de fer auxquelles étaient attachés des mules et des chevaux. Les bêtes, des couvertures déchirées ou des morceaux d'édredon sur le dos, baissaient la tête pour mieux se défendre contre la bruine glacée. A l'intérieur, on se serait cru chez Bullard à Jonesboro, moins les flâneurs postés devant le poêle qui ronflait et les reflets de salive jaunie par le tabac dans les crachoirs remplis de sable. Le magasin de Frank était plus grand et plus sombre que celui de Bullard. Les auvents interceptaient presque entièrement la lumière du jour et seules d'étroites fenêtres pratiquées dans les murs latéraux et salies par les mouches laissaient filtrer d'en haut une clarté diffuse. Le plancher était saupoudré de sciure de bois. Il y avait partout de la poussière et de la crasse. Dans le magasin même, où sur de longues étagères s'empilaient des pièces d'étoffes voyantes, de la vaisselle, des ustensiles de cuisine et de menus objets, régnait un semblant d'ordre, mais dans l'arrière-boutique c'était le chaos.

Là, il n'y avait point de plancher et les objets les plus hétéroclites s'entassaient pêle-mêle sur la terre battue. Dans la demi-obscurité, Scarlett distingua des boîtes et des ballots de marchandises, des charrues et des harnais, des selles et de grossiers cercueils en sapin. Des meubles d'occasion, allant des bois les plus vulgaires à l'acajou ou au palissandre, s'empilaient dans l'ombre que tranchait parfois le reflet incongru d'un siège tendu d'un riche brocart ou d'une tapisserie chatoyante. Des vases de nuit, des cruches et des cuvettes jonchaient le sol. Dans les coins se dressaient de grands coffres et il faisait si sombre que Scarlett dut en approcher une lampe pour s'apercevoir qu'ils contenaient des graines, des clous, des verrous et des outils de menuiserie.

« J'aurais cru qu'un homme aussi tatillon et aussi vieille fille que Frank aurait eu plus d'ordre, pensa-t-elle en essuyant ses mains sales à son mouchoir. On se croirait dans une écurie. Quelle façon de tenir un magasin. Si seulement il voulait se donner la peine d'épousseter tout ce bazar et de l'exposer là où les gens pourraient le voir, il s'en débarrasserait bien plus vite. »

« A en juger par ce que je vois, dans quel état vais-je trouver ses livres de comptes! poursuivit intérieurement Scarlett. Allons, jetons un coup d'œil sur son grand livre! » Elle prit la lampe et passa dans l'autre partie du magasin. Willie, le commis, lui donna à contrecœur le gros registre crasseux. Il était évident que, malgré sa jeunesse, il partageait l'avis de Frank et estimait que les femmes n'avaient rien à voir aux affaires. Mais Scarlett lui rabattit le caquet d'un mot bien senti et l'envoya chercher son déjeuner. Lorsqu'il fut parti, elle se sentit plus à l'aise, car son attitude l'agaçait. Elle approcha du poêle une chaise dont le fond était fendu, s'y assit, ramena une jambe sous elle et posa le livre sur ses genoux. C'était l'heure du déjeuner et la rue était déserte. Les clients ne risquaient guère de venir la déranger et elle avait tout le poêle pour elle.

Elle tourna lentement les pages, épluchant les rangées de noms et les colonnes de chiffres tracées de la main minutieuse de Frank. C'était exactement ce à quoi elle s'attendait et elle fronça les sourcils en découvrant une nouvelle preuve du manque de sens commercial de son mari. En regard des noms qu'elle connaissait fort bien, entre autres ceux des Merriwether et des Elsing, figuraient des sommes dont le montant s'élevait au moins à cinq cents dollars. Cinq cents dollars prêtés, des dettes vieilles parfois de plusieurs mois! D'après les remarques de Frank sur l'argent que « certaines gens » lui devaient, Scarlett s'était imaginé qu'il s'agissait d'une somme peu importante. Mais cela!

« S'ils ne peuvent pas payer, pourquoi continuent-ils à acheter ? se dit-elle avec colère. Et s'il sait qu'ils ne peuvent pas payer, pourquoi continue-t-il à leur vendre ? La plupart d'entre eux le rembourseraient, s'il savait s'y prendre. Les Elsing pourraient certainement, puisqu'ils ont bien pu offrir à Fanny une robe de satin et un mariage coûteux. Frank a trop bon cœur, les gens en profitent. Voyons, s'il était rentré dans la moitié de ses fonds, il aurait pu acheter la scierie et il ne se serait pas fait prier pour me donner l'argent des impôts. »

« Quand je pense qu'il a la prétention de faire marcher une scierie, s'indigna soudain Scarlett. Corne-bleu! S'il transforme ce magasin en institution charitable, comment peut-on espérer qu'il gagnera de l'argent en vendant du bois ? Le sherif vendra sa scierie au bout d'un mois. Voyons, mais je ferais marcher sa boutique bien mieux que lui! J'ai beau ne pas m'y connaître en bois, je parie que je saurais encore mieux faire marcher une scierie que lui! »

C'était pour le moins une pensée surprenante. Une femme plus compétente qu'un homme en affaires! Pen-sée révolutionnaire pour Scarlett qui avait été bercée dans la tradition que les hommes étaient conscients et que les femmes n'étaient pas trop intelligentes. Bien entendu, elle s'était rendu compte que ce n'était pas vrai du tout, mais elle avait encore l'esprit tout impré-gné de cette agréable fiction. Jamais auparavant il ne lui était arrivé d'exprimer par des mots cette idée remarquable. Immobile, le livre épais sur les genoux, la bouche légèrement entrouverte par la surprise, elle songeait qu'au cours des mois de disette elle avait abattu à Tara une besogne d'homme et qu'elle s'en était tirée à son honneur. Dès sa jeunesse, on lui avait inculqué la notion qu'une femme seule ne pouvait rien faire et pourtant, jusqu'à l'arrivée de Will, elle avait dirigé la plantation sans l'aide d'aucun homme.

« Tiens, tiens, se dit-elle, précisant sa pensée, mais j'ai l'impression que les femmes pourraient faire n'im-porte quoi sans le secours d'un homme... sauf avoir des enfants, et Dieu sait qu'aucune femme saine d'esprit n'aurait d'enfants si elle pouvait faire autrement. »

A l'idée qu'elle était aussi capable qu'un homme, elle sentit monter en elle une brusque bouffée d'or-gueil et éprouva un violent désir de faire ses preuves, de gagner de l'argent pour elle, comme les hommes en gagnaient pour eux. Oui, de l'argent qui lui appartiendrait en propre, pour lequel elle n'aurait de comptes à rendre à personne.

« Je voudrais avoir assez d'argent pour acheter moi-même cette scierie, fit-elle tout haut, et elle soupira. Je suis sûre qu'avec moi ça ronflerait et l'on n'obtiendrait pas de moi un seul copeau à crédit. »

Elle soupira de nouveau. Elle ne pouvait s'adresser nulle part pour trouver de l'argent. La question ne se posait donc pas. Frank n'avait plus qu'à essayer de se faire rembourser et à acheter la scierie. C'était en somme un moyen assez sûr d'avoir de l'argent et, quand il serait propriétaire de la scierie, elle trouverait bien le moyen de le rendre un peu plus homme d'affaires qu'il ne s'était montré pour la gestion de son magasin.

Scarlett déchira une des dernières pages du livre et commença à copier la liste des débiteurs qui n'avaient rien versé depuis plusieurs mois. Dès son retour à la maison, elle aborderait ce sujet avec Frank. Elle lui ferait comprendre que ces gens étaient tenus de payer leurs dettes, quand bien même ils étaient de vieux amis, quand bien même cela le gênait de les mettre en demeure. Frank en serait probablement bouleversé, car il était timide et voulait à tout prix jouir de l'estime de ses voisins. Il était si susceptible qu'il aimerait encore mieux perdre son argent plutôt que d'en réclamer le remboursement.

Il allait sans doute déclarer que personne n'avait d'argent pour le payer. Après tout, c'était peut-être vrai, mais presque tout le monde possédait encore un peu d'argenterie ou quelques bijoux ou même un bout de terrain ou une maison. Frank pouvait s'en contenter, à défaut de paiement en espèces.

Scarlett s'imaginait sans peine les lamentations de son mari lorsqu'elle émettrait une telle idée devant lui. Prendre les bijoux ou les immeubles de ses amis ! « Eh bien ! qu'il se lamente tant qu'il voudra, pensa-t-elle en haussant les épaules, je m'en vais lui dire qu'il peut rester pauvre pour faire plaisir à ses amis si le cœur lui en dit, mais que moi je n'y tiens pas Frank n'arrivera jamais à rien s'il n'a pas un peu plus de nerf. Et il faut qu'il arrive! Il faut qu'il gagne de l'argent, même si c'est moi qui dois porter la culotte dans le ménage pour le faire filer droit. »

Le visage contracté, la langue entre les dents, elle était fort occupée à recopier sa liste lorsque la porte d'entrée s'ouvrit et qu'un violent courant d'air froid s'engouffra dans le magasin. Un homme de haute taille traversa la pièce sale avec la souplesse d'un Indien. Scarlett releva les yeux et vit Rhett Butler.

Resplendissant dans ses habit neufs, il portait un long manteau et une cape élégante rejetée sur ses épaules massives. Il enleva son chapeau et fit un profond salut, une main sur le plastron immaculé de sa chemise plissée. Ses dents brillaient d'un éclat singulier. Ses yeux effrontés dévisageaient Scarlett.

— Ma chère madame Kennedy, fit-il en s'approchant d'elle. Ma très chère madame Kennedy! et il éclata d'un rire sonore

Sur le moment, Scarlett eut aussi peur que si un fantôme avait fait irruption dans le magasin, puis, dégageant rapidement la jambe qu'elle avait ramenée sous elle, elle se redressa et décocha à Rhett un regard glacial.

— Que faites-vous ici ?

— Je suis allé rendre visite à Mlle Pittypat. J'ai appris votre mariage et je me suis empressé de venir ici vous apporter mes félicitations.

Au souvenir de l'humiliation qu'elle avait subie lorsque Rhett lui avait examiné les mains, ses joues s'empourprèrent de honte.

— Je ne comprends pas que vous ayez l'aplomb de me regarder en face! s'écria-t-elle.

— C'est le contraire! Comment, vous, avez-vous l'aplomb de me regarder en face ?

— Oh! vous êtes le plus...

— Laisserons-nous les clairons sonner la trêve ? demanda-t-il avec un large sourire.

Malgré elle, Scarlett sourit à son tour, mais d'un sourire forcé et mal assuré.

— Quel dommage qu'on ne vous ait pas pendu!

— Je crains que d'autres personnes ne partagent votre sentiment. Allons, Scarlett, déridez-vous. On dirait que vous avez avalé un sabre. Ça ne vous va pas. Vous avez certainement eu le temps de savourer ma... hum... ma petite plaisanterie.

— Une plaisanterie? Ha! je ne m'en remettrai jamais.

— Si, ça viendra. Vous me présentez ce front indigné, uniquement parce que vous croyez que c'est de mise et que ça donne un air respectable. Puis-je m'asseoir?

— Non.

Il se laissa tomber sur une chaise auprès de Scarlett et grimaça.

— J'ai entendu dire que vous n'aviez même pas pu m'attendre deux semaines, fit-il en feignant de soupirer. Que les femmes sont inconstantes!

Comme elle ne répondait pas, il poursuivit:

— Dites-moi, Scarlett, entre nous, entre amis très vieux et très intimes, ça n'aurait pas été plus raisonnable d'attendre que je sorte de prison? Ou alors est-ce que la vie conjugale avec ce vieux Frank Kennedy a plus d'attrait que les relations coupables avec moi?

Comme toujours quand il se moquait d'elle, Scarlett sentit monter sa colère, mais en même temps elle éprouvait une forte envie de rire de son impudence.

— Ne soyez pas ridicule.

— Et ça ne vous ferait rien de satisfaire ma curiosité sur un point qui m'a tourmenté pendant un certain temps? N'avez-vous pas ressenti une répugnance féminine, votre délicatesse n'a-t-elle pas été soumise à une rude épreuve, du fait que vous avez épousé non pas un seul, mais deux hommes pour lesquels vous n'aviez ni amour, ni affection? Ou bien m'a-t-on donné de faux renseignements sur la délicatesse des femmes sudistes?

— Rhett!

— Ça y est, j'ai ma réponse. J'ai toujours soupçonné que les femmes avaient une délicatesse et une endurance inconnues des hommes, bien qu'on m'ait inculqué dans mon enfance l'idée ravissante qu'elles étaient des créatures fragiles, tendres et sensibles. Mais après tout, selon le mode d'étiquette observé en Europe, il est très mal porté de s'aimer entre mari et femme. Oui, c'est de très mauvais goût. J'ai toujours pensé que les Européens voyaient juste sur ce point. On se marie par intérêt et l'on aime par plaisir. Système fort habile, n'est-ce pas ? Vous êtes plus près de la mère patrie que je ne croyais.

Comme c'eût été agréable de lui lancer : « Je ne me suis pas mariée par intérêt! » mais malheureusement Rhett la tenait, et toute protestation d'innocence méconnue n'eût fait que déchaîner une nouvelle volée de flèches acérées.

— Vous allez bien, fit-elle avec calme.

Anxieuse de détourner la conversation, elle ajouta :

— Comment avez-vous fait pour sortir de prison ?

— Oh! comme ça, répondit-il en esquissant un petit geste de la main. Ça n'a pas été bien difficile. On m'a libéré ce matin. J'ai fait gentiment chanter un de mes amis de Washington, qui occupe un poste élevé dans les conseils du gouvernement fédéral. Un type épatant... l'un des piliers de l'Union. C'est à lui que j'achetais des mousquets et des crinolines pour la Confédération. Lorsqu'il a eu les yeux ouverts de la bonne manière sur ma situation tragique, il s'est empressé d'user de son influence en ma faveur et c'est ainsi qu'on ma relâché. L'influence, il n'y a que ça. Scarlett, souvenez-vous que, lorsqu'on vous arrêtera, il n'y a que l'influence qui compte ; à côté, la culpabilité ou l'innocence ne sont que des questions de pure forme.

— Je mettrais ma main au feu que vous n'étiez pas innocent.

— Non, maintenant que je suis tiré d'affaire, je reconnaîtrai franchement que je suis coupable comme Caïn. J'ai bien tué ce nègre. Il avait manqué de respect à une dame. Que pouvait faire d'autre un gentleman sudiste ? Et, puisque je suis en train de me confesser, j'avouerai aussi que j'ai tué un cavalier yankee dans un bar, à la suite d'une petite dispute. On ne m'a point accusé de cette peccadille et un pauvre diable a peut-être été pendu depuis longtemps à ma place.

Il parlait avec tant de désinvolture de ses meurtres que Scarlett en eut le frisson. Elle était sur le point de protester, au nom de la morale, lorsqu'elle se rappela soudain le Yankee qui gisait sous l'ormeau de Tara. Sa mort n'avait pas pesé plus lourd sur sa conscience que celle d'une limace qu'elle eût écrasée par mégarde. Elle n'avait pas le droit de juger Rhett, alors qu'elle était aussi coupable que lui.

— Enfin, puisque j'ai l'air de passer aux aveux, je vous dirai, sous le sceau du secret (ça signifie, n'en parlez pas à Mlle Pittypat), je vous dirai donc que l'argent est en sûreté dans une banque de Liverpool.

— L'argent ?

— Oui, l'argent qui rendait les Yankees si curieux. Scarlett, ce n'est pas du tout par bassesse d'âme que je ne vous ai pas prêté la somme que vous désiriez. Si j'avais tiré une traite, on aurait suivi la filière et je doute que vous ayez jamais obtenu un *cent*. Ma seule chance, c'était de ne pas bouger. Je savais pourtant que l'argent ne courait pas grand risque, car, même en mettant les choses au pire, c'est-à-dire, si l'on avait découvert ma cachette, j'aurais dénoncé tous les patriotes yankees qui m'ont vendu des munitions et du matériel pendant la guerre. Ça aurait fait un beau grabuge, car certains d'entre eux sont des personnalités importantes à Washington aujourd'hui. En fait, c'est uniquement la crainte que je ne libère ma conscience qui m'a valu de sortir de prison. Je...

— Vous voulez dire que... que vous détenez pour de bon l'or de la Confédération.

— Pas tout entier. Grand Dieu, non! Il doit bien y avoir au moins une cinquantaine d'anciens forceurs de blocus qui ont mis pas mal d'argent à l'ombre à Nassau, en Angleterre ou au Canada. Nous ne serons guère en odeur de sainteté auprès des Confédérés qui n'ont pas été aussi débrouillards que nous. Moi, je ne possède pas loin d'un demi-million. Songez, Scarlett, un demi-million de dollars. Si seulement vous aviez maté votre nature impérieuse! Si seulement vous ne vous étiez pas ruée de nouveau dans le mariage!

Un demi-million de dollars. A l'idée d'une telle somme, Scarlett en éprouva comme une douleur physique. Les paroles railleuses de Rhett glissaient sur elle. Elle ne les entendait même pas. Elle avait peine à s'imaginer qu'il existât tant d'argent dans cette vallée de larmes où régnait la misère. Tant d'argent entre les mains de quelqu'un qui n'en avait même pas besoin. Et dire que, pour se défendre contre un monde hostile, elle n'avait qu'un vieux mari malade et cette petite boutique répugnante! Ce n'était pas juste qu'un paria comme Rhett Butler eût tant d'argent et qu'elle, dont le fardeau était si lourd, en eût si peu. Elle le détestait. Son luxe l'écœurait. En tout cas, ce n'était pas elle qui allait le féliciter de son habileté! Elle chercha méchamment les mots qui pourraient le blesser.

— Vous croyez sans doute que c'est honnête de garder l'argent de la Confédération. Eh bien! pas moi. C'est du vol manifeste. Vous le savez d'ailleurs. Moi, je ne voudrais pas avoir ça sur la conscience.

— Fichtre! Les raisins sont bien verts, aujourd'hui! s'exclama Rhett avec une moue. Voulez-vous me dire exactement qui je vole?

Elle se tut et se demanda qui Rhett avait bien pu voler en fait. Après tout, Frank avait agi de la même manière, mais sur une plus petite échelle.

— La moitié de cet argent est bel et bien à moi, poursuivit-il. Je l'ai gagné honnêtement avec le concours d'honnêtes patriotes de l'Union, tout disposés à vendre leur patrie moyennant un bénéfice de cent pour cent. Une partie de cet argent est le résultat de mes placements. Au début de la guerre, j'ai acheté du coton à bas prix et je l'ai revendu un dollar la livre, lorsque les filatures anglaises en ont réclamé à cor et à cri. Une autre partie provient de mes spéculations sur les vivres. Pourquoi laisserais-je les Yankees recueillir les fruits de mon labeur? Cependant, le reste appartient à la Confédération. Oui, ce reste provient du coton confédéré que j'ai réussi à sortir du pays et que j'ai vendu sur la place de Liverpool à des prix astronomiques. On m'avait donné ce coton de bonne foi pour que j'achète en échange des cuirs, des fusils et des machines. Moi aussi, j'entendais accomplir ma mission, de bonne foi. J'avais reçu l'ordre de déposer l'or à mon nom dans des banques anglaises, afin que mon crédit fût bon. Vous vous souvenez que, lorsque le blocus s'est resserré, j'ai été dans l'impossibilité de faire sortir un bateau d'un port confédéré ou de l'y faire rentrer. Que devais-je faire ? Retirer tout cet or des banques anglaises comme un nigaud et m'efforcer de le rapatrier par Wilmington, pour que les Yankees mettent la main dessus ? Est-ce ma faute si le blocus s'est resserré ? Est-ce ma faute si notre Cause n'a pas triomphé ? L'argent appartenait à la Confédération. Eh bien! il n'y a plus de Confédération maintenant... quoiqu'on ne s'en douterait pas à entendre parler certaines gens. A qui devrais-je remettre l'argent ? Au Gouvernement yankee ? Allons, ça m'est tellement odieux de penser que les gens me prennent pour un voleur que je vais me ranger à cette solution.

Tout en regardant Scarlett, comme s'il était anxieux de connaître son opinion, il tira un étui de cuir de sa poche et en sortit un long cigare dont il respira l'arôme en connaisseur.

« Que la peste l'emporte, pensa Scarlett. Il me coupe toujours l'herbe sous le pied. Il y a toujours quelque chose qui cloche dans ses arguments, mais je n'arrive jamais à savoir d'où ça vient. »

— Vous devriez distribuer cet argent à ceux qui sont dans le besoin, fit-elle avec dignité. La Confédération n'est plus, mais il reste encore des quantités de confédérés qui meurent de faim avec leur famille.

Il rejeta la tête en arrière et rit à gorge déployée.

— Vous n'êtes jamais plus exquise ni plus ridicule que lorsque vous sortez une hypocrisie de ce goût-là. Dites toujours la vérité, Scarlett. Vous ne savez pas mentir. Les Irlandais sont les plus piètres menteurs du monde. Allons, soyez franche. Vous vous moquiez pas mal de la pauvre Confédération et vous vous moquez encore plus des confédérés qui meurent de faim. Vous pousseriez des cris d'orfraie si je manifestais l'intention de distribuer cet argent sans commencer par vous donner la part du lion.

— Je ne veux pas de votre argent, commença-t-elle en essayant de conserver son calme et sa dignité.

— Ah! non! Tenez, la main vous démange. Si je vous montrais une pièce d'argent, vous sauteriez dessus.

— Si vous êtes venu ici pour m'insulter et vous moquer de ma pauvreté, j'aime mieux vous dire au revoir tout de suite, fit-elle en essayant de se débarrasser du livre pesant afin de pouvoir se lever et de donner plus de force à ses paroles.

En un clin d'œil Rhett l'avait devancée, et, penché sur elle, il la força à se rasseoir en riant.

— Quand donc cesserez-vous de vous mettre en colère lorsqu'on vous dit la vérité? Ça ne vous gêne pas de dire aux gens ce que vous pensez d'eux, alors pourquoi ça vous gênerait-il de les entendre dire ce qu'ils pensent de vous ? Je ne vous insulte pas. J'estime que l'âpreté au gain est une très belle qualité. Par ailleurs, je ne suis pas venu ici me gausser de votre pauvreté, mais bien vous souhaiter longue vie et bonheur conjugal. A propos, comment votre sœur Suellen a-t-elle pris votre larcin?

— Mon quoi ?

— La façon dont vous lui avez chipé Frank sous le nez.

— Je n'ai pas...

— Allons, ne cherchons pas de faux-fuyants. Qu'a-t-elle dit ?

— Rien, déclara Scarlett.

Les yeux de Rhett pétillèrent de malice.

— Comme elle a bon cœur! Maintenant, parlez-moi de votre pauvreté. Après votre petite visite à la prison, il n'y a pas si longtemps, j'ai certainement le droit d'être tenu au courant. Frank n'aurait-il pas eu autant d'argent que vous l'espériez ?

Il n'y avait pas moyen de lui échapper. D'ailleurs, il ne restait plus à Scarlett qu'à prendre son parti de l'insolence de Rhett ou à prier celui-ci de sortir. Or elle n'avait pas envie qu'il s'en aille. Il l'accablait de traits acérés, mais ce qu'il disait était juste. Il connaissait sa conduite, les raisons qui l'avaient inspirée et il ne semblait pas en avoir plus mauvaise opinion d'elle. Bien que ses questions fussent d'une brutalité désagréable, elles paraissaient dictées par un intérêt tout amical. Il était une des seules personnes à qui elle pût dire la vérité. Quel soulagement ce serait. Il y avait si longtemps qu'elle n'avait parlé à cœur ouvert. Chaque fois qu'elle exprimait ses sentiments, les gens avaient l'air choqués. Bavarder avec Rhett ne pouvait se comparer qu'à une seule chose : à l'impression d'aise et de confort qu'elle aurait éprouvée à chausser une paire de vieilles pantoufles, après avoir dansé avec des souliers trop étroits.

— N'auriez-vous pas trouvé l'argent nécessaire pour payer vos impôts ? Ça ne va pas encore à Tara ?

Sa voix avait pris une intonation différente.

Scarlett releva la tête et croisa le regard de Rhett dans lequel elle surprit une expression qui l'intrigua au premier abord, puis amena brusquement sur ses lèvres un sourire doux et charmant qui ne lui était guère habituel à cette époque-là. C'était un fieffé coquin, mais comme il pouvait être gentil quand il voulait s'en donner la peine. Elle savait qu'il n'était pas venu la voir pour la taquiner, mais bien pour s'assurer qu'elle avait trouvé cet argent, pour lequel elle eût consenti tant de sacrifices. Elle savait aussi que, sans en avoir l'air, il était accouru vers elle pour lui prêter cette somme si elle en avait encore besoin. Et pourtant, il était tout prêt à la faire souffrir, à lui dire des mots blessants et à jurer ses grands dieux que ce n'était pas vrai, au cas où elle lui aurait démontré que tel était le but de sa visite. Avec lui, il ne fallait pas chercher à comprendre. Tenait-il à elle plus qu'il n'était disposé à l'admettre ? ou bien obéissait-il à un autre motif ? Cette seconde hypothèse était sans doute plus plausible. Mais qui aurait pu le dire ? Il lui arrivait parfois de faire des choses si étranges.

— Si, dit-elle, maintenant, tout va bien à Tara. J'ai... j'ai eu l'argent.

— Mais pas sans mal, je parie... Avez-vous réussi

à prendre sur vous. jusqu'à ce que vous ayez eu l'alliance au doigt ?

Elle essaya de ne pas sourire à cet exposé précis de sa conduite, mais elle ne put empêcher une fossette de se dessiner sur sa joue. Rhett reprit son siège et allongea confortablement ses longues jambes.

— Allons. parlez-moi un peu de votre pauvreté. Cet animal de Frank vous a-t-il trompée sur ses chances de réussite ? Il mériterait une bonne raclée pour avoir abusé d'une femme sans défense. Allons, Scarlett. racontez-moi tout. Vous ne devriez pas avoir de secrets pour moi. Ne vous ai-je pas vue sous votre plus mauvais jour ?

— Oh! Rhett, vous êtes le pire des... Eh bien! je ne sais pas! Non, à proprement parler, il ne m'a pas trompée, mais... (Tout à coup Scarlett éprouva un immense plaisir à vider son cœur.) Voyez-vous, Rhett, si Frank voulait se donner la peine de récupérer ce qu'on lui doit, je serais délivrée de tous mes soucis. Mais plus de cinquante personnes lui doivent de l'argent et il ne veut rien leur demander. Il est tellement chatouilleux! Il prétend qu'un homme du monde ne peut pas faire ça à un autre homme du monde. Il faudra peut-être attendre des mois, ou même sans doute la vie, avant qu'il rentre dans ses fonds.

— Et alors ? N'avez-vous pas de quoi manger d'ici là ?

— Si, mais... en fait, si j'avais un peu d'argent en ce moment, je trouverais vite à l'employer.

Scarlett pensait à la scierie et ses yeux s'allumaient.

— Peut-être...

— A quoi ? Encore des impôts.

— Est-ce que ça vous regarde ?

— Oui! parce que vous êtes à deux doigts de m'emprunter quelque chose. Oh! je connais tous vos moyens d'approche. Ce qu'il y a de plus fort, c'est que je suis tout disposé à vous prêter de l'argent... sans même exiger, ma chère madame Kennedy, ce charmant nantissement que vous m'avez offert il y a fort peu de temps. A moins, bien entendu, que vous n'insistiez.

— Vous êtes l'être le plus...

— Pas du tout. Je voulais uniquement vous mettre à l'aise. Je savais que cette question vous embarrassait. Pas énormément, mais enfin un petit peu quand même. Oui, je suis disposé à vous prêter de l'argent, mais je tiens à savoir ce que vous avez l'intention d'en faire. C'est mon droit, je suppose. Si c'est pour acheter des jolies robes ou une voiture, prenez-le avec ma bénédiction. Seulement, si c'est pour acheter un pantalon neuf à Ashley Wilkes, j'ai grand-peur d'être obligé de refuser.

Suffoquée par une soudaine bouffée de rage, elle bégaya jusqu'à ce que les mots lui vinssent enfin.

— Ashley Wilkes n'a jamais rien accepté de moi, et il n'accepterait rien, même s'il était sur le point de mourir de faim. Vous ne le comprenez pas, vous ne savez pas combien il est honnête, combien il est fier! Mais naturellement, vous ne pouvez pas le comprendre, étant donné ce que vous êtes...

— Tâchons de ne pas en venir aux petits noms d'amitié. Je pourrais vous gratifier de quelques épithètes qui n'auraient rien à envier à celles que vous trouveriez. Vous oubliez que, grâce à Mlle Pittypat, je me suis tenu au courant de vos faits et gestes et que la chère âme n'a pas de secrets pour qui sait l'écouter d'une oreille attentive. Je sais qu'Ashley n'a pas quitté Tara depuis son retour de Rock Island. Je sais que vous vous êtes même résignée à héberger sa femme chez vous, ce qui n'a pas dû aller sans mal.

— Ashley est...

— Oui, oui, fit Rhett en s'accompagnant d'un petit geste de la main. Ashley est trop sublime, il échappe à ma compréhension terre à terre. Mais n'oubliez pas, s'il vous plaît, que j'ai suivi avec beaucoup d'intérêt le duo d'amour que vous avez eu avec lui aux Douze Chênes et j'ai bien l'impression qu'il n'a pas changé depuis cette époque. Vous non plus, d'ailleurs. Si mes souvenirs sont exacts, il faisait plutôt triste figure et n'avait rien de sublime ce jour-là. Je ne pense pas qu'il fasse meilleure figure aujourd'hui. Pourquoi n'emmène-t-il pas sa famille avec lui et ne cherche-t-il pas du travail quelque part ? Pourquoi se cramponne-t-il à Tara ? Je vous l'accorde, c'est une idée fixe chez moi, mais je n'ai nullement l'intention de vous prêter un sou pour continuer à l'entretenir à Tara. Entre hommes, on se sert d'un nom malsonnant pour parler de ceux qui se laissent entretenir par les femmes.

— Comment osez-vous dire des choses pareilles ? Ashley travaille comme un esclave!

Malgré sa rage, Scarlett sentait son cœur s'amollir au souvenir d'Ashley réparant les clôtures.

— Et j'oserai dire qu'il vaut son pesant d'or. Quel coup de main il doit avoir pour retourner le fumier et...

— Il est...

— Oui, je sais. Admettons qu'il fasse tout ce qu'il peut, mais je ne crois pas qu'il soit d'une aide bien efficace. Vous ne transformerez jamais un Wilkes en fermier... vous n'en ferez jamais quelque chose d'utile. C'est une race purement décorative. Maintenant, tâchez de ne plus vous hérisser et oubliez mes remarques rustiques sur le fier et honorable Ashley. C'est curieux comme ce genre d'illusions est tenace même chez les femmes qui ont la tête solide comme vous. Combien voulez-vous et qu'allez-vous faire de cet argent ?

Comme Scarlett ne répondait pas, il insista.

— Qu'allez-vous faire de cet argent ? Voyez un peu s'il vous est possible de me dire la vérité. Ça vaudra aussi bien que de mentir. En fait, ça vaudra mieux, car si vous me mentiez je finirais sûrement par découvrir votre supercherie et songez combien ce serait gênant pour vous. Rappelez-vous toujours ceci, Scarlett : je peux tout supporter de vous, mais pas un mensonge... votre antipathie, votre mauvais caractère, toutes vos ruses de renard, mais pas un mensonge. Voyons, dites-moi, pourquoi avez-vous besoin de cet argent ?

Exaspérée de cette attaque contre Ashley, Scarlett aurait donné n'importe quoi pour cracher à la figure de Rhett et rejeter fièrement son offre. Pendant un moment, elle fut sur le point de se laisser emporter par la colère, mais la froide main du bon sens la retint. Elle étouffa à grand-peine sa fureur et s'efforça d'adopter une expression à la fois digne et aimable. Rhett se renversa sur le dossier de sa chaise, présenta au poêle la semelle de ses souliers et remarqua d'un ton enjoué :

— Rien ne m'amuse davantage que le spectacle de vos luttes intérieures lorsqu'un de vos principes entre en conflit avec une question pratique comme la question d'argent par exemple. Bien entendu, je sais que, chez vous, le côté pratique l'emportera toujours, mais je continue à vous observer pour voir si un beau jour votre bonne nature ne finira pas par triompher. Ce jour-là, je plie bagage et je quitte Atlanta pour toujours. Il y a trop de femmes dont la bonne nature prend toujours le dessus... Allons, revenons à nos moutons. Combien voulez-vous et pour quoi faire ?

— Je ne sais pas exactement de combien j'ai besoin, répondit Scarlett d'un ton revêche, mais je voudrais acheter une scierie et je crois que je pourrais l'acquérir à bon compte. Si je l'achète, il me faudra aussi deux charrettes et deux mules. Deux bonnes mules. J'aurai également besoin d'un cheval et d'un buggy pour mon usage personnel.

— Une scierie ?

— Oui, et si vous me prêtez de l'argent, vous partagerez la moitié des bénéfices avec moi.

— Que diable ferais-je d'une scierie ?

— Vous gagnerez de l'argent. Nous pouvons gagner des sommes folles, ou bien alors je vous verserai des intérêts... voyons, qu'est-ce qu'on entend par des intérêts convenables ?

— On considère que cinquante pour cent, c'est très joli.

— Cinquante... Oh! mais c'est une plaisanterie! Cessez donc de rire, espèce de démon. Je parle sérieusement.

— C'est pour ça que je ris. Je me demande si, en dehors de moi, quelqu'un se rend compte de ce qui se passe derrière ce trompeur et charmant visage.

— Qui est-ce que ça intéresse ? Écoutez-moi, Rhett, et dites-moi si l'affaire vous semble en valoir la peine. Frank m'a parlé de cet homme qui possède une petite scierie du côté de la rue du Pêcher et qui désire la vendre. Il a un besoin urgent d'argent liquide et il s'en dessaisirait à bas prix. Il n'y a pas tellement de scieries dans cette région aujourd'hui, et au train où marche le bâtiment... voyons, nous pourrions vendre notre bois de charpente à des prix fabuleux. L'homme continuerait à diriger la scierie, moyennant un salaire fixe. Si Frank avait de l'argent, il achèterait lui-même l'usine. Je crois qu'il avait l'intention de s'en rendre acquéreur avec l'argent qu'il m'a donné pour payer les impôts.

— Pauvre Frank ! Que va-t-il dire quand vous lui apprendrez que vous lui avez soufflé la scierie ? Et puis, comment allez-vous lui expliquer que je vous ai prêté de l'argent, sans compromettre votre réputation.

Scarlett n'avait pas pensé à cela.

— Eh bien ! c'est simple. Je ne lui en parlerai pas.

— Il saura bien que vous n'avez pas trouvé cette somme sous le pas d'un cheval.

— Je lui dirai... voyons, oui, je lui dirai que j'ai vendu mes boucles d'oreilles en diamant. Ça tombera bien, car j'ai l'intention de vous les donner. Ce sera mon nant... non, ce que vous voudrez.

— Je n'en veux pas.

— Mais, moi, je ne veux pas les garder. Je ne les aime pas. D'ailleurs, elles ne sont pas tout à fait à moi.

— A qui sont-elles donc ?

Scarlett revit aussitôt l'homme en uniforme bleu affalé dans le vestibule de Tara.

— Elles m'ont été données par... quelqu'un qui est mort. Oh ! elles sont bien à moi. Prenez-les. Ça n'est égal. J'aime mieux vous les vendre que de les conserver.

— Bon Dieu ! s'exclama Rhett, impatient. Vous ne penserez donc jamais qu'à l'argent ?

— Oui, répondit-elle carrément en posant sur lui

ses yeux verts et durs. Si vous étiez passé par où je suis passée, vous feriez comme moi. Je me suis aperçue que l'argent est ce qu'il y a de plus important au monde et, aussi sûr que Dieu existe, je suis bien décidée à ne plus jamais en manquer.

Elle se rappela la journée brûlante, la molle terre rouge qui lui avait servi de coussin, l'odeur de nègre qui se dégageait de la case derrière les ruines des Douze Chênes. Elle se souvint du refrain que son cœur n'avait cessé de répéter : « Je n'aurai plus jamais le ventre creux. Je n'aurai plus jamais le ventre creux.»

— Un jour ou l'autre, j'aurai de l'argent, beaucoup d'argent, afin de pouvoir manger tout ce qui me plaira. Il n'y aura plus jamais de bouillie de maïs ou de pois séchés sur ma table. J'aurai de beaux vêtements. Ils seront tous en soie...

— Tous ?

— Oui, tous, répondit Scarlett, sans même se donner la peine de rougir de l'allusion. J'aurai assez d'argent pour que les Yankees ne puissent jamais m'enlever Tara. Je ferai changer la toiture de Tara, je ferai reconstruire la grange, j'aurai de belles mules pour labourer et je récolterai plus de coton que vous n'en avez jamais vu. Wade aura enfin tout ce qu'il lui faut. Je lui donnerai tout ce qu'on peut imaginer. Les miens n'auront plus jamais le ventre creux. Vous verrez ça. Je tiendrai parole. Forcément, vous ne pouvez pas comprendre. Vous êtes si égoïste. Et puis vous, vous n'avez jamais eu à craindre d'être mis à la porte de chez vous par les Carpetbaggers. Vous n'avez jamais eu froid, vous n'avez jamais été couvert de haillons, vous n'avez jamais été obligé de travailler comme un damné pour ne pas mourir de faim.

— J'ai passé huit mois dans les rangs de l'armée confédérée, fit Rhett d'un ton placide. Je ne connais pas de meilleur endroit pour apprendre à crever de faim.

— L'armée! Baste! Vous n'avez jamais fait la cueillette du coton, ni semé le maïs. Vous.. ah! non, ne vous payez pas ma tête!

Il lui prit les mains.

— Je ne me paie pas votre tête. Je riais en constatant la différence qu'il y a entre ce dont vous avez l'air et ce que vous êtes pour de bon. Je me rappelais aussi la première fois que je vous ai vue, à la réception des Wilkes. Vous portiez une robe verte et de petites mules du même ton. Tous les hommes tournaient autour de vous et vous étiez toute gonflée de votre importance. Je parierais volontiers qu'à cette époque-là vous ne deviez guère savoir combien il y a de *cents* dans un dollar. Ce jour-là, vous n'aviez qu'une seule idée en tête, vous ne pensiez qu'à séduire Ashley...

Scarlett libéra ses mains d'un geste brutal.

— Rhett, si vous voulez que nous restions bons amis, ne me parlez plus jamais d'Ashley Wilkes. Il sera toujours un sujet de discorde entre nous, car vous ne pouvez pas le comprendre.

— Et vous, vous devez lire en lui comme dans un livre, déclara Rhett avec malice. Non, Scarlett, si je vous prête de l'argent, je tiens à me réserver le droit de parler d'Ashley Wilkes comme bon me semblera. Je renonce au droit de vous réclamer les intérêts, mais pas à celui-là. Au reste, il y a un certain nombre de choses que j'aimerais bien savoir sur ce jeune homme.

— Je n'ai pas à satisfaire votre curiosité.

— Oh! mais si! C'est moi qui détiens les cordons de la bourse, ne l'oubliez pas. Quand vous serez riche, vous serez en mesure d'en user de même avec les autres... Ça saute aux yeux que vous l'aimez encore...

— Je ne l'aime pas.

— On le devine rien qu'à la façon dont vous prenez sa défense. Vous...

— Je ne tolérerai pas que l'on cherche à tourner mes amis en ridicule.

— Nous verrons cela plus tard. Allons, dites-moi, vous aime-t-il toujours ou bien la prison lui a-t-elle fait oublier ses sentiments pour vous? Il se peut également qu'il ait fini par comprendre quel trésor il avait en sa femme?

Cette allusion à Mélanie laissa Scarlett pantelante. Elle eut bien du mal à ne pas tout raconter à Rhett, à ne pas lui expliquer que seul l'honneur retenait

Ashley auprès de sa femme. Elle ouvrit la bouche pour parler, mais la referma aussitôt.

— Oh! j'y suis! Il n'a pas encore assez d'esprit pour apprécier Mme Wilkes! Les rigueurs de la prison n'ont point apaisé les ardeurs dont il brûle pour vous.

— Je ne vois pas la nécessité de nous étendre sur cette question.

— Moi, je la vois et, bon Dieu, j'espère bien que vous allez me répondre, trancha Rhett avec une note sévère, d'autant moins agréable à Scarlett qu'elle n'en saisissait pas la signification.

— Ainsi, il vous aime toujours? reprit Rhett.

— Et puis après? s'écria Scarlett, poussée à bout. Je n'ai nulle envie de parler d'Ashley avec vous. Vous n'êtes capable de comprendre ni lui, ni sa façon d'aimer. La seule façon que vous connaissez, c'est... eh bien! c'est ce genre d'amour que vous éprouvez pour les créatures comme la Watling.

— Oh! oh! fit Rhett d'un ton très doux. Alors vous ne me croyez capable que d'appétits charnels?

— Vous savez bien que c'est vrai.

— Je comprends maintenant votre répugnance à traiter cette question avec moi. Mes mains et mes lèvres impures terniraient la pureté de son amour.

— Eh bien! oui. C'est quelque chose d'approchant.

— Je suis fort intéressé par ce pur amour.

— Ne soyez pas indécent, Rhett Butler. Si vous êtes assez vil pour penser qu'il y a eu quelque chose de mal entre nous...

— Oh! cette pensée ne m'a jamais effleuré, je vous promets. C'est pourquoi tout cela m'intéresse tant. Justement, je voudrais bien savoir pourquoi il n'y a jamais eu rien de mal entre vous?

— Si vous croyez qu'Ashley aurait...

— Tiens, tiens, c'est donc Ashley et non pas vous qui a livré bataille au nom de la pureté. Vraiment, Scarlett, vous ne devriez pas vous trahir aussi facilement.

Confuse et indignée, Scarlett décocha un regard furibond à Rhett dont le visage tranquille demeurait impénétrable.

— Restons-en là, je ne veux pas de votre argent. Dans ces conditions, sortez!

— Mais si, vous en voulez de mon argent et, puisque nous sommes allés jusque-là, pourquoi nous arrêter en si bonne route ? Ça ne fera sûrement tort à personne de continuer à parler d'une idylle si chaste... surtout quand il ne s'est rien passé de mal. Ainsi, Ashley vous aime pour votre esprit, pour votre âme et pour votre noblesse de caractère ?

Scarlett frémit intérieurement en entendant ces mots. Bien entendu, c'était uniquement pour cela qu'Ashley l'aimait. C'était cette certitude qui lui permettait de supporter l'existence, cette certitude qu'Ashley, asservi par l'honneur, l'aimait et la respectait, pour toutes les belles choses enfermées au fond d'elle-même et que lui seul pouvait voir. Cependant, toutes ces choses perdaient singulièrement de leur beauté lorsque c'était Rhett qui les mettait en lumière et en parlait de son ton doucereux où perçait le sarcasme.

— Ça me rajeunit d'apprendre qu'il peut encore exister un tel amour en ce siècle d'immoralité, reprit Rhett. Ça me ramène au temps de mon enfance idéaliste. Ainsi, la chair n'intervient pas dans son amour pour vous ? Son amour serait le même si vous étiez laide et si vous n'aviez pas cette peau blanche ? Si vous n'aviez pas ces yeux verts qui incitent un homme à se demander ce que vous feriez s'il vous prenait dans ses bras ? Si vous n'aviez pas cette façon de balancer les hanches, qui est une provocation pour tout homme au-dessous de quatre-vingt-dix ans ? Et ces lèvres qui sont... Allons, ne laissons pas nos appétits charnels prendre le dessus. Alors Ashley ne voit rien de tout cela ? ou bien, s'il s'en aperçoit, ça ne lui fait rien du tout ?

Scarlett ne put s'empêcher d'évoquer ce jour où, dans le jardin potager, Ashley la serrait dans ses bras tremblants, où sa bouche tiède écrasait la sienne comme s'il ne pouvait s'en rassasier. Ce souvenir lui empourpra les joues et sa rougeur ne fut point perdue pour Rhett.

— C'est ça, je vois, il vous aime uniquement pour votre âme, fit Rhett dont la voix vibra d'une note voisine de la colère.

Comment osait-il porter sa patte sale sur la seule chose qui fût belle et sacrée dans sa vie ? Froidement, délibérément, il la chassait dans ses derniers retranchements, et elle n'était pas loin de lui livrer le renseignement qu'il voulait.

— Oui, s'écria-t-elle en cherchant à bannir le souvenir des lèvres d'Ashley. C'est pour mon âme qu'il m'aime.

— Mais, ma chère, il ne sait même pas que vous en avez une. Si c'était votre âme qui l'attirait, il n'aurait pas besoin de lutter contre vous, comme il a dû le faire, pour conserver à son amour... dirons-nous, sa « sainteté » ? Il pourrait dormir sur ses deux oreilles, car après tout un homme peut fort bien admirer l'âme et l'esprit d'une femme, tout en restant un monsieur honorable et fidèle à son épouse. Néanmoins, il doit avoir bien du mal à concilier l'honneur des Wilkes avec la convoitise que votre corps lui inspire.

— Vous jugez les autres d'après vous, qui êtes un être vil !

— Oh ! je n'ai jamais dit que je ne vous convoiterai pas, si c'est cela que vous entendez. Mais, Dieu merci, les questions d'honneur ne m'ont jamais embarrassé. Ce que je désire, je le prends où je peux. De cette manière, je n'ai de combat à soutenir ni contre les anges, ni contre les démons. Vous avez dû transformer la vie d'Ashley en un joli petit enfer. Pour un peu j'en aurais du chagrin pour lui.

— Moi... moi, faire de sa vie un enfer ?

— Oui, vous ! Vous êtes une perpétuelle tentation pour lui, mais il ne cède pas, car, comme tous ceux de son espèce, il sacrifie l'amour à ce qu'on a coutume chez nous d'appeler l'honneur. Et j'ai bien l'impression que le pauvre type ne retire de son attitude, ni amour, ni honneur !

— Si, l'amour... enfin, je veux dire, il m'aime !

— Vraiment ? Alors, répondez à la question que je vais vous poser et nous serons quittes pour aujourd'hui. Ensuite, vous pourrez prendre mon argent et le jeter dans le ruisseau. Pour le cas que j'en fais!

Rhett se leva et lança son cigare à demi consumé dans le crachoir. Ses gestes étaient empreints de cette même aisance païenne, de cette même force contenue qui avaient frappé Scarlett la nuit de la chute d'Atlanta. Il y avait en lui quelque chose de sinistre et d'un peu effrayant.

— S'il vous aime, pourquoi diable vous a-t-il laissée venir à Atlanta chercher de l'argent pour les impôts ? Moi, avant de laisser une femme que j'aimerais faire une chose pareille, je...

— Il ne savait pas! Il n'avait aucune idée que...

— Et vous, vous ne vous êtes même pas dit qu'il aurait dû savoir ?

La voix de Rhett avait pris un ton de férocité à peine déguisée.

— Vous aimant comme vous le prétendez, il aurait dû deviner à quel expédient vous aurait amenée le désespoir. Il aurait dû vous tuer plutôt que de vous laisser venir ici... et surtout de vous laisser vous adresser à moi! Dieu du Ciel!

— Mais il ne savait pas!

— S'il ne s'en est pas douté tout seul, c'est qu'il ne connaîtra jamais rien de vous et de votre âme précieuse.

Que Rhett était donc injuste! Comme si Ashley avait le don de lire dans les âmes! Comme si Ashley eût été en mesure de l'arrêter, même s'il avait su à quoi s'en tenir. Mais, soudain, Scarlett comprit qu'Ashley aurait fort bien pu l'empêcher de recourir à une solution inespérée. Ce jour-là, dans le potager, la moindre allusion à la possibilité d'un avenir différent et elle n'aurait jamais songé à venir trouver Rhett. Un mot, un geste tendre au moment où elle était montée dans le train et elle ne fût point partie. Mais il n'avait fait que parler d'honneur. Pourtant... Rhett avait-il raison ? Ashley aurait-il dû connaître ses pensées ? Elle écarta sur-le-champ cette idée déloyale. Naturellement, il ne s'était douté de rien. Il ne pouvait même pas la croire capable d'envisager un acte aussi immoral.

Il était bien trop noble pour cela. Rhett essayait tout simplement de souiller son amour. Il essayait de détruire ce qu'elle avait de plus précieux. « Un de ces jours, se dit-elle, lorsque le magasin et la scierie marcheront à souhait et que j'aurai de l'argent, Rhett me paiera toutes les souffrances et toutes les humiliations qu'il m'a infligées. »

Rhett dominait Scarlett de toute sa taille et la regardait avec un petit sourire amusé. Plus trace en lui de l'émotion qui l'avait agité pendant un instant.

— D'ailleurs, qu'est-ce que tout cela peut bien vous faire ? demanda Scarlett. C'est notre affaire à Ashley et à moi. Ce n'est pas la vôtre.

Il haussa les épaules.

— Un mot encore, Scarlett. J'ai pour votre énergie une admiration aussi profonde que désintéressée et ça m'est désagréable de vous voir traîner trop de boulets au pied. Il y a Tara. Ça suffirait déjà à occuper un homme. Il y a la maladie de votre père. Votre père ne vous sera plus jamais d'aucun secours. Il y a vos sœurs, et il y a les nègres. Enfin, voilà que vous venez de vous charger d'un mari et probablement de Mlle Pittypat par-dessus le marché. Vous avez assez de responsabilités comme ça sans avoir Ashley Wilkes et sa famille sur les bras.

— Je n'ai pas Ashley sur les bras. Il aide...

— Oh! pour l'amour de Dieu, coupa Rhett, impatienté. En voilà assez sur ce chapitre. Non, il n'apporte aucune aide. Vous l'avez à votre charge et vous l'aurez jusqu'à la mort, à moins qu'il ne tombe à la charge de quelqu'un d'autre. Pour ma part, je commence à en avoir plein le dos de ce garçon comme sujet de conversation... Combien voulez-vous ?

Scarlett sentit les injures lui monter aux lèvres. Après l'avoir insultée, après avoir tourné en dérision tout ce qu'elle avait de plus précieux, il s'imaginait encore qu'elle allait accepter son argent! Mais les mots ne passèrent pas. Comme ce serait bon de repousser son offre avec mépris, comme ce serait bon de lui intimer l'ordre de prendre la porte! Malheureusement, seuls les riches peuvent se permettre ce luxe. Aussi longtemps qu'elle serait pauvre, il lui faudrait supporter des scènes de ce genre. Mais, lorsqu'elle aurait de l'argent — la belle pensée réconfortante que c'était! — lorsqu'elle serait riche, elle ne supporterait rien de ce qui ne lui plairait pas, elle ne se refuserait rien dont elle aurait envie, elle ne serait polie qu'avec les gens qu'elle trouverait sympathiques.

« Les autres, se dit-elle, je les enverrai tous au diable, Rhett Butler le premier! »

Le plaisir que lui causa cette anticipation alluma une étincelle dans ses yeux verts et amena un demi-sourire sur ses lèvres. Rhett sourit à son tour.

— Vous êtes délicieuse, Scarlett, déclara-t-il, surtout lorsque vous méditez quelque tour pendable. Rien que pour voir cette fossette sur votre joue, je vous achèterai une douzaine de mules, treize à la douzaine si le cœur vous en dit.

La porte d'entrée s'ouvrit et le commis fit son apparition, un cure-dent à la bouche. Scarlett se leva, se drapa dans son châle et resserra sous son menton les brides de sa capote. Sa décision était prise.

— Êtes-vous occupé cet après-midi? Pouvez-vous venir avec moi maintenant? demanda-t-elle à Rhett.

— Où cela?

— Je voudrais que vous m'accompagniez en voiture jusqu'à la scierie. J'ai promis à Frank de ne pas sortir seule de la ville avec le buggy.

— A la scierie, par cette pluie?

— Oui, je veux acheter la scierie tout de suite, avant que vous ayez changé d'idée.

Rhett éclata d'un rire si bruyant que le commis sursauta derrière son comptoir et lança un coup d'œil stupéfait à ce monsieur qu'il ne connaissait pas.

— Oubliez-vous donc que vous êtes mariée? Mme Kennedy ne peut pas se permettre d'être surprise à la campagne en train de se promener en voiture avec ce paria, ce Butler, que les gens comme il faut ne reçoivent pas chez eux. Vous ne pensez donc plus à votre réputation?

— Ma réputation, pfft! Je veux acheter cette scierie avant que vous changiez d'avis ou que Frank découvre que c'est moi qui m'en porte acquéreur. Allons, Rhett, ne vous faites pas tirer l'oreille. Un petit peu de pluie, qu'est-ce que ça peut faire? Vite, pressons-nous!

... La scierie! Chaque fois qu'il y pensait, Frank s'arrachait les cheveux et maudissait le jour où il en avait parlé à sa femme. Ce n'était pas déjà tellement bien que celle-ci eût vendu ses boucles d'oreilles au capitaine Butler et eût acheté la scierie sans en avoir référé à son mari, mais ce qui était pire, c'était qu'elle entendait mener sa barque toute seule. Mauvais signe! On eût dit que Scarlett n'avait confiance ni en lui ni en son jugement.

D'accord avec tous les hommes de sa connaissance, Frank estimait qu'une femme devait s'en remettre aveuglément à son mari et ne professer aucune opinion qui lui fût personnelle. Ceci posé, il eût volontiers reconnu à la plupart des femmes le droit de n'en faire qu'à leur tête. Les femmes étaient de petites créatures si bizarres, qu'il n'y avait guère d'inconvénient à satisfaire leurs légers caprices. Doué d'un caractère doux et aimable, ce n'était pas son genre de refuser grand-chose à sa femme. Il eût été ravi de passer certaines folies à une aimable compagne, quitte à lui reprocher affectueusement sa bêtise et son extravagance. Mais les idées que Scarlett se mettait en tête dépassaient les bornes de l'entendement.

Cette scierie, par exemple, quel choc il avait reçu lorsqu'en réponse à ses questions Scarlett lui avait déclaré avec un sourire angélique qu'elle comptait la diriger elle-même. « Je veux me livrer moi-même au commerce du bois. » Oui, c'était bien ainsi qu'elle s'était exprimée. Frank n'oublierait jamais l'horreur d'un pareil moment. Se livrer elle-même au commerce du bois! C'était inimaginable. Il n'y avait pas une seule femme dans les affaires à Atlanta. En fait, Frank n'avait jamais entendu dire qu'il y eût dans le monde une femme qui se consacrât à ce genre d'activité. Si les femmes avaient le malheur d'en être réduites par la dureté des temps à gagner un peu d'argent pour aider leurs familles, elles le faisaient sans éclat, en vraies femmes. Elles confectionnaient des gâteaux, comme Mme Merriwether, elles décoraient des assiettes, elles cousaient, elles hébergeaient des pensionnaires, comme Mme Elsing et Fanny, elles étaient institutrices comme Mme Meade, ou donnaient des leçons de musique comme Mme Bonnell. Ces dames gagnaient de l'argent, mais elles restaient chez elles en personnes qui se respectaient. Mais pour une femme, quitter l'abri de son foyer, s'aventurer dans le monde grossier des hommes, lutter avec ceux-ci sur le terrain commercial, être en butte aux insultes et aux ragots... surtout lorsque rien ne l'y obligeait et qu'elle avait un mari largement capable de subvenir à ses besoins!

Frank avait espéré que Scarlett voulait seulement le taquiner ou lui jouer une plaisanterie d'un goût douteux, mais il ne tarda pas à s'apercevoir qu'il ne s'agissait pas du tout de cela. Scarlett dirigeait bel et bien la scierie. Levée avant lui, elle partait en voiture jusqu'à la route du Pêcher et, souvent, rentrait bien après qu'il eut fermé le magasin et se fut rendu chez tante Pitty pour le dîner. Chaque jour, elle accomplissait le long trajet de plusieurs milles, avec l'oncle Peter pour seule compagnie. Le vieux cocher avait mission de la protéger, mission qu'il accomplissait de fort mauvaise grâce, car les bois étaient remplis de noirs affranchis et de Yankees de bas étage. Retenu par son magasin, Frank ne pouvait pas aller à la scierie avec elle et, lorsqu'il protestait, elle disait d'un ton sec : « Si je ne tiens pas cette canaille de Johnston à l'œil, il me volera du bois, il le vendra et il fourrera l'argent dans sa poche. Quand j'aurai trouvé l'homme qu'il me faut, je le laisserai diriger la scierie à ma place et je ne serai pas obligée de m'y rendre aussi souvent. A ce moment-là, je pourrai m'occuper de vendre mon bois en ville. »

Vendre du bois en ville. Ça, c'était le comble! Scarlett consacrait fréquemment une journée à visiter les clients avec son bois et, en ces occasions, Frank eût bien aimé pouvoir se terrer au fond de son magasin et ne voir personne.

Et les gens jasaient terriblement sur elle. Sans doute jasaient-ils également sur lui et lui reprochaient-ils de la laisser se conduire d'une manière si peu digne d'une femme. Il était très gêné quand ses propres clients lui disaient de l'autre côté du comptoir : « Tiens, il y a quelques minutes, j'ai vu Mme Kennedy chez... » Chacun d'ailleurs se faisait un malin plaisir de le tenir au courant des allées et venues de son épouse. Tout le monde parlait de ce qui s'était passé sur le chantier du nouvel hôtel en construction. Scarlett y était arrivée au moment précis où Tommy Welburn passait une commande de bois de charpente à un autre marchand. Elle avait sauté de son buggy devant les rudes maçons irlandais et avait dit tout net à Tommy qu'on était en train de le rouler. Elle lui avait démontré que son bois était meilleur et moins cher et, à l'appui de ses dires, elle avait aligné de mémoire une longue colonne de chiffres qui lui avait permis d'établir un devis indiscutable. Ainsi, non contente de s'exhiber au milieu d'ouvriers étrangers, il avait fallu qu'elle vînt donner en public une preuve de ses connaissances mathématiques. C'était inadmissible pour une femme. Après que Tommy eut accepté son devis et lui eut passé la commande, elle n'avait même pas eu le tact de se retirer aussitôt, bien au contraire, elle était restée à bavarder avec Johnnie Gallegher, le contremaître des Irlandais, une sorte de petit gnome mal embouché qui avait fort mauvaise réputation. La ville commenta l'événement pendant des semaines.

Pour couronner le tout, Scarlett gagnait bel et bien de l'argent avec sa scierie et nul mari ne pouvait voir d'un bon œil sa femme réussir dans un domaine aussi peu féminin. Frank en était d'autant plus mortifié que Scarlett ne lui en remettait pas la moindre partie pour l'aider à faire marcher son magasin. Elle consacrait presque tous ses gains à Tara et écrivait d'interminables lettres à Will Benteen pour lui expliquer l'emploi des sommes qu'elle lui envoyait. En outre, elle déclara à Frank que lorsque Tara serait remise en état elle avait l'intention de faire des prêts sur hypothèques.

« Saperlipopette! gémissait Frank chaque fois qu'il pensait à cela. Une femme ne devrait même pas savoir ce qu'est une hypothèque! »

À cette époque-là, Scarlett caressait d'innombrables projets que Frank considérait plus téméraires les uns que les autres. Elle parlait même de faire construire un bar sur l'emplacement de l'ancien entrepôt brûlé par les soldats de Sherman. Frank n'était point membre d'une société de tempérance, mais il s'éleva avec véhémence contre cette idée. Être propriétaire d'un bar, c'était malséant et presque aussi immoral que de louer son immeuble au tenancier d'une maison de tolérance. Pourquoi? il était d'ailleurs bien en peine de l'expliquer à sa femme et, à ses piètres arguments, celle-ci se contentait de répondre : « Turlututu! »

— Les gérants de bars sont toujours d'excellents locataires, lui déclara-t-elle. C'est l'avis de l'oncle Henry. Ils paient régulièrement leur loyer et puis, écoutez-moi, Frank. Pour construire ce café, je pourrais me servir d'un lot de bois de mauvaise qualité dont je n'arrive pas à me débarrasser et, une fois construit, je trouverais à le louer un bon prix. Avec l'argent du loyer, avec ce que je retire de la scierie et avec ce que me rapporteraient mes prêts hypothécaires, je serais en mesure d'acheter de nouvelles scieries.

— Mon petit bout en sucre, vous n'avez que faire de nouvelles scieries! s'écria Frank, épouvanté. Au contraire, si vous étiez raisonnable, vous devriez vendre celle que vous avez. Ce travail vous épuise, et vous savez tout le mal que vous avez à obtenir un bon rendement des nègres affranchis que vous employez et...

— À coup sûr, les affranchis ne valent pas cher, acquiesça Scarlett, sans relever l'allusion de Frank relative à la vente de la scierie. M. Johnson prétend qu'il ne sait jamais le matin s'il aura son équipe au complet. On ne peut plus compter sur les nègres. Ils travaillent un jour ou deux, et puis ils se reposent jusqu'à ce qu'ils aient mangé toute leur paie. Plus je constate les effets de l'émancipation, plus je me rends compte qu'on a commis là un véritable crime. C'est tout bonnement la perte des noirs. Il y en a des milliers qui se croisent les bras et ceux que nous avons à la scierie sont tellement paresseux, manquent tellement d'initiative, qu'il vaudrait encore mieux se passer d'eux. Si, par-dessus le marché, on a le malheur de les attraper ou de leur donner une petite bourrade pour le bien de leur âme, le Bureau des Affranchis vous tombe dessus comme un canard sur un hanneton.

— Mon petit bout en sucre, vous ne devriez pas laisser M. Johnson battre ces...

— Mais non, bien sûr, répliqua Scarlett avec impatience. Je ne viens donc pas de vous dire que les Yankees me mettraient en prison si je le laissais faire.

— Je parie que votre père n'a jamais rossé un nègre de sa vie.

— Si, un seul. Un palefrenier qui n'avait pas pansé son cheval au retour d'une chasse à courre. Mais, Frank, en ce temps-là, c'était différent. Avec les affranchis, il n'en va pas de même et un bon fouet ne ferait pas de mal à un certain nombre d'entre eux.

Frank n'était pas seulement estomaqué par les vues et les projets de sa femme, mais aussi par le changement qui s'était opéré en elle depuis leur mariage. Scarlett n'était plus la douce et charmante petite personne qu'il avait prise pour épouse. Lors de la brève période durant laquelle il lui avait fait la cour, il pensait qu'il n'avait jamais vu femme plus adorable dans ses réactions, plus ignorante, plus timide, plus désemparée. Maintenant, toutes ses réactions étaient celles d'un homme. Malgré ses joues roses, ses fossettes et ses jolis sourires, elle parlait et se comportait comme un homme. Son ton était net et cassant et elle était capable de prendre une décision immédiate, sans toutes ces petites tergiversations de jeunes filles. Elle savait ce qu'elle voulait et, comme un homme, coupait au plus court pour en arriver à ses fins.

Non pas que Frank n'eût jamais rencontré de femmes autoritaires avant la sienne. Pareille aux autres villes du Sud, Atlanta possédait un contingent de douairières qui n'entendaient guère se laisser mener. Nulle ne pouvait être plus despotique que la corpulente Mme Merriwether, plus impérieuse que la frêle Mme Elsing, plus habile à obtenir ce qu'elle voulait que Mme Whiting, avec ses cheveux blancs et sa voix douce. Mais, quels que fussent les moyens respectifs employés par ces dames pour atteindre leurs buts, ils n'en restaient pas moins des moyens dignes d'une femme. Elles mettaient un point d'honneur à se ranger respectueusement à l'opinion des hommes, quitte à n'en faire qu'à leur tête. Elles avaient le tact de sembler se laisser guider par les hommes, et c'était ce qui importait davantage. Mais Scarlett ne se laissait guider par personne et menait si bien ses affaires en homme que toute la ville daubait sur elle.

Et puis il y avait également ce Butler. Ses fréquentes visites chez tante Pitty étaient la pire des humiliations. Frank avait toujours eu de l'antipathie pour lui, même lorsqu'il faisait des affaires avec lui avant la guerre. Il maudissait souvent le jour où il avait emmené Rhett aux Douze Chênes et l'avait présenté à ses amis. Il le méprisait pour la façon cynique dont il avait spéculé pendant les hostilités et il lui reprochait de ne pas s'être battu comme tout le monde. Seule Scarlett était au courant des huit mois que Rhett avait passés dans les rangs confédérés, et Rhett l'avait suppliée avec fausse épouvante de ne jamais révéler cette « turpitude » à qui que ce fût. Enfin, Frank lui en voulait surtout d'avoir conservé l'or de la Confédération, alors que d'honnêtes gens, comme l'amiral Bulloch et beaucoup d'autres, qui s'étaient trouvés dans la même situation, avaient restitué des milliers de dollars au trésor fédéral. Cependant, Rhett ne se souciait guère de l'aversion de Frank et n'en espaçait pas pour si peu ses visites chez la vieille demoiselle.

Obstensiblement, c'était Mlle Pitty qu'il venait voir, et celle-ci n'avait pas d'autre ressource que d'entrer dans son jeu. Mais Frank avait l'impression fort désagréable que ce n'était point Mlle Pitty qui l'attirait. Le petit Wade raffolait de lui, bien qu'il se montrât craintif avec la plupart des gens, et allait même jusqu'à l'appeler « Tonton Rhett », au grand ennui de Frank. Celui-ci ne pouvait oublier que Rhett avait courtisé Scarlett pendant la guerre et que leurs relations avaient défrayé la chronique de la ville. Que ne devaient pas dire les gens, maintenant que la jeune femme était remariée! Aucun des amis de Frank n'avait le courage d'aborder ce sujet avec lui, bien que personne ne se gênât pour commenter devant lui la façon dont Scarlett dirigeait sa scierie. Néanmoins, le malheureux ne pouvait s'empêcher de remarquer qu'on invitait de moins en moins sa femme et lui à des dîners ou à des réceptions et qu'on venait de moins en moins leur rendre visite. Scarlett éprouvait de l'antipathie pour la plupart de ses voisins et avait trop à faire pour voir ceux qu'elle aimait, si bien que cette absence de visites ne la gênait pas du tout. Par contre, Frank en était profondément peiné.

Toute sa vie, Frank avait été dominé par cette phrase : « Que vont en penser les voisins ? » et il était désarmé contre les entorses répétées que sa femme infligeait aux usages. Il avait l'impression que tout le monde blâmait Scarlett et lui en voulait de la laisser se « dévoyer ». Elle faisait tant de choses qu'un mari n'aurait pas dû tolérer, mais, s'il lui arrivait de lui intimer l'ordre de s'arrêter, ou s'il discutait avec elle ou lui adressait des reproches, un orage effroyable éclatait sur sa tête.

« Saperlipopette! pensait-il, ne sachant plus à quel saint se vouer. Elle s'emporte plus vite et reste plus longtemps en colère qu'aucune femme de ma connaissance. »

Même lorsque tout marchait à souhait, il était surprenant de voir avec quelle rapidité l'épouse mutine et affectueuse qui chantonnait à la maison pouvait se transformer en un être entièrement différent. Frank n'avait qu'à dire : « Mon petit bout en sucre, à votre place, je... » et la tempête se déchaînait.

Ses sourcils noirs se rapprochaient à angle aigu et du même coup Frank se mettait à trembler de peur. Scarlett avait des colères de Tartare et des accès de rage de chat sauvage. Dans ces moments-là, elle semblait ne s'inquiéter ni de ce qu'elle disait, ni du mal que pouvaient causer ses paroles. Lorsque ces scènes s'étaient produites, un gros nuage noir pesait un certain temps sur la maison. Frank partait de bonne heure au magasin et n'en revenait que tard. Pitty allait se terrer dans sa chambre, comme un lapin au fond de son gîte. Wade et l'oncle Peter se retiraient dans la remise et Cookie ne sortait pas de sa cuisine et évitait de chanter trop haut les louanges du Seigneur. Seule, Mama supportait d'une âme égale les colères de Scarlett, car Mama était habituée depuis des années à Gérald O'Hara et à ses explosions.

Scarlett n'avait pourtant pas de mauvaises intentions. Elle tenait pour de bon à rendre Frank heureux. Elle l'aimait beaucoup et lui était reconnaissante d'avoir sauvé Tara, mais il mettait sa patience à trop rude épreuve.

Il lui était impossible d'avoir du respect pour un homme qui se laissait berner. D'autre part, l'attitude timide et hésitante qu'il adoptait lorsque les choses n'allaient pas l'irritait au plus haut degré. Toutefois, elle aurait pu passer sur toutes ces choses et même être franchement heureuse, maintenant qu'elle avait résolu certains problèmes d'argent, si Frank n'avait continuellement entretenu son exaspération en démontrant à chaque instant qu'il n'était pas un bon homme d'affaires et en ne voulant pas lui laisser les coudées franches.

Comme Scarlett s'y attendait, il avait refusé d'entreprendre le recouvrement de ses factures impayées, jusqu'à ce qu'elle l'eût poussé à bout, et encore avait-il sérieusement renâclé. Cette dernière expérience avait fourni à Scarlett la preuve dont elle avait besoin pour comprendre que la famille Kennedy mènerait à jamais une existence étriquée, tant qu'elle-même ne se chargerait pas de gagner de l'argent. Désormais, elle savait que Frank se contenterait de végéter toute sa vie dans son petit magasin mal tenu. Il ne semblait pas comprendre à quel point était précaire la sécurité du ménage, ni combien il était nécessaire de gagner plus d'argent en ces temps troublés où l'argent était la seule garantie contre de nouvelles calamités.

Avant la guerre, la vie était facile et Frank avait peut-être été un excellent homme d'affaires, mais maintenant Scarlett trouvait qu'il était insupportablement vieux et qu'il s'obstinait par trop à vouloir appliquer les méthodes du bon vieux temps, alors que le bon vieux temps n'était plus. Il manquait totalement de cet esprit d'initiative si nécessaire à une époque troublée. Eh bien! puisqu'elle, au moins, possédait cette qualité, elle s'en servirait sans demander à Frank si ça lui plaisait. Le ménage avait besoin d'argent et elle était en train d'en gagner sans ménager sa peine. Frank n'avait aucune raison de contrarier des plans qui donnaient des résultats.

Scarlett manquait d'expérience et diriger une scierie n'était pas tâche facile. De plus, la concurrence était devenue plus âpre et lorsque la jeune femme rentrait chez elle, le soir, elle était généralement fatiguée, préoccupée et de mauvaise humeur. Si Frank s'avisait de lui dire en toussotant : « Mon petit bout en sucre, moi, je ne ferais pas ceci », ou bien « à votre place, je ne ferais pas ça », elle avait le plus grand mal à contenir sa colère et il lui arrivait souvent de la laisser éclater. Pourquoi avait-il toujours quelque chose à lui reprocher, lui qui n'avait même pas le cran de sortir de l'ornière ? Et ses doléances étaient toujours si niaises! Qu'est-ce que ça pouvait bien faire, à l'époque où l'on vivait, qu'elle ne se conduisît pas comme une femme ? Surtout quand cette scierie qu'on lui reprochait rapportait de l'argent dont elle, sa famille et Tara avaient un besoin si impérieux, sans parler de Frank.

Frank aspirait au repos et à la tranquillité. La guerre qu'il avait faite avec tant de conscience avait ruiné sa santé, lui avait coûté sa fortune et l'avait prématurément vieilli. Il ne regrettait rien, mais après quatre années de guerre, tout ce qu'il demandait à la vie c'était de la quiétude et de la tendresse, des visages affectueux autour de lui et l'approbation de ses amis. Il s'aperçut vite que la paix du foyer avait son prix et que, pour l'acquérir, il n'avait qu'à laisser Scarlett en faire à sa tête. Ainsi, parce qu'il était las, il acheta la paix aux conditions fixées par sa femme. Parfois, il estimait ne pas l'avoir payée trop cher, lorsque, rentrant chez lui dans la nuit froide, Scarlett lui ouvrait la porte en souriant, lui embrassait le bout du nez ou de l'oreille ou que, dans leur lit tiède, avant de s'assoupir, il la sentait poser la tête sur son épaule. La vie de famille pouvait être si agréable quand Scarlett avait la bride sur le cou. Pourtant, cette paix n'était qu'une apparence, un trompe-l'œil, car en l'achetant au prix de toutes ses conceptions du mariage il avait conclu un marché de dupes.

« Une femme devrait s'occuper davantage de son intérieur et de sa famille au lieu de baguenauder comme un homme, se disait-il. Si seulement elle pouvait avoir un enfant... »

Cette pensée le faisait sourire et il rêvait très souvent d'un enfant. Scarlett s'était refusée tout net à en avoir, mais les enfants attendent rarement qu'on les invite. Frank savait que beaucoup de femmes prétendaient ne pas vouloir d'enfants, mais que tous ces raisonnements inspirés par la crainte ne tenaient pas debout. Si Scarlett avait un bébé, elle le chérirait et resterait chez elle pour s'en occuper, comme toutes les autres femmes. Alors elle serait forcée de vendre la scierie, et ses tracas prendraient fin du même coup. Pour être vraiment heureuses, toutes les femmes avaient besoin d'un enfant, et Frank savait que Scarlett n'était pas heureuse. Malgré son ignorance des femmes, il n'était pas aveugle au point de ne pas se rendre compte qu'elle n'était pas toujours heureuse. De temps en temps, il s'éveillait au milieu de la nuit et surprenait un bruit de larmes étouffé dans l'oreiller. La première fois, il avait demandé à Scarlett d'un ton angoissé : « Mon petit bout de sucre, que se passe-t-il ? » et elle l'avait repoussé par une exclamation remplie de colère : « Oh! laissez-moi tranquille! »

Oui, un bébé la rendrait heureuse et l'empêcherait de penser à autre chose. Parfois, Frank soupirait et songeait qu'il avait capturé un oiseau des îles, couleur de feu et de bijoux, alors qu'un roitelet eût fait tout aussi bien son affaire, pour ne pas dire beaucoup mieux.

XXXVII

Ce fut par une nuit d'avril où la tempête faisait rage que Tony Fontaine, arrivé de Jonesboro sur un cheval blanc d'écume et à moitié mort de fatigue, vint frapper à la porte et arracher au sommeil Frank et sa femme affolés. Alors, pour la deuxième fois en quatre mois, Scarlett fut amenée à mesurer toutes les conséquences de la Reconstruction et à comprendre exactement ce à quoi Will avait fait allusion lorsqu'il lui avait dit : « Vos ennuis ne font que commencer », à reconnaître l'exactitude des sombres paroles prononcées par Ashley dans le verger de Tara balayé par le vent : « Ce qui nous attend tous est pire que la guerre, pire que la prison, pire que la mort. »

Son premier contact avec la Reconstruction datait du jour où elle avait appris que Jonas Wilkerson pouvait la chasser de Tara avec l'aide des Yankees. Mais, cette fois, l'arrivée de Tony lui ouvrit les yeux d'une manière encore plus terrifiante. Il faisait noir, la pluie tombait dru. Tony frappa et, quelques minutes plus tard, il s'enfonçait à tout jamais dans la nuit. Cependant, au cours de ce bref intervalle, il eut le temps de lever le rideau sur une nouvelle scène d'horreur.

Cette nuit-là, lorsque le heurtoir eut ébranlé la porte, Scarlett, ramenant son peignoir sur elle, se pencha au-dessus de la cage de l'escalier et entrevit le visage décomposé de Tony avant que celui-ci eût soufflé la bougie que Frank tenait à la main. Elle descendit les marches à tâtons pour aller lui serrer la main et l'entendit murmurer à voix basse : « Ils me cherchent... Je file au Texas... mon cheval n'en peut plus... je meurs de faim... Ashley m'a dit que vous... N'allumez pas la bougie !... Ne réveillez pas les noirs... Je ne veux pas vous attirer d'ennuis... »

Les volets de la cuisine fermés et tous les stores baissés jusqu'en bas, il permit enfin qu'on donnât un peu de lumière et se mit à parler à Frank en phrases nerveuses, hachées, tandis que Scarlett s'occupait de lui préparer un repas improvisé.

Il n'avait pas de manteau et était trempé jusqu'aux os. Il n'avait pas de chapeau non plus et ses cheveux noirs collaient à son front étroit. Pourtant, dans ses yeux vifs, les yeux des fils Fontaine, pétillait une petite flamme joyeuse qui, cette nuit-là, donnait froid dans le dos. Scarlett le regarda avaler à longs traits le whisky qu'elle lui avait apporté et remercia le Ciel que tante Pitty ronflât paisiblement dans sa chambre, car elle n'eût point manqué de s'évanouir devant cette apparition.

— Un Scal... un Scallawag de moins, fit-il en tendant son verre pour qu'on le remplît de nouveau. J'ai mené un train d'enfer, mais j'y laisserai ma peau si je ne prends pas le large en vitesse. Baste, ça en valait la peine! Fichtre oui! Je vais essayer de gagner le Texas et de me faire oublier. Ashley était avec moi à Jonesboro, et c'est lui qui m'a conseillé de venir chez vous. Tâchez de me procurer un autre cheval et un peu d'argent, Frank. Mon cheval est crevé... J'ai fait tout le chemin à tombeau ouvert... et, comme un imbécile, j'ai quitté la maison sans manteau, sans chapeau et sans le moindre argent. Ce n'est pourtant pas que nous roulions sur l'or là-bas.

Il rit et se jeta voracement sur un épi de maïs froid et sur un plat de navets enduits de graisse gelée.

— Vous pouvez prendre mon cheval, dit Frank avec calme. J'ai dix dollars sur moi, mais si vous voulez attendre demain matin.

— Le diable m'emporte, si je peux attendre! déclara Tony avec emphase, mais sans se départir de sa bonne humeur. Ils doivent être sur mes talons, je n'ai pas une telle avance. Sans Ashley, qui m'a empoigné par la peau du cou et m'a fait décamper sur mon cheval, je serais resté sur place comme un imbécile et, à l'heure qu'il est, je me balancerais probablement au bout d'une corde. C'est un brave type, Ashley.

Ainsi, Ashley était donc mêlé à cette redoutable énigme! Le sang de Scarlett ne fit qu'un tour. Elle porta la main à sa gorge. Les Yankees s'étaient-ils emparés d'Ashley ? Mais, voyons, pourquoi Frank ne demandait-il pas des explications ? Pourquoi prenait-il la chose avec un tel sang-froid ?

— Que... qui... réussit-elle à bredouiller.

— L'ancien régisseur de votre père... Ce damné Jonas Wilkerson.

— Est-ce que vous... il est mort ?

— Bon Dieu, Scarlett O'Hara ! s'exclama Tony d'un ton bourru. Vous ne voudriez tout de même pas que je me contente de caresser un type avec le manche de mon couteau, quand je me suis mis en tête de lui régler son compte ? Non, hein ! Bon Dieu, j'en ai fait de la charpie !

— Vous avez eu raison, dit Frank d'un air détaché. Je n'ai jamais aimé cet individu.

Scarlett regarda son mari. Ce n'était plus le Frank si timoré qu'elle connaissait, le nerveux qui passait son temps à mordiller ses favoris et se laissait si facilement malmener. Il y avait en lui quelque chose de ferme et de résolu et il ne semblait pas disposé à s'embarrasser de paroles inutiles. C'était un homme. Tony était un homme et, en cette circonstance où intervenait la violence, une femme n'avait pas droit au chapitre.

— Mais Ashley... est-ce qu'il...

— Non. Il voulait le tuer, mais je lui ai dit que ça me revenait de droit, parce que Sally est ma belle-sœur. Il a fini par se ranger à mon avis. Il m'a accompagné à Jonesboro pour être là si Wilkerson m'avait eu le premier. Mais je ne pense pas que ce vieil Ashley soit inquiété. J'espère que non. Vous n'avez pas de confiture pour mettre sur cet épi ? Vous ne pourriez pas aussi me donner quelque chose à emporter ?

— Je vais avoir une crise de nerfs si vous ne me racontez pas tout.

— Attendez que je sois parti pour avoir votre crise de nerfs si le cœur vous en dit. Je vous raconterai tout pendant que Frank sellera le cheval. Ce nom de... Wilkerson a déjà fait assez de mal comme ça. Vous savez ce qu'il avait mijoté pour vous. Ça, ce n'est qu'un exemple de sa crapulerie. Mais, ce qu'il y avait de pire, c'était la façon dont il montait la tête aux nègres. Si quelqu'un m'avait dit qu'un jour je haïrais les nègres, je ne l'aurais jamais cru! Que le diable emporte leurs âmes noires! Ils prennent pour parole d'évangile tout ce que ces canailles leur débitent et ils oublient tout ce que nous avons fait pour eux ici-bas. Aujourd'hui, les Yankees parlent de leur accorder le droit de vote et, à nous, ils nous le refusent. Tenez, dans le comté, il y a à peine une poignée de démocrates qui ne soient pas rayés des listes électorales, maintenant que les Yankees ont écarté tous ceux qui ont combattu dans les rangs de l'armée confédérée. S'ils laissent voter les nègres, c'en est fait de nous. Mais enfin, bon Dieu! c'est notre État! Il n'appartient pas aux Yankees. On ne peut pas tolérer ça! et nous ne le tolérerons pas! Nous y mettrons le holà, même s'il faut recommencer la guerre. Bientôt, nous aurons des juges nègres, des législateurs nègres... des gorilles noirs sortis de la jungle...

— Vite... je vous en prie! Qu'avez-vous fait?

— Donnez-moi encore un peu de cet épi avant de l'envelopper. Eh bien! le bruit a commencé à se répandre que ce Wilkerson allait un peu trop fort avec ses principes d'égalité. Que voulez-vous, il palabrait pendant des heures avec ces crétins-là. Bref, il a eu le culot... le... Tony s'arrêta à temps, oui, il a eu le culot de prétendre que les nègres avaient le droit de... de... pouvaient approcher des femmes blanches.

— Oh! Tony, non!

— Mais si, bon Dieu! Ça ne m'étonne pas que vous ayez cet air chaviré. Mais, voyons, vous devez être au courant tout de même! Les Yankees ont raconté ça aux nègres d'Atlanta.

— Je... je ne savais pas!

— Alors, c'est que Frank n'a pas voulu vous en parler. En tout cas, à la suite de cela, nous avons tous convenu d'aller rendre une petite visite la nuit à M. Wilkerson et de nous occuper de lui, mais, avant d'avoir pu mettre notre projet à exécution... Vous

404

vous souvenez de ce grand gaillard noir, Eustis, notre ancien contremaître ?

— Oui.

— Eh bien! aujourd'hui même, il est entré dans la cuisine pendant que Sally préparait le dîner et... je ne sais pas ce qu'il lui a dit. J'ai d'ailleurs l'impression que je ne le saurai jamais, mais toujours est-il qu'il lui a dit quelque chose et que j'ai entendu Sally pousser un cri. Je me suis précipité à la cuisine et j'ai trouvé Eustis, soûl comme une bourrique... Je vous demande pardon, Scarlett, ça m'a échappé.

— Continuez.

— Je l'ai abattu d'un coup de feu et lorsque mère est accourue à son tour pour prendre soin de Sally j'ai sauté en selle et je suis parti pour Jonesboro à la recherche de Wilkerson. C'était lui le coupable. Sans lui, la pauvre brute n'y aurait jamais pensé. En partant du côté de Tara, j'ai rencontré Ashley. Naturellement, il m'a accompagné. Il m'a dit qu'après ce que Wilkerson avait voulu faire à Tara il voulait régler lui-même cette histoire. Moi, je lui ai dit que ça me regardait, parce que Sally était la femme de mon frère tué à la guerre, et nous avons discuté tout le long du chemin. Lorsque nous sommes arrivés en ville, ne voilà-t-il pas que je m'aperçois que je n'avais pas pris mon pistolet. Je l'avais laissé dans l'écurie. Bon Dieu, Scarlett, j'étais si en colère que je l'avais oublié.

Il s'arrêta et mordit à belles dents dans l'épi de maïs. Scarlett frissonna. La rage meurtrière des Fontaine était devenue légendaire dans le comté bien avant que s'ouvrît ce nouveau chapitre.

— J'en ai donc été réduit à lui flanquer un coup de couteau. Je l'ai trouvé au café. Je l'ai acculé dans un coin, tandis qu'Ashley tenait les autres en respect, et avant de lui trouer la peau j'ai eu le temps de lui expliquer pourquoi je voulais le supprimer. Ça a été fini avant que je ne m'en aperçoive, déclara Tony d'un air pensif. Après, je ne me rappelle plus grand-chose, se ce n'est qu'Ashley m'a fait remonter en selle et m'a dit d'aller chez vous. Ashley est précieux dans ces cas-là. Il conserve son sang-froid.

Frank revint, sa houppelande sur le bras et la tendit à Tony. C'était son unique pardessus chaud, mais Scarlett ne protesta pas. Le sens de cette affaire, strictement masculin, semblait la dépasser.

— Mais Tony... on a besoin de vous à la maison. Sûrement si vous retourniez et expliquiez...

— Frank, vous avez épousé une folle! lança Tony avec un sourire, tout en s'efforçant d'entrer dans la houppelande. Elle s'imagine que les Yankees vont récompenser un homme pour avoir défendu une de ses parentes contre un nègre. En guise de récompense, ils lui donneront un joli bout de corde. Embrassez-moi, Scarlett. Frank ne se formalisera pas. Il se peut que je ne vous revoie jamais. C'est loin, le Texas. Je ne me risquerai pas à écrire. Vous ferez dire aux miens que tout allait bien quand je suis parti.

Scarlett laissa Tony l'embrasser. Les deux hommes sortirent et restèrent un moment à bavarder sous la véranda de derrière. Puis on entendit un cheval détaler au galop. Tony était parti. Scarlett entrebâilla la porte et aperçut Frank qui conduisait à l'écurie un cheval essoufflé. Elle referma la porte et s'assit, les genoux tremblants.

Désormais, elle savait sous quel aspect se présentait la Reconstruction, elle le savait aussi bien que si la maison avait été cernée par une bande de sauvages demi-nus. Maintenant, une foule de souvenirs l'assaillaient. Elle se rappelait quantité de choses qu'elle avait à peine remarquées ces derniers temps, les conversations qu'elle avait entendues, mais qu'elle n'avait pas suivies, les discussions d'hommes, arrêtées net par son arrivée, de petits incidents auxquels elle n'avait attaché aucune signification à l'époque, les avertissements que Frank lui prodiguait vainement pour la mettre en garde contre les dangers d'aller à la scierie sous la seule protection du vieil oncle Peter. Maintenant, tous ces souvenirs concordaient et se composaient en une seule image horrifiante.

Les nègres faisaient la loi, soutenus par les baïonnettes yankees. « On peut me tuer, me violer, se dit Scarlett, qui punira les coupables ? Et quiconque cher-

cherait à la venger serait pendu par les Yankees, sans
même être traduit devant un juge. Les officiers yankees
se soucieraient aussi peu de respecter la loi que de
connaître les circonstances du crime, et ça ne les
gênerait nullement de passer la corde au cou d'un
Sudiste sans autre forme de procès.

« Que pouvons-nous faire ? songea-t-elle en se tor-
dant les mains de désespoir. Que pouvons-nous faire
avec des démons qui n'hésiteraient pas à pendre un
brave garçon comme Tony Fontaine, pour avoir
défendu les femmes de sa famille contre un ivrogne et
une crapule de Scallawag ? »

« On ne peut pas tolérer ça ! » s'était écrié Tony,
et il avait raison. Mais que pouvaient faire les gens
du Sud, réduits à l'impuissance, sinon courber l'échine ?
Scarlett se mit à trembler de peur et, pour la première
fois de sa vie, elle comprit que les gens et les événements existaient en dehors d'elle-même et que Scarlett O'Hara n'était pas la seule chose qui comptât.
Dans tout le Sud, il y avait des milliers de femmes
comme elle, des femmes déracinées et sans défense,
il y avait aussi des milliers d'hommes qui, après avoir
déposé leurs armes à Appomatox, les avaient reprises
et se tenaient prêts à risquer leur vie d'une minute à
l'autre pour voler au secours de ces femmes.

Elle avait surpris sur le visage de Tony quelque
chose qui s'était reflété sur celui de Frank, une expression qu'elle avait remarquée récemment sur le visage
d'autres hommes à Atlanta, mais qu'elle ne s'était pas
donné la peine d'analyser. C'était une expression différente de cet air morne et profondément découragé
qu'elle avait vu aux hommes rentrant chez eux après
la reddition. Ces hommes-là ne pensaient alors qu'à
retrouver leurs foyers, mais maintenant ils avaient de
nouveau un but, les nerfs sortaient de leur engourdis-
sement, l'ancienne flamme se ranimait. Froids et réso-
lus, ils pensaient avec Tony : « On ne peut pas tolérer
ça ! »

Scarlett en avait vu de ces hommes du Sud, charmants et dangereux avant la guerre, intrépides et
rudes aux derniers jours de la lutte désespérée ! Pour-

tant, sur le visage de ces deux hommes, dans les regards qu'ils avaient échangés à la lueur vacillante d'une bougie, il y avait eu quelque chose de différent, quelque chose qui l'avait en même temps réconfortée et effrayée : une fureur intraduisible par des mots, une volonté que rien ne pouvait arrêter.

Pour la première fois, elle se sentit un lien de parenté avec les gens qui l'entouraient, elle sentit qu'elle partageait leurs craintes, leur amertume, qu'elle possédait la même volonté! Non, on ne pouvait pas tolérer ça! Le Sud était trop beau pour qu'on le laissât disparaître sans combat, pour qu'on permît aux Yankees de l'écraser sous leur botte. Le Sud était une patrie trop chère pour qu'on l'abandonnât à des nègres ignares, ivres de whisky et de liberté.

En songeant à la brusque arrivée de Tony, à son départ précipité, Scarlett se sentit aussi une parenté avec lui. Elle se rappelait la façon dont son père avait fui l'Irlande, la nuit, à la suite d'un meurtre que ni lui ni sa famille ne considéraient comme tel. Le sang bouillant de Gérald coulait dans ses veines. Elle se rappela la joie qu'elle avait éprouvée en tuant le déserteur yankee. Le même sang bouillant battait dans les veines de tous ces hommes dont l'apparente courtoisie dissimulait la violence à fleur de peau. Tous ces hommes, tous ceux qu'elle connaissait, se ressemblaient, même Ashley le rêveur, même Frank le timoré, même Rhett, qui pour être une canaille sans scrupule n'en avait pas moins abattu un nègre, parce qu'il « avait manqué de respect à une femme ».

Lorsque Frank, ruisselant de pluie, rentra en toussant, Scarlett se leva d'un bond :

— Oh! Frank. Combien de temps cela va-t-il durer ?

— Aussi longtemps que les Yankees nous haïront, mon petit bout en sucre.

— Il n'y a donc rien à faire ?

Frank passa sa main lasse sur sa barbe mouillée.

— Si, nous nous en occupons.

— Quoi ?

— À quoi bon parler de ça? Nous ne sommes encore arrivés à rien. Ça prendra peut-être des années.

Peut-être... peut-être le Sud restera-t-il toujours comme cela.

— Oh! non.

— Venez vous coucher, mon petit bout en sucre. Vous devez avoir froid. Vous tremblez.

— Quand verrons-nous la fin de tout cela ?

— Quand on nous accordera de nouveau le droit de voter, mon petit. Quand tous ceux qui se sont battus pour le Sud pourront glisser dans l'urne un bulletin de vote au nom d'un Sudiste et d'un démocrate.

— Un bulletin de vote! s'exclama Scarlett. A quoi ça sert-il, un bulletin de vote, alors que les nègres sont devenus fous et que les Yankees les ont dressés contre nous ?

Frank se mit en devoir de lui fournir des explications avec sa lenteur habituelle, mais l'idée que ces bulletins de vote pourraient avoir raison de tous ces maux était trop compliquée pour elle. D'ailleurs, elle ne faisait guère que penser à Jonas Wilkerson, qui ne serait plus jamais une menace pour Tara, et à Tony.

— Oh! les pauvres Fontaine! s'écria-t-elle. Il ne reste plus qu'Alex et il y a tant d'ouvrage à Mimosas! Pourquoi Tony n'a-t-il pas eu le bon esprit de... de faire ça la nuit, quand personne n'aurait pu savoir qui c'était ? Il serait plus utile chez lui pendant les labours de printemps qu'au Texas.

Frank prit sa femme par la taille. D'ordinaire, cela n'allait pas sans appréhension de sa part, car il s'attendait toujours à être repoussé, mais cette nuit-là son bras était ferme.

— En ce moment, il y a des choses plus importantes que les labours, mon petit bout en sucre. Il s'agit pour commencer d'inspirer aux nègres une terreur salutaire et de donner une leçon aux Scallawags. Tant qu'il restera des garçons de la trempe de Tony, nous n'aurons pas trop à nous alarmer pour le Sud. Venez vous coucher.

— Mais, Frank...

— A condition de nous serrer les coudes et de ne pas donner prise aux Yankees, je crois que nous aurons le dessus un de ces jours. Ne vous mettez pas martel

409

en tête, mon petit. Ayez confiance dans les hommes de votre entourage. Les Yankees finiront par se lasser de nous persécuter quand ils verront qu'ils n'arrivent même pas à entamer notre résistance. Tout finira par rentrer dans l'ordre et nous pourrons vivre et élever nos enfants honorablement.

Scarlett pensa à Wade et au secret qu'elle gardait depuis plusieurs jours. Non, elle ne voulait pas élever ses enfants dans cet enfer de haine, de violence et de pauvreté. Pour rien au monde, elle ne voulait que ses enfants connussent ce qu'elle avait connu. Et Frank se figurait que le droit de vote arrangerait tout cela ? Le droit de vote ? A quoi cela servirait-il ? Il n'y avait qu'une chose qui permît de résister dans une certaine mesure aux coups du sort : c'était l'argent.

Brusquement, elle apprit à son mari qu'elle allait avoir un enfant.

Dans les semaines qui suivirent la fuite de Tony, des détachements de soldats yankees vinrent à maintes reprises fouiller la maison de tante Pitty. Ils se présentaient sans prévenir et à n'importe quelle heure, se répandaient dans les chambres, posaient une foule de questions, ouvraient les placards, regardaient sous les lits. Les autorités militaires avaient entendu dire que Tony avait dû se réfugier chez Mlle Pitty et elles étaient persuadées qu'il y était encore ou qu'il se cachait quelque part dans le voisinage.

Ne sachant jamais si un officier n'allait pas faire irruption dans sa chambre avec un peloton d'hommes, tante Pitty était perpétuellement dans un « état », selon l'expression de l'oncle Peter. Ni Frank, ni Scarlett ne lui avaient parlé de la courte visite de Tony, si bien qu'elle était de bonne foi quand elle déclarait pour se disculper qu'elle n'avait vu Tony Fontaine qu'une seule fois dans la vie, en 1862, le jour de la Noël.

— Et vous savez, ajouta-t-elle d'une voix coupée par l'émotion, il était complètement ivre.

Scarlett, qui supportait mal son début de grossesse,

410

était partagée entre une haine farouche des uniformes bleus et la crainte que Tony ne se fît prendre et ne révélât le rôle joué par ses amis. Les prisons regorgeaient de gens qu'on avait arrêtés pour bien moins que cela. Elle savait que si l'on venait à découvrir la moindre parcelle de vérité elle et Frank seraient incarcérés, ainsi que l'innocente Pitty.

Pendant un certain temps, il avait été fort question à Washington de confisquer tous les « biens des rebelles » pour payer les dettes de guerre des États-Unis, et Scarlett vivait dans des transes que ce projet ne fût remis à l'étude. Par ailleurs, le bruit courait à Atlanta qu'on allait saisir les biens de tous ceux qui avaient enfreint la loi martiale. Scarlett tremblait à l'idée que non seulement elle et Frank risquaient de perdre la liberté, mais encore leur maison, le magasin et la scierie.

Elle en voulut à mort à Tony d'avoir attiré tous ces ennuis sur leur tête. Comment avait-il pu faire une chose pareille à des amis ? Comment Ashley avait-il bien pu lui donner le conseil d'aller chez eux ? Elle ne viendrait jamais plus en aide à qui que ce soit. Elle ne tenait pas du tout à voir de nouveau les Yankees fondre sur elle comme un essaim de frelons. Non, elle barricaderait sa porte et ne l'ouvrirait à personne, sauf à Ashley, bien entendu. Pendant des semaines, elle ne dormit que d'un œil. Au moindre bruit dans la rue, elle craignait que ce fût Ashley qui cherchait lui aussi à gagner le Texas. Elle ne savait pas du tout à quoi s'en tenir sur son compte, car elle n'osait pas parler dans ses lettres de la visite nocturne de Tony. Les Yankees pouvaient les intercepter et s'en prendre également à ceux de Tara. Néanmoins, les semaines passèrent sans apporter de mauvaises nouvelles et Scarlett devina qu'Ashley était tiré d'affaire. Puis, de guerre lasse, les Yankees finirent par laisser le ménage tranquille.

Ce retour à la normale ne délivra pourtant pas Scarlett de l'angoisse dans laquelle elle vivait depuis que Tony était venu frapper à sa porte, angoisse pire que les frayeurs du bombardement pendant le siège, pire que la terreur que lui inspiraient les hommes de Sherman aux derniers jours de la guerre. On eût dit que l'arrivée de Tony en pleine nuit, tandis que la tempête faisait rage, lui avait dessillé les yeux et l'avait obligée à constater la précarité de son existence.

En ce froid printemps de 1866, Scarlett n'avait qu'à promener son regard autour d'elle pour comprendre les dangers qui la menaçaient, au même titre que tout le Sud. Elle aurait beau former des projets et combiner des plans, travailler plus dur que ses esclaves ne l'avaient jamais fait, elle aurait beau triompher de tous les obstacles et résoudre, grâce à son énergie, des problèmes avec lesquels son éducation ne l'avait pas familiarisée, elle risquait de se voir dépouillée d'une minute à l'autre du fruit de ses efforts. Et, si cela arrivait, elle n'aurait droit à aucun recours, à aucune réparation, à moins que les cours martiales, aux pouvoirs arbitraires, ne voulussent bien l'entendre. En ce temps-là, seuls les nègres jouissaient de leurs droits. Les Yankees maintenaient le Sud dans un état de prostration dont ils n'entendaient pas le laisser se relever. Le Sud semblait ployer sous la main d'un géant malicieux et ceux qui jadis avaient eu de l'influence étaient maintenant plus désarmés que leurs anciens esclaves ne l'avaient jamais été.

D'importantes forces militaires étaient cantonnées en Georgie, et Atlanta en avait plus que sa part. Les commandants des troupes yankees dans les diverses villes exerçaient un pouvoir absolu sur la population civile et usaient de ce pouvoir qui leur conférait le droit de vie et de mort. Ils pouvaient emprisonner les citoyens sous n'importe quel motif, ou même sans motif du tout. Ils pouvaient confisquer leurs biens, les prendre, leur rendre la vie intenable par des règlements contradictoires sur les opérations commerciales, les gages des domestiques, ce qu'on avait le droit de dire en public ou en particulier, ce qu'on avait le droit d'écrire dans les journaux. Ils réglementaient l'heure et le lieu où l'on devait vider les poubelles et décidaient quel genre de chansons les filles et les femmes des ex-confédérés avaient la permission de

chanter. Quiconque fredonnait *Dixie* ou *le Beau Drapeau bleu* se rendait coupable d'un crime à peine
moins grave que le crime de trahison. Certains chefs
militaires allaient même jusqu'à refuser leur licence
de mariage aux futurs époux qui n'avaient pas prêté
le « serment de fer ».

La presse était si muselée que personne ne pouvait
protester publiquement contre les injustices ou les
déprédations des soldats et toute protestation indi-
viduelle était passible d'une peine d'emprisonnement.
Les prisons regorgeaient de notabilités qui croupis-
saient dans les cachots en attendant d'être jugées. Les
jurys de cours d'assises et la loi d' *habeas corpus* étaient
pratiquement abolis. Les tribunaux civils fonction-
naient encore, mais se trouvaient soumis au bon plaisir des autorités militaires, qui ne se faisaient pas
faute d'en modifier les jugements. On arrêtait les
citoyens en masse. Pour peu qu'on fût soupçonné
d'avoir tenu des propos séditieux contre le gouvernement ou d'être affilié au Ku-Klux-Klan, on était jeté
en prison et, pour subir le même sort, il suffisait d'être
accusé par un noir de lui avoir manqué de respect.
Les autorités n'exigeaient ni preuves ni témoignages.
Elles se contentaient d'une simple dénonciation. Et,
grâce aux indications du Bureau des Affranchis, on
rencontrait toujours des nègres prêts à dénoncer n'importe qui.

Les nègres n'avaient pas encore obtenu le droit de
vote, mais le Nord était bien décidé à le leur accorder
et à faire en sorte que leurs votes lui fussent favo-
rables. Dans ces conditions, rien n'était trop bon pour
les nègres. Les soldats yankees les soutenaient à tout
propos et le plus sûr moyen pour un blanc de s'attirer des ennuis, c'était de porter plainte contre un
noir.

Désormais, les anciens esclaves faisaient la loi et,
avec l'aide des Yankees, les moins recommandables
et les plus ignorants se mettaient en vedette. Les meilleurs d'entre eux se moquaient pas mal de l'émancipation et souffraient aussi cruellement que les blancs.
Des milliers de serviteurs noirs qui formaient la plus

haute caste parmi les esclaves restaient fidèles à leurs maîtres et s'abaissaient à des travaux qu'ils eussent jadis considérés comme au-dessous d'eux. Bon nombre de noirs, employés aux champs, refusaient également de se prévaloir de leur liberté, mais c'était néanmoins dans leur classe que se recrutaient les hordes de « misérables affranchis ».

Au temps de l'esclavage, les gens de maison et les artisans méprisaient ces noirs de bas étage. Dans tout le Sud, plusieurs femmes de planteurs avaient, tout comme Ellen, soumis les jeunes nègres à une série d'épreuves afin de sélectionner les meilleurs et de leur confier des postes où ils avaient à déployer une certaine initiative. Les autres, ceux qu'on employait aux travaux des champs, étaient les moins zélés ou les moins aptes à l'étude, les moins énergiques ou les moins honnêtes, les plus vicieux ou les plus abrutis. Et, désormais, c'était cette classe de nègres, la dernière de la hiérarchie noire, qui rendait la vie intenable dans le Sud.

Aidés par les aventuriers sans scrupules placés à la tête du Bureau des Affranchis, poussés par les gens du Nord dont la haine touchait au fanatisme religieux, les anciens paysans noirs s'étaient trouvés soudain élevés au rang de ceux qui détenaient le pouvoir. Bien entendu, ils se comportaient comme il fallait s'y attendre de la part de créatures peu intelligentes. Pareils à des singes ou à des petits enfants lâchés au milieu d'objets dont ils ne pouvaient comprendre la valeur, ils se livraient à toutes sortes d'excès soit par plaisir de détruire, soit par simple ignorance.

Néanmoins, il faut reconnaître à la décharge des nègres que, même parmi les moins intelligents, fort peu obéissaient à de mauvais instincts ou à la rancune et encore ces derniers avaient-ils toujours été considérés comme de « sales nègres », même au temps de l'esclavage. Mais tous ces affranchis n'avaient pas plus de raison que des enfants et se laissaient facilement mener. En outre, ils avaient pris depuis longtemps l'habitude d'obéir et leurs nouveaux maîtres leur donnaient des ordres de ce genre : « Vous valez n'importe quel blanc, agissez donc en conséquence. Dès que vous pourrez voter républicain, vous vous emparerez des biens des blancs. C'est déjà comme s'ils vous appartenaient. Prenez-les si vous le pouvez! »

Ces propos insensés leur tournaient la tête. La liberté devenait ainsi pour eux une fête continuelle, un carnaval de fainéantise, de rapines et d'insolences. Les nègres de la campagne envahissaient les villes, laissaient les districts ruraux sans main-d'œuvre pour les récoltes. Atlanta regorgeait de ces noirs qui continuaient d'y affluer par centaines pour se transformer, sous l'effet de nouvelles doctrines, en êtres paresseux et dangereux. Entassés dans des cases sordides, la petite vérole, la typhoïde et la tuberculose les frappaient sans merci. Accoutumés à recevoir les soins de leurs maîtresses, ils ne savaient pas comment lutter contre la maladie. Au temps de l'esclavage, ils s'en remettaient aveuglément à leurs maîtres pour s'occuper des enfants en bas âge et des vieillards ; maintenant, ils n'avaient aucun sens des devoirs qui leur incombaient envers des jeunes et des vieux sans défense. Le Bureau des Affranchis s'attachait bien trop à l'aspect politique des choses pour rendre aux noirs les mêmes services que les anciens planteurs.

Des enfants noirs abandonnés par leurs parents couraient dans toute la ville comme des bêtes terrorisées, jusqu'à ce que des blancs apitoyés leur ouvrissent la porte de leur cuisine et se chargeassent de les élever. De vieux paysans noirs, affolés par le mouvement de la grande ville, s'asseyaient lamentablement au bord des trottoirs et criaient aux dames qui passaient : « M'dame, s'il vous plaît, mon vieux maît' il est dans le comté de Fayette. Il viend'a che'cher son vieux nèg' pou' le 'amener à la maison. O mon Dieu, j'en ai assez de cette libe'té! »

Les fonctionnaires du Bureau des Affranchis, débordés par le nombre des solliciteurs, s'apercevaient trop tard de certaines erreurs et s'efforçaient de renvoyer tous ces noirs chez leurs anciens maîtres. Ils leur disaient que s'ils voulaient bien retourner à la terre ils seraient traités en travailleurs libres et seraient protégés par des contrats écrits qui leur garantiraient un salaire journalier. Les vieux obéissaient avec joie et venaient compliquer la tâche des planteurs qui, réduits à la misère, n'avaient pourtant pas le cœur de les renvoyer. Les jeunes, eux, restaient à Atlanta. Ils ne voulaient rien savoir pour travailler. A quoi bon travailler quand on a de quoi manger ?

Pour la première fois de leur vie, les nègres avaient la possibilité de boire autant de whisky qu'il leur plaisait. Jadis, ils n'en buvaient qu'à la Noël, lorsque chacun d'eux recevait une « goutte » en même temps que son cadeau. Désormais, ils avaient non seulement les agitateurs du Bureau et les Carpetbaggers pour les échauffer, mais encore de copieuses libations de whisky, et les actes de violence devenaient inévitables. Ni la vie, ni les biens des citoyens n'étaient en sûreté et les blancs que la loi ne protégeait plus étaient terrorisés. Des hommes étaient injuriés en pleine rue par des ivrognes noirs. La nuit, on incendiait granges et maisons d'habitation, le jour on volait chevaux, bestiaux et volailles. Toutes sortes de crimes étaient commis et leurs auteurs, pour la plupart, demeuraient impunis.

Cependant, ces infamies n'étaient rien en comparaison du danger auquel étaient exposées les femmes blanches dont un grand nombre, privées par la guerre de leurs protecteurs naturels, vivaient isolées à la campagne ou en bordure de chemins déserts. Ce fut la multiplicité des attentats perpétrés contre les femmes et le désir de soustraire leurs épouses et leurs filles à ce péril qui exaspéra les hommes du Sud et les poussa à fonder le Ku-Klux-Klan. Ce fut aussi contre cette organisation, qui opérait la nuit, que les journaux du Nord se mirent à vitupérer, sans jamais se rendre compte de la tragique nécessité qui avait présidé à sa formation. Le Nord voulait qu'on pourchassât tous les membres du Klan et qu'on les pendît pour oser se charger eux-mêmes de punir les crimes, à une époque où les lois et l'ordre public étaient bafoués par les envahisseurs.

En ce temps-là, on assistait au spectacle ahurissant d'une nation dont la moitié s'efforçait d'imposer à l'autre la domination des noirs, à la pointe des baïonnettes. Tout en le refusant à leurs anciens maîtres, le Nord voulait accorder le droit de vote à ces nègres qui souvent n'avaient quitté la brousse africaine que depuis une génération à peine. Le Nord entendait maintenir le Sud sous sa botte, et priver les blancs de leurs droits était un des moyens de l'empêcher de se relever. La plupart des hommes qui s'étaient battus dans les rangs confédérés ou qui avaient occupé une charge publique dans la Confédération n'avaient pas plus le droit de voter que de choisir les fonctionnaires. Bon nombre d'entre eux, à l'exemple du général Lee, souhaitaient de prêter le serment d'allégeance, de redevenir des citoyens et d'oublier le passé, mais on ne le leur permettait pas. D'autres, auxquels on voulait bien laisser prêter serment, s'y refusaient avec énergie, en déclarant qu'ils ne voulaient pas jurer fidélité à un gouvernement qui leur infligeait délibérément toutes sortes de cruautés et d'humiliations.

Nuit et jour, la peur et l'anxiété dévoraient Scarlett. La menace des nègres qu'aucune loi ne retenait, la crainte de voir les soldats yankees la dépouiller de tous ses biens étaient pour elle un perpétuel cauchemar. Elle avait beau se répéter sans cesse la phrase que Tony Fontaine avait prononcée avec tant de vigueur : « Bon Dieu, Scarlett, on ne peut pas tolérer cela ! Et on ne le tolérera pas ! » elle avait peine à réagir contre le découragement qui s'emparait d'elle, lorsqu'elle constatait son impuissance, celle de ses amis et du Sud tout entier.

Malgré la guerre, l'incendie et la Reconstruction, Atlanta était redevenue une cité champignon. A maints égards, elle rappelait la ville jeune et active des premiers jours de la Confédération. Par malheur, les soldats répandus dans les rues ne portaient pas l'uniforme qu'on eût aimé voir, l'argent n'était pas entre les mains de ceux qu'il aurait fallu et les nègres se donnaient du bon temps, pendant que leurs anciens maîtres peinaient et mouraient de faim.

A première vue, Atlanta donnait l'impression d'une ville prospère qui se relevait rapidement de ses ruines, mais en y regardant de plus près on s'apercevait que la misère et la peur y régnaient. A l'encontre de Savannah, de Charleston, d'Augusta, de Richmond et de la Nouvelle-Orléans, il semblait qu'Atlanta serait toujours une cité active, quelles que fussent les circonstances. Ce n'était pourtant pas de bon ton de s'agiter, c'était vraiment trop yankee, mais, à cette époque-là, Atlanta était plus mal élevée et plus yankee qu'elle n'avait jamais été ou ne le serait jamais. Les « gens nouveaux » affluaient de tous côtés et, du matin au soir, on se bousculait dans les rues bruyantes. Les attelages étincelants des femmes d'officiers yankees ou de Carpetbaggers éclaboussaient au passage les buggies délabrés des bourgeois de la ville. Les demeures clinquantes des riches étrangers poussaient au milieu des maisons discrètes des anciens habitants.

La guerre avait définitivement consacré l'importance d'Atlanta dans le Sud et déjà la renommée de la ville s'étendait au loin. Les voies ferrées pour lesquelles Sherman avait lutté tout un automne et fait tuer des milliers d'hommes apportaient de nouveau la vie à la cité qu'elles avaient créée. Atlanta était redevenue le centre économique d'une vaste région et drainait un flot important de nouveaux citoyens, bons et mauvais.

Les Carpetbaggers avaient établi leur quartier général à Atlanta et coudoyaient dans les rues les représentants des plus anciennes familles du Sud. Des planteurs, dont les propriétés avaient été incendiées pendant la marche de Sherman, abandonnaient leurs champs de coton qu'ils ne pouvaient plus cultiver sans esclaves et venaient s'installer à Atlanta. Chaque jour débarquaient des émigrants qui fuyaient le Tennessee et les Carolines où la Reconstruction revêtait un aspect encore plus âpre qu'en Georgie. Un grand nombre d'Irlandais et d'Allemands, anciens mercenaires des armées de l'Union, étaient restés fixés a

Atlanta, après leur démobilisation. Les femmes et les familles des Yankees, cantonnées en ville, étaient poussées par la curiosité de connaître le Sud après quatre ans de guerre et venaient grossir le chiffre de la population. Des aventuriers de toutes sortes accouraient dans l'espoir de faire fortune, et les nègres de la campagne continuaient d'arriver par centaines.

Ouverte à tout venant comme un village de frontière, la ville tapageuse ne cherchait nullement à dissimuler ses vices et ses péchés. Les cafés faisaient des affaires d'or. Il y en avait parfois deux ou trois, porte à porte. Le soir, les rues étaient pleines d'ivrognes, noirs et blancs, qui titubaient le long des trottoirs. Des apaches, des filous et des prostituées rôdaient dans les allées sans lumière ou dans les rues mal éclairées. Dans les tripots, on jouait un jeu d'enfer. Il ne se passait guère de nuit sans rixes au couteau ou au revolver. Les citoyens respectables étaient scandalisés qu'Atlanta possédât un quartier réservé plus étendu et plus prospère que pendant les hostilités. Toute la nuit, derrière les persiennes closes, on entendait jouer du piano, rire et chanter des chansons grossières, souvent ponctuées de hurlements et de coups de feu. Les pensionnaires de ces maisons étaient encore plus hardies que les prostituées du temps de guerre et, penchées sans vergogne à leur fenêtre, elles appelaient les passants. Le dimanche après-midi, les belles voitures fermées des tenancières du quartier sillonnaient les rues principales de la ville avec leur chargement de filles qui, parées de leurs plus beaux atours, prenaient l'air derrière un store de soie.

Belle Watling était la plus célèbre de ces dames. Elle avait fait construire une grande maison à deux étages qui éclipsait toutes celles du quartier. En bas s'ouvrait une large salle de café, aux murs élégamment décorés de peintures à l'huile. Chaque soir, un orchestre nègre s'y faisait entendre. Les deux étages supérieurs se composaient de pièces qui, à en croire la rumeur publique, étaient garnies de meubles en peluche des plus élégants, de lourds rideaux de dentelle et d'un nombre imposant de glaces enchâssées dans des cadres

dorés. La douzaine de jeunes personnes attachées à
l'établissement étaient fort jolies, bien que trop fardées, et se comportaient avec beaucoup plus de
décence que les pensionnaires des autres maisons.
Tout au moins, la police avait rarement à intervenir
chez Belle.

De cette maison, les matrones d'Atlanta ne parlaient
qu'à voix basse et les prêtres, du haut de la chaire,
la flétrissaient en termes voilés, la dépeignant comme
un abîme d'iniquité, un lieu de perdition et un fléau
de Dieu. Tout le monde estimait qu'une femme du
genre de Belle ne pouvait pas avoir gagné assez d'argent toute seule pour monter un établissement aussi
luxueux. Elle devait avoir un commanditaire et un
commanditaire fort riche. Comme Rhett n'avait jamais
eu la décence de cacher ses relations avec elle on lui
attribuait tout naturellement ce rôle. D'ailleurs, il
suffisait d'entrevoir Belle dans sa voiture fermée,
conduite par un nègre arrogant, pour se rendre compte
qu'elle nageait dans l'opulence. Lorsqu'elle passait
au trot de deux superbes chevaux bais, les petits
garçons qui réussissaient à échapper à leur mère se
précipitaient pour la voir et chuchotaient d'une voix
émue : « C'est elle! C'est la Belle! J'ai vu ses cheveux
rouges! »

A côté des maisons bombardées et réparées tant bien
que mal à l'aide de vieilles planches et de briques
noircies par la fumée, s'élevaient les somptueuses
demeures des Carpetbaggers et des profiteurs de guerre,
qui n'avaient ménagé ni les pignons, ni les tourelles,
ni les vitraux, ni les larges pelouses. Nuit après nuit,
on voyait flamboyer les fenêtres de ces demeures brillamment éclairées au gaz et l'on entendait danser au
son de musiques dont les accents se répandaient dans
l'air. Des femmes, vêtues de lourdes robes de soie,
flânaient sous les vérandas en compagnie d'hommes
en tenue de soirée. Les bouchons de champagne sau-
taient, on servait sur des nappes de dentelle des dîners
composés de sept plats, les convives se gavaient de
jambons au vin, de canards au sang, de pâtés de foie
gras et de fruits rares.

A l'intérieur des vieilles demeures, c'était le règne de la misère et des privations. L'existence y était d'autant plus amère, d'autant plus pénible, que chacun luttait héroïquement pour conserver sa dignité et affecter une orgueilleuse indifférence à l'égard des questions d'ordre matériel. Le docteur Meade en savait long sur ces familles qui, chassées de leurs demeures, s'étaient réfugiées dans des pensions de famille et finalement avaient échoué dans des galetas. Il avait trop de clientes atteintes de « faiblesses cardiaques » ou de « maladies de langueur ». Il n'ignorait pas plus que ses patientes elles-mêmes que les privations étaient la cause de tous leurs maux. Il aurait pu citer le cas de familles entières frappées de consomption. La pellagre, qu'avant la guerre on rencontrait seulement chez les blancs les plus pauvres, faisait son apparition dans les meilleures familles d'Atlanta. Et puis il y avait les bébés rachitiques et les mères qui ne pouvaient pas les allaiter. Jadis, le vieux docteur avait coutume de remercier Dieu dévotement chaque fois qu'il mettait un enfant au monde. Maintenant, il ne considérait plus la vie comme un si grand bienfait. Les petits bébés avaient bien du mal à venir, et il en mourait tant pendant les premiers mois de leur existence!

Dans les grandes demeures prétentieuses, des flots de vin et de lumière, la danse et les violons, le brocart et le drap fin ; de l'autre côté de la rue, le froid, la lente inanition. L'arrogance et la dureté pour les vainqueurs, une endurance poignante et la haine pour les vaincus.

XXXVIII

Scarlett assistait à tout cela. Elle y pensait jour et nuit. Elle vivait dans la terreur du lendemain. Elle savait que son mari et elle figuraient sur les listes noires des Yankees à cause de Tony et que le désastre risquait de s'abattre sur eux d'un moment à l'autre.

Mais pourtant, maintenant moins que jamais, elle ne pouvait se laisser dépouiller du fruit de ses efforts. Elle attendait un second enfant, la scierie commençait juste à rapporter, elle devait encore pourvoir à l'entretien de Tara jusqu'à l'automne, jusqu'à la prochaine récolte de coton. Et si elle perdait tout! S'il lui fallait tout recommencer avec les pauvres armes dont elle disposait pour se défendre contre un monde devenu fou! S'il lui fallait reprendre la lutte contre les Yankees et tout ce qu'ils représentaient? Dévorée par l'angoisse, elle pensait qu'elle préférerait se tuer plutôt que de passer une seconde fois par où elle était passée.

Au milieu des ruines et du chaos qui régnait, en ce printemps de 1866, Scarlett consacra toute son énergie à augmenter le rendement de la scierie. Il y avait de l'argent à Atlanta. La vague de reconstruction lui fournissait l'occasion dont elle avait rêvé et elle savait qu'elle pourrait gagner de l'argent à condition de ne pas être en prison. Pour conserver sa liberté, elle n'avait qu'à filer doux, courber l'échine sous les insultes, supporter les injustices, éviter de déplaire à quiconque, blanc ou noir, pourrait lui faire du tort. Elle avait beau détester les affranchis, elle avait beau être parcourue d'un frisson de colère chaque fois que, croisant un de ces noirs insolents, elle l'entendait rire ou plaisanter, jamais elle ne lui adressait le moindre regard de mépris. Elle avait beau haïr les Carpetbaggers et les Scallawags qui édifiaient des fortunes rapides, alors qu'elle-même se donnait tant de mal, jamais elle ne laissait échapper la moindre remarque désobligeante sur leur compte. Personne à Atlanta n'éprouvait plus de répulsion qu'elle pour les Yankees, puisque la seule vue d'un uniforme bleu la rendait folle de rage, mais, même dans l'intimité, elle se gardait de parler d'eux.

« Je ne tiens pas du tout à faire du zèle, se disait-elle d'un air sombre. Que les autres passent leur temps à se lamenter sur le bon vieux temps et les hommes qui ne reviendront jamais plus. Que les autres lancent feu et flamme contre la domination des Yankees, qu'ils gémissent bien haut d'être écartés des urnes, qu'ils aillent en prison pour avoir parlé à tort et à travers, qu'ils soient pendus pour faire partie du Ku-Klux-Klan (ce nom inspirait presque autant de terreur à Scarlett qu'aux nègres), que les autres femmes soient fières d'y voir leurs maris inscrits (Dieu merci, Frank n'avait jamais été mêlé à ces histoires-là), oui, que les autres s'échauffent, fulminent, complotent et conspirent à leur aise, on ne peut pas changer la face des choses, et puis à quoi mène cet attachement au passé, quand le présent est si angoissant et l'avenir incertain ? A quoi riment ces questions de vote, quand il s'agit avant tout d'avoir un toit et du pain et de ne pas être jeté en prison ? Oh! mon Dieu, je vous en prie, faites qu'il ne m'arrive aucun ennui d'ici le mois de juin! »

En juin! Scarlett savait qu'à cette époque-là elle serait obligée de se cloîtrer chez tante Pitty jusqu'à la naissance de son enfant. Déjà, on lui reprochait de paraître en public dans l'état où elle se trouvait. Aucune femme comme il faut ne sortait quand elle était enceinte. Frank et Pitty la suppliaient de leur épargner cette nouvelle honte et elle leur avait promis de ne plus travailler à partir de juin.

Au mois de juin, la scierie marcherait assez bien pour se passer d'elle. Au mois de juin, elle aurait assez d'argent pour voir venir les événements avec plus de confiance. Mais elle avait encore tellement de choses à faire et elle disposait de si peu de temps! Elle aurait voulu que les journées fussent plus longues et elle comptait fiévreusement les minutes. Il fallait coûte que coûte gagner de l'argent, encore plus d'argent.

A force de harceler Frank, elle avait fini par le faire sortir un peu de sa timidité. Il avait obtenu qu'on lui réglât quelques-unes de ses factures et le magasin rapportait davantage. Néanmoins, c'était sur la scierie que reposaient tous les espoirs de Scarlett. En ce temps-là, Atlanta était comme un arbre géant dont on eût coupé le tronc au ras du sol, mais qui eût repoussé avec plus de vigueur. Les marchands de matériaux de construction n'arrivaient pas à satisfaire leur clientèle. Les prix du bois de charpente, de la brique et de la pierre de taille montaient, et la scierie fonctionnait sans arrêt de l'aube au crépuscule.

Scarlett se rendait chaque jour à la scierie. Elle avait l'œil à tout et, persuadée qu'on la volait, elle s'efforçait de mettre un terme à cet état de choses. Toutefois, elle passait la majeure partie de son temps en ville, à faire la tournée des entrepreneurs et des charpentiers. Elle avait un mot aimable pour chacun d'eux et ne les quittait qu'après avoir obtenu une commande ou la promesse de n'acheter du bois qu'à elle seule.

Elle ne tarda pas à devenir une figure familière des rues d'Atlanta. Emmitouflée dans une couverture, ses petites mains gantées de mitaines croisées sur les genoux, elle passait dans son buggy, à côté du vieux Peter très digne et très mécontent de son rôle. Tante Pitty avait confectionné à sa nièce un joli mantelet vert pour dissimuler sa ligne épaisse et un chapeau plat du même ton, pour rappeler la couleur de ses yeux. Cet ensemble lui allait à ravir, et elle le portait toujours lorsqu'elle rendait visite à ses clients. Une légère touche de rouge aux joues, un subtil parfum d'eau de Cologne répandu autour d'elle, elle offrait une image délicieuse tant qu'elle n'était pas obligée de mettre pied à terre et de montrer sa taille déformée. D'ailleurs, il lui arrivait rarement de descendre de voiture. La plupart du temps, il lui suffisait d'un sourire ou d'un petit geste amical pour attirer les hommes jusqu'à son buggy, et l'on en voyait même qui restaient tête nue sous la pluie à discuter affaires avec elle.

Elle n'était pas la seule à avoir entrevu la possibilité de gagner de l'argent dans les bois de construction, mais elle ne redoutait point ses concurrents. Elle se rendait compte, avec un orgueil légitime, qu'elle valait n'importe lequel d'entre eux. Elle était la digne fille de Gérald, et les circonstances ne faisaient qu'aiguiser le sens commercial qu'elle avait hérité de son père.

Au début, les autres marchands de bois avaient ri de bon cœur à l'idée qu'une femme pouvait se lancer dans les affaires, mais maintenant il leur fallait déchanter. Chaque fois qu'ils voyaient passer Scarlett, ils maugréaient entre leurs dents. Le fait qu'elle était une femme jouait fréquemment en sa faveur, d'autant plus qu'elle savait prendre un air si désemparé, si implorant, que les cœurs s'amollissaient à ce spectacle. Elle parvenait, sans la moindre difficulté, à tromper les gens sur sa véritable nature. On la prenait volontiers pour une femme courageuse, mais timide, contrainte par les circonstances à exercer un métier déplaisant, pour une pauvre petite femme du monde sans défense, qui mourrait probablement de faim si ses clients ne lui achetaient pas son bois. Cependant, lorsque le genre femme du monde ne donnait pas les résultats escomptés, elle redevenait très vite femme d'affaires et n'hésitait même pas à vendre à perte, pourvu que ça lui amenât un nouveau client. Elle ne répugnait pas non plus à vendre un lot de bois de mauvaise qualité au même prix qu'un lot de qualité supérieure, quand elle était sûre qu'on ne découvrirait pas la supercherie, et elle n'avait aucun scrupule à dire du mal de ses concurrents. Tout en feignant une grande répugnance à révéler la triste vérité, elle soupirait et déclarait à ses futurs clients que les bois des autres marchands étaient non seulement beaucoup plus chers, mais qu'ils étaient humides, pleins de nodosités, bref, d'une qualité déplorable.

La première fois que Scarlett fit un mensonge de ce genre, elle se sentit en même temps déconcertée et coupable. Déconcertée par la spontanéité et le naturel avec lesquels elle avait menti, coupable en songeant brusquement : « Qu'est-ce que maman aurait dit ? »

Ce qu'Ellen aurait dit à sa fille, engagée dans des pratiques déloyales, ne faisait pas l'ombre d'un doute. Accablée et incrédule, elle lui aurait dit des mots qui l'eussent piquée au vif sous des dehors affectueux, elle lui aurait parlé d'honneur, d'honnêteté, de loyauté et de devoir envers autrui. Sur le moment, Scarlett frémit en évoquant le visage de sa mère, puis l'image s'estompa, s'effaça sous l'effet de cette brutalité sans scrupules, de cette avidité qui s'étaient développées en elle, comme une seconde nature, à l'époque tragique de Tara. Ainsi, Scarlett franchit cette nouvelle étape comme elle avait franchi les autres, en soupirant d'une manière que n'eût point approuvée Ellen, en haussant les épaules et en se répétant son infaillible formule : « Je penserai à cela plus tard! »

Il ne lui arriva plus jamais d'associer le souvenir d'Ellen à ses opérations commerciales, plus jamais elle n'éprouva de remords en employant des moyens déloyaux pour détourner les clients des autres marchands de bois. Elle savait du reste qu'elle n'avait rien à craindre de ses mensonges. L'esprit chevaleresque des Sudistes lui servait de garantie. Dans le Sud, une femme du monde pouvait dire tout ce qu'elle voulait d'un homme, tandis qu'un homme qui se respectait ne pouvait rien dire d'une femme et encore moins la traiter de menteuse. Il ne restait plus aux autres marchands de bois qu'à pester intérieurement contre Scarlett et à déclarer bien haut chez eux qu'ils paieraient cher pour que Mme Kennedy fût changée en homme pendant cinq minutes.

Un blanc de basse origine, qui possédait une scierie du côté de la route de Décatur, essaya de combattre Scarlett avec ses propres armes et déclara ouvertement que la jeune femme était une menteuse et une canaille. Mal lui en prit. Chacun fut horrifié d'entendre un blanc dire de pareilles monstruosités sur une femme de bonne famille, même lorsque celle-ci se comportait d'une manière si peu féminine. Scarlett ne répondit pas à ses insinuations, demeura très digne et petit à petit déploya tous ses efforts à détourner les clients de cet homme. Elle pratiqua des prix plus bas que les siens et, tout en gémissant en son for intérieur, elle livra du bois de si bonne qualité pour prouver sa probité commerciale, qu'elle ne tarda pas à ruiner le malheureux. Alors, au grand scandale de Frank, elle posa ses conditions et lui acheta sa scierie.

Une fois en possession de cette seconde scierie, il

lui fallut résoudre le délicat problème de trouver un homme de confiance pour la diriger. Elle ne voulait pas entendre parler d'un autre M. Johnson. Elle savait fort bien qu'en dépit de toute sa vigilance celui-ci continuait à vendre son bois en cachette, cependant elle pensa qu'elle n'aurait pas beaucoup de mal à découvrir la personne qu'elle cherchait. Tout le monde n'était-il pas pauvre comme Job ? Les rues n'étaient-elles pas remplies de chômeurs dont quelques-uns jadis avaient nagé dans l'opulence ? Il ne se passait pas un jour que Frank ne fît la charité à quelque ancien soldat mourant de faim ou que Pitty et Cookie ne donnassent à manger à un mendiant en guenilles.

Pourtant, Scarlett ne tenait pas à s'adresser à ces gens-là : « Je ne veux pas d'hommes qui n'ont encore rien trouvé à faire depuis un an, se disait-elle. S'ils n'ont pas su se débrouiller tout seuls, c'est mauvais signe. Et puis, ils ont l'air si faméliques, si chiens battus. Moi, je n'aime pas ce genre-là. Ce qu'il me faut, c'est quelqu'un d'intelligent et d'énergique comme René Picard ou Tommy Wellburn ou Kells Whiting, ou encore l'un des fils Simmons ou... enfin, bref, quelqu'un de leur trempe. Ils n'ont pas cet air j' m'en-fichiste qu'avaient les soldats, juste après la reddition. Eux, au moins, ils ont l'air d'avoir quelque chose dans le ventre. »

Mais une surprise attendait Scarlett. Les fils Simmons, qui venaient de monter une briqueterie, et Kells Whiting, qui vendait une lotion capillaire préparée par sa mère, sourirent poliment, remercièrent et déclinèrent son offre. Il en alla de même avec une douzaine d'autres hommes. En désespoir de cause, Scarlett augmenta le salaire qu'elle se proposait de verser, mais sans plus de succès. Un des neveux de Mme Merriwether lui fit remarquer avec une certaine impertinence qu'il aimait encore mieux faire du camionnage pour son propre compte que de travailler pour quelqu'un.

Un après-midi, Scarlett arrêta son buggy à côté de la charrette de René Picard et interpella ce dernier, qui reconduisait chez lui son ami Tommy Wellburn.

— Eh! dites donc, René, pourquoi ne venez-vous pas travailler chez moi. Avouez que c'est plus digne de diriger une scierie que de vendre des pâtés dans une charrette. A votre place, j'aurais honte!

— Moi! Je ne sais plus ce que c'est que la honte! fit René en souriant. Vous pouvez toujours me parler de dignité, ça ne me fera ni chaud ni froid. Jusqu'à ce que la guerre me rende aussi libre que les nègres, j'ai mené une vie pleine de dignité. Maintenant, c'est fini, et je ne vais pas me faire de bile pour si peu. J'aime ma charrette. J'aime ma mule. J'aime ces chers Yankees qui achètent les petits pâtés de ma belle-mère. Non, ma petite Scarlett, je veux devenir le roi du pâté. C'est ma destinée! Je suis mon étoile, tout comme Napoléon.

Du bout de son fouet, il dessina une arabesque dramatique.

— Mais vous n'êtes pas fait pour vendre des pâtés, pas plus que Tommy pour discuter avec une bande de maçons irlandais. Ce que je fais, c'est plus...

— Vous étiez faite sans doute pour diriger une scierie, hein? coupa Tommy, un pli amer au coin de la bouche. Oui, je vois d'ici la petite Scarlett ânonnant sa leçon sur les genoux de sa mère : « Ne jamais vendre du bon bois si l'on peut en vendre du mauvais à un prix supérieur. »

René se tordit de rire en entendant cela. Ses petits yeux simiesques pétillèrent de malice. Il donna une bourrade dans les côtes de Tommy.

— Tâchez donc d'être poli, déclara Scarlett d'un ton sec, car elle ne voyait pas ce qu'il y avait de drôle dans la réflexion de Tommy. Bien entendu, je n'étais pas faite pour diriger une scierie.

— Oh! mais, je n'avais pas l'intention de vous choquer. C'est un fait tout de même, vous êtes bel et bien à la tête d'une scierie et vous ne vous en tirez pas si mal, d'ailleurs. En tout cas, d'après ce que je vois autour de moi, aucun de nous pour le moment ne fait ce à quoi il était destiné, mais quoi, il faudra bien que ça marche. Pourquoi n'engagez-vous pas un de ces Carpetbaggers qui sont si débrouillards, Scarlett ? Dieu sait s'il y en a!

— Je ne veux pas d'un Carpetbagger. Les Carpetbaggers ne travaillent pas, ils raflent tout ce qui leur tombe sous la main. Voyons, s'ils avaient un tant soit peu de valeur, ils resteraient chez eux et ils ne viendraient pas ici pour nous dépouiller. Ce que je veux, c'est un homme convenable, appartenant à un milieu convenable, quelqu'un d'intelligent, d'honnête, d'énergique et de...

— Vous n'êtes pas difficile, mais vous ne trouverez pas l'oiseau rare avec le salaire que vous offrez. Voyez-vous, à part les grands mutilés, tous les types convenables se sont casés. Ils ne sont peut-être pas faits pour les places qu'ils occupent, mais ça n'a pas d'importance. Ils ont une situation et ils aimeront sûrement mieux la conserver que de travailler pour une femme.

— Les hommes ne sont pas très malins quand ils sont à fond de cale, hein ?

— Ça se peut ; en tout cas, ils conservent leur fierté.

— La fierté! C'est fameux, la fierté, surtout quand la croûte est ratée et qu'on met de la meringue par-dessus, répondit Scarlett avec méchanceté.

Les deux hommes partirent d'un rire un peu contraint et Scarlett eut l'impression qu'ils se rapprochaient l'un de l'autre pour manifester leur désapprobation commune. Ce que Tommy venait de dire était vrai, pensa-t-elle en passant en revue tous les hommes auxquels elle avait offert ou se proposait d'offrir la direction de la scierie. Ils avaient tous un emploi. Ils peinaient tous très dur, beaucoup plus dur qu'ils ne l'auraient jamais pensé avant la guerre. Ils ne faisaient peut-être pas ce qu'il leur plaisait, ou ce qu'il y avait de moins rebutant, mais ils faisaient quelque chose. Les temps étaient trop difficiles pour choisir son genre d'activité. Et, s'ils pleuraient leurs espérances perdues, s'ils regrettaient la vie facile d'autrefois, personne ne s'en apercevait. Ils livraient une nouvelle bataille, une bataille plus rude que l'autre. Ils avaient soif de vivre, ils étaient animés de la même ardeur qu'au temps où la guerre n'avait pas encore coupé leur vie en deux.

— Scarlett, fit Tommy d'un air gêné, ça m'est très désagréable de vous demander une faveur, surtout après vous avoir dit des choses désobligeantes, mais je m'y risquerai quand même. Ça vous rendra peut-être service, du reste. Mon beau-frère, Hugh Elsing, ne réussit pas très bien dans son commerce de bois de chauffage. En dehors des Yankees, tout le monde se fournit soi-même en petit bois. Je sais par ailleurs que ça ne va pas fort chez les Elsing. Je... je fais ce que je peux, mais vous comprenez, il y a ma femme, et il faut que je fasse vivre également ma mère et mes deux sœurs qui habitent Sparta. Hugh est très convenable et vous cherchiez un homme convenable. Il appartient à une bonne famille, comme vous le savez, et il est honnête.

— Mais... Hugh ne doit pas être très débrouillard, sans quoi il aurait bien trouvé le moyen de se tirer d'affaire.

Tommy haussa les épaules.

— Vous avez une façon plutôt brutale de considérer les choses, Scarlett, fit-il. Vous vous figurez que Hugh est un type fini, pourtant vous pourriez tomber plus mal. Moi, j'ai l'impression que son honnêteté et sa bonne volonté compenseraient largement son manque de sens pratique.

Scarlett ne répondit pas, de peur d'être grossière. Pour elle, il n'y avait guère de qualités, pour ne pas dire aucune, à mettre en parallèle avec le sens pratique.

Après avoir en vain fouillé la ville et repoussé les avances de maints Carpetbaggers désireux d'obtenir la direction de la scierie, elle finit par se ranger à l'avis de Tommy et s'adressa à Hugh Elsing. Pendant la guerre, il s'était montré officier plein de courage et de ressources, mais deux blessures graves et quatre années de campagnes semblaient l'avoir vidé de toute son énergie. Il avait précisément cette allure de chien battu qui déplaisait à Scarlett et il n'était pas du tout l'homme que celle-ci avait espéré rencontrer.

« Il est idiot, se disait-elle. Il n'entend rien aux affaires et je parie qu'il ne sait même pas faire une addition. En tout cas, il est honnête et il ne me roulera pas. »

A cette époque-là, pourtant, Scarlett se souciait fort peu de l'honnêteté, mais moins elle y attachait de prix pour elle-même, plus elle y tenait chez autrui.

« Quel dommage que Johnnie Gallegher soit lié par contrat à Tommy Wellburn, songeait-elle. C'est exactement le genre d'homme qu'il me faudrait. Dur avec les gens, rusé comme un renard, je suis sûre que si je le payais convenablement il n'essaierait pas de me tromper. Nous nous entendons fort bien tous les deux et nous pourrions faire de bonnes affaires ensemble. Lorsque l'hôtel sera terminé, il viendra peut-être chez moi. En attendant, je serai bien obligée de me contenter de Hugh et de M. Johnson. Si je confie la nouvelle scierie à Hugh et si je laisse M. Johnson à l'ancienne, je pourrai m'occuper de la vente en ville. Jusqu'à ce que je mette la main sur Johnnie, il faudra que je tolère ce Johnson. Si seulement ce n'était pas un voleur! Je crois que je vais construire un dépôt de bois sur la moitié du terrain que m'a laissé Charles. Si seulement Frank ne faisait pas tant de chichis je pourrais construire également un café sur l'autre moitié! Tant pis, il dira ce qu'il voudra, mais dès que j'aurai assez d'argent de côté je ferai construire ce café! Si seulement Frank n'était pas aussi pointilleux. Oh! mon Dieu, pourquoi ai-je choisi ce moment-ci pour avoir un enfant! Je serai bientôt si forte que je ne pourrai plus sortir. Oh! mon Dieu, si seulement je n'étais pas enceinte! Oh! mon Dieu, si seulement ces maudits Yankees voulaient bien continuer à me laisser tranquille! Si... »

Si! Si! Si! Il y avait tant de si dans la vie! On n'était jamais sûr de rien. On était toujours comme l'oiseau sur la branche, on avait toujours peur de perdre tout ce qu'on possédait, toujours peur de connaître de nouveau, et le froid, et la faim. Bien entendu, Frank gagnait davantage maintenant, mais il était perpétuellement enrhumé et, souvent, il était obligé de garder le lit pendant plusieurs jours. Et s'il devenait impotent! Non, Scarlett ne pouvait guère compter sur lui. Elle ne pouvait compter sur rien ni sur personne en dehors d'elle-même. Et ce qu'elle gagnait paraissait si minime! Que ferait-elle si les Yankees la dépouillaient de tout ce qui lui appartenait? Si! Si! Si!

Chaque mois, Scarlett envoyait la moitié de ses gains à Tara. Avec l'autre moitié, elle amortissait sa dette envers Rhett et thésaurisait le reste. Nul avare ne compta son or plus souvent qu'elle, nul avare ne craignit davantage de le perdre. Elle ne voulait pas mettre son argent à la banque, de peur que celle-ci ne fît faillite ou que les Yankees ne confisquassent les comptes des déposants. Elle portait sur elle le plus d'argent possible, enfoui dans son corset. Elle cachait de petites liasses de billets dans tous les coins de la maison, sous une brique descellée, dans sa boîte à chiffons, entre les pages d'une Bible. A mesure que les semaines passaient, elle devenait de plus en plus irascible, car chaque dollar qu'elle économisait serait un dollar de plus à perdre si la catastrophe se produisait.

Frank, Pitty et les domestiques supportaient ses accès de colère avec une longanimité invraisemblable, et, sans en deviner la véritable cause, attribuaient ses fâcheuses dispositions à la grossesse. Frank savait qu'il ne fallait pas contrarier les femmes enceintes et, mettant toute fierté de côté, il ne reprochait plus à sa femme de faire marcher deux scieries et de se promener en ville dans l'état où elle se trouvait. Sa conduite le plongeait dans un perpétuel embarras, mais il prenait son mal en patience. Il savait qu'après la naissance de son enfant Scarlett redeviendrait la jeune femme douce et charmante qu'il avait courtisée. Néanmoins, quoi qu'il fît pour adoucir son humeur, elle continuait à lui mener la vie si dure qu'il lui arrivait parfois de penser qu'elle était possédée du démon.

Personne ne semblait s'apercevoir de ce qui la poussait à se comporter comme une possédée. Elle voulait à tout prix mettre ses affaires en ordre avant de rester confinée entre quatre murs. Elle voulait édifier une digue solide entre elle et la haine grandissante des Yankees. Il lui fallait de l'argent, toujours plus d'argent, au cas où le déluge s'abattrait sur elle. L'argent l'obsédait. Lorsqu'elle pensait à l'enfant qui allait venir, elle ne pouvait se défendre d'un sentiment de colère.

« La mort, les impôts et les enfants! Ça vient toujours quand il ne faut pas! »

Atlanta avait déjà crié au scandale lorsque Scarlett, une femme, s'était mise à diriger une scierie, mais maintenant tout le monde estimait qu'elle dépassait les bornes. Son manque de scrupules en affaires était choquant, surtout quand on songeait que sa pauvre maman était une Robillard, et la façon dont elle exhibait sa grossesse en pleine rue était positivement indécente. A partir du moment où l'on pouvait soupçonner qu'elle était enceinte, aucune femme blanche respectable ne sortait de chez elle et même si quelques négresses le faisaient elles étaient l'exception. Mme Merriwether déclarait avec indignation que, si Scarlett continuait, elle allait accoucher sur la place publique.

Cependant, toutes les critiques que lui avait values sa conduite antérieure n'étaient rien en comparaison des bruits qui circulaient désormais sur son compte. Non seulement Scarlett faisait des affaires avec les Yankees, mais encore elle donnait l'impression d'y prendre plaisir!

Mme Merriwether et bien d'autres Sudistes faisaient eux aussi des affaires avec les nouveaux venus du Nord, mais toute la différence consistait en ce qu'ils montraient clairement que c'était à leur corps défendant. Dire que Scarlett était allée jusqu'à prendre le thé chez des femmes d'officiers yankees! En somme, il ne lui restait plus qu'à recevoir ces personnes chez elle et chacun se disait que, sans tante Pitty et Frank, elle n'y eût point manqué.

Scarlett savait fort bien que la ville jasait, mais elle n'en avait cure. D'ailleurs, elle ne pouvait pas se permettre de s'arrêter à pareilles mesquineries. Elle nourrissait toujours pour les Yankees une haine aussi farouche que le jour où ils avaient essayé d'incendier Tara. mais elle savait dissimuler cette haine. Elle savait que, pour gagner de l'argent, il fallait se tourner du côté des Yankees, et elle avait appris que le meilleur moyen d'obtenir leur clientèle était de les amadouer avec des sourires et des mots aimables.

Un jour, lorsqu'elle serait riche et que son argent serait en sûreté là où les Yankees ne pourraient pas le prendre, elle leur dirait exactement ce qu'elle pensait d'eux, elle leur montrerait combien elle les exécrait et les méprisait. Quelle joie ce serait pour elle! Mais, en attendant, le bon sens commandait de pactiser avec eux. Si c'était de l'hypocrisie, tant pis, les gens d'Atlanta n'avaient qu'à suivre son exemple!

Scarlett découvrit que se faire des relations parmi les officiers yankees était d'une facilité déconcertante.

Exilés dans un pays hostile, ils se sentaient seuls et bon nombre d'entre eux avaient soif de connaître des femmes du monde. Dans les rues, lorsqu'ils passaient, les femmes respectables ramenaient leurs jupes contre elles et les regardaient comme si elles étaient prêtes à leur cracher au visage. Seules, les prostituées et les négresses leur parlaient avec gentillesse. Or Scarlett, bien qu'elle exerçât un métier d'homme, était apparemment une femme du monde et les officiers yankees tressaillaient d'aise lorsqu'elle les gratifiait d'un beau sourire ou qu'une lueur agréable brillait dans ses yeux verts.

Souvent Scarlett arrêtait son buggy pour bavarder avec eux, mais, tandis que ses joues se creusaient de fossettes, sa répugnance pour ces hommes montait en elle avec une telle violence qu'elle avait peine à ne pas les couvrir d'injures. Pourtant, elle se dominait et s'apercevait qu'elle manœuvrait les Yankees avec autant d'aisance qu'elle avait jadis manœuvré les jeunes gens du Sud, pour s'amuser. Seulement, cette fois-ci, il n'était plus question d'amusement. Le rôle qu'elle s'imposait était celui d'une femme charmante et raffinée, plongée dans l'affliction. Grâce à son air digne et réservé, elle était en mesure de tenir ses victimes à distance respectueuse, mais elle n'en conservait pas moins dans ses manières une grâce qui réchauffait le cœur des officiers yankees lorsqu'ils pensaient à Mme Kennedy.

Cette tiédeur était profitable, et c'était bien là ce qu'escomptait Scarlett. Bon nombre d'officiers de la garnison, ne sachant pas combien de temps on les laisserait à Atlanta, avaient fait venir leurs femmes et leurs enfants. Comme les hôtels et les pensions de famille étaient pleins à craquer, ils faisaient construire de petites maisons, pour eux et leur famille. Ils étaient donc enchantés d'acheter leurs bois de charpente à la gracieuse Mme Kennedy, qui avait pour eux plus d'égards que n'importe qui. Les Carpetbaggers et les Scallawags, dont on voyait s'élever les belles demeures, les hôtels et les magasins, aimaient mieux, eux aussi, avoir affaire à Scarlett qu'aux anciens soldats confédérés qui, sans cesser d'être polis, leur manifestaient une froideur pire qu'une franche hostilité.

Ainsi, parce qu'elle était jolie et charmante et qu'elle savait parfois prendre un air malheureux ou désespéré, les Yankees estimaient qu'ils se devaient de venir en aide à une petite femme courageuse dont le mari ne la valait certainement pas, et c'était avec joie qu'ils lui donnaient leur clientèle et la donnaient du même coup à Frank. Et Scarlett, voyant se développer ses affaires, se disait que non seulement elle sauvegardait le présent, grâce à l'argent yankee, mais qu'elle assurait également l'avenir, grâce à ses nouvelles amitiés.

Scarlett constatait qu'il était plus facile qu'elle n'avait pensé de maintenir sur le plan souhaitable ses relations avec les officiers yankees, car ces derniers semblaient avoir une sainte terreur des dames sudistes, mais ses rapports avec leurs femmes ne tardèrent pas à poser un problème qu'elle n'avait pas prévu. Ce n'était pas elle qui avait cherché à se lier avec les femmes yankees. Elle eût été ravie de les éviter, mais ça lui était impossible. Les femmes des officiers étaient bien décidées à la fréquenter Elles brûlaient d'envie de faire plus ample connaissance avec le Sud et les femmes du Sud et, pour la première fois, Scarlett leur offrait un moyen de satisfaire leur curiosité. Les autres dames d'Atlanta ne tenaient nullement à les voir et refusaient même de les saluer à l'église, aussi, lorsque Scarlett venait chez elles pour traiter une affaire, était-elle accueillie comme le Messie. Quand elle arrêtait son buggy devant une demeure yankee et du haut de son siège vantait son bois au maître de maison, l'épouse de celui-ci sortait souvent de chez elle pour se joindre à la conversation ou invitait Scarlett à entrer prendre une tasse de thé. Quoi qu'il lui en coûtât, Scarlett déclinait rarement l'invitation, car elle espérait bien, par ce moyen, gagner une nouvelle cliente à Frank. Cependant, les questions trop personnelles de ces dames, leur partialité et leur attitude condescendante à l'égard de tout ce qui touchait le Sud mettaient sa patience à rude épreuve.

Considérant qu'après la Bible *La Case de l'Oncle Tom* était le seul livre digne de créance, les femmes yankees voulaient toutes avoir des détails sur les limiers que chaque Sudiste élevait dans ses chenils pour donner la chasse aux esclaves fugitifs. Elles ne croyaient jamais Scarlett lorsque celle-ci leur déclarait qu'en fait de limiers elle n'avait vu autour d'elle que des petits chiens doux comme des agneaux. Elles désiraient également savoir comment les planteurs s'y prenaient pour marquer au fer fouge le visage de leurs esclaves, comment ils leur infligeaient le supplice du chat à neuf queues auquel les malheureux succombaient si souvent. Enfin, elles portaient un intérêt de mauvais aloi à la question du concubinage des esclaves.

Toute autre dame d'Atlanta eût étouffé de rage devant un tel étalage de chauvinisme et d'ignorance, mais Scarlett réussissait néanmoins à se dominer, trouvant du reste que pareils propos engendraient plus le mépris que la colère. Après tout, ces femmes étaient yankees et il ne fallait pas s'attendre à autre chose de la part de ces gens-là. Leurs insultes à sa patrie glissaient donc sur Scarlett et n'éveillaient en elle qu'un dédain soigneusement dissimulé. Cela dura jusqu'au jour où un incident vint raviver toutes les ran-cœurs de la jeune femme et lui permit de mesurer la largeur du gouffre qui séparait le Nord et le Sud.

Un après-midi qu'elle rentrait chez elle en voiture avec l'oncle Peter, elle passa devant une demeure où s'entassaient les familles de trois officiers qui atten-daient qu'on achevât de construire leurs maisons par-ticulières avec des bois achetés à Scarlett. Leurs trois épouses se tenaient juste au milieu de l'allée. A la vue de Scarlett, elles lui firent signe de s'arrêter et s'approchèrent du buggy.

— Vous êtes juste la personne que je voulais voir, madame Kennedy, déclara une des dames, une femme grande et maigre qui venait du Maine. Je voudrais avoir quelques renseignements sur cette ville arriérée.

Scarlett avala cette injure faite à Atlanta avec le mépris qui convenait et s'efforça de sourire.

— Que puis-je pour vous ?

— Bridget, ma nurse, est retournée vivre dans le Nord. Elle m'a dit qu'elle ne voulait pas rester un jour de plus au milieu de ces « négros », comme elle les appelle. Et les enfants vont me rendre folle! Je vous en prie, dites-moi ce qu'il faut faire pour trouver une autre nurse. Je ne sais pas où m'adresser.

— Ça ne devrait pas être difficile, fit Scarlett en riant. Si vous arrivez à mettre la main sur une négresse de la campagne qui n'a pas encore été gâtée par le Bureau des Affranchis, vous aurez une bonne d'enfants idéale. Vous n'avez qu'à vous tenir devant la grille de votre jardin et à demander à toutes les négresses qui passent, je suis certaine que...

Les trois femmes se mirent à pousser des cris d'in-dignation.

— Pensez-vous que je vais confier mes enfants à une négresse ? s'exclama la femme du Maine. Je veux une brave fille irlandaise.

— Je crains que vous ne trouviez pas de domes-tiques irlandaises à Atlanta, répondit Scarlett avec une certaine fraîcheur. Pour ma part, je n'ai jamais vu de domestiques blancs, et je n'en voudrais pas chez moi. En tout cas, ajouta-t-elle avec une légère pointe d'ironie, je vous assure que les noirs ne sont pas des cannibales et qu'on peut avoir entière confiance en eux.

— Bonté divine! Je n'en voudrais pas sous mon toit! En voilà une idée! Laisser une négresse porter la main sur mes enfants! Ah! non.

Scarlett pensa aux bonnes grosses mains noueuses de Mama qui avaient tant peiné pour Ellen, pour elle et pour Wade. De quel droit ces étrangères parlaient-elles ainsi? Elles ne savaient même pas combien on pouvait les aimer ces mains noires, ces mains faites pour apaiser, pour consoler, pour caresser.

— C'est bizarre de vous entendre dire cela, fit Scarlett avec un petit rire bref. Vous semblez oublier que c'est vous autres qui avez affranchi les noirs.

— Seigneur. Ce n'est pas moi, ma chère! pouffa la femme du Maine. Je n'avais jamais vu un nègre avant d'arriver ici le mois dernier et je me passerais fort bien d'en voir. Ils me donnent la chair de poule. Ils ne m'inspirent aucune confiance.

Depuis un certain temps, Scarlett se rendait compte que l'oncle Peter était de plus en plus mal à l'aise et fixait désespérément les oreilles du cheval.

— Regardez-moi le vieux négro! s'exclama soudain la femme du Maine en montrant l'oncle Peter à ses compagnes. Il se gonfle comme un crapaud. Je parie que c'est votre chouchou, ajouta-t-elle en se tournant vers Scarlett. Vous autres, Sudistes, vous ne savez pas vous y prendre avec les noirs. Vous les gâtez parfois beaucoup trop.

Peter avala longuement sa salive, son front se plissa, mais il conserva son impassibilité. Se faire traiter de « négro » par une personne blanche! Ça ne lui était encore jamais arrivé. Se faire traiter de « chouchou » à son âge, lui qui tenait tant à sa dignité, lui qui était si fier d'être, depuis des années, le meilleur soutien de la famille Hamilton!

Scarlett n'osa pas regarder l'oncle Peter en face, mais elle devina que son menton tremblait sous l'insulte infligée à son amour-propre. Elle se sentit envahie par une rage meurtrière. Elle avait écouté avec calme les femmes yankees se moquer de l'armée confédérée, salir la réputation de Jeff Davis, accuser les Sudistes d'assassiner et de torturer leurs esclaves, elle aurait même toléré qu'on mît en cause sa vertu et son honnêteté, si elle en avait tiré profit, mais à l'idée que ces femmes venaient de blesser le vieux et fidèle serviteur par leurs remarques stupides, elle prit feu comme un tonneau de poudre dans lequel on eût jeté une allumette. Ses yeux se posèrent sur le gros pistolet d'arçon à la ceinture de Peter et elle avança la main. Oui, ils méritaient bien qu'on les abatte comme des chiens, ces conquérants ignares et insolents. Mais elle se contint, serra les dents à en faire saillir les muscles de ses joues et elle se souvint à temps que le moment n'était pas encore venu de dire aux Yankees ce qu'elle pensait d'eux. Un jour, elle leur lancerait la vérité au visage, mais pas maintenant !

— L'oncle Peter est de la famille, dit-elle d'une voix frémissante. Au revoir. En route, Peter.

Peter fouetta si brusquement le cheval que l'animal, surpris, se cabra et que le buggy fit une embardée. Scarlett eut cependant le temps d'entendre la femme du Maine demander à ses amies : « Il est de la famille ? Ils ne sont tout de même pas parents, qu'en pensez-vous ? Il est tellement noir. »

Que le diable les emporte tous ! Ils méritaient qu'on les chassât à coups de fouet de la surface du globe. « Si jamais je suis assez riche, je leur cracherai à la figure ! Je... »

Scarlett regarda Peter et vit une larme couler le long de son nez. Aussitôt ses yeux s'embuèrent. Elle éprouva une immense tendresse pour le vieux noir, un immense chagrin de son humiliation. Ces femmes avaient blessé l'oncle Peter... Peter qui avait fait la campagne du Mexique avec le vieux colonel Hamilton et avait tenu son maître dans ses bras lorsqu'il était mort. Peter qui avait élevé Melly et Charles et avait veillé sur l'innocente Pittypat, qui l'avait « p'otégée » pendant l'exode, qui lui avait « che'ché » un cheval pour la ramener à Macon à travers un pays ravagé par la guerre. Et ces femmes prétendaient qu'elles ne pouvaient pas se fier aux nègres !

— Peter, fit Scarlett d'une voix brisée, tout en posant la main sur le bras grêle du vieux cocher. J'ai honte de te voir pleurer. Il ne faut pas faire attention à ce qu'elles disent. Ce sont de maudites Yankees!

— Elles ont pa'lé devant moi comme si j'étais une mule qui pouvait pas les comp'end'... comme si j'étais un Af'icain et que je pouvais pas savoi' ce qu'elles disaient, déclara l'oncle Peter en reniflant avec force. Et elles m'ont appelé « nég'o », et moi j'ai jamais été appelé nég'o pa' les blancs, et elles m'ont appelé aussi « chouchou » et elles ont dit qu'on pouvait pas avoi' confiance dans les nèg'! Moi, pas avoi' confiance en moi! Voyons, quand le vieux colonel il allait mou'ir, il m'a dit : « Toi, Pete', tu t'occupe'as des enfants. Tu veille'as su' la jeune mam'zelle Pittypat, il a dit, pa'ce que elle a pas plus de ce'velle qu'une libellule. » Et moi, depuis ce temps-là, j'ai toujou' bien veillé sur elle...

— Il n'y a que l'ange Gabriel qui aurait pu faire ce que tu as fait, lui dit Scarlett pour le calmer. Je me demande ce que nous serions devenus sans toi.

— Oui, m'ame, me'ci, vous êtes bien gentille, m'ame. Je le sais bien et vous, vous le savez a'ssi, mais les Yankees, eux ils le savent pas et ils veulent pas le savoi'! Comment ça se fait qui se mêlent de vqs affai', m'ame Sca'lett ? Ils nous comp'ennent pas nous aut' confédé'és.

Scarlett ne répondit rien, parce qu'elle était toujours en proie à la colère qu'elle n'avait pas pu laisser éclater en présence des femmes yankees. Le vieux cocher et elle poursuivirent leur chemin en silence. Peter avait cessé de renifler, mais sa lèvre inférieure saillait d'une manière de plus en plus inquiétante. Son indignation montait, à mesure que s'atténuaient les effets du coup qu'il avait reçu.

« Que ces maudits Yankees sont donc des gens bizarres! pensait Scarlett. Ces femmes semblaient se figurer que Peter n'avait pas d'oreilles pour entendre, parce qu'il était noir! Oui, les Yankees ignorent que les nègres sont comme des enfants, qu'il faut les prendre par la douceur, les diriger, leur faire des compliments, les dorloter, les gronder. Ils ne comprennent pas plus les nègres que la nature des rapports qui existaient entre eux et leurs anciens maîtres. Ça ne les a pas empêchés de se battre pour les affranchir. Maintenant que c'est fait, ils ne veulent plus entendre parler d'eux que pour terroriser les Sudistes. Ils ne les aiment pas, ils n'ont pas confiance en eux, ils ne les comprennent pas, et pourtant ils ne cessent de crier à tous les échos que les Sudistes ne savent pas se conduire avec eux. »

Ne pas avoir confiance dans un noir! Mais Scarlett avait plus confiance dans les noirs que dans la plupart des blancs, en tout cas, elle avait plus confiance en eux que dans n'importe quel Yankee. On rencontrait chez eux une loyauté, un attachement sans bornes, un amour que rien ne pouvait altérer, qu'aucune somme d'argent ne pouvait acheter. Scarlett songea à ceux qui étaient restés à Tara au moment de l'invasion, alors qu'ils auraient si bien pu s'enfuir et s'en aller mener une vie oisive sous la protection des Yankees. Elle songea à Dilcey, cueillant le coton avec elle, à Pork, dévalisant les poulaillers pour que la famille ne mourût pas de faim, à Mama, l'accompagnant à Atlanta pour l'empêcher de mal faire. Elle songea aux serviteurs de ses voisins qui étaient demeurés fidèles, protégeant leurs maîtresses pendant que les hommes étaient à la guerre, les aidant à se réfugier au milieu des périls, soignant les blessés, ensevelissant les morts, réconfortant les affligés, peinant, mendiant ou volant pour nourrir des familles entières. Et même maintenant, alors que le Bureau des Affranchis leur promettait monts et merveilles, ils restaient près des blancs et travaillaient plus dur qu'ils n'avaient jamais travaillé au temps de l'esclavage. Mais les Yankees ne comprenaient pas ces choses-là et ne les comprendraient jamais.

— Ils t'ont pourtant donné la liberté, dit Scarlett tout haut.

— Non, m'ame! Ils m'ont pas donné la libe'té! Je voud'ais pas que ces canailles-là, elles me donnent la libe'té! déclara Peter avec indignation. J'appa'tiens

441

toujou' à mam'zelle Pitty et quand je se'ai mo', elle m'ente'a dans le cimetiè' des Hamilton, où j'ai ma place... Mam'zelle, elle va se met' dans un état quand je lui di'ai que vous m'avez laissé insulter pa' des femmes yankees.

— Ce n'est pas vrai! s'écria Scarlett, stupéfaite.

— Si, c'est v'ai, m'ame Sca'lett, fit Peter, la lèvre plus menaçante que jamais. Vous comp'enez, si vous et moi, on s'était pas occupés des Yankees, ils n'au'aient pas pu m'insulter. Si vous leu' aviez pas pa'lé, y au'ait pas eu de danger qui me t'aitent comme une mule ou comme un Af'icain. Et puis, vous avez pas p'is ma défense!

— Mais si! protesta Scarlett, piquée par cette remarque. Ne leur ai-je pas dit que tu faisais partie de la famille ?

— Ça s'appelle pas p'end' la défense de quelqu'un, puisque c'est un fait. M'ame Sca'lett, vous avez pas besoin de fai'e du comme'ce avec les Yankees. Les aut' dames, elles en font pas. Mam'zelle Pitty, elle, elle voud'ait pas mouiller le bout de ses petites chaussu' pou' de la ve'mine comme ça. Et elle se'a pas contente quand elle sau'a ce qu'on m'a dit.

Les reproches de Peter étaient bien plus mortifiants que tout ce que Frank, Pitty ou les voisins avaient pu dire, et Scarlett, vexée, se retint pour ne pas secouer le vieux cocher comme un prunier. Peter avait raison, mais ça lui était odieux de s'entendre faire des remontrances par un nègre, et surtout par un nègre qui la servait. Il n'y avait rien de plus humiliant pour un Sudiste que de ne pas jouir de l'estime de ses domestiques.

— Un chouchou! bougonna Peter. Je suppose qu'ap'ès ça mam'zelle Pitty, elle va plus vouloi' que je vous conduise. Non, m'ame!

— Je voudrais bien voir ça! En attendant, je te prie de te taire.

— Je vais avoi' des douleu' dans le dos, annonça Peter d'un ton lugubre. Mon dos, il me fait si mal en ce moment que je peux p'esque plus me teni' assis. Si j'ai des douleu', mam'zelle elle voud'a plus que je

442

conduise... M'ame Sca'lett, ça vous se'vi'a à 'ien d'êt'
bien avec les Yankees et les canailles. si vous êtes pas
bien avec vot' famille.

Il était impossible de résumer la situation en termes
plus précis et Scarlett retomba dans son silence rageur.

Oui, elle avait l'approbation des vainqueurs, mais
ses parents et ses amis la critiquaient. Elle savait tout
ce qu'on disait d'elle et voilà que Peter lui-même la
blâmait au point de ne plus vouloir se montrer en
public à ses côtés. C'était la goutte d'eau qui fait
déborder le vase.

Jusque-là, elle s'était moquée de l'opinion des gens,
mais les paroles de Peter venaient d'allumer en elle
une rancune farouche contre ses voisins, une haine
aussi forte que celle qu'elle nourrissait à l'égard des
Yankees.

« Pourquoi s'occupent-ils de ce que je fais. Qu'y
trouvent-ils à redire ? pensa-t-elle. Ils s'imaginent peut-
être que ça m'amuse de fréquenter les Yankees et de
travailler comme une esclave ? Ils ne font que rendre
ma tâche plus ingrate. Mais qu'ils pensent ce qu'ils
voudront. Ça m'est bien égal. Je n'ai pas le temps de
m'arrêter à des mesquineries. Mais plus tard... plus
tard... »

Plus tard ! Lorsque le monde aurait recouvré son
calme, elle pourrait se croiser les bras et devenir une
grande dame, comme Ellen l'avait été. Elle déposerait
les armes, elle mènerait une vie tranquille et tout le
monde aurait de l'estime pour elle. Que ne ferait-elle
pas, lorsqu'elle serait riche! Elle pourrait se permettre
d'être aussi bonne et aimable que sa mère, elle penserait aux autres, elle respecterait les usages. Elle ne
tremblerait plus continuellement de peur. La vie cou-
lerait sans heurts. Elle aurait le temps de jouer avec
ses enfants et d'assister à leur leçon. Des amies viendraient passer l'après-midi chez elle. Parmi les frou-
frous des jupons de taffetas, au rythme des éventails
en feuille de palmier, elle servirait le thé, des sand-
wiches et des gâteaux exquis. Elle bavarderait des
heures entières. Et puis elle serait charitable envers
les malheureux. Elle porterait des paniers aux pauvres,

de la soupe et des compotes aux malades, elle « promènerait » dans sa voiture ceux qui auraient eu moins de chance qu'elle, à l'exemple de sa mère. Elle serait une vraie femme du monde, au sens sudiste du terme... Alors, tout le monde l'aimerait comme on avait aimé Ellen, tout le monde vanterait son bon cœur et on l'appellerait « la Bienfaisante Madame ».

Rien ne venait altérer le plaisir que lui procuraient ces visions d'avenir. Elle ne se doutait pas qu'elle n'avait, au fond, aucune envie de devenir bonne ou charitable. Elle désirait uniquement se voir attribuer ces qualités. Mais les mailles de son esprit étaient trop lâches pour retenir de si petites différences. Il lui suffisait de penser qu'un jour, lorsqu'elle serait riche, tout le monde aurait de l'estime pour elle.

Un jour! Oui, un jour, mais pas maintenant. En ce moment, elle n'avait pas le temps d'être une grande dame.

Peter avait vu juste. Tante Pitty se mit dans tous ses états et les douleurs prirent de telles proportions en une seule nuit qu'il ne conduisit plus jamais le buggy. Scarlett en fut réduite à la conduire elle-même et vit reparaître le cal de ses mains.

Ainsi passa le printemps. En mai, mois des feuilles vertes et des parfums, le beau temps succéda aux fraîches ondées d'avril. Chaque semaine apportait à Scarlett, de plus en plus gênée par sa grossesse, un nouveau tribut de soucis et de travaux. Ses anciens amis lui battaient froid. Par contre, dans sa famille, on redoublait de gentillesse et d'égards envers elle et l'on comprenait de moins en moins ce qui la poussait à agir. Au cours de ces journées d'angoisses et de luttes, il n'y avait qu'une seule personne qui la comprît et sur laquelle elle pût compter, c'était Rhett Butler. Scarlett s'en étonnait d'autant plus que Rhett avait l'instabilité du vif-argent et l'esprit aussi mal tourné qu'un démon frais émoulu de l'enfer.

Il se rendait souvent à La Nouvelle-Orléans, sans jamais expliquer les raisons de ses mystérieux voyages, mais Scarlett était persuadée, non sans en éprouver une certaine jalousie, qu'il allait voir une femme, ou peut-être plusieurs. Cependant, après que l'oncle Peter eut refusé de la conduire, il fit des séjours de plus en plus longs à Atlanta.

Lorsqu'il était en ville, il passait la majeure partie de son temps soit dans un tripot aménagé au-dessus du café de la *Fille d'aujourd'hui*, soit au bar de Belle Watling, où il buvait avec les Yankees et les Carpet-baggers les plus riches, à la réussite de projets financiers, ce qui le rendait encore plus odieux aux gens de la ville que ses compagnons de bouteille. Il ne venait plus chez tante Pitty, sans doute par égard pour les sentiments de Frank et de la vieille demoiselle, qui eussent été outragés de recevoir la visite d'un homme alors que Scarlett se trouvait dans une position délicate. Il ne se passait pourtant guère de jour qu'il ne rencontrât la jeune femme par hasard. Scarlett le voyait s'approcher à cheval de son buggy, tandis qu'elle suivait les routes désertes qui menaient à l'une ou l'autre des deux scieries. Il s'arrêtait toujours pour lui parler et parfois il attachait sa monture derrière le buggy dont il prenait les guides. A cette époque-là, Scarlett se fatiguait plus vite qu'elle ne voulait l'admettre et elle était toujours reconnaissante à Rhett de conduire à sa place. Il prenait soin de la quitter avant de rentrer en ville, mais tout Atlanta était au courant de leurs rencontres et les mauvaises langues ne se faisaient pas faute de souligner ce nouvel outrage de Scarlett à la bienséance.

Scarlett se demandait de temps en temps si ces rencontres étaient dues uniquement au hasard. Elles devenaient de plus en plus fréquentes, à mesure que les semaines passaient et que se multipliaient les attentats commis par les noirs. Mais enfin, pourquoi choisissait-il juste le moment où elle était le moins à son avantage pour rechercher sa compagnie ? Où voulait-il en venir ? Une aventure ? C'était impossible et, même, y avait-il jamais songé ? Scarlett commençait à en douter. Il y avait des mois qu'il ne s'était livré à la moindre plaisanterie sur la scène lamentable qui avait eu lieu entre elle et lui, à la prison yankee. Il ne parlait jamais d'Ashley ni de son amour pour lui ; il ne faisait plus de remarques grossières sur « les désirs qu'elle lui inspirait ». Pensant qu'il valait mieux ne pas éveiller le chat qui dort, elle ne chercha pas à éclaircir les raisons de leurs fréquentes rencontres. D'ailleurs, elle en était arrivée à conclure que Rhett, n'ayant pas grand-chose à faire en dehors du jeu et ne connaissant pas beaucoup de gens intéressants à Atlanta, recherchait uniquement sa compagnie pour bavarder avec une personne sympathique.

Quels qu'eussent été les motifs de Rhett, Scarlett était enchantée de le voir si souvent. Il écoutait ses doléances sur la perte d'un client, les mauvais payeurs, les escroqueries de M. Johnson ou l'incompétence de Hugh. Il applaudissait à ses succès, alors que Frank se contentait d'un petit sourire indulgent, que Pitty s'exclamait : « Oh! mon Dieu! » d'un air affolé. Il avait beau se défendre de lui rendre service, elle était persuadée qu'il lui faisait souvent réaliser de bonnes opérations, car il connaissait intimement tous les riches Yankees et Carpetbaggers. Elle savait à quoi s'en tenir sur son compte et ne se fiait jamais à lui, mais chaque fois qu'elle le voyait déboucher d'un chemin ombragé sur son grand cheval noir, sa bonne humeur lui revenait. Lorsque, après être monté dans le buggy, il lui prenait les guides des mains et lui décochait quelques remarques impertinentes, elle se sentait rajeunie, et malgré ses soucis et sa taille épaisse elle avait l'impression d'être de nouveau une femme séduisante. Elle lui disait presque tout ce qui lui passait par la tête, sans se soucier de dissimuler sa véritable opinion et n'évitait jamais certains sujets comme elle le faisait avec Frank, ou même avec Ashley. Bien entendu, dans ses conversations avec Ashley, il y avait tant de choses que l'honneur empêchait de révéler. C'était bon d'avoir un ami comme Rhett maintenant que, pour une raison ou pour une autre, il avait décidé de bien s'entendre avec elle. Oui, c'était très bon, très réconfortant. Elle avait si peu d'amis désormais.

— Rhett, lui demanda-t-elle avec véhémence, peu de temps après l'ultimatum de l'oncle Peter. Pourquoi les gens de cette ville me traitent-ils si mal et parlent-ils tant de moi ? Entre les Carpetbaggers et moi, ils n'ont pas d'autres sujets de conversation ! Je n'ai rien fait de mal et...

— Si vous n'avez rien fait de mal, c'est que vous n'en avez pas eu l'occasion. Ils doivent vaguement s'en rendre compte.

— Oh ! soyez donc sérieux ! Tout cela me met dans une telle rage. J'ai simplement cherché à gagner un peu d'argent et...

— Vous avez simplement cherché à ne pas faire comme les autres femmes, et ma foi vous n'avez pas mal réussi. Comme je vous l'ai déjà dit, la société ne veut pas qu'on se singularise. C'est le seul péché qu'elle ne pardonne pas. Maudit soit celui qui est différent des autres. Et puis, Scarlett, le seul fait que votre scierie marche bien est une injure à tout homme dont les affaires périclitent. Rappelez-vous qu'une femme bien élevée doit rester à son foyer et ignorer ce qui se passe dans le monde brutal des gens laborieux.

— Mais si j'étais restée chez moi, il y a beau temps que je n'aurais plus de foyer.

— Vous auriez dû y rester quand même et être fière de vous laisser gentiment mourir de faim.

— Oh ! à d'autres ! Mais voyons, regardez Mme Merriwether. Elle vend des pâtés aux Yankees, c'est encore pis que de diriger une scierie. Mme Elsing fait des travaux de couture et loge des pensionnaires. Fanny peint d'horribles choses en porcelaine dont personne ne veut, mais que tout le monde lui achète pour l'aider et...

— Vous n'y êtes pas du tout, ma mignonne. Ces dames ne réussissent point et, par conséquent, ne heurtent pas l'orgueil sudiste des hommes de leur entourage. Ceux-ci peuvent toujours se dire : « Les pauvres, comme elles se donnent de la peine ! Allons, laissons-les croire qu'elles servent à quelque chose. » En outre, ces dames dont vous dites les noms ne se réjouissent nullement d'être obligées de travailler. Elles s'arrangent pour bien faire savoir qu'elles ne travaillent qu'en attendant le jour où un homme viendra les décharger d'un fardeau qui n'est pas à la taille de leurs fragiles épaules. Ainsi, chacun s'apitoie sur leur sort. Vous, au contraire, vous aimez manifestement le travail et vous ne semblez pas disposée à laisser un homme s'occuper de vos affaires. Comment voulez-vous qu'on s'attendrisse sur vous ? Atlanta ne vous le pardonnera jamais. C'est si agréable de s'apitoyer sur le sort des gens !

— J'aimerais pourtant bien que vous soyez un peu sérieux.

— N'avez-vous jamais entendu citer ce proverbe oriental : « Les chiens aboient, mais la caravane poursuit son chemin » ? Laissez-les aboyer, Scarlett. Je crains que rien ne vienne arrêter votre caravane.

— Mais pourquoi me reprochent-ils de gagner un peu d'argent ?

— Vous ne pouvez pas tout avoir, Scarlett. Continuez à gagner de l'argent à la manière d'un homme et rencontrez des visages fermés partout où vous irez, ou bien, restez pauvre et charmante et ayez des tas d'amis. Je crois que vous avez choisi.

— Je ne veux pas rester pauvre, s'empressa de déclarer Scarlett. Mais... j'ai bien choisi la bonne formule, n'est-ce pas ?

— Oui, si c'est à l'argent que vous tenez avant tout.

— C'est exact. Je tiens à l'argent plus qu'à n'importe quoi.

— Dans ces conditions, vous ne vous êtes pas trompée. Néanmoins, votre choix comporte une sanction, comme la plupart des choses que vous désirez. C'est la solitude.

Scarlett se tut un instant pour réfléchir. Rhett avait raison, elle était un peu seule, elle manquait de compagnie féminine. Pendant la guerre, elle allait retrouver Ellen lorsqu'elle broyait du noir. Après la mort d'Ellen, elle avait eu Mélanie, bien qu'elle et Mélanie n'eussent de commun que la rude besogne de Tara. Maintenant, elle n'avait plus personne, car, en dehors de ses commérages, tante Pitty n'offrait aucune ressource.

— Je crois... commença Scarlett d'une voix hésitante, que j'ai toujours été sevrée de compagnie féminine. Il n'y a pas que mes occupations qui m'attirent l'antipathie des dames d'Atlanta. Elles ne m'ont jamais aimée. En dehors de ma mère, aucune femme n'a eu vraiment de l'affection pour moi. Même mes sœurs. Je ne sais pas à quoi ça tient, mais même avant la guerre, même avant que j'épouse Charles, les femmes n'ont jamais paru trouver bien ce que je faisais. Je...

— Vous oubliez Mme Wilkes, interrompit Rhett dont l'œil pétilla de malice. Elle vous a toujours soutenue envers et contre tout et elle continuera, sauf si vous commettez un meurtre.

« Elle m'a même approuvée d'en avoir commis un ! » se dit intérieurement Scarlett.

— Peuh ! Melly ! ajouta-t-elle tout haut, avec un rire méprisant. Ce n'est guère à mon honneur que Melly soit la seule à trouver bien ce que je fais. Elle n'a pas plus de cervelle qu'un lapin ! Si elle avait le moindre grain de bon sens...

Elle s'arrêta net...

— Si elle avait le moindre grain de bon sens, elle s'apercevrait d'un certain nombre de choses qu'elle ne trouverait pas bien du tout, acheva Rhett. Allons, vous en savez évidemment plus que moi sur ce chapitre.

— Que le diable vous emporte avec votre mémoire et vos mauvaises manières !

— Votre grossièreté injustifiée ne mérite pas qu'on s'y arrête, aussi reviendrai-je au sujet qui nous occupait. Mettez-vous bien ceci dans la tête. Si vous continuez à rester différente des autres, vous serez tenue à l'écart non seulement par les gens de votre âge, mais par ceux de la génération de vos parents et également par ceux de la génération de vos enfants. Ils ne vous comprendront jamais et tout ce que vous pourrez faire les choquera. Cependant, vos grands-parents auraient sans doute été fiers de vous et auraient dit : « Eh ! Eh ! bon sang ne saurait mentir ! » Quant à vos petits-enfants, vous les ferez soupirer d'envie et ils déclareront : « La vieille grand-mère

449

a dû être un fameux numéro! » et bien entendu ils chercheront à vous imiter.

Scarlett rit de bon cœur.

— Vous avez quelquefois des trouvailles! Tenez, ma grand-mère Robillard. Lorsque j'étais méchante, Mama m'en parlait pour me faire peur. Elle était raide comme la Justice et je vous assure qu'elle ne badinait pas avec les bonnes manières. Ça ne l'a pas empêchée de se marier trois fois et des tas d'hommes se sont battus en duel pour elle. Elle se mettait du rouge, elle portait des robes outrageusement décolletées et sous ses robes elle n'avait pas de... enfin... elle n'avait pas grand-chose.

— Et vous étiez béate d'admiration pour elle, tout en cherchant à ressembler à votre mère! Du côté des Butler, j'ai eu un grand-père qui était pirate.

— Non, vraiment? Et il faisait subir aux gens le supplice de la planche?

— Ça devait lui arriver quand c'était pour lui un moyen de rafler de l'argent. En tout cas, il en a gagné assez pour laisser à mon père une jolie petite fortune. Dans la famille, on a toujours pris soin de l'appeler « le navigateur ». Il a été tué au cours d'une rixe dans une taverne, bien avant ma naissance. Inutile de dire que sa mort a été un grand soulagement pour ses enfants, car le vieux gentleman était presque toujours ivre et, dame, quand il avait du vent dans les voiles, il se mettait à évoquer des souvenirs qui faisaient se dresser d'horreur les cheveux de ses auditeurs. Pourtant, je l'ai beaucoup admiré et j'ai bien plus cherché à l'imiter que je n'ai jamais cherché à imiter mon père. Mon père, vous comprenez, est un monsieur charmant, farci de principes religieux et de principes tout court... bref, vous voyez ça d'ici. Je suis persuadé, Scarlett, que vos enfants n'approuveront pas plus votre conduite que ne l'approuvent Mme Merriwether, Mme Elsing et leurs rejetons. Vos enfants seront probablement des êtres doux et tranquilles, comme le sont en général les enfants de ceux qui ont un caractère bien trempé. Ce qu'il y aura de pire pour eux, c'est que vous, à l'exemple des autres mères, vous serez sans doute bien décidée à leur éviter les épreuves que vous avez traversées. Ce sera dommage. Les épreuves, l'adversité, ça forme les gens ou ça les brise. Vous en serez donc réduite à attendre l'approbation de vos petits-enfants.

— Je me demande à quoi ressembleront nos petits-enfants!

— Voudriez-vous dire par ce « nos » que vous et moi nous aurons des petits-enfants communs! Fi, madame Kennedy!

Scarlett se rendit compte de son erreur de langage et ses joues s'empourprèrent. Cependant, sa honte provenait surtout de ce que la plaisanterie de Rhett l'avait brusquement rappelée à la réalité. Son corps s'épaississait, elle l'avait oublié. Ni elle, ni Rhett n'avaient jamais fait la moindre allusion à son état. En sa compagnie, elle avait toujours pris soin de tenir sa couverture serrée sous ses bras, même par les journées les plus chaudes, se disant qu'ainsi on ne devait s'apercevoir de rien. Mais, maintenant, la rage de penser qu'elle était enceinte et que Rhett le savait peut-être lui donnait le vertige.

— Descendez de ce buggy, espèce de vermine, dit-elle d'une voix tremblante.

— Je n'en ferai rien, répondit Rhett, sans se départir de son calme. Il fera nuit avant que vous soyez rentrée et l'on m'a dit qu'une nouvelle colonie de nègres était venue s'installer par ici, sous des tentes et dans des huttes. Des nègres pas très recommandables, paraît-il. Je ne vois pas pourquoi vous fourniriez aux bouillants affiliés du Ku-Klux-Klan l'occasion d'endosser leur chemise de nuit et de s'en aller faire un petit tour loin de chez eux.

— Descendez, s'écria Scarlett, en essayant de lui arracher les guides, mais soudain, elle fut prise d'une nausée.

Rhett arrêta aussitôt le cheval, tendit deux mouchoirs propres à Scarlett et lui soutint la tête tandis qu'elle se penchait en dehors de la voiture. Pendant quelques instants, elle eut l'impression que le soleil déclinant, dont les rayons obliques se jouaient à

travers les feuilles nouvelles, chavirait dans un tourbillon de couleurs vertes et or. Lorsque son malaise
fut passé, elle s'enfouit le visage dans ses mains et
se mit à pleurer. Non seulement elle venait de vomir
devant un homme, ce qui, pour une femme, était
la pire des humiliations, mais, en même temps, elle
avait dû fournir la preuve de sa grossesse. Il lui sembla qu'elle n'oserait plus jamais regarder Rhett en
face. Dire que cela lui était juste arrivé quand elle
se trouvait avec lui, avec ce Rhett qui n'avait de
respect pour aucune femme! Tout en continuant
de sangloter, elle s'attendait à ce qu'il lui assenât
une plaisanterie grossière qu'elle ne parviendrait
jamais à oublier.

— Ne faites donc pas la sotte, dit Rhett tranquillement. Ce serait trop bête de pleurer de honte. Allons,
Scarlett, vous n'êtes plus une enfant. Vous devez
tout de même savoir que je ne suis pas aveugle. Je
sais bien que vous êtes enceinte.

Scarlett fit « Oh! » d'une voix épouvantée et serra
à pleines mains son visage cramoisi. Ce mot l'horri-
fiait. Frank était toujours gêné de lui parler de « son
état ». Gérald avait trouvé une formule pleine de tact
pour définir ce genre de chose et disait d'une femme
enceinte qu'elle était « en famille ». Quant aux autres
dames, en général, elles appelaient ça « être en difficultés ».

— C'est un peu simpliste de s'imaginer qu'il suffit
de se cacher sous une couverture trop chaude pour
qu'on ne s'aperçoive de rien. Mais si, Scarlett, j'étais
au courant. Pour quelle raison alors aurais-je...

Rhett s'arrêta brusquement, puis il reprit les
guides et, d'un petit claquement de langue, fit partir le cheval. Enfin, il se remit à parler de sa voix
traînante qui n'était pas désagréable aux oreilles de
Scarlett et, peu à peu, le visage terreux de la jeune
femme retrouva ses couleurs.

— Je ne vous croyais pas capable d'être choquée à
ce point, Scarlett. Je pensais que vous étiez une personne raisonnable et me voilà déçu. Resterait-il
encore tant de modestie en vous? Je crains de ne

pas m'être comporté en galant homme. D'ailleurs, je sais bien que je ne suis pas un galant homme, puisque la vue des femmes enceintes ne me gêne nullement. J'estime qu'il n'y a aucune raison pour ne pas les traiter comme des êtres normaux et je ne vois pas pourquoi mes yeux contempleraient le ciel ou la terre ou n'importe quel autre point de l'univers, mais ne pourraient jamais se poser sur leur ventre. Je ne vois pas non plus pourquoi je leur lancerais ces petits regards furtifs qui m'ont toujours paru le comble de l'indécence. Oui, pourquoi tous ces micmacs? C'est un état parfaitement normal. Sur ce point, les Européens sont beaucoup plus intelligents que nous. Ils adressent leurs félicitations aux futures mères. Je ne recommanderais peut-être pas d'aller jusque-là, mais enfin, c'est une attitude bien plus sensée que de feindre d'ignorer la chose. Je vous répète que c'est un état normal et les femmes devraient en être fières, plutôt que de se calfeutrer derrière leurs portes, comme si elles avaient commis un crime.

— Fières! s'écria Scarlett d'une voix étranglée. Fières... pouah!

— Vous n'êtes pas fière à l'idée d'avoir un enfant?

— Oh! Grand Dieu, non! Je... j'ai horreur des enfants!

— Vous voulez parler... des enfants de Frank?

— Non... des enfants de n'importe qui.

Pendant un instant, Scarlett s'en voulut de cette nouvelle erreur de langage, mais Rhett continua de parler tranquillement comme s'il n'avait rien remarqué.

— Dans ces conditions, nous ne nous ressemblons pas. Moi, j'aime les enfants.

— Vous les aimez? s'écria Scarlett si surprise par cette déclaration qu'elle en oublia sa gêne. Quel menteur vous faites!

— J'aime les bébés et les petits enfants jusqu'au jour où, commençant à grandir, ils se mettent à penser et à mentir comme les grandes personnes, bref, jusqu'au jour où leur esprit est souillé. Ce n'est tout de même pas une nouveauté pour vous. Vous savez que j'aime énormément Wade Hampton, bien qu'il ne soit pas ce qu'il devrait être.

« C'est vrai, pensa Scarlett, devenue soudain songeuse. On dirait qu'il aime jouer avec Wade et il lui apporte souvent des cadeaux. »

— Maintenant que nous avons éclairci ce point redoutable et que vous admettez que vous allez être mère dans un avenir pas tellement lointain, je m'en vais vous dire quelque chose dont je voulais déjà vous entretenir depuis plusieurs semaines... En fait, il s'agit de deux choses. La première, c'est que vous avez tort de circuler toute seule. C'est dangereux. Vous le savez, du reste. On vous l'a dit assez souvent. Si personnellement ça vous est égal d'être violée, vous devez néanmoins envisager les conséquences que ça entraînerait. Votre obstination risque de vous mettre dans une situation telle que vos héroïques concitoyens se verront dans l'obligation de vous venger en pendant quelques nègres. Bien entendu, les Yankees s'en mêleront et, à leur tour, finiront bien par pendre l'un ou l'autre de ces braves gens. Il ne vous est jamais venu à l'idée qu'une des raisons pour lesquelles les dames d'Atlanta ne vous aiment pas tient peut-être à ce que votre conduite est une menace pour leurs fils et leurs époux ? En outre, si le Ku-Klux-Klan continue à s'occuper des nègres, les Yankees vont serrer la vis à Atlanta et de si belle manière que Sherman donnera l'impression de s'être conduit comme un petit ange. Je sais ce que je dis, car je suis à tu et à toi avec les Yankees. Aussi triste que ce soit, ils me considèrent comme l'un des leurs et ne se gênent pas pour parler librement devant moi. Ils sont décidés à faire disparaître le Ku-Klux-Klan, même s'il leur faut brûler toute la ville et pendre un homme sur dix. Ça ne vous vaudrait rien, Scarlett. Vous risqueriez de perdre de l'argent dans l'affaire. Et puis, on ne sait jamais où s'arrête un feu de prairie, une fois qu'il a été allumé. Confiscations, augmentation des impôts, amendes pour les femmes suspectes... Je les ai entendus suggérer toutes ces mesures. Le Ku-Klux-Klan...

454

— Connaissez-vous des gens qui en font partie ? Est-ce que Tommy Wellburn ou Hugh ou...

Rhett haussa les épaules d'un geste impatient.

— Comment le saurais-je ? Je suis un renégat, un tourne-casaque, un Scallawag. Suis-je quelqu'un à connaître ces choses-là. Mais je connais des hommes suspectés par les Yankees. A la moindre incartade, c'est la potence. J'ai beau savoir que vous n'auriez aucun regret à envoyer votre prochain au gibet, je crois que ça vous ennuierait de perdre vos deux scieries. Je vois à votre air buté que vous ne me croyez pas et que mes paroles tombent dans le désert. Alors, je me contenterai de vous dire ceci : ayez toujours ce pistolet à portée de votre main... et, lorsque je serai à Atlanta, je tâcherai de m'arranger pour vous accompagner dans vos randonnées.

— Rhett, est-ce que vraiment... est-ce pour me protéger que vous...

— Oui, ma chère. C'est mon esprit chevaleresque bien connu qui m'incite à vous protéger.

La petite flamme moqueuse se remit à pétiller dans ses yeux et son visage perdit toute sa gravité.

— Et pourquoi cela ? A cause de mon profond amour pour vous, madame Kennedy. Oui, je vous adore, j'en ai perdu le boire et le manger, mais, étant un honnête homme, tout comme M. Wilkes, je ne vous en ai rien dit. Hélas ! vous êtes la femme de Frank et l'honneur m'a empêché de vous parler. Cependant, de même que l'honneur de M. Wilkes chancelle parfois, de même le mien chancelle en ce moment et je vous révèle ma passsion secrète et mon...

— Oh ! pour l'amour de Dieu, taisez-vous ! interrompit Scarlett agacée et qui, de plus, ne tenait nullement à ce que la conversation s'engageât sur Ashley et sur son honneur. Qu'aviez-vous d'autre à me dire ?

— Comment ! Vous détournez la conversation au moment où je vous ouvre mon cœur meurtri, mais débordant d'amour ? Parfait, voilà de quoi il s'agit.

La petite flamme s'éteignit et le visage de Rhett reprit son sérieux.

— Vous devriez faire attention à ce cheval. Il est

rétif et il a une bouche de fer. Ça vous fatigue de le conduire, hein? Voyons, s'il lui prend fantaisie de s'emballer, vous serez incapable de le retenir. S'il vous verse dans un fossé, ça peut tuer votre bébé et vous-même par-dessus le marché. Vous devriez lui passer le plus gros mors de bride possible, à moins que vous ne me permettiez de vous l'échanger contre un cheval docile, à la bouche plus sensible.

Scarlett regarda Rhett et, devant son air calme et doux, son irritation s'évanouit soudain, comme s'était évanouie sa gêne après qu'il lui eut parlé de sa grossesse. Il avait trouvé le moyen de la mettre à l'aise, alors qu'elle eût souhaité mourir et, maintenant, il faisait preuve d'encore plus de gentillesse. Elle éprouva un élan de gratitude pour lui et se demanda pourquoi il n'était pas toujours ainsi.

— Oui, ce cheval est dur à conduire, acquiesça-t-elle avec douceur. Quelquefois, j'ai mal aux bras toute la nuit à force d'avoir tiré sur les guides. Eh bien! comme vous voudrez, Rhett, faites pour le mieux.

— Tiens, tiens, voilà qui est charmant et si féminin. Ça change de vos airs autoritaires. Il suffit de savoir s'y prendre avec vous pour vous rendre souple comme un gant, déclara Rhett méchamment.

Scarlett fronça les sourcils et sa rage lui revint.

— Cette fois-ci, vous allez me faire le plaisir de descendre, sans quoi je vous donne un coup de fouet. Je ne sais pas pourquoi je vous supporte... pourquoi j'essaie d'être gentille avec vous. Vous n'avez aucune éducation, aucune morale. Vous n'êtes qu'un... Eh bien! descendez. Je ne plaisante pas.

Mais, lorsqu'il eut mis pied à terre et détaché son cheval de l'arrière de la voiture, lorsqu'il se fut campé au milieu de la route éclairé par le soleil couchant et qu'il eut arboré son plus gracieux sourire, Scarlett se dérida et sourit à son tour, tandis que le buggy s'éloignait.

Oui, Rhett était grossier. Il était habile et il valait mieux ne pas se frotter à lui. On ne savait jamais si l'arme inoffensive qu'on lui remettait dans un moment d'inattention n'allait pas se transformer entre ses mains en une lame des plus fines. Mais, après tout, il était stimulant. Sa conversation produisait l'effet d'un verre de cognac avalé en cachette.

Au cours des derniers mois, Scarlett s'était mise à aimer le cognac. Quand elle rentrait chez elle vers la fin de l'après-midi, trempée par la pluie, fourbue, endolorie par une longue randonnée en voiture, seule l'idée de la bouteille enfermée dans le tiroir de son bureau lui donnait du courage. Le docteur Meade n'avait point songé à lui dire qu'une femme enceinte ne devait pas boire, mais il ne serait jamais venu à l'idée du docteur qu'une femme comme il faut pût boire autre chose que du vin de mûres. Les femmes avaient le droit de prendre un verre de champagne, lors d'un mariage, ou un toddy bien chaud lorsqu'elles étaient au lit avec un gros rhume. Évidemment, il existait des malheureuses qui buvaient, tout comme il y en avait qui étaient folles ou qui divorçaient ou qui pensaient, avec Mlle Susan B. Anthony, que les femmes devaient voter. Cependant, quoi que le docteur pensât de Scarlett, il ne l'avait jamais soupçonnée capable de s'adonner à la boisson.

Scarlett s'était aperçue qu'une bonne rasade de cognac avant le dîner lui procurait un bien immense et elle avait toujours la ressource de mâchonner des grains de café ou de se gargariser à l'eau de Cologne pour dissiper l'odeur. Pourquoi les gens faisaient-ils tant d'histoires à propos des femmes qui buvaient alors que les hommes ne se gênaient pas pour s'enivrer quand ça leur plaisait ? Parfois, lorsque Frank ronflait à côté d'elle et que le sommeil la fuyait, qu'elle se tournait et se retournait dans son lit en pensant à Ashley, à Tara, en voyant se dresser devant elle le spectre des Yankees et de la pauvreté, elle se disait que, sans la bouteille de cognac, elle serait devenue folle depuis longtemps. Et, lorsque la chaleur familière et bienfaisante commençait à se répandre dans ses veines, tous ses chagrins se dissipaient peu à peu. Au bout de trois verres, elle avait toujours la ressource de se dire : « Je penserai à ces choses-là demain, quand j'aurai la force de les supporter. »

Mais, certaines nuits, le cognac lui-même ne parvenait pas à calmer la douleur qui lui étreignait le cœur, douleur plus forte encore que la crainte de perdre ses scieries, le chagrin de ne plus voir Tara. Atlanta avec son vacarme, ses bâtiments neufs, ses visages étrangers, ses rues étrroites encombrées de chevaux, de voitures et d'une foule affairée, semblait parfois lui faire oublier le mal qui la rongeait. Elle aimait Atlanta, mais... Oh! retrouver la paix exquise, le calme pastoral de Tara, les champs rouges bordés de sombres pins! Oh! revenir à Tara, quelle que fût la vie qu'on y menait! Être près d'Ashley, le revoir, l'entendre parler, être soutenue par la conscience de son amour! Chaque lettre de Mélanie lui disant qu'ils étaient tous bien portants, chaque petit mot de Will lui rendant compte de l'avance des labours et des semailles, ou de l'état du coton, ravivait son désir de retourner chez elle.

« J'irai à Tara en juin. Après cette date-là, je ne pourrai plus rien faire ici. J'irai passer deux mois chez moi », et à cette pensée son cœur se soulevait de joie.

Elle retourna bien chez elle en juin, mais pas de la façon qu'elle avait espérée, car, au début de ce mois, un bref message de Will lui apprit la mort de Gérald.

XXXIX

Le train avait beaucoup de retard et le long crépuscule de juin enveloppait déjà la campagne de ses teintes bleu foncé lorsque Scarlett descendit en gare de Jonesboro. De-ci, de-là, des lumières jaunâtres brillaient aux fenêtres des boutiques et des maisons épargnées par la guerre. Mais il y en avait fort peu dans le village. De chaque côté de la rue principale, des espaces vides indiquaient l'endroit des bâtiments anéantis par le feu ou les obus. Silencieuses et sombres, des maisons au toit troué, aux murs à demi écroulés, fixaient la voyageuse. Quelques chevaux de selle, quelques mules attelées à des charrettes étaient attachés devant le magasin Bullard. La rue poussiéreuse et rouge était déserte. Parfois, d'un café situé à l'autre extrémité du village, montait un appel ou le rire d'un ivrogne, seuls bruits qui vinssent troubler la paix du crépuscule.

On n'avait pas reconstruit la gare depuis qu'elle avait été incendiée au cours de la bataille et, sur son emplacement, on s'était contenté d'élever une sorte d'abri en bois, ouvert à tous les vents. Scarlett s'y engagea et s'assit sur un petit tonneau, apparemment destiné à cet usage. A plusieurs reprises elle parcourut la rue du regard dans l'espoir d'y découvrir Will Benteen. Il aurait dû venir à sa rencontre. Il aurait dû deviner qu'après avoir reçu son message lui annonçant la mort de Gérald elle sauterait dans le premier train.

Elle avait quitté Atlanta avec une telle précipitation que son petit sac de voyage ne contenait qu'une chemise de nuit et une brosse à dents et pas le moindre linge de rechange. Elle se sentait mal à l'aise dans la robe noire trop étroite qu'elle avait dû emprunter à Mme Meade, car elle n'avait pas eu le temps de se commander des vêtements de deuil. Mme Meade avait beaucoup maigri et comme la grossesse de Scarlett était déjà avancée, la robe était doublement inconfortable. Malgré le chagrin que lui causait la mort de Gérald, Scarlett ne pouvait pas se désintéresser de l'effet qu'elle produisait et elle s'étudia avec dégoût. Elle avait complètement perdu sa ligne, son visage et ses chevilles étaient enflés. Jusque-là, elle ne s'était guère attachée à ces détails, mais maintenant qu'elle était sur le point de revoir Ashley il en allait tout autrement. Elle frémit à la pensée de paraître devant lui, grosse de l'enfant d'un autre. Elle aimait Ashley et Ashley l'aimait. Cet enfant qu'elle n'avait pas souhaité lui semblait être une preuve de trahison envers cet amour. Mais, quoi qu'il lui en coutât de se présenter à Ashley avec sa taille épaisse et sa démarche alourdie, il lui fallait bien en passer par là.

Impatientée, Scarlett tapa du pied. Will aurait dû venir. Naturellement, elle avait toujours la ressource d'aller demander chez Bullard si on ne l'avait pas vu ou de prier quelqu'un de la conduire à Tara au cas où il aurait eu un empêchement. Mais elle ne voulait pas aller chez Bullard. C'était dimanche, et la moitié des hommes du comté s'y trouvaient sans doute réunis. Elle ne tenait pas du tout à se montrer dans cette robe mal taillée qui la faisait paraître encore plus grosse qu'elle n'était. Elle ne tenait pas non plus à écouter les condoléances qu'on ne manquerait pas de lui adresser au sujet de la mort de Gérald. Elle n'avait que faire de la sympathie des gens. Elle avait peur de se mettre à pleurer en entendant prononcer le nom de son père. Et elle ne voulait pas pleurer. Elle savait que, si elle commençait, ce serait comme cette nuit épouvantable où Rhett l'avait abandonnée au beau milieu de la route, tandis que tombait Atlanta, cette nuit atroce où elle avait inondé la crinière du cheval de larmes qui lui déchiraient le cœur sans qu'elle pût les arrêter.

Non, elle ne pleurerait pas! Elle sentit de nouveau sa gorge se serrer comme elle s'était serrée si souvent depuis qu'elle avait appris la nouvelle, mais à quoi cela lui servirait-il de pleurer? Les larmes ne feraient qu'aviver sa douleur et entamer ses forces. Pourquoi, oh! pourquoi Will, ou Mélanie, ou ses sœurs, ne lui avaient-ils pas écrit que Gérald était souffrant? Elle aurait pris le premier train pour Tara, elle serait accourue à son chevet, elle lui aurait même amené un docteur d'Atlanta. Quels imbéciles, tous autant qu'ils étaient! Ils ne pouvaient donc rien faire sans elle? Elle ne pouvait pourtant pas être partout à la fois! Et dire qu'elle travaillait si dur pour eux, à Atlanta!

L'attente se prolongeant, elle devint de plus en plus nerveuse. Que faisait Will? Où était-il? Alors, elle entendit derrière elle crisser le mâchefer dont était recouvert le ballast. Elle se retourna et aperçut Alex Fontaine qui traversait les voies et se dirigeait vers une charrette, une balle d'avoine sur l'épaule.

— Bon Dieu! mais c'est vous, Scarlett, s'exclama-t-il.

— Aussitôt il se débarrassa de son fardeau et, la joie peinte sur son visage basané et triste, il se précipita, la main tendue, vers la jeune femme.

— Je suis si heureux de vous voir. Je viens de rencontrer Will à la forge. Il était en train de faire ferrer le cheval. Le train avait du retard et il pensait avoir le temps. Faut-il aller le chercher ?

— Oui, s'il vous plaît, Alex, dit Scarlett en souriant malgré sa douleur. C'était si bon de revoir quelqu'un du comté...

— Oh !... euh... Scarlett, commença Alex sans lui lâcher la main. J'ai beaucoup de chagrin pour votre père.

— Merci, répondit-elle tout en regrettant qu'il eût parlé.

Si ça peut vous consoler, Scarlett, nous sommes rudement fiers de lui, par ici, poursuivit Alex en lui lâchant enfin la main... Il... euh... enfin, nous estimons qu'il est mort en soldat et pour une cause digne d'un soldat.

« Voyons, pensa Scarlett, interloquée. Que veut-il dire par là ? En soldat ? L'aurait-on tué ? Se serait-il battu, comme Tony, contre les Scallawags ? » Mais elle ne voulut pas en entendre davantage. Si elle continuait à parler de lui, elle se mettrait sûrement à fondre en larmes et elle ne voulait pas pleurer avant de se trouver avec Will, en pleine campagne, loin de tous regards indiscrets. Pleurer avec Will, ça n'avait pas d'importance. Will était comme un père pour elle.

— Alex, fit-elle, je ne veux pas parler de cela maintenant.

— Je ne vous en veux pas le moins du monde, Scarlett, déclara Alex dont la colère altéra brusquement les traits. Si c'était ma sœur, je... eh bien ! Scarlett, je n'ai jamais dit de mal d'une femme, mais, pour ma part, je trouve que quelqu'un devrait administrer une bonne raclée à Suellen.

« Mais qu'est-ce qui lui prend ? se demanda Scarlett. Qu'est-ce que Suellen vient faire dans tout cela ? »

— C'est triste à dire, reprit Alex, mais, par ici, tout le monde partage ma façon de penser. Will est le seul qui prenne sa défense... et, bien entendu, Mme Mélanie, mais elle c'est une sainte. Elle ne voit le mal nulle part et...

— Je vous ai déjà dit que je ne voulais plus parler de cela, fit Scarlett d'un ton sec dont Alex ne parut pas se vexer.

Au contraire, il avait l'air de comprendre sa rudesse et c'était même fort ennuyeux. Elle ne tenait pas à apprendre de mauvaises nouvelles sur sa famille de la bouche d'un étranger et elle ne tenait pas non plus à montrer qu'elle n'était pas au courant. Pourquoi Will ne lui avait-il pas donné de détails ?

Elle aurait bien voulu qu'Alex ne la regardât pas avec tant d'insistance. Elle devinait qu'il se rendait compte de son état, et cela la gênait. Pourtant, Alex pensait à tout autre chose. Il trouvait Scarlett si changée qu'il se demandait comment il avait fait pour la reconnaître. Cela provenait peut-être de ce qu'elle attendait un bébé. Les femmes avaient des mines impossibles lorsqu'elles étaient enceintes, et puis elle devait être bouleversée par la mort du vieil O'Hara. C'était sa fille préférée. Mais non, ce changement tenait à quelque chose de plus profond. En fait, elle paraissait mieux que la dernière fois qu'il l'avait vue. Elle donnait au moins l'impression de manger à sa faim quatre fois par jour. Et elle n'avait presque plus cette allure de bête traquée. Maintenant, elle n'avait plus ce regard apeuré ; au contraire, elle avait l'œil dur. Même lorsqu'elle souriait, elle conservait un petit air autoritaire et décidé. Eh, eh ! le vieux Frank ne devait pas s'amuser tous les jours. Oui, elle avait changé. C'était à coup sûr un beau brin de femme, mais son visage avait perdu toute sa grâce et toute sa douceur. Enfin, elle n'avait plus cette façon aguichante de regarder les hommes.

Eh bien ! est-ce qu'ils n'avaient pas tous changé ? Alex jeta un coup d'œil à ses vêtements grossiers et son visage reprit son expression amère. La nuit, lorsqu'il ne dormait pas et qu'il se demandait comment faire opérer sa mère, comment donner une éducation convenable au fils du pauvre Joe, comment trouver de l'argent pour acheter une autre mule, il en arrivait à regretter que la guerre fût finie, qu'elle n'eût pas continué tout le temps. Les hommes ne connaissaient pas leur bonheur à cette époque-là. Il y avait toujours quelque chose à se mettre sous la dent, ne fût-ce qu'un bout de pain de maïs ; il y avait toujours quelqu'un à qui donner des ordres ; on n'avait pas à se casser la tête pour résoudre des problèmes insolubles ; non, à l'armée, on n'avait pas de soucis, sinon celui de se faire tuer. Et puis, il y avait Dimity Munroe. Alex aurait voulu l'épouser, mais il savait qu'il avait déjà trop de personnes à sa charge pour en faire sa femme. Il l'aimait depuis si longtemps, et maintenant, le rose de ses joues se fanait, ses yeux perdaient leur éclat. Si seulement Tony n'avait pas été obligé de s'enfuir au Texas. Un homme de plus à la maison ça aurait tout changé. Son frère avait un fichu caractère, mais il était si sympathique ; penser qu'il était sans un sou, quelque part dans l'Ouest ! oui, ils avaient tous changé. Et pourquoi n'auraient-ils pas changé ? Alex poussa un profond soupir.

— Je ne vous ai pas remerciée de ce que vous et Frank avez fait pour Tony, dit-il. C'est bien vous qui l'avez aidé à s'enfuir, n'est-ce pas ? C'est magnifique de votre part. J'ai appris d'une façon indirecte qu'il était sain et sauf au Texas. Je n'ai pas osé vous écrire pour vous le demander, mais est-ce que vous ou Frank lui avez prêté de l'argent. Je veux vous rembourser.

— Oh ! Alex, ne parlez pas de ça, je vous en prie ! Pas maintenant ! s'écria Scarlett.

Pour une fois, l'argent ne comptait pas pour elle.

— Je m'en vais chercher Will, dit-il. Nous viendrons tous demain, assister aux obsèques.

Il rechargea le sac sur son épaule et, au moment où il allait se mettre en route, une charrette bringue-balante déboucha d'une petite rue latérale et se dirigea vers la gare en grinçant. « J'ai bien peur d'être en retard, Scarlett ! » lança Will du haut de son siège.

Après être descendu péniblement de voiture, Will s'approcha en clopinant, se baissa et embrassa Scarlett sur la joue. Will ne l'avait encore jamais embrassée, il ne l'avait encore jamais appelée autrement que madame Scarlett, mais, en dépit de sa surprise, ce geste lui réchauffa le cœur et lui causa une grande joie. Il l'aida à poser le pied sur la roue, puis à se hisser dans la voiture et Scarlett s'aperçut que c'était la même charrette délabrée qui lui avait permis de s'enfuir d'Atlanta. Comment avait-elle pu résister aussi longtemps ? Will avait dû l'entretenir avec un soin jaloux. Au souvenir de cette nuit tragique, elle éprouva une légère nausée. « Tant pis, se dit-elle, même si je dois marcher pieds nus, même si l'on doit se serrer la ceinture chez tante Pitty, je m'arrangerai pour qu'il y ait une charrette neuve à Tara et qu'on brûle celle-ci. »

Tout d'abord, Will ne dit rien et Scarlett lui en fut reconnaissante. Il lança son vieux chapeau de paille dans le fond de la voiture, claqua la langue et le cheval se mit en marche. Will était toujours le même, efflanqué et rouquin, l'œil doux, l'air paisible et résigné d'une bête de somme.

Ils laissèrent le village derrière eux et s'engagèrent sur la route rouge qui menait à Tara. Une légère teinte rosée s'attardait à l'horizon et de gros nuages noirs, ébouriffés comme des plumes, conservaient encore des reflets dorés et vert pâle. Le calme du crépuscule campagnard s'étendait sur eux, apaisant comme une prière. Comment, se demanda Scarlett, avait-elle pu rester si longtemps privée de l'odeur fraîche des champs, du spectacle de la terre labourée, de la douceur des nuits d'été ? La terre rouge et humide sentait si bon, c'était une amie si fidèle, qu'elle eût aimé descendre pour en prendre une pleine poignée. De chaque côté de la route, les haies de chèvrefeuille dégageaient un parfum pénétrant, comme toujours après la pluie, le plus doux parfum du monde. Au-dessus de leur tête, des hirondelles aux ailes rapides passaient en tournoyant et, de temps en temps, un lapin affolé traversait la route en secouant sa petite queue blanche comme une houppe à poudre.

Comme ils longeaient des champs labourés où s'alignaient de vigoureux arbustes, Scarlett constata avec joie que le coton poussait bien. Comme tout cela était beau ! Les molles traînées de brume au-dessus des marais, la terre rouge, le coton, et les sombres pins qui se dressaient à l'arrière-plan comme une muraille. Comment avait-elle pu demeurer si longtemps à Atlanta ?

— Scarlett, avant de vous parler de M. O'Hara... et j'ai l'intention de tout vous raconter avant d'arriver à la maison... je voudrais avoir votre avis sur une certaine question. J'ai l'impression que c'est vous le chef de famille, maintenant.

— De quoi s'agit-il, Will ?

Pendant un moment, il posa sur elle son regard calme et doux.

— Je voudrais simplement savoir si ça vous plaît que j'épouse Suellen.

Scarlett fut tellement surprise qu'elle dut se cramponner à son siège pour ne pas tomber à la renverse. Will épouser Suellen ! Depuis qu'elle lui avait pris Frank, elle s'était imaginé que plus personne ne voudrait jamais de sa sœur.

— Bonté divine, Will ?

— Alors, ça veut dire que vous ne faites pas d'objections ?

— D'objections ? non, mais... Tenez, Will, vous m'en avez coupé le souffle ! Vous, épouser Suellen ! Moi qui croyais que vous aviez de la tendresse pour Carreen.

Will secoua ses guides sans quitter le cheval des yeux. Scarlett le voyait de profil. Son visage demeura impassible, mais la jeune femme eut l'impression qu'il avait poussé un léger soupir.

— Oui, peut-être, avoua-t-il.

— Eh bien ! elle ne veut donc pas de vous ?

— Je ne le lui ai jamais demandé.

— Oh ! Will, mais vous êtes fou. Demandez-le-lui bien vite. Elle est deux fois meilleure que Suellen !

— Scarlett, vous n'êtes guère au courant de ce qui s'est passé à Tara. Vous ne nous avez pas manifesté une attention démesurée, ces derniers mois.

— Ah ! non, ricana Scarlett, soudain en colère. Que pensiez-vous donc que je faisais à Atlanta ? Vous vous figurez peut-être que je roulais carrosse et que j'allais tous les soirs au bal ? Je ne vous ai pas envoyé de l'argent tous les mois ? Ce n'est pas moi qui ai payé les impôts, qui ai fait réparer le toit, qui ai acheté la charrue neuve et les mules ? Je n'ai pas...

— Allons, ne prenez pas la mouche, interrompit Will sans se démonter. S'il y a quelqu'un qui sait ce que vous avez fait, c'est bien moi. Vous avez abattu la besogne de deux hommes.

— Alors, que voulez-vous dire ? questionna Scarlett un peu radoucie.

— Eh bien! je ne conteste pas que vous nous ayez conservé un gîte et que vous nous ayez fait vivre, mais vous ne vous êtes pas beaucoup occupée de ce qui se passait dans nos têtes, à Tara. Je ne vous en blâme pas, Scarlett. Vous êtes comme ça. Vous ne vous êtes jamais beaucoup intéressée à ce qui se passait dans la caboche des autres. Mais ce que j'essaie de vous expliquer, c'est que je n'ai pas demandé à Mlle Carreen si elle m'aimait, parce que ça n'aurait servi à rien. Elle a été comme une jeune sœur pour moi et je parie qu'elle n'a jamais raconté à personne tout ce qu'elle m'a raconté. Mais elle ne s'est jamais remise de la mort de ce garçon et elle ne s'en remettra jamais. Je peux aussi bien vous dire ça tout de suite. Elle se dispose à entrer au couvent de Charleston.

— Vous voulez rire ?

— Allons, je savais bien que ça vous ferait cet effet-là, mais ce que je voudrais vous demander, Scarlett, c'est de ne pas discuter avec elle, de ne pas la gronder, et surtout de ne pas vous moquer d'elle. Laissez-la faire. C'est son seul désir. Elle a le cœur brisé.

— Mais, cornebleu! Des tas de gens ont le cœur brisé et ils ne se sont pas précipités dans un couvent pour ça. Regardez-moi. J'ai perdu mon mari.

— D'accord, mais ça ne vous a pas brisé le cœur, déclara Will avec placidité et, ramassant un bout de paille sur le plancher de la charrette, il le mit dans sa bouche et commença à mâchonner lentement.

Cette remarque médusa Scarlett. Comme toujours lorsqu'elle entendait émettre une vérité, si désagréable fût-elle à ses oreilles, une sorte d'honnêteté foncière l'obligeait à la reconnaître pour telle. Elle se tut un instant pour essayer de se représenter Carreen en bonne sœur. Promettez-moi de ne pas l'ennuyer avec ça.

— Soit, je vous le promets, fit Scarlett, puis elle considéra Will avec un certain étonnement.

Will avait aimé Carreen et maintenant encore il l'aimait assez pour accepter de se séparer d'elle et favoriser son projet. Et pourtant, il voulait épouser Suellen. C'était à n'y rien comprendre.

— Voyons, que signifie tout cela, Will ? Vous n'aimez pas Suellen, n'est-ce pas ?

— Si, dans un sens je l'aime, dit-il en ôtant le brin de paille de sa bouche et en l'examinant, comme s'il offrait un intérêt extraordinaire. Suellen n'est pas aussi mauvaise que vous le croyez, Scarlett. Je crois que nous nous entendrons très bien, tous les deux. Ce qu'il faut à Suellen, c'est un mari et des enfants. En somme, elle est comme toutes les femmes.

Will et Scarlett se turent de nouveau, tandis que la charrette poursuivait son chemin sur la route défoncée. Scarlett réfléchissait. Il devait y avoir quelque chose d'autre, de plus profond, de plus important, pour pousser un garçon tranquille et réservé comme Will à épouser une chipie comme Suellen, qui passait son temps à se plaindre.

— Vous ne m'avez pas dit la véritable raison, Will. Je suis le chef de la famille. J'ai le droit de savoir.

— C'est vrai, répondit Will. Je crois d'ailleurs que vous comprendrez. Je ne peux pas quitter Tara. C'est mon foyer, Scarlett, le seul foyer que j'aie jamais eu et j'y suis attaché, j'en aime chaque pierre. J'y ai travaillé, comme si c'était mon bien. Et quand on se donne de la peine pour quelque chose, on se met à l'aimer. Vous savez ce que je veux dire, hein ?

Oui, elle le savait, et elle éprouva un grand élan de tendresse pour cet homme qui, lui aussi, aimait ce qu'elle aimait le mieux.

— Voilà comment j'ai raisonné, reprit-il. Votre papa n'étant plus là et Carreen au couvent, il ne restera plus que Suellen et moi et, naturellement, je ne peux pas continuer à vivre à Tara sans épouser Suellen.

467

Vous savez comme les gens sont mauvaises langues.

— Mais... mais, Will, il y a Mélanie et Ashley.

Au nom d'Ashley, il se tourna vers elle et la regarda de ses yeux pâles et insondables. Tout comme autrefois, elle devina que Will savait à quoi s'en tenir sur elle et sur Ashley. Elle avait l'intuition qu'il comprenait tout, sans blâmer ni approuver.

— Ils vont bientôt s'en aller.

— S'en aller ? Où cela ? Tara est aussi bien leur foyer que le vôtre.

— Non, ils ne sont pas chez eux, à Tara. C'est justement ça qui ronge Ashley. Il ne se sent pas chez lui et il a l'impression de ne pas rendre assez de services pour payer sa part d'entretien et celle de sa famille. Il n'entend rien à la culture, et il le sait. Dieu sait pourtant s'il se donne du mal, mais il n'est pas taillé pour faire un fermier. Vous le savez aussi bien que moi. Quand il se met à fendre du bois, il risque toujours de se couper le pied en deux. Il ne sait pas conduire la charrue plus droit que le petit Beau, et il y aurait de quoi remplir un livre avec tout ce qu'il ignore de la culture. Ce n'est pas sa faute. Il n'a pas été élevé pour ça. Et dame ça l'ennuie d'être un homme et de vivre à Tara aux crochets d'une femme, sans lui donner grand-chose en compensation.

— Aux crochets ? A-t-il jamais dit...

— Non, il n'a jamais dit un mot. Vous connaissez Ashley. Mais, quoi, je ne peux pas vous expliquer. Tenez, hier soir, tandis que nous étions en train de veiller votre papa, je lui ai dit que j'avais demandé à Suellen d'être ma femme et qu'elle avait répondu oui. Alors Ashley m'a dit que ça le soulageait, parce qu'il se faisait bien de la bile à l'idée de rester à Tara. Vous comprenez, il savait que Mme Melly et lui auraient été obligés de rester, maintenant que M. O'Hara est mort, rien que pour empêcher les gens de jaser sur Suellen et moi. Alors, il m'a dit qu'il avait l'intention de quitter Tara et de trouver du travail.

— Du travail ? Quel genre de travail ? Où cela ?

— Je ne sais pas au juste ce qu'il fera, mais il m'a raconté qu'il monterait vers le Nord. Il a un ami yankee à New York qui lui a écrit au sujet d'une situation dans une banque, là-bas.

— Oh! non, s'écria Scarlett du fond du cœur, et Will, en entendant ce cri, lui adressa le même regard tranquille qu'auparavant.

— A tout prendre, ça vaudrait peut-être encore mieux qu'il aille s'installer dans le Nord.

— Non! Non! Ce n'est pas mon avis.

Son esprit se mit à travailler fiévreusement. Ashley ne pouvait pas partir pour le Nord! Elle risquait de ne plus jamais le revoir. Bien qu'elle ne l'eût pas revu depuis des mois, bien qu'elle ne lui eût pas adressé la parole depuis la scène fatale du verger, il ne s'était pas passé de jour qu'elle n'eût pensé à lui, qu'elle ne se fût réjouie de l'abriter sous son toit. Elle n'avait pas envoyé un seul dollar à Will sans être heureuse à l'idée qu'il contribuerait à rendre la vie d'Ashley plus facile. Évidemment, il n'était pas doué pour les travaux de ferme. « Ashley a été élevé pour faire autre chose », se dit-elle avec fierté. Il était né pour vivre dans une vaste demeure, pour monter de beaux chevaux, pour lire des poèmes et dire aux nègres ce qu'il faut faire. Qu'il n'y eût plus ni demeures, ni chevaux, ni nègres, ni livres, ne changeait rien aux choses. Ashley n'était pas fait pour pousser la charrue ou fendre du bois. Ça n'avait rien d'étonnant qu'il voulût quitter Tara.

Pourtant, elle ne pouvait pas le laisser quitter la Georgie. S'il le fallait, elle tyranniserait Frank jusqu'à ce qu'il lui trouvât un emploi dans son magasin, quitte même à se débarrasser de son commis. Mais non, la place d'Ashley n'était pas plus derrière un comptoir que derrière une charrue. Un Wilkes, dans une boutique! Oh! jamais! Il devait tout de même y avoir une solution... Voyons, mais la scierie, bien sûr! Cette idée lui procura un tel soulagement qu'elle en sourit. Mais voilà, accepterait-il une proposition venant d'elle? Considérerait-il cela comme une aumône? Elle tâcherait de s'arranger pour qu'au contraire il eût l'impression de lui rendre un service. Elle renverrait M. Johnson. Ashley prendrait sa place et Hugh dirigerait la nouvelle scierie. Elle expliquerait à Ashley que la mauvaise santé de Frank et ses occupations au magasin l'empêchaient de l'aider et elle invoquerait son état comme une raison de plus de la tirer d'embarras.

Elle réussirait bien à lui faire comprendre qu'en ce moment elle ne pouvait pas se passer de son appui. Et puis, s'il acceptait, elle l'intéresserait de moitié dans les bénéfices de la scierie... elle lui donnerait n'importe quoi pour l'avoir auprès d'elle, n'importe quoi pour voir le sourire radieux qui éclairerait son visage, n'importe quoi pour surprendre dans son regard une lueur qui lui indiquerait qu'il l'aimait toujours. Mais elle prit la résolution de ne jamais plus le pousser à lui dire des mots d'amour, de ne jamais plus lui inspirer le désir de rejeter ce stupide honneur qu'il mettait plus haut que l'amour. Il fallait absolument trouver le moyen de lui faire part, avec tact, de ses nouvelles résolutions. Autrement, il était capable de refuser son offre, dans la crainte de voir se reproduire une scène analogue à la dernière.

— Je peux lui trouver un emploi à Atlanta, dit-elle tout haut.

— Ça, ça vous regarde tous les deux, répondit Will en recommençant à mâchonner son brin de paille. Allez, hue, Sherman. Maintenant, Scarlett, j'ai encore quelque chose à vous demander avant de vous parler de votre papa. Je voudrais bien que vous ne tombiez pas à bras raccourcis sur Suellen. Ce qui est fait est fait, et ce n'est pas de lui crêper le chignon qui ramènera M. O'Hara à la vie. D'ailleurs, elle a cru, honnêtement, agir pour le mieux.

— C'est moi qui voulais vous demander des éclaircissements, Will. Qu'est-ce qui s'est passé avec Suellen ? Alex parlait par énigmes et il m'a dit que Suellen méritait d'être fouettée. Qu'a-t-elle fait ?

— Oui, je sais qu'on est joliment monté contre elle. Tous les gens que j'ai rencontrés aujourd'hui à Jonesboro juraient de ne même pas la saluer la prochaine fois qu'ils la verraient, mais ça leur passera, j'espère. Maintenant, promettez-moi de vous tenir tranquille. Je ne veux pas de dispute ce soir, avec M. O'Hara sur son lit de mort dans le salon.

« Ah! il ne veut pas de disputes! pensa Scarlett avec indignation. Il parle comme si Tara était déjà à lui ? »

Alors, elle pensa à Gérald étendu sur son lit de mort dans le salon et, tout à coup, elle éclata en sanglots. Will l'entoura de son bras, la cala contre lui et ne dit rien.

Tandis que la voiture avançait lentement dans l'ombre qui s'épaississait, Scarlett, la tête sur l'épaule de Will et le chapeau de travers oubliait le Gérald des deux dernières années, le vieux monsieur effacé qui fixait continuellement les portes dans l'espoir de voir apparaître une femme qui ne viendrait jamais. Elle se rappelait le vieil homme énergique et encore débordant de vitalité, avec sa blanche toison bouclée, son entrain communicatif, ses bottes sonores, ses plaisanteries maladroites et sa générosité. Elle se souvenait combien, étant enfant, elle admirait ce père qui la juchait sur le devant de sa selle lorsqu'il sautait des haies, qui la retournait sous son bras, lui donnait le fouet quand elle était méchante et, ensuite, criait aussi fort qu'elle, jusqu'au moment où il lui faisait grâce pour avoir la paix. Elle le revoyait, revenant de Charleston et d'Atlanta, les bras chargés de cadeaux toujours mal choisis. Souriant à travers ses larmes elle le revoyait aussi, rentrant de la fête de Jonesboro au petit matin, ivre comme un Polonais, sautant les barrières et chantant d'une voix éraillée *la Couleur verte*. Et le lendemain, comme il se faisait humble en présence d'Ellen. Allons, il l'avait rejointe à présent.

— Pourquoi ne m'avez-vous pas écrit qu'il était malade ? Je serais venue aussi vite que...

— Il n'a pas été malade un seul instant. Tenez, ma petite, prenez mon mouchoir. Je vais tout vous raconter.

Elle accepta son offre, car elle n'avait pas emporté de mouchoirs avec elle et elle se blottit contre l'épaule de Will.

— Voilà comment ça s'est passé, Scarlett. Avec l'argent que vous nous avez envoyé, Ashley et moi, nous

471

avons payé les impôts et nous avons acheté la mule,
des graines, des tas de petites bricoles, quelques
cochons et des poulets. Mme Melly fait des merveilles
avec les poules. C'est une femme épatante, vous savez.
- Bref, après avoir acheté tout ce qu'il fallait pour Tara,
il n'est plus resté grand-chose pour s'offrir des fal-
balas, mais personne ne s'en est plaint, sauf Suellen.

« Mme Mélanie et Mlle Carreen ne bougent pas et
usent leurs vieilles affaires à la maison, mais vous
connaissez Suellen, Scarlett. Elle ne s'est jamais habituée aux privations. Ça la mettait au supplice de porter
de vieilles nippes, chaque fois que je la conduisais
en voiture à Jonesboro ou à Fayetteville et d'autant
plus que ces... femmes de Carpetbaggers se baladent
toujours sur leur trente et un. Il faut voir comment
s'attifent les femmes de ces maudits Yankees qui sont
à la tête du Bureau des Affranchis! Les dames du
comté, elles, font exprès de porter leurs plus vieilles
robes quand elles vont en ville, pour bien montrer
qu'elles s'en fichent, et même qu'elles sont fières de
leurs guenilles. Mais pas Suellen. Et puis, elle aurait
voulu avoir un cheval et une voiture. Elle ne cessait
de nous dire que vous en aviez une.

— Ce n'est pas une voiture, c'est un vieux buggy,
déclara Scarlett, indignée.

— Ça n'a aucune importance, mais j'aime autant
vous prévenir. Suellen ne vous a jamais pardonné
d'avoir épousé Frank Kennedy et je ne suis pas sûr
de la blâmer. Vous savez que c'est un sale tour à jouer
à une sœur.

Scarlett se recula. Elle était furieuse comme un serpent prêt à mordre.

— Un sale tour ? Je vous prierai d'être poli, Will
Benteen. Est-ce ma faute s'il m'a préférée à Suellen ?

— Vous êtes intelligente, Scarlett, et j'imagine que
vous n'êtes pas sans l'avoir aidé à choisir. Vous êtes
rudement à la hauteur, quand vous voulez vous en
donner la peine, mais n'empêche que c'était le fiancé
de Suellen. Voyons, une semaine avant votre départ
pour Atlanta, elle avait reçu une lettre de lui, toute
pleine de choses gentilles. Il lui disait qu'ils se marie-

raient dès qu'il aurait mis un peu d'argent de côté.
Je le sais, parce qu'elle m'a montré la lettre.

Scarlett se tut. Elle savait que Will disait la vérité
et elle ne trouvait rien à répondre. Elle n'aurait
jamais pu penser qu'un jour Will se serait fait juge
de son action. En outre, le mensonge qu'elle avait
raconté à Frank n'avait jamais pesé bien lourd sur
sa conscience. Quand une jeune fille ne savait pas retenir un fiancé, tant pis pour elle si elle le perdait.

— Voyons, Will, ne soyez pas méchant, protesta-
t-elle. Si Suellen l'avait épousé, pensez-vous qu'elle
aurait jamais dépensé un sou pour Tara ?

— J'ai dit que vous saviez être rudement à la hauteur quand il le fallait, fit Will en se tournant vers
elle avec un petit sourire. Non, je ne pense pas que
nous aurions jamais vu la couleur de l'argent de ce
vieux Frank. Mais enfin, il n'y a pas à sortir de là,
pour un sale tour, c'est un sale tour. Suellen est
comme une furie depuis ce temps-là. Je ne crois pas
qu'elle tenait beaucoup au vieux Frank, mais ça l'a
piquée au vif et elle passe son temps à nous raconter
que vous portez de belles robes, que vous avez une
voiture et que vous vivez à Atlanta, tandis qu'elle
reste enterrée ici à Tara. Elle adore faire des visites
et aller dans le monde, vous le savez bien. Elle adore
aussi les belles robes. Je ne la blâme pas, les femmes
sont comme ça.

« Eh bien! il y a environ un mois, je l'ai emmenée
à Jonesboro. Comme j'avais à faire je l'ai laissée et,
pendant ce temps-là, elle est allée rendre des visites.
Au retour, elle était muette comme une carpe, mais
elle était si énervée qu'elle m'en a fait peur. J'ai pensé
qu'elle avait dû apprendre que quelqu'un allait avoir
un... enfin, qu'elle avait déniché un petit potin intéressant et je ne me suis pas beaucoup occupé d'elle. Pendant une semaine, elle est restée dans cet état-là. Elle
ne desserrait pour ainsi dire pas les dents. Puis, elle
est allée voir Mme Cathleen Calvert... Scarlett, vous
ne pourriez pas retenir vos larmes si vous voyiez
Mme Cathleen. La pauvre, il aurait mieux valu qu'elle
soit morte, plutôt que d'épouser Hilton, ce sale lâche

473

de Yankee. Vous saviez qu'il avait hypothéqué la plantation ? Il a tout mangé et il va falloir qu'ils déménagent.

— Non, je ne le savais pas et je ne tiens pas à le savoir. Je voudrais avoir des détails sur la mort de papa.

— J'y arrive, fit Will avec calme. Lorsque Suellen est revenue de chez Mme Calvert, elle nous a déclaré à tous que nous nous étions trompés sur Hilton. Elle lui a donné du « monsieur » Hilton, elle a dit que c'était un type très bien, mais nous nous sommes tous moqués d'elle. A la suite de cela, elle a emmené votre père faire de longues promenades dans l'après-midi et plusieurs fois en rentrant des champs, je les ai vus, assis tous les deux sur le petit mur en bordure du cimetière. Suellen parlait toujours avec beaucoup d'animation et elle faisait de grands gestes. Le vieux monsieur, lui, semblait bien embarrassé et il n'arrêtait pas de secouer la tête. Vous savez comment il était, Scarlett. Eh bien! dans les derniers temps, il avait l'air d'être de plus en plus dans la lune. On aurait dit qu'il ne savait plus où il en était et qu'il ne nous reconnaissait pas. Une fois, j'ai vu Suellen lui montrer la tombe de votre maman et il s'est mis à pleurer. Ce jour-là, quand elle est rentrée, elle était très excitée et paraissait radieuse. Je l'ai prise à part et je lui ai fait la morale. « Mademoiselle Suellen, je lui ai dit, pourquoi diable tourmentez-vous votre pauvre papa et lui parlez-vous de votre mère ? En général, il ne se rappelle même plus qu'elle est morte, et voilà que vous lui retournez le fer dans la plaie. » Alors, elle a rejeté la tête en arrière et m'a répondu : « Mêlez vous de ce qui vous regarde. Un de ces jours, vous serez bien content de ce que je suis en train de faire. » Mme Mélanie m'a dit hier au soir que Suellen l'avait mise au courant de ses projets, mais qu'elle n'avait pas pu croire que Suellen parlait sérieusement. Elle a dit qu'elle ne nous avait rien raconté, parce que cette idée-là la bouleversait.

— Quelle idée ? Allez-vous enfin venir au fait ? Nous sommes déjà à mi-chemin de la maison. Je voudrais tout de même bien savoir à quoi m'en tenir sur la mort de papa.

— J'essaie de bien tout vous expliquer, fit Will. Tenez, nous sommes si près de Tara que j'ai peur de ne pas avoir fini avant d'arriver. J'aime mieux m'arrêter.

Il tira sur les guides. Le cheval s'arrêta et s'ébroua. Will avait rangé la voiture le long d'une haie de seringas qui marquait la propriété des Mac Intosh. Scarlett jeta un coup d'œil sous les arbres sombres et distingua les hautes cheminées qui, pareilles à des fantômes, dominaient les ruines silencieuses. Elle regretta que Will n'eût pas choisi un autre endroit pour s'arrêter.

— Eh bien ! Suellen s'était tout simplement mis en tête de faire payer aux Yankees le coton qu'ils avaient brûlé, les bêtes qu'ils avaient emmenées, les clôtures et les granges qu'ils avaient abattues.

— Les Yankees ?

— Vous n'avez pas entendu parler de cela. Le gouvernement yankee a dédommagé tous les propriétaires sudistes dont les sympathies allaient à l'Union.

— Bien sûr, j'en ai entendu parler, dit Scarlett. Mais en quoi est-ce que cela nous intéresse ?

— De l'avis de Suellen, ça nous intéresse fichtrement. Ce jour-là, je l'ai conduite à Jonesboro, elle a rencontré Mme Mac Intosh, et pendant qu'elles papotaient Suellen n'a pas pu s'empêcher de remarquer les beaux vêtements de Mme Mac Intosh. Forcément, elle lui a demandé des détails et l'autre lui a raconté, en se donnant de grands airs, que son mari avait introduit une plainte auprès du gouvernement fédéral, pour destruction de la propriété d'un loyal partisan de l'Union qui n'avait jamais donné aide ou assistance aux Confédérés, sous quelque forme que ce soit.

— Ils n'ont jamais aidé personne, commenta Scarlett. Peuh ! des gens moitié irlandais, moitié écossais.

— C'est peut-être vrai. Je ne les connais pas. En tout cas, le gouvernement leur a versé... allons, je ne sais plus combien de milliers de dollars. Enfin, une somme bien rondelette, croyez-m'en. Suellen a sauté là-dessus. Pendant toute la semaine, elle a ruminé sa petite affaire, sans nous en parler, parce qu'elle savait que nous nous moquerions d'elle. Mais, comme elle ne pouvait pas se passer de bavarder avec quelqu'un, elle est allée chez Mme Cathleen et cette maudite fripouille de Hilton lui a fourré un tas de nouvelles idées dans la cervelle. Il lui a fait remarquer que votre papa n'était pas né dans le pays, qu'il ne s'était pas battu pendant la guerre, qu'il n'avait pas eu de fils sous les drapeaux et n'avait jamais exercé de fonction publique dans la Confédération. Il lui a dit qu'il pourrait se porter garant des sympathies de M. O'Hara pour l'Union. Bref, il lui a monté la tête et, dès son retour à la maison, elle a commencé à circonvenir M. O'Hara. Scarlett, j'en donnerais ma tête à couper, mais je suis sûr que la plupart du temps votre père ne savait pas de quoi elle lui parlait. C'était bien là-dessus qu'elle comptait. Elle espérait qu'il prêterait le serment de fer, sans même s'en apercevoir.

— Papa prêter le serment de fer! s'exclama Scarlett.

— Vous savez, il avait l'esprit bien affaibli depuis quelque temps. Oui, c'est sûrement là-dessus qu'elle tablait. Nous autres, pourtant, nous ne nous doutions de rien. Nous savions bien qu'elle mijotait quelque chose, mais nous étions à cent lieues de penser qu'elle ne faisait appel à la mémoire de votre mère que pour lui reprocher de laisser ses filles en guenilles, quand il pouvait tirer cent cinquante mille dollars des Yankees.

— Cent cinquante mille dollars, murmura Scarlett et, du même coup, s'atténua sa répulsion pour le serment de fer.

Quelle somme cela représentait! Et, pour avoir des chances de la toucher, il suffisait de prêter serment d'allégeance aux gouvernants des États-Unis, de mettre son nom au bas d'une simple petite formule de rien du tout, établissant que le signataire n'avait jamais aidé ni soutenu les ennemis de l'Union! Tant d'argent pour un si petit mensonge! Voyons, elle ne pouvait tout de même pas en vouloir à Suellen. Grands dieux! Pourquoi donc Alex parlait-il de lui administrer une correction? Pourquoi les gens du comté voulaient-ils

476

tous l'éviter ? Mais ils étaient tous fou. Que ne pouvait-elle faire avec tout cet argent ! Que ne pouvaient
faire les gens du comté. Bah ! un mensonge de plus
ou de moins, après tout ! La seule chose qu'on pût
obtenir des Yankees, c'était de belles espèces sonnantes
et trébuchantes, alors, qu'importaient les moyens
employés ?

— Hier, vers midi, tandis qu'Ashley et moi nous
étions en train de couper du bois, Suellen a fait monter votre papa dans cette charrette et les voilà partis
pour la ville, sans rien dire à personne. Mme Melly
se doutait vaguement de quelque chose, mais elle
espérait que Suellen n'irait pas jusqu'au bout et elle
n'a pas voulu nous alarmer.

« Aujourd'hui, j'ai enfin appris tout ce qui s'était
passé. Hilton, cette espèce de crapule, a pas mal de
relations avec les Scallawags et les républicains, et
Suellen avait convenu d'abandonner à ceux-ci une
partie de ce qu'elle toucherait à condition qu'ils veuil-
lent bien certifier que M. O'Hara avait toujours été,
au fond, un partisan de l'Union, qu'il était irlandais
de naissance, qu'il n'avait pas fait la guerre et patati
et patata. En somme, il ne restait plus à votre papa
qu'à signer et son dossier devait être expédié dare-
dare à Washington.

« Lorsqu'il est arrivé, on lui a lu la formule du serment à toute vitesse. Il n'a pas dit un mot et tout a
bien marché jusqu'à ce qu'on lui demande de signer.
A ce moment-là, le vieux monsieur a paru se ressaisir
et a secoué la tête. Je ne pense pas qu'il ait su exactement de quoi il s'agissait, mais ça n'avait pas l'air de
lui plaire et puis, que voulez-vous, Suellen n'a jamais
su le prendre. Naturellement, après tout le mal qu'elle
s'était donné, elle a manqué en avoir une crise de
nerfs. Elle a pris votre père par le bras et l'a fait sortir du bureau. Ils sont remontés en voiture et Suellen lui a raconté que votre mère lui criait du fond de
sa tombe de ne pas laisser souffrir inutilement ses
enfants. On m'a dit que votre papa était effondré sur
son siège et qu'il pleurait comme un bébé. Tout le
monde les a vus et Alex Fontaine s'est approché pour

savoir ce qui se passait, mais Suellen lui a conseillé de s'occuper de ce qui le regardait et il est reparti furieux.

« Je ne sais pas où elle a pris cette idée-là, mais toujours est-il que, dans le courant de l'après-midi, elle a acheté une bouteille de cognac, puis elle a ramené M. O'Hara au bureau et s'est mise à lui verser à boire. Vous comprenez, Scarlett, nous n'avons pas eu d'alcool à Tara depuis un an, en dehors d'un peu de vin de mûres que fait Ashley, et M. O'Hara en avait perdu l'habitude. Il s'est enivré pour de bon et, après deux heures de discussion avec Suellen, il a fini par dire qu'il signerait tout ce qu'on voudrait. Les Yankees ont ressorti leur serment et, au moment où il allait poser sa plume sur le papier, Suellen a fait la gaffe. Elle a dit : " Allons, maintenant, j'espère que les Slattery et les Mac Intosh ne vont plus prendre leurs grands airs avec nous! " Vous comprenez, Scarlett, les Slattery avaient demandé une grosse somme pour leur sale bicoque que les Yankees avaient brûlée et, grâce au mari d'Emmie, ils avaient réussi à l'obtenir.

« On m'a raconté qu'en entendant prononcer ces noms-là votre papa s'est raidi et a lancé à Suellen un regard terrible. Il n'avait plus du tout son air vague. Il a dit : " Est-ce que les Slattery et les Mac Intosh ont signé quelque chose de ce goût-là ? " Suellen s'est démontée, elle a bafouillé et n'a répondu ni oui, ni non. Alors votre père a crié tout haut. " Dites-moi, est-ce que ce sacré bon dieu d'orangiste et ce sacré bon dieu de va-nu-pieds ont signé eux aussi ? " Hilton a voulu arranger les choses et lui a répondu : " Oui, monsieur, ils ont signé et ils ont touché des sommes folles, tout comme vous allez en toucher. "

« Alors, le vieux monsieur a poussé un mugissement de taureau. Alex Fontaine, qui était au café dans le bas de la rue, a prétendu qu'il l'avait entendu. Alors, il a dit avec un de ces accents irlandais : " Non mais, vous n'allez tout de même pas vous imaginer qu'un O'Hara de Tara va manger au même râtelier qu'un sacré bon dieu d'orangiste et qu'un sacré bon dieu de va-nu-pieds ? " Alors il a déchiré la feuille de papier en deux et l'a jetée à la figure de Suellen en hurlant :

' Tu n'es pas ma fille! " et il est sorti du bureau avant
qu'on ait eu le temps de dire ouf.

« Alex m'a dit qu'il l'avait vu sortir dans la rue. Il
fonçait comme un taureau. Il m'a dit que c'était la
première fois, depuis la mort de votre maman, que le
vieux monsieur semblait être redevenu lui-même. Il
paraît qu'il marchait en zigzaguant et lançait des injures à pleins poumons. Alex m'a dit qu'il n'avait jamais entendu plus belle collection de jurons. Le cheval
d'Alex se trouvait là et votre père est monté dessus à
la va comme j'te pousse et puis il a filé ventre à terre
dans un nuage de poussière rouge si épais qu'on en
était asphyxié.

« Vers la fin de la journée, Ashley et moi nous étions
assis sur les marches du perron à surveiller la route.
Je vous assure que nous étions rudement inquiets.
Mme Melly était sur son lit à pleurer toutes les larmes de
son corps, mais elle ne voulait rien nous dire. Tout
à coup, on a entendu un galop de cheval et quelqu'un qui criait comme dans une chasse au renard.
Ashley m'a dit : " Ça, c'est curieux! Ça me rappelle
M. O'Hara quand il venait nous voir avant la guerre. "

« Alors, nous l'avons aperçu au bas du pré. Il avait
dû sauter la barrière. Il remontait le coteau à un train
d'enfer et chantait à tue-tête, comme un homme qui
n'a aucun souci. Je ne savais pas que votre père avait
une voix pareille. Il chantait : *Peg s'en va-t-en voiture.*
Il fouettait le cheval avec son chapeau et le cheval
galopait comme un fou. Arrivé au haut de la côte, il
n'a même pas ralenti. Nous avons compris qu'il allait
sauter la barrière qui est du côté de la maison. Nous
nous sommes levés d'un bond. Nous étions morts de
peur. Alors, il a crié de toutes ses forces : " Regardez,
Ellen! Regardez-moi sauter celle-là! " Mais, par malheur, le cheval s'est dérobé. Il s'est arrêté net et votre
papa est passé par-dessus sa tête. Oh! il n'a pas dû
souffrir. Il était déjà mort quand nous sommes arrivés
pour le relever. Pour moi, il s'est cassé le cou. »

Will attendit une minute que Scarlett parlât, mais
comme elle se taisait toujours il reprit les guides.
« Hue, Sherman! » dit-il, et le cheval se remit en route.

Impression Bussière à Saint-Amand (Cher),
le 16 octobre 1987.
Dépôt légal : octobre 1987.
1er dépôt légal dans la collection : mars 1972.
Numéro d'imprimeur : 2677.
ISBN 2-07-036741-X./Imprimé en France.

42058